Alberto Moravia

Cesira

Roman

rororo

Rowohlt

Titel der Originalausgabe «La Ciociara»
Aus dem Italienischen übertragen von Percy Eckstein
Umschlagentwurf Dieter Ziegenfeuter

1.–30. Tausend	Mai 1964
31.–40. Tausend	März 1965
41.–50. Tausend	Mai 1966
51.–58. Tausend	November 1967
59.–68. Tausend	November 1969
69.–73. Tausend	September 1976
74.–77. Tausend	Januar 1980

Veröffentlicht im Rowohlt Taschenbuch Verlag GmbH,
Reinbek bei Hamburg, Mai 1964
mit freundlicher Genehmigung des Verlages Kurt Desch

Gesamtherstellung Clausen & Bosse, Leck
Printed in Germany
780-ISBN 3 499 10637 x

Erstes Kapitel

Ach, waren das schöne Zeiten, als ich heiratete und aus meinem Dorf nach Rom kam! Ihr wißt doch, wie es in dem Liede heißt:

Geht erst die Bäuerin dem Altar zu,
kriegt der eine das Band und der andere den Schuh.

Ich aber gab meinem Manne alles, Band und Schuh, weil er mein Mann war und weil er mich nach Rom brachte; denn ich freute mich auf Rom und wußte nicht, daß mich gerade dort das Unglück erwartete. Ich hatte ein rundes Gesicht, schwarze, große, starre Augen und schwarzes Haar, das mir fast bis an die Augen wuchs und das ich in zwei Zöpfen trug, fest wie Stricke. Mein Mund war korallenrot, und wenn ich lachte, sah man zwei Reihen weißer, regelmäßiger schmaler Zähne. Ich war damals kräftig und konnte bis zu einem halben Zentner auf dem Kopf tragen.

Mein Vater und meine Mutter waren Bauern, aber sie hatten mir eine Ausstattung mitgegeben, die einer Prinzessin würdig gewesen wäre: dreißig Bettlaken, dreißig Hemden, dreißig Unterhosen, alles aus schwerem, von der Mutter selbst handgesponnenem und gewebtem Leinen, und einige von den Bettlaken waren auf der Seite, die man sieht, wunderschön und reich bestickt. Ich hatte auch einen Korallenschmuck von der wertvollsten Sorte: dunkelrot, die Halskette ganz aus Korallen, die Ohrringe aus Gold und Korallen, dazu einen Fingerring, ebenfalls aus Gold und Korallen, und sogar eine Nadel aus den gleichen Materialien. Außerdem besaß ich ein paar goldene Familienschmuckstücke und ein Medaillon, auf der Brust zu tragen, mit einer herrlichen Kamee, auf der ein Hirt mit seiner Schafherde abgebildet war.

Mein Mann hatte ein kleines Lebensmittelgeschäft in Trastevere, im Vicolo del Cinque. Gleich oberhalb des Ladens hatte er eine Wohnung gemietet, und wenn ich mich aus dem Fenster des Schlafzimmers beugte, konnte ich mit dem Finger das Ladenschild berühren, auf dem mit blutroter Farbe geschrieben stand: *Brot und Teigwaren.* Die Wohnung hatte zwei Fenster nach dem Hof und zwei nach der Straße. Sie bestand aus insgesamt vier kleinen, niedrigen Räumen, die ich aber hübsch einrichtete. Die Möbel kauften wir zum Teil auf dem Campo di Fiori, zum Teil besaßen wir sie schon von früher her. Das Schlafzimmer war ganz neu, mit einem Doppelbett aus Metall, so bemalt, daß es aussah wie aus Holz. Die Kopfenden waren mit Blumensträußchen und Girlanden verziert. In das Wohnzimmer stellte ich ein schönes geschnitztes Sofa mit einem geblümten Stoffbezug, ferner zwei Stühle mit dem gleichen Stoff, einen runden Eßtisch und eine Kredenz für das Geschirr. Dieses Geschirr war bis zum letzten Teller ganz aus Porzellan, mit Goldrand und einer Zeichnung von Früchten und Blumen in der Mitte.

In der Frühe ging mein Mann schon zeitig in den Laden hinunter, und ich räumte auf, bürstete, putzte, staubte und säuberte in allen Ecken. Nachher war die Wohnung jedesmal spiegelblank, und durch die Fenster mit ihren weißen Vorhängen kam ein sanftes, ruhiges Licht. Wenn ich mich dann in dem Zimmer umsah und feststellte, wie ordentlich und blitzsauber alles war, wurde mir wohl ums Herz. Ach, wie schön ist es doch, sein eigenes Heim zu haben, in das keiner kommt und das keiner kennt! Man möchte sein ganzes Leben damit verbringen, immer wieder von neuem darin sauberzumachen und aufzuräumen!

Wenn ich fertig war, zog ich mich an, kämmte mich sorgfältig, ergriff die Einkaufstasche und ging auf den von der Wohnung nur wenige Schritte entfernten Markt. Mehr als eine Stunde lang schlenderte ich zwischen den Ständen umher und besah mir alles: das Obst, das Gemüse, das Fleisch, die Fische, die Eier. Ich kannte mich mit diesen Dingen aus, und es machte mir Spaß, die Preise und die Verdienstspannen auszurechnen, die Qualitäten abzuschätzen, die kleinen Betrügereien und die Kunstgriffe der Kaufleute herauszufinden. Auch feilschte ich gern mit ihnen, nahm die Waren in die Hand, legte sie zurück, kam dann wieder, feilschte von neuem und ging schließlich fort, ohne etwas gekauft zu haben. Ein paar von diesen Händlern machten mir den Hof und gaben mir zu verstehen, daß sie bereit seien, mir ihre Waren auch umsonst zu überlassen, wenn ich sie erhören wollte; aber meine Antworten machten ihnen auf der Stelle klar, daß sie es bei mir nicht mit einer leichtfertigen Person zu tun hatten. Ich bin zeitlebens stolz gewesen, und es gehört nicht viel dazu, mir das Blut in den Kopf zu treiben. Dann sehe ich rot. Es ist ein wahres Glück, daß die Frauen nicht, wie die Männer, ein Messer in der Tasche tragen, denn sonst wäre ich wohl imstande, einen Mord zu begehen. Einer der Händler belästigte mich besonders hartnäckig, machte mir immer deutlichere Anträge und wollte mir unbedingt etwas von seinen Waren schenken. Da ging ich eines Tages mit einer großen Nadel auf ihn los, und wären nicht zum Glück ein paar Polizisten dazwischengefahren, hätte ich ihm die Nadel in den Leib gerannt.

Doch das nur nebenbei. Wenn ich zufrieden nach Hause zurückkehrte, setzte ich das Wasser für die Suppe mit Gemüse, Knochen und einem Stück Fleisch aufs Feuer und ging dann sogleich in den Laden hinunter. Auch dort war ich zufrieden, ja geradezu glücklich. Wir verkauften eine Menge Waren – Brot, Reis, Teigwaren, Hülsenfrüchte, Wein, Öl, Konserven –, und ich stand hinter der Theke wie eine Königin, die Arme entblößt bis zum Ellbogen und mein Kamee-Medaillon auf der Brust. Ich bediente, wog ab, rechnete rasch mit dem Bleistift auf einem Stück gelben Packpapiers die Beträge zusammen, machte Pakete, gab sie aus. Mein Mann war in diesen Dingen langsamer. Ich habe vergessen zu erwähnen, daß er schon fast alt war, als ich heiratete; und es hat Leute gegeben, die behaupteten, ich hätte ihn nur wegen seines Geldes genommen und ihn niemals geliebt: aber, so wahr mir Gott helfe, ich bin ihm immer treu geblieben, obwohl er mich oft genug betrog. Der Arme hatte seine eigenen Ideen, und eine der hauptsächlichsten war die, daß er den Frauen gefiele. Das stimmte aber durchaus nicht. Er war dick, doch nicht von der gesunden Art; seine schwarzen Augen waren blutunterlaufen und sein Gesicht gelblich und wie mit Tabakstaub besät. Er war gallig, verschlossen, unliebenswürdig und vertrug keine Widerrede. Alle Augenblicke verschwand er aus dem Laden; und ich wußte, daß er dann wieder irgendeinem Frauenzimmer nachlief. Aber ich möchte darauf schwören, daß keine Frau sich mit ihm eingelassen hätte, ohne daß er sie bezahlte. Mit Geld erreicht man ja bekanntlich alles. Für Geld streift selbst eine Neuvermählte die Röcke hoch.

Ich wußte es immer sofort, wenn eines seiner Abenteuer gut ausgegangen war, denn dann war er fast fröhlich und sogar freundlich. Wenn er hingegen keine Frau hatte, geriet er in düstere Stimmung, gab mir grobe Antworten und prügelte mich dann und wann. Ich aber sagte ihm bei einer solchen Gelegenheit: «Treib dich von mir aus mit deinen Huren herum, soviel du willst. Aber rühr mich nicht an, sonst verlasse ich dich und gehe nach Hause zurück.»

Zum Unterschied von ihm wollte ich mich auf keinerlei Abenteuer einlassen, obwohl mir, wie ich schon sagte, viele Männer nachstellten. All meine Leidenschaft gehörte der Wohnung, dem Geschäft und, nach der Geburt des Kindes, meiner Tochter. Aus der Liebe machte ich mir nichts, ja sie verursachte mir fast Ekel – vielleicht deshalb, weil ich nur meinen alten und häßlichen Mann kannte. Ich wollte meine Ruhe und mein Wohlleben haben. Im übrigen muß eine Frau ihrem Mann treu bleiben, was immer geschieht, auch wenn der Mann, wie in meinem Falle, selber nicht treu ist. Mit den Jahren fand mein Mann keine Frauen mehr, die für ihn zu haben waren – nicht einmal für Geld. Er war jetzt richtig unerträglich geworden. Ich hatte schon seit einer Weile keine Beziehungen mehr mit ihm; plötzlich aber – vielleicht, weil er keine andere bekommen konnte – erwachten seine Gefühle für mich von neuem, und er wollte mich unbedingt dahin bringen, daß ich wieder mit ihm ins Bett ginge. Aber nicht so, wie Eheleute das tun, nämlich auf einfache Weise, sondern so, wie sich die Huren mit den Männern aufführen. Manchmal packte er mich bei den Haaren und wollte mich zwingen, Dinge zu tun, die mir nie gefallen haben, nicht einmal damals, als ich neuvermählt nach Rom kam und so glücklich war, daß ich mir beinahe einbildete, ihn zu lieben. Ich sagte ihm also jetzt, ich wolle mit ihm nichts mehr zu tun haben, nicht in der Art der Ehefrauen und nicht in der Art der Huren. Da schlug er mich, daß mir das Blut aus der Nase floß. Als er aber erkannte, daß ich wirklich fest entschlossen war, mich auf nichts einzulassen, gab er es auf, mir nachzustellen; doch begann er mich jetzt zu hassen und mir auf jede Art das Leben schwer zu machen. Ich ertrug alles geduldig, doch im Grunde haßte auch ich ihn jetzt und konnte ihn nicht mehr sehen. Ich sagte auch dem Geistlichen im Beichtstuhl: «Das nimmt eines Tages ein böses

Ende!» Der Geistliche – wie Geistliche eben sind – ermahnte mich zur Geduld und riet mir, meine Leiden der Muttergottes darzubringen.

Inzwischen hatte ich ein Mädchen ins Haus genommen, eine gewisse Bice, die mir bei der Wirtschaft helfen sollte. Sie war fünfzehn Jahre alt, und ihre Verwandten hatten sie mir anvertraut, da sie ja noch ein halbes Kind war. Aber mein Mann fing an, ihr nachzustellen, und wenn er sah, daß ich mit den Kunden beschäftigt war, stahl er sich aus dem Laden, schlich die Treppe empor, kam in die Küche und stürzte sich wie ein Wolf auf Bice. Diesmal stellte ich mich auf die Hinterbeine und verlangte, daß er das Mädchen in Ruhe lasse. Als er trotzdem weiter hinter ihr her war, entließ ich Bice kurzerhand.

Daraufhin haßte er mich noch mehr als vorher. Damals fing er an, mich öffentlich zu beschimpfen. Mit einem Wort, ich hatte mit ihm ein rechtes Kreuz; und als er ernsthaft krank wurde, verursachte mir das, wie ich ehrlich gestehen will, ein Gefühl der Erleichterung. Trotzdem pflegte ich ihn liebevoll, wie man eben als Frau seinen kranken Mann zu pflegen hat. Alle Leute wissen, daß ich mich nicht mehr um den Laden kümmerte, immer um ihn war und dabei kaum mehr zum Schlafen kam.

Endlich starb er, und ich fühlte mich wiederum beinahe glücklich. Ich hatte das Geschäft, ich hatte die Wohnung, ich hatte meine Tochter, die ein wahrer Engel war. Was hätte ich vom Leben noch wünschen sollen?

Das waren die glücklichsten Jahre meines Lebens: 1940, 1941, 1942, 1943. Es gab zwar Krieg, aber von dem wußte ich nichts, und da ich nur eine Tochter hatte, kümmerte ich mich auch nicht um den Krieg. Sollten die Männer einander umbringen, soviel sie wollten, mit Flugzeugen, mit Panzern, mit Bomben – mir genügte mein Geschäft und meine Wohnung. Ich wußte auch deshalb nur wenig von dem Krieg, weil ich zwar rechnen und, wenn's sein muß, meine Unterschrift auf eine Ansichtskarte setzen kann, aber, um die Wahrheit zu sagen, im Lesen nicht sehr stark bin. In der Zeitung las ich nur manchmal die Verbrechen im Lokalteil, und auch die ließ ich mir lieber von Rosetta vorlesen. Deutsche, Engländer, Amerikaner, Russen – für mich waren die alle ein und dasselbe. Den Soldaten, die in den Laden kamen und sagten: «Wir werden da siegen, wir werden dorthin vordringen, wir werden das tun und jenes werden!» erwiderte ich: «Mir ist alles recht, so lange das Geschäft gut geht!»

Und das Geschäft ging wirklich gut, obwohl es die Unannehmlichkeit mit den Lebensmittelkarten gab und Rosetta und ich den ganzen Tag mit der Schere in der Hand dastanden, als wären wir Schneiderinnen und nicht Kaufleute. Das Geschäft ging gut, denn ich war tüchtig und machte beim Abwiegen immer meinen kleinen Schnitt. Und weil es doch die Lebensmittelkarten gab, verlegten wir uns alle beide ein wenig auf den Schwarzhandel.

Rosetta und ich schlossen von Zeit zu Zeit den Laden und fuhren in mein Dorf oder nach einem anderen Ort in der Nähe. Wir nahmen zwei große leere Vulkanfiberkoffer mit und brachten darin die verschiedensten Waren zurück: Mehl, Schinken, Eier, Kartoffeln. Mit der Polizei hatte ich mich geeinigt, denn auch die Polizisten waren hungrig. So konnte ich mehr unter als über dem Tisch verkaufen.

Eines Tages freilich wollte mich einer von der Polizei erpressen. Er kam und erklärte, wenn ich nicht mit ihm ins Bett ginge, werde er mich anzeigen. Ich antwortete ihm ganz ruhig: «Schön, komm später in meine Wohnung!» Er lief rot an, als hätte ihn der Schlag getroffen, und ging wortlos fort. Zur festgesetzten Stunde stellte er sich dann bei mir ein; ich führte ihn in die Küche, öffnete ein Schubfach, nahm ein Messer zur Hand und setzte es ihm plötzlich an die Kehle.

«Zeig mich nur an», sagte ich, «aber dann bringe ich dich um!»

Er erschrak und erklärte hastig, ich sei wohl verrückt, er hätte das doch nur zum Spaß gesagt. Dann meinte er: «Bist du denn nicht wie die anderen Frauen? Gefallen dir denn die Männer nicht?»

Ich antwortete: «Diese Art von Reden kannst du den anderen halten. Ich bin Witwe, ich habe meinen Laden, und ich denke nur an mein Geschäft. Für mich gibt es keine Liebe – merk dir das!»

Er wollte es zuerst nicht glauben und machte mir eine Weile weiter den Hof, wenngleich in respektvoller Weise. Ich aber hatte die reine Wahrheit gesagt. Nach der Geburt Rosettas hatte mich die Liebe niemals interessiert – und vielleicht auch schon vorher nicht. Ich bin nun einmal so: Ich vertrage es nicht, daß einer mich anrührt. Und wenn damals nicht meine Eltern meine Heirat arrangiert hätten, so wäre ich, glaube ich, noch heute so, wie ich zur Welt gekommen bin.

Der Schein aber trügt, und ich gefalle den Männern. Wenn ich auch klein und mit den Jahren etwas dicklich geworden bin – mein Gesicht ist glatt und faltenlos, meine Augen glänzen schwarz und meine Zähne sind weiß.

In jener Zeit, die, wie ich schon sagte, die glücklichste meines Lebens war, hielten ungezählte Männer um meine Hand an. Aber ich wußte, daß sie es nur auf den Laden und die Wohnung abgesehen hatten – auch diejenigen, die vorgaben, mich aufrichtig zu lieben. Vielleicht wußten sie es nicht einmal selbst, daß es ihnen mehr auf den Laden und die Wohnung ankam als auf mich. Ich aber urteilte nach mir selber und dachte: Ich würde jeden Mann gegen den Laden und die Wohnung eintauschen – warum also sollten die Männer anders sein? Wir sind ja alle aus demselben Stoff gemacht!

Und wenn sie wenigstens noch reich oder wohlhabend gewesen wären! Aber nein – zumeist handelte es sich um arme Schlucker, denen man von weitem ansah, daß sie sich sanieren wollten. Einer war ein Polizist aus Neapel, der mich mehr als alle anderen umschwärmte, mich durch Schmeicheleien zu gewinnen suchte, mich mit Komplimenten überhäufte und mich sogar, nach neapolitanischer Art, mit «Donna Cesira» anredete. Ihn fragte ich eines Tages ganz offen: «Würdest du mir das alles auch sagen, wenn ich das Geschäft und die Wohnung nicht hätte?» Der Mensch war wenigstens ehrlich, lachend erwiderte er: «Aber du hast doch das Geschäft und die Wohnung!» Ja, er war ehrlich – aber nur, weil ich ihm bereits jede Hoffnung genommen hatte.

Inzwischen ging der Krieg weiter, und ich kümmerte mich nicht darum. Wenn im Rundfunk nach den Schlagern der Heeresbericht verlesen wurde, sagte ich zu Rosetta: «Dreh ab, dreh ab! Sollen sich diese Hurensöhne gegenseitig umbringen, was geht das uns an? Die machen ihren Krieg, ohne die armen Leute zu befragen. Also haben wir, die armen Leute, auch das Recht, uns nicht darum zu kümmern.»

Andererseits muß ich sagen, daß der Krieg mir Vorteile brachte. Ich verlegte mich immer stärker auf den Schwarzmarkt mit seinen

Liebhaberpreisen und verkaufte immer weniger im Laden, wo die Preise von der Regierung festgesetzt waren. Als die Bombenangriffe auf Neapel und andere Städte begannen, kamen die Leute zu mir und sagten: «Hauen wir ab, denn hier kommen wir um!» Ich antwortete stets: «Nach Rom kommen sie nicht, denn in Rom ist der Papst. Und wenn ich weggehe, wer kümmert sich dann um den Laden?»

Auch meine Eltern schrieben mir, ich soll zu ihnen aufs Land kommen, aber ich wollte nichts davon wissen. Rosetta und ich fuhren immer häufiger mit unseren Koffern hinaus und brachten nach Rom, was wir auftreiben konnten. Die Bauern hatten Lebensmittel genug, die sie der Regierung nicht verkaufen wollten, weil die Regierung wenig zahlte. Also warteten sie auf uns Schwarzhändler, die das bezahlten, was die Ware auf dem Markt wert war. Viele Dinge, die in den Koffern keinen Platz mehr fanden, trugen wir auf dem Leib. Ich erinnere mich, wie ich einmal mit einigen Würsten zurückkam, die ich mir unter dem Rock festgebunden hatte, so daß ich aussah, als wäre ich schwanger. Und Rosetta steckte sich die Eier in den Busen, so daß sie warm waren, als sie sie herausnahm, ganz als hätte die Henne sie eben gelegt.

Diese Reisen waren freilich langwierig und gefährlich. Einmal, in der Gegend von Frosinone, nahm ein Flugzeug den Zug unter Maschinengewehrfeuer. Der Zug hielt auf offener Strecke, und ich sagte zu Rosetta, sie möge aussteigen und sich im Graben verstecken. Ich selbst blieb im Zug, denn ich hatte ja die vollen Koffer bei mir, und in dem Abteil saßen Leute, die gar nicht vertrauenerweckend aussahen. Und ein Koffer ist rasch gestohlen. Ich legte mich also zwischen den Bänken auf den Boden und bedeckte Kopf und Körper mit den Kissen der Sitze, während Rosetta mit den anderen ausstieg und sich in den Graben warf. Das Flugzeug kam ein zweites Mal wieder und griff den Zug im Tiefflug an. Der Motor machte einen schrecklichen Lärm, und die Maschinengewehrgeschosse trommelten auf das Dach wie Hagelkörner. Dann aber war alles vorüber, es wurde wieder still; die Fahrgäste kehrten zurück, und der Zug setzte sich in Bewegung. Damals zeigte man mir sogar die Geschosse – sie waren so lang wie ein Finger, und die einen behaupteten, es seien Amerikaner gewesen, während die anderen sagten, es handle sich um Deutsche. Ich aber sagte zu

Rosetta: «Du mußt zusehen, daß du deine Ausstattung fertigbekommst. Die Soldaten kommen doch aus dem Krieg zurück, nicht wahr? Und dabei schießen sie unaufhörlich aufeinander und suchen einander auf jede erdenkliche Art umzubringen. Also werden auch wir von unseren Ausflügen mit heiler Haut zurückkommen.»

Rosetta gab keine Antwort, oder sie sagte, sie gehe überall hin, wohin ich ginge. Sie hatte einen sanften Charakter, ganz anders als ich, und Gott weiß: wenn es jemals einen Engel auf Erden gegeben hat, dann ist sie einer gewesen.

Ich sagte immer zu Rosetta: «Bete, daß der Krieg noch ein paar Jahre dauert. Dann hast du nicht bloß eine Mitgift, sondern bist richtig reich.» Sie aber schwieg und seufzte, und schließlich brachte ich heraus, daß sie sich in einen Mann verliebt hatte, der im Krieg war, und daß sie ständig um sein Leben bangte. Er befand sich jetzt in Jugoslawien, und als ich Erkundigungen über ihn einzog, erfuhr ich, daß es sich um einen braven Burschen aus Pontecorvo handelte, daß seine Familie etwas Grund und Boden besaß und daß er Buchhalter werden will. Er hatte sein Studium während des Krieges unterbrechen müssen, gedachte es aber nachher fortzusetzen. Da sagte ich zu Rosetta: «Die Hauptsache ist, daß er aus dem Krieg wiederkommt – für den Rest werde ich schon sorgen.»

Rosetta umarmte mich glückstrahlend. Ja, ich konnte damals wirklich sagen: «Für den Rest werde ich schon sorgen.» Ich hatte die Wohnung, hatte das Geschäft, hatte Bargeld auf die Seite gelegt, und man weiß ja – Kriege hören immer irgendeinmal auf, und dann kommt alles wieder in Ordnung.

Rosetta gab mir den letzten Brief ihres Verlobten zu lesen, und ich erinnere mich besonders an einen Satz daraus: «Hier ist das Leben wirklich hart. Die Jugoslawen wollen uns nicht haben, und so sind wir unablässig im Alarmzustand.»

Ich wußte gar nichts von Jugoslawien und meinte zu Rosetta: «Was wollen wir denn eigentlich in diesem Land? Konnten wir nicht daheimbleiben? Diese Slawen wollen uns nicht haben – und ich sage dir, sie sind ganz im Recht.»

Im Jahre 1943 machte ich ein großes Geschäft. Es handelte sich darum, zehn Schinken aus Sermoneta nach Rom zu bringen. Ich verstand es, mich mit einem Lastwagenfahrer zu einigen, der Zement nach Rom beförderte. Er versteckte die Schinken zwischen den Zementsäcken, so kamen sie heil und unbehindert nach Rom, und ich verdiente bei der Sache viel Geld, denn die Leute wollten die Schinken unbedingt haben. Vielleicht hinderte mich dieses Schinkengeschäft daran, richtig zu erfassen, was eigentlich im Gange war. Als ich aus Sermoneta zurückkam, hörte ich, daß Mussolini davongejagt worden sei und daß der Krieg jetzt wirklich zu Ende gehe. Ich sagte: «Mussolini oder Badoglio, das ist mir alles einerlei, solange das Geschäft gut geht.»

Aus Mussolini hatte ich mir übrigens nie etwas gemacht. Er war mir unsympathisch, mit seinen bösen Augen und dem vorlauten Mund, der nie schweigen konnte. Ich bin immer der Ansicht gewesen, daß seine Angelegenheiten anfingen schiefzugehen, seit er sich mit der Petacci zusammengetan hatte; denn man weiß ja, ältere Männer verlieren den Kopf, wenn sie verliebt sind, und Mussolini war bereits Großvater, als er die Petacci kennenlernte.

Der einzige Vorteil jener Nacht des fünfundzwanzigsten Juli bestand darin, daß die Menge ein Magazin der Intendanz in der Via Garibaldi plünderte. Ich ging auch hin und trug auf dem Kopf einen Laib Parmesankäse nach Hause. Es gab dort alle erdenklichen Dinge, und die Leute schleppten alles davon. Einer meiner Nachbarn brachte sogar mit einem Handwagen den Terrakottaofen heim, der im Büro des Lagerverwalters gestanden hatte.

In jenem Sommer gab es viel zu verdienen. Die Leute hatten Angst und konnten gar nicht genug Lebensmittel anhäufen. Es gab damals mehr Waren in den Speisekammern und Kellern als in den Geschäften. Ich erinnere mich, daß ich eines Tages einer Dame in der Gegend der Via Veneto einen Schinken lieferte. Sie wohnte in einem schönen Haus, ein livrierter Diener öffnete mir die Tür, ich trug den Schinken in meinem gewohnten Fiberkoffer, und die Dame kam mir entgegen, parfümiert und mit Schmuck behängt. Auch ihr Mann erschien hinter ihr, ein kleiner, dicker Herr, und die Dame umarmte mich beinahe vor Dankbarkeit. «Kommen Sie, kommen Sie, meine Teure», sagte sie, «kommen Sie hierher!» Ich folgte ihr in einen Korridor, die Dame öffnete die Tür zur Speisekammer, und da erblickte ich alle erdenklichen Herrlichkeiten. In dieser Speisekammer befand sich mehr Ware als in einem Delikatessengeschäft. Der fensterlose Raum war ringsum angefüllt mit Regalen, auf denen reihenweise Kilobüchsen mit Ölsardinen, feine

Konserven amerikanischer und englischer Herkunft, unzählige Pakete Teigwaren, Mehl- und Bohnensäcke, Marmeladegläser und mindestens zehn Schinken und Würste eingelagert waren.

Ich sagte: «Hier gibt es ja für zehn Jahre zu essen!» Die Dame antwortete: «Man kann nie wissen!» Ich legte den Schinken zu den übrigen, der Herr bezahlte mich auf der Stelle, und während er das Geld aus der Brieftasche nahm, zitterten seine Hände vor Freude. «Sobald Sie wieder etwas Gutes für uns haben», schärfte er mir wieder und wieder ein, «denken Sie an uns! Wir sind bereit, zwanzig und auch dreißig Prozent mehr zu bezahlen als Ihre anderen Kunden!»

Mit einem Wort, alle Leute wollten Lebensmittel und zahlten, ohne mit der Wimper zu zucken, jeden Preis. So kam es, daß ich gar nicht daran dachte, für mich selber Vorräte anzulegen, denn ich hatte mich daran gewöhnt, das Geld für das Wertvollste zu halten, obwohl man Geld doch nicht essen kann. Als daher die wirkliche Hungersnot ausbrach, hatte ich so gut wie gar nichts. In meinem Laden waren die Regale leer, bis auf ein paar Pakete Teigwaren und wenige Schachteln Sardinen schlechter Qualität. Geld hatte ich allerdings – nicht mehr auf der Bank, sondern vorsichtshalber bei mir daheim, denn es hieß, die Regierung wolle die Banken schließen und sich der Ersparnisse der armen Leute bemächtigen. Aber niemand wollte jetzt Geld nehmen, und andererseits widerstrebte es mir, nachdem ich so lange Zeit auf dem Schwarzmarkt Geld verdient hatte, es nun auf demselben Schwarzmarkt mit seinen unablässig steigenden Preisen wieder auszugeben.

Mittlerweile waren die Deutschen und die Faschisten zurückgekehrt. Als ich eines Morgens über die Piazza Colonna ging, sah ich die große, schwarze Faschistenfahne von dem Balkon des Palazzo Venezia herabhängen, und der ganze Platz war angefüllt mit bis an die Zähne bewaffneten Schwarzhemden; und alle diejenigen, die in der Nacht des fünfundzwanzigsten Juli gejubelt hatten, schlichen jetzt an den Mauern entlang wie Mäuse, wenn die Katze kommt.

Ich sagte zu Rosetta: «Hoffen wir, daß sie jetzt schnell siegen und daß man wieder was zu essen kriegt!»

Es war im September, und eines Morgens hörte ich, daß in der Via della Vite Eier verteilt würden. Ich ging hin und sah dort wirklich zwei Lastwagen voll mit Eiern. Aber verteilt wurde nichts, und ein Deutscher in Hemd und Unterhosen, die Maschinenpistole um den Hals, bewachte das Abladen der Eier. Die Leute ringsumher bildeten Gruppen und sahen wortlos beim Abladen der Eier zu. Die Augen quollen ihnen hervor, so verhungert waren sie. Man sah dem Deutschen an, daß er befürchtete, angegriffen zu werden, denn er wendete sich unablässig hin und her und hielt die Hand am Griff seiner Waffe. Dabei machte er dann und wann seltsame seitliche Sprünge wie ein Frosch am Teichrand. Er war jung, dick und blaß, und die Sonne hatte seine Haut an den Schenkeln und Oberarmen aufgezogen, als hätte er den Tag am Strand verbracht. Als die Menge erkannte, daß die Eier nicht verteilt werden sollten, begann sie zuerst leise, dann immer lauter zu murren. Der Deutsche, dem man von weitem ansah, daß er Angst hatte, hob seine Maschinenpistole, richtete sie auf die Leute und rief: «Weg! Weg! Weg!»

Da verlor ich den Kopf, auch darum, weil ich an diesem Morgen noch nichts gegessen hatte und hungrig war. Ich rief dem Soldaten zu: «Gib die Eier her, und wir gehen sofort!» Er sagte wieder: «Weg! Weg! Weg!» und zielte auf mich. Ich machte eine Bewegung, die andeuten sollte, daß ich Hunger hätte: Ich führte die Hand zum Mund. Er wollte mich jedoch nicht verstehen und stieß mir den Lauf seiner Pistole in den Magen, so heftig, daß es mich schmerzte. Wütend rief ich: «Hättet ihr doch Mussolini nicht weggejagt! Unter ihm ging es uns besser – seit ihr hier seid, gibt's überhaupt nichts mehr zu essen!»

Ich weiß nicht warum, aber bei diesen meinen Worten fingen die Leute an zu lachen, und einer rief mir zu: «Lest ihr denn in Sgurgola keine Zeitungen?»

Giftig antwortete ich: «Ich bin aus Vallecorsa und nicht aus Sgurgola! Und dich kenne ich überhaupt nicht, und mit dir rede ich nicht!»

Die anderen aber lachten weiter, und sogar der Deutsche lachte. Inzwischen wurden die Eier in ihren offenen Kisten abgeladen und in das Magazin gebracht. Schön und weiß sahen sie aus. Da schrie ich: «Wir wollen die Eier, verstanden? Die Eier wollen wir!»

Aus der Menge trat ein Polizist hervor und sagte zu mir: «Geh heim, das wird besser sein!» Ich antwortete: «Hast du zu essen?

Ich nicht!» Da gab er mir eine Ohrfeige und stieß mich in die Menge zurück. Mein Wort, ich hätte ihn am liebsten umgebracht. Ich schlug um mich und sagte ihm alles, was ich von dem Kerl dachte. Die Leute rings um mich aber drängten mich beiseite, und schließlich mußte ich gehen, wobei ich in dem Durcheinander sogar noch mein Kopftuch verlor.

Als ich wieder daheim war, sagte ich zu Rosetta: «Wenn wir hier nicht beizeiten wegkommen, verhungern wir noch!» Da begann sie zu heulen und rief: «Mutter, ich habe solche Angst!» Das gefiel mir gar nicht, denn bisher hatte Rosetta nie geklagt, sondern mir mit ihrer ruhigen Haltung mehr als einmal Mut eingeflößt. Ich fragte sie: «Dummes, warum hast du denn Angst?» Und sie antwortete: «Es heißt, die Flieger werden kommen und uns alle umbringen. Sie sollen nach einem bestimmten Plan erst alle Eisenbahnen und Züge zerstören, und dann, wenn Rom isoliert ist und es hier nichts mehr zu essen gibt und man auch nicht mehr aufs Land fliehen kann, werden sie uns alle mit ihren Bomben töten ... Ach, Mutter, ich habe solche Angst! Und von Gino habe ich seit einem Monat keine Nachricht mehr!»

Ich suchte sie zu beruhigen und erzählte ihr die üblichen Dinge, von denen jetzt auch ich wußte, daß sie nicht wahr waren: daß Rom nicht bombardiert werden würde, weil hier der Papst war, daß die Deutschen bald den Krieg gewinnen würden, daß es keinen Grund zur Angst gab. Sie schluchzte so heftig, daß ich sie schließlich in die Arme nehmen und wiegen mußte wie damals, als sie zwei Jahre alt war. Während ich sie streichelte, schluchzte sie noch immer weiter und sagte wieder und wieder: «Ich habe solche Angst, Mutter!» Ich aber dachte, wie unähnlich sie mir in diesem Punkte war – denn ich habe vor nichts und vor niemandem Angst.

Auch körperlich glich Rosetta mir kaum: Sie hatte das Gesicht eines Lämmchens, mit großen, sanften Augen und einer feinen Nase, die ein wenig über den schönen, fleischigen Mund herunterhing; ihr fliehendes Kinn erinnerte tatsächlich an ein Lamm und ebenso ihr dunkelblondes, sehr dichtes und gekräuseltes Haar. Ihre weiße, zarte Haut war mit hellen Muttermalen bedeckt, während ich ganz dunkel bin und meine Haut aussieht, als wäre sie von der Sonne verbrannt.

Um sie zu beruhigen, sagte ich ihr schließlich: «Es heißt allgemein, daß es nur eine Frage von Tagen ist, bis die Engländer da sind. Und wenn sie kommen, ist es mit der Hungersnot zu Ende ... Weißt du aber, was wir bis dahin tun wollen? Wir gehen zu den Großeltern aufs Dorf und warten dort das Ende des Krieges ab. Zu essen gibt es bei denen, sie haben Bohnen, Eier und Schweine. Und überhaupt findet man auf dem Land immer etwas.»

«Und die Wohnung?» fragte sie.

Ich erwiderte: «Mein Kind, auch daran habe ich gedacht... Wir vermieten die Wohnung der Form halber an Giovanni, und wenn wir wiederkommen, gibt er sie uns genauso zurück, wie er sie übernommen hat. Den Laden sperre ich einstweilen zu, er ist ja ohnedies leer, und es wird noch eine Weile nichts geben, was man darin verkaufen könnte.»

Man muß wissen, daß dieser Giovanni ein Holz- und Kohlenhändler war, ein Freund meines verstorbenen Mannes. Er war ein Mordskerl, groß und dick, kahlköpfig, mit einem roten Gesicht, struppigem Schnurrbart und sanften Augen. Solange mein Mann noch lebte, kamen die beiden jeden Abend im Gasthaus mit anderen Geschäftsleuten aus dem Quartier zusammen. Seine Anzüge waren ihm immer zu weit, stets hatte er eine erloschene Zigarre zwischen den Zähnen, und sooft ich ihn sah, hielt er ein Notizbuch und einen Bleistift in den Händen, rechnete oder schrieb etwas auf. Sein Wesen war sanft wie sein Blick, und wenn er mich traf, erkundigte er sich stets in freundlich-familiärer Weise nach Rosettas Befinden. «Wie geht's der Kleinen?» fragte er, solange Rosetta noch ein Kind war. «Was macht die Kleine?»

Von der Sache, die ich jetzt erzählen will, bin ich nicht ganz sicher, ob sie sich auch wirklich zugetragen hat. Es gibt ja gewisse Ereignisse, von denen man nachher nicht bestimmt weiß, ob sie tatsächlich geschehen sind, besonders wenn die Person, um die es sich dabei handelt, später nie darüber ein Wort verliert und sich benimmt, als wäre nie etwas vorgefallen.

Kurz und gut, als mein Mann noch lebte, kam Giovanni eines Tages zu mir in die Wohnung, während ich in der Küche beschäftigt war, setzte sich unter irgendeinem Vorwand zu mir und begann von allem möglichen zu sprechen. Schließlich brachte er die Rede auf meinen Mann. Ich hatte die beiden immer für Freunde gehalten und war daher höchst erstaunt, als ich ihn plötzlich sagen hörte: «Wie hältst du es eigentlich mit diesem Scheißkerl aus, Cesira?»

Er sagte wirklich «Scheißkerl», und ich glaubte, meinen Ohren nicht zu trauen. Ich starrte ihn an, wie er da sanft und ruhig auf seinem Stuhl saß, die erloschene Zigarre im Mundwinkel. «Er kann sich kaum mehr auf den Beinen halten», fuhr er dann fort, «und eines Tages wird er sterben. Aber vorher kann es dir noch passieren, daß er dich ansteckt – er geht ja immer mit Huren!»

Und ich: «Von meinem Mann sehe und höre ich so gut wie nichts. Wenn er am Abend heimkommt, fällt er ins Bett; ich wende mich nach der anderen Seite und ‹Gute Nacht!›.»

Da sagte er – oder wenigstens war mir so, als sagte er: «Aber du bist doch noch jung! Wie? Willst du die Nonne spielen? Du bist jung und brauchst einen Mann, der dich liebhat!»

Ich fragte: «Was geht denn das dich an? Ich brauche keine Männer. Aber auch, wenn ich welche bräuchte – was kümmert das dich?»

Da stand er auf, wenn ich mich recht erinnere, trat an mich heran und ergriff mich beim Kinn. «Mit euch Frauen muß man immer durch die Blume reden. Es gibt doch mich, nicht wahr? Hast du nie an mich gedacht?»

An diesem Punkt sind nach den langen Jahren meine Erinnerungen etwas durcheinandergeraten. Aber ich bin fast sicher, daß er mir vorschlug, mit ihm schlafen zu gehen. Und ich bin fast sicher, daß ich ihm antwortete: «Schämst du dich denn nicht? Vincenzo ist doch dein Freund!»

«Was heißt da Freund?» gab er zurück. «Ich bin niemandes Freund.»

Ich möchte schwören, daß er mir hierauf erklärte, er wolle mir Geld geben, wenn ich ihn ins Schlafzimmer nähme. Zugleich zog er seine Brieftasche hervor und zählte eine Menge Banknoten auf den Küchentisch, wobei er mich anstarrte und von Zeit zu Zeit fragte: «Genug oder soll ich weiter zulegen?»

Schließlich sagte ich ihm, doch ohne Zorn, er möge gehen. Da nahm er seine Banknoten wieder an sich und machte sich auf den Weg.

Das alles muß wirklich geschehen sein, denn ich kann es mir

nicht einfach ausgedacht haben. Aber er erwähnte den Vorfall nie wieder, weder in den folgenden Tagen noch jemals später. Sein Verhalten war in der Folge genau das gleiche wie zuvor, einfach, freundlich und sanft, so daß ich anfing, mich zu fragen, ob ich es nicht nur geträumt hatte, daß er meinen Mann «Scheißkerl» genannt und mir angetragen hatte, mit ihm für Geld ins Bett zu gehen. Mit den Jahren wurde dann dieses Gefühl, die Sache habe sich nie ereignet, immer stärker. Zugleich aber wußte ich die ganze Zeit über, daß Giovanni der einzige Mann war, der mich wirklich gern hatte, um meiner selbst und nicht um meines Geldes willen, und daß ich mich in einer Notlage nur an ihn wenden konnte.

Ich ging also jetzt zu Giovanni und fand ihn in seinem schwarzen Tiefparterreladen voller Reisigbündel und Holzkohlesäcke, den einzigen Waren, die es in jenem Sommer in Rom zu kaufen gab. Ich sagte ihm, was ich vorhatte, und er hörte mich schweigend an und blinzelte mir bisweilen über seine halberkaltete Zigarre hinweg zu. Schließlich meinte er: «Also gut, ich werde den Laden und die Wohnung für dich im Auge behalten, bis du wiederkommst. Ich weiß wirklich nicht, warum ich mir in diesen Zeiten solche Scherereien auflade – sagen wir, ich tu's dem Seligen zuliebe.»

Diese Worte berührten mich peinlich, denn nun glaubte ich wieder seine Stimme zu hören, als er fragte: «Wie hältst du es eigentlich mit diesem Scheißkerl aus?» Und wieder glaubte ich meinen Ohren nicht zu trauen. Plötzlich entfuhr mir der Satz: «Ich hoffe, du tust es mir zuliebe!» Ich weiß nicht, warum ich das sagte, vielleicht, weil ich überzeugt war, daß er mich liebhatte, und weil ich es in dieser Lage gern gehört hätte, daß er es mir zuliebe tat. Er sah mich einen Augenblick an, nahm dann die Zigarre aus dem Mund und legte sie auf den Tischrand. Dann ging er zur Tür des Ladens, stieg die paar Stufen hinauf und legte den Riegel und das Vorhängeschloß vor, so daß wir in völligem Dunkel blieben.

Ich hatte begriffen, gab keinen Laut von mir, und mein Herz klopfte heftig; ich kann nicht sagen, daß mir die Sache unangenehm war, ich fühlte mich nur erregt. Wahrscheinlich kam alles zusammen, um mir in meiner Lage Mut zu machen: das Durcheinander in ganz Rom, die Hungersnot, die Angst und die Verzweiflung bei dem Gedanken, Geschäft und Wohnung im Stich lassen zu sollen, und das Bewußtsein, nicht wie alle anderen Frauen einen Mann an meiner Seite zu haben. Tatsache ist, daß ich mich, während er auf mich zukam, zum erstenmal in meinem Leben gelöst und schwach fühlte. Er umfaßte mich in völliger Dunkelheit, und mein erster Impuls war, mich an ihn anzuschmiegen und mit meinem keuchenden Mund den seinen zu suchen. Er drückte mich auf einen Haufen von Holzkohlesäcken nieder, und während ich mich ihm überließ, war es das erste Mal, daß ich mich einem Manne wirklich hingab; und so hart die Säcke waren und so schwer er auf mir lastete, empfand ich doch ein Gefühl von Leichtigkeit und Befreiung. Als dann alles vorüber war, als er von mir abgelassen hatte und ich eine Weile in völliger Betäubung auf den Säcken liegenblieb, war es mir beinahe, als sei ich wieder jung geworden wie damals, als ich mit meinem Mann nach Rom kam und davon träumte, etwas dieser Art zu empfinden. Damals hatte ich es freilich nicht empfunden, sondern mich hatte Ekel vor den Männern und vor der Liebe erfaßt.

Nun, kurz und gut, endlich fragte er mich, aus dem Dunkel heraus, ob ich jetzt bereit sei, über unsere Geschäfte zu sprechen. Ich stand auf und bejahte, worauf er eine gelbe Lampe anzündete und ich ihn an seinem Tisch sitzen sah wie vorher, als ob nichts geschehen wäre – die Zigarre unter dem Schnurrbart, die sanften Augen halb geschlossen. Ich trat näher und sagte: «Schwöre mir, daß du nie zu einem Menschen von dem sprechen wirst, was sich heute zugetragen hat – schwöre mir das!»

Er lächelte und erwiderte: «Ich weiß von nichts. Was meinst du eigentlich? Ich verstehe dich gar nicht. Du bist doch wegen dieser Sache mit der Wohnung und dem Geschäft gekommen, nicht?»

Wieder hatte ich das Gefühl, von dem ich schon gesprochen habe – das Gefühl, als hätte ich geträumt. Wären meine Kleider nicht noch in Unordnung und mit Kohlenruß beschmutzt gewesen, hätte ich glauben können, es sei wirklich nichts geschehen. Etwas fassungslos stammelte ich: «Natürlich, du hast recht, ich bin wegen der Wohnung und des Geschäftes gekommen . . .»

Da ergriff er ein Blatt Papier und schrieb darauf eine Erklärung, derzufolge ich ihm das Haus und den Laden für ein Jahr vermiete. Diese Erklärung mußte ich unterschreiben, worauf er sie in ein Schubfach legte, die Tür aufschloß und sagte: «Also abgemacht. Ich komme heute wegen der Übergabe, und morgen früh hole ich euch beide ab und bringe euch zur Bahn.»

Er stand an der Tür, und als ich an ihm vorüberging, klatschte er mir mit der flachen Hand auf den Hintern und lächelte dazu, als wolle er sagen: «Wir sind uns auch über alles andere einig.» Ich dachte, daß ich nicht mehr das Recht hätte, zu protestieren. Ja, dachte ich weiter, das ist die Folge von Krieg und Hungersnot, daß eine anständige Frau sich plötzlich auf den Hintern klatschen lassen muß und nicht protestieren darf, weil sie eben nicht mehr anständig ist.

Ich ging heim und begann sofort mit den Reisevorbereitungen. Es zerriß mir das Herz, diese Wohnung im Stich lassen zu müssen, in der ich die letzten zwanzig Jahre verbracht und aus der ich mich nur für meine Schwarzmarktfahrten entfernt hatte. Gewiß, ich war überzeugt, daß die Engländer bald – in ein oder zwei Wochen – kommen würden, und bereitete mich auf eine Abwesenheit von höchstens einem Monat vor; zugleich aber sagte mir irgendein Vorgefühl nicht nur, daß meine Abwesenheit viel länger dauern würde, sondern auch, daß mich in der Zukunft etwas Trauriges erwartet. Ich hatte mich nie mit Politik beschäftigt und wußte nichts von Faschisten, Engländern, Russen oder Amerikanern; aber ich hatte rings um mich soviel reden gehört, daß ich zwar noch immer nichts von alldem begriff, aber doch ahnte, für arme Leute wie uns liege nichts Gutes in der Luft. Es war wie auf dem Lande, wenn sich der Himmel gewitterig verdunkelt, die Blätter der Bäume ihre Unterseite zuoberst kehren und die Schafe sich aneinanderdrängen; und obzwar es Sommer ist, erhebt sich plötzlich ein kalter Bodenwind. Ich hatte Angst und wußte nicht wovor, und mein Herz zog sich zusammen bei dem Gedanken, daß ich Wohnung und Geschäft verlassen soll – ganz so, als wüßte ich im voraus, ich würde beides nicht wiedersehen. Trotzdem sagte ich zu Rosetta: «Nimm nicht zu viele Sachen mit, denn wir werden höchstens zwei Wochen fortbleiben, und es ist ja noch warm!» Wir hatten etwa den fünfzehnten September, und es war wärmer als in allen anderen Jahren um diese Zeit.

Wir packten also vorwiegend bunte Kleider in die zwei kleinen

Fiberkoffer und legten nur ein paar Wollhemden dazu für den Fall, daß es kalt werden würde. Um mich über den Abschied hinwegzutrösten, beschrieb ich Rosetta eingehend, wie wir bei meinen Eltern auf dem Lande aufgenommen werden würden: «Du wirst sehen, dort bekommen wir soviel zu essen, daß wir platzen. Wir werden zunehmen und uns gut ausruhen ... Auf dem Land gibt es das alles nicht, was das Leben in Rom so schwierig macht. Es wird uns wunderbar gehen, wir werden uns gut ausschlafen und vor allem prächtig essen. Du wirst sehen: dort haben sie Schweine, Mehl und Obst, und sie haben auch Wein. Wie die Päpste werden wir leben!»

Aber diese Aussichten genügten offenbar nicht, Rosetta fröhlich zu stimmen. Sie dachte an ihren Verlobten in Jugoslawien, von dem sie seit einem Monat nichts mehr gehört hatte; und ich wußte, daß sie täglich früh am Morgen aufstand, in die Kirche ging und betete, ihr Gino möge gesund zurückkommen und sie heiraten. Um ihr zu zeigen, daß ich sie verstand, sagte ich also, während ich sie umarmte und küßte: «Sei ruhig, mein Goldkind, die Muttergottes sieht und hört dich und wird nicht zulassen, daß dir etwas Böses zustößt!»

Inzwischen setzte ich meine Vorbereitungen fort, und jetzt, als der Augenblick der Angst vorüber war, konnte ich es kaum erwarten, fortzugehen. Denn in letzter Zeit war ja das Leben bei den vielen Fliegeralarmen, dem Mangel an Lebensmitteln und dem ständigen Gedanken an eine Flucht für mich kein Leben mehr gewesen. Ich hatte nicht einmal mehr Lust, meine Wohnung in Ordnung zu halten – ich, die ich sonst stundenlang auf den Knien lag und den Fußboden wischte, bis er aussah wie ein Spiegel. Mir war, mit einem Wort, als sei das Leben aus den Fugen gegangen wie eine Kiste, die von einem Wagen fällt, aufplatzt und ihren Inhalt auf die Straße verstreut. Und ich dachte an diese Sache mit Giovanni und wie er mir den Schlag auf den Hintern versetzt hatte; und auch ich fühlte mich aus den Fugen gegangen und nunmehr imstande, alles Erdenkliche zu tun – sogar zu stehlen oder zu töten. Denn ich hatte meine Selbstachtung verloren und war nicht mehr die Frau, die ich vorher gewesen war.

Ja, das Leben besteht aus Gewohnheiten, und auch die Anständigkeit ist eine Gewohnheit. Wenn man erst einmal seine Gewohnheiten ändert, wird das Leben leicht zur Hölle, und wir Menschen werden zu Teufeln und haben keinerlei Respekt mehr vor uns selber und vor den anderen.

Rosetta machte sich auch Sorgen um ihre Katze, die sie einst auf der Straße gefunden und aufgezogen hatte. Diese Katze schlief bei Nacht in ihrem Bett und lief ihr bei Tag durch die ganze Wohnung hinterdrein wie ein Hündchen. Ich riet Rosetta, die Katze bei der Hausbesorgerin des Nebenhauses zu lassen, und sie sagte, sie wolle das tun. Jetzt saß sie in ihrem Zimmer auf dem Fußende des Bettes, auf dem schon der geschlossene Koffer stand, hatte die Katze im Schoß und streichelte sie sanft; und das arme Tier, das nicht wußte, daß seine Herrin im Begriff war, es zu verlassen, schnurrte mit geschlossenen Augen. Ich hatte Mitleid mit Rosetta, denn ich wußte, wie schwer ihr ums Herz war, und so sagte ich: «Warte nur, mein Kind, bis dieser schlimme Augenblick vorüber ist! Du wirst sehen, alles wird wieder gut ... Der Krieg wird aufhören, es wird wieder Lebensmittel in Hülle und Fülle geben, und du wirst heiraten und mit deinem Mann leben.»

Gerade in diesem Augenblick ertönte, wie eine Antwort auf das, was ich gesagt hatte, das Heulen der Sirenen – dieser verdammte Lärm, der so unheilverkündend klang und mich jedesmal geradewegs ins Herz traf. Da befiel mich die Wut, ich riß das Fenster nach dem Hof auf, drohte mit der Faust zum Himmel hinauf und schrie: «Der Teufel soll euch holen – euch und die, die euch ausgeschickt haben!»

Rosetta aber hatte sich nicht gerührt und fragte jetzt: «Warum regst du dich so auf, Mutter? Du hast doch selber gesagt, daß alles wieder in Ordnung kommen wird!» Aus Liebe zu diesem Engel zwang ich mich zur Ruhe und antwortete: «Ja, aber einstweilen müssen wir aus unserem Heim fort, und wer weiß, was noch geschehen wird!»

Ich litt Höllenqualen an jenem Tag. Mir war, als sei ich nicht mehr ich selber. Einmal dachte ich an das, was mit Giovanni vorgefallen war, und bei dem Gedanken, daß ich mich ihm hingegeben hatte wie eine Straßenhure – auf ein paar Kohlesäcken –, hätte ich mir vor Wut die Hand abbeißen mögen. Dann wieder blickte ich mich in dieser Wohnung um, die zwanzig Jahre lang mein Heim gewesen war und die ich jetzt verlassen mußte, und die helle Verzweiflung überkam mich. Das Feuer in der Küche war erloschen; im Schlafzimmer, wo ich zusammen mit Rosetta das Ehebett benützte, waren die Laken unordentlich durcheinander geworfen, und ich hatte nicht die Energie, das Bett zu machen, von dem ich wußte, daß ich nicht so bald wieder darin schlafen würde. Auch der Herd würde von morgen an nicht mehr mein Herd sein, und ich würde nicht darauf kochen – wozu also das Feuer nochmals anzünden?

Wir aßen an dem ungedeckten Tisch – Brot und Sardinen. Dann und wann blickte ich zu Rosetta hinüber, sah, wie traurig sie vor sich hinstarrte, und der Bissen blieb mir im Halse stecken. Sie tat mir unsäglich leid, und zugleich hatte ich Angst für sie und dachte, wie wenig glücklich sie sei, daß sie in solchen Zeiten geboren war und leben mußte.

Gegen zwei Uhr legten wir uns auf das ungemachte Bett und schliefen ein wenig. Besser gesagt, Rosetta schlief, an mich geschmiegt, während ich mit offenen Augen dalag und die ganze Zeit an Giovanni, die Kohlensäcke, den Schlag auf den Hintern und an das Geschäft und die Wohnung dachte, die ich verlassen sollte.

Schließlich läutete es an der Tür. Ich löste mich vorsichtig von der schlafenden Rosetta und ging öffnen. Es war Giovanni, lächelnd, die Zigarre im Mundwinkel. Ich ließ ihn gar nicht zu Wort kommen.

«Hör einmal», fuhr ich ihn an, «was geschehen ist, ist geschehen, und ich bin nicht mehr die, die ich vorher war, das gebe ich zu, und du hast recht, mich wie eine Hure zu behandeln ... Aber noch ein solcher Schlag wie heute vormittag und ich bringe dich um, so wahr mir Gott helfe! Dann werde ich zwar eingesperrt, aber wer weiß, ob man in diesen Zeiten nicht im Gefängnis besser dran ist als draußen, und jedenfalls soll es mir nicht leid tun.»

Er zog vor Überraschung die Brauen ein ganz klein wenig empor, sagte aber kein Wort. Erst als er in das Vorzimmer trat, meinte er halblaut: «Machen wir also jetzt diese Übergabe?»

Ich ging ins Schlafzimmer und nahm einen Bogen Papier, auf dem Rosetta alles aufgeschrieben hatte, was ich in der Wohnung und im Geschäft besaß. Ich hatte auch die kleinsten Kleinigkeiten aufzählen lassen, nicht, weil ich kein Vertrauen zu Giovanni gehabt hätte, sondern weil es immer besser ist, sich auf niemanden völlig zu verlassen. Darum sagte ich auch zu Giovanni, ehe wir das Inventar durchgingen: «Das sind alles Dinge, die mein Mann und ich uns in zwanzigjähriger Arbeit erworben haben ... Gib gut acht darauf und sorge dafür, daß ich alles wiederbekomme. Erinnere dich, daß nicht einmal ein Nagel fehlen darf!»

Er lächelte und erwiderte: «Sei beruhigt, du wirst deine Nägel wiederfinden, wenn du zurückkommst!»

Wir begannen im Schlafzimmer. Ich hatte die Liste in doppelter Ausführung machen lassen; er hielt das eine Exemplar in der Hand und Rosetta das andere. Ich zeigte ihm der Reihe nach sämtliche Gegenstände. Ich wies auf das schöne Doppelbett, das zwar aus Eisen war, aber genau wie Nußbaum aussah, weil sogar die Astknoten und Sprünge des Holzes draufgemalt waren. Ich hob die Decke empor und zeigte ihm die beiden Matratzen, eine aus Roßhaar und eine aus Wolle. Dann schloß ich den Schrank auf und zählte die Decken, die Bettlaken und die übrige Wäsche. In den Nachtkästchen zeigte ich ihm die Nachttöpfe aus Porzellan, mit dem rot-blauen Blumenmuster. Hierauf kam die Liste der Möbel an die Reihe: eine Kommode mit weißer Marmorplatte, ein ovaler Spiegel mit Goldrahmen, vier Stühle, ein Bett, zwei Schränkchen und ein zweiflügeliger Spiegelschrank. Auch die Nippes zählte ich auf: eine Glasglocke mit einem Blumensträußchen aus Wachs, das aussah wie echt und das ich zur Hochzeit von meiner Patin geschenkt bekommen hatte; eine Bonbonniere aus Porzellan; zwei Gipsfiguren, einen Hirten und eine Hirtin darstellend; ein Nadelkissen aus blauem Samt; ein Kästchen aus Sorrent, das ein Lied spielte, wenn man den Deckel mit der eingelegten Abbildung des Vesuvs öffnete; zwei Wasserflaschen mit dazugehörigen Gläsern aus dickem geschliffenem Glas; eine Blumenvase aus Porzellan in Form einer Tulpe, in der statt der Blumen drei herrliche Pfauenfedern steckten; zwei Farbdrucke, von denen der eine die Muttergottes mit dem Jesuskind darstellte, der andere eine Art Theaterszene mit einem Mohren und einer blonden Frau. Irgendwer hatte mir erzählt, es handle sich um eine Oper namens *Othello* und der Mohr sei dieser Othello.

Aus dem Schlafzimmer führte ich Giovanni dann in das Speisezimmer, das mir zugleich als Wohnraum diente und wo auch meine Nähmaschine stand. Hier ließ ich ihn den runden Tisch aus dunklem Nußholz angreifen, mit dem gestickten Deckchen und einer Blumenvase darauf und mit den vier Stühlen aus grünem Samt ringsherum. Ich öffnete die Kredenz und zählte ihm Stück für Stück das ganze schöne Tafelservice aus blumenbemaltem Porzellan vor. Es war ein Service für sechs Personen, das ich in meinem ganzen Leben höchstens zweimal benützt hatte. «Dieses Porzellan ist mir teuer wie mein Augenlicht», sagte ich zu Giovanni. «Wenn du auch nur ein Stück davon zerbrichst, sollst du was erleben!» Er antwortete lächelnd: «Hab keine Angst!»

Genau nach der Liste zeigte ich ihm alle übrigen Gegenstände: die beiden Blumenstücke an der Wand, die Nähmaschine, den Radioapparat, den kleinen Ripsdiwan mit den dazugehörigen Sesseln, die Likörflasche aus rosablauem Glas und die sechs Likörgläser, ein paar weitere Bonbonnieren und Kästchen, einen schönen Fächer mit einer Ansicht von Venedig, den ich an die Wand genagelt hatte. Dann gingen wir zur Küche über, und dort zählte ich ihm Stück für Stück das gesamte Küchengeschirr und alle Aluminium- und Kupfertöpfe vor, die ich besaß, ferner die Eßbestecke aus nichtrostendem Stahl, den Backofen, die Kartoffelpresse, den Besenschrank und das Abwaschbecken aus Zink. Mit einem Wort, ich ließ ihn alles sehen, und dann gingen wir in den Laden hinunter.

Dort ging die Sache schneller vonstatten, denn außer den Regalen, der Theke und ein paar Stühlen war nichts übriggeblieben – alles war in diesen Monaten der Hungersnot ratzekahl ausverkauft worden. Schließlich kehrten wir wieder in die Wohnung zurück, und ich meinte entmutigt: «Wozu das alles? Ich fühle ja doch, daß ich nie mehr hierher zurückkommen werde!»

Giovanni, der sich niedergesetzt hatte und seine Zigarre rauchte, schüttelte den Kopf. «In vierzehn Tagen sind die Engländer da», meinte er, «das geben sogar die Faschisten zu ... Du fährst für vierzehn Tage in die Ferien, dann kommst du wieder, und wir veranstalten ein schönes Fest zur Feier deiner Rückkehr.»

Noch eine Menge anderer schöner Worte sagte Giovanni, um mich und Rosetta zu beruhigen, und beinahe gelang ihm dies auch. Als er schließlich ging, fühlten wir uns bedeutend erleichtert. Im Vorzimmer unterließ er diesmal jeden Klaps, und er streichelte mir nur das Gesicht. Das hatte er auch zu Lebzeiten meines Mannes oft getan, und so war ich ihm dankbar dafür. Es schien mir fast, als sei zwischen ihm und mir nichts vorgefallen und als sei ich noch immer die, die ich zuvor gewesen war.

Den Rest dieses Tages verbrachte ich mit den letzten Vorbereitungen. Vor allem machte ich ein ordentliches Paket mit Reiseproviant. Dahinein tat ich eine Wurst, ein paar Sardinenbüchsen, eine Schachtel Thunfisch und etwas Brot. Für meinen Vater und meine Mutter machte ich ein gesondertes Paket. Es enthielt für meinen Vater einen fast neuen Anzug meines Mannes, den er sich kurz vor seinem Tode hatte anfertigen lassen und in dem er eigentlich hatte begraben werden wollen. Im letzten Augenblick aber hatte ich gefunden, es sei doch schade um den schönen Anzug aus blauem Wollstoff, weshalb ich die Leiche in ein altes Bettlaken wickelte und den Anzug rettete. Mein Vater hatte fast dieselbe Statur wie mein Mann, und zu dem Anzug packte ich auch die Schuhe des Seligen, die zwar nicht neu, aber noch gut erhalten waren. Meiner Mutter beschloß ich ein Umhängetuch und einen Rock mitzubringen, außerdem alles, was ich noch an Lebensmitteln übrig hatte – ein paar Kilo Zucker, Kaffee, etliche Konservenbüchsen und Würste. Alles das kam in einen dritten Koffer, so daß wir insgesamt drei Koffer hatten und einen Sack mit einer Decke und einem Kopfkissen für die Reise. Allgemein hieß es nämlich, die Züge brauchten jetzt manchmal zwei Tage bis Neapel; und da wir die Hälfte dieser Strecke fahren mußten, konnten wir nicht vorsichtig genug sein.

Am Abend setzten wir uns zu Tisch, und diesmal hatte ich ein wenig gekocht, damit die Mahlzeit nicht allzu trübselig ausfalle. Doch kaum hatten wir uns niedergelassen, da heulten die Alarmsirenen. Ich sah, wie Rosetta vor Angst blaß wurde und beinahe zitterte, und ich begriff, daß ihre Nerven jetzt zu versagen drohten, nachdem sie sich so lange tapfer gehalten hatte. Es blieb mir also nichts anderes übrig, als das Essen stehenzulassen und mit Rosetta in den Keller zu gehen – eine Vorsichtsmaßregel, die im Grunde zu gar nichts gut war, denn wenn eine Bombe auf unser Haus fiel, blieb von dem alten Gemäuer bestimmt nichts übrig, und wir lagen tot unter den Trümmern. Immerhin stiegen wir in den Keller hinunter und saßen dort, zusammen mit den übrigen Hausbewohnern, drei Viertelstunden im Dunkeln auf einer Bank.

Alle sprachen von der Ankunft der Engländer wie von einer Frage weniger Tage. Sie waren in Salerno, nicht weit von Neapel, gelandet, und auch, wenn sie langsam vorrückten, brauchten sie von Neapel nach Rom höchstens eine Woche. Die Deutschen und die Faschisten, so hieß es, liefen davon wie die Hasen und würden erst bei den Alpen wieder haltmachen. Andere freilich behaupteten, die Deutschen würden vor Rom eine Schlacht liefern, weil Mussolini auf Rom Wert legte und es ihm nicht darauf ankäme, die Stadt in einen Trümmerhaufen zu verwandeln, wenn nur die Engländer sie nicht eroberten.

Ich hörte mir das alles an und dachte, daß wir gut daran taten, Rom zu verlassen. Rosetta drängte sich an mich, und ich verstand, daß sie Angst hatte und sich nicht beruhigen würde, ehe wir aus der Stadt waren. Plötzlich sagte irgendwer: «Weißt du, was man sich erzählt? Daß Fallschirmjäger kommen und in den Häusern alles Erdenkliche anstellen werden.» – «Was soll das heißen?» – «Na ja – erst mit den Sachen und dann mit den Frauen!»

Da sagte ich: «Das möchte ich sehen, wer den Mut haben sollte, mich anzurühren!» Eine Stimme aus dem Dunkel – es war die des Bäckers Projetti, eines ungeheuer dummen und ungehobelten Menschen, den ich nie hatte leiden können – meinte lachend: «Dich werden die vielleicht nicht anrühren, weil du zu alt bist – aber deine Tochter schon!» Ich antwortete: «Was redest du denn da? Ich bin dreiunddreißig und habe mit sechzehn geheiratet, und Gott weiß wie viele mich seither haben heiraten wollen, aber ich hatte keine Lust dazu!» – «Ja», erwiderte er, «der Fuchs und die sauren Trauben!»

Da wurde ich richtig zornig und rief: «Denk du lieber an deine Frau, diese Hure! Die setzt dir ja jetzt schon Hörner auf, ohne Fallschirmjäger! Da läßt sich denken, was sie aufführen wird, wenn die erst da sind!»

Ich glaubte, die Frau Projettis sei auf dem Lande, denn sie stammte aus Sutri, und ich hatte sie erst vor ein paar Tagen weggehen sehen. Aber, wer hätte das gedacht, sie befand sich auch in dem Luftschutzkeller, wo ich sie wegen der Finsternis nicht gesehen hatte. Jetzt aber hörte ich sie alsbald brüllen: «Selber Hure, du elendes Miststück!» Hierauf packte sie Rosetta bei den Haaren in dem Glauben, es mit mir zu tun zu haben, und Rosetta schrie vor Schmerzen auf. Also stürzte ich mich im Dunkeln auf sie; wir rollten uns auf der Erde, versetzten einander Tritte und rissen uns die Haare aus, während ringsum alles schrie und Rosetta weinte und verzweifelt nach mir rief. Kurz und gut, man mußte uns trennen, und ich glaube, auch die Friedensstifter bekamen einiges ab. Plötzlich ertönte draußen die Entwarnung, irgendwer machte Licht, und wir fanden uns einander gegenüber, zerrauft und außer Atem. Ein paar Leute hielten uns fest, und auch von denen hatten einige zerkratzte Gesichter und wirres Haar. Rosetta aber schluchzte in einer Ecke.

Nach dieser Szene gingen wir bald schlafen und beendeten nicht einmal unser Abendessen, das am folgenden Morgen noch auf dem Tisch stand. Im Bett kuschelte sich Rosetta an mich, wie sie es getan hatte, als sie noch klein gewesen war. Ich fragte: «Was gibt's denn? Hast du noch immer Angst?» Sie antwortete: «Nein, Angst habe ich nicht, aber sag, Mutter, ist das wahr, daß die Fallschirmjäger den Frauen etwas antun?» Und ich: «Aber hör doch nicht auf diesen dummen Kerl! Der weiß ja nicht, was er sagt!»

«Aber ist es wahr?» fragte sie nochmals. «Nein», gab ich zurück, «das ist nicht wahr. Und überhaupt fahren wir morgen früh weg, aufs Land, und dort geschieht überhaupt nichts – verlaß dich drauf!» Sie schwieg ein Weilchen und fragte dann: «Wer muß denn eigentlich siegen, damit wir wieder heim können – die Deutschen oder die Engländer?» Diese Frage setzte mich in Verlegenheit, denn wie gesagt, ich las keine Zeitungen und hatte mich nie für den Fortgang des Krieges interessiert. Ich sagte also: «Was weiß denn ich, was die sich ausgedacht haben? Ich weiß nur, daß sie allesamt Hurensöhne sind, die Engländer wie die Deutschen, und daß sie ihre Kriege führen, ohne uns arme Teufel zu befragen ... Aber ich sage dir: die einen oder die anderen sollten bald siegen, und zwar gründlich, so daß der Krieg aus ist. Ob Deutsche oder Engländer ist egal, die Hauptsache bleibt, daß einer wirklich stärker ist als der andere.»

Rosetta ließ noch immer nicht locker: «Alle sagen», meinte sie, «daß die Deutschen schlechte Menschen sind. Aber was haben sie denn eigentlich getan?» Darauf erwiderte ich: «Statt bei sich daheim zu bleiben, sind sie hierhergekommen und lassen uns keine Ruhe. Deswegen können die Leute sie nicht ausstehen.» –

«Aber dort, wo wir jetzt hingehen», wollte sie wissen, «sind dort die Deutschen oder die Engländer?» Ich wußte nicht mehr, was ich antworten sollte, und sagte: «Dort sind weder Deutsche noch Engländer... dort sind bloß Felder, Kühe und Bauern, und man lebt dort in Frieden... und jetzt schlaf endlich!» Sie entgegnete nichts mehr, kuschelte sich eng an mich, und mir war, als schliefe sie zu guter Letzt ein.

Was war das doch für eine scheußliche Nacht! Alle Augenblicke wachte ich auf, und wahrscheinlich schlief auch Rosetta nicht wirklich, sondern stellte sich nur schlafend, um mich nicht zu beunruhigen. Dann und wann glaubte ich, wach zu sein, schlief aber in Wirklichkeit, dann wieder glaubte ich zu schlafen und war dabei wach, und nur meine Müdigkeit und Nervosität täuschten mir Schlaf vor. Mein Herz zog sich zusammen bei dem Gedanken daran, daß ich die Wohnung verlassen sollte, in der ich so viele Jahre gelebt hatte; und ich malte mir aus, wie die Flieger unseren Zug beschießen würden. Dann wieder befürchtete ich, es würde überhaupt keinen Zug mehr geben; denn es hieß, Rom werde von einem Tag zum anderen abgeschnitten werden. Auch an Rosetta dachte ich immer wieder und sagte mir, welch ein Unglück es sei, daß mein Mann der Mensch gewesen war, der er war, und daß ihn der Tod hinweggerafft hatte; denn zwei Frauen, die allein auf der Welt dastehen, ohne daß ein Mann sie leitet und beschützt, sind sozusagen zwei Blinde, die den Weg nicht sehen können und nie recht wissen, wo sie eigentlich sind.

Irgendwann während dieser Nacht hörte ich von der Straße her Schüsse. Ich war das schon gewohnt, denn es gab jetzt alle Augenblicke solche Schießereien. Rosetta aber wachte auf und fragte: «Was ist denn los, Mutter?» Ich antwortete: «Nichts, nichts... die üblichen Hurensöhne machen sich einen Spaß daraus, herumzuknallen. Wenn sie sich doch alle gegenseitig umbrächten!»

Dann wieder rumpelte vor unserem Hause ein Lastauto vorbei, daß die Wände zitterten, und gleich darauf ein weiteres, das einen fürchterlichen Krach machte. Ich hielt Rosetta im Arm, und plötzlich, als ich ihren Kopf an meiner Brust spürte, erinnerte ich mich an die Zeiten, da sie ganz klein war und ich sie stillte. Meine Brust war zu jener Zeit prall von Milch gewesen, denn die Frauen aus der Ciociaria sind ja nicht umsonst als die besten Ammen bekannt.

Rosetta aber trank all diese Milch und sah von Tag zu Tag blühender aus, so daß die Leute auf der Straße stehenblieben und sie bewunderten. Jetzt aber dachte ich, vielleicht wäre es besser gewesen, sie wäre nie zur Welt gekommen, um dieses Leben der Nöte, Gefahren und Ängste leben zu müssen. Gleich darauf freilich sagte ich mir, daß dies dumme Gedanken seien, die einem bei Nacht in den Sinn kommen, und sündige Gedanken obendrein. Ich bekreuzigte mich und befahl mich der Obhut des Herrn Jesu Christi und der Muttergottes. In der Nachbarwohnung, wo eine Familie einen ganzen Hühnerstall unterhielt, krähte jetzt ein Hahn, und mit dem Gedanken, daß bald der Morgen anbrechen werde, schlief ich ein.

Das Schrillen der Türglocke scheuchte mich aus den Federn, denn es läutete und läutete, ganz so, als sei der Lärm schon seit einer Weile im Gange. Ich erhob mich im Dunkeln, ging ins Vorzimmer hinaus und öffnete. Da stand Giovanni und sagte: «Na, du hast aber einen gesunden Schlaf! Ich läute schon seit einer Stunde!» Ich stand im Hemd vor ihm. Noch heute sind meine Brüste so fest, daß ich keinen Büstenhalter brauche; damals aber waren sie noch schöner, mit Brustwarzen, die sich unter dem Hemd sozusagen hervordrängten. Wie ich sofort bemerkte, starrte Giovanni auf meinen Busen, und in seinen Augen unter den dichten Brauen glommen Lichter auf, wie Glut unter der Asche. Ich fühlte, daß er mich gleich anfassen würde, trat einen Schritt zurück und sagte: «Nein, Giovanni, nein! Für mich existierst du nicht, und was vorgefallen ist, mußt du vergessen! Wenn du nicht schon verheiratet wärst, würde ich dich heiraten. Aber du hast bereits eine Frau, und so darf nichts sein zwischen uns!»

Er gab keine Antwort, und man konnte sehen, mit welcher Mühe er sich zu beherrschen suchte. Schließlich gelang ihm dies, und er sagte mit normaler Stimme: «Du hast recht . . . Hoffen wir, daß dieses widerliche Weibsstück irgendwie ums Leben kommt. Wenn du dann wieder da bist, bin ich Witwer und wir können heiraten. Es sterben ja so viele Menschen unter den Bomben, warum nicht auch sie?»

Wieder war ich peinlich betroffen und traute meinen Ohren nicht – ganz wie damals, als er meinen Mann, mit dem er täglich in inniger Freundschaft beisammensaß, plötzlich einen Scheißkerl genannt hatte. Ich kannte Giovannis Frau und hatte immer geglaubt, er liebte sie oder habe sie wenigstens gern, da sie doch seit so vielen Jahren verheiratet waren und drei Kinder hatten. Jetzt aber sprach er in haßerfülltem Ton von ihr und hoffte auf ihren Tod! Aus seiner ganzen Redeweise ging hervor, daß sein Haß schon alten Datums war. Was er auch immer für sie empfunden haben mochte, jetzt fühlte er jedenfalls nur Abneigung gegen sie. Ich muß sagen, ich erschrak richtig bei dem Gedanken, daß ein Mann lange Jahre hindurch ein Freund und Gatte sein konnte, um dann plötzlich kalt und böse die Worte «Scheißkerl» und «widerliches Weibsstück» für den Freund und die Frau zu gebrauchen. Aber von alldem sagte ich nichts zu Giovanni. Der war bereits in die Küche gegangen und scherzte mit Rosetta, die inzwischen ebenfalls aufgestanden war.

«Du wirst sehen», sagte er zu ihr, «wie dick ihr alle beide zurückkommen werdet. Das wird für euch die einzige Folge des Krieges sein. Dort, auf dem Land, gibt's Käse, Eier und Lämmer ... Ihr werdet euch satt essen und euch großartig fühlen.»

Alles war jetzt fertig. Ich trug die Koffer und den Sack mit den Paketen ins Vorzimmer, Giovanni ergriff zwei von den Koffern, ich nahm den Sack und Rosetta den kleineren Koffer. Während die beiden die Treppe hinuntergingen, tat ich, als sperrte ich die Wohnung ab. Kaum aber waren sie um die Ecke des Treppenhauses verschwunden, da ging ich nochmals in die Wohnung zurück. Im Schlafzimmer hob ich eine der Platten auf, mit denen der Fußboden gepflastert war, und nahm das dort versteckte Geld an mich. Es war für jene Zeiten eine große Summe, alles in Tausendernoten, die ich nicht in Gegenwart Rosettas hatte einstecken wollen. Denn man kann nie wissen: Ein unerfahrenes Ding wie sie kann in Geldsachen immer eine Unvorsichtigkeit begehen und etwas sagen, was niemand zu wissen braucht. Wenn es ums Geld geht, darf man keinem Menschen auf der Welt vertrauen. Im Vorzimmer hob ich meine Röcke auf und steckte das Geld in eine Leinentasche, die ich dort eingenäht hatte. Dann eilte ich Giovanni und Rosetta auf die Straße nach.

Vor dem Haustor stand eine Kutsche, denn Giovanni hatte aus Angst vor einer Requisition sein Lastauto nicht in Betrieb nehmen wollen. Er half uns beim Einsteigen und stieg dann dazu. Als die

Kutsche sich in Bewegung setzte, konnte ich nicht umhin, noch einmal nach dem Haus und dem Laden zu blicken, denn wieder sagte mir ein übles Vorgefühl, ich würde beides nicht wiedersehen. Es war noch nicht richtig Tag, aber auch nicht mehr Nacht; die Luft war grau, und in diesem grauen Licht lag mein Haus an der Straßenecke da, mit geschlossenen Wohnungsfenstern und herabgelassenen Rollbalken vor dem Laden. Gegenüber befand sich ein Haus, in dem im zweiten Stock eine Nische mit einem Madonnenbild unter Glas und einem Ewigen Licht davor eingelassen war. Ich dachte, daß dieses Licht, das auch in Kriegs- und Notzeiten leuchtete, ein wenig meiner Hoffnung auf eine glückliche Rückkehr glich, und ich fühlte mich etwas erleichtert. Diese Hoffnung, so sagte ich mir, würde mir auch weiterhin den Weg erhellen, wenn ich erst einmal fort war. Die ganze Straßenkreuzung sah in jenem grauen Licht aus wie eine Theaterdekoration nach dem Abgang der Schauspieler, und man sah, daß es sich um die Häuser armer Leute handelte, die sich ein wenig schräg aneinanderzulehnen schienen und von denen vielfach, besonders im Erdgeschoß, der Verputz abgebröckelt war. Gleich neben meinem Geschäft lag der Kohlenladen Giovannis, dessen Eingang schwarz umrandet war wie eine Ofentür; und dieses Schwarz zu dieser Stunde stimmte mich aus irgendwelchen Gründen tief traurig. Ich mußte daran denken, wie diese Straßenkreuzung in guten Tagen voll von Menschen war, wie die Frauen auf ihren Strohsesseln vor den Türen saßen, die Katzen umherstrolchten, die Kinder mit der Springschnur spielten und die jungen Leute in den Werkstätten arbeiteten oder in das stets übervolle Gasthaus traten. In diesem Augenblick wurde mir erst so richtig klar, wie sehr mir diese schäbigen Häuser und diese Straße ans Herz gewachsen waren – vielleicht, weil ich ein halbes Leben hier verbracht hatte und ein junges Mädchen gewesen war, als ich das alles zum ersten Male sah, während ich jetzt bereits selber eine erwachsene Tochter hatte. Ich fragte Rosetta: «Siehst du dich denn gar nicht nach unserem Haus und dem Laden um?» Sie aber antwortete: «Sei ruhig, Mutter, du selbst hast ja gesagt, wir kommen in ein paar Wochen wieder!» Ich seufzte und erwiderte nichts. Die Kutsche fuhr auf den Tiber zu. Ich aber blickte nicht länger nach der Straßenkreuzung zurück.

Alle Straßen waren menschenleer. Die graue Luft sah aus wie der Dunst, der beim Waschen sehr schmutziger Wäsche aufsteigt. Der Tau ließ das Pflaster leuchten wie Stahl. Ab und zu lief ein Hund vorüber. Ich sah ihrer fünf oder sechs, häßliche, schmutzige, verhungerte Tiere, die die Randsteine beschnüffelten und ihr Wasser an den mit farbigen Kriegsplakaten bedeckten Wänden abschlugen. Wir überquerten den Tiber auf dem Ponte Garibaldi, fuhren die Via Arenula entlang, kamen zum Largo Argentina und dann zur Piazza Venezia. Vom Balkon an Mussolinis Palast hing dieselbe große schwarze Fahne herab, die ich ein paar Tage früher von der Piazza Colonna aus erblickt hatte, und zu beiden Seiten des Eingangstores standen bewaffnete Faschisten. Der völlig leere Platz wirkte noch größer als gewöhnlich. Zuerst sah ich das Rutenbündel auf der Fahne nicht, deshalb wirkte sie auf mich wie eine Trauerfahne, um so mehr, als kein Lufthauch sich rührte und das Tuch schlaff herunterhing. Dann erkannte ich das goldene Rutenbündel zwischen den Stoffalten und begriff, daß es die Fahne Mussolinis war.

«Ist denn Mussolini zurückgekommen?» fragte ich Giovanni.

Er rauchte seine übliche Zigarre und antwortete mit Nachdruck: «Ja, er ist zurückgekommen, und wir wollen hoffen, für immer!»

Mir blieb der Mund offen, denn ich wußte, daß er gegen Mussolini eingestellt war, aber er überraschte mich immer von neuem, und ich konnte nie erraten, was in seinem Gehirn vorging. Plötzlich spürte ich einen Rippenstoß und sah, wie Giovanni verstohlen nach dem Kutscher deutete. Offenbar wollte er mir zu verstehen geben, daß er das nur aus Angst vor dem Kutscher gesagt hatte. Diese Vorsicht schien mir aber übertrieben, denn der Kutscher war ein alter Mann mit langem, weißem Haar, das unter seinem Hut hervorkam, und sah mehr wie mein Großvater aus als wie ein Spitzel. Aber ich sagte nichts.

Als wir in die Via Nazionale einbogen, sah die Welt bereits weniger grau aus, und auf der Bekrönung der Torre di Nerone lag ein rosiger Sonnenschimmer. Das Innere des Bahnhofs hingegen war finster, bis auf die Lampen, die ein trübes Licht verbreiteten. Eine Unmenge Menschen drängte sich dort, größtenteils arme Leute wie wir mit ihrem Gepäck, aber auch viele deutsche Soldaten, schwer beladen mit Gewehren und Rucksäcken. Eng aneinandergedrängt standen sie in den dunkelsten Winkeln der Halle.

Giovanni ging die Fahrkarten besorgen und ließ uns mit unseren Koffern mitten auf dem Bahnhof stehen. Während wir warteten, fuhren mit gewaltigem Krach etwa zehn schwarzuniformierte Motorradfahrer, die aussahen wie leibhaftige Teufel, unter der Einfahrt vor. Nach der großen schwarzen Fahne am Palazzo Venezia flößten mir diese ebenfalls schwarzen Männer ein Gefühl des Widerwillens ein, und ich dachte: «Warum denn immer schwarz, warum all dieses Schwarz? Die verdammten Hurensöhne haben uns Unglück gebracht mit ihrem Schwarz!» Die Motorradfahrer lehnten ihre Maschinen an die Wand und stellten sich an die Tore, die Gesichter unter den schwarzen Lederhelmen undurchdringlich und die Hände an den Pistolengriffen. Plötzlich stockte mir der Atem bei dem Gedanken, daß diese Männer vielleicht den Bahnhof absperren und alle Leute festnehmen wollten; dergleichen geschah ja oft, und von denen, die bei solchen Gelegenheiten auf Lastwagen weggeführt worden waren, hörte man nie wieder etwas. Ich sah mich also bereits nach einem Fluchtweg um, als ich bemerkte, daß vom Bahnsteig eine Gruppe von Personen hereinkam. «Platz! Platz!» wurde gerufen. Da begriff ich, daß die Motorradfahrer gekommen waren, um irgendwelche wichtigen Persönlichkeiten zu empfangen. Um wen es sich dabei handelte, konnte ich infolge der vielen Menschen nicht sehen; aber gleich darauf knatterten wieder die verdammten Motorräder, und ich wußte, daß alles vorbei war.

Jetzt erschien Giovanni, die Fahrkarten in der Hand. Er erklärte uns, es seien Karten bis Fondi, von wo wir über das Gebirge in unser Dorf gelangen könnten. Wir traten auf den Bahnsteig hinaus, wo bereits ein Zug stand. Dort schien die Sonne, und das ganze Bild erinnerte irgendwie an einen sonnendurchfluteten Spitalsaal oder einen Gefängnishof. Kein Mensch war zu sehen, und der endlos lange Zug schien völlig leer zu sein. Als wir aber einstiegen, fanden wir überall deutsche Soldaten, den Rucksack auf dem Rücken, den Stahlhelm über den Augen und das Gewehr zwischen den Knien. Es waren ihrer Gott weiß wie viele, und in jedem Abteil, an dem wir vorüberkamen, saßen sie zu acht, steif und stumm, als wäre ihnen befohlen worden, sich nicht zu rühren und kein Wort zu sprechen. Endlich stießen wir in einem Wagen dritter Klasse auf Italiener. Sie drängten sich in den Abteilen und auf dem Gang und glichen dem Vieh, das zur Schlachtbank geführt wird und bei dem es gar nicht darauf ankommt, wie bequem oder unbequem es untergebracht ist, da es ja doch bald sterben muß. Auch sie sagten nichts und regten sich nicht – ganz ähnlich wie die Deutschen; aber man fühlte, daß ihre Regungslosigkeit und ihr Schweigen auf ihre Müdigkeit und Entmutigung zurückzuführen waren, während man den Deutschen ansah, daß sie jederzeit bereit waren, aus dem Zug zu springen und zu kämpfen.

«Ich fürchte», sagte ich zu Rosetta, «wir werden diese Fahrt stehend zurücklegen müssen!» Und wirklich, nachdem wir lange durch die heißen, vom schmutzigen Sonnenlicht beschienenen Gänge geirrt waren, stellten auch wir unser Gepäck mitten auf einem Korridor vor der Klosettür nieder und richteten uns dort so gut wie möglich ein. Giovanni, der mit uns eingestiegen war, sagte jetzt: «Na, ich verabschiede mich! Ihr werdet sehen, der Zug fährt demnächst ab.» Irgendein schwarzgekleideter Mensch, der gleichfalls auf einem Koffer saß, bemerkte finster, ohne die Augen zu erheben: «Demnächst ist gut! Seit drei Stunden warten wir hier schon!»

Kurzum, Giovanni sagte uns Lebewohl, küßte Rosetta auf beide Wangen und mich auf den Mundwinkel. Vielleicht hatte er mich auf den Mund küssen wollen, doch hatte ich mich rechtzeitig abgewendet. Nach seinem Abgang blieben wir auf unseren Koffern sitzen, ich etwas höher und Rosetta etwas tiefer, so daß sie den Kopf auf meine Knie legen konnte. Nachdem wir eine halbe Stunde lang so dagesessen waren, fragte Rosetta: «Wann fahren wir denn endlich, Mutter?» Ich antwortete: «Das weiß ich ebensowenig wie du, Kind!»

Wir warteten und warteten, stumm und regungslos. Rosettas Kopf ruhte in meinem Schoß. Die Leute auf dem Korridor rekelten sich und gähnten, die Sonne begann zu brennen, und von dem Bahnsteig her kam nicht das mindeste Geräusch. Auch die Deutschen verhielten sich ganz still, als wären sie überhaupt nicht vorhanden. Plötzlich aber begannen die im Abteil nebenan zu singen. Man kann nicht sagen, daß sie schlecht gesungen hätten. Ihre Stimmen waren tief und rauh, aber richtig in der Tonart. Dennoch befiel mich tiefe Traurigkeit. Ich hatte oft genug unsere Soldaten in der Eisenbahn fröhlich singen hören; aber was die Deutschen in ihrer Sprache sangen, klang ganz anders und irgendwie trostlos. Auch war das Lied merkwürdig langsam. Man gewann bei dieser schwermütigen Melodie den Eindruck, daß diese Soldaten gar keine große Lust hatten, in den Krieg zu ziehen.

Ich sagte zu dem schwarzgekleideten Mann neben mir: «Denen macht das Kriegführen auch keine Freude... Schließlich sind sie ja auch Menschen. Hören Sie nur, wie traurig sie singen!» Er aber antwortete mir nur knurrend: «Das verstehen Sie nicht.» Und dann, nach einer kleinen Pause: «Wirklich traurig sind wir – wir Italiener!»

Schließlich setzte sich der Zug in Bewegung, ohne Pfiff, ohne Signal, geräuschlos, wie zufällig. Eigentlich wollte ich angesichts der Gefahren, denen wir entgegengingen, mich und Rosetta nochmals dem Schutz der Madonna empfehlen. Aber mich überkam jetzt eine solche Schläfrigkeit, daß ich dazu nicht mehr die Kraft aufbrachte. So dachte ich bloß noch: Diese Hurensöhne... und ich wußte dabei nicht, ob ich die Deutschen meinte, die Engländer, die Faschisten oder die Italiener. Vielleicht meinte ich sie alle. Dann schlief ich ein.

Zweites Kapitel

Als ich etwa eine Stunde später erwachte, stand der Zug und alles war still. In dem Wagen war es jetzt vor Hitze kaum auszuhalten. Rosetta stand am Fenster und blickte hinaus; auch eine Menge anderer Leute längs des Korridors starrte aus den Fenstern. Behutsam erhob ich mich, schüttelte meine Schlaftrunkenheit ab, wischte mir den Schweiß von der Stirn und hielt meinerseits Ausschau. Die Sonne stand im blauen Himmel, das grüne Hügelland war mit Weingärten bedeckt. Auf einem der Hügel, dem Zug gerade gegenüber, stand ein weißes Häuschen, das brannte. Aus den Fenstern kamen rote Feuerzungen und schwärzliche Rauchwolken, und diese Flammen und dieser Rauch waren das einzige, was sich bewegte, denn alles ringsum lag ruhig und unbeweglich da. Es war ein herrlicher Tag, und man sah nirgends ein lebendes Wesen.

Dann plötzlich erhob sich in unserem Wagen ein Geschrei: «Da ist er! Da ist er!» Ich sah zum Himmel empor und erblickte dort, nahe dem Horizont, etwas wie ein schwarzes Insekt, das alsbald verschwand. Mit einemmal hörte ich das Flugzeug über unseren Köpfen. Mit ohrenbetäubendem, metallischem Gedröhn überflog es den Zug, und zugleich war ein Trommeln zu hören, ähnlich dem Geräusch einer Nähmaschine. Das dauerte ein paar Sekunden lang, wurde schwächer, und gleich darauf gab es eine mächtige Explosion. Alle im Wagen warfen sich zu Boden, nur ich fand keine Zeit mehr dazu und dachte auch gar nicht daran, dergleichen zu tun. So sah ich, wie das brennende Häuschen in einer riesigen grauen Wolke verschwand, die den Abhang herab auf den Zug zukam. Wieder war alles still. Die Leute erhoben sich, konnten kaum glauben, daß sie noch am Leben waren, und starrten von neuem hinaus. Die Luft war jetzt voll von feinem, beizendem Staub, der zum Husten reizte. Dann verzog sich die Wolke langsam, und wir konnten sehen, daß das weiße Häuschen nicht mehr vorhanden war. Ein paar Minuten später setzte sich der Zug wieder in Bewegung.

Das war das Bemerkenswerteste, was sich während dieser Fahrt zutrug. Wir hielten sehr oft an, meist auf offenem Felde, und manchmal standen wir dann eine halbe oder eine ganze Stunde lang. So brauchte der Zug fast sechs Stunden für eine Strecke, für die in normalen Zeiten nicht einmal zwei Stunden erforderlich waren. Rosetta, die in Rom solche Angst vor den Bomben gehabt hatte, erklärte mir diesmal, als das weiße Häuschen in die Luft geflogen war und der Zug sich wieder in Bewegung gesetzt hatte: «Auf dem Lande erschreckt mich das alles weniger als in der Stadt. Hier scheint die Sonne, und man hat den offenen Himmel über sich. In Rom befürchtete ich immer, das Haus werde mir auf den Kopf fallen. Wenn ich hier sterben müßte, würde ich wenigstens dabei die Sonne sehen!» Da sagte einer unserer Mitreisenden: «Die Toten unter der Sonne habe ich gesehen – in Neapel. In zwei Reihen lagen sie nach einem Bombenangriff auf dem Gehsteig. Wie schmutzige Wäsche sahen sie aus. Die haben die Sonne gesehen, ehe sie umkamen!» Ein anderer warf ein: «Wie heißt es in dem neapolitanischen Lied? *O sole mio . . .*» Dann lachte er. Aber niemand hatte Lust, Gespräche zu führen oder gar Scherze zu machen, und so verharrten wir während der ganzen restlichen Fahrt in Schweigen.

Wir mußten in Fondi aussteigen, und als wir durch Terracina durchgekommen waren, sagte ich zu Rosetta, sie möge sich fertigmachen. Meine Eltern lebten in den Bergen, in einem kleinen Ort in der Gegend von Vallecorsa, wo sie etwas Grund und Boden und ein kleines Haus besaßen. Von Fondi war der Ort auf der Hauptstraße in einer Autostunde bequem zu erreichen. Als wir aber mit Gottes Hilfe auf der Höhe von Monte San Biagio, einem Nest oberhalb des Tals von Fondi, angekommen waren, bemerkte ich, daß alle Leute ausstiegen. Die Deutschen hatten den Zug schon in Terracina verlassen, und es waren nur die Italiener übriggeblieben. Als jetzt alle verschwanden und nur wir beide in dem leeren Waggon zurückblieben, fühlte ich mich erleichtert, denn die Sonne schien, der Tag war schön, und es herrschte kein solches Gedränge mehr wie vorher. Bald würden wir in Fondi sein und von dort zu meinen Eltern fahren. Der Zug hielt noch immer, doch wunderte mich das nicht weiter, denn er war ja schon sehr oft stehengeblieben. Also sagte ich zu Rosetta: «Du wirst sehen, wie du auf dem Lande aufblühen wirst! Du wirst gut essen und gut schlafen, und alles wird gut gehen!» Ich sprach noch eine Weile davon, wie es auf dem Lande sein würde, und der Zug setzte sich noch immer nicht in Bewegung. Es mochte ein oder zwei Uhr geworden sein, und es war sehr heiß. Ich sagte schließlich: «Wir wollen etwas essen!»

Ich nahm den Koffer herunter, in dem sich die Vorräte befanden, öffnete ihn und belegte zwei Brote mit Wurst. Auch eine Flasche Wein hatten wir mit, von dem ich jetzt Rosetta und mir je einen Becher einschenkte. Wir aßen, die Hitze war sehr drükkend, weit und breit war kein Laut zu vernehmen, und durch die Wagenfenster sah man die Platanen des Bahnhofsvorplatzes. Sie waren weiß von Staub, und in ihrem Blätterwerk zirpten die Zikaden wie mitten im August. Ja, das war das Land, in dem ich zur Welt gekommen war und bis zu meinem sechzehnten Lebensjahr gelebt hatte, das war meine Heimat, mit ihrem typischen Geruch nach sonnenwarmem Staub, nach getrocknetem Mist und nach verbranntem Unkraut. «Ach, wie wohl ich mich fühle!» rief ich, während ich die Füße auf dem gegenüberliegenden Sitz ausstreckte. «Diese wunderbare Stille! Ich bin wirklich froh, nicht mehr in Rom zu sein!»

In diesem Augenblick wurde die Tür des Abteils aufgerissen, und ein Mann erschien im Rahmen. Es war ein hagerer, dunkelhaariger Eisenbahner mit schiefer Mütze, aufgeknöpfter Bluse und unrasierten Wangen. «Guten Appetit!» sagte er, aber in ernstem, beinahe zornigem Ton. Ich dachte, er hätte Hunger, wie so viele in jenen Zeiten, deutete nach dem gelben Papier, auf dem die Wurstschnitten lagen und sagte: «Wollen Sie sich bedienen?»

Er aber antwortete, noch zorniger als zuvor: «Was heißt da bedienen? Raus müssen Sie!»

Ich antwortete: «Wir fahren bis Fondi!» und zeigte ihm unsere Billetts. Er sah sie kaum an und erwiderte: «Habt ihr denn nicht bemerkt, daß alle Leute hier ausgestiegen sind? Der Zug geht nicht weiter!»

«Fährt er denn nicht nach Fondi?»

«Ach was, Fondi! Die Gleise sind zerstört.» Nach einer kleinen Weile fügte er etwas freundlicher hinzu: «Wenn ihr zu Fuß geht, könnt ihr in einer halben Stunde in Fondi sein. Aber ihr müßt jetzt aussteigen, denn der Zug fährt nach Rom zurück!» Damit ging er und warf die Tür hinter sich zu.

Wir saßen da, die angebissenen Brote in den Händen, und blickten einander an. Dann sagte ich zu Rosetta: «Das fängt ja gut an!» Als hätte sie meine Gedanken erraten, erwiderte Rosetta: «Aber nein, Mutter, wir wollen aussteigen und einen Wagen oder ein Auto suchen.» Ich hörte bereits nicht mehr auf sie, nahm unsere Koffer, öffnete die Wagentür und stieg aus.

Unter dem Vordach des Bahnhofsgebäudes war kein Mensch. Auch als wir durch den Wartesaal gingen, sahen wir niemanden, und der Bahnhofsplatz war ebenfalls leer. Von diesem Platz ging eine schnurgerade, richtige Landstraße ab, weiß, staubig, blendend hell zwischen den staubigen Hecken und den wenigen, gleichfalls staubigen Bäumen. An einer Ecke des Platzes befand sich ein Brunnen. Da mir die Hitze und die Nervosität den Mund ausgetrocknet hatten, wollte ich dort trinken; aber der Brunnen gab keinen Tropfen Wasser. Rosetta, die bei unserem Gepäck geblieben war, sah mich mit erschrockenem Gesicht an: «Was machen wir jetzt, Mutter?» fragte sie.

Ich kannte mich in der Gegend gut aus und wußte, daß diese Straße geradewegs nach Fondi führte. Also sagte ich: «Was willst du machen, mein Kind? Wir müssen zu Fuß gehen.»

«Und die Koffer?»

«Die müssen wir tragen.»

Sie gab keine Antwort, starrte aber ratlos das Gepäck an und begriff offenbar nicht, wie wir es tragen sollten. Ich öffnete einen der Koffer, entnahm ihm zwei Handtücher und machte Ringe aus ihnen – einen für mich und einen für Rosetta. Schon als Kind hatte ich gelernt, wie man Lasten auf dem Kopf befördert. Während ich die Tücher herrichtete, sagte ich: «Jetzt will ich dir zeigen, wie man das macht!» Rosetta lächelte bereits wieder erleichtert.

Ich legte mir den Stoffring auf den Kopf und forderte Rosetta auf, das gleiche zu tun. Dann zogen wir Schuhe und Strümpfe aus. Hierauf türmte ich den größeren der Koffer, den mittleren und das Paket mit den Vorräten auf meinen Kopf und zeigte Rosetta, wie sie den kleineren Koffer auf ihren Ring zu setzen hatte. Ich erklärte ihr, daß es darauf ankäme, ganz gerade und mit aufrechtem Hals zu gehen und den Koffer nur an einer Ecke mit der Hand zu halten. Ich sah, daß sie begriffen hatte und sich schon mit ihrem Koffer auf den Weg machte. Da dachte ich: Sie ist zwar in Rom geboren, aber die Abstammung aus der Ciociaria verleugnet sich nicht. – So marschierten wir also jetzt, das Gepäck auf dem Kopf, barfüßig gegen Fondi, wobei wir uns möglichst auf dem schmalen Grasstreifen am Rande der Straße hielten.

Wir waren eine gute Weile unterwegs. Die Straße war völlig verlassen, und auch auf den Feldern ringsum ließ sich kein lebendes Wesen blicken. Ein Städter, der nichts von diesen Dingen versteht, hätte vielleicht geglaubt, die Gegend sehe völlig normal aus. Ich aber, die ich Bäuerin gewesen bin, ehe ich Städterin wurde, erkannte, daß dieses Land von seinen Bewohnern im Stich gelassen worden war. Man sah das an zahlreichen Anzeichen. Die Trauben in den Weingärten hätten längst gelesen werden sollen, denn sie hingen bereits zwischen vergilbten Blättern überreif herab, begannen da und dort zu faulen und waren von Wespen angefressen. Der Mais lag unordentlich herum, war überwuchert von Unkraut und leuchtete rötlich. Rings um die Feigenbäume war der Boden mit abgefallenen Feigen übersät, an denen die Vögel ihr Werk verrichtet hatten. Nirgends war ein Bauer zu sehen, und ich dachte mir, sie seien wohl alle davongelaufen. Und dabei war es ein so schöner, warmer und heiterer Tag!

So ist der Krieg, dachte ich. Alles scheint normal, aber unter der Oberfläche frißt der Wurm; die Menschen bekommen's mit der Angst und flüchten, und nur das Land bringt ruhig weiter seine Früchte, sein Getreide und sein Unkraut hervor, als sei nichts geschehen. –

Als wir nach Fondi kamen, waren unsere Beine bis zu den Knien weiß von Staub und unsere Kehlen ausgedörrt. Wir waren todmüde. Ich sagte zu Rosetta: «Jetzt gehen wir in ein Wirtshaus, essen und trinken etwas und ruhen uns aus. Dann wollen wir sehen, ob wir ein Auto oder einen Wagen finden, der uns zu den Großeltern bringt.»

Wirtshaus, Auto, Wagen – hast du gedacht! Als wir nach Fondi hineingingen, sahen wir sofort, daß die ganze Stadt ausgestorben war. Kein Hund kam vorbei, alle Geschäfte hatten die Rollbalken heruntergelassen, und da und dort stand auf einem Blatt Papier an der Tür, daß die Besitzer geflüchtet waren. Eingänge und Fenster der Häuser waren verriegelt, selbst die Luftlöcher verstopft. Man glaubte, sich in einer Stadt zu befinden, deren sämtliche Bewohner einer Seuche zum Opfer gefallen waren.

Dabei sind doch um diese Jahreszeit die Straßen von Fondi für gewöhnlich voll von Leben, von Frauen, Männern und Kindern, gar nicht zu reden von den Katzen, den Hunden, den Eseln, den Pferden und Hühnern. Und die Leute gehen ihren Geschäften nach oder genießen den schönen Tag, spazieren umher oder sitzen im Kaffeehaus oder vor ihren Türen. Da und dort machte eine Nebenstraße den Eindruck, als sei dort Leben, doch erweckte nur das starke Sonnenlicht auf dem Pflaster und auf den Hausmauern diese Illusion. Sah man näher zu, so erkannte man, daß auch hier Fenster und Türen verriegelt waren. Dann konnte einem diese Sonne auf dem Stein geradezu Angst machen, und beklemmend war das Geräusch unserer Schritte in der tödlichen Stille.

Da und dort blieb ich stehen, klopfte an eine Tür und rief, doch immer vergebens. Niemand antwortete, niemand öffnete. Schließlich gerieten wir an das Gasthaus *Zum Hahn* mit seinem verblichenen, hölzernen Schild. Auch hier war die Tür verschlossen. Es war eine grüne Tür mit einem uralten Schloß und großem Schlüsselloch. Ich blickte hindurch und sah im Hintergrund der finsteren Gaststube das Fenster nach dem von tiefblauem Wein überwachsenen Garten. Dort stand einsam ein sonnenbeschienener leerer Tisch – das war alles. Auch hier antwortete niemand; der Wirt war mit allen anderen geflüchtet.

So sah es auf dem Lande aus – schlimmer als in Rom! Ich dachte daran, wie ich geglaubt hatte, auf dem Lande alles das zu finden, was in Rom fehlte, wandte mich zu Rosetta und sagte: «Weißt du, was wir machen? Wir ruhen uns jetzt ein wenig aus, gehen dann zum Bahnhof zurück und nehmen den nächsten Zug nach Rom!»

Hätte ich das doch nur getan! Aber ich sah Rosettas erschrecktes Gesicht – offenbar dachte sie an die Bomben – und sprach hastig weiter: «Vorher aber möchte ich einen letzten Versuch unternehmen. Hier in Fondi ist nichts zu machen, aber wir wollen es auf dem Lande probieren. Vielleicht finden wir einen Bauern, der uns für ein oder zwei Nächte in seinem Haus schlafen läßt, und dann werden wir weitersehen.»

Wir saßen also eine Weile auf einem Mäuerchen und sprachen kein Wort, denn in dieser Einöde flößten uns unsere eigenen Stimmen Angst ein. Dann hoben wir das Gepäck wieder auf unsere Kopfringe und verließen die Stadt nach der entgegengesetzten Richtung. Vielleicht eine halbe Stunde lang gingen wir unter der brennenden Sonne die weiße, staubige Landstraße entlang. Sobald jedoch beiderseits der Straße Orangenhaine begannen, schlug ich den erstbesten Fußweg ein und dachte dabei: Irgendwo wird er schon hinführen, die Wege führen auf dem Lande immer irgendwohin. Die Orangenbäume standen dicht, hatten sauberes, staubfreies Laubwerk, und unter ihnen lagen dunkle Schatten. Nach der Landstraße mit ihrer Sonne und ihrem Staub tat uns das richtig wohl. Während wir dem Weg folgten, der sich zwischen den Orangenbäumen hin und her wand, fragte Rosetta plötzlich: «Wann werden die Orangen eigentlich geerntet, Mutter?»

Ohne viel nachzudenken, erwiderte ich: «Die Ernte beginnt im November. Und du wirst sehen, wie süß die Orangen sind!» Gleich darauf biß ich mir auf die Zunge, denn wir hatten ja erst Mitte September, und ich hatte immer behauptet, wir würden höchstens vierzehn Tage von Rom wegbleiben, obwohl ich wußte, daß dies nicht wahr war. Jetzt aber hatte ich mich verraten. Zum Glück schien Rosetta nicht darauf zu achten, und wir setzten unseren Marsch fort.

Schließlich zeigte sich am Ende des Weges eine Lichtung und mitten auf dieser ein Haus. Es war wohl irgendwann rosafarbig angestrichen worden, aber jetzt sah es vor Feuchtigkeit und Alter beinahe schwarz aus. Eine Außentreppe führte zum Oberstock empor, wo es eine Terrasse und einen Bogen mit vielen Zöpfen von Pfefferschoten, Tomaten und Zwiebeln gab. Vor dem Hause war eine Menge Feigen in der Sonne zum Trocknen ausgelegt. Ein bewohntes Bauernhaus also! In der Tat kam der Bauer sogleich heraus, noch ehe wir gerufen hatten. Offenbar war er bereits irgendwo versteckt gewesen und hatte uns beobachtet. Er war ein erschreckend magerer alter Mann, mit einem ausgedörrten Gesicht, langer Hakennase, eingesunkenen Augen und niedriger Stirn. «Wer seid ihr?» fragte er. «Was macht ihr hier?» Dabei hielt er in der Hand eine Sichel, als wolle er sich verteidigen.

Ich ließ mich nicht einschüchtern, vor allem weil ich Rosetta bei mir hatte und die Anwesenheit eines hilfsbedürftigen, schwachen Geschöpfes einem unglaubliche Kräfte verleiht. Also sagte ich, daß wir nichts wollten, daß wir aus Lenola seien – was im Grunde auch stimmte, da ich in einem Ort unweit von Lenola geboren bin –, daß wir vom vielen Wandern todmüde seien und daß ich bereit sei, für ein Zimmer für diese Nacht soviel zu bezahlen wie im Hotel. Er hörte mich an und stand dabei breitbeinig vor der Hecke. Mit seinen zerrissenen Hosen, seiner hundertfach mit Flicken besetzten Joppe und seiner Sichel sah er wirklich aus wie eine Vogelscheuche. Ich glaube, er verstand von meiner ganzen Rede nur das eine, daß ich ihn gut bezahlen wollte; denn wie ich später entdeckte, war er ein Halbtrottel, der nur begriff, was mit Geld zusammenhing. Aber auch in Geldsachen war es nicht leicht, sich ihm begreiflich zu machen, denn erst sagte er eine ganze Weile hindurch immer wieder: «Wir haben keine Zimmer. Und dann, mit was willst du denn zahlen?» Ich wollte das Paket mit den Tausendernoten nicht unter dem Rock hervorziehen, denn man weiß nie, besonders in Kriegszeiten, mit wem man es zu tun hat; und der Bauer sah mir hinlänglich wie ein Gauner und Dieb aus. Also erklärte ich ihm stes von neuem in aller Ruhe, daß ich ihn bezahlen werde. Er aber begriff und begriff nicht. Schon zog mich Rosetta am Ärmel und flüsterte mir zu, wir sollten lieber gehen, als zum Glück die Bäuerin erschien, eine kleine, hagere Person, viel jünger als ihr Mann, mit aufgeregtem, exaltiertem Gesicht und funkelnden Augen. Zum Unterschied von ihm verstand sie sofort, warf uns beinahe die Arme um den Hals und rief immer wieder: «Aber natürlich, ein Zimmer, aber ja! Wir werden auf der Terrasse oder im Heuschober schlafen und dir unser Zimmer überlassen! Zu essen haben wir auch, du kannst mit uns essen, natürlich bloß einfache Sachen, Bauernkost, aber du kannst mit uns essen!»

Der Bauer war inzwischen zur Seite getreten und starrte uns finster an wie ein kranker Hahn, der drauf und dran ist, mit dem

Schnabel auf einen loszugehen. Die Frau aber ergriff meinen Arm und sagte mehrmals: «Komm, ich zeig dir das Zimmer, komm, ich geb dir mein Bett, ich und mein Mann werden auf der Terrasse schlafen.» Damit führte sie uns über die Außentreppe zum Oberstock hinauf.

So begann unser Aufenthalt bei Concetta – das war der Name der Bäuerin. Ihr Mann hieß Vincenzo, war zwanzig Jahre älter als sie und Pächter eines gewissen Festa, eines Geschäftsmannes, der wie so viele andere aus der Stadt geflüchtet war und jetzt auf dem Gipfel eines der umliegenden Berge hauste. Es gab hier auch zwei Söhne, Rosario und Giuseppe, beide schwarzhaarig, mit massigen, brutalen Gesichtern, kleinen Augen und niedrigen Stirnen. Sie waren selten zu sehen und sagten nie etwas. Eigentlich waren sie versteckt, denn sie waren beide eingezogen gewesen; sie waren dann, als der Waffenstillstand kam, ausgerückt und hatten sich nicht wieder bei ihrer Truppe gemeldet. Darum fürchteten sie jetzt, von einer der Faschistenpatrouillen festgenommen zu werden, die überall nach Männern für den Arbeitsdienst in Deutschland suchten. Für gewöhnlich befanden sie sich irgendwo in den Orangenhainen, zu den Mahlzeiten tauchten sie auf, aßen hastig, beinahe ohne ein Wort zu sprechen, und verschwanden dann von neuem. So freundlich sie uns gegenüber waren, wirkten sie doch aus irgendwelchen Gründen unsympathisch auf mich. Ich sagte mir oft, meine Abneigung sei sicher ungerecht, bis ich dann eines schönen Tages erkannte, daß mein Instinkt mich nicht betrogen hatte und daß die beiden wirklich Nichtsnutze waren.

Man muß wissen, daß unweit des Hauses, mitten zwischen den Orangenbäumen, eine grüngestrichene Baracke mit Wellblechdach stand. Concetta erklärte mir, sie brächten dort nach der Ernte ihre Orangen unter, und das mag auch wahr gewesen sein. Jetzt aber gab es keine frischgeernteten Orangen, denn die hingen noch alle an den Bäumen; trotzdem bemerkte ich, wie sich sowohl die Jungen als auch Vincenzo und Concetta oft an der Baracke zu schaffen machten.

Ich bin nicht neugierig von Natur, aber da ich mich mit meiner Tochter allein im Hause von Leuten befand, die ich nicht kannte und denen ich, ehrlich gesagt, keineswegs vertraute, war ich sozusagen gezwungen, neugierig zu sein. Eines Nachmittags, als die ganze Familie sich bei der Baracke versammelt hatte, schlich ich mich nach einer Weile ebenfalls, von den Orangenbäumen verdeckt, dorthin. Die Baracke befand sich auf einer zweiten, kleineren Lichtung und sah wirklich jammervoll aus, mit ihren Wänden von undefinierbarer Farbe, dem schiefen Dach und den Pfosten, die wie durch ein Wunder noch aufrecht standen. Auf der Lichtung sah ich das Wägelchen Vincenzos mit einem vorgespannten Maulesel, und auf diesem Wägelchen war alles mögliche Zeug aufgetürmt: Betteinsätze, Matratzen, Stühle, Kommoden und Stoffbündel. Die zweiflügelige Tür der Baracke stand weit offen, und Concettas Söhne waren damit beschäftigt, die Stricke zu lösen, mit denen alle diese Sachen zusammengebunden waren. Vincenzo saß etwas abseits auf einem Holzklotz und rauchte seine Pfeife, während Concetta im Innern der Baracke mit den Söhnen herumschrie: «Vorwärts, macht rasch, es ist schon spät!»

Die beiden Jungen, die ich bisher nur als still und verschüchtert gekannt hatte, waren jetzt wie verwandelt, flink, beweglich, eifrig, energisch. Mir kam der Gedanke, daß man die Menschen immer bei den Beschäftigungen beobachten muß, für die sie sich wirklich interessieren, also die Bauern auf dem Felde, die Arbeiter in der Werkstatt, die Kaufleute im Laden und, sagen wir's nur ruhig, die Diebe mit ihrem Diebesgut. Denn diese Betteinsätze, diese Stühle, diese Kommoden, diese Matratzen, diese Bündel – das alles war gestohlen. Diesen Verdacht hegte ich sofort, und Concetta selbst bestätigte mich darin am Abend, als ich Mut faßte und sie plötzlich fragte, wem der ganze Kram gehöre, den sie in die Baracke befördert hatten.

Die Söhne waren wie gewöhnlich bereits verschwunden. Concetta schien einen Augenblick lang durch meine Frage aus dem Konzept gebracht, faßte sich aber sofort wieder und antwortete mit ihrer gewohnten enthusiastischen Fröhlichkeit: «Ah, hast du uns dabei gesehen? Warum bist du denn nicht zum Vorschein gekommen? Du hättest gleich mithelfen können! Denn, weißt du, wir haben keinerlei Geheimnisse, wir nicht! Diese Sachen stammen aus einem großen Haus in Fondi. Der Besitzer, der arme Hund, ist in die Berge geflüchtet, und kein Mensch weiß, wann er wiederkommt. Da haben wir uns gesagt: Es hat doch keinen Sinn, die Einrichtung im Haus zu lassen, damit sie bei dem nächsten Bombenangriff zerstört wird! Also haben wir uns die Sachen geholt. Auf diese Art hat wenigstens jemand etwas davon. Krieg ist Krieg, jeder muß seine Interessen wahren, und was zurückbleibt, ist verloren, meine Liebe! Und wenn der Krieg aus ist, wird sich der Eigentümer seine Sachen ohnedies von der Regierung ersetzen lassen und sich für das Geld eine neue, viel schönere Einrichtung anschaffen.»

Ehrlich gesagt, mir war nicht wohl bei dieser Rede Concettas, und ich glaube, ich erblaßte vor Schreck, denn Rosetta sah mich forschend an und fragte: «Was hast du denn, Mutter?»

Ich war darum so erschrocken, weil ich als Geschäftsfrau einen stark entwickelten Sinn für Eigentum habe und immer ehrlich gewesen bin. Mein ist mein und dein ist dein, habe ich immer gedacht, und da gibt es keine Verwechslungen, denn sonst geht alles drunter und drüber. Hier aber war ich in ein Haus von Dieben geraten, und was noch schlimmer war, diese Diebe hatten keine Angst, denn es gab in dieser Gegend keine Gesetze und keine Carabinieri mehr. Nicht nur, daß sie keine Angst hatten – sie rühmten sich geradezu noch ihrer Diebereien.

Obwohl ich nichts sagte, hatte Concetta offenbar bemerkt, daß ich mir mein Teil dachte, denn sie meinte jetzt: «Wohlverstanden, wir nehmen uns diese Sachen nur, weil sie sozusagen niemandem mehr gehören. Aber wir sind ehrliche Leute, Cesira, und das kann ich dir sofort beweisen: Klopfe einmal hier an die Wand!»

Sie hatte sich erhoben und klopfte links neben dem Herd an eine Mauer. Auch ich stand auf und klopfte. Es klang hohl, wie wenn sich dahinter ein Raum befände. «Was ist denn da?» fragte ich.

Begeistert erwiderte Concetta: «Da stehen die Sachen des Festa, ein ganzer Schatz, die Ausstattung der Tochter und die gesamte Hauswäsche, Bettlaken, Decken, Silber, Porzellan und Wertgegenstände aller Art!»

Ich war sprachlos, denn darauf war ich in keiner Weise gefaßt gewesen. Concetta erklärte mir hierauf, immer mit derselben sonderbaren Begeisterung, die sie in alles legte, was sie sagte oder tat, daß Filippo Festa den Sohn Vincenzos über das Taufbecken gehalten hatte und Vincenzo die Tochter Festas und daß die beiden auf diese Art sozusagen zu Verwandten geworden wären. Im Vertrauen hierauf hatte Festa vor seiner Flucht in die Berge seine ganze Habe in der Küche Vincenzos eingemauert und ihn schwören lassen, daß er ihm nach Kriegsende alles unversehrt wiedergeben werde, und Vincenzo hatte das tatsächlich geschworen.

«Der Besitz Festas ist uns heilig!» versicherte Concetta emphatisch, als spräche sie vom Sakrament. «Lieber lasse ich mich umbringen, als daß ich etwas davon anrühre! Die Sachen sind seit einem Monat hier, und hier werden sie bleiben, bis der Krieg aus ist!»

Ich hatte meine Zweifel, auch als Vincenzo, der bisher kein Wort gesagt hatte, die Pfeife aus dem Mund nahm und erklärte: «Heilig – das ist das Wort! Deutsche und Italiener werden über meine Leiche gehen müssen, ehe sie diese Sachen anrühren!» Concetta sah mich bei diesen Worten ihres Mannes mit leuchtenden, exaltierten Augen an, so als wollte sie sagen: «Siehst du! Was sagst du dazu? Sind wir ehrliche Leute oder nicht?»

Ich aber war wie vereist, denn ich sah noch die beiden Jungen vor mir, wie sie die Sachen von dem Karren abluden, und dachte: Wer einmal ein Dieb ist, bleibt immer ein Dieb!

Die ganze Geschichte war der Hauptgrund dafür, daß ich jetzt daran dachte, von hier fortzugehen. Ich hatte jenes Geld, das ich in der Tasche im Unterrock bei mir trug, und es war eine große Summe. Wir beide aber waren zwei alleinstehende Frauen, ohne jeden Schutz, und es gab weder Gesetze noch Carabinieri mehr. Viel gehörte ja nicht dazu, mit zwei Frauen wie uns fertig zu werden und uns unseren Besitz wegzunehmen. Gewiß, ich hatte Concetta die Tasche nie gezeigt, aber ich bezahlte immer wieder kleine Beträge für Kost und Quartier, und sicher dachte sie sich, daß ich irgendwo Geld bei mir hatte. Diese Leute, die herrenloses Gut stahlen, mochten morgen auch mein Geld stehlen oder uns gar umbringen. Was wußte denn ich? Die beiden Söhne hatten Räubergesichter, der Vater sah aus wie ein Idiot, und Concetta befand sich ständig in ihrem merkwürdigen Zustand von Erregtheit. Man konnte da wirklich nicht wissen, was noch geschehen mochte!

Das Haus war zwar nicht weit von Fondi entfernt, lag aber inmitten der Orangenhaine versteckt und begraben. Man konnte dort einen Menschen abschlachten, ohne daß irgendwer etwas davon bemerkte. Als Versteck war es wohl geeignet, doch wußte man nicht, ob es in diesem Versteck nicht gefährlicher war als im Freien, unter den Bomben der Flugzeuge.

Als wir an jenem Abend zu Bett gingen, sagte ich zu Rosetta: «Das ist eine Familie von Verbrechern. Es kann sein, daß sie uns nichts zuleide tun, aber ebensogut kann es sein, daß sie uns umbringen und uns als Dünger unter ihren Orangenbäumen verscharren.»

Ich sprach so, weil ich meine Seele erleichtern wollte; aber das war falsch, denn Rosetta, die sich noch nicht von den Schrecknissen der römischen Bombenangriffe erholte hatte, begann sofort zu heulen, klammerte sich an mich und flüsterte: «Mutter, ich habe solche Angst! Warum laufen wir nicht sofort davon?»

Da erklärte ich ihr, das alles seien pure Phantastereien, ausgelöst durch den Krieg, und in Wirklichkeit seien Vincenzo, Concetta und die beiden Jungen bestimmt kreuzbrave Leute. Sie schien nicht sehr überzeugt und meinte zuletzt: «Ich würde aber trotzdem fortgehen, auch weil es hier gar nicht schön ist.»

Zuletzt versprach ich ihr, daß wir uns so bald wie möglich aus dem Staub machen würden, denn unter diesem Gesichtspunkt hatte sie nicht unrecht: Es war wirklich gar nicht schön hier.

Wir waren elendiglich untergebracht, und wenn ich jetzt an diese ganze Zeit unserer Abwesenheit von daheim zurückdenke, kann ich sagen, daß wir uns nie und nirgends so unbehaglich fühlten wie bei Concetta. Sie hatte uns das Zimmer überlassen, in dem sie mit ihrem Mann seit ihrer Heirat schlief. Aber ich muß schon sagen, obwohl ich doch selber auf dem Lande aufgewachsen bin wie sie, daß ich nie eine ähnliche Dreckwirtschaft gesehen habe. Das Zimmer stank dermaßen, daß man trotz der stets geöffneten Fenster darin zu ersticken glaubte. Wonach aber stank es dort? Nach uraltem Schmutz, nach Fäulnis, nach Ungeziefer und nach Urin. Auf der Suche nach dem Ursprung dieses Gestankes öffnete ich die beiden Nachtkästchen. Sie enthielten zwei hohe, enge, röhrenartige weiße Porzellangefäße ohne Henkel, die offenbar nie gewaschen worden waren, denn von ihnen ging ein guter Teil des Gestankes aus. Ich stellte die Dinger vor die Tür, worauf Concetta beinahe über mich herfiel und mir wütend erklärte, sie hätte diese Nachttöpfe als Familienstücke von ihrer Mutter erhalten und verstünde gar nicht, warum ich sie nicht im Zimmer haben wolle.

Als wir die erste Nacht in dem großen Ehebett auf der durchlöcherten, mit hartem, knisterndem, stechendem Material gestopften, mit einem ganz dünn gewetzten Überzug versehenen Matratze schliefen, juckte es mich unablässig; und auch Rosetta fand keinen Schlaf und wälzte sich hin und her. Schließlich entzündete ich die Kerze und nahm, mit dem Leuchter in der Hand, das Bett in Augenschein. Im Lichte des Flämmchens sah ich, wie die Wanzen nach allen Richtungen davonliefen – nicht eine oder zwei, sondern ganze Scharen von dickem, dunkelrotem, mit unserem Blut vollgesogenem Ungeziefer!

Seit Stunden hatten sie sich an uns gemästet, und ich kann nur sagen, daß ich noch nie in meinem Leben so viele Wanzen auf einmal gesehen habe. In Rom war es mir vielleicht ein paarmal passiert, daß ich eine oder zwei entdeckt hatte. Dann ließ ich sofort die Matratzen reinigen, und damit war die Sache erledigt. Hier aber gab es sie zu Tausenden; und man sah, daß sie nicht nur in der Matratze saßen, sondern auch im Holz des Bettes und im ganzen Zimmer.

Und als Rosetta und ich uns am folgenden Morgen im Schrankspiegel betrachteten, waren wir vom Kopf bis zu den Füßen mit roten Pusteln bedeckt, so als hätten wir irgendeine ekelerregende Hautkrankheit. Ich rief Concetta herbei und zeigte ihr Rosetta, die unbekleidet auf dem Bett saß und weinte. Es sei eine Schande, erklärte ich, uns in diesem verwanzten Zimmer schlafen zu lassen; und sie antwortete in ihrer üblichen exaltierten Art: «Du hast recht, das ist eine Schande, eine Schweinerei! Ich weiß, daß wir Wanzen im Haus haben, ein richtiger Skandal! Aber wir sind eben arme Teufel vom Lande, während du eine Dame aus der Stadt bist. Wir haben die Wanzen, du hast die Bettlaken aus Seide!» Sie gab mir also begeistert recht, aber in einem so sonderbaren Ton, als wolle sie mich zum besten halten. Und wirklich schloß sie ihre Rede auf völlig unerwartete Weise, indem sie erklärte, auch die Wanzen seien Geschöpfe Gottes, und wenn Gott sie geschaffen habe, so sei das ein Beweis dafür, daß sie zu etwas nütze seien. Schließlich schlug sie uns vor, wir sollten in der Hütte schlafen, in der sie das Heu für ihr Maultier eingelagert hatte. Das Heu stach, und wahrscheinlich gab es auch dort irgendwelche von jenen Insekten, die einem zwar bisweilen über den Körper laufen und kitzeln, die aber kein Blut saugen. Immerhin erkannte ich, daß die Dinge auf die Dauer nicht so weitergehen konnten.

Alles in diesem Hause war ekelerregend, auch das Essen. Concetta war unordentlich, schmutzig, stets in Eile, stets nachlässig; und ihre Küche war ein schwarzes Loch, wo an Pfannen und Tellern jahrealter Schmutz klebte. Nie gab es Wasser, nie wurde etwas gewaschen; gekocht wurde in größter Hast und ohne jede Sorgfalt. Tag für Tag machte Concetta das, was man in der Ciociaria «Minestrina» nennt: eine Menge dünngeschnittener Brotscheiben, mit denen ein Tongefäß bis zum Rand gefüllt und über die eine Art Bohnensuppe gegossen wurde. Das Ganze wird kalt gegessen, nachdem das Brot die Bohnensuppe aufgesaugt hat und ein dicker Brei entstanden ist. Ich habe dieses Gericht niemals für gut befunden; bei Concetta aber drehte es mir geradezu den Magen um, teils wegen des Schmutzes und der Fliegen und Käfer, die darin herumschwammen, teils, weil Concetta nicht einmal diese einfache Speise richtig zuzubereiten wußte. Auch aßen sie alle nach der Art der Bauern, das heißt ohne Teller: Jedermann fischte mit dem Löffel in dem Topf herum, steckte ihn in den Mund und dann wieder in die gemeinsame Suppe. Als ich einmal eine Bemerkung über die vielen toten Fliegen im Essen machte, antwortete mir Concetta ganz ruhig: «Iß nur, iß nur! Was ist denn im Grunde eine Fliege? Fleisch! Auch nicht viel anders als Kalbfleisch!»

Als ich sah, daß Rosetta diesen Fraß nicht mehr hinunterbrachte, gewöhnte ich mir an, dann und wann mit Concetta aus dem Garten auf die Hauptstraße zu gehen. Dort hatte sich jetzt eine Art Markt herausgebildet, denn in der Stadt war wegen der Luftangriffe und der faschistischen Requisitionen nichts mehr sicher. Also traf man auf der Straße Bäuerinnen, die frische Eier, Obst, ein Stückchen Fleisch oder vielleicht einen Fisch feilhielten. Alles war wahnsinnig teuer, und wenn man zu handeln versuchte, bekam man zur Antwort: «Auch recht, iß du dein Geld, und ich esse meine Eier!»

Kurz und gut, auch sie wußten, daß Hungersnot herrschte, daß in solchen Zeiten das Geld zu nichts nütze ist und daß der Bauer dann den Städter ausplündern kann. Etwas kaufte ich aber schließlich doch immer; und bald war ich es, die auch die Familie Concettas verpflegte. Natürlich verflüchtigte sich dabei mein Geld mit beängstigender Geschwindigkeit, und das war für mich ein Grund mehr zur Unruhe.

Wir wollten fort – aber wohin? Eines Tages sagte ich zu Concetta, wir würden, da die Engländer immer noch nicht kamen, mit einem Wagen, oder wenn es sein mußte auch zu Fuß, das Dorf zu erreichen suchen, wo meine Eltern wohnen, und dort das Kriegsende abwarten. Sie stimmte mir sogleich begeistert zu: «Natürlich, du hast ganz recht! Nur bei der eigenen Familie fühlt man sich zu Hause. Wer kann denn die Stelle der Mutter vertreten? Ganz recht hast du! Hier gefällt es dir ja doch nicht, hier gibt es Wanzen, und das Essen ist schlecht. Bei dir zu Hause aber werden dir dieselben Wanzen und dasselbe Essen himmlisch vorkommen! Wie denn auch nicht! Morgen soll Rosario euch mit dem Wagen hinfahren, das wird eine schöne Spazierfahrt für euch werden!»

Froh und vertrauensvoll erwarteten wir den nächsten Tag, an dem Rosario von irgendwo zurückkommen sollte. Er erschien auch wirklich, aber statt des Maultierkarrens brachte er uns ein Fülle schlimmer Nachrichten: Die Deutschen machen Jagd auf alle Männer, die Faschisten verhaften jeden, den sie auf der Straße antreffen, die Engländer werfen Bomben, die Amerikaner setzen Fallschirmjäger ab. Überall gab es Hungersnot und Revolution. Bald würde es zu einer Schlacht zwischen Engländern und Deutschen kommen, und zwar gerade in der Gegend, wo meine Eltern zu Hause waren. Überdies hatte Rosario angeblich auf der deutschen Kommandantur erfahren, daß jene ganze Zone von der Zivilbevölkerung geräumt worden sei, die sich jetzt in einem Lager bei Frosinone befinde. Schließlich behauptete er, die Straßen seien nicht sicher, weil sie von den Fliegern ständig unter Maschinengewehrfeuer gehalten würden. Die Flieger hörten nicht auf zu schießen, bis auch wirklich jeder Mensch tot war. Die Gebirgswege aber seien voll von Räubern, die einen mir nichts dir nichts um die Ecke brachten. Kurz und gut, wir sollten unbedingt hier in Fondi auf die Engländer warten. Es handle sich nurmehr um wenige Tage, denn die alliierte Armee sei in vollem Vormarsch und werde spätestens in einer Woche da sein.

Alles das war eine Mischung von Wahrheit und Lüge, in der das Wahre auch dem Erlogenen einen Anstrich von Glaubwürdigkeit verlieh. Es stimmte, daß die Flieger Bomben abwarfen und schossen, doch es stimmte nicht, daß in der Gegend meiner Eltern eine Schlacht bevorstand und daß dort die Bevölkerung evakuiert worden war. Wir aber waren verängstigt, waren allein und waren einzig auf die Nachrichten Rosarios angewiesen. Es wurde uns nicht klar, daß alles, was er erzählte, darauf berechnet war, uns von der Abreise abzuhalten, damit Concetta weiter an uns verdienen konnte. Im übrigen waren die Zeiten ja tatsächlich sehr schwierig; ich hatte eine Tochter und konnte die Verantwortung nicht auf mich nehmen, einfach loszuziehen, selbst wenn nur eine geringe Wahrscheinlichkeit bestand, daß uns wirklich die angedrohten Schrecknisse begegneten. Also beschloß ich, die Reise zu meinen Eltern auf bessere Zeiten zu verschieben und in Fondi auf die Ankunft der Alliierten zu warten.

Trotzdem empfahl es sich, Concettas Haus so bald wie möglich zu verlassen, weil in der Abgeschlossenheit inmitten der Orangenhaine alles mögliche geschehen konnte und weil mir Concettas Söhne immer mehr Angst einflößten. Ich habe schon gesagt, daß sie schweigsam waren; wenn sie aber sprachen, enthüllten sie einen Charakter, der mir gar nicht gefiel.

So waren sie imstande, wie im Scherz zu erzählen: «In einem Dorf in Albanien wurden wir beschossen und hatten zwei Verwundete. Weißt du, was wir da taten? Da die Männer alle geflohen waren, hielten wir uns an die Frauen, nämlich die hübschesten, und legten sie um. Einige ließen sich's gefallen, das waren die Säue, die nur auf diese Gelegenheit warteten, ihren Männern Hörner aufzusetzen. Andere ließen sich nur mit Gewalt zwingen. Über einige gingen so viele von uns, daß sie nicht mehr aufstehen konnten und aussahen wie Tote.»

Diese Art von Erzählungen ließ mich zu Eis erstarren; Concetta aber lachte nur und sagte immer wieder: «Ach ja, so sind eben die jungen Leute! Denen gefallen die Mädchen, das weiß man ja! Die haben heißes Blut!»

Noch betroffener als ich war Rosetta, die blaß wurde und zu zittern anfing. Darum sagte ich einmal: «Hört doch auf mit diesen Geschichten! Hier sitzt meine Tochter, und vor einem jungen Mädchen spricht man nicht von solchen Dingen!» Es wäre mir lieber gewesen, wenn sie daraufhin protestiert und mich beschimpft hätten; aber sie entgegneten nichts und warfen aus ihren funkelnden, kohlschwarzen Augen Rosetta gewisse Blicke zu, die mir Angst machten. Ihre Mutter aber sagte von neuem: «Tja, junge Leute! Junge Leute mit heißem Blut! Aber du brauchst für deine Tochter nichts zu befürchten, Cesira. Meine Söhne würden deine Tochter nicht einmal für eine Million anrühren. Ihr seid unsere Gäste, und der Gast ist heilig! Deine Tochter ist hier sicher wie in der Kirche!»

Meine Angst aber nahm ständig zu, und das Schweigen der Söhne beunruhigte mich ebenso wie das Gerede der Mutter. Ich hatte mir inzwischen von einem Bauern ein Schnappmesser besorgt, das ich mit dem Geld in meiner Rocktasche verwahrte. Man kann nie wissen. Wenn diese beiden etwas Böses beabsichtigten, hatten sie es zuerst mit mir zu tun; und ich fühlte mich durchaus imstande, sie umzubringen, wenn dies nötig war.

Was uns aber endgültig zum Weggehen bestimmte, war ein Vorfall, der sich einige Wochen nach unserer Ankunft zutrug.

Eines Morgens saßen Rosetta und ich an der Hecke und waren damit beschäftigt, Maiskolben abzustreifen, als auf dem Fußpfad zwei Männer zum Vorschein kamen. Ich wußte sofort, um was für Leute es sich handelte, nicht nur, weil sie Gewehre auf der Schulter und Schwarzhemden unter den Jacken trugen, sondern auch deshalb, weil Rosario, der etwas abseits Brot und Zwiebeln aß, bei ihrem Auftauchen schleunigst verschwand.

Leise sagte ich zu Rosetta: «Das sind Faschisten! Sage du nichts, überlasse alles mir!» Die neuen Faschisten – die nach dem 25. Juli – kannte ich gut, denn ich hatte in Rom mit ihnen zu tun gehabt. Es waren Rüpel von der übelsten Sorte, Vagabunden, die ihren Vorteil darin sahen, jetzt die Schwarzhemden zu tragen, von denen die anständigen Leute nichts mehr wissen wollten. Aber es waren doch immerhin kräftige Kerle, wie man sie so zahlreich in Trastevere und Ponte findet. Diese zwei hingegen wirkten auf mich sofort wie unselige Jammerlappen, die mehr Angst vor ihren eigenen Gewehren hatten als die Leute, die sie damit einschüchtern wollten. Der eine war beinahe verwachsen; er war kahl und hatte ein Gesicht wie eine vertrocknete Kastanie. Seine Schultern waren so schmal, daß er einem leid tun konnte, und überdies war er völlig unrasiert. Der andere war winzig klein, hatte aber einen großen Kopf, wie ein Professor, trug eine Brille und sah ernst und fett aus.

Concetta war sogleich herbeigeeilt und begrüßte den einen mit einem bezeichnenden Spitznamen. «Wen suchst du denn hier, Scimmiozzo?» fragte sie. Scimmiozzo, der Kahlköpfige, Magere, wiegte sich auf seinen Beinen, schlug mit der Handfläche an den Gewehrgriff und entgegnete: «Gevatterin Concetta, Gevatterin Concetta, Sie wissen, was wir hier suchen. Sie wissen es ganz genau!»

«Mein Ehrenwort, ich verstehe dich nicht! Willst du Wein? Willst du Brot? Brot haben wir nur wenig, aber wir können dir einen Fiasco Wein geben und auch ein paar getrocknete Feigen.»

«Gevatterin Concetta, Sie sind schlau, aber diesmal haben Sie Leute gefunden, die noch schlauer sind.»

«Was sagst du da, Scimmiozzo? Ich soll schlau sein?»

«Ja, du bist schlau, und dein Mann ist schlau, und die allerschlauesten sind deine beiden Söhne.»

«Meine beiden Söhne? Wer weiß, was aus denen geworden ist! Die sind in Albanien, meine Söhne! Dort kämpfen sie für den König und für Mussolini, die Gott stets bei guter Gesundheit erhalten möge!»

«Was redest du vom König, Concetta? Wir haben doch jetzt eine Republik!»

«Also dann soll die Republik leben!»

«Und deine Söhne sind nicht in Albanien, sondern hier!»

«Hier? Wenn das doch wahr wäre!»

«Jawohl, hier sind sie, und erst gestern sind sie gesehen worden, wie sie in der Gegend von Coccuruzzo auf dem Schwarzmarkt Geschäfte machten.»

«Was sagst du, Scimmiozzo? Meine Söhne hier? Ich habe dir schon gesagt, ich wäre heilfroh, wenn es wahr wäre! Ich würde sie an mein Herz drücken und wüßte sie außer Gefahr! Wo ich doch jede Nacht vor Angst weine und mehr leide als die Madonna der sieben Schmerzen!»

«Schluß! Sag uns, wo sie sind und damit basta!»

«Was weiß denn ich? Ich kann dir Wein geben, ich kann dir getrocknete Feigen geben, ich kann dir auch etwas Maismehl geben, obwohl ich davon nur wenig habe, aber wie soll ich dir denn meine Söhne geben, die gar nicht hier sind?»

«Na, laß uns einstweilen einmal den Wein sehen!»

So setzten sie sich also an der Hecke auf zwei Stühle. Concetta, begeistert wie immer, holte einen Fiasco mit zwei Gläsern und einen Korb voll getrockneter Feigen. Scimmiozzo hate sich rittlings auf seinem Stuhl niedergelassen, trank und sagte dann: «Deine Söhne sind Deserteure! Weißt du, was in dem Dekret über die Deserteure steht? Wenn wir sie erwischen, müssen wir sie erschießen. Das ist Gesetz!»

Und sie, ganz vergnügt: «Recht habt ihr! Die Deserteure müssen erschossen werden, die Hunde! Alle gehören sie erschossen! Aber meine Söhne sind keine Deserteure, Scimmiozzo!»

«Was sind sie denn, wenn nicht Deserteure?»

«Soldaten! Sie kämpfen für Mussolini, den Gott uns hundert Jahre erhalten möge!»

«Auf dem Schwarzmarkt kämpfen sie, was?»

«Willst du noch Wein?»

Mit einem Wort, jedesmal, wenn Concetta nicht mehr wußte, was sie sagen sollte, bot sie den beiden Wein an; und die Faschisten, die vor allem deshalb gekommen waren, ließen sich die Gläser füllen und tranken.

Wir beide hielten uns abseits und saßen auf den Stufen der Treppe. Scimmiozzo starrte zu Rosetta herüber, während er ein Glas nach dem anderen leerte. Seine Blicke waren nicht die eines Polizisten, der wissen will, ob eine Person einwandfrei ist, sondern es waren Blicke, in der Art, in der ein Mann ein hübsches Frauenzimmer ansieht. Schließlich fragte er Concetta: «Wer sind denn diese zwei?»

Hastig antwortete ich an Concettas Stelle, denn ich wollte nicht, daß die Faschisten etwas von unserer Ankunft aus Rom erfuhren. «Wir sind Verwandte Concettas», sagte ich. «Wir kommen aus Vallecorsa.»

Begeistert fiel Concetta ein: «Freilich, zwei Verwandte! Cesira ist die Tochter eines Onkels von mir, und die beiden wohnen jetzt für eine Weile hier. Du weißt ja, Blut ist dicker als Wasser!»

Scimmiozzo schien nicht sehr überzeugt. Offenbar war er doch intelligenter, als er aussah. «Ich wußte nicht, daß du Verwandte in Vallecorsa hast», meinte er. «Mir hast du immer erzählt, du seist aus Minturno. Und wie heißt dieses hübsche Mädchen?»

«Sie heißt Rosetta», sagte ich.

Er leerte das Glas, erhob sich und trat zu uns heran. «Du gefällst mir, Rosetta», sagte er. «Wir brauchen gerade eine Kellnerin, unten im Kommando, ein Mädchen, daß ein bißchen kocht und uns die Betten macht. Willst du mit uns kommen, Rosetta?» Mit diesen Worten streckte er die Arme aus und ergriff Rosetta beim Kinn. Ich schlug ihm sofort auf die Hand und rief: «Pfoten weg!»

Er sah mich mit aufgerissenen Augen an und tat höchst erstaunt. «He», sagte er, «was fällt dir denn ein?»

«Mir fällt ein, daß du meine Tochter nicht anzurühren hast!»

Da nahm er keck sein Gewehr von der Schulter, legte auf mich an und sagte: «Weißt du denn überhaupt, mit wem du sprichst? Hände hoch!»

Ruhig, als bedrohte er mich nicht mit dem Gewehr, sondern mit einem Kochlöffel, schob ich den Lauf ein wenig beiseite und sagte verächtlich: «Was heißt da Hände hoch? Glaubst du, du kannst mich erschrecken mit deiner Flinte? Weißt du, wozu diese Flinte gut ist? Um Wein und getrocknete Feigen herauszuschinden, dazu ist sie gut! Das sieht ja ein Blinder, daß du nichts weiter bist als ein armseliger Hungerleider!»

Seltsamerweise beruhigte er sich plötzlich, lachte und sagte zu dem zweiten Faschisten: «Die würde es verdienen, erschossen zu werden, was meinst du?»

Der andere zuckte nur mit den Achseln und murmelte etwas wie: «Dummheiten! Das sind doch bloß Weiber!»

Da ließ Scimmiozzo das Gewehr sinken und sagte mit Nachdruck: «Für diesmal soll dir verziehen sein. Aber du mußt wissen, daß du knapp am Tode vorbeigegangen bist. Wer die Miliz anrührt, bekommt Blei zwischen die Rippen!»

Dies war ein Satz, der in Rom an den Hausmauern geschrieben stand, und dieser Unglücksrabe hatte ihn von irgendeiner solchen Hausmauer abgelesen. Gleich darauf fügte er hinzu: «Es bleibt dabei, daß du uns deine Tochter als Kellnerin ins Kommando schickst.»

Ich antwortete: «Von meiner Tochter kannst du träumen – schicken werde ich sie dir nicht!»

Da wandte er sich an Concetta und sagte: «Machen wir ein Tauschgeschäft, Concetta: Wir suchen nicht mehr nach deinen Söhnen, die, wie du genau weißt, hier irgendwo versteckt sind und die wir bestimmt erwischen, wenn wir sie ernsthaft suchen. Dafür schickst du uns deine kleine Verwandte. Einverstanden, wie?»

Natürlich antwortete die unselige Concetta, die um so begeisterter war, je verbrecherischer und unmöglicher die Dinge waren, die man ihr vorschlug, jetzt voll Schwung: «Aber klar! Gleich morgen früh wird Rosetta auf dem Kommando erscheinen! Ich selber begleite sie hin, verlaßt euch drauf! Rosetta soll euch kochen und aufräumen und auch sonst alles tun, was ihr wollt! Morgen früh bringe ich sie euch!»

Zwar war ich wütend, aber ich sagte vorsichtshalber kein Wort mehr. Die beiden Kerle blieben noch eine Weile, tranken ein paar weitere Glas Wein und gingen dann, der eine mit dem Fiasco, der andere mit dem Korb voll Feigen, auf demselben Weg davon, auf dem sie gekommen waren.

Kaum waren sie verschwunden, da sagte ich sofort zu Concetta: «Du bist wohl verrückt! Nicht einmal als Tote schicke ich meine Tochter den Faschisten ins Haus!»

Eigentlich hatte ich angenommen, Concetta habe nur der Form halber zugesagt, um die beiden nicht vor den Kopf zu stoßen und sie im Guten loszuwerden. Um so peinlicher war ich betroffen, als ich erkennen mußte, daß sie gar nicht so entrüstet war, wie ich vermutet hatte. «Na, schließlich und endlich würden sie ja deine Rosetta nicht fressen», meinte sie. «Und die Faschisten haben hierzulande alles, meine Liebe – Wein, Mehl, Fleisch und Bohnen. Im Kommando essen sie alle Tage Eiernudeln und Kälbernes. Es würde Rosetta dort großartig gehen.»

«Was sagst du da? Bist du von Sinnen?»

«Ich sage ja gar nichts. Ich sage nur, daß wir im Krieg sind und daß es im Krieg weise ist, die Starken nicht gegen sich zu haben. Heute sind die Faschisten hier die Starken, und man muß sich an sie halten. Morgen sind es vielleicht die Engländer, und dann wollen wir uns an die Engländer halten.»

«Aber verstehst du denn nicht, weshalb die meine Rosetta bei sich haben wollen? Hast du nicht gesehen, wie dieser Kerl ihr die ganze Zeit hindurch auf den Busen gestarrt hat?»

«Na, und wenn schon! Schließlich, ob's der eine Mann ist oder der andere – einmal muß es ja doch geschehen. Was willst du? Wir haben eben Krieg, und in Kriegszeiten dürfen wir Frauen nicht allzu heikel sein und denselben Respekt beanspruchen wie im Frieden. Und im übrigen – bellende Hunde beißen nicht. Ich kenne den Scimmiozzo. Der denkt hauptsächlich daran, sich den Bauch vollzuschlagen.»

Mit einem Wort, es war sonnenklar, daß sie den Vorschlag Scimmiozzos ernst genommen hatte: «Du gibst mir Rosetta, und ich lasse deine Söhne in Ruhe.» Und ich sage nicht einmal, daß sie von ihrem Standpunkt aus unrecht hatte.

Wenn Rosetta als Dienstmädchen oder Schlimmeres zu den Faschisten ging, konnten die beiden Gauner von Söhnen ruhig in ihren Betten schlafen, und niemand würde sie je suchen. Aber Concetta wollte diese Sicherheit ihrer Söhne mit meiner Tochter bezahlen, und ich, die ich ebenfalls eine Mutter war, begriff, daß sie aus Liebe zu ihren Söhnen durchaus imstande war, am folgenden Tag die Faschisten herbeizuholen und ihnen Rosetta auszuliefern. Es hatte also gar keinen Sinn, zu protestieren, sondern es gab nur eines – fliehen.

Ich wechselte deshalb mit einemmal den Ton und sagte ruhig: «Na schön, ich will mir die Sache überlegen. Es ist ja wahr, daß Rosetta es, wie du sagst, bei den Faschisten gut haben würde wie eine Königin. Aber ich möchte natürlich trotzdem nicht . . .»

«Das sind Geschichten, meine Gute! Man muß sich an den Stärkeren halten. Wir sind im Krieg.»

«Gut, wir wollen uns heute nacht entscheiden.»

«Überlege dir's nur ruhig, die Sache hat keine Eile. Ich kenne die Faschisten, es genügt, wenn ich ihnen sage, daß Rosetta in ein paar Tagen kommen wird. Die warten ohne weiteres. Du aber kannst jetzt schon damit rechnen, daß dir nichts mehr fehlen wird. Die Faschisten haben alles, die haben Öl und Wein und Schweine und Mehl. Bei ihnen wird den ganzen Tag gegessen und getrunken. Ihr werdet dick und fett werden, und es wird euch herrlich gehen.»

«Freilich, freilich.»

«Du wirst sehen, Cesira, die Vorsehung hat dir diese Faschisten geschickt. Denn ich, ehrlich gesagt, hätte euch nicht mehr lange bei mir beherbergen können. Es ist ja richtig, daß du bezahlst, aber in diesen Notzeiten zählen die Vorräte mehr als das Geld. Und meine Söhne können auch nicht immer dieses Leben von Flüchtlingen führen. So aber werden sie Ruhe haben und wieder arbeiten können. Ja, es war wirklich die Vorsehung, die uns diese Faschisten geschickt hat.»

Mit anderen Worten, sie war fest entschlossen, Rosetta zu opfern, und ich war ebenso fest entschlossen, noch in dieser Nacht auf und davon zu gehen. Wir aßen wie gewöhnlich zu viert, wir beide, Concetta und Vincenzo. Die Söhne nämlich waren diesen Abend in Fondi. Sobald wir aber in unserem Heuschober waren, sagte ich sogleich zu Rosetta: «Glaub nicht, daß ich mit Concetta im Einverständnis bin! Ich habe nur so getan, denn bei Leuten dieser Art weiß man nie, woran man ist. Jetzt packen wir unsere Sachen, und sobald es dämmert, gehen wir.»

«Aber wohin, Mutter?» fragte sie in weinerlichem Ton.

«Vor allem verlassen wir dieses Verbrecherhaus. Wir gehen fort, wohin es eben möglich ist.»

«Aber wohin?»

Darüber hatte ich bereits viel nachgedacht und hatte meine eigenen Gedanken über diese Flucht. Also sagte ich: «Zu den Großeltern können wir nicht, denn das Dorf ist evakuiert worden, und Gott weiß, wo die Großeltern jetzt sind. Vor allem gehen wir zu Tommasino. Der ist ein braver Mann, und ihn wollen wir um Rat fragen. Er hat mir oft gesagt, daß sein Bruder mit seiner ganzen Familie irgendwo in den Bergen lebt und daß es ihm gut geht. Tommasino wird uns schon einen Fingerzeig geben können. Fürchte dich nicht, du hast ja deine Mutter bei dir, die dich liebhat; und Geld haben wir auch, und einen besseren, verläßlicheren Freund als das Geld gibt es nicht. Wir werden schon einen Ort finden, wohin wir gehen können.»

Mit einem Wort, ich konnte sie beruhigen, um so mehr, als auch sie Tommasino kannte, den Stiefbruder jenes Festa, dem der von Vincenzo gepachtete Grund gehörte. Dieser Tommasino war ein Geschäftsmann, der sich trotz seiner Angst nicht entschlossen hatte, zu seiner Familie in die Berge zu gehen. Dies vor allem aus Liebe zum Schwarzmarkt, auf dem er mit allem Erdenklichen handelte. Er wohnte in einem Häuschen am Fuß der Berge und verdiente eine ganze Menge Geld. Freilich befand er sich dabei oft in Lebensgefahr, wenn er seine Waren unter den Bomben und Maschinengewehren der Flieger transportierte und sich zwischen Faschisten und Deutschen und ihren Requisitionen durchwinden mußte.

Aber man weiß ja, für Geld werden auch die Feiglinge mutig, und Tommasino gehörte zu dieser Art von Leuten.

Wir packten also beim Schein einer Kerze unsere wenige Habe in die Koffer, dann warfen wir uns, bekleidet, wie wir waren, aufs Heu und schliefen etwa vier Stunden. Rosetta hätte gerne noch länger geschlafen, denn sie war jung und hatte einen so festen Schlaf, daß auch eine Musikkapelle neben ihren Ohren sie nicht aufgeweckt hätte. Ich aber, um vieles älter, schlief nur leicht, insbesondere seit wir unsere Flucht begonnen hatten und ich mir immer neue Sorgen machen mußte. Als die ersten Hähne krähten – es war noch finstere Nacht, aber die Hähne spüren die Dämmerung, noch bevor sie angebrochen ist –, erhob ich mich von meinem Strohlager und rüttelte Rosetta. Sie wollte nicht aufwachen und sagte wieder und wieder mit weinerlicher Stimme: «Was ist denn? Was ist denn?», ganz so, als hätte sie völlig vergessen, daß wir nicht mehr daheim in Rom waren, wo wir nie vor sieben Uhr aufstanden, sondern in Fondi bei Concetta. Endlich wurde sie richtig wach, und da sie noch immer weiterklagte, fuhr ich sie an: «Willst du vielleicht lieber bis Mittag schlafen und dich von einem dieser Schwarzhemden aufwecken lassen?»

Ehe wir aus der Hütte hinaustraten, hielt ich von der Tür her Ausschau. Es war nichts anderes zu sehen als die Hecke mit den zum Trocknen ausgelegten Feigen, ein Stuhl, auf dem Concetta einen Korb voll Maiskolben vergessen hatte, und die schmutzigrosafarbene Hausmauer. Da setzte ich unsere Koffer auf Rosettas und meinen Kopfring, wie ich dies bei unserer Ankunft auf dem Bahnhof von Monte San Biagio getan hatte, und wir verließen die Hütte und eilten dem Fußpfad unter den Orangenbäumen zu.

Ich kannte den Weg, den ich einzuschlagen gedachte, und sobald wir auf der Straße angelangt waren, wendete ich mich den Bergen am Nordrand der Ebene von Fondi zu. Es begann eben erst zu dämmern, und ich erinnerte mich an jene andere Dämmerung, in der wir Rom verlassen hatten. Wer weiß, dachte ich, wie oft wir noch die Morgendämmerung sehen werden, ehe wir wieder daheim sind!

Über der ganzen Gegend lag eine graue, fade Luft. Der Himmel war von ungewissem Weiß, mit einem gelblichen Stern da und dort, so als sollte nicht der Tag anbrechen, sondern eine zweite, weniger finstere Nacht.

Der Tau lag auf den traurig-regungslosen Bäumen und auf dem Kies der Straße, der sich unter meinen bloßen Füßen eiskalt anfühlte. Ein starres Schweigen lag über der Natur, aber es war nicht mehr nächtlich, sondern angefüllt mit kleinen, trockenen, knackenden und raschelnden Geräuschen. Allmählich erwachte das Land.

Ich ging vor Rosetta und sah zu den Bergen hinüber, die sich ringsumher zum Himmel erhoben. Es waren kahle, weiße Berge, nur da und dort mit einem dunklen Flecken. Nirgends eine Spur von Leben. Aber ich bin in den Bergen geboren, und ich wußte, daß wir, einmal dort angelangt, bebaute Felder, Wälder, Gestrüpp, Häuser, Bauern und Flüchtlinge antreffen würden.

Ich dachte mir, wie viele Dinge in diesen Bergen geschehen würden; und ich hoffte, daß es gute Dinge sein und daß wir zu guten Menschen kommen würden, nicht zu Verbrechern wie Concetta und ihrer Familie. Vor allem aber wünschte ich mir, daß wir dort nicht lange bleiben, sondern daß die Engländer bald kommen und wir nach Rom zurückkehren würden, in unsere Wohnung und in unser Geschäft.

Inzwischen war die Sonne aufgegangen, doch stand sie noch knapp über dem Rande der Berge, und die Gipfel und der Himmel in ihrer Umgebung begannen sich rosa zu färben. In diesem Himmel standen keine Sterne mehr; er war bläulich geworden, und ganz unversehens leuchtete die Sonne golden durch die grauen Zweige der Olivenhaine. Ihre Strahlen erreichten alsbald auch die Straße, und sogleich hatte ich das Gefühl, als sei der Kies unter meinen Füßen nicht mehr so kalt wie zuvor. Vergnügt sagte ich zu Rosetta: «Wer würde glauben, daß Krieg ist? Auf dem Lande denkt man nie an den Krieg!»

Rosetta hatte keine Zeit zu antworten; da kam vom Meer her mit unglaublicher Geschwindigkeit ein Flugzeug. Erst hörte ich nur sein metallisches Geräusch, doch gleich darauf sah ich, wie es sozusagen mit gesenktem Kopf direkt auf uns zukam. Ich packte Rosetta und riß sie neben mir jenseits des Grabens in ein Maisfeld nieder, wo wir mit dem Gesicht voraus zwischen die Maiskolben fielen. Mit ohrenbetäubendem, bösartig-wütendem Lärm brauste die Maschine niedrig über der Straße hin, und ich hatte das Gefühl, als hätte sie es tatsächlich auf uns abgesehen. Dann stieg sie plötzlich steil aufwärts, überflog eine Pappelreihe und entfernte sich nach den Bergen hin, wo sie bald aussah wie eine im Sonnenlicht dahinschwebende Mücke.

Ich lag flach auf dem Boden und hielt Rosetta fest an mich gedrückt, blickte jedoch nach der Straße hinüber, wo Rosetta den kleinen Koffer hatte liegenlassen, als ich sie am Arm mit mir zog. Da sah ich in dem Augenblick, als das Flugzeug die Straße entlangflog, eine Reihe kleiner Staubwolken von der Straße aufsteigen, die sich nach dem Gebirge hin verzogen. Als der Lärm aufgehört hatte, verließ ich das Maisfeld und sah, daß der Koffer an mehreren Stellen durchlöchert war und daß längs der Straße zahlreiche Geschosse von der Länge meines kleinen Fingers auf dem Kies lagen. Es gab also keinen Zweifel: Dieses Flugzeug hatte es tatsächlich auf uns abgesehen gehabt, denn außer uns befand sich kein lebendes Wesen auf der Straße. Der Teufel hole euch allesamt! dachte ich, und mich befiel ein wütender Haß gegen den Krieg. Dieser Flieger kannte uns nicht. Vielleicht war er ein braver Junge im Alter Rosettas. Nur weil Krieg war, hatte er versucht, uns umzubringen, zum Spaß, wie ein Jäger, der mit seinem Hund auf die Jagd geht, aufs Geratewohl auf einen Baum schießt und sich denkt: Irgend etwas werde ich schon treffen – vielleicht einen Sperling!

Ja, wir waren wirklich bloß zwei Sperlinge, auf die ein gelangweilter Jäger geschossen hatte, um uns als nutzlos liegenzulassen, wenn er uns getroffen hätte.

«Mutter», sagte Rosetta, als wir uns wieder auf den Weg gemacht hatten, «du hast immer gesagt, daß auf dem Lande kein Krieg ist. Aber dieser Flieger hat uns umbringen wollen!»

Ich antwortete: «Mein Kind, ich habe mich geirrt. Der Krieg ist überall – auf dem Lande genauso wie in der Stadt!»

Drittes Kapitel

Nach etwa einer halben Stunde kamen wir an eine Wegkreuzung. Rechts führte eine Brücke über einen Wildbach, und dahinter stand ein weißes Häuschen, in dem, wie ich wußte, Tommasino wohnte. Als ich mich der Brücke näherte, erblickte ich eine Frau, die an der Böschung kniete und im Wasser des Baches Wäsche wusch. Ich fragte sie: «Wohnt hier Tommasino?»

Sie wand ein Wäschestück aus und antwortete dann: «Ja, er wohnt hier. Aber jetzt ist er nicht daheim. Er ist zeitig am Morgen nach Fondi gegangen.»

«Kommt er zurück?»

«Gewiß kommt er zurück.»

Es blieb also nichts anderes übrig, als zu warten; und das taten wir denn auch, wobei wir uns auf eine Steinbank am Beginn der Brücke niederließen. Eine Weile saßen wir schweigend da, während das Sonnenlicht allmählich immer kräftiger und wärmer wurde. Schließlich fragte mich Rosetta: «Glaubst du, daß Annina mir Pallino heil und gesund wiedergeben wird, wenn ich wieder in Rom bin?»

Ich war in völlig andere Gedanken versunken und begriff im ersten Augenblick kaum, wovon sie eigentlich sprach. Dann erinnerte ich mich, daß Annina die Portiersfrau unseres Nachbarhauses in Rom und Pallino Rosettas Katze war. Rosetta liebte dieses Tier sehr und hatte es vor unserer Abreise Annina anvertraut. Ich beruhigte sie und versicherte ihr, sie werde Pallino bestimmt fett und vollgefressen wiederfinden, schon darum, weil Annina die Schwester eines Schlächters war, der natürlich auch in Notzeiten stets Fleisch genug übrig hatte. Rosetta schien zufrieden, verstummte wieder und saß mit halbgeschlossenen Augen in der Sonne. Ich erwähne diese ihre Frage in einem so kritischen Augenblick, um zu zeigen, daß sie trotz ihrer achtzehn Jahre dem

Charakter nach noch durchaus ein Kind war. Das schien mir jedenfalls ihre Sorge um die Katze zu beweisen, während wir noch nicht wußten, wo wir selbst an diesem Abend essen und schlafen würden.

Endlich tauchte an der Straßenbiegung ein Mann auf, der langsam des Weges kam und dabei eine Orange aß. Ich erkannte sogleich Tommasino mit seinem langen Gesicht, den unrasierten Wangen, der krummen Nase und dem schleppenden Gang seiner nach auswärts gedrehten Füße. Auch er erkannte mich sofort, denn ich war ja seine Kundin und hatte ihm in den letzten Tagen viel abgekauft. Mißtrauisch erwiderte er jedoch meinen Gruß zunächst nicht, kam näher, aß dabei seine Orange und hielt den Blick gesenkt.

Als er ganz nahe herangekommen war, sagte ich: «Hör einmal, Tommasino! Wir sind aus dem Haus Concettas weggegangen. Jetzt mußt du uns helfen. Wir wissen nämlich nicht, wohin wir uns wenden sollen.»

Da lehnte er sich an die Brückenbrüstung, stemmte den Fuß gegen das Mäuerchen, biß in eine zweite Orange, die er aus seiner Tasche zutage gefördert hatte, spuckte mir die Schale entgegen und sagte dann: «In diesen Zeiten muß jeder selbst sehen, wie er weiterkommt. Wie soll ich dir denn helfen?»

Ich erklärte: «Kennst du irgendeinen Bauern in den Bergen, der uns Obdach gewähren kann, bis die Engländer da sind?»

Er antwortete: «Ich kenne niemanden, und soviel ich weiß, sind alle Häuser bereits besetzt. Aber wenn du in die Berge gehst, wirst du schon irgend etwas finden – eine Hütte, einen Heuschober . . .»

«Nein», erwiderte ich, «so aufs Geratewohl gehe ich nicht. Du hast doch deinen Bruder in den Bergen und kennst die Bauern! Du mußt mich an irgendwen verweisen!»

Er spuckte mir wieder eine Schale entgegen und sagte: «Weißt du, was ich an deiner Stelle täte?»

«Was denn?»

«Ich würde nach Rom zurückkehren. Das ist es, was ich tun würde.»

Ich begriff, daß er nur deshalb so unzugänglich war, weil er uns für arme Teufel hielt. Er dachte eben ausschließlich ans Geld, und solange er kein Geld sah, tat er nichts und half niemandem. Ich hatte ihm nie gesagt, daß ich eine große Summe bei mir trug, aber jetzt begriff ich, daß der Moment gekommen war, ihm darüber reinen Wein einzuschenken.

Ihm konnte ich vertrauen, weil er derselben Menschenart angehörte wie ich selbst. Auch er war ein Geschäftsmann, denn er hatte in Fondi einen Lebensmittelladen und er machte jetzt Schwarzhandelsgeschäfte, genauso wie ich es getan hatte. Mit einem Wort, wie es im Sprichwort heißt: Eine Krähe hackt der anderen kein Auge aus. Also sagte ich, ohne weiter in ihn zu dringen: «Nach Rom gehe ich nicht zurück, denn dort sind die Bombenangriffe, und es gibt keine Lebensmittel, und Züge gibt es auch keine mehr, und meine Tochter hat noch den Schrecken der Bomben in den Gliedern. Ich bin entschlossen, in die Berge zu gehen und dort eine Unterkunft zu suchen. Ich will dafür bezahlen. Und ich möchte auch etliche Vorräte anlegen, Öl, Bohnen, Orangen, Käse, Mehl, kurzum ein wenig von allem. Ich werde alles bar bezahlen, denn das nötige Geld habe ich. Ich trage beinahe hunderttausend Lire bei mir. Du willst mir nicht helfen. Schön, dann werde ich mich eben an wen anderen wenden. Du bist nicht der einzige in Fondi. Es gibt da noch den Esposito, den Scalise und eine Menge anderer Leute. Komm, Rosetta, gehen wir!»

Ich hatte mit großer Entschiedenheit gesprochen, setzte jetzt meinen Koffer auf den Kopfring, Rosetta tat dasselbe, und wir machten uns auf den Weg in der Richtung nach Monte San Biagio. Als Tommasino hörte, daß ich hunderttausend Lire besaß, riß er die Augen weit auf, und einen Augenblick lang blieben seine Zähne in der Orange stecken, die er soeben schälte. Dann aber warf er die Orange weg und lief hinter mir her. Da ich den Koffer auf dem Kopf trug, konnte ich mich nicht nach ihm umwenden, aber ich hörte seine rauhe, eifrige Stimme, die beschwörend auf mich einsprach: «Einen Augenblick! Bleib doch stehen! Was zum Teufel fällt dir denn ein, so davonzulaufen? Bleib stehen, reden wir, überlegen wir!»

Mit einem Wort, ich hielt schließlich an; und nachdem ich mich noch ein Weilchen geziert hatte, erklärte ich mich bereit, umzukehren und mit ihm in sein Haus zu kommen. Er führte uns in ein weißgetünchtes, kahles Zimmerchen im Erdgeschoß, in dem nichts weiter zu sehen war als ein ungemachtes Bett. Auf dieses ließen wir uns alle drei nieder, und er sagte in beinahe freundlichem Ton: «Na, jetzt legen wir vor allem eine Liste der Vorräte an, die du brauchst. Ich verspreche freilich gar nichts, denn die Zeiten sind schwierig, und die Bauern sind verteufelt gerissen. Was die Preise angeht, mußt du dich ganz auf mich verlassen, ohne viel zu diskutieren. Wir sind nicht in Rom in Friedenszeiten, sondern in Fondi während des Krieges. Wie das mit dem Häuschen in den Bergen aussieht, weiß ich nicht. Früher, vor den Bombenangriffen, gab es ihrer eine ganze Menge, doch jetzt sind sie alle vermietet. Aber ich muß heute ohnedies meinen Bruder aufsuchen, und ihr könnt gleich mitkommen. Etwas wird sich schon finden lassen, besonders wenn du sofort bezahlen willst. Wegen der Vorräte mußt du mir eine Woche Zeit lassen. Inzwischen wird dir mein Bruder oder wer anderes etwas leihen oder verkaufen, falls du dort oben überhaupt Unterkunft findest.»

Nach dieser in praktischem, vernünftigem Ton gesprochenen Rede zog er ein fettiges, halbzerrissenes Notizbuch hervor, blätterte darin, bis er eine leere Seite gefunden hatte, nahm dann einen Kopierstift, leckte daran und fragte von neuem: «Also sag mir, wieviel Mehl du brauchst.»

Ich diktierte ihm eine genaue Liste: soundso viel Weizenmehl, soundso viel Maismehl, soundso viel Öl, Bohnen, Schafkäse, Schmalz, Würste, Orangen und so weiter. Er notierte alles, steckte dann sein Buch in die Tasche und verließ das Zimmer. Gleich darauf kam er wieder und brachte einen Laib Brot und eine halbe Wurst. «Das soll der Anfang eurer Vorräte sein», sagte er. «Eßt jetzt erst einmal und wartet auf mich. In einer Stunde brechen wir nach den Bergen auf. – Inzwischen wäre es gut, wenn du mir dieses Brot und die Wurst bezahlen wolltest, der Ordnung halber.»

Ich zog eine Tausendernote hervor, er hielt sie gegen das Licht und gab mir den Rest in den schmutzigsten und zerknülltesten Noten heraus, die ich noch je im Leben gesehen hatte. Diese Art von Scheinen findet sich nur auf dem Lande, wo es wenig Geld gibt und wo dieselben Banknoten immer wieder umlaufen; denn die Bauern bringen ihr Geld nicht gern auf die Bank, sondern behalten es daheim in irgendwelchen Verstecken. Ich gab ihm einige der allerschmutzigsten Scheine zurück, und er tauschte sie mir ohne weiteres ein, wobei er bemerkte: «Ich wollte, ich hätte ein Handwägelchen voll von dem Zeug!»

Um die Sache kurz zu machen: Tommasino ging, nachdem er uns versichert hatte, er werde bald wiederkommen; wir aber aßen, auf dem Bett sitzend, Brot und Wurst, schwiegen und waren froh, zu wissen, daß wir bald ein Dach über dem Kopf und Lebensmittel haben würden.

Wer weiß warum – plötzlich sagte ich aus meinen Gedanken heraus: «Siehst du, Rosetta, was das Geld bedeutet?»

«Ich weiß, Mutter», antwortete sie, «die Muttergottes hat uns geholfen und wird uns immer helfen.»

Ich wollte ihr nicht widersprechen, denn ich wußte, wie religiös sie war; immer betete sie in der Frühe beim Aufstehen und abends beim Schlafengehen; und ich selbst hatte sie hierzu erzogen, wie das in unserer Gegend üblich ist. Aber ich konnte mich doch des Gedankens nicht erwehren, daß die Art, wie die Muttergottes uns half, etwas Sonderbares an sich hatte. Mein Geld hatte Tommasino dahin gebracht, uns beizustehen; dieses Geld aber hatte ich auf dem Schwarzmarkt verdient, dank dem Krieg und der Hungersnot. Hatte etwa die Muttergottes Krieg und Hungersnot gewollt? Und weshalb? Um uns für unsere Sünden zu bestrafen?

Nachdem wir Brot und Wurst gegessen hatten, streckten wir uns auf dem schmutzigen Bettlaken Tommasinos aus und schliefen etwa eine halbe Stunde lang, denn wir waren ja sehr zeitig aufgestanden; und jetzt befiel uns die Müdigkeit und benebelte uns gleich einem auf nüchternen Magen getrunkenen Wein. Wir schliefen noch, als Tommasino wiederkam, uns mit den Händen ins Gesicht fuhr und munter rief: «Aufwachen! Wir gehen los! Aufwachen!» Er war guter Laune, man sah ihm richtig an, welche guten Geschäfte er mit uns zu machen beabsichtigte.

Wir standen auf und folgten ihm vor das Haus. Auf dem Platz an der Brücke stand ein kleiner grauer Esel, schwer beladen mit einer Unzahl von Paketen, auf denen Tommasino zuoberst noch unsere Koffer festgebunden hatte.

Wir zogen also los, wobei Tommasino den Esel am Zügel führte und in der anderen Hand eine Weidenrute hielt. Er war völlig städtisch gekleidet, trug einen schwarzen Hut, einen schwarzen Rock und gestreifte Hosen, jedoch keine Krawatte, und an den Füßen alte gelbe, schmutzbedeckte Soldatenschuhe. Wir beide gingen hinter ihm drein.

Erst umwanderten wir den Fuß eines dieser Berge, dann zweigte ein steiniger Maultierpfad von der Hauptstraße ab und führte zwischen zwei Reihen von Unterholz steil empor. Bald befanden wir uns in einem engen Tal zwischen zwei Felswänden, die einander immer näher rückten und zuletzt, wie wir bereits von unten sehen konnten, nur mehr einen ganz schmalen Durchgang freihielten.

Sollte man es glauben? Kaum hatte ich den Fuß auf die ersten Steine des Maultierpfades mit seinem getrockneten Tierdreck, seinem Staub und seinen Löchern gesetzt, da empfand ich ein seltsam freudiges Gefühl. Ich bin eben meiner Herkunft nach eine Bergbäuerin, und auf Wegen dieser Art bin ich bis zu meinem sechzehnten Jahr immer wieder umhergeklettert. So war mir jetzt, als hätte ich etwas Altvertrautes wiedergefunden, wie wenn ich zwar nicht meine Eltern, aber doch die Örtlichkeiten angetroffen hätte, wo sie mich großgezogen hatten.

Bis jetzt, so dachte ich, sind wir in der Ebene gewesen, und die Menschen der Ebene sind falsch, diebisch, schmutzig und unzuverlässig. Jetzt aber, auf diesem mit Staub und Erdreich bedeckten, holprigen steilen Pfad, finde ich die Berge und die Leute meiner Art wieder. Von alldem sagte ich nichts zu Tommasino, vor allem, weil er doch nichts verstanden hätte, und dann auch darum, weil er mit seiner Geldgier ein richtiger Mensch aus der Ebene war. Aber zu Rosetta sagte ich halblaut, als wir an einer schönen Hecke mit vielen darunter blühenden Zyklamen vorüberkamen: «Pflücke diese Zyklamen, mach ein Sträußchen daraus und stecke es dir ins Haar. Das sieht hübsch aus.»

Ich erinnerte mich nämlich jetzt, daß ich als junges Mädchen oft Zyklamen gepflückt und oberhalb des Ohres in mein Haar gesteckt hatte und daß ich mir dann doppelt so hübsch vorgekommen war wie zuvor. Rosetta befolgte meinen Rat; und als wir einen Augenblick innehielten, um uns zu verschnaufen, band sie ein Sträußchen für sich und eines für mich; und wir steckten uns die Blüten ins Haar. Lachend sagte ich zu Tommasino, der uns erstaunt ansah: «Wir machen uns schön für das neue Haus, das wir jetzt betreten sollen!»

Er aber lächelte nicht einmal. Die Augen ins Leere gerichtet, berechnete er wohl im Geist seinen Gewinn an den Waren, die er verkaufen oder kaufen sollte. Er war eben ein richtiger Schwarzhändler und obendrein einer aus der Ebene ...

Der Weg führte zuerst am Eingang des Tales an einer Häusergruppe vorbei, wendete sich dann nach rechts und stieg längs der Bergflanke inmitten von Gestrüpp nach oben. Es war ein mäßig steiler Anstieg in Zickzack-Windungen, und ich spürte, wie es mich fast gar keine Anstrengung kostete, zur Höhe zu gelangen. Meine Beine waren ja seit meiner Kindheit dergleichen Wege gewohnt und fielen gleichsam instinktiv in den richtigen, langsamen und regelmäßigen Rhythmus. So geriet ich nie außer Atem, während die Römerin Rosetta und Tommasino, der Mensch aus der Ebene, dann und wann innehalten und verschnaufen mußten. Je höher der Pfad anstieg, desto deutlicher enthüllte sich die Natur dieses Tales, oder besser gesagt des Felsenspalts, denn von einem Tal konnte man bei seiner Enge kaum mehr sprechen. Es war in Wahrheit eine Art riesiger Treppe, deren breiteste Stufen sich unten, die schmalsten oben befanden. Diese Stufen wurden durch bebaute Terrassen gebildet, wie sie in unseren Gegenden allenthalben zu sehen sind – lange schmale Streifen fruchtbarer Erde, jeder von einem mörtellosen Mäuerchen aus Bruchstein gestützt. Auf diesen Streifen wächst sozusagen alles: Getreide, Kartoffeln, Mais, Gemüse, Lein. Da und dort erhebt sich auf diesen Terrassen auch ein Obstbaum.

Ich kannte das alles sehr genau, denn als kleines Mädchen hatte ich schwer gearbeitet und auf dem Kopf Körbe mit Steinen für die Stützmauern geschleppt: dadurch hatte ich mich daran gewöhnt, auf den steilen Wegen und Treppchen hinauf- und hinunterzusteigen, die diese Terrassen miteinander verbinden. Gewaltig ist die Arbeit, die nötig ist, diese Terrassen anzulegen, denn es muß zuerst das Unterholz ausgerodet, jeder Felsblock einzeln freigelegt und in das Mauerwerk verarbeitet werden.

Dafür sichern diese Terrassen, wenn sie erst einmal angelegt sind, dem Bauern den Lebensunterhalt; denn sie geben ihm alles, dessen er bedarf, so daß er fast überhaupt nichts mehr zu kaufen braucht.

Wir folgten lange Zeit dem Maultierpfad, der erst an der linken Bergseite emporführte und dann auf die rechte hinüberwechselte. Jetzt konnten wir das ganze, bis zum Himmel ansteigende Tal überblicken. Oben, wo die riesige Treppe der Terrassen zu Ende ging, begann der dunkle Gürtel des Krummholzes. Dann lichtete es sich, und dahinter wurden viele, aus einem kahlen Felsenhang herauswachsende Bäume sichtbar. Schließlich aber gingen auch diese zu Ende, und nun gab es nichts weiter mehr als in den Himmel hineinragendes weißes Felsengeröll; aber knapp unterhalb des Bergkammes war ein Büschel grüner Vegetation zu erkennen und in dessen Mitte eine Anzahl rötlicher Felsen.

Tommasino erklärte uns, zwischen diesen Felsen befinde sich der Eingang zu einer tiefen Höhle, und dort habe sich vor Jahren der berühmte Hirt von Fondi versteckt, der seine Verlobte in einer Hütte lebend verbrannt hatte. Nach dieser Mordtat war er nach der anderen Seite des Gebirges hinübergewandert, hatte dort geheiratet und Kinder und Enkelkinder bekommen. Als man ihn endlich entdeckte, war er bereits ein weißbärtiger alter Mann, Vater, Schwiegervater und Großvater und von allen geliebt und hoch geachtet.

Wie Tommasino hinzufügte, lagen jenseits jenes Bergkammes die Berge der Ciociaria und unter ihnen der Monte delle Fate, der Feenberg. Da erinnerte ich mich, daß mich in meiner Kindheit der Name dieses Berges stets zu allerlei Träumereien angeregt hatte und daß ich meine Mutter oft gefragt hatte, ob es auf dem Monte delle Fate tatsächlich Feen gebe. Sie antwortete mir dann stets, das sei nicht der Fall, und der Berg heiße nur so, ohne richtigen Grund. Ich aber hatte das nie glauben wollen; und noch jetzt, da ich doch zu einer erwachsenen Frau und Mutter einer großen Tochter geworden war, war ich versucht, Tommasino zu fragen, warum jener Berg so heiße und ob es wirklich eine Zeit gegeben habe, in der dort die Feen zu Hause waren.

An einer Wegbiegung erblickten wir mitten auf einer der Terrassen einen weißen Ochsen vor einem Pflug und einen Bauern, der das lange, schmale Ackerstück umpflügte. Tommasino legte die Hand an den Mund und rief: «Hallo, Paride!» Der Bauer pflügte noch einen Augenblick lang weiter, hielt dann inne und kam uns ohne Eile entgegen.

Es war ein mittelgroßer, wohlproportionierter Mann, wie es deren in der Ciociaria so viele gibt, mit rundem Kopf, niedriger Stirn, hakenförmiger, kleiner Nase, mächtigen Kiefern und schmalem, geradegeschnittenem Mund, der aussah, als könne er niemals lächeln. Tommasino deutete auf uns und sagte: «Paride, diese beiden Frauen sind aus Rom und suchen ein Haus hier im Gebirge – natürlich nur, bis die Engländer kommen, also für ein paar Tage.»

Paride nahm seinen schwarzen, zerknüllten Hut ab und sah uns fest, doch ausdruckslos an, nach der Art der Bauern, die gewohnt sind, viele Stunden im Tag mit dem Ochsen, dem Pflug und der Ackerfurche allein zu sein. Dann erklärte er langsam und widerwillig, Häuser gebe es keine mehr, die wenigen vorhandenen seien bereits alle vermietet, und, mit einem Wort, er wisse nicht, wo wir Unterkunft finden sollten. Rosetta machte sogleich ein bekümmertes, entmutigtes Gesicht; ich aber blieb ruhig, denn ich hatte ja das Geld in der Tasche, und mit Geld läßt sich zu guter Letzt alles regeln.

Wirklich sagte Tommasino jetzt: «Wohlverstanden, Paride, die beiden zahlen... sie wollen nichts umsonst... sie zahlen bar!» Und sogleich kratzte sich Paride am Kopf und gab dann gesenkten Blickes zu, daß es an seinem eigenen Hause eine Art Anbau gebe, in dem der Webstuhl untergebracht sei und wo wir, wenn es sich wirklich nur um wenige Tage handle, wohnen könnten.

«Siehst du», meinte Tommasino, «es hat sich doch etwas gefunden! Mit einigem guten Willen... Na also, Paride, arbeite du ruhig weiter; ich will die Römerinnen deiner Frau vorstellen.» Nach ein paar weiteren Worten wandte sich Paride wieder seinem Pflug zu, und wir setzten den Anstieg fort.

Weit hatten wir jetzt nicht mehr zu gehen. Nach kaum einer Viertelstunde entdeckten wir drei Häuschen, die auf einer der Terrassen im Halbkreis angeordnet waren. Es handelte sich um kleine Bauwerke, von denen jedes höchstens zwei Räume enthalten mochte und die sich mit der Hinterseite an den Berghang anlehnten. Die Bauern errichten diese Art Häuser selber und oft ohne die Hilfe eines Maurermeisters. Sie schlafen darin bloß, während sie sich tagsüber im Freien oder bei Regen und während der Mahlzeiten in ihren Hütten aufhalten. Diese aber sind noch leichter zu bauen als die Häuser. Eine einzige Nacht genügt, um die paar Steinmauern aufzustellen und das Strohdach darüberzudecken. Wirklich gab es da und dort in der Nähe der Häuser eine ganze Menge solcher Hütten, und alles zusammen bildete eine Art kleines Dorf. Aus einigen Hütten drang Rauch, woraus zu ersehen war, daß dort gekocht wurde, während andere offenbar als Heuschober oder Ställe dienten. Auf der schmalen Terrasse zwischen den Häusern und Hütten gab es ein Kommen und Gehen von Menschen.

Als wir schließlich oben angelangt waren, sahen wir, daß diese Menschen damit beschäftigt waren, hart am Rand der Terrasse und im Schatten eines Feigenbaumes, einen großen Tisch unter freiem Himmel zu decken. Schon standen Teller und Gläser auf dem Tischtuch, und soeben wurden große Holzklötze herbeigeschleppt, die als Sitze dienen sollten. Ein Mann kam, kaum daß er uns erblickt hatte, auf Tommasino zu und rief: «Du bist gerade zurechtgekommen, mit uns zu essen!»

Es war Filippo, der Bruder Tommasinos; und nie habe ich zwei Menschen gesehen, die einander so unähnlich waren wie diese beiden. Tommasino war zurückhaltend, schweigsam, verschlossen und beinahe finster, stets in die Berechnung seines Verdienstes versunken und mit Nägelbeißen beschäftigt; Filippo aber war im selben Maße aufgeschlossen und herzlich. Auch er war ein Kaufmann wie sein Bruder, nur daß Tommasino einen Lebensmittelladen besaß, Filippo hingegen ein Geschäft, in dem so ziemlich alles verkauft wurde. Filippo war ein kleiner Mann mit kurzem Hals und einem Kopf, der fast ohne Übergang auf den sehr breiten Schultern saß. Der ganze Mann sah aus wie ein umgekehrter Kochtopf, wobei die Nase gewissermaßen den Henkel bildete. Seine breite Brust war vorgewölbt und ging in einen ansehnlichen Bauch über. Die mit einem Lederriemen zusammengehaltene Hose ließ den Bauch frei und sah aus, als wollte sie bei jeder Bewegung herunterfallen.

Als Filippo hörte, daß wir geflüchtete Geschäftsfrauen seien, die hier oben Unterkunft suchten, und daß wir Geld hätten – das alles berichtete Tommasino in seiner üblichen, zurückhaltenden, finsteren Art, gleichsam als spräche er mit sich selbst –, fiel er uns beinahe um den Hals. «Setzt euch gleich zu Tisch», rief er, «und eßt mit uns! Es gibt Nudelsuppe mit Bohnen, und bis eure Vorräte ankommen, sollt ihr von den unseren mitessen ... Jetzt werden ja ohnedies bald die Engländer da sein und uns alles Nötige bringen. Einstweilen aber wollen wir es uns gut gehen lassen und fröhlich sein!»

Vergnügt lief er hin und her und stellte uns seine Tochter vor, eine sanfte, ein wenig traurig wirkende Brünette, und seinen Sohn, einen kleingewachsenen, sehr dunkelhaarigen jungen Mann mit breiten Schultern, der aussah, als sei er bucklig, ohne daß er es war. Er trug dicke Augengläser und war Doktor, oder wenigstens behauptete sein Vater dies: «Hier stelle ich euch meinen Sohn Michele vor, den Doktor!» Dann machte er uns mit seiner Frau bekannt, einer offensichtlich kranken Person mit kreideweißem Gesicht, tief umrandeten Augen und mächtigem Busen, die an Asthma litt und unablässig Angst zu haben schien.

Kaum hatte Filippo erfahren, daß ich in Rom ein Geschäft besaß, da entwickelte er sogleich eine geradezu brüderliche Herzlichkeit; und nachdem er mich gefragt hatte, ob ich Geld besäße, und ich dies bejahte, gestand er mir, daß auch er einen großen Betrag in seiner Hosentasche trug, ein Betrag, der sogar für den Fall ausreichte, daß die Engländer noch ein Jahr bis zu ihrer Ankunft bräuchten. Er sprach zu mir in vertraulichem Ton, sozusagen von gleich zu gleich, als Geschäftsmann zur Geschäftsfrau, und ich fühlte mich wieder von neuem Mut erfüllt.

Noch wußten weder ich noch er, daß diese große Geldsumme im weiteren Verlauf des Krieges immer mehr an Wert verlieren und schließlich, statt für den Unterhalt einer Familie während eines Jahres, für kaum mehr als einen Monat ausreichen würde.

Filippo sagte noch: «Wir bleiben hier oben, bis die Engländer da sind, und mittlerweile essen, trinken und leben wir, ohne uns andere Sorgen zu machen. Sobald dann die Engländer kommen und uns Wein, Öl, Mehl und Bohnen bringen, beginnt das Wohlleben von neuem, wir Kaufleute sperren unsere Geschäfte wieder auf und tun, als ob nie etwas geschehen wäre.»

Nur um etwas zu sagen, meinte ich, es könne doch auch sein, daß die Engländer überhaupt nicht kämen und daß die Deutschen den Krieg gewännen. Darauf sagte er: «Das kann uns ganz egal sein. Ob Deutsche oder Engländer, das ist für uns dasselbe – wenn bloß eine Partei endgültig siegt. Worauf es uns ankommt, ist einzig und allein unser Geschäft!»

Er sagte diese Worte laut und mit großer Bestimmtheit. Da aber wandte sich sein Sohn, der allein am Rand der Terrasse stand und nach dem Panorama von Fondi hinüberblickte, wütend um und sagte: «Dir ist das vielleicht egal! Aber ich bringe mich um, wenn die Deutschen siegen!»

Er sagte das in so ernstem und überzeugtem Ton, daß ich ihn erstaunt fragte: «Was haben dir denn die Deutschen angetan?»

Er sah mich von der Seite an und erwiderte: «Mir persönlich – nichts. Aber was würdest du wohl sagen, wenn dir jemand erklärte: Ich setze dir jetzt diese Giftschlange ins Haus, behandle sie liebevoll! Was würdest du da sagen?»

Betroffen antwortete ich: «Na ja, eine Giftschlange möchte ich natürlich nicht im Hause haben.»

«Warum nicht? Diese Schlange hätte dir doch vorläufig nichts getan, wie?»

«Aber man weiß doch, daß Giftschlangen früher oder später beißen.»

«Eben! Und wenn die Deutschen mir auch bisher nichts getan haben, so weiß ich doch, daß sie, oder vielmehr die Nazis, früher oder später beißen wie die Giftschlangen.»

In diesem Augenblick rief Filippo, der uns irgendwie ungeduldig zugehört hatte: «Zu Tisch, zu Tisch! Jetzt wollen wir nichts von Deutschen und Engländern hören! Zu Tisch, die Suppe ist aufgetragen!»

Sein Sohn aber, der sich wohl dachte, daß es sich nicht lohne, an eine Bäuerin wie mich viele Worte zu verschwenden, wandte sich ab und setzte sich ebenfalls an die große Tafel.

Was war das für eine seltsame Mahlzeit! Mein Lebtag werde ich mich daran erinnern, teils wegen der ungewöhnlichen Umstände, teils wegen der Überfülle des Gebotenen. Der lange, schmale Tisch stand am Rande der langen, schmalen Terrasse. Unter uns stufte sich die Felsentreppe bis in das Tal von Fondi hinab, und über uns spannte sich der warme, blauleuchtende Septemberhimmel. Auf dem Tisch aber standen große Schüsseln mit Wurst und Schinken, Käse, hausgebackenen, frischen, knusprigen Broten, in Essig eingemachtem Gemüse, harten Eiern und Butter. Dazu gab es die randvollen Teller mit Nudel- und Bohnensuppe, die Filippos Mutter und seine Frau jetzt aus der Hütte, die ihnen als Küche diente, herausschleppten. Weinflaschen waren in Menge vorhanden, und sogar eine Flasche mit Cognac. Mit einem Wort, kein Mensch wäre bei diesem Anblick auf den Gedanken gekommen, daß unten in der Ebene solche Not herrschte, daß ein Ei acht Lire kostete und daß die Leute vor Hunger krepierten.

Filippo ging händereibend um den Tisch herum, und sein Gesicht leuchtete vor Zufriedenheit. «Essen wir und trinken wir», sagte er von neuem, «bald kommen ohnedies die Engländer und bringen uns den Überfluß!»

Woher er eigentlich diese Idee hatte, daß die Engländer den Überfluß bringen würden, weiß ich nicht. Aber dort oben glaubten das alle und erzählten es sich gegenseitig immer von neuem. Vermutlich war an dieser Vorstellung der Rundfunk schuld. An dem nämlich sprach, wie man mir erzählt hat, ein Engländer, der Italienisch konnte wie ein Italiener. Der machte Propaganda und behauptete tagtäglich, daß wir alle nach der Ankunft der Engländer im Fett schwimmen würden.

Kurz und gut, die Suppe wurde aufgetragen, und wir setzten uns zu Tisch. Wie viele waren wir eigentlich? Da gab es Filippo mit seiner Frau und den zwei Kindern, ferner Paride mit seiner Frau Luisa, einer kleinen Blondine mit Krepphaar und blauen, schläfrig wirkenden Augen, und ihrem Jungen Donato. Tommasinos Frau war groß und mager und hatte ein finsteres Pferdegesicht. Ihre Tochter sah der Mutter ähnlich, wirkte aber sanftmütiger und hatte gute, schwarze Augen. Außerdem gab es da noch vier oder fünf schlechtgekleidete, unrasierte Männer, Flüchtlinge aus Fondi, soviel ich verstand, die sich immer in der Nähe Filippos herumtrieben und ihn als ihr Oberhaupt behandelten. Filippo hatte alle eingeladen, mit ihm seinen Hochzeitstag zu feiern. Das aber erfuhr ich erst später; im Augenblick hatte ich den Eindruck, als hätte Filippo so viele Vorräte, daß er es sich erlauben konnte, alle Mitbewohner Tag für Tag einzuladen.

Ohne Übertreibung, wir aßen mindestens drei Stunden hindurch. Erst gab es die Suppe mit Nudeln und Bohnen. Die Nudeln waren ganz locker, mit Ei gemacht und gelb wie Gold; die Bohnen waren von bester Qualität, weiß, zart und dick, und zergingen im Munde wie Butter. Von dieser Suppe aßen wir alle zwei bis drei randvolle Teller – so gut war sie. Dann kam das Vorgericht an die Reihe: gepökelter, pikanter Landschinken, hausgemachte

Wurst, harte Eier und Gemüse in Essig. Kaum waren wir damit fertig, da stürzten die Frauen in die wenige Schritte entfernte Hütte und kamen mit Schüsseln wieder, in denen sich erstklassiger, zarter Kalbsbraten befand. Tags zuvor war ein Kalb geschlachtet worden, und Filippo hatte etliche Kilo davon gekauft. Nach dem Braten gab es ein sehr zartes Lammragout in wohlschmeckender sauersüßer Soße. Hierauf aßen wir steinharten, scharfen Schafkäse, der uns so recht Appetit auf den Wein machte; und nach dem Käse landeten wir bei dem Obst, nämlich Orangen, Feigen, Trauben, außerdem Haselnüssen und Mandeln.

Auch Süßspeisen gab es, jawohl, im Herd gebacken und mit Vanillepuder bestreut. Zuletzt aßen wir zum Cognac Biskuits aus einer Schachtel, die Filippos Tochter aus ihrem Haus herbeibrachte.

Wieviel tranken wir wohl? Ich würde sagen, mindestens einen Liter pro Kopf, aber es gab einige, die mehr als das tranken, während andere, wie zum Beispiel Rosetta, kaum ein Viertel bewältigten. Die Fröhlichkeit, die an dieser Tafel herrschte, läßt sich nicht beschreiben. Alle aßen und tranken und sprachen von nichts anderem als vom Essen und Trinken, nämlich von dem, was sie soeben aßen oder tranken, von dem, was sie früher gegessen und getrunken hatten, oder von dem, was sie gerne gegessen und getrunken hätten.

Für diese Leute aus Fondi, wie übrigens auch für die Leute aus meiner Heimat, ist Essen und Trinken ebenso wichtig wie in Rom das Auto oder die Wohnung im Parioli-Viertel. Wer wenig ißt und trinkt, ist in ihren Augen ein armer Teufel. Wer also für einen Herrn gehalten werden will, bemüht sich, soviel wie möglich zu essen und zu trinken, denn das ist die einzige Art, Bewunderung und Hochachtung zu wecken.

Ich saß neben der Frau Filippos, von der ich schon gesprochen habe und die bleich, vollbusig und kränklich aussah. Die Arme war nicht vergnügt, und man sah ihr an, daß sie sich nicht wohl fühlte. Dennoch brüstete sie sich vor mir mit den vielen Lebensmitteln, die sie in der Regel hier im Hause hatten: «Nie weniger als vierzig frische Eier, sechs Schinken und ebensoviel Wurst und Käse . . . Speck essen wir so viel, daß ich einmal rülpste und ein Stück Speck, das ich schon hinuntergeschluckt hatte, wieder zum Vorschein kam, wie eine weiße Zunge.»

Ich wiederhole diese Worte, weil sie mir das alles erzählte, um mir Eindruck zu machen. Kurz und gut, auch diese Leute waren vom Lande und wußten noch nicht, daß die wirklich feinen Herrschaften in der Stadt nur wenig essen, besonders die Frauen, und daß diese Herrschaften ihre Reichtümer lieber in Wohnungen, Schmuck und Kleidern anlegen. Die Menschen hier gingen in Fetzen herum, waren aber auf ihre Eier und ihren Speck genauso stolz wie die römischen Damen auf ihre Abendkleider.

Filippo trank von allen am meisten, teils weil er, wie er plötzlich bekanntgab, heute seinen Hochzeitstag feierte, teils weil er überhaupt ein wenig zu diesem Laster neigte. Auch in der Folgezeit sah ich ihn mehr als einmal mit funkelnden Äuglein und geröteter Nase, und zwar konnte das zu jeder Stunde der Fall sein, auch um neun Uhr morgens. Vielleicht war es seinem angeheiterten Zustand zuzuschreiben, daß er inmitten dieses Mahles einige sehr offenherzige Erklärungen abgab.

«Ich sage euch eines», rief er nämlich, das Glas in der Hand, «der Krieg ist nur für die Dummen etwas Schlechtes, aber nicht für die anderen! Wißt ihr, was ich in meinem Laden über die Kasse schreiben möchte? *Hier ist keiner dumm!* So sagt man in Neapel, und wir hier sagen es auch, und es ist die reine Wahrheit. Ich gehöre nicht zu den Dummen und werde nie zu ihnen gehören. Auf dieser Welt aber gibt es nur die Dummen und die Schlauen, und keiner von denen, die das begriffen haben, wird zur ersten Kategorie gehören wollen. Alles kommt darauf an, gewisse Dinge zu wissen und die Augen weit offenzuhalten. Die Dummen, das sind die, die glauben, was in den Zeitungen steht, die Steuern zahlen und die in den Krieg gehen, um sich totschießen zu lassen. Die Schlauen – na ja, die Schlauen sind das gerade Gegenteil, das ist das ganze Geheimnis. Und in Zeiten wie in den jetzigen gehen die Dummen vor die Hunde, und die Schlauen kommen hoch, und die Dummen werden, ob sie wollen oder nicht, noch dümmer als gewöhnlich, während die Schlauen noch mehr Schlauheit entwikkeln müssen. Ihr kennt doch das Sprichwort: ‹Lieber ein lebender Esel als ein toter Doktor!› Und das andere: ‹Besser heute ein Ei, als morgen eine Henne.› Und das dritte: ‹Nur ein Narr auf dieser Welt sein Versprechen wirklich hält.›

Ich möchte noch mehr sagen: Von jetzt an wird auf dieser

Welt für die Dummen kein Platz mehr sein. Niemand wird sich jemals mehr auch nur einen Tag lang den Luxus der Dummheit leisten können. In Zukunft heißt es schlau, schlauer, am schlauesten zu sein; denn wir leben in gefährlichen Zeiten, und wer diesen Zeiten auch nur den kleinen Finger reicht, gerät sofort mit dem ganzen Arm in die Mühle. Seht doch, was dem armen Mussolini zugestoßen ist, der sich einbildete, mit einem Finger in Frankreich Krieg führen zu können! Statt dessen hat es seinen ganzen Arm erwischt; er hatte plötzlich Krieg mit der gesamten Welt, und er, der immer der Überkluge sein wollte, muß jetzt den Dummen spielen!

Glaubt mir, die Regierungen kommen und gehen und führen Kriege auf Kosten der armen Leute und schließen dann wieder Frieden und tun überhaupt, was sie wollen; das einzige, was zählt und was sich nie ändert, ist das Geschäft. Mögen die Deutschen oder die Engländer oder die Russen kommen – was für uns Geschäftsleute immer in erster Linie zählen muß, ist das Geschäft, und wenn das Geschäft gut geht, geht alles gut!»

Diese Rede mußte ihn wohl große Anstrengung gekostet haben, denn zuletzt floß ihm der Schweiß in Strömen von Stirn und Schläfen; und nachdem er ein Glas Wein in einem Zug hinuntergestürzt hatte, trocknete er sich das Gesicht mit dem Taschentuch ab. Die Flüchtlinge, die, wie ich schon gesagt habe, einen Chor der Bewunderung für ihn darstellten, stimmten ihm eifrig zu, um so mehr, als sie sich ja eben auf seine Kosten den Bauch vollschlugen und sich sein ferneres Wohlwollen sichern wollten. «Filippo soll leben und das Geschäft auch!» rief einer von ihnen, und ein anderer bemerkte kichernd: «Du kannst wohl sagen, daß sich das Geschäft nicht ändert! So viele Dinge haben sich ereignet, aber dein Geschäft geht weiter, und du verdienst dich dumm und krumm dabei, was, Filippo?» Ein dritter schien nicht so restlos überzeugt und meinte: «Ob Deutsche oder Engländer mag gleich sein – aber du darfst nicht sagen: Mögen die Russen kommen!»

«Warum nicht?» fragte Filippo, der infolge des vielen Weines offenbar nicht mehr viel verstand.

«Weil die Russen dir das Geschäft nicht lassen. Weißt du das denn nicht, Filippo? Die Russen haben es ganz besonders auf die Geschäftsleute abgesehen!»

«Scheißkerle», sagte Filippo leise und nachdenklich, schenkte sich von neuem ein und betrachtete liebevoll den Wein, der das Glas immer höher füllte. Schließlich rief ein vierter: «Filippo, du bist großartig! Du hast recht: Hier ist keiner dumm, das ist sicher, da hast du die reine Wahrheit gesagt!»

Während alle noch über diesen Ausspruch lachten, sprang Filippos Sohn plötzlich auf und rief mit finsterem Gesicht: «Hier ist keiner dumm, bis auf mich! Ich bin nämlich dumm!»

Allgemeines Schweigen folgte auf diesen Ausbruch, und wir sahen einander betroffen an. Nach einem kleinen Augenblick fuhr der Sohn Filippos fort: «Und da die Dummen nicht in die Gesellschaft der Schlauen passen, werdet ihr mich entschuldigen, wenn ich einen kleinen Spaziergang mache!»

Obzwar ihm von mehreren Seiten zugerufen wurde: «Was willst du denn? Kein Mensch hat dich je für dumm gehalten!» schob der junge Mann seinen Sitz zurück und entfernte sich raschen Schrittes.

Alle blickten ihm nach, während er davoneilte; doch war Filippo zu stark angeheitert, um den Vorfall übelzunehmen. Er hob sein Glas in der Richtung seines Sohnes und sagte: «Du sollst leben . . .! Ein Dummer in der Familie schadet nichts!» Alle lachten, als sie hörten, wie der Vater, der sich für schlau hielt, auf das Wohl des Sohnes trank, der sich für dumm erklärt hatte. Und noch mehr lachten sie, als Filippo die Stimme erhob und rief: «Du kannst dir erlauben, den Dummen zu spielen, weil ich da bin, der den Schlauen abgibt!»

Irgendwer bemerkte: «Das ist wirklich wahr! Filippo arbeitet und verdient das Geld, und sein Sohn verbringt seine Zeit damit, Bücher zu lesen und sich wichtig zu machen!» Aber Filippo war ja im Grunde stolz auf diesen Sohn, der so anders war als er selber und der so viel gelernt hatte. Darum hob er nach einer kleinen Weile die Nasenspitze über den Rand seines Glases und erklärte: «Wohlverstanden, mein Sohn ist wirklich ein Idealist – aber was ist ein Idealist heutzutage? Ein Dummkopf! Er kann vielleicht nicht dafür, vielleicht muß er so sein, aber er ist und bleibt ein Dummkopf!»

Inzwischen war es Nachmittag geworden, die Sonne hatte sich hinter den Bergen versteckt, und zu guter Letzt begann die Gesellschaft aufzubrechen. Die Männer gingen in Filippos Häuschen, um Karten zu spielen; die Bauern kehrten zu ihrer Arbeit zurück, und wir Frauen fingen an, den Tisch abzuräumen. Wir wuschen die Teller in einem Wasserbehälter nahe dem Brunnen und stapelten sie dann zu einem hohen Stoß auf, den ich in das Zimmer Filippos und seiner Familie trug. Es befand sich im Oberstock seines Hauses und war von außen her über eine Treppe zu erreichen. Ich war sehr überrascht, als ich eintrat: Filippo und seine Freunde saßen mitten im Zimmer auf dem Fußboden, die Hüte auf den Köpfen und die Spielkarten in den Händen. In dem ganzen Raum gab es keinerlei Möbel, sondern nur zusammengerollte Matratzen und in den Ecken viele Säcke, die offenbar Bohnen und Linsen enthielten. Eine Unmenge von Büchsen enthielt vorwiegend Tomatenkonserven. Am Fenster hingen etliche Schinken, und auf den Säkken lagen zahlreiche Käseformen. Ferner sah ich mit Papier verschlossene Fettnäpfe, Ölbehälter, Weinfässer und, von der Decke herabhängend, Girlanden hausgemachter Würste. Mit einem Wort, es gab in diesem Zimmer alles, was die Grundlage des Essens darstellt, denn wenn man Mehl, Fett und Tomaten hat, kann man im schlimmsten Fall immer noch die ganze Familie mit Nudeln ernähren.

Wie gesagt, Filippo und seine Bande spielten mitten im Zimmer Karten, seine Frau und Tochter aber lagen, vor Hitze und Übersättigung halb verblödet, eng aneinandergeschmiegt auf einer Matratze. Als Filippo mich eintreten sah, sagte er, ohne den Blick von den Karten zu erheben: «Siehst du, Cesira, wie gut wir hier oben eingerichtet sind? Aber laß dir von Paride euer Zimmerchen zeigen – du wirst sehen, daß ihr dort herrlich untergebracht sein werdet!»

Ich gab keine Antwort, stellte die Teller auf den Fußboden und ging hinaus, um mit Paride die Frage unserer Unterkunft zu besprechen.

Ich fand ihn unweit seiner Hütte beim Holzspalten und sagte ihm, ich sei bereit, und er möge mir das versprochene Zimmer zeigen. Er hatte den mit einer Sandale bekleideten Fuß auf einen Holzblock gestützt, hielt in der Hand die Axt und hörte mich unter dem Rand seines schwarzen Hutes hervor an. Dann sagte er: «Tommasino führt sich hier als der Herr auf, aber der wirkliche Herr bin ich. Erst habe ich dir zugesagt, aber wenn ich mir die Sache jetzt nochmals überlege, fürchte ich, daß ich dir dieses Zimmer nicht werde überlassen können. Dort arbeitet nämlich Luisa den ganzen Tag am Webstuhl. Was wollt ihr tun, während sie arbeitet? Ihr könnt doch nicht auf dem freien Feld sitzen!»

Ich begriff sofort, daß er als richtiger Bauer noch kein rechtes Vertrauen zu mir hatte. Daher zog ich eine Fünfhundertlirenote heraus, reichte sie ihm und sagte: «Hast du etwa Angst, daß wir dich nicht bezahlen wollen? Da sind fünfhundert Lire. Wenn wir fortgehen, wollen wir dann abrechnen.»

Er verstummte und nahm das Geld, doch auf eine sonderbare Art, die ich beschreiben will, weil sie für die Denkweise der Gebirgsbauern bezeichnend ist. Er ergriff also den Geldschein, hielt ihn mit beiden Händen in die Höhe des Bauches und betrachtete ihn lange mit einer Art finsterer, verlegener Bewunderung, als handle es sich um einen fremdartigen Gegenstand. Immer wieder drehte er die Note hin und her, und ich habe ihn später öfters gesehen, wie er dasselbe tat, sobald ihm Geld in die Hand kam. Mit der Zeit habe ich verstehen gelernt, daß diese Leute nie bares Geld zu sehen bekommen, denn alles, was sie brauchen, wird im Hause angefertigt, die Kleidungsstücke nicht ausgenommen. Das wenige, über das sie verfügen, verdienen sie während des Winters, indem sie Reisigbündel in die Stadt bringen. So ist Geld für sie etwas Seltenes und Kostbares, ja nahezu eine Gottheit. Tatsächlich sind die Bauern, bei denen ich so lange gelebt habe, keineswegs religiös und nicht einmal abergläubisch. Das Wichtigste ist für sie das Geld, teils weil sie es fast nie zu sehen bekommen, und teils, weil ihrer Meinung nach alles Gute mit Geld zu kaufen ist – und in dieser Hinsicht möchte ich, als Geschäftsfrau, ihnen keineswegs unrecht geben.

Kurz und gut, nachdem Paride meine Banknote ganz genau besichtigt hatte, sagte er: «Na ja, wenn dir der Lärm des Webstuhls nichts ausmacht, kannst du dir das Zimmer nehmen.» Ich folgte ihm also zu seinem Häuschen, das auf der linken Seite der Siedlung lag und wie alle anderen Häuser an die Stützmauer der Terrasse angebaut war. Neben dem zweistöckigen Haus gab es eine kleine, an die Felswand gelehnte Hütte mit einem Ziegeldach, einer Tür und einem unverglasten Fenster. Als wir eintraten, sah ich, daß der halbe Raum tatsächlich von einem Webstuhl eingenommen wurde; es war ein uraltes, ganz aus Holz angefertigtes Stück. In der anderen Hälfte gab es ein Feldbett, das heißt zwei eiserne Traggestelle und darüber ein paar Bretter, auf denen ein mit getrocknetem Maisstroh angefüllter Sack aus ganz dünnem Stoff lag. Man konnte in dem kleinen Raum kaum aufrecht stehen, da die Decke nach der einen Seite zu abgeschrägt war. Als Rückwand gab es den gewachsenen Felsen, und auch die anderen Wände waren mit Spinnweben und feuchten Flecken bedeckt. Als ich zu Boden blickte, sah ich, daß ich, wie in einem Stall, auf dem bloßen Erdreich stand.

«Das ist das Zimmer», sagte Paride und kratzte sich den Kopf. «Seht, ob ihr euch hier einrichten könnt.»

Rosetta, die uns gefolgt war, fragte jetzt mit betretener Stimme: «Mutter, sollen wir hier schlafen?» Ich erwiderte ihr: «Man muß sich eben nach der Decke strecken!» wandte mich dann an Paride und fragte: «Wir haben keine Bettwäsche. Könnt ihr uns welche geben?» Hieraus entwickelte sich eine längere Diskussion, denn er wollte zuerst nicht mit der Bettwäsche herausrücken, weil sie zur Ausstattung seiner Frau gehörte. Schließlich einigten wir uns, daß ich ihm dafür eine gesonderte Leihgebühr bezahlen würde. Decken aber hatte er wirklich nicht. An ihrer Statt versprach er uns seinen schwarzen Radmantel, natürlich ebenfalls gegen eine Leihgebühr. So war es mit allem übrigen: Den Kupferkrug zum Wasserholen, die Handtücher, das Eßbesteck, den einzigen Stuhl, auf dem wir uns abwechselnd niederlassen konnten – alles das mußte ich Paride mit Zähnen und Krallen entreißen, und für alles mußte ich gesonderte Bezahlung versprechen. Zuletzt erkundigte ich mich, wo wir kochen sollten, und er antwortete, wir könnten in derselben Hütte kochen, die auch seine Familie zu diesem Zweck benützte. «Schön», sagte ich, «sehen wir uns diese Hütte an, damit ich mir ein Bild machen kann.»

Das Bild machte ich mir sofort, als ich mit ihm zu der etwas tiefer gelegenen Hütte hinunterstieg. Sie bestand in ihrem unteren Teil aus mörtellosen Steinen, und darüber war, wie ein umgekehrtes Boot, ein Strohdach gestülpt. Ich kannte diese Art von Hütten aus meiner Heimat, wo man in ihnen das Ackergerät und das Vieh unterbringt. Man kann so ein Ding bequem in einem Tag errichten: Erst werden große Steine ohne Mörtel zu einer Mauer gefügt, dann rammt man an den beiden Kopfenden des ovalen Bauwerks zwei gegabelte Pfähle in den Boden. In die Gabeln wird eine lange Holzstange gelegt, an der in mehreren Lagen Strohbündel angebracht werden, bis das Dach die nötige Dichte erlangt. Fenster gibt es nicht. Die Tür besteht aus zwei senkrechten und einem darübergelegten waagrechten Stein. Sie ist stets so niedrig, daß man sich bücken muß, um den Raum zu betreten.

Die Hütte Parides glich durchaus denen meiner Heimat. Neben dem Eingang hing an einem Nagel ein Eimer voll Wasser mit einer Schöpfkelle. Ehe er eintrat, ergriff er die Kelle, trank daraus, reichte sie mir, und ich tat dasselbe. In der Hütte angekommen, sah ich zuerst nichts, denn es gab, wie schon gesagt, keine Fenster, und Paride hatte die Tür hinter sich zugezogen. Dann aber entzündete er ein Öllämpchen, und ich begann allmählich etwas zu sehen. Der Fußboden bestand aus gestampfter Erde, in der Mitte gab es ein verglimmendes Feuer mit einem eisernen Dreifuß und einem schwarzen Topf darüber. Ich blickte in die Höhe: Im Halbdunkel hingen Girlanden von Würsten, die hier geräuchert werden sollten. Da und dort hatte sich der Ruß zu richtigen Gehängen zusammengeballt, so daß man versucht war, an Christbaumschmuck zu denken – aber an den Schmuck eines Christbaumes in Trauer. Rings um das Feuer waren im Kreise etliche Holzklötze angeordnet, und auf einem von diesen sah ich zu meinem Erstaunen eine uralte Frau sitzen, deren nur aus Nase und Kinn bestehendes Gesicht aussah wie der abnehmende Mond. Ganz allein hockte sie im Dunkeln vor dem Spinnrocken und spann.

Es war die Mutter Parides, und sie empfing mich mit den Worten: «Komm, setz dich, man hat mir erzählt, daß du aus Rom bist... tja, das ist kein römischer Salon, sondern eine Hütte... aber du mußt dich damit abfinden... komm her, setz dich.»

Ehrlich gesagt, ich hatte keine Lust, mich auf einem dieser unbequemen Holzklötze niederzulassen, und beinahe hätte ich gefragt, wo denn die Stühle seien. Gerade rechtzeitig hielt ich mich zurück. Erst später sollte ich entdecken, daß es in diesen Hütten niemals Stühle gibt. Die werden in den Häusern aufbewahrt und als Luxusgegenstände angesehen, die nur an Festtagen und bei besonderen Anlässen, wie Hochzeiten, Begräbnissen und dergleichen, verwendet werden. Um sie zu schonen, hängen die Bauern ihre

Stühle wie Schinken an die Decke. Tatsächlich geschah mir einmal, als ich Parides Haus betrat, daß ich mit der Stirn gegen einen solchen von der Decke herabhängenden Stuhl anrannte; und bei dieser Gelegenheit dachte ich mir, daß ich hier denn doch in eine sehr ländliche Gegend geraten sei.

Um auf die Hütte zurückzukommen: Sie war jetzt ausreichend erhellt, und so konnte ich sehen, daß es sich hier um einen jämmerlichen Stall handelte. Alles war kalt und unfreundlich, der Boden mit Schlamm bedeckt, die Steinwände und die Innenseite des Strohdaches rauchgeschwärzt und verrußt. Die Luft war voller Rauch, der von dem ersterbenden Feuer herrührte; offenbar war das verwendete Brennholz naß gewesen. Da es keine Fenster gab, konnte dieser Rauch nur notdürftig und langsam durch die undichten Stellen des Daches abziehen, so daß Rosetta und ich in kürzester Zeit anfingen zu husten und unsere Augen tränten.

Gleichzeitig entdeckte ich neben der Alten, und von ihren Röcken beinahe verdeckt, einen erbärmlichen Hund und eine alte, räudige Katze. Man sollte es nicht für möglich halten, aber die armen Viecher hatten ebenfalls tränende Augen wie die Menschen. Auch ihnen tat der beizende Rauch offenbar weh, doch saßen sie unbeweglich mit aufgerissenen Augen da, woraus man ersehen konnte, daß sie das alles gewohnt waren.

Ich habe Schmutz nie leiden können, und tatsächlich war meine römische Wohnung zwar bescheiden, aber spiegelblank. So krampfte sich mein Herz beim Anblick dieser Hütte und bei dem Gedanken zusammen, daß Rosetta und ich von nun an hier kochen, essen und leben sollten wie zwei Ziegen oder Schafe. Gleichsam zu mir selbst sagte ich: «Zum Glück handelt es sich nur um wenige Tage, bis die Engländer kommen!»

«Warum?» fragte Paride. «Gefällt dir die Hütte nicht?»

Ich erwiderte: «In meiner Heimat lebt in solchen Hütten das Vieh!»

Paride war ein sonderbarer Kauz, wie ich in der Folge herausfinden sollte. Es fehlte ihm sozusagen jegliches Ehrgefühl. So antwortete er mir jetzt mit der Andeutung eines seltsamen Lachens: «Hier aber leben die Menschen drin.»

Jetzt ließ sich die schrille Grillenstimme der Alten vernehmen: «Die Hütte gefällt dir nicht, wie? Ist aber immer noch besser, als auf der Wiese zu sitzen! Was meinst du, wie viele von den armen Soldaten in Rußland, den Männern der Frauen hier oben, gerne in einer Hütte wie dieser hausen möchten? Aber sie werden nicht zurückkommen, weil sie alle umgebracht werden und obendrein ohne christliches Begräbnis. Denn die Russen kennen weder Christus noch die Muttergottes mehr!»

Ich war betroffen von diesen finsteren Prophezeiungen, Paride aber lächelte schwach und meinte: «Meine Mutter sieht immer schwarz, denn sie ist alt; sie ist den ganzen Tag allein und obendrein auch noch schwerhörig.» Dann erhob er die Stimme und sagte zu der Greisin: «Warum sollen sie denn nicht wiederkommen? Bestimmt kommen sie wieder. Das ist jetzt nur mehr eine Frage von Tagen.»

Die Alte aber brummte: «Sie kommen nicht wieder. Mehr als das: Auch wir werden umgebracht werden, hier oben. Von den Fliegern.»

Paride lächelte von neuem, als handle es sich um etwas Komisches. Mich aber erschreckte der Pessimismus der Alten, und ich beeilte mich zu sagen: «Na, wir sehen uns später wieder... lebwohl einstweilen!»

Und sie mit der gewohnten Unglücksstimme: «Wir sehen uns wieder, nur keine Sorge! Denn du kommst nicht so bald nach Rom zurück . . . vielleicht überhaupt nie!»

Paride begann über den Ausspruch seiner Mutter zu lachen; ich aber dachte, daß dies keineswegs zum Lachen sei, sondern so etwas wie ein schlechtes Vorzeichen.

Den restlichen Nachmittag verbrachte ich damit, in dem Raum sauberzumachen, wo unser Bett stand und wo wir, was ich in diesem Augenblick freilich noch nicht wußte, so lange Zeit würden bleiben müssen. Ich säuberte den Fußboden und kratzte von der bloßen Erde den Jahre alten Schmutz weg. Paride mußte eine Unmenge Spaten und Schippen forttragen, die in den Ecken aufgehäuft waren, und denn entfernte ich die Spinnennetze von den Wänden. Das Bett stellte ich in eine Ecke, dicht an die Felswand, schob die Bretter zurecht, schüttelte die Maisstrohmatratze aus, hüllte sie in die schönen, sauberen Laken aus schwerer, handgewebter Leinwand und breitete als Decke den schwarzen Radmantel Parides darüber.

Mittlerweile hatte Luisa, die schon erwähnte blonde, blauäugige Frau Parides mit dem Krepphaar, vor dem Webstuhl Platz genommen und arbeitete pausenlos daran mit ihren kräftigen Armen, wobei sie einen fürchterlichen Krach machte. Schließlich fragte ich sie: «Wirst du hier den ganzen Tag lärmen?»

«Was weiß denn ich», erwiderte sie lachend, «wie lange ich hier arbeiten werde! Ich muß Hosenstoff für Paride und die Jungen weben.»

«O Gott», meinte ich, «da werden wir ja taub werden!»

«Ich bin auch nicht taub geworden», sagte sie. «Du wirst sehen, daß man sich daran gewöhnt.»

Kurz und gut, sie blieb ein paar Stunden an ihrem Webstuhl, der unablässig den trockenen, durchdringenden Lärm zusammenschlagender Holzstücke machte. Wir beide aber setzten uns, nachdem wir aufgeräumt hatten, Rosetta auf den Stuhl, den ich von Paride gemietet hatte, und ich auf das Bett. Wie zwei Idiotinnen sahen wir offenen Mundes und untätig der Arbeit Luisas zu. Luisa sprach von sich aus wenig, antwortete aber bereitwillig auf unsere Fragen. So erfuhren wir, daß von allen Männern, die vor dem Krieg hier gelebt hatten, einzig Paride nicht eingezogen worden war, weil ihm an der rechten Hand zwei Finger fehlten. Alle anderen waren eingezogen und befanden sich fast ausnahmslos in Rußland. Mit einem zweideutigen Lächeln sagte Luisa in beinahe befriedigtem Ton: «Ich bin die einzige hier oben, die nicht schon sozusagen Witwe ist.»

Ich war verwundert darüber, daß Luisa ebenso pessimistisch schien wie ihre Schwiegermutter, und meinte: «Warum sollten denn alle eure Männer fallen? Ich bin überzeugt, daß sie wiederkommen werden!»

Aber Luisa schüttelte lächelnd den Kopf.

«Du hast mich nicht richtig verstanden», sagte sie. «Ich glaube nicht, daß wir sie wiedersehen werden. Nicht deshalb, weil sie alle umkommen, sondern weil unsere Männer den Russinnen gefallen. Man weiß ja, wie beliebt die Ausländer bei den Frauen sind. Auch wenn der Krieg zu Ende ist, werden die Russinnen unsere Männer behalten, und wir werden sie nicht mehr wiedersehen.»

Mit anderen Worten, in ihren Augen war der Krieg eine Angelegenheit zwischen Männern und Frauen; und man konnte ihr ansehen, wie froh sie darüber war, daß ihr Mann wegen seiner zwei fehlenden Finger daheimgeblieben war, während die anderen Frauen ihre Männer an die Russinnen verlieren würden.

Wir sprachen auch von der Familie Festa, und sie erzählte mir, daß Filippo es durch allerlei Verbindungen und Empfehlungen erreicht hatte, daß sein Sohn nicht an die Front geschickt worden war. Die Bauern aber, die kein Geld und keine hochgestellten Beschützer hatten, mußten hinaus in den Krieg und dort womöglich vor die Hunde gehen. Da erinnerte ich mich an die Worte Filippos, der erklärt hatte, die Welt teile sich in Dummköpfe und Schlauköpfe, und ich begriff, daß er sich auch in diesem Fall als ein Schlaukopf erwiesen hatte.

Mit Gottes Hilfe wurde es Nacht; Luisa hörte mit ihrem Höllenlärm auf und ging, das Abendessen vorzubereiten. Wir beide waren so müde, daß wir eine volle Stunde sitzen blieben, wo wir waren, uns nicht rührten und kein Wort sprachen – ich auf dem Bett und Rosetta auf dem Stuhl. Die Öllampe verbreitete ein schwaches Licht, und in diesem Licht sah der Raum wirklich aus wie eine Räuberhöhle. Ich sah Rosetta an, Rosetta sah mich an, und in unseren Blicken lag jedesmal ein bestimmter Gedanke. Wir schwiegen, denn jeder verstand den anderen genau, und wir wußten daß jedes Wort unnötig war und nichts zu dem hinzugefügt hätte, was wir einander mit den Blicken sagten. Rosetta dachte: Mutter, was sollen wir tun? Ich habe Angst! Wohin sind wir geraten! Meine Augen aber antworteten: Sei ruhig, mein Goldkind, deine Mutter ist bei dir, du brauchst dich nicht zu fürchten! –

Zum Abschluß dieses verzweifelten stummen Gesprächs schob Rosetta ihren Stuhl nahe an das Bett heran, legte den Kopf in meinen Schoß und umklammerte meine Knie. Ich streichelte schweigend ihr Haar. So blieben wir etwa eine halbe Stunde. Dann öffnete sich die Tür, und ziemlich tief unten erschien ein Kinderkopf. Es war Donato, der Junge Parides. «Vater läßt fragen», sagte er, «ob ihr nicht mit uns essen wollt.»

Wir waren nicht sehr hungrig, weil wir an Filippos Mittagstisch soviel gegessen hatten; aber ich nahm die Einladung doch an, denn ich war müde und niedergeschlagen, und der Gedanke war mir unsympathisch, den Abend ohne Essen und allein mit Rosetta in diesem traurigen Raum zu verbringen.

So folgten wir Donato, der uns behende voraneilte und offenbar wie eine Katze im Dunkeln zu sehen vermochte, bis zu der auf einer tieferen Terrasse gelegenen Hütte. Dort fanden wir Paride, umgeben von vier Frauen – seiner Mutter, seiner Frau, seiner Schwester und seiner Schwägerin. Die beiden letzteren hatten je drei Kinder. Ihre Männer waren bei der Armee in Rußland. Parides Schwester hieß Giacinta, war schwarzhaarig und hatte funkelnde Augen und ein breites, massiges Gesicht. Sie schien nicht ganz richtig im Kopf zu sein, sprach wenig, und wenn, dann nur, um ihre drei Kinder in scharfem Ton anzufahren, die sich an sie drängten wie junge Hunde an die Hündin. Manchmal sagte sie auch nichts zu ihnen, sondern schlug sie stumm mit der geballten Faust auf die Köpfe. Die Schwägerin Parides hieß Anita und war die Frau eines seiner Brüder, der in Friedenszeiten in der Gegend von Cisterna gewohnt hatte. Anita war dunkel, bleich, mager mit einer Adlernase, heiterem Blick und einem ruhigen, nachdenklichen Gesichtsausdruck. Im Gegensatz zu Giacinta, die einem beinahe Furcht einflößen konnte, machte Anita einen friedfertigen, sanften Eindruck. Auch sie hatte ihre Kinder bei sich, doch hingen sie nicht an ihren Röcken, sondern saßen gesittet auf einer Bank und warteten still und ohne Ungeduld, daß man ihnen zu essen gab.

Als wir eintraten, sagte Paride mit seinem sonderbaren, halb verlegenen, halb verschlagenen Lächeln: «Wir haben uns gedacht, ihr seid allein, und vielleicht wollt ihr mit uns mithalten.» Nach einem Augenblick fügte er hinzu: «Bis eure Vorräte ankommen, könnt ihr immer hier mit uns essen. Dann wollen wir abrechnen.» Mit einem Wort, er gab uns zu verstehen, daß das Essen nicht umsonst sein sollte; aber ich war trotzdem dankbar für die Aufforderung, denn ich wußte ja, wie arm sie waren, und daß Hungersnot herrschte. Es war also bereits viel, wenn sie sich bereit erklärten, uns für Geld Essen zu geben. Denn wer in Notzeiten Vorräte hat, behält sie in der Regel für sich und teilt sie nicht einmal für Geld mit anderen Leuten.

Kurzum, wir setzten uns, Paride entzündete eine Karbidlampe, und ein schönes, weißes Licht beleuchtete uns alle, wie wir auf Bänken und Holzklötzen um den Dreifuß herumsaßen, auf dem sich ein kleiner Topf befand. Bis auf Paride, den einzigen Mann, waren wir alle Frauen oder Kinder. Etwas wehmütig machte Anita, deren Mann ja in Rußland war, eine Bemerkung hierüber. «Du mußt dich wohl fühlen, Paride. Du allein mit so vielen Frauen, du Glücklicher!»

Paride antwortete mit einem halben Lächeln: «Das Glück wird nicht lange dauern.» Aber seine pessimistische alte Mutter wies ihn sogleich zurecht: «Nicht lange? Eher ist es mit uns zu Ende, als daß der Krieg zu Ende geht!»

Inzwischen hatte Luisa eine tönerne Suppenschüssel auf ein wackliges Tischchen gestellt. Jetzt ergriff sie einen Brotwecken, preßte ihn gegen die Brust und schnitt mit einem scharfgeschliffenen Messer lange dünne Brotscheiben in die Schüssel, bis sie randvoll war. Dann nahm sie die kleine Schüssel vom Feuer und schüttete deren Inhalt über die Brotscheiben. Mit einem Wort, es war dasselbe Gericht, das wir bereits bei Concetta täglich gegessen hatten – ein Brei aus Brot und Bohnensuppe.

Während wir darauf warteten, daß sich das Brot richtig vollsog, stellte Luisa in der Mitte der Hütte einen großen Bottich auf den Boden und goß aus einem Krug, der neben dem Dreifuß auf der heißen Asche stand, warmes Wasser hinein. Hierauf zogen alle Anwesenden ohne Eile, ja mit einer gewissen Gesetztheit, als handle es sich um eine sehr ernste, jeden Abend auf stets gleiche Weise verrichtete Handlung, ihre Pantoffeln aus. Zuerst verstand ich das Ganze nicht, dann aber sah ich, wie Paride als erster den bloßen, von den Zehen bis zum Absatz von Erde geschwärzten Fuß in das Wasser des Bottichs setzte.

Jetzt begriff ich: Wir Städter waschen uns vor dem Essen die Hände; diese armen Teufel aber, die den ganzen Tag im Schmutz der Felder umhergestampft waren, wuschen sich die Füße. Das besorgten sie jedoch alle in demselben Gefäß, ohne das Wasser zu wechseln; und man kann sich denken, wie dieses Wasser aussah, nachdem alle, die Kinder inbegriffen, die Prozedur hinter sich gebracht hatten. Es war schokoladebraun. Nur Rosetta und ich wuschen uns nicht, und eines der Kinder erkundigte sich ganz unschuldig, warum wir dies unterließen. Darauf erwiderte die alte Frau, die sich ebenfalls nicht gewaschen hatte, in düsterem Ton: «Die beiden sind aus Rom. Die arbeiten nicht auf dem Feld wie wir.»

Die Suppe war inzwischen fertig geworden. Luisa trug das Gefäß mit dem schmutzigen Wasser fort und stellte das Tischchen mit der Suppenterrine in die Mitte des Raumes. Wir begannen alle zugleich zu essen, indem wir mit unseren Löffeln in die Terrine fuhren. Ich glaube nicht, daß Rosetta und ich mehr hinunterbrachten als zwei oder drei Löffel; die anderen aber, und besonders die Kinder, griffen mit solcher Gier zu, daß die Terrine in kürzester Zeit leer war. An den ein wenig enttäuschten Gesichtern konnte man erkennen, daß etliche noch hungrig waren. Paride verteilte jetzt noch eine Handvoll getrockneter Feigen für jeden, dann holte er aus seiner Mauernische einen Fiasco hervor und goß allen, auch den Kindern, je ein Glas voll ein, wobei es sich immer um dasselbe Glas handelte. Alle tranken, und jedesmal fuhr Paride mit dem Rockärmel über den Rand des Glases, schenkte sorgfältig ein und nannte den Namen dessen, für den das Glas diesmal bestimmt war. Das alles vollzog sich mit solcher Feierlichkeit, daß man hätte glauben können, wir seien in der Kirche. Der Wein war sauer und schmeckte fast wie Essig, aber wenn es auch Bergbauernwein war, so war es doch unzweifelhaft Wein aus echten Trauben.

Nach der schweigend eingenommenen Mahlzeit griffen die Frauen wieder zum Spinnrocken, und Paride sah beim Licht der Karbidlampe die Rechenaufgaben des kleinen Donato nach. Paride konnte zwar weder lesen noch schreiben, vermochte aber ein wenig zu rechnen und wünschte, daß auch sein Junge diese wichtige Kunst erlernte. Offenbar aber war Donato mit seinem dicken Kopf und dem einfachen, ausdruckslosen Gesicht recht schwer von Begriff; denn nachdem Paride mehrmals versucht hatte, ihm irgendeine Aufgabe zu erklären, wurde er wütend, versetzte dem Jungen einen kräftigen Fausthieb auf den Kopf und rief: «Scheißkerl!» Der Schlag rief einen Ton hervor, als fiele er auf Holz, das Kind aber schien ihn nicht einmal zu bemerken und begann, ganz still auf dem Fußboden mit der Katze zu spielen.

Späterhin fragte ich Paride einmal, warum er denn solchen Wert darauf lege, daß der Junge, der gleich seinem Vater weder lesen noch schreiben konnte, gerade das Rechnen erlerne. Aus seiner Antwort ersah ich, daß für ihn nicht die Buchstaben, sondern die Zahlen wichtig waren, während die Buchstaben seiner Meinung nach zu nichts gut waren.

Ich habe unseren ersten Abend mit Morrones (so hieß die Familie) so genau beschrieben, weil die Schilderung des ersten zugleich auch eine Schilderung aller weiteren Abende bedeutet, die einander völlig glichen. Auch konnte ich gerade an diesem Tage, an dem ich zu Mittag mit den Flüchtlingen aus der Stadt und am Abend mit den Bauern gegessen hatte, die Unterschiede feststellen. Ehrlich gesagt: Die Flüchtlinge waren die Reicheren, wenigstens einige von ihnen; man aß besser bei ihnen, sie konnten lesen und schreiben, trugen ordentliche Schuhe, und ihre Frauen waren gekleidet wie wir; trotzdem aber waren mir vom ersten Tag an die Bauern lieber, und dieses Gefühl verstärkte sich in der Folgezeit noch weiter. Vielleicht hing das damit zusammen, daß ich selbst Bäuerin gewesen bin, ehe ich Geschäftsfrau wurde. Vor allem aber hatte ich bei den Flüchtlingen, verglichen mit den Bauern, das seltsame Gefühl, daß sie durch ihr größeres Wissen nur immer schlechter geworden seien. Sie erinnerten mich ein wenig an jene Schuljungen, die, kaum, daß sie schreiben gelernt haben, bereits alle Wände mit häßlichen Worten beschmieren. Kurz und gut: Ich sage, daß es nicht genügt, den Menschen Wissen beizubringen; man muß sie auch lehren, von diesem Wissen den richtigen Gebrauch zu machen.

Schließlich waren alle todmüde, und einige der Kinder waren bereits eingeschlafen. Da erhob sich Paride und erklärte, sie wollten jetzt zu Bett gehen. Wir verließen allesamt die Hütte und wünschten einander «Gute Nacht». Rosetta und ich standen plötzlich ganz allein am Rande der Terrasse und blickten in die Nacht hinaus, dorthin, wo, wie wir wußten, Fondi lag. Kein einziges Licht war zu sehen; alles war finster und still; nur die Sterne leuchteten am pechschwarzen Himmel und sahen aus wie goldene Augen, die auf uns herabsahen und alles von uns wußten, während wir nichts von ihnen wußten.

«Was für eine schöne Nacht!» sagte Rosetta leise zu mir. Ich fragte sie, ob sie zufrieden sei, hier heraufgekommen zu sein; und sie antwortete, sie sei überall zufrieden, wo sie sich in meiner Nähe befinde. Wir standen noch ein Weilchen und schauten in die Nacht, dann zog sie mich am Ärmel und flüsterte, sie wolle zur Muttergottes beten und ihr dafür danken, daß wir heil angekommen seien. «Hier willst du beten?» fragte ich und wunderte mich ein wenig über ihre leise Stimme, die so klang, als wolle sie nicht gehört werden. Sie nickte und ließ sich dann am Rande der grasbewachsenen Terrasse auf die Knie niedersinken, wobei sie mich mit sich zog.

Mir mißfiel ihr Tun durchaus nicht. Rosetta verlieh damit in gewissem Sinne auch meinen Gefühlen Ausdruck, denn auch ich empfand in dieser stillen, friedlichen Nacht und nach so vielen Anstrengungen und Aufregungen das Bedürfnis, irgendeinem höheren Wesen zu danken, das uns unterstützt und beschützt hatte. So folgte ich ihr gern, faltete meinerseits die Hände und sprach jenes Gebet, das man gewöhnlich vor dem Schlafengehen spricht. Ich hatte seit langem nicht mehr gebetet – seit dem Tag, an dem ich mich Giovanni hingegeben hatte. Denn nach jenem Ereignis fühlte ich mich als Sünderin, wehrte mich aber aus irgendwelchen Gründen dagegen, dies vor mir selber zuzugeben.

Also bat ich jetzt vor allem Jesus um Verzeihung für das, was ich mit Giovanni getan hatte, und nahm mir vor, es nie wieder zu tun. Unter dem Eindruck dieser schwarzen Nacht voll unsichtbaren Lebens betete ich sodann für mich und für Rosetta, für die Familie Festa und für die Familie Parides, für alle Menschen hier in diesen Bergen, für die Engländer, die uns befreien sollten, für uns Italiener, die wir litten, aber auch für die Deutschen und die Faschisten, die uns leiden machten, denn auch sie waren ja Christen.

Ich gestehe: In dem Maß, in dem mein Gebet sich ausweitete, fühlte ich mich ergriffen, und meine Augen füllten sich mit Tränen. Obwohl ich das zum Teil meiner Müdigkeit zuschrieb, sagte ich mir doch, dieses Gefühl sei gut, und es sei gut, daß ich es empfand. Auch Rosetta betete mit gesenktem Kopf, plötzlich aber faßte sie mich am Arm und rief: «Schau! Schau!»

Ich schaute und sah, wie am Rande der Nacht ein Lichtstreifen hoch emporstieg und sich dann in eine Art grüner Blüte verwandelte, die ganz langsam niedersank und dabei die Berge, die Wälder und, wie mir schien, sogar die Häuser von Fondi beleuchtete. Später habe ich dann erfahren, daß diese schönen, grünen Lichter dazu dienten, die Nacht zu erhellen, die Front zu überwachen und die Punkte auszuleuchten, wohin die Geschosse der Artillerie und die Fliegerbomben fallen sollen. In jenem Augenblick aber wirkte dieses Licht auf mich wie ein gutes Vorzeichen, sozusagen wie ein Signal, durch das die Muttergottes mir zu verstehen geben wollte, sie habe mein Gebet vernommen und sei geneigt, es zu erhören.

Diesen ganzen Vorfall habe ich in erster Linie darum erzählt, weil er eine gute Vorstellung von dem bisher noch nicht genügend geschilderten Charakter Rosettas gibt. Dieser Charakter hat sich dann später infolge des Krieges von einem Tag zum anderen geändert, aber jetzt möchte ich sagen, wie Rosetta zu dem Zeitpunkt war, an dem wir in die Berge kamen, oder wie sie mir wenigstens damals erschien. Man weiß ja, daß eine Mutter ihr Kind nicht immer wirklich kennt; aber dies war meine Vorstellung von Rosetta, und ich glaube auch jetzt, nachdem sie sich, wie schon gesagt, aus Weiß in Schwarz verwandelt hat, daß jene Vorstellung im ganzen nicht falsch gewesen ist.

Ich hatte Rosetta mit großer Sorgfalt erzogen, ganz so, wie wenn sie das Kind feiner Leute gewesen wäre. Immer hatte ich darauf geachtet, das Häßliche in der Welt so weit wie möglich von ihr fernzuhalten.

Ich selbst bin nicht das, was man eine sonderlich fromme Frau nennt, obwohl ich meinen Kirchenpflichten schlecht und recht nachkomme. Mit meiner Gläubigkeit geht es auf und ab. Manchmal – wie etwa in jener Nacht im Gebirge, von der ich soeben sprach – bin ich aufrichtig fromm gestimmt; manchmal wieder – wie in den Tagen vor unserer Flucht aus Rom – glaube ich an gar nichts. Auf jeden Fall verstellt mir die Religion nicht den Blick für die Wirklichkeit, die oftmals in krassem Widerspruch zum Glauben steht, wie sehr die Geistlichen sich auch bemühen mögen, diesen Widerspruch zu erklären und wegzudeuten. Bei Rosetta hingegen lagen die Dinge anders.

Ich weiß nicht, ob das daher kam, daß ich sie bis zu ihrem zwölften Jahre von Nonnen hatte erziehen lassen, oder ob es sich bei ihr um eine Charakteranlage handelte. Jedenfalls war Rosetta durch und durch gläubig, ohne jede Anwandlung eines Zweifels, und so durchdrungen von den Wahrheiten der Religion, daß sie davon gar nicht sprach und darüber auch nicht nachdachte. Für sie war der Glaube Lebensluft, die man ein- und ausatmet, ohne sich dessen überhaupt bewußt zu werden.

Jetzt, da sich so vieles geändert hat, fällt es mir schwer, zu schildern, wie Rosetta zur Zeit unserer Flucht aus Rom gewesen ist. Ich will nur sagen, daß ich manchmal von ihr glaubte, sie sei vollkommen. In der Tat gehört sie zu den Menschen, an denen man auch dann, wenn sie böse sind, keine Unvollkommenheit findet. Rosetta war gütig, offenherzig und nie auf ihren Vorteil bedacht. Ich selber habe meine Launen und Stimmungen, kann wütend sein und schreien und bin auch dann und wann imstande, mich zu prügeln, weil ich total den Kopf verloren habe. Rosetta aber hat mir nie eine schroffe Antwort gegeben, mir nie etwas nachgetragen und sich stets als eine vollkommene Tochter erwiesen. Ihre Vollkommenheit aber bestand nicht bloß darin, daß sie keine Fehler hatte; sie tat und sagte auch stets das Richtige – das eine unter tausend Möglichkeiten, das in der betreffenden Situation zu tun oder zu sagen war. Oft genug erschrak ich geradezu und dachte: Ich habe eine Heilige zur Tochter! Dieser Gedanke war gar nicht so töricht, denn man muß eine Heilige sein, um sich als halbes Kind ohne jede Lebenserfahrung in allen Lagen so gut und vollkommen zu betragen. Sie hatte bisher nichts anderes getan, als mit mir zu leben und, nach dem Ende ihrer Schulzeit bei den Nonnen, mir im Haushalt und mitunter im Laden an die Hand zu gehen. Dennoch betrug sie sich so, als hätte sie bereits alles getan und kennengelernt. Heute sage ich mir, daß diese unglaubliche Vollkommenheit eine direkte Folge ihrer Unerfahrenheit und der von den Nonnen empfangenen Erziehung gewesen ist. Unerfahrenheit und Gläubigkeit flossen in ihr zu jener Vollkommenheit zusammen, die ich für fest und unerschütterlich hielt, während sie in Wirklichkeit labil war wie ein Kartenhaus. Mit einem Wort, ich gab mir keine Rechenschaft darüber, daß wahre Heiligkeit aus dem Wissen und einer, wenngleich auf ein bestimmtes Gebiet beschränkten Erfahrung hervorwachsen muß und niemals, wie im Falle Rosettas, auf mangelnder Erfahrung und Unwissenheit begründet sein kann. Doch was ist dabei meine Schuld? Ich hatte sie mit Liebe aufgezogen, und wie alle Mütter auf dieser Welt hatte ich mich bemüht, die bösen Dinge des Lebens von ihr fernzuhalten. Wenn sie erst einmal heiratete und mein Haus verließ – so dachte ich –, würde sie das alles nur zu schnell erfahren.

Ich hatte meine Rechnung jedoch ohne den Krieg gemacht, der uns zwingt, das Böse zur Kenntnis zu nehmen, ob wir wollen oder nicht, und der uns vorzeitig unnatürliche und grausame Erfahrungen aufnötigt. Die Vollkommenheit Rosettas wäre in Friedenszeiten ganz richtig gewesen – mit einem gutgehenden Geschäft, mit mir, die ich das Geld für Rosettas Mitgift zurücklegte, mit einem tüchtigen jungen Menschen, der sie liebhaben, sie heiraten und Kinder mit ihr zeugen würde. Nachdem sie ein tadelloses Kind und ein tadelloses junges Mädchen gewesen war, wäre sie auch eine tadellose Gattin geworden. Im Krieg aber ist eine andere Art von Fähigkeiten erforderlich – welche, weiß ich nicht, aber bestimmt nicht diejenige, mit der Rosetta ausgestattet war.

Wir standen schließlich auf und gingen in der Dunkelheit längs der Terrasse zu unserem Zimmer zurück. Als wir unter Parides Fenstern vorbeikamen, hörte ich, daß er und die Seinen noch nicht schliefen, sondern sich bewegten und halblaut miteinander sprachen, ganz so wie die Hühner im Stall noch eine Weile scharren und gackern, ehe sie einschlafen.

Da war endlich unser Zimmer mit dem niedrigen Eingang, dem schiefen Ziegeldach und dem unverglasten Fenster. Ich stieß die Tür auf, und wir standen im Dunkeln. Ich hatte Streichhölzer bei mir, entzündete zunächst einen Kerzenstummel und verfertigte dann aus einem von einem Taschentuch abgerissenen Leinenstreifen einen Docht, den ich in das Öllämpchen tauchte. In diesem hellen, doch traurigen Licht ließen wir uns beide auf das Bett nieder. Ich sagte zu Rosetta: «Wir wollen nur Rock und Leibchen ausziehen, denn wir haben nichts anderes als das Laken und den Mantel Parides, um uns zuzudecken. Wenn wir uns ganz entkleiden, wird uns gegen Morgen kalt werden.»

So legten wir uns also halbbekleidet nieder. Die Bettlaken aus handgewebter Leinwand waren schwer und frisch; das war aber auch das einzig Normale in diesem Bett, das gar kein richtiges Bett war. Sobald ich mich bewegte, hörte ich das Maisstroh knistern und spürte, wie sich unter mir eine Art Spalt bildete, so daß ich nur den dünnen Stoff des Überzuges zwischen mir und den harten Brettern hatte. Noch nie hatte ich in einem solchen Bett geschlafen, nicht einmal als Kind bei den Meinen, denn auch dort gab es normale Betten mit Draht- und Roßhaarmatratzen. Bei einer etwas heftigeren Bewegung schoben sich sogar die Bretter unter mir auseinander, und ich fiel durch, bis ich mit dem Hintern auf dem Boden saß. Im Finstern stand ich auf, schob Bretter und Strohsack zurecht, legte mich dann nieder und drängte mich dicht an Rosetta, die mir den Rücken zukehrte und unmittelbar an der Mauer lag.

Es war auch weiterhin eine recht unruhige Nacht. Irgendwann nach Mitternacht erwachte ich von einem leisen Zirpen, ähnlich dem junger Vögel, das unterhalb des Bettes hervorkam. Nach einer Weile weckte ich Rosetta und fragte sie, ob auch sie dieses Zirpen hörte, was sie bejahte. Da entzündete ich die Lampe und sah unter dem Bett nach. Wie ich sogleich feststellte, kam das Gezirpe aus einem Kistchen, das nichts weiter zu enthalten schien als eine Menge Kamillen- und Minzesträußchen. Als wir aber genauer hinsahen, fanden wir mitten zwischen den Kamillen eine Art rundes Nest aus Stroh und Wollrestchen und in diesem Nest acht oder zehn neugeborene, rosafarbene, beinahe durchsichtige Mäuschen von der Größe meines kleinen Fingers.

Sogleich sagte Rosetta, wir sollten ihnen nichts tun, denn es würde uns Unglück bringen, gleich in der ersten hier verbrachten Nacht zu töten. Wir legten uns also wieder nieder und schliefen schlecht und recht von neuem ein. Aber nach kaum einer Stunde lief mir etwas Weiches, Schweres über Gesicht und Brust. Ich schrie auf vor Schreck, Rosetta erwachte von neuem, wir machten Licht und fanden – eine Katze. Ein hübsches schwarzes Kätzchen mit grünen Augen, mager und jung, saß am Fußende des Bettes, sah uns aufmerksam an und war auf dem Sprung, durch das Fenster hinauszuwischen, durch das es hereingekommen war.

Rosetta, die eine Leidenschaft für Katzen hat und sie zu behandeln weiß, lockte das Tier auf ihre besondere Art, und wirklich kam es sogleich zutraulich näher. Bald darauf lag auch das Kätzchen mit uns unter dem Bettlaken und schnurrte. Es schlief dann mit uns während der ganzen Zeit, die wir in Sant' Eufemia verbrachten. Sein Name war Gigi. Es hatte seine bestimmten Gewohnheiten, das heißt, es kam stets nach Mitternacht, kroch zwischen uns ins Bett und blieb da bis zum Morgen. Es war ein gutes und anhängliches Tier, doch wehe, wenn eine von uns sich zu rühren wagte, während Gigi zwischen uns lag! Sogleich hörte man es dann miauen, als wollte es sagen: «He, kann man denn nicht einmal ruhig schlafen?»

Abgesehen von den Mäuschen und der Katze gab es in dieser ersten Nacht noch mehrmals Störungen, die mich aufweckten, und stets fiel es mir schwer, mich zurechtzufinden. Einmal hörte ich ein Flugzeug, das niedrig und sehr langsam über uns hinwegflog und dabei ein regelmäßiges, tiefes und sanftes Brummen von sich gab, so als schöbe sich der Motor durch Wasser und nicht durch Luft.

Mir war, als spräche dieses Geräusch zu mir und sagte mir beruhigende Dinge. Später hat man mir dann erzählt, daß diese Art von Flugzeugen «Störche» hießen, daß sie zu Aufklärungszwecken verwendet wurden und deshalb so leise waren. Schließlich gewöhnte ich mich so sehr an sie, daß ich manchmal eigens wach blieb, um sie zu hören. Wenn keines kam, war ich beinahe enttäuscht. Diese «Störche» waren englische Flugzeuge, und ich wußte ja, daß die Engländer zu guter Letzt kommen, uns befreien und uns die Möglichkeit geben würden, wieder nach Hause zurückzukehren.

Viertes Kapitel

So begann unser Leben in Sant' Eufemia, denn so nannte sich jene Ortschaft. Alles ließ sich zunächst wie etwas durchaus Provisorisches an, das nur wenige Wochen dauern würde; in Wirklichkeit sollten dann volle neun Monate daraus werden.

Am Morgen schliefen wir so lange, wie nur möglich, denn zu tun gab es ohnehin nichts. Auch muß man sagen, daß wir von den Entbehrungen und Ängsten der Zeit in Rom noch immer erschöpft waren. So kam es, daß wir in der ersten Woche hier oben bisweilen zwölf und auch vierzehn Stunden schliefen. Wir gingen zeitig zu Bett, wachten dann während der Nacht wieder auf, schliefen neuerlich ein, erwachten bei Morgengrauen, ließen uns wieder vom Schlaf überwältigen und drehten die Gesichter der Felswand zu, so daß wir das Licht, das durch das Fenster drang, im Rücken hatten. Auf diese Weise gelang es uns oft, bis in die vorgeschrittenen Morgenstunden zu schlafen.

Nie im Leben habe ich soviel geschlafen wie damals, und es war ein guter, dichter, voller Schlaf, der duftete wie hausgemachtes Brot, ohne Träume und ohne Unruhe, ein Schlaf, der uns wahrhaft guttat. Tag um Tag gewannen wir die Kräfte wieder zurück, die wir in Rom und im Hause Concettas eingebüßt hatten. Schon nach einer Woche waren wir beide kaum wiederzuerkennen, hatten frische Augen ohne dunkle Ringe, volle, rosige Wangen, eine glatte, gespannte Gesichtshaut und einen klaren Kopf. Mir war, wenn ich so lange schlief, als hätte mich das Land, in dem ich geboren worden war und das ich vor so langer Zeit verlassen hatte, wieder aufgenommen und teilte mir seine Kräfte mit – ähnlich wie es mit entwurzelten Pflanzen geschieht, die, sobald sie sich wieder im richtigen Erdreich befinden, von neuem Blätter und Blüten hervorbringen. Ach ja, wir sind eben allesamt Pflanzen und keine Menschen oder, besser gesagt, mehr Pflanzen als Menschen. Unsere

Kraft rührt von der Erde her, auf der wir geboren sind; und wenn wir diese Erde im Stich lassen, sind wir weder Pflanzen noch Menschen, sondern wie leichte Stoffetzen, die das Leben je nach der Windrichtung dahin und dorthin verweht.

Wir schliefen so viel und so gerne, daß uns alle Härten des Daseins hier oben leicht erschienen. Wir nahmen sie heiter auf uns und bemerkten sie kaum, so wie ein wohlgenährtes, ausgeruhtes Maultier den Karren in einem Zug den Berg hinaufschleppt, und auf der Höhe angelangt noch die Kraft hat, einen richtigen Trab anzuschlagen, als ob das alles nichts wäre. Dabei war das Leben hier oben wirklich hart. Schon am Morgen fing es mit dem Reinemachen an: Wenn wir aus dem Bett stiegen, mußten wir darauf achten, daß wir uns die Füße nicht schmutzig machten. Zu diesem Zweck hatte ich etliche flache Steine ausgelegt, die es uns ermöglichen sollten, den Pfützen auszuweichen, die sich auf dem Fußboden bildeten, sobald es regnete. Dann hieß es aus dem vor unserer Hütte gelegenen Brunnen Wasser holen. Solange es Herbst war, verursachte dies keine sonderlichen Schwierigkeiten. Im Winter aber fror das Wasser im Brunnen sehr oft – wir befanden uns ja in tausend Meter Höhe –, und die Hände wurden beim Hineinsenken des Eimers starr vor Kälte. Das Wasser aber, das wir zuletzt zum Vorschein brachten, war so eisig, daß einem der Atem stockte. Ich bin von Natur aus kälteempfindlich und beschränkte mich daher meist darauf, Hände und Gesicht zu waschen. Rosetta aber fror lieber, als daß sie schmutzig geblieben wäre. Sie zog sich daher mitten im Zimmer splitternackt aus und schüttete sich den ganzen Eimer Eiswasser über den Kopf. Meine Rosetta war so kräftig und gesund, daß das Wasser an ihrem Körper ablief, als ob sie Öl auf der Haut gehabt hätte; nur auf den Brüsten, den Schultern, dem Bauch und dem Gesäß blieben einige wenige Tropfen zurück.

Nach der Reinigung verließen wir unsere Hütte und begannen die Küchenarbeit. Auch das ging ganz gut, solange wir herbstlich schönes Wetter hatten; die eigentlichen Schwierigkeiten wurden erst im Winter fühlbar. Dann mußten wir bei strömendem Regen mit dem Hackmesser in das Krummholz eindringen und Brennmaterial sammeln. In der Hütte begann hierauf die Tortur des Feuermachens, bei der man verrückt werden konnte. Das grüne, nasse Holz wollte nicht brennen, das Stroh wieder verbreitete einen dichten, schwärzlichen Rauch, und wir mußten am Boden liegen und blasen, bis die Flamme endlich richtig loderte. Zuletzt waren wir mit Schmutz bedeckt, unsere Augen tränten und brannten, unsere Nerven waren bis zur Erschöpfung angespannt; und das alles diente bloß dazu, ein paar Bohnen zu kochen und ein Spiegelei zu braten.

Wir aßen so, wie die Bauern essen, das heißt, es gab eine erste, aber leichte Mahlzeit gegen elf Uhr und eine zweite, richtige um sieben Uhr abends. Am Morgen bekamen wir ein wenig Polenta mit Wurstsaft, und wenn es das nicht gab, begnügten wir uns mit einer Zwiebel und einem Stück Brot oder auch bloß einer Handvoll Rüben. Abends aßen wir Bohnensuppe und ein wenig Fleisch, fast immer Ziegenfleisch in verschiedenen Spielarten.

Wenn wir am Vormittag gegessen hatten, gab es nichts anderes zu tun, als auf das Abendessen zu warten. Bei schönem Wetter machten wir einen Spaziergang rund um den Berg, immer auf derselben Talstufe, bis wir das Krummholz erreichten. Dort suchten wir uns einen hübschen Platz im Schatten, unter einem Baum, legten uns ins Gras und blieben so im Angesicht des Panoramas den ganzen Nachmittag liegen. War das Wetter aber schlecht – und das war in diesem Winter ganze Monate hindurch der Fall –, dann blieben wir in unserer Stube, ich auf dem Bett und Rosetta auf dem Stuhl sitzend, während Luisa meist mit ihrem Webstuhl den bekannten Lärm machte. Solange ich lebe, werde ich mich an diese Stunden erinnern, die ich bei schlechtem Wetter in jener Stube verbracht habe. Der Regen fiel dicht und regelmäßig, und ich hörte, wie er auf den Dachziegeln murmelte und dann durch die Rinne in den Brunnen abfloß. Um Öl zu sparen, von dem wir nicht allzuviel besaßen, blieben wir beinahe im Finstern, mit keinem anderen Licht als dem wenigen, das, vom Regen verhüllt, durch das winzige Fenster hereinkam. Meist schwiegen wir, denn wir wagten es schon nicht mehr, von unseren einzigen zwei Themen zu sprechen – der Lebensmittelnot und der Ankunft der Engländer. So vergingen die Stunden mit nervenzerrender Langsamkeit. Allmählich verlor ich jedes Zeitgefühl und wußte zuletzt nicht mehr, in welchem Monat wir uns befanden und welchen Tag wir hatten. Ich kam mir völlig verblödet vor, denn es gab nichts mehr, woran ich hätte denken können. Manchmal war mir, als müsse ich verrückt werden, und ich weiß nicht, was ich getan hätte, wenn nicht Rosetta dagewesen wäre, der ich als Mutter ein gutes Beispiel geben mußte. Vielleicht wäre ich schreiend ins Freie gestürzt, oder ich hätte Luisa geohrfeigt, die uns mit dem Lärm ihres Webstuhls zum Wahnsinn trieb und dabei ein Lächeln auf den Lippen hatte, so als wollte sie sagen: «Das ist das Leben, das wir Bauern tagtäglich führen ... Jetzt führt auch ihr es, ihr großen Damen aus Rom ... Was sagt ihr dazu? Gefällt es euch?»

Was mir außerdem während unseres ganzen Aufenthalts dort oben maßlos auf die Nerven ging, war die Enge des Raumes, in dem wir uns zu bewegen hatten – und dies vor der Weite des Panoramas. Man überblickte ja von Sant' Eufemia aus das ganze Tal von Fondi, mit seinen dunklen Orangenhainen und weißen Häusern. In der Gegend von Sperlonga war ein Streifen Meer zu sehen, und wir wußten, daß dort in der Ferne die Insel Ponza lag, die bei schönem Wetter zu erkennen war. In Ponza befanden sich die Engländer, dort war also die Freiheit; wir aber waren auf der schmalen Terrasse hier oben wie angenagelt, und wenn man auch nur ein paar Schritte vorwärts machte, lief man Gefahr, auf die darunterliegende Terrasse zu stürzen. Mit einem Wort, wir glichen einem Vogelpaar, das während einer Überschwemmung auf einem Ast Zuflucht gefunden hat und auf den geeigneten Augenblick wartet, nach dem trockenen Lande davonzufliegen. Dieser Augenblick aber wollte und wollte nicht kommen.

Nach jenem Mahl am Tag nach unserer Ankunft luden uns die Festas noch einige Male ein, aber in immer kühlerer Weise; und zuletzt unterließen sie es ganz, weil Filippo, wie er sagte, zuallererst an seine Familie denken mußte. Zum Glück erschien einige Tage nach unserer Ankunft Tommasino mit seinem schwerbeladenen Maultier. Die Pakete und Koffer, die er ablud, waren unsere Vorräte, die er unten im Tal von Fondi gemäß unserer Liste da und dort zusammengekauft hatte. Wer sich nie in einer ähnlichen Lage befunden hat – mit Geld, das praktisch jeden Wert verloren hat, als Fremder unter Fremden irgendwo in einsamer Bergeshöhe, ohne Lebensmittel –, der wird nie das ganze Maß der Freude begreifen, mit dem wir Tommasino begrüßten. Derlei Dinge lassen sich schwer erklären: Für gewöhnlich wohnen die Menschen ja in den Städten, wo die Geschäfte voll sind mit allem, was man zum Leben braucht; da bildet man sich dann ein, diese vollen Geschäfte seien eine Selbstverständlichkeit, wie die Wiederkehr der Jahreszeiten, wie Regen nach Sonnenschein, wie der Tag nach der Nacht. Aber das ist nicht wahr. Es kann geschehen, daß man plötzlich nichts zu kaufen bekommt, wie das in jenem Jahr der Fall gewesen ist; und dann reichen alle Millionen der Welt nicht aus, um das Stück Brot zu kaufen, ohne das man nicht leben kann.

Tommasino erschien also, völlig außer Atem von dem Anstieg, und zerrte sein Maultier hinter sich her, das nahe am Zusammenbrechen schien. «Gevatterin», sagte er, «hier gibt's zu essen für mindestens sechs Monate!» Dann übergab er mir alles, wobei er Stück für Stück mit einer Liste auf gelbem Packpapier verglich. Ich möchte diese Waren hier aufzählen, damit man sich eine Vorstellung davon machen kann, wie wir im Herbst 1943 lebten. Rosettas Existenz und die meine hing also jetzt von folgendem ab: von einem Sack mit fünfzig Kilo Weißmehl zum Brotbacken und für die Nudeln; von einem anderen, kleineren Sack mit Maismehl für die Polenta; von einem Zwanzigkilosack schlechtester Bohnen; von einigen Kilogramm Erbsen und Linsen; von zwanzig Kilo Orangen; von einem Schmalztopf, der zwei Kilo wog, und von einigen Kilo Würsten. Außerdem hatte Tommasino noch ein Säckchen mit getrockneten Feigen, Nüssen und Mandeln sowie eine gewisse Menge Rüben mitgebracht, wie man sie für gewöhnlich den Pferden verfüttert, die aber jetzt auch für uns gut genug sein mußten.

Alles das wurde in unserer Stube eingelagert, in der Hauptsache unter dem Bett; dann rechnete ich mit Tommasino ab und mußte feststellen, daß die Preise während einer einzigen Woche fast um dreißig Prozent gestiegen waren. Man hätte meinen können, dies sei auf Tommasino selbst zurückzuführen gewesen, denn der war ja zu allem imstande, wenn es ums Geld ging. Aber ich bin eine Geschäftsfrau, und als er mir sagte, die Preise seien gestiegen, glaubte ich es ihm aufs Wort, denn ich wußte aus Erfahrung, daß es wahr sein mußte. Wenn die Dinge so weitergingen, mit den Engländern am Garigliano und den Deutschen, die alles wegtrugen und die Leute erschreckten und am Arbeiten hinderten, mußten die Preise immer noch weitersteigen, bis ins Ungemessene. So geht es ja in Notzeiten: Jeden Tag wird irgendeine Ware noch seltener; jeden Tag engt sich der Markt ein, wird die Zahl der Leute kleiner, die überhaupt noch Geld zum Kaufen haben, und zu guter Letzt kann es dahin kommen, daß niemand mehr kauft und niemand verkauft und alle, ob arm, ob reich, verhungern.

Ich glaubte also dem Tommasino, als er mir erklärte, die Preise seien weitergestiegen, und ich bezahlte ohne Widerspruch. Dies nicht zuletzt darum, weil ich mir sagte, daß ein Mann wie er, der in solchen Zeiten aus Geldgier sogar den ärgsten Gefahren trotzte, ein wertvoller Helfer war, den man sich unbedingt bei Laune halten mußte. Ich bezahlte ihn also nicht bloß, sondern ließ ihn bei dieser Gelegenheit das dicke Paket Tausendernoten sehen, das ich in der Tasche meines Unterrocks bei mir trug. Er starrte mit Raubvogelaugen auf mein Geld und versicherte mir, wir beide seien dazu geschaffen, einander herrlich zu verstehen. Er werde mir, wann immer ich dies wünsche, alles Nötige besorgen, und zwar stets zum jeweils geltenden Marktpreis, für nicht weniger und nicht mehr.

Bei dieser Gelegenheit konnte ich von neuem feststellen, welches Ansehen man durch Geld – oder in unserem Fall durch Vorräte – gewinnt. Die Festas hatten in den letzten Tagen gesehen, daß unsere Lebensmittel nicht kamen und daß wir, um überhaupt essen zu können, auf Paride angewiesen waren; der aber ließ sich nur widerstrebend dazu herbei, uns gegen Bezahlung mit seiner Familie essen zu lassen und ging uns im übrigen nach Möglichkeit aus dem Wege. Kaum aber war Tommasino mit seinem Maultier erschienen, da änderten sie alle schlagartig ihr Verhalten. Es gab auf allen Seiten freundliches Lächeln, Grußworte, Gespräche und sogar – jetzt, da wir es nicht mehr brauchten – Einladungen zum Essen.

Sie kamen jetzt, unsere Vorräte zu bewundern, und bei dieser Gelegenheit sagte mir Filippo, der offenbar eine gewisse Sympathie für mich empfand – nicht genug, daß er mir Lebensmittel abgegeben hätte, aber doch genug, daß er sich über die meinen freute: «Du und ich, Cesira, wir sind hier die einzigen, die ruhig in die Zukunft blicken können, denn wir haben als einzige Geld.»

Das Gesicht seines Sohnes Michele wurde bei diesen Worten noch düsterer als sonst, und er fragte mit zusammengebissenen Zähnen: «Bist du dessen ganz sicher?»

Sein Vater lachte und schlug ihm mit der Hand auf die Schulter: «Sicher?» rief er. «Das ist das einzige, dessen ich wirklich sicher bin ... Weißt du denn nicht, daß das Geld der beste, der treueste und der beständigste Freund des Menschen ist?»

Ich hörte mir diese Rede wortlos an, aber bei mir dachte ich, daß das nicht so ganz stimmte. An diesem selben Tag hatte mir das Geld ja den Streich gespielt, um dreißig Prozent an Kaufwert einzubüßen. Hundert Lire genügten jetzt kaum, etwas Brot zu kaufen, während man vor dem Krieg einen halben Monat davon leben konnte. In Kriegszeiten ist somit nichts wirklich verläßlich, nicht die Menschen und nicht das Geld. Der Krieg stürzt alles um und zerstört nicht nur das, was wir stürzen sehen, sondern auch eine Menge anderer, zwar unsichtbarer, aber doch vorhandener Werte.

Mit dem Tag, an dem unsere Vorräte in Sant' Eufemia ankamen, begann erst unser normales Leben. Wir schliefen, zogen uns an, sammelten Brennholz, entzündeten das Feuer in der Hütte, plauderten dann eine Weile mit anderen Flüchtlingen, aßen, gingen spazieren, kochten von neuem, aßen zum zweitenmal und legten uns schließlich, um Lampenöl zu sparen, mit den Hühnern schlafen. Das Wetter war schön, mild und ruhig, ohne Wind und ohne Wolken. Wir hatten herrliche Herbsttage. Die Berge in der Runde wiesen rote und gelbe Flecken auf, und alle sagten, dies sei das ideale Wetter für einen raschen, überwältigenden Vormarsch der Alliierten, mindestens bis Rom. Niemand hätte es für möglich gehalten, daß sie statt dessen untätig ein wenig oberhalb von Neapel stehenbleiben würden.

Das war im übrigen hier oben fast unser einziger Gesprächsgegenstand. Immer sprachen wir von den Alliierten – wann sie kommen würden, warum sie noch immer nicht kamen und wie und wieso. Vor allem die Flüchtlinge unterhielten sich darüber, denn sie wollten so bald wie möglich nach Fondi zurückkehren, um ihr gewohntes Leben wiederaufzunehmen. Die Bauern hingegen interessierten sich weniger dafür, denn für sie war der Krieg, genaugenommen, ein gutes Geschäft. Sie hatten ihre Häuser gut vermietet und verdienten auch sonst mit dem und jenem an den Flüchtlingen; auch führten sie ja ihr Leben unverändert weiter, und die Ankunft der Alliierten würde daran voraussichtlich kaum etwas ändern.

Was habe ich doch von den Alliierten geredet und geredet, während ich auf der Terrasse hin und her ging und nach Fondi und auf das ferne, tiefblaue Meer hinunterschaute, während ich mit Paride und seiner Familie in der verrauchten Hütte vor dem halberloschenen Feuer saß, oder während ich des Nachts vor dem Einschlafen Rosetta in meinen Armen hielt! So unentwegt sprach ich von den Alliierten, daß sie mit der Zeit für mich so etwas wurden wie die Ortsheiligen, die Gnaden erweisen und Regen und schönes Wetter bringen, zu denen man bald betet und die man bald beschimpft, von denen man aber immer etwas erwartet. Alle erhofften sich von den Alliierten wunder was für großartige Dinge, ganz wie von den Heiligen, und alle waren sicher, daß nach ihrer Ankunft das Dasein nicht nur wieder normal, sondern viel besser als normal werden würde.

Besonders Filippo mußte man über dieses Thema sprechen hören! Ich glaube, er stellte sich das alliierte Heer als eine endlose Kolonne von Lastwagen voller Herrlichkeiten vor, mit den draufsitzenden Soldaten, die nichts anderes zu tun hatten, als dies alles unter uns Italiener zu verteilen. Dabei war Filippo doch ein reifer Geschäftsmann und obendrein einer, der sich für schlau hielt. Wenn man auf ihn hörte, dann mußte man annehmen, die Alliierten seien dumm genug, uns Italienern lauter Gutes zu erweisen, die wir gegen sie Krieg geführt, ihre Söhne getötet und sie zu einem ungeheuren Geldaufwand genötigt hatten.

Sichere Nachrichten über das Kommen dieser gesegneten Alliierten hatten wir freilich nur spärlich oder, genaugenommen, eigentlich überhaupt nicht. Manchmal erschien Tommasino in Sant' Eufemia. Zwar kam er aus dem Tal, aber da er sich nur für den Schwarzen Markt und für Geld interessierte, war es schwer, aus ihm andere als unbestimmte, widerspruchsvolle Nachrichten herauszubringen. Manchmal kam ein Bauer, der natürlich auch nichts Vernünftiges zu erzählen wußte. Hie und da tauchten ein paar junge Leute aus Pontecorvo mit Rucksäcken auf, die uns Salz und Tabak verkauften, die beiden Waren, an denen hier der größte Mangel herrschte. Der Tabak bestand aus Blättern, feucht und bitter, und die Flüchtlinge schnitten ihn in Streifen und drehten mit Hilfe von Zeitungspapier daraus Zigaretten. Das Salz war von schlechtester Qualität, richtiges Viehsalz. Auch diese jungen Leute hatten allerlei zu berichten, aber es waren zumeist phantastische Gerüchte, denen man zuerst Glauben schenkte, die aber bei näherer Betrachtung ihrem Viehsalz ähnelten, das so feucht war, daß es das Doppelte dessen wog, was es eigentlich wiegen sollte. Was sie erzählten, war ein trügerisches Gemisch aus Wahrem und Erfundenem. Zuerst wirkte es gewichtig, dann aber, bei genauerer Prüfung, verdunstete die Phantasie, und es blieb ein ganz geringfügiger Bodensatz übrig.

Da war von einer großen Schlacht die Rede, die nördlich von Neapel im Gange sein sollte, einmal angeblich bei Caserta, dann wieder bei Cassino oder gar in nächster Nähe von uns, bei Itri. Das alles waren Lügen. Diesen jungen Leuten kam es nur darauf an, ihr Salz und ihren Tabak loszuwerden; und im übrigen erzählten sie das, von dem sie vermuteten, daß die Fragenden es gerne hörten.

Das einzige Ereignis dieser ersten Tage, das uns an die Nähe des Krieges erinnerte, waren irgendwelche Explosionen, die eines Morgens vom Strand von Sperlonga zu uns herauftönten. Sie waren mit großer Deutlichkeit zu hören, und etwas später erzählte eine Frau, die Orangen heraufbrachte, die Deutschen sprengten die Dämme und Kanäle, um den Vormarsch der Engländer aufzuhalten. Bald würde das ganze Land dort unten zu einer Wasserfläche werden; und die Bauern, die ihr Leben darauf verwendet hatten, ihre Äcker zu bestellen, würden zugrunde gerichtet sein; denn man wisse ja, daß das Wasser die Kulturen verderbe und daß Jahre erforderlich seien, ein einmal überschwemmtes Gebiet wieder urbar zu machen. Die Explosionen folgten aufeinander wie Böllerschüsse bei einem Fest. Das machte mir einen sonderbaren Eindruck, denn das Ganze schien wirklich etwas Festliches zu haben, während ich doch wußte, daß es für die Bewohner jener Gebiete Elend und Verzweiflung bedeutete.

Es war ein heiterer, ruhiger Tag mit wolkenlosem Himmel, und die ganze grüne, fruchtbare Ebene von Fondi bis zu dem Dunststreifen des Meeresufers war wunderschön anzusehen. Und wieder einmal dachte ich mir, während ich diese Explosionen hörte und zugleich diese Landschaft sah, daß die Menschen in eine Richtung gehen und die Natur in eine andere. Wenn die Natur entfesselt ist und ein Gewitter mit Blitz, Donner und Regen niedergeht, sind die Menschen in ihren Häusern oft glücklich; wenn hingegen die Natur mit ihrem schönsten Lächeln ewige Glückseligkeit zu versprechen scheint, kann es geschehen, daß die Menschen verzweifeln und den Tod herbeiwünschen.

So vergingen noch etliche Tage, und die Nachrichten über den Krieg waren noch immer höchst ungewiß. Was aus dem Tal nach Sant' Eufemia heraufdrang, waren Gerüchte, denen zufolge ein großes englisches Heer den Vormarsch auf Rom angetreten hatte. Offenbar aber bewegte sich dieses Heer im Schildkrötentempo, denn auch wenn sie zu Fuß marschierten und sich alle Augenblikke verschnauften, hätten die Engländer längst da sein müssen. Aber es war immer noch nichts von ihnen zu sehen.

Ich ertrug es nun schon nicht mehr, von den Engländern, ihrer Ankunft und dem mit ihnen eintreffenden Überfluß zu sprechen, und so suchte ich mich auf andere Weise zu beschäftigen, zum Beispiel mit Strickarbeiten. Ich hatte von Paride eine gewisse Menge Wolle gekauft und strickte daraus eine Jacke, denn ich vermutete jetzt, daß wir noch eine ganze Weile hierbleiben würden, und dachte daran, daß wir nichts Richtiges anzuziehen hatten, wenn es kalt wurde. Die Wolle war fett und dunkel und stank nach Schafen. Sie stammte von den wenigen Tieren, die Paride besaß und jedes Jahr schor. Sie wurde dann nach altväterlicher Art auf dem Rocken gesponnen und verarbeitet. Alles ging ja hier oben vor sich wie in uralten Zeiten. Die Familie Parides erzeugte selbst alles Nötige, nicht bloß für die Ernährung, sondern auch für die Bekleidung, also Leinwand, Wolle und Leder; und das war ein Glück für diese Leute, denn Geld hatten sie fast gar nicht; und wenn sie nicht auf die genannte Weise vorgesorgt hätten, wären sie bald nackt herumgelaufen. Sie bauten also Lein, hatten Schafe für die Wolle und verwendeten die Haut ihrer geschlachteten Kühe für Sandalen und Joppen. Leinen und Wolle wurden erst auf die erwähnte Art gesponnen und dann auf dem Webstuhl in unserer Kammer gewoben, was bald Luisa, bald Parides Schwester, bald seine Schwägerin besorgte.

Ich muß aber sagen, daß alle drei zu nichts gut waren und diese Arbeit des Spinnens und Webens nicht verstanden, soviel sie sich auch damit abmühten. Sie verfertigten Stoff, färbten ihn mit ihren schlechten Farben dunkelblau, schnitten ihn zu und machten daraus Hosen und Jacken. Ich habe nie eine miserablere Zuschneidearbeit gesehen. Es verging kaum eine Woche, und schon begann der Stoff an den Knien und Ellbogen zu reißen, und die Frauen mußten Flicken über die Löcher nähen. So kam es, daß die ganze Familie vierzehn Tage nach der Fertigstellung der neuen Anzüge bereits in jammervollen Lumpen herumlief. Kurzum, sie machten zwar alles selber und kauften nichts, was sie aber machten, war alles unsachgemäß und schlecht.

Als ich zu Michele, dem Sohn Filippos, von diesen meinen Wahrnehmungen sprach, antwortete er mir ernsthaft und schüttelte dazu den Kopf: «Wer erzeugt heutzutage noch etwas mit der Hand, wenn es doch Maschinen gibt? Nur arme Teufel wie diese Leute, nur die Bauern eines zurückgebliebenen Elendslandes wie Italien!»

Man darf aber nicht etwa glauben, daß Michele die Bauern verachtete, ganz im Gegenteil; nur drückte er sich immer in dieser Weise aus, scharf, unverblümt und kategorisch. Was mir aber Eindruck machte, war der Umstand, daß er dabei keineswegs einen heftigen Ton anschlug, sondern ganz ruhig sprach, als sagte er die selbstverständlichsten Dinge der Welt, über die es gar keine Diskussion geben konnte und über die er selbst sich nicht mehr aufregte, sondern die er so gleichmütig feststellte, wie ein anderer etwa gesagt hätte, daß die Sonne scheine oder daß es regne.

Michele war ein sonderbarer Mensch. Wir sind bald Freunde geworden, und ich begann ihn liebzuhaben wie einen Sohn. So möchte ich ihn hier beschreiben, schon um ein letztes Mal sein Bild vor den Augen zu haben. Er war nicht sehr groß, sogar eher klein, aber breit gebaut, hatte einen dicken Kopf und eine sehr hohe Stirn. Er trug eine Brille und hielt sich aufrecht, in der stolzen, hochmütigen Art eines Menschen, der sich von niemandem beeindrucken und unterdrücken läßt. Er war sehr fleißig und sollte, wie ich von seinem Vater erfuhr, gerade in diesem Jahr seinen Doktor machen, wenn er das nicht bereits getan hatte. Genau erinnere ich mich daran nicht mehr. Er war etwa fünfundzwanzig Jahre alt, wirkte aber infolge der Brille und seines ernsthaften Wesens mindestens wie dreißigjährig. Ungewöhnlich war vor allem sein Charakter, der sich sehr von dem der übrigen Flüchtlinge unterschied, ja sogar von dem aller übrigen Menschen, die ich bis dahin kennengelernt hatte. Wie schon gesagt, drückte er sich mit absoluter Sicherheit aus, wie ein Mensch, der überzeugt ist, als einziger die Wahrheit zu kennen und auszusprechen. Aus dieser Überzeugung ergab sich meiner Meinung nach die andere Merkwürdigkeit: Selbst wenn er böse und heftige Dinge sagte, geriet er keineswegs in Erregung, sondern brachte alles in ruhigem, vernünftigem Ton, sozusagen obenhin, vor, als handle es sich um Belanglosigkeiten oder um Altbekanntes, über das es seit langem keine Meinungsverschiedenheit mehr gab. Dies aber stimmte durchaus nicht, zumindest, was mich betraf. Wenn ich ihn etwa über den Faschismus und die Faschisten reden hörte, war ich immer wieder äußerst erstaunt. Seit zwanzig Jahren, also seit ich überhaupt nachzudenken begonnen hatte, war mir fast immer nur Gutes über die Regierung zu Ohren gekommen; ich kümmerte mich nie um Politik, und wenn ich auch manchmal an dem oder jenem, das mit meinem Geschäft zusammenhing, Kritik übte, so glaubte ich im Grunde doch, daß die Zeitungen ihre guten Gründe dafür haben mußten, die Regierung immer nur zu loben, und daß es uns armen, unwissenden Leuten nicht zukäme, über Dinge zu urteilen, von denen wir nichts wußten und nichts verstanden.

Michele aber sagte dort Schwarz, wo die Zeitungen immer Weiß gesagt hatten; und es gab für ihn nichts in diesen zwanzig Jahren, was gut gewesen wäre; vielmehr war seiner Meinung nach alles falsch, was seit zwanzig Jahren in Italien getan worden war. Mussolini, seine Minister, alle wichtigen Persönlichkeiten des Regimes und überhaupt alle, die irgend etwas zählten, waren für ihn Banditen. Er sagte wirklich und wahrhaftig «Banditen», und mir blieb der Mund offenstehen, wenn ich ihn derlei Dinge so selbstsicher, so ruhig und so sorglos behaupten hörte.

Mir war immer gesagt worden, Mussolini sei zumindest ein Genie; seine Minister seien, gering gesagt, große Männer; die Gauleiter seien, ganz bescheiden ausgedrückt, hochintelligente, anständige Menschen; und auch auf alle die kleineren Funktionäre könne man sich mit geschlossenen Augen verlassen. Michele aber wendete sozusagen unter meinen Augen den Pfannkuchen um und erklärte alle diese Leute für Banditen.

Ich fragte mich, wie er wohl zu dergleichen Gedanken gelangt sein mochte, denn offenbar war er nicht einer von den vielen, die erst anfingen, schlecht von der Regierung zu denken, nachdem sich das Kriegsglück gewendet hatte. Er machte vielmehr den Eindruck, als sei er mit seinen Ansichten bereits zur Welt gekommen oder als habe er sie auf so natürliche Weise erworben wie andere Kinder lernen, Pflanzen, Tiere und Menschen mit ihren richtigen Namen zu bezeichnen. Er war ganz einfach durchdrungen von einem uralten, unerschütterlichen, tiefverwurzelten Mißtrauen. Das erschien mir um so verwunderlicher, als er ja erst fünfundzwanzig Jahre alt war und daher nie etwas anderes gekannt hatte als den Faschismus. Er war von den Faschisten erzogen worden und hätte daher, wenn die Erziehung überhaupt einen Einfluß hat, ebenfalls Faschist sein müssen oder jedenfalls einer von denen, wie sie jetzt so häufig anzutreffen waren, die zwar den Faschismus kritisierten, aber immer bloß halblaut und ohne rechte innere Überzeugung. Michele aber war ein wütender Antifaschist, ungeachtet seiner faschistischen Erziehung; und das brachte mich auf den Gedanken, daß in dieser Erziehung offenbar etwas falsch gewesen war, etwas nicht gestimmt hatte. Denn wie hätte Michele sonst so sprechen können?

Man wird an diesem Punkte vielleicht vermuten, daß Michele irgendwelche bösen Erfahrungen gemacht hatte. Man weiß ja, auch unter der besten Regierung kann jemandem ein Unrecht zustoßen, und der Betreffende ist dann geneigt, zu verallgemeinern, alles schwarz zu sehen, alles für falsch zu halten. Aber als ich Michele näher kennenlernte, mußte ich mich allmählich davon überzeugen, daß er überhaupt sehr wenige Erfahrungen gemacht hatte und daß diese wenigen bedeutungslos und auch nicht anders gewesen waren als das, was die meisten jungen Leute seines Alters und Standes zu erleben pflegen. Er war bei seiner Familie in Fondi aufgewachsen, hatte dort seine ersten Studien absolviert und war, wie alle anderen Jungen, Mitglied der vorgeschriebenen Organisationen gewesen. Dann hatte er an der Universität Rom studiert und einige Jahre in der Hauptstadt zugebracht, wo er bei seinem Onkel, einem Richter, wohnte. Das war alles. Nie hatte er fremde Länder gesehen, und von Italien kannte er außer Fondi und Rom kaum die eine oder andere der wichtigsten Städte. Mit einem Wort, es war ihm nie etwas Außerordentliches zugestoßen, oder wenn, dann handelte es sich ausschließlich um Geschehnisse in seinem Kopf, nicht aber in seinem Leben.

Was die Frauen anging, so hatte er meiner Überzeugung nach noch nie eines von den Erlebnissen gehabt, die so vielen anderen jungen Leuten die Augen für das öffnen, was das Leben ist. Er selbst sagte mir mehrmals, er sei nie verliebt gewesen noch weniger verlobt, und er habe noch keiner Frau den Hof gemacht. Höchstens mochte er, soweit ich die Sache richtig verstand, mit irgendeiner Hure zu tun gehabt haben, wie das ja wohl allen jungen Leuten ohne Geld und ohne Bekanntschaften gelegentlich passiert.

Ich kam also zu dem Schluß, daß seine so tief verwurzelten Ansichten sich sozusagen von selbst herausgebildet hatten, vielleicht bloß aus Widerspruchsgeist. Zwanzig Jahre hindurch hatten die Faschisten unaufhörlich laut verkündet, Mussolini sei ein Genie und seine Minister seien große Männer; Michele aber war, sobald er überhaupt angefangen hatte zu denken, mit derselben Natürlichkeit, mit der eine Pflanze ihre Blätter der Sonne zuwendet, dahin gelangt, das genaue Gegenteil von dem zu glauben, was die Faschisten proklamierten.

Ich weiß, das alles sind geheimnisvolle Dinge, und ich bin eine arme, unwissende Frau und maße mir nicht an, sie verstehen und erklären zu wollen. Aber ich habe oft beobachtet, daß die Kinder das Gegenteil dessen tun, was ihnen ihre Eltern befehlen oder was sie an ihren Eltern sehen – nicht sosehr, weil sie wirklich überzeugt sind, daß die Eltern es falsch machen, sondern einfach aus dem einzigen, aber sehr guten Grunde, daß sie Kinder sind und die Eltern Eltern und daß die Kinder ihr eigenes Leben auf ihre eigene Art leben wollen, genauso wie die Eltern ihr Leben gelebt haben. So, denke ich, war vielleicht die Sache mit Michele. Er war von den Faschisten dazu erzogen worden, ein Faschist zu werden; aber da er ein lebendiger Mensch war und auf seine eigene Art leben wollte, war er Antifaschist geworden.

In dieser ersten Zeit verbrachte Michele fast den ganzen Tag mit uns. Ich weiß nicht, was ihn an uns anzog, denn wir waren ja bloß zwei einfache Frauen, die sich im Grunde wohl nicht gar so sehr von seiner Mutter und seiner Schwester unterschieden. Auch Rosetta interessierte ihn, wie ich im späteren Verlauf erzählen werde, nicht sonderlich. Wahrscheinlich zog er unsere Gesellschaft der seiner Angehörigen und der anderen Flüchtlinge nur darum vor, weil wir aus Rom kamen, nicht Dialekt sprachen und nicht wie die anderen von den Angelegenheiten von Fondi redeten, die ihn, wie er uns oft erklärte, gar nicht interessierten. Kurzum, er kam früh am Morgen, kaum daß wir aufgestanden waren, und ging uns nicht von der Pelle bis zur Mittagessenszeit. Praktisch blieb er so beinahe den ganzen Tag bei uns.

Ich glaube ihn noch vor mir zu sehen, wie er in unserer Kammer auftauchte, wo wir untätig saßen, ich auf dem Bett und Rosetta auf dem Stuhl. «Was meint ihr», rief er mit fröhlicher Stimme, «wollen wir einen schönen Spaziergang machen?» Wir erklärten uns dazu bereit, obgleich diese «schönen» Spaziergänge immer die gleichen waren. Entweder folgten wir der Felsenterrasse rings um den Berg, wobei wir nach geraumer Zeit, immer auf halber Bergeshöhe, in ein anderes Tal gelangten, das dem von Sant' Eufemia völlig glich; oder wir stiegen durch Eichenhaine und über felsige Halden bis zum Paß empor; eine dritte Möglichkeit bestand darin, auf einer der beiden Seiten ins Tal hinunterzuwandern. Wir entschieden uns fast immer für den ebenen Spaziergang, um uns nicht allzusehr anzustrengen; und indem wir der Terrasse folgten, kamen wir zu einer Bergnase, die zur Linken steil gegen das Tal abfiel. Dort stand ein großer Johannisbrotbaum, auf dem tiefgrünen Unterholz lag die Sonne, und der Boden war mit einem Kissen weichen Mooses bedeckt. Wir setzten uns dann oben auf den Felsen, nicht weit von einem bläulichen Steinblock, von dem man einen besonders schönen Blick auf das Tal von Fondi unter uns hatte. Da blieben wir einige Stunden hingelagert; doch auf die Frage, was wir eigentlich taten, könnte ich jetzt keine rechte Antwort mehr geben. Manchmal trieben sich Rosetta und Michele im Unterholz umher und pflückten Zyklamen, die zu dieser Jahreszeit schön, groß und zahlreich waren. Wo immer ein wenig Moos wuchs, konnte man die rosafarbenen Blütenköpfe zwischen den dunklen Blättern hervorleuchten sehen. Rosetta brachte mir dann einen großen Zyklamenstrauß, den ich später in einem Glas auf den Tisch unserer Stube stellte. Bisweilen saßen wir auch bloß herum und taten nichts, blickten höchstens in den Himmel, auf das Meer, das Tal, die Berge. Wenn ich die Wahrheit sagen soll, so erinnere ich mich an diese Spaziergänge nicht mehr recht, weil nichts dabei geschah, abgesehen natürlich von den Reden Micheles. An sie erinnere ich mich so genau, wie ich mich an ihn selbst erinnere, denn sie waren für mich ebenso neuartig wie sein ganzes Wesen; das aber glich dem keines einzigen Menschen, dem ich je zuvor begegnet war.

Wir waren zwei unwissende Frauen, und er war ein Mann, der viele Bücher gelesen hatte und vielerlei wußte. Dennoch besaß ich eine Lebenserfahrung, die ihm fehlte; und heute sage ich mir, daß er bei allem, was er gelesen und erlernt hatte, doch im Grunde ein naiver Mensch gewesen ist, der nichts vom Leben wußte und sich über vieles ganz verkehrte Gedanken machte. Zum Beispiel erinnere ich mich an einen Vortrag, den er uns an einem der ersten Tage hielt: «Du, Cesira» (er duzte uns beide, wie wir auch ihn duzten), «bist zwar eine Geschäftsfrau und denkst an nichts als an dein Geschäft, aber das alles hat dich zum Glück nicht verdorben. Du bist genau dasselbe geblieben, was du als Kind warst.»

«Nämlich?» fragte ich.

«Eine Bäuerin», gab er zurück.

«Das ist nicht gerade ein Kompliment», meinte ich. «Die Bauern kennen nichts außerhalb ihres Stückes Erde, sie sind unwissend und leben wie das liebe Vieh.»

Da lachte er und antwortete: «Bis vor einiger Zeit ist das kein Kompliment gewesen, aber heute ist es eines. Heute sind die Menschen, die lesen und schreiben können, die in der Stadt leben und Herren sein wollen, die wahren Unwissenden, Ungebildeten, Unkultivierten . . . Mit ihnen ist nichts mehr zu machen . . . Mit euch Bauern hingegen kann man von vorne beginnen.»

Ich verstand nicht recht, was das heißen sollte, und fragte: «Was meinst du mit ‹von vorne beginnen›?»

Und er: «Nun, man könnte neue Menschen aus ihnen machen.»

«Da sieht man», rief ich, «daß du die Bauern nicht kennst, mein Lieber! Mit den Bauern ist gar nichts zu machen . . . Was glaubst du denn, was die Bauern sind? Die ältesten Menschen, die es gibt! Alles eher als neue Menschen! Sie waren Bauern, lange ehe es Städter gab. Bauern sind sie und Bauern werden sie immer bleiben!»

Er schüttelte mitleidig den Kopf und sagte nichts mehr. Ich hatte den Eindruck, daß er die Bauern so sah, wie sie in Wirklichkeit nicht sind und nie sein werden, wie vielmehr er sie aus seinen eigenen, höchst persönlichen Gründen haben wollte.

Er ließ nur die Bauern und die Arbeiter gelten, aber nach meiner Ansicht kannte er weder die einen noch die anderen. Einmal sagte ich zu ihm: «Michele, du sprichst von den Arbeitern, aber du kennst sie nicht.»

«Kennst denn du sie?» fragte er.

Ich antwortete: «Natürlich kenne ich sie, in meinen Laden kommen unaufhörlich Arbeiter, die in unserer Nähe wohnen.»

«Welche Art von Arbeitern?»

«Ach, kleine Handwerker, Installateure, Maurer, Elektriker, Tischler, lauter arbeitende Menschen von jeder Art.»

«Und wie sind deiner Meinung nach die Arbeiter?» wollte er wissen und sah mich dabei spöttisch an, als sei er darauf gefaßt, Unsinn zu hören zu bekommen.

Ich antwortete: «Mein Lieber, ich weiß nicht, wie die Arbeiter sind... für mich gibt es diese Unterschiede nicht... sie sind Menschen wie alle anderen... Es gibt unter ihnen Gute und Schlechte, Faule und Fleißige, solche, die ihre Frauen lieben, und solche, die den Huren nachlaufen, solche, die trinken, und solche, die spielen... Mit einem Wort, es gibt Arten, genauso wie bei den feinen Herrschaften, bei den Bauern, bei den Angestellten und bei allen anderen Berufen.»

Da meinte er: «Vielleicht hast du recht... Du siehst sie als Menschen, die den übrigen gleichen, und du hast recht, sie so zu sehen... Wenn alle sie so ansehen wollten, wie du das tust, das heißt als Menschen wie die übrigen, und wenn man sie demgemäß behandeln würde, könnten gewisse Dinge nicht geschehen, und vielleicht wären wir dann nicht hier oben in Sant' Eufemia.»

«Und wie sehen sie denn die anderen?» wollte ich wissen.

«Nicht als Menschen», gab er zurück, «sondern ausschließlich als Arbeiter.»

«Und du, wie siehst du sie?»

«Auch als Arbeiter.»

«Folglich bist du auch daran schuld», bemerkte ich, «daß wir hier oben sind... Wohlverstanden, ich wiederhole nur das, was du selber gesagt hast, obwohl ich es nicht verstehe. Auch du siehst sie als Arbeiter und nicht einfach als Menschen.»

«Das stimmt», entgegnete er, «aber man muß auch die Beweggründe in Betracht ziehen. Gewisse Leute halten es für vorteilhaft, die Arbeiter nicht als Menschen anzusehen, um sie auf diese Weise besser ausbeuten zu können. Ich aber tue dies, um sie zu verteidigen.»

«Mit einem Wort», sagte ich plötzlich, «du bist ein Revolutionär.»

Etwas aus der Fassung gebracht, fragte er: «Wie kommst du darauf?»

Ich sagte: «Das habe ich von einem Carabinieri-Wachtmeister gehört, der in meinen Laden kam. Die Revolutionäre, sagte er, agitieren unter den Arbeitern.»

Nach einem Augenblick sagte er: «Na, und wenn ich einer wäre?»

«Aber hast du je unter den Arbeitern agitiert?» wollte ich wissen.

Er zuckte die Achseln und gab dann widerstrebend zu, daß er dies nicht getan hätte.

Da meinte ich: «Siehst du, daß du die Arbeiter nicht kennst?»

Diesmal gab er keine Antwort.

Aber trotz seiner schwierigen und für uns nicht immer verständlichen Reden zogen Rosetta und ich doch seine Gesellschaft der aller anderen Männer hier oben vor. Er war ja bei weitem der gebildetste und war außerdem der einzige, der nicht unentwegt an seinen eigenen Vorteil und an Geld dachte. Das allein machte ihn weniger langweilig; denn Vorteil und Geld mögen sicher wichtig sein, aber unablässig davon reden zu hören, ruft mit der Zeit eine bedrückende Wirkung hervor. Filippo und die anderen Flüchtlinge sprachen andauernd von zu verkaufenden oder zu kaufenden Waren, von Kosten und Profiten, davon, wie die Geschäfte vor dem Krieg gegangen seien und wie sie nachher gehen würden. Wenn sie nicht von Geld sprachen, spielten sie Karten. Stunden und Stunden hindurch saßen sie in Filippos Zimmer mit gekreuzten Beinen auf dem Boden, lehnten ihre Rücken an die Mehl- und Bohnensäcke, behielten den Hut auf dem Kopf und die Zigarre im Mund, verpesteten die Luft mit Qualm und Gestank, droschen ihre Karten und brüllten dazu, daß man glauben konnte, sie wollten einander umbringen. Rings um die vier Spieler gab es stets mindestens vier andere, die zuschauten, wie dies in den Landgasthäusern üblich ist.

Ich, die ich das Spiel nie habe leiden können, begriff nicht, wie sie ganze Tage auf diese Weise mit ihren schmutzigen und abgegriffenen Karten zubringen konnten, auf denen man kaum mehr die Figuren zu erkennen vermochte. Schlimmer noch war es freilich, wenn sie, statt von Geschäften zu reden oder zu spielen, anfingen Konversation zu machen. Ich bin sehr unwissend und verstehe nur von meinem Laden und von der Landwirtschaft etwas, aber ich hatte doch unentwegt den Eindruck, daß diese erwachsenen, bärtigen Männer den größten Blödsinn redeten, sobald sie das Feld ihrer wirklichen Interessen verließen. Dies wurde mir um so deutlicher, als ich ja den Vergleich mit Michele hatte. Der war nicht unwissend wie die anderen; und wenn ich das, was er sagte, auch oft nicht verstand, so spürte ich doch, daß es stets Hand und Fuß hatte. Diese Dummköpfe aber dachten so, wie das liebe Vieh denken würde, wenn es zu denken imstande wäre. Und wenn sie nicht gerade Unsinn von sich gaben, so sagten sie Dinge, die durch ihre Roheit und Brutalität abstoßend wirkten.

So erinnere ich mich an einen gewissen Antonio, einen Bäcker, der klein gewachsen und sehr dunkelhaarig war. Eines seiner beiden Augen war kleiner als das andere und blind, und das Lid darüber zitterte unablässig. Einmal, ich weiß nicht mehr wieso, saßen vier oder fünf Flüchtlinge, unter ihnen auch Antonio, auf den Steinen der Felsterrasse und sprachen vom Krieg und von dem, was im Krieg geschieht. Rosetta und ich saßen dabei und hörten zu. Dieser Antonio hatte als Zwanzigjähriger den libyschen Feldzug mitgemacht, und er sprach gerne davon, weil dieser Krieg für ihn wichtig gewesen war und er dabei unter anderem auch sein Auge eingebüßt hatte.

Plötzlich also hörten Rosetta und ich, wie er erzählte: «Die Araber hatten drei von den Unseren umgebracht. Umgebracht ist noch ein schwaches Wort. Sie hatten ihnen die Augen ausgestochen, die Zungen abgeschnitten und die Nägel ausgerissen . . . Also beschlossen wir, Vergeltung zu üben. Zeitig am Morgen überfielen wir eines der Eingeborenendörfer, verbrannten sämtliche Hütten und brachten alle Einwohner um, Männer, Frauen und Kinder . . . Den Mädchen stießen wir das Bajonett in den Bauch und schmissen sie dann auf den Leichenhaufen ... So vertrieben wir ihnen die Lust an weiteren Grausamkeiten.»

Irgendwer hustete an diesem Punkt von Antonios Erzählung, denn wir zwei Frauen waren ja zugegen, was Antonio vielleicht nicht bemerkt hatte, da wir hinter einem Baum standen. Ich hörte, wie Antonio sich mit den Worten entschuldigte: «Na ja, im Krieg geschehen solche Dinge – und andere.» Dann folgte ich eilends meiner Rosetta, die so rasch wie möglich davongelaufen war. Sie hielt den Kopf gesenkt; und als sie endlich stehenblieb, sah ich, daß ihre Augen voll Tränen waren und daß sie im Gesicht kreideweiß war. Ich fragte sie, was sie habe, worauf sie sagte: «Hast du Antonio gehört?» Ich fand nichts Besseres, als meinerseits zu wiederholen: «Leider geschehen im Krieg solche Dinge, mein Kind, und andere.» Sie schwieg ein Weilchen und murmelte dann gleichsam zu sich selbst: «Dann möchte ich immer noch lieber unter den Ermordeten sein als unter den Mördern.»

Seit jenem Tag hielten wir uns nach Möglichkeit von der Gruppe der Flüchtlinge fern, denn Rosetta wollte um keinen Preis in der Nähe Antonios sein und mit ihm sprechen.

Aber auch mit Michele verstand sich Rosetta nur bis zu einem bestimmten Punkt. Wenn es sich nämlich um die Religion handelte, stimmten sie ganz und gar nicht überein. Für Michele gab es zwei Menschenarten, die er nicht vertragen konnte: die Faschisten, wie ich schon gesagt habe, und danach die Priester. Man wußte nicht recht, ob er sich über die einen oder die anderen mehr ereiferte; und manchmal sagte er im Scherz, Faschisten und Priester seien überhaupt fast dasselbe, nur mit dem Unterschied, daß die Faschisten den Talar zur Hälfte abgeschnitten und ein schwarzes Hemd daraus gemacht hätten, während die Priester ihn bis zum Boden trügen. Mich ließen seine Ausfälle gegen die Religion, oder vielmehr gegen die Geistlichkeit, ziemlich kalt. Ich habe immer gedacht, daß es in diesen Dingen jeder halten möge, wie er dies für richtig hält. Ich selbst bin wohl gläubig, aber nicht in der Weise, daß ich meine Religion auch anderen Menschen aufnötigen möchte. Überdies war mir klar, daß Michele bei all seiner Schärfe im Grunde nicht bösartig war. Bisweilen hatte ich den Eindruck, daß er nicht deshalb schlecht über die Priester spach, weil er sie als Priester haßte, sondern weil es ihm mißfiel, daß sie keine wirklichen Priester waren oder daß sie sich nicht immer als solche betrugen. Mit einem Wort, er war sicher im Grunde gläubig, aber in seiner Gläubigkeit enttäuscht. Oft sind es ja gerade Menschen wie Michele, die frömmer als die anderen hätten sein können und die sich dann infolge ihrer Enttäuschung mit besonderer Heftigkeit gegen die Geistlichen wenden.

Rosetta aber war in dieser Hinsicht anders als ich. Sie glaubte nicht nur, sondern wollte, daß auch die anderen glauben; und sie ertrug es nicht, wenn man schlecht von diesen Dingen sprach, selbst wenn jemand wie Michele dies in guter Absicht und ohne wirkliche Bosheit tat. So sagte sie gleich zu Beginn, als Michele seine erste Schimpfrede gegen die Priester losließ: «Wenn du weiter mit uns verkehren willst, mußt du diese Art von Gesprächen unterlassen!»

Ich hatte erwartet, daß er sich nicht würde abschrecken lassen oder daß er sogar wütend werden würde, wie dies mitunter der Fall war, wenn man ihm widersprach. Zu meinem Staunen aber protestierte er nicht und sagte kein Wort. Nach einem Weilchen meinte er bloß: «Auch ich bin noch vor ein paar Jahren so gewesen wie du ... Ich dachte sogar ernstlich daran, Priester zu werden ... Aber später verging mir das.»

Diese unerwartete Mitteilung verblüffte mich; niemals hätte ich gedacht, daß er je eine solche Absicht gehabt haben könne. Ich fragte: «Du wolltest allen Ernstes Priester werden?»

Er antwortete: «Ja. Du kannst meinen Vater fragen, wenn du mir's nicht glaubst.»

«Und warum bist du nicht bei dieser Absicht geblieben?»

«Ach Gott, ich war damals noch sehr jung, und später merkte ich dann, daß mir die Berufung fehlte.» Er lächelte und fügte hinzu: «Oder, besser gesagt, ich merkte, daß eine Berufung in mir war und daß ich gerade darum nicht Priester werden durfte.»

Rosetta sagte diesmal nichts, und das Gespräch riß ab.

Inzwischen veränderte sich langsam unsere Lage, und nicht zum Besseren. Nach so vielen widersprechenden Gerüchten drang endlich eine präzise Nachricht zu uns: Eine deutsche Division hatte in der Ebene von Fondi ihre Zelte aufgeschlagen; die Front aber war am Garigliano-Fluß festgefahren. Das bedeutete, daß die Engländer nicht weiter vordrangen und daß die Deutschen sich ihrerseits darauf vorbereiteten, bei uns zu überwintern. Die Leute, die zu uns heraufkamen, erzählten, daß die Deutschen überall waren. Die Orangenhaine waren voll von ihren Panzern und ihren zur Tarnung mit grünen, braunen und gelben Flecken übersäten Zelten. Bei alldem aber handelte es sich immer nur um Gerüchte; niemand von denen, die hier in Sant' Eufemia saßen, hatte noch je einen Deutschen zu Gesicht bekommen, denn keiner von diesen war je hier heraufgekommen. Dann aber geschah etwas, das uns in Kontakt mit den Deutschen brachte und das uns zeigte, welche Art von Menschen sie waren. Ich will den Vorfall erzählen, denn man kann sagen, daß die Dinge von da ab anders wurden. Zum erstenmal kam der Krieg zu uns herauf, und er sollte nicht wieder von hier fortgehen.

Einer von den Flüchtlingen, die mit Filippo Karten spielten, war ein Schneider namens Severino. Er war der Jüngste von allen, ein kleiner, schmächtiger Mensch mit gelblichem Gesicht und schwarzem Schnurrbart. Mit einem Auge blinzelte er unablässig, was mit seinem Beruf zusammenhing; denn wenn er in seinem Laden auf dem Stuhl saß und nähte, hielt er stets ein Auge halb geschlossen und das andere offen. Wie alle anderen, war auch Severino bei den ersten Bombenangriffen aus Fondi geflohen und wohnte jetzt unweit von uns in einem Häuschen, zusammen mit seiner Tochter und seiner Frau, die ebenso klein und unscheinbar war wie er.

Von allen Leuten hier oben war Severino der nervöseste, denn er hatte während des Krieges sein ganzes Geld in einer Anzahl englischer und italienischer Stoffe angelegt und diese an einem sicheren Ort versteckt. So sicher aber war das Versteck wieder nicht, daß er sich nicht unablässig um sein kleines Vermögen Sorgen gemacht hätte. Seine Angst ging jedesmal in Hoffnung über, wenn er nicht an die Gegenwart mit den Faschisten, dem Krieg und den Bombenangriffen dachte, sondern an die Zukunft. Dann setzte er jedem, der ihm zuhören wollte, seinen Plan auseinander, wie er es anzustellen gedachte, gleich nach Kriegsende ein reicher Mann zu werden. Der Plan bestand darin, die Spanne – vielleicht sechs Monate, vielleicht ein Jahr – zwischen dem Kriegsende und der Rückkehr normaler Verhältnisse auszunützen. In diesen sechs oder zwölf Monaten würde alles fehlen, denn es würde in einem von fremden Truppen besetzten Italien und ohne jede Bewegungsfreiheit keine Transport- und Handelsmöglichkeiten geben. Severino aber gedachte seine Stoffe auf einen Lastwagen zu packen, damit nach Rom zu fahren und dort zu Phantasiepreisen im Detail zu verkaufen, was er im großen eingekauft hatte.

Das war an sich ein richtiger Gedanke, wie sich in der Folge zeigen sollte; und man sah daraus auch, daß Severino als einziger von allen den Leuten hier oben den Mechanismus der Preise richtig verstanden hatte – daß diese nämlich unablässig steigen mußten, weil die Ware knapp war und weil Deutsche, Alliierte und die italienische Regierung fortwährend Banknoten ohne Dekkung druckten. Severinos Plan war also wie gesagt richtig, nur daß leider die richtigen Pläne immer diejenigen sind, die sich nicht verwirklichen lassen, insbesondere in Kriegszeiten.

Kurz und gut, eines Tages kam völlig außer Atem ein Junge aus der Ebene herauf. Es war der frühere Lehrjunge Severinos; und ehe er noch auf der obersten Terrasse angelangt war, rief er schon von weitem dem Schneider zu, der ihn in höchster Nervosität am Rande der Stützmauer erwartete: «Severino, sie haben alles weggetragen! Sie haben das Versteck entdeckt und alle Stoffe gestohlen!»

Ich stand in Severinos Nähe, als der Junge das rief, und so konnte ich sehen, wie er wankte, gleich einem Menschen, dem man hinterrücks mit einem Prügel über den Kopf geschlagen hat. Jetzt war der Junge oben angelangt, der Schneider packte ihn an der Brust und stammelte mit erstickter Stimme, während seine Augen weit hervortraten: «Das kann nicht sein ...! Und wer hat das getan?»

«Was weiß denn ich?» erwiderte der Junge.

Alle Flüchtlinge waren zusammengelaufen und umdrängten Severino, der sich benahm wie ein Verrückter und bald mit den Fäusten gegen seine Stirn hämmerte, bald sich die Haare raufte. Filippo suchte ihn zu beruhigen, indem er meinte: «Reg dich nicht auf! Vielleicht handelt es sich bloß um ein Gerücht!»

«Ach was, Gerücht», antwortete der Junge. «Ich selber habe mit meinen eigenen Augen die aufgerissene Mauer und das leere Versteck gesehen.»

Bei diesen Worten vollführte Severino eine verzweifelte Handbewegung, als wolle er den Himmel anklagen. Dann raste er den Fußweg hinunter und war binnen kurzem verschwunden.

Wir alle waren von diesem Vorfall sehr beeindruckt, denn es ging daraus hervor, daß der Krieg fortdauerte und immer noch schlimmer wurde, daß man jetzt bereits mit Rauben anfing und vielleicht morgen schon beim Morden angelangt sein würde. Mehr als alle anderen redete Filippo über den Vorfall, und er tadelte Severino, daß er nicht vorsichtig genug gewesen sei. Da bemerkte irgendwer: «Du hast deine Sachen deinem Pächter anvertraut. Gib acht, daß dir nicht dasselbe geschieht wie dem Severino!»

Ich erinnerte mich an die Reden Concettas und Vincenzos und dachte mir, daß dieser Mann wahr gesprochen hatte: Auch hier handelte es sich um eine Mauer, die sehr leicht einzureißen war. Filippo aber schüttelte den Kopf und erklärte mit Bestimmtheit: «Ich habe den Sohn des Pächters über das Taufbecken gehalten und er meine Tochter, also sind wir Sankt-Johannes-Brüder. Weißt du nicht, daß es zwischen Sankt-Johannes-Brüdern keine Unehrlichkeiten geben kann?»

Bei diesen Worten Filippos kam mir ein anderer Ausspruch in den Sinn, wonach auch ein Schlaukopf, wie er einer zu sein glaubte, irgendwann im Leben einmal eine Dummheit begeht. Bei Menschen von der Art Concettas und Vincenzos an die Heiligkeit der Sankt-Johannes-Brüderschaft zu glauben, schien mir eine solche Dummheit, zwar eine sympathische, aber doch eine Dummheit. Ich sagte freilich nichts, um Filippo nicht zu beunruhigen.

Am selben Abend kam Severino, bis zu den Augen staubbedeckt, traurig und entmutigt wieder aus dem Tal herauf.

Er erzählte, wie er in die Stadt gegangen sei und dort die eingerissene Mauer und das leere Versteck gesehen habe; alles sei ihm geraubt worden, und er sei somit jetzt ruiniert. Seiner Ansicht nach konnten es ebensogut die Deutschen wie die Italiener gewesen sein; er aber verdächtigte mehr die Italiener, genauer gesagt, die Faschisten. Die paar in der Stadt verbliebenen Leute, die er befragt hatte, hatten diese Vermutung bestätigt. Nachdem er dies alles erzählt hatte, verstummte er, setzte sich auf einen Stuhl vor der Haustür Filippos, umklammerte die Lehne mit den Armen und starrte, noch gelber als sonst im Gesicht, mit seinem einen Auge nach Fondi hinunter, wo man ihm seine Stoffe gestohlen hatte, während das andere Auge wie gewöhnlich zwinkerte. Das war vielleicht das Traurigste an der Sache, denn man zwinkert doch für gewöhnlich, wenn man lustig gestimmt ist, während er vor Verzweiflung beinahe Hand an sich gelegt hätte. Von Zeit zu Zeit schüttelte er den Kopf und murmelte vor sich hin: «Meine Stoffe ... ich habe nichts mehr ... alles haben sie mir weggetragen ...» Und er fuhr sich mit der Hand über die Stirn, als könne er das Ganze noch immer nicht begreifen. Schließlich sagte er: «Ich bin an einem einzigen Tag ein alter Mann geworden.» Damit suchte er sein Häuschen auf, ohne Filippos Einladung zum Abendessen anzunehmen.

Am folgenden Tag sah man, daß er noch immer unablässig an seine Stoffe dachte und darüber nachgrübelte, wie er sie wieder an sich bringen könnte. Er war sicher, daß Leute aus dem Ort ihn bestohlen hatten, und beinahe sicher, daß es sich um die Faschisten handelte – das heißt um das Gesindel, das sich jetzt Faschisten nannte und das vor dem Sturz des Faschismus im ganzen Tal als Strolche und Vagabunden bekannt gewesen war. Sogleich nach der Wiederkehr des Faschismus hatten sich diese Vagabunden von der Miliz anwerben lassen, mit der ausschließlichen Absicht, auf Kosten der Bevölkerung gut zu leben. Denn diese Bevölkerung war ihnen jetzt, infolge des Krieges und weil alle ordentlichen Behörden geflohen waren, vollkommen ausgeliefert.

Severino aber hatte sich fest vorgenommen, wieder in den Besitz seiner Stoffe zu gelangen, und stieg jeden Tag ins Tal hinunter, um dann am Abend todmüde, staubbedeckt und mit leeren Händen wiederzukommen. An seiner ganzen Haltung konnte man erkennen, wie unerschütterlich sein Entschluß war. Er schwieg fast immer, seine Augen funkelten und hatten einen starren Ausdruck, und unter der gespannten Haut über seinen Kiefern zuckte unablässig ein Muskel. Wenn man ihn fragte, was er denn Tag für Tag in Fondi tue, erwiderte er bloß: «Ich gehe auf die Jagd», womit er sagen wollte, er mache Jagd auf seine Stoffe und auf die Leute, die ihm diese gestohlen hatten.

Aus den wenigen Gesprächen zwischen Severino und Filippo entnahm ich, daß die Faschisten, die seiner Überzeugung nach die Räuber seiner Habe waren, in einem Gutshof namens *Uomo*

Morto hausten. Es handelte sich um ein Dutzend Männer, die in jenes Haus eine Menge Lebensmittel gebracht hatten – alles Dinge, die den Bauern mit Gewalt weggenommen worden waren. Die Faschisten lebten dort in Saus und Braus und ließen sich von ein paar Huren bedienen, die zuvor Mägde und Arbeiterinnen gewesen waren. Bei Nacht verließen sie ihre Höhle und unternahmen Streifzüge in die Stadt, wo sie der Reihe nach alle leerstehenden Häuser durchsuchten, alles Bewegliche forttrugen und die Mauern und Fußböden mit den Gewehrkolben nach geheimen Verstecken abklopften.

Alle diese Faschisten waren mit Maschinenpistolen, Handgranaten und Dolchen bewaffnet und fühlten sich völlig sicher, denn in dem ganzen Tal gab es, wie gesagt, keine Carabinieri mehr – sie waren entweder geflohen oder von den Deutschen verhaftet worden – noch Polizei, noch eine andere Obrigkeit. Ein Gemeindepolizist freilich war zurückgeblieben: Aber das war ein armer Teufel, der zerlumpt und verhungert von einem Bauernhaus zum anderen schlich und um ein Stück Brot oder ein Ei bettelte.

Mit einem Wort, es gab kein Gesetz mehr, und die deutschen Feldgendarmen, erkennbar an der Metallplatte, die sie an einer Kette um den Hals trugen, waren die einzigen Vertreter der Ordnung. Aber dabei handelte es sich um ihre Ordnung und nicht um die unsere, und sie schien eigens dazu geschaffen, das Einfangen der Männer, das Plündern und jede Art von Gewalttätigkeit zu ermöglichen.

Man kann sich eine Vorstellung von den damaligen Zuständen machen, wenn man erfährt, daß ein Bauer aus einer Ortschaft unweit von Sant' Eufemia eines Morgens aus irgendeinem Grunde seinen Neffen, einen achtzehnjährigen Menschen, niederstach und ihn dann zwischen den Weinstöcken verbluten ließ. Dies geschah um zehn Uhr morgens. Um fünf Uhr desselben Tages ging der Mörder zu der geheimen Schlachtbank und kaufte ein halbes Kilo Fleisch. Allenthalben wußte man bereits von der Bluttat, aber niemand wagte es, dem Bauern etwas zu sagen: Es handelte sich ja um seine Angelegenheiten, und alle hatten Furcht. Nur eine Frau bemerkte: «Hast du denn überhaupt ein Herz in der Brust . . .? Du hast deinen Neffen umgebracht und kommst ganz ruhig, Fleisch einzukaufen?» Darauf antwortete er: «Wen's trifft, den trifft's eben. Mich wird keiner verhaften, denn heute gibt es kein Gesetz, und jeder tut, was ihm paßt.» Er hatte recht, denn er wurde wirklich nicht festgenommen, begrub seinen Neffen unter einem Feigenbaum und ging weiter unbehelligt in der Gegend umher.

Severino hatte es sich also in den Kopf gesetzt, sich selber zu seinem Recht zu verhelfen, da es ein öffentliches Recht nicht mehr gab. Was er während seiner Ausflüge nach Fondi eigentlich unternommen hat, weiß ich nicht; aber eines Tages kam ein Bauer mit heraushängender Zunge zu uns heraufgeklettert und rief, Severino komme mit den Deutschen hierher. Die Deutschen seien auf seiner Seite, er habe sich mit ihnen geeinigt, und sie würden ihm zu seinen Stoffen verhelfen.

Alle Flüchtlinge eilten aus ihren Häusern, und wir taten desgleichen. Wir waren etwa zwanzig Personen, die auf der Terrasse standen und den Fußpfad überwachten, auf dem Severino mit den Deutschen kommen mußte. Alle fanden, Severino sei sehr klug und vernünftig gewesen, sich an die Deutschen zu wenden, denn jetzt seien eben sie die Hüter der Ordnung; auch seien die Deutschen durchaus keine solchen Landstreicher und Verbrecher wie die Faschisten und würden nicht nur Severino seine Stoffe verschaffen, sondern obendrein die Faschisten bestrafen. Am meisten ereiferte sich Filippo zugunsten der Deutschen: «Das sind ernsthafte Leute», sagte er. «Die betreiben alles ernsthaft, den Krieg, den Frieden und das Geschäft ... Severino hat recht daran getan, sich an sie zu wenden ... die Deutschen sind nicht anarchisch und undiszipliniert wie wir Italiener ... Sie halten auf Disziplin, und Raub in Kriegszeiten verstößt gegen die Disziplin. Ich bin sicher, daß sie Severino seine Stoffe zurückgeben und diese Verbrecher von Faschisten bestrafen werden ... Tüchtig, Severino, der hat den Kern des Problems erfaßt: Wer hat heute in Italien die Macht? Die Deutschen. Folglich heißt es, sich an die Deutschen halten.»

Filippo dachte mit lauter Stimme, warf sich dabei in die Brust und strich sich den Schnurrbart. Es war klar, daß er an seinen eigenen, in dem Pächterhaus versteckten Besitz dachte. Er freute sich bei dem Gedanken, daß Severino seine Stoffe wiederhaben und daß die Diebe bestraft werden sollten, weil auch er Dinge versteckt hatte und fürchtete, bestohlen zu werden.

Mittlerweile starrten wir auf den Pfad hinab, und zuletzt kam dort wirklich Severino zum Vorschein, aber nicht, wie wir gedacht hatten, mit einer Patrouille bewaffneter Deutscher, sondern mit einem einzigen, einfachen Soldaten, der nicht einmal zur Militärpolizei gehörte. Als sie oben angelangt waren, stellte Severino seinen Begleiter stolz und zufrieden als «Hans» vor. Alle drängten sich mit ausgestreckten Händen heran, Hans aber grüßte nur militärisch, schlug die Hacken zusammen und führte die Hand zum Mützenschild, so als wollte er einen Abstand zwischen sich und den Flüchtlingen schaffen.

Dieser Hans war ein eher kleiner, blonder Mann mit frauenhaft breiten Hüften und einem blassen, etwas gedunsenen Gesicht. Auf der Wange wies er einige tiefe Narben auf, und als man ihn fragte, wo er sich diese zugezogen hätte, erwiderte er ganz knapp: «Stalingrad». Infolge dieser Narben sah sein Gesicht aus wie ein vom Baum gefallener Pfirsich oder Apfel; diese Früchte weisen ja oft ähnliche Verunstaltungen auf, und wenn man sie dann durchschneidet, zeigen sich auch im Innern faule Stellen. Seine Augen waren blau, aber nicht schön, von einem verwaschenen, ausdruckslosen, zu hellen Blau, das an Glas denken ließ. Severino erzählte uns jetzt stolz, wie er mit diesem Hans Freundschaft geschlossen hätte, weil auch dieser in Friedenszeiten und in seiner Heimat ein Schneider gewesen sei. Von Schneider zu Schneider hatten sie sich rasch verstanden; Severino hatte von dem Diebstahl erzählt, und Hans hatte versprochen, ihm zu seinen Stoffen zu verhelfen, weil er als Schneider besser als irgendwer sonst verstehen konnte, wie wichtig die Sache für Severino war.

Mit einem Wort, es war keiner von der Polizei, es waren auch nicht viele Deutsche, sondern ein einziger; außerdem handelte es sich um nichts Amtliches, sondern um eine Privatangelegenheit zwischen zwei Freunden, die denselben Beruf hatten, die nämlich alle beide Schneider waren. Immerhin trug der Deutsche Uniform, hatte eine Maschinenpistole und benahm sich wie ein richtiger deutscher Soldat; also suchten ihn alle möglichst freundlich zu stimmen. Der eine erkundigte sich, wie lange der Krieg noch dauern würde; der andere wollte wissen, wie es in Rußland aussehe, wo Hans gewesen war; noch ein anderer fragte, ob die Engländer eine Schlacht liefern würden; und ein letzter meinte, es sei wohl eher an den Deutschen, eine solche Schlacht zu liefern. In dem Maße, als er mit Fragen bestürmt wurde, blähte Hans sich immer mehr, gleich einem schlappen Luftballon, der aufgepumpt wird. Er erklärte, der Krieg werde nur mehr kurze Zeit dauern, weil die Deutschen Geheimwaffen hätten; die Russen schlügen sich gut, aber die Deutschen noch besser; bald würden die Deutschen auch den Engländern eine Schlacht liefern und sie ins Meer werfen. Kurz und gut, Hans flößte Respekt ein, und Filippo lud schließlich ihn und Severino zum Essen in sein Haus.

An dieser Mahlzeit nahm auch ich teil, obwohl ich bereits gegessen hatte, denn ich war sehr begierig, diesen Deutschen näher zu besehen, den ersten, der jemals hier heraufgekommen war. Als ich bei Filippo erschien, war die Tischgesellschaft schon beim Obst angelangt. Die ganze Familie Filippos war zugegen, bis auf Michele, der die Deutschen haßte. Schon zuvor, als Hans wichtigtuerisch von dem bevorstehenden großen deutschen Sieg über die Engländer sprach, hatte Michele ein so drohendes Gesicht gemacht, als wollte er mit den Fäusten auf ihn losgehen. Jetzt war der Deutsche dank dem genossenen Wein umgänglich geworden. Immer wieder schlug er Severino auf die Schulter und erklärte, sie beide seien Schneider und Busenfreunde, und er wolle Severino dessen Stoffe wieder verschaffen. Dann zog er eine Brieftasche und aus dieser eine Fotografie hervor, auf der eine Frau mit einem gutmütigen Gesicht zu sehen war, doppelt so groß und dick wie er, und er erklärte, das sei seine Frau.

Dann kam die Rede von neuem auf den Krieg, und Hans erklärte wieder: «Wir machen Angriff und werfen ins Meer Engländer!» Filippo, der sich diesen Hans warmhalten wollte, erwiderte: «Natürlich – wie denn anders! Alle werfen wir sie ins Meer – diese Schurken!»

Unvermutet widersprach der Deutsche: «Nein, keine Schurken, nein – tüchtige Soldaten!» Prompt erwiderte Filippo darauf: «Gewiß, tüchtige Soldaten, das ist ja bekannt, daß sie tüchtige Soldaten sind!» Darauf der Deutsche: «Du bewundern englische Soldaten – du Verräter!» Und Filippo erschrocken: «Wer bewundert sie denn? Ich habe doch gesagt, sie sind Schurken!» Doch der Deutsche war nicht so leicht zufriedenzustellen. «Keine Schurken, nein», sagte er, «tüchtige Soldaten! Aber die Verräter, die

Engländer bewundern, die kaputt!» Dazu vollführte er die Geste des Halsabschneidens.

Mit einem Wort, es war ihm nichts recht zu machen, und wir alle bekamen es langsam mit der Angst; denn plötzlich schien er bösartig geworden zu sein. So sagte er jetzt zu Severino: «Du, warum nicht an Front? Wir Deutsche alle kämpfen, aber ihr Italiener hier ... Warum du nicht an Front?»

Severino entgegnete verschüchtert: «Ich bin untauglich – schwach auf der Brust!» Und er klopfte sich auf die Brust, die tatsächlich alles eher als gesund war; es hieß sogar, er habe nur eine Lunge. Der Deutsche aber wurde immer rabiater, faßte ihn beim Arm und sagte: «Am besten, du kommen gleich mit mir – an Front!» Dabei traf er Anstalten, sich zu erheben und Severino mitzuzerren. Der war kreidebleich geworden und gab sich vergebliche Mühe, zu lächeln. Wir alle waren niedergeschmettert, und mir schlug vor Angst das Herz in der Kehle.

Der Deutsche zog Severino am Arm, dieser suchte sich zu wehren und klammerte sich an Filippo, dem ebenfalls der Schreck in die Glieder gefahren war. Da plötzlich brach der Deutsche in schallendes Gelächter aus und sagte: «Freunde ... Freunde ...! Du Schneider und ich Schneider – du wiederhaben Stoffe und reich werden ... Ich gehen an Front und sterben.» Und noch immer lachend, schlug er Severino mit der Hand auf die Schulter.

Diese ganze Szene machte mir einen seltsamen Eindruck: als hätte ich nicht einen normalen Menschen vor mir, sondern ein merkwürdiges Tier des Waldes, das einmal schnurrt und einmal die Zähne zeigt, und von dem man nie genau weiß, was es vorhat und wie man es behandeln soll. Meinem Gefühl nach hatte Severino sich sehr geirrt, wie einer, der sagt: «Ich kenne dieses Tier, es wird mich niemals beißen.» Man wird sehen, daß ich mit diesem Gedanken nicht unrecht hatte.

Nach diesem Auftritt wurde der Deutsche wieder freundlich, trank noch eine Menge Wein und schlug Severino ungezählte Male mit der Hand auf die Schulter. Da verlor Severino alle Angst vor ihm und sagte in einem Augenblick, da der Deutsche nicht auf ihn achtete, zu Filippo: «Noch heute werde ich meine Stoffe zurückbekommen – du wirst schon sehen!»

Wirklich erhob sich der Deutsche nach einer Weile von der Tafel, schnallte sein Koppel um, das er beim Niedersetzen abgelegt hatte, und zeigte den anderen scherzend, daß er es infolge des vielen Essens jetzt um ein Loch weiter stellen mußte. Dann sagte er zu Severino: «Wir hinuntergehen und dann wiederkommen mit deinen Stoffen!» Severino erhob sich, der Deutsche grüßte militärisch, schlug die Hacken zusammen und ging mit Severino über den Felspfad zu Tal. Filippo, der mit den anderen herausgekommen war, um den beiden nachzuschauen, drückte das aus, was wir alle empfanden, indem er sagte: «Severino vertraut diesem Deutschen, aber ich an seiner Stelle täte das nicht.»

Wir warteten den restlichen Nachmittag und einen Teil der Nacht auf Severino, doch er kam nicht wieder. Am folgenden Tag gingen wir zu dem Häuschen, das Severino mit seiner Familie bewohnte, und fanden seine Frau, die das Kind auf dem Schoß hielt und im Finstern weinte. Bei ihr war eine alte Bäuerin, die am Spinnrocken saß und von Zeit zu Zeit sagte: «Weine nicht, junge Frau – Severino kommt wieder und bringt alles in Ordnung.» Aber die Frau Severinos schüttelte den Kopf und erwiderte: «Ich fühle, daß er nicht wiederkommt ... Ich hab das schon eine Stunde nach seinem Weggang gefühlt.»

Wir suchten sie zu beruhigen, doch sie weinte unablässig und sagte, sie sei an allem schuld, weil Severino nur um ihretwillen und für das Kind sich so um seine Stoffe bemüht hätte, damit sie alle reich würden. Sie aber hätte ihn zurückhalten und daran hindern sollen, diese verdammten Stoffe jemals zu kaufen.

Leider war es schwer, ihr Mut zuzusprechen, denn Severino kam nicht zurück, und das war eine Tatsache, gegen die mit dem besten Willen der Welt nicht anzukommen war. Immerhin blieben wir den ganzen Tag bei ihr und redeten ihr gut zu, indem wir alle möglichen Erklärungen für Severinos Verschwinden suchten. Sie aber heulte unentwegt weiter und wiederholte, daß er nie mehr kommen würde. Am folgenden Tag, dem zweiten von Severinos Abwesenheit, gingen wir wieder zu ihrem Haus, fanden es aber leer. Beim Morgengrauen hatte sie ihr Kind auf den Rücken genommen und war ins Tal hinabgestiegen, um nachzusehen, was geschehen war.

Einige Tage lang hörten wir nichts mehr, weder von Severino noch von seiner Frau. Schließlich entschloß sich Filippo, der Severino auf seine Art gern hatte, Nachrichten einzuholen, und ließ Nicola rufen, einen alten Bauern, der nicht mehr auf dem Feld arbeitete und seine Tage in Gesellschaft der Kinder irgendwo auf der Terrasse verbrachte. Diesen Nicola beauftragte Filippo, sich nach Severino zu erkundigen und sich womöglich auch nach dem *Uomo Morto* zu begeben, wo die Faschisten, die die Stoffe entwendet hatten, wie in einer Festung hausten. Der Alte wollte zuerst nicht recht, aber dann versprach ihm Filippo dreihundert Lire; und der Alte, der für Geld auch in einen brennenden Ofen gesprungen wäre, ging ohne weiteres, seinen Esel zu satteln. Er erklärte, er wolle bei irgendwelchen Verwandten auf dem Land übernachten und am folgenden Tag wiederkommen. In seinen Sack steckte er etwas Brot und Käse und ritt hierauf, von uns allen begrüßt, stolz davon, den schwarzen Hut auf dem Kopf, die Pfeife im Mund, die steifen Beine in Sandalen und weißen Stoffetzen. Filippo empfahl ihm, sich an einen gewissen Tonto zu wenden, der noch der am wenigsten üble von den Faschisten sei. Der Alte sagte, er wolle das tun, und machte sich auf den Weg.

Es verging dieser Tag und die Hälfte des folgenden; dann, als es bereits zu dämmern begann, tauchte der Esel wieder auf. Der Alte führte ihn am Zügel, im Sattel aber saß kein anderer als der Tonto. Sie kamen an, und der Tonto stieg ab. Er war ein Mann mit finsterem, magerem, unrasiertem Gesicht, traurigen, tiefliegenden Augen und einer langen Nase, die ihm fast in den Mund hing. Alle umdrängten ihn, der Tonto aber schien befangen und sagte nichts. Da ergriff der alte Nicola seinen Esel beim Zügel und sagte: «Dieser Deutsche hat sich die Stoffe genommen und hat Severino zur Arbeit an den Befestigungen an die Front geschickt. Das ist es, was geschehen ist.» Nachdem er diese Worte hingeworfen hatte, entfernte er sich, um sein Tier zu füttern.

Wir waren alle wie vor den Kopf geschlagen. Der Tonto stand abseits und machte ein verlegenes Gesicht. Filippo aber fuhr ihn wütend an: «Was willst du denn hier oben?» Da trat der Tonto ganz demütig vor und sagte: «Filippo, ihr dürft nicht schlecht von mir denken. Ich bin gekommen, um euch einen Gefallen zu erweisen und um euch zu erzählen, was geschehen ist, damit ihr nicht glaubt, wir seien es gewesen.»

Alle blickten ihn voll Abneigung an, wollten aber doch Näheres erfahren; und schließlich lud ihn Filippo widerwillig ein, in seinem Haus ein Glas Wein zu trinken. Der Tonto nahm dies an und ging auf das Haus zu, während wir alle wie in einer Prozession hinterdreinkamen. In Filippos Zimmer angekommen, setzte sich der Tonto auf einen Bohnensack; Filippo schenkte ihm, vor ihm stehend, Wein ein, und wir alle versammelten uns, gleichfalls stehend, an der Türschwelle.

Der Tonto trank in Ruhe und sagte dann: «Ich will es gar nicht leugnen – ursprünglich waren wir es, die die Stoffe davontrugen ... In diesen Zeiten, mein lieber Filippo, ist jeder sich selbst der Nächste ... Severino bildete sich ein, er hätte seine Stoffe gut versteckt, aber viele von uns wußten, wo sie sich befanden. Daher dachten wir uns: Wenn nicht wir es sind, so werden es die Deutschen sein, also ist es besser, wir bringen das Zeug beiseite. Und dann, was willst du, Filippo?» Er faltete die Hände und sah uns alle an. «Auch wir haben Familien, und in diesen Zeiten muß jeder zuerst an die Familie denken und dann an alles andere. Du, Filippo, bist Kaufmann, Severino ist Schneider, und wir anderen – wir müssen uns eben irgendwie arrangieren ... Aber Severino hat schlecht daran getan, sich an die Deutschen zu wenden, die mit der ganzen Sache nichts zu tun hatten. Mein Gott, Filippo, wenn Severino vernünftig gewesen wäre, hätte man sich mit ihm einigen können – vielleicht, indem wir die Stoffe verkauften und den Gewinn mit ihm teilten, oder wir hätten ihm ein Geschenk gemacht ... Mit einem Wort, wir hätten uns unter Landsleuten schon irgendwie auseinandergesetzt ... Severino aber hat den wilden Mann gespielt, und dann ist das geschehen, was geschehen ist. Es kam dieser verdammte Deutsche, und Severino sagte uns eine Menge Schimpfworte, dann zielte der Deutsche mit seiner Maschinenpistole auf uns und erklärte, er müsse eine Haussuchung vornehmen. Da wir in gewissem Sinn von den Deutschen abhängen, konnten wir uns nicht widersetzen. So kamen die Stoffe zum Vorschein; der Deutsche lud sie auf den Lastwagen, mit dem er angekommen war, und ging mit Severino, der uns zuletzt noch zurief: ‹Endlich gibt's eine Gerechtigkeit auf dieser Welt!› Ja, schöne Gerechtigkeit! Wißt ihr, was der Deutsche dann tat? Ein paar Kilometer weiter begegnete er einem anderen Lastwagen, der mit Italienern voll beladen war, die bei einer Razzia eingefangen worden waren, um an den Befestigungen an der Front zu arbeiten. Da hielt der Deutsche an und zwang Severino mit vorgehaltener Maschinenpistole, auf den anderen Lastwagen zu steigen. So ist er nicht nur um seine Stoffe gekommen, sondern noch obendrein an die Front geschickt worden. Der Deutsche aber, der ja auch Schneider ist, wird die Stoffe Ballen um Ballen nach Deutschland schicken und dort mit ihnen eine Schneiderwerkstatt eröffnen – Severino und uns zum Hohn. Ich aber sage: Was hat Severino den Deutschen hereinziehen müssen? Wenn zwei sich streiten, freut sich der dritte. Das ist der Hergang der ganzen Sache, und ich schwöre, daß es so und nicht anders gewesen ist.»

Filippo und wir alle schwiegen nach dieser Rede des Tonto; auch deshalb, weil unter dem vielen, das er berichtet hatte, die Rede von einer Razzia gewesen war. Von solchen Razzien hatten wir bereits sprechen gehört, aber noch nie so klar und ruhig wie von einer ganz normalen Sache. Schließlich nahm Filippo allen Mut zusammen und fragte, was es denn mit diesen Razzien auf sich habe.

Der Tonto antwortete gleichgültig: «Die Deutschen fahren mit ihren Lastwagen umher und schleppen die arbeitsfähigen Männer fort, die dann in der Gegend von Cassino oder Gaeta an die Front geschickt werden, um die Verteidigungslinien zu verstärken.»

«Und wie werden diese Arbeiter behandelt?»

Der Tonto zuckte mit den Achseln: «Na ja, viel Arbeit, Baracken und wenig zu essen. Man weiß ja, wie die Deutschen mit Nichtdeutschen umgehen.»

Wir schwiegen wieder eine Weile, dann erkundigte sich Filippo: «Sie fangen aber doch bloß die Leute aus der Ebene ein? Die Flüchtlinge hier oben in den Bergen, die werden sie wohl in Ruhe lassen?»

Wieder zuckte der Tonto mit den Achseln: «Traut den Deutschen nicht. Sie gehen so vor, wie man Artischocken ißt: Blatt für Blatt. Jetzt sind die im Tal an der Reihe, dann werden die in den Bergen drankommen.»

Niemand dachte jetzt mehr an Severino. Alle hatten Angst, und jeder dachte an sich selbst.

«Woher weißt du denn das alles?» wollte Filippo wissen.

Der Tonto antwortete: «Das weiß ich, weil ich täglich mit den Deutschen zu tun habe ... Hört auf mich: Entweder tretet der Miliz bei, wie ich, oder versteckt euch gut – aber wirklich gut –, sonst fangen die Deutschen euch, einen nach dem anderen.»

Er gab dann noch ein paar Erläuterungen. Die Deutschen, so sagte er, machten ihre Razzien zunächst in der Ebene und führten alle arbeitsfähigen Männer weg. Dann gingen sie in die Berge und verfuhren dort auf folgende Weise: Früh am Morgen, solange es noch dunkel war, stieg eine Kompanie Soldaten auf einen Berggipfel und kam dann gegen Mittag, über die ganze Breite des Berges auseinandergezogen, talabwärts. Die Menschen, die sich gleich uns auf halber Höhe befanden, waren auf diese Art gefangen wie die Fische im Netz.

«Was die sich alles ausdenken!» bemerkte an diesem Punkte ein Zuhörer mit angsterfüllter Stimme.

Der Tonto hatte sich mittlerweile ausreichend erfrischt und wurde beinahe wieder so unverschämt wie gewöhnlich. Da er wußte, daß Filippo mehr Geld hatte als die anderen, suchte er rasch mit ihm eine Art Geschäft abzuschließen. «Wenn wir beide uns einigen», meinte er, «könnte ich bei dem deutschen Hauptmann, der ein guter Bekannter von mir ist, ein Wort für deinen Sohn einlegen.»

Vielleicht hätte sich Filippo in seiner augenblicklichen Bestürzung auf Verhandlungen mit dem Tonto eingelassen, wäre nicht ganz unvermutet Michele dazwischengetreten. «Worauf wartest du eigentlich noch? Hau ab!» fuhr er den Tonto an.

Alle verstummten in höchster Verblüffung, zumal der Tonto mit Gewehr und Handgranaten bewaffnet war, während Michele ihm waffenlos gegenüberstand. Der Tonto aber ließ sich seltsamerweise durch Micheles Tonfall einschüchtern und sagte bloß: «Na, wenn das so ist... seht, wie ihr allein zurechtkommt... ich gehe.» Damit erhob er sich und verließ das Haus.

Wir kamen alle hinter ihm drein, Michele aber rief ihm, ehe er verschwand, vom Rande der Terrasse aus nach: «Statt herumzugehen und deine Dienste anzubieten, solltest du lieber an deine eigenen Angelegenheiten denken ... Früher oder später werden die Deutschen auch dir das Gewehr wegnehmen und dich zur Arbeit schicken, wie Severino!»

Der Tonto wandte sich um und hob beschwörend die Hand mit weggestrecktem Daumen und kleinem Finger, zur Abwehr des ihm angedrohten Unglücks. Wir haben ihn nie wiedergesehen.

Nach dem Abgang des Tonto begaben wir uns in Begleitung Micheles in unsere Stube. Rosetta und ich sprachen über das Vorgefallene und beklagten das Schicksal des armen Severino, der erst seine Stoffe verloren hatte und dann auch noch die Freiheit. Michele machte ein finsteres Gesicht, hielt den Kopf gesenkt und schwieg. Plötzlich aber zuckte er die Achseln und sagte: «Recht geschieht ihm.»

Ich protestierte: «Wie kannst du nur so etwas sagen? Der arme Teufel ist zugrunde gerichtet, und jetzt wird er vielleicht auch noch ums Leben kommen!»

Einen Augenblick lang gab Michele keine Antwort, dann rief er: «Solange sie nicht alles verloren haben, werden diese Menschen nie etwas begreifen! Alles müssen sie verlieren, und blutige Tränen müssen sie weinen – dann erst werden sie reif sein!»

«Aber Severino hat doch nur im Interesse seiner Familie gehandelt!» wandte ich ein.

Da lachte er ein häßliches Lachen und sagte: «Die Familie ...! Das ist in unserem Lande die große Rechtfertigung für jede Feigheit. Um so schlimmer für die Familie!»

Da ich schon von Michele spreche: Er war wirklich ein sonderbarer Kauz. Zwei Tage nach dem Verschwinden Severinos sprachen wir mit ihm von dem und jenem, und die Rede kam darauf, daß wir jetzt, da die Tage immer kürzer wurden, wirklich nicht mehr wußten, wie wir unsere Zeit hinbringen sollten. Da meinte Michele, wenn uns dies recht sei, wolle er uns gerne etwas vorlesen. Darauf gingen wir mit Freude ein, obgleich wir, wie ich schon einmal angedeutet habe, mit Büchern nicht viel anzufangen wußten. In unserer Lage freilich konnte ein Buch eine Zerstreuung bedeuten. Ich erinnere mich sogar, daß ich, in dem Glauben, er wolle uns irgendeinen Roman vorlesen, die Frage stellte: «Was wird es denn sein? Eine Liebesgeschichte?»

Lächelnd antwortete er: «Du hast's erraten. Eine Liebesgeschichte.»

Es wurde beschlossen, daß Michele uns nach dem Abendessen, das immer in der Hütte Parides stattfand, vorlesen sollte, also zu der Zeit, zu der wir am wenigsten wußten, was wir anfangen sollten. Ich erinnere mich sehr genau an die Szene, die mir aus irgendwelchen Gründen besonders deutlich in Erinnerung geblieben ist, vielleicht darum, weil Michele bei dieser Gelegenheit einen mir bis dahin unbekannten Charakterzug enthüllte.

Ich sehe uns beide und die Familie Parides rings um den halberloschenen Herd auf unseren Holzklötzen und Bänken sitzen. Es war fast finster, nur hinter Micheles Rücken brannte ein kleines Öllämpchen, das ihm das Lesen ermöglichen sollte. Die Hütte war wirklich düster. Von der Decke aus getrocknetem Stroh hingen schwarze Rußketten herab, die bei jedem Lufthauch hin und her schwankten. Im Hintergrund des Raumes, fast verschlungen von der Dunkelheit, saß die Mutter Parides, die infolge ihres Alters und ihrer vielen Falten aussah wie die Hexe von Benevent und die unablässig den Spinnrocken betätigte.

Rosetta und ich freuten uns auf die Vorlesung, Paride und die Seinen jedoch weniger, denn sie hatten ja den ganzen Tag gearbeitet, waren am Abend todmüde und gingen für gewöhnlich sehr zeitig zu Bett. Die Kinder schliefen sogar bereits im Schoß ihrer Mütter.

Ehe er begann, sagte Michele, während er ein Buch aus der Tasche zog: «Cesira wollte eine Liebesgeschichte hören. Also werde ich eine Liebesgeschichte vorlesen.»

Mehr aus Höflichkeit als aus wirklichem Interesse erkundigte sich eine von den Frauen, ob es sich um eine Geschichte handle, die sich wirklich zugetragen hätte oder ob das Ganze erfunden sei. Er erwiderte, vielleicht sei seine Geschichte erfunden, aber sie sei dennoch so gut, wie wenn sie sich wirklich zugetragen hätte. Er öffnete sein Buch, rückte die Brille zurecht und verkündete uns schließlich, er werde einige Episoden aus dem Leben Jesu nach dem Evangelium lesen. Wir waren alle etwas enttäuscht, denn wir hatten einen wirklichen Roman erwartet; überdies schien uns alles, was mit der Religion zu tun hatte, immer einen etwas langweiligen Anstrich zu haben, vielleicht deshalb, weil wir uns mit religiösen Dingen mehr aus Pflicht als aus Neigung beschäftigten. Paride drückte also unser aller Meinung aus, als er bemerkte, wir kennten doch das Leben Jesu, und die Vorlesung Micheles würde uns daher nichts Neues bringen. Rosetta hingegen sagte kein

Wort. Erst später, als wir wieder in unserem Zimmer waren, meinte sie: «Wenn er schon nicht an Jesus glaubt, warum läßt er ihn dann nicht in Ruhe?» Sie sagte das so, als wäre sie ein wenig gekränkt, doch nicht wirklich aufgebracht, denn Michele war ihr sympathisch, wenn sie ihn auch, wie wir alle, nicht ganz verstand.

Bei den Worten Parides lächelte Michele und antwortete: «Bist du dessen so sicher?» Dann sagte er, er werde die Geschichte des Lazarus lesen, und fügte hinzu: «Erinnert ihr euch daran?»

Nun hatten wir zwar alle von diesem Lazarus gehört, doch als Michele uns jetzt fragte, erkannten wir, daß wir nicht mehr genau wußten, wer Lazarus war und was er getan hatte. Vielleicht wußte Rosetta mehr, aber auch diesmal schwieg sie. «Seht ihr», meinte Michele mit ruhigem Triumph in der Stimme, «ihr habt behauptet, das Leben Jesu zu kennen, und dabei wißt ihr nicht einmal, wer Lazarus gewesen ist... und er ist doch auf den Passionsbildern in der Kirche abgebildet – auch in der Kirche unten in Fondi.»

Paride glaubte, in diesen Worten sei ein Vorwurf für ihn enthalten, und antwortete: «Du weißt doch, daß man einen ganzen Tag braucht, um in die Kirche hinunterzukommen! Wir müssen arbeiten und können nicht einen vollen Tag opfern, auch nicht dazu, in die Kirche zu gehen.» – Michele sagte nichts und begann zu lesen.

Da ich sicher bin, daß alle, die diese Zeilen zu Gesicht bekommen, die Geschichte des Lazarus kennen, schreibe ich sie hier nicht nieder, schon deshalb, weil Michele den Bibeltext vorlas, ohne selber etwas hinzuzufügen. Wer die Geschichte aber nicht kennt, kann sie im Evangelium nachlesen. Ich will mich darauf beschränken, zu bemerken, daß in dem Maße, als Michele mit seiner Vorlesung fortschritt, die Gesichter der Bauern mehr und mehr wenn nicht gerade Langeweile, so doch Gleichgültigkeit und Enttäuschung widerspiegelten. Sie hatten eine schöne Liebesgeschichte erwartet; was Michele ihnen aber vorlas, war die Geschichte eines Wunders, an das sie im übrigen, soweit ich verstehen konnte, ebensowenig glaubten wie Michele selbst. Aber zwischen Michele und ihnen bestand ein wesentlicher Unterschied. Die Bauern langweilten sich, so daß zwei von den Frauen halblaut miteinander zu schwatzen und zu kichern anfingen, eine dritte hörbar gähnte und Paride selbst, der noch am aufmerksamsten zuhörte, ein völlig stures und ausdrucksloses Gesicht zur Schau trug. Michele hingegen schien, je länger er las, desto stärker ergriffen von diesem Wunder, an das er doch gar nicht glaubte. Als er an der Stelle angelangt war, wo Jesus sagt: «Ich bin die Auferstehung und das Leben», unterbrach er sich einen Augenblick lang; und wir alle konnten sehen, daß er nicht weitersprach, weil ihm die Tränen gekommen waren.

Ich verstand, daß er deshalb weinte, weil er das, was er gelesen hatte, in irgendeiner Weise auf unsere gegenwärtige Lage bezog. Aber eine der Frauen, die sich langweilte, war so weit von dem Gedanken entfernt, die Geschichte des Lazarus habe Micheles Augen mit Tränen angefüllt, daß sie besorgt fragte: «Stört dich der Rauch, Michele . . .? Hier ist es immer viel zu rauchig, tja, wir sind eben in einer Hütte.»

Zum Verständnis dieses Satzes muß man sich erinnern, daß, wie ich bereits angedeutet habe, der Rauch des Holzkohlenfeuers nicht durch den gar nicht vorhandenen Kamin entweichen konnte, sondern höchst langsam durch die Undichtigkeiten des Strohdaches abzog, nachdem er erst des längeren im Raume selbst geschwelt hatte. Daher geschah es oft, daß allen Anwesenden und sogar den beiden Hunden und der Katze mitsamt ihren Jungen die Tränen in den Augen standen. Jene Frau wollte sich bei Michele wegen des Rauches entschuldigen; er aber wischte sich plötzlich die Tränen fort und rief ganz unvermutet: «Ach was, Rauch! Ach was, Hütte . . .! Ich lese euch nicht mehr vor, denn ihr versteht ja doch nichts . . . Es ist hoffnungslos, Menschen etwas verständlich machen zu wollen, die nie etwas verstehen werden. Aber erinnert euch an das eine: Jeder von euch ist Lazarus . . . Und indem ich die Geschichte des Lazarus las, habe ich von euch, von euch allen gesprochen, von dir, Paride, von dir, Luisa, von dir, Cesira, von dir, Rosetta, und auch von mir selber und von meinem Vater und von diesem Schurken, dem Tonto, und von Severino mit seinen Stoffen und von den übrigen Flüchtlingen hier oben und von den Deutschen und Faschisten unten im Tal – mit einem Wort, von allen überhaupt!

Alle seid ihr tot, alle sind wir tot und glauben bloß, lebendig zu sein! Und solange wir glauben, lebendig zu sein, nur weil wir unsere Stoffe, unsere Ängste, unsere Geschäftchen, unsere Familien, unsere Kinder haben, werden wir tot sein . . . Erst an dem Tag, an dem wir erkennen, daß wir tot sind, tot und verwest und nach Aas stinkend, erst dann werden wir anfangen, ein ganz klein wenig lebendig zu werden ... Gute Nacht!»

Mit diesen Worten erhob er sich, stieß das Öllämpchen um und ging, wobei er die Tür hinter sich zuwarf. Wir alle blieben verblüfft in der Dunkelheit zurück. Schließlich gelang es Paride nach längerem Umhertasten, die Lampe zu finden und von neuem anzuzünden. Niemand aber hatte Lust, über den Zornausbruch Micheles zu sprechen; nur Paride meinte in der listig-verlegenen Art der Bauern, die glauben, alles besser zu wissen: «Tja, Michele, der hat leicht reden ... Er ist der Sohn von Herrschaften, er ist kein Bauer.»

Ich glaube, auch die Frauen dachten etwas Ähnliches: Das alles waren Probleme von Herrschaften, die nicht im Schweiße ihres Angesichtes den Acker bestellen müssen. Kurzum, wir wünschten einander «Gute Nacht» und gingen zu Bett. Am folgenden Tag tat Michele so, als hätte er die ganze Sache vergessen, aber den Vorschlag, uns vorzulesen, machte er nie wieder.

Der ganze Vorfall bestätigte mich in der Meinung, die ich mir bereits an dem Tag gebildet hatte, an dem Michele erzählte, er habe ernsthaft daran gedacht, Priester zu werden. In Wirklichkeit, so sagte ich mir nämlich, ähnelte Michele, trotz aller seiner Reden gegen die Priester, mehr einem Geistlichen als einem gewöhnlichen Sterblichen, wie Filippo und die anderen. Sein Zornesausbruch, sobald er erkennen mußte, daß die Bauern ihn nicht verstanden, als er die Geschichte des Lazarus vorlas, glich durchaus dem, was, mit etwas anderen Worten, irgendein Landgeistlicher in seiner Sonntagspredigt hätte sagen können, der bemerkte, daß die Pfarrkinder unten in der Kirche ihm nicht zuhörten und zerstreut waren, während er sich auf der Kanzel die Seele aus dem Leibe redete. Es war mit einem Wort der Zornesausbruch eines Priesters, der alle anderen als Sünder ansieht, die er belehren und auf den rechten Weg bringen muß. Es war hingegen durchaus nicht das Verhalten eines Menschen, der sich den übrigen für gleich erachtet.

Um das abzuschließen, was ich über Micheles Charakter zu sagen habe, will ich noch ein kleines Erlebnis erzählen, das das oben Angedeutete bestätigt. Wie schon erwähnt, sprach Michele nie von den Frauen und von der Liebe und schien auf diesem Gebiet keinerlei Erfahrungen gemacht zu haben. Das aber lag offenbar nicht an dem Mangel an Gelegenheit, sondern, wie man aus dem Nachstehenden ersehen wird, an der Tatsache, daß er anders war, als die jungen Leute seines Alters zu sein pflegen.

Rosetta hatte die Gewohnheit, sich jeden Morgen gleich nach dem Aufstehen auszuziehen und sich nackt zu waschen. Ich ging hinaus, warf den Eimer auf den Grund des Brunnens hinab, zog ihn randvoll wieder herauf und reichte ihn Rosetta. Sie goß sich die Hälfte des Wassers über den Kopf, seifte den ganzen Körper ein und spülte dann mit der anderen Hälfte des Wassers die Seife ab. Rosetta war wirklich sehr sauber; und das erste, was ich für sie bei den Bauern von Sant' Eufemia kaufen mußte, war die Seife, die sie im Hause erzeugten. Sie setzte ihre Art der täglichen Reinigung auch mitten im Winter fort, als es bitterkalt war, der Eimer jeden Morgen auf das Eis im Brunnen aufprallte und das Seil mir in die Hände schnitt. Ein paarmal wollte ich es ihr gleichtun; aber wenn ich mir das Wasser über den Kopf schüttete, blieb mir der Atem weg, und ich brachte eine Minute lang den Mund nicht wieder zu.

Eines Morgens also hatte sich Rosetta eben auf die gewohnte Art gewaschen und trocknete sich durch heftiges Reiben mit dem Handtuch ab, wobei sie neben dem Bett auf einem Brettchen stand, um sich die Füße nicht zu beschmutzen. Rosettas Körper war viel robuster, als man nach dem Aussehen ihres weichen, zarten Lammgesichtes mit den großen Augen, der langen Nase und dem fleischigen Mund vermutet hätte. Ihr Busen war nicht groß, aber gut entwickelt, voll und rund, als sei er voll Milch, und die dunklen Brustwarzen waren aufgerichtet, als suchten sie den Mund des zu säugenden Kindes. Ihr Bauch hingegen war der einer unberührten Jungfrau, glatt und beinahe nach innen gewölbt. Von hinten gesehen war sie besonders hübsch und sah aus wie eine von den weißen Marmorstatuen, die man in Rom in öffentlichen Gärten findet. Die Schulten waren voll und gerundet, der Rücken war lang und endete in einer Art Einbuchtung, unterhalb deren das weiße, runde, muskulöse Gesäß hervortrat, so hübsch und sauber, wie es schon gewesen war, als Rosetta erst zwei Jahre alt war. Kurz und gut, ich hätte immer gedacht, daß ein Mann, der wirklich ein

Mann war, beim Anblick meiner nackten Rosetta, wie sie da stand, sich die Hüften abtrocknete und dabei die schönen, hohen Brüste erzittern ließ, daß also ein Mann in eine gewisse Verwirrung geraten und je nach Temperament rot oder blaß geworden wäre. Denn woran ein Mann auch immer denken mag – im Augenblick, da er eine nackte Frau sieht, fliegen alle seine Gedanken davon, wie die Spatzen vom Baum nach einem Schuß, und was übrigbleibt, ist die Verwirrung des Männlichen beim Anblick des Weiblichen.

Es traf sich nun eines Morgens, während Rosetta sich auf die geschilderte Weise in einem Winkel abtrocknete, daß Michele bei uns erschien und ohne anzuklopfen die Tür halb aufstieß. Ich saß an der Schwelle und hätte ihn zurückhalten können, indem ich sagte: «Komm jetzt nicht herein, Rosetta wäscht sich gerade!» Ich gestehe aber, daß mir der Gedanke nicht mißfiel, Michele werde jetzt hineingehen und Rosetta nackt sehen. Eine Mutter ist ja immer stolz auf ihre Tochter, und diese meine mütterliche Eitelkeit war in jenem Augenblick stärker als jedes andere Gefühl. Ich dachte: Er wird sie nackt sehen ... das ist kein Unglück, zumal da er es ja nicht absichtlich herbeigeführt hat ... und er wird sehen, wie hübsch meine Rosetta ist.

Ich sagte also nichts, und er, irregeführt durch mein Schweigen, stieß die Tür ganz auf und fand sich plötzlich Rosetta gegenüber, die vergebens versuchte, sich mit dem Handtuch zu bedecken. Ich beobachtete ihn und sah, daß er einen Augenblick lang einen unsicheren und irgendwie gelangweilten Eindruck machte, als er die nackte Rosetta erblickte. Dann wandte er sich nach mir um und bat hastig um Entschuldigung; er sei wohl zu zeitig gekommen, wolle uns aber auf jeden Fall die große Neuigkeit mitteilen, die er eben von einem jungen Menschen aus Pontecorvo, der mit Tabak hausieren ging, erfahren hatte. Die Russen hätten eine große Offensive gegen die Deutschen eröffnet, und diese zögen sich an der ganzen Front zurück. Dann sagte er noch, er hätte jetzt zu tun und würde später wiederkommen. Damit verschwand er.

Noch am selben Tag fand ich eine Gelegenheit, unter vier Augen mit ihm zu sprechen, und sagte ihm lächelnd: «Wirklich, Michele, du bist nicht so wie die anderen jungen Leute deines Alters.»

Sein Gesicht verfinsterte sich, und er fragte: «Warum das?»

Und ich: «Da hast du ein hübsches Mädchen wie Rosetta nackt vor Augen gehabt und dabei an nichts anderes gedacht als an die Russen, die Deutschen und den Krieg. Du hast sie sozusagen überhaupt nicht gesehen.»

Er ärgerte sich sichtlich und erwiderte mißmutig: «Was sind denn das für Dummheiten? Ich staune darüber, daß du, ihre Mutter, so etwas sagst.»

Da meinte ich: «Auch die Käfermutter findet ihr Käferjunges schön, weißt du das nicht, Michele? Und im übrigen habe ich dir heute früh ja nicht gesagt, du sollst eintreten, ohne anzuklopfen. Als du aber einmal im Zimmer warst, hätte ich mich vielleicht erbost, wenn du Rosetta mit allzu großem Interesse angesehen hättest; doch da ich ihre Mutter bin, hätte mir das im Grunde nicht gar so sehr mißfallen. Aber keine Spur: Du hast sie überhaupt nicht gesehen.»

Er lächelte etwas gezwungen und sagte: «Diese Dinge existieren für mich nicht.»

Und das war das erste und letzte Mal, daß ich mit ihm über ein Thema ähnlicher Art sprach.

Fünftes Kapitel

Nach dem Besuch des Tonto und seiner drohenden Vorhersage kommender Razzien begann es zu regnen. Den ganzen Oktober hindurch war das Wetter wunderschön gewesen, mit heiterem Himmel und frischer Luft und kaum jemals einem Windhauch. So hatten wir in den endlosen Tagen, die wir dort oben verlebten, wenigstens die Möglichkeit gehabt, spazierenzugehen oder einfach im Freien zu sitzen und nach Fondi hinunterzuschauen. Eines Morgens aber kam plötzlich anderes Wetter auf. Schon als wir uns erhoben, spürten wir, daß es wärmer war als sonst. Die Küste war dunstig, und dickes dunkles Gewölk lag über dem grauen Meer, wie ein Deckel über einem Topf kochenden Wassers. Es war noch nicht Mittag, da hatten diese Wolken bereits den ganzen Himmel überzogen, und vom Meer her kam ein feuchter, müder Wind herüber. Die Flüchtlinge, die sich darauf verstanden, weil sie ja in dieser Gegend aufgewachsen waren, erklärten uns, daß diese Wolken Regen anzeigten und daß dieser Regen dauern würde, bis an Stelle des vom Meere herkommenden Schirokko wieder die Tramontana von den Bergen wehen werde.

Und so war es denn auch wirklich: Um die Mittagszeit begannen die ersten Tropfen zu fallen, und wir verkrochen uns in unsere Stube, in der Erwartung, daß es bald zu regnen aufhören werde. Aber es hörte nicht auf, vielmehr goß es den ganzen restlichen Tag und die ganze folgende Nacht hindurch, und am Morgen danach sah das Meer düsterer aus denn je; der ganze Himmel war ein einziges Gewühl von schwärzlichen Wolken; die Berggipfel steckten in Nebelschwaden; und vom Tal herauf zogen mit dem warmen Wind immer neue regengesättigte Wolken. Nach einer kleinen Pause schüttete es von neuem, und während des ganzen folgenden Monats regnete es Tag für Tag und Nacht für Nacht.

Wer in der Stadt lebt, merkt vom Regen wenig. Wenn man ausgeht, bewegt man sich auf einer asphaltierten Straße und hat einen Schirm über sich; wenn man daheim bleibt, geht man auf einem Fußboden aus Holz oder Marmor. Hier oben aber, in Sant' Eufemia, auf der Terrasse und zwischen den Hütten, war der Regen eine wahre Gottesstrafe.

Den ganzen Tag mußten wir uns in unserer finsteren Stube mit der schiefen Decke aufhalten, deren Tür offenstand, weil es kein rechtes Fenster gab. Da saßen wir, ich auf dem Bett und Rosetta auf dem Stuhl, den ich von Paride gemietet hatte, und starrten hinaus auf den feuchten, dampfenden Regenvorhang vor der Tür. In unserer Verblödung fanden wir kaum etwas, worüber wir hätten reden können; und wenn wir sprachen, sprachen wir vom Regen und von den Unannehmlichkeiten, die er mit sich brachte. An ein Ausgehen war nicht zu denken. Nur wenn es unbedingt erforderlich war, verließen wir das Haus, etwa um Holz zu holen oder um unsere Bedürfnisse zu verrichten.

Hier muß ich eine Bemerkung einschalten, deren Thema freilich nicht sehr sympathisch ist. Wer nie auf dem Land gelebt hat, sondern in der Stadt zu Hause ist, wo jede Wohnung ihren Abort und womöglich auch ein Badezimmer hat, kann sich keine Vorstellung davon machen, was es heißt, an einem Ort zu leben, wo es nicht einmal eine Latrine gibt. Alle beide mußten wir mindestens zwei- oder dreimal am Tag hinter einer Hecke die Röcke heben und uns niederkauern wie das Vieh. Klosettpapier gab es natürlich nicht, aber auch keine Zeitungen oder dergleichen; so hatten wir uns daran gewöhnt, von einem in der Nähe des Hauses befindlichen Feigenbaum Blätter abzureißen und uns mit diesen zu säubern. Im Regen wurde das alles natürlich noch weit schwieriger und unbequemer. Bis über die Knöchel durch den Schmutz zu waten, im Regen den Rock aufzuheben und zu fühlen, wie die kalten Regentropfen auf den bloßen Hintern klatschten, sich schließlich mit einem nassen, glitschigen Feigenblatt abzuwischen – also das sind Dinge, die ich niemandem wünsche, nicht einmal meinem ärgsten Feind.

Aber nicht nur draußen war der Regen lästig, sondern auch im Innern des Hauses. Da es keinen Fußboden gab, hatte sich die gestampfte Erde in unserem Raum in Schlamm verwandelt, so daß wir beim Aufstehen in der Frühe von einem Stein zum anderen springen mußten wie die Frösche, wenn wir nicht unsere Füße in einen schokoladefarbenen Brei tauchen wollten. Kurzum, der Regen drang von überallher ein, und es verbreitete sich unbeschreibliche Feuchtigkeit in der ganzen Stube. Bei jeder, auch der geringsten Bewegung bespritzten wir den Rock, die Beine oder was weiß ich mit Schmutz. Schlamm von unten und Regen von oben – Paride und die Seinen waren das gewohnt und trösteten sich, indem sie erklärten, dieser Regen sei ganz normal und notwendig, er stelle sich Jahr für Jahr ein, und es gebe da nichts weiter zu tun, als zu warten, bis er wieder aufhöre. Für uns beide aber war es wirklich eine Qual, die schlimmer war als alles, was wir bis dahin erfahren hatten.

Die allerböseste Folge dieses Regens aber bestand darin, daß die Engländer, wie wir eines Tages erfuhren, wegen des schlechten Wetters am Garigliano stehengeblieben waren und nicht mehr an einen Vormarsch dachten. Sobald aber die Engländer auf ihren Angriff verzichteten, beschlossen die Deutschen naturgemäß, sich nicht weiter zurückzuziehen, sondern sich dort zu verschanzen, wo sie sich befanden. Ich verstehe nichts vom Krieg und vom Kriegführen; ich weiß nur, daß an einem solchen Regenmorgen ein Bauer ganz atemlos ankam und einen bedruckten Papierfetzen mitbrachte. Es war ein Befehl, den die Deutschen in allen bewohnten Ortschaften angeschlagen hatten. Michele las ihn und erklärte uns den Inhalt. Das deutsche Kommando hatte beschlossen, die ganze Zone zwischen dem Meer und dem Gebirge von der Zivilbevölkerung räumen zu lassen. Unsere Ortschaft war darin inbegriffen und sogar ausdrücklich genannt. Für jeden Ort war überdies der Tag angegeben, an dem die Räumung stattfinden sollte. Die Bevölkerung durfte keine Koffer oder Säcke mitnehmen, sondern bloß ein wenig Lebensmittel. Alle sollten, mit anderen Worten, Häuser, Hütten, Vieh, Geräte, Möbel und jegliche sonstige Habe im Stich lassen, die Kinder auf den Rücken nehmen und im strömenden Regen auf unmöglichen Maultierpfaden über die Berge in der Richtung nach Rom abziehen.

Natürlich drohten diese unglückseligen Hundesöhne die üblichen Strafen für diejenigen an, die nicht gehorchten: Verhaftung, Konfiskation, Deportation, Erschießung. Unsere Gegend sollte binnen zwei Tagen völlig geräumt sein, und in vier Tagen mußte die gesamte Zone den Deutschen und Engländern zur gegenseitigen Abschlachtung überlassen werden.

Filippo, die übrigen Flüchtlinge und auch die Bauern hatten sich nun schon daran gewöhnt, in den Deutschen die einzige noch in Italien bestehende Autorität zu erblicken. So war ihre erste Reaktion auf diesen Befehl nicht so sehr Auflehnung als Verzweiflung: Die deutsche Behörde verlangte etwas Unmögliches, aber immerhin war es eine Behörde, und eine andere als die deutsche gab es nicht; folglich hieß es gehorchen oder – oder was? Das wußten sie selber nicht. Die Flüchtlinge, die schon in Fondi ihre Häuser im Stich gelassen hatten und wußten, was so etwas bedeutete, waren in heller Verzweiflung bei der Aussicht, wieder fliehen zu sollen und diesmal führerlos, auf Maultierpfaden im Gebirge, im Winter, bei einem Regen, der von früh bis abends niederströmte, und durch einen Schlamm und Morast, der es fast unmöglich machte, auch nur bis zum Ende der Steinterrasse zu gelangen, geschweige denn bis Rom. Die Frauen weinten, die Männer fluchten und schwiegen in tiefer Niedergeschlagenheit. Die Bauern, wie Paride und die anderen Familien, wiederum waren alles Leute, die ihr ganzes Leben lang damit zugebracht hatten, mit ihren eigenen Händen die Steinmauern zu errichten, darüber ihre Pflanzungen anzulegen und die Häuser und Hütten zu bauen. Sie waren jetzt mehr als verzweifelt – sie waren schlechthin vor den Kopf geschlagen und konnten das Ganze überhaupt nicht fassen. Der eine fragte wieder und wieder: «Wohin sollen wir denn gehen?» Der andere ließ sich von neuem den Erlaß Wort für Wort vorlesen, um zuletzt zu erklären: «Das kann doch gar nicht sein – das ist ja ganz unmöglich!»

Die armen Teufel wußten noch nicht, daß es den Begriff «unmöglich» für die Deutschen nicht gab, zumal, wenn es sich um Dinge handelte, die auf Kosten anderer Leute gehen sollten. Anita, die Schwägerin Parides, deren Mann in Rußland war und die drei kleine Kinder hatte, drückte das Gefühl aller aus, als sie plötzlich ohne jeden Nachdruck ganz ruhig erklärte: «Ehe ich von hier fortgehe, bringe ich lieber erst meine Kinder um und dann mich selber.» Und ich begriff, daß sie das nicht so sehr aus Verzweiflung sagte, als weil sie sich darüber im klaren war, daß das Wandern mit drei kleinen Kindern im Winter und im Gebirge soviel bedeutete wie ein Todesurteil; da war es schon besser, sie gleich umzubringen.

Der einzige, der bei diesem Anlaß nicht den Kopf verlor, war Michele. Das kam wahrscheinlich daher, daß er nie die Autorität der Deutschen anerkannt hatte, da er sie, wie er so oft sagte, als Banditen, Briganten und Verbrecher ansah, die bloß zufällig im Augenblick die Stärkeren waren, weil sie Waffen besaßen und sich ihrer zu bedienen wußten.

Sogleich, als er die deutsche Proklamation gelesen hatte, beschränkte er sich auf ein sarkastisches Lachen und auf die Worte: «Wer gesagt hat, Deutsche und Engländer seien dasselbe und die einen seien soviel wert wie die anderen, der trete jetzt vor!»

Niemand meldete sich, am wenigsten Filippo, der Vater Micheles, auf den dieser Ausspruch gemünzt war. Wir befanden uns alle in der Hütte rings um das Feuer, und Paride sagte: «Du spottest über uns, aber für uns kann das den Tod bedeuten ... Hier haben wir unsere Häuser, unser Vieh, unsere ganze Habe ... Wenn wir fortgehen, was wird aus alldem?»

Michele war, wie ich schon ein paarmal angedeutet habe, ein seltsamer Kauz, gutmütig und hart zugleich, großherzig, aber in gewisser Hinsicht auch grausam. Er lachte jetzt von neuem und meinte: «Na ja, ihr werdet alles verlieren und dann selber zugrunde gehen! Was ist daran so sonderbar? Ist es nicht den Polen, den Franzosen, den Tschechoslowaken, mit einem Wort allen Völkern unter deutscher Besatzung ebenso ergangen ...? Jetzt sind eben wir Italiener an der Reihe ... Solange es sich immer nur um die anderen handelte, hatte niemand von euch an der Sache etwas auszusetzen – aber jetzt trifft es uns ... heute mich, morgen dich!»

Wir alle waren tief betroffen von dieser Rede, und am meisten galt dies von Filippo, der am ganzen Körper zitterte und kaum mehr vernünftig denken konnte. «Du machst immer Späße», sagte er, «aber das ist nicht der Augenblick, zu spaßen!» Und Michele: «Was kümmerst denn du dich um das alles? Hast du nicht gesagt, Deutsche und Engländer seien für dich dasselbe?»

«Aber was sollen wir tun?» fragte Filippo. Und zum erstenmal erkannte ich, daß seine ganze, auf den Satz «Hier ist keiner dumm!» aufgebaute Weisheit keinen Deut wert war, nicht für ihn und nicht für uns.

Michele zuckte die Schulter: «Sind die Deutschen etwa nicht die Herren? Geht doch zu den Deutschen und fragt sie, was ihr tun sollt! Sie werden euch antworten: Tut das, was auf dem Papier geschrieben steht!»

Da sagte Paride etwas Ähnliches wie das, was Anita über ihre Kinder gesagt hatte: «Ich nehme mein Gewehr und schieße den ersten Deutschen nieder, den ich sehe. Sie werden dann auch mich umlegen, aber das macht nichts ... wenigstens werde ich nicht allein in die andere Welt gehen!» Michele lachte und erwiderte: «Bravo, jetzt beginnst du Vernunft anzunehmen!»

Wir waren alle ratlos, während Michele wieder in sich hineinlachte und die anderen in das erloschene Feuer starrten. Schließlich wurde Michele ernst und sagte plötzlich: «Wollt ihr wissen, wie ihr euch verhalten sollt?»

Alle blickten voll neuer Hoffnung zu ihm auf, während er erklärte: «Tut gar nichts! Tut, als hättet ihr den Befehl nie gesehen. Bleibt, wo ihr seid; führt euer gewohntes Leben weiter; nehmt keinerlei Notiz von den Deutschen und ihren Drohungen. Wenn die Deutschen die Zone wirklich räumen wollen, müssen sie das nicht mit wertlosem Papier besorgen, sondern mit Waffengewalt. Auch die Engländer haben Waffen, nur können sie die wegen des schlechten Wetters nicht zur Geltung bringen und sind stehengeblieben. Die Deutschen aber stecken genauso fest. Wenn ihr euch nicht rührt, werden sie es sich zweimal überlegen, ehe sie auf diesen Maultierpfaden ihre Soldaten hier heraufschicken. Und auch wenn sie kämen, müßten sie jeden von euch auf den Armen wegtragen. Mit einem Wort, stellt euch taub. Dann wollen wir weitersehen! Wißt ihr denn nicht, daß Deutsche und Faschisten überall Proklamationen angeschlagen und für Deserteure die Todesstrafe angedroht haben? Ich selber war beim Militär und bin am fünfundzwanzigsten Juli desertiert; und als die Faschisten alle aufforderten, sich wieder bei ihren Truppenteilen einzufinden, tat ich das nicht, sondern kam hier herauf. Verhaltet auch also ebenso wie ich und rührt euch nicht!»

Das war in dieser Lage das Einfachste und Vernünftigste, aber niemand hatte bisher daran gedacht. Alle hielten, wie schon gesagt, die Deutschen für die Autorität, und alle empfanden das Bedürfnis nach irgendeiner Autorität. Auch macht eine Sache, die auf einem Blatt Papier gedruckt steht, immer den Eindruck, als gebe es dagegen keine Einwendungen. Kurz und gut, an jenem Abend gingen alle fast unbekümmert zu Bett, mit mehr Zuversicht, als sie am Morgen desselben Tages empfunden hatten. Und tags darauf sprach wie durch ein Wunder niemand mehr von den Deutschen und von ihrer Räumungsproklamation. Es war, als seien alle dahin übereingekommen, nicht davon zu reden und so zu tun, als hätte es jene Proklamation nie gegeben. Als dann noch einige weitere Tage vergingen, erwies es sich, daß Michele recht gehabt hatte: Kein Mensch zeigte sich – nicht in Sant' Eufemia noch, soweit wir erfahren konnten, in anderen Ortschaften. Offenbar hatten es sich die Deutschen anders überlegt und auf die Räumung verzichtet, denn von jener Proklamation war nie wieder die Rede.

Wie viele Tage regnete es? Ich glaube mindestens vierzig, wie bei der Sintflut. Jetzt wurde es außerdem noch kalt, denn wir kamen immer tiefer in den Winter; der feuchte, nebelträchtige Wind vom Meer war nun eisig, und das Wasser, das tagtäglich über dem Berg niederging, war vermischt mit Schnee und Eis und stach einem ins Gesicht wie mit Nadeln. Wir hatten in unserer Stube nur ein Holzkohlenbecken, das wir zwischen unseren Knien hielten, um uns zu erwärmen. Die meiste Zeit aber verbrachten wir aneinandergeschmiegt im Bett oder in der finsteren Hütte vor dem unablässig brennenden Feuer.

In der Regel goß es den ganzen Morgen, dann hellte sich der Himmel gegen Mittag ein wenig auf, doch noch immer waren überall Wolkenfetzen zu sehen, die nur Atem zu schöpfen schienen, und über dem Meer sah es häßlicher aus denn je. Am Nachmittag begann es dann wiederum zu regnen, und das dauerte bis zum Abend und zum folgenden Morgen an.

Wir waren immer mit Michele beisammen, und er redete, und wir hörten ihm zu. Wovon aber sprach er? Ein wenig von allem, denn er hörte sich gern reden und hatte den Ton eines Professors oder eines Predigers. «Schade, daß du nicht Priester geworden bist, Michele», sagte ich ihm mehr als einmal, «was hättest du doch für schöne Sonntagspredigten halten können!»

Damit will ich natürlich nicht sagen, daß er ein Schwätzer gewesen sei. Was er sagte, war immer interessant, während Schwätzer langweilig sind und man ihnen bald nicht mehr zuhört. Ihm aber hörte man immer gerne zu, und manchmal unterbrach ich sogar meine Strickarbeit, um seinen Gedankengängen besser folgen zu können. Wenn er sprach, achtete man gar nicht auf das schlechte Wetter, auf das Verstreichen der Zeit, auf das Erlöschen des Öllämpchens, noch dachten Rosetta und ich daran, daß wir vielleicht ursprünglich aus irgendeinem Grunde hatten allein bleiben wollen.

Er redete und redete, eifrig, eintönig und voll guten Glaubens, und wenn ich ihm ins Wort fiel und sagte: «Na, jetzt wird's aber Zeit, schlafen zu gehen», oder: «Wir müssen essen», verstimmte ihn das jedesmal, und er machte ein saures Gesicht, als wollte er sagen: Da sieht man's wieder, was es heißt, zu törichten Weibern zu sprechen! Schade um jedes Wort!

Nichts Bemerkenswertes ereignete sich während dieser vierzig Regentage, von einem Vorfall abgesehen, den ich erzählen will und der mit Filippo und dessen Pächter Vincenzo zu tun hatte. Eines Morgens also – es nieselte und der Himmel war wie gewöhnlich voll von dunklem Gewölk, das unablässig über dem brodelnden Meer aufstieg – wohnten Rosetta und ich der Schlachtung einer Ziege bei, die Filippo von Paride gekauft hatte und in Stücken wieder verkaufen wollte, nachdem er sich seinen Teil behalten hatte.

Die schwarz-weiße Ziege war an einen Pfahl gebunden, und die Flüchtlinge, die nichts Gescheiteres zu tun hatten, sahen zu und errechneten im Geiste, wieviel das Tier wiegen und wieviel Fleisch daraus nach dem Abziehen des Felles zu gewinnen sein mochte. Während wir solcherart unter dem nieselnden Regen dastanden, flüsterte Rosetta mir zu: «Mutter, diese arme Ziege tut mir leid... Jetzt lebt sie, und bald wird sie geschlachtet sein... Wenn es auf mich ankäme, würde ich sie nicht töten.»

Ich meinte: «Und was würdest du dann essen?»

Sie aber antwortete: «Brot und Gemüse. Was braucht man denn Fleisch zu essen? Auch ich bin aus Fleisch, und das Fleisch, aus dem ich gemacht bin, ist von dem dieser Ziege gar nicht so verschieden ... Was kann denn das Tier dafür, daß es nicht imstande ist, richtig zu denken und sich zu verteidigen?»

Ich führe diese Worte Rosettas vor allem deshalb an, damit man eine Vorstellung davon bekommt, wie sie damals, mitten im Krieg und während einer Hungersnot, über diese Dinge dachte. Vielleicht war das, was sie sagte, etwas naiv und in Anbetracht der Lage sogar töricht; aber es zeugte doch von ihrer schon einmal erwähnten moralischen Vollkommenheit, von der Unmöglichkeit, bei ihr irgendwelche Fehler zu finden. Das kam vielleicht von ihrer mangelnden Lebenserfahrung, war aber sicher ganz und gar aufrichtig. Wie bereits gesagt, mußte ich mich später überzeugen, wie gebrechlich und beinahe künstlich diese Vollkommenheit war, gleich der einer Treibhausblüte, die an der frischen Luft alsbald verwelkt und stirbt. In jenem Augenblick aber konnte ich nicht umhin, Rührung bei dem Gedanken zu empfinden, eine allzu gute und allzu sanfte Tochter zu besitzen und nichts getan zu haben, um sie mir zu verdienen.

Der Metzger, ein gewisser Ignazio, den man für alles andere gehalten hätte, nur nicht für einen Metzger, ein melancholischer, unlustiger Geselle, mit einem Schopf angegrauter Haare über der Stirn, langen Koteletten und tiefliegenden blauen Augen, hatte den Rock abgelegt und stand in der Weste da. Auf einem Tischchen unweit des Pfahls, an den die Ziege gebunden war, hatte man ihm ein paar Messer und eine Schüssel zurechtgerichtet, ganz wie in den Krankenhäusern vor einer Operation. Ignazio ergriff eines dieser Messer, erprobte seine Schärfe mit der Handfläche, trat dann auf die Ziege zu, packte sie bei den Hörnern und riß ihr den Kopf in den Nacken. Die Ziege rollte vor Schreck die Augen, die ihr aus den Höhlen zu treten schienen. Man merkte, daß sie begriff, was ihr bevorstand, und ihr Meckern klang wie ein klagendes: «Bringt mich doch nicht um! Erbarmen!» Aber Ignazio biß sich auf die Unterlippe und stieß dem Tier das Messer bis ans Heft in die Kehle, wobei er die Hörner weiter festhielt. Filippo, der als Handlanger fungierte, hielt rasch die Schüssel unter die Kehle der Ziege. Aus der Wunde quoll das dampfende, schwärzliche Blut wie aus einem Brunnen. Die Ziege erbebte, schloß dann halb die Augen, die langsam erloschen, als mit dem Blut auch das Leben aus ihrem Leibe entwich. Zuletzt brach sie in die Knie und überließ sich – man hätte beinahe sagen mögen vertrauensvoll – den Händen dessen, der sie getötet hatte.

Rosetta hatte sich im Regen entfernt, und ich wäre ihr gerne nachgegangen, mußte aber dableiben, denn es gab nicht viel Fleisch, und ich wollte mir die Gelegenheit, welches zu kaufen, nicht entgehen lassen. Außerdem hatte Filippo mir die Eingeweide versprochen, die, über Holzkohlenfeuer auf dem Rost gebraten, ganz vorzüglich schmecken.

Ignazio packte jetzt die Ziege bei den Beinen, schleifte sie durch den Schmutz zu zwei Pfählen und hängte sie an diesen mit dem Kopf nach unten und mit gespreizten Beinen auf. Wir alle stellten uns in der Runde auf, um ihm bei der Arbeit zuzusehen.

Zuerst schnitt er eine der Vorderpfoten ab, wie man eine Hand am Gelenk abschneiden würde, dann ergriff er ein dünnes, aber festes Stäbchen und schob es zwischen das Fell und das Fleisch der Pfote. Das Fell einer Ziege ist mit dem Fleisch nur durch einige Fasern verbunden und läßt sich leicht ablösen, wie ein Blatt schlecht angeklebten Papiers.

Er führte also das Stäbchen ein und drehte es herum, so daß ein Loch entstand. Dann warf er das Stäbchen fort, legte den Mund an das Ziegenbein und fing an, mit solcher Heftigkeit zu blasen, daß die Venen an seinem Hals anschwollen und sein Gesicht blaurot wurde. Je mehr er blies, desto mehr blähte sich die Ziege auf. Ignazio blies immer weiter, und schließlich hing die Ziege dick wie ein Schlauch zwischen den beiden Pfählen und hatte fast den doppelten Umfang wie früher. Dann ließ er das Ziegenbein los, wischte sich den blutbeschmutzten Mund sauber und führte mit dem Messer einen Schnitt längs des Bauches vom Nabel bis zum Hals. Hierauf löste er mit den Händen das Fell vom Fleische.

Es war wirklich seltsam, zu sehen, mit welcher Leichtigkeit die Haut sich gleich einem Handschuh abziehen ließ, während Ignazio bloß da und dort noch vorhandene Verwachsungen durchschnitt. Kurz und gut, er entfernte langsam die ganze Haut und warf sie dann, haarig und blutig, wie sie war, gleich einem abgelegten Anzug zu Boden. Die Ziege war jetzt sozusagen nackt und sah rot aus, da und dort mit ein paar weißen und bläulichen Flecken.

Obwohl es noch immer regnete, hatte niemand sich von der Stelle gerührt. Jetzt nahm Ignazio wieder das Messer zur Hand, schlitzte der Ziege der Länge nach den Bauch auf, fuhr mit den Händen hinein und rief mir dabei zu: «Cesira, halte die Arme auf!»

Ich lief herbei, er zog die ganze Masse der Eingeweide heraus und spulte sie gewissermaßen ordentlich auf wie einen Knäuel Bindfaden. Dann und wann schnitt er die Gedärme durch und legte sie mir auf die Arme. Sie waren noch warm, stanken und beschmutzten mich mit Kot. Dabei murmelte Ignazio vor sich hin: «Ein Essen für Könige! Für Königinnen, in eurem Falle . . .! Putzt das Zeug und bratet es auf schwachem Feuer!»

In diesem Augenblick ertönte eine Stimme, die «Filippo, Filippo!» rief.

Wir alle wandten uns um und sahen, wie über dem Rand der Terrasse zuerst der Kopf, dann die Schultern und schließlich die ganze Gestalt eines Mannes erschien. Es war Vincenzo, der Pächter Filippos, bei dem wir gewohnt hatten, ehe wir nach Sant' Eufemia gekommen waren. Mehr denn je ähnelte er einem gerupften Vogel, mit seiner scharfen Nase und seinen tiefgeränderten Augen. Außer Atem, schmutzig und regennaß rief er, noch ehe er auf der Terrasse angekommen war: «Filippo! Ein Unglück ist geschehen!»

Filippo, der wie alle Ignazio zugesehen hatte, eilte ihm mit aus dem Kopf tretenden Augen entgegen und fragte: «Was ist denn geschehen? Sprich doch! Was gibt's?»

Der andere aber, der Schlaukopf, tat, als sei er völlig außer Atem, drückte die Hand gegen die Brust und erklärte mit hohler Stimme immer wieder: «Ein großes Unglück! Ein großes Unglück!»

Alle hatten wir jetzt Ignazio und seine Ziege im Stich gelassen und drängten uns um Filippo und seinen Pächter. Inzwischen hatte sich das Fenster von Filippos etwas weiter oben gelegenem Haus geöffnet, und zwei weibliche Gestalten, Filippos Frau und seine Tochter, waren darin erschienen.

Endlich erzählte der Pächter: «Die Deutschen und die Faschisten sind gekommen, haben alle Wände abgeklopft, das Versteck gefunden und die Mauer niedergerissen.»

Filippo unterbrach ihn mit einem Wutschrei: «Und sie haben meine Sachen gestohlen!»

«Gewiß», erwiderte der andere, aus irgendwelchen Gründen erleichtert, offenbar, weil die Sache nun heraus war, «sie haben alles weggetragen und nichts, aber auch gar nichts übriggelassen.» Dies sagte er so laut, daß auch Filippos Frau und Tochter es an ihrem Fenster hören konnten. Sogleich begannen die beiden Weiber, laut zu klagen und, aus dem Fenster hängend, zu gestikulieren. Filippo aber verlor keinerlei Zeit mit weiteren Erklärungen. «Kein Wort ist wahr!» brüllte er. «Du hast die Sachen gestohlen, du bist der Dieb, der Deutsche, der Faschist . . .! Du und deine Frau, diese Hexe, und deine Söhne, die Verbrecher . . .! Alle kennen euch! Eine Räuberbande seid ihr! Nicht einmal vor der Sankt-Johannes-Brüderschaft habt ihr Respekt!» Er schrie wie ein Verrückter, bekam mit einemmal eines von Ignazios Messern zu fassen, packte Vincenzo beim Hals und machte Miene, ihn niederzustechen. Zum Glück warfen sich ein paar der Umstehenden dazwischen, und vier Mann hielten ihn fest, während er immer wieder loszubrechen suchte und mit schäumendem Munde brüllte: «Laßt mich! Ich muß ihn umbringen! Laßt mich! Ich will ihn umbringen!» Die beiden Frauen kreischten zugleich vom Fenster aus: «Wir sind ruiniert! Wir sind ruiniert!» Und der Regen fiel immer dichter und durchnäßte uns alle.

Michele hatte die Szene mit einem Gesichtsausdruck beobachtet, als freue er sich darüber, daß seine Schwester ihre Ausstattung und seine Mutter ihre Hauswäsche verloren hatte. Jetzt trat er plötzlich auf Vincenzo zu, der unausgesetzt protestierte: «Wieso ich? Die Deutschen sind's gewesen, die Faschisten sind's gewesen! Wir haben nichts damit zu tun!» Als hätte er im voraus gewußt, was er dort finden werde, griff Michele in Vincenzos Joppentasche, brachte ein Schächtelchen daraus zum Vorschein und sagte ruhig: «Du bist's gewesen! Dieser Ring gehört meiner Schwester!»

Mit diesen Worten öffnete er das Schächtelchen und zeigte den darin enthaltenen Ring mit einem Brillanten, den, wie ich später erfuhr, Filippo seiner Tochter zum Geburtstag geschenkt hatte. Als Filippo den Ring sah, brüllte er laut auf, riß sich los und stürzte mit hoch erhobenem Messer auf Vincenzo los. Aber der Pächter war rascher als er. Aalglatt schlüpfte er durch die Menge der ihn umdrängenden Menschen hindurch und raste über die Terrasse davon. Filippo wollte ihm nacheilen, begriff aber sofort, daß dies aussichtslos war. Er hatte kurze Beine und einen Bauch, der Pächter aber war groß und hager und hatte richtige Straußenbeine. So hob Filippo bloß einen Stein vom Boden auf, schleuderte ihn hinter Vincenzo drein und rief: «Dieb! Dieb!» Aber wenn er Vincenzo nicht verfolgte, so taten dies die übrigen Flüchtlinge, nicht weil ihnen die Habe Filippos wichtig war, sondern weil sich bei jedem Handgemenge auch die Unbeteiligten einmischen wollen. Ich sah also, wie zwei oder drei junge Leute hinter dem alten Vincenzo her über die Steinterrassen liefen, ihn schließlich bei den Armen packten und zur Umkehr nötigten. Filippo hatte inzwischen unablässig große Steinbrocken geschleudert, mit denen man einen Menschen hätte totschlagen können; jetzt wartete er, erschöpft und außer Atem, am Rande der Terrasse darauf, daß man ihm den Pächter bringe. Dabei hielt er noch das vom Blut der Ziege gerötete Messer in der Faust. In diesem Augenblick trat Michele auf seinen Vater zu und sagte zu ihm: «Ich möchte dir raten – geh nach Hause!»

«Ich bringe ihn um!»

«Du gehst nach Hause!»

«Aber ich will ihn umbringen! Ich muß ihn umbringen!»

«Gib mir das Messer und geh nach Hause!»

Zu meiner Überraschung beruhigte sich Filippo angesichts der Ruhe seines Sohnes. Er legte das Messer auf den Tisch und entfernte sich in der Richtung nach seinem Hause, aus dem jetzt Geschrei und Gestöhne zu vernehmen war, als befinde sich dort das Fegefeuer. So blieb zuletzt unter dem noch immer niederströmenden Regen nur die an ihren Pfählen hängende tote Ziege zurück.

Jetzt wurde Vincenzo herangeschleppt, und alles umdrängte ihn und fragte ihn nach dem Hergang der ganzen Sache – wie ich bemerken konnte, mehr neugierig als vorwurfsvoll.

Vincenzo ließ sich nicht lange bitten: «Ich hätte das ja nie getan», sagte er mit seiner unguten Stimme, «keiner von uns hätte es getan – schließlich und endlich, Johannes-Brüder und so –, er hat mein Kind über das Taufbecken gehalten und ich das seine ... Blut ist kein Wasser, nicht wahr? Ich schwöre euch, lieber hätte ich mir eine Hand abhacken lassen, als ihn zu bestehlen – der Schlag soll mich treffen, hier auf der Stelle, wenn das nicht wahr ist!»

«Das glauben wir dir, Vincenzo, das glauben wir dir – aber wie kam es, daß ihr die Sachen dann doch gestohlen habt?»

«Eine Stimme – viele Tage lang hörte ich eine innere Stimme, die immer wieder sagte: ‹Nimm einen Hammer und reiße die Mauer ein . . .!› Die Stimme ließ mir Tag und Nacht keine Ruhe.»

«Und so hast du schließlich den Hammer genommen und die Mauer eingerissen – stimmt's, Vincenzo?»

«Ja, so ist es gewesen.»

Alle die Flüchtlinge und Bauern brachen in schallendes Gelächter aus, und nachdem sie Vincenzo noch ein paar Fragen gestellt hatten, ließen sie ihn los und kehrten zu Ignazio und zu dessen Ziege zurück. Vincenzo aber verschwand durchaus nicht sofort; vielmehr machte er die Runde durch alle Häuser und Hütten, bat überall um ein Glas Wein, erzählte von neuem seine Geschichte und brachte alle zum Lachen. Er selber aber lachte nicht, sondern saß da wie ein häßlicher, kranker Vogel und schien nicht zu begreifen, was die Leute so komisch fanden. Schließlich, als es Abend wurde, machte er sich still aus dem Staube, so als ob er der Bestohlene gewesen wäre und nicht Filippo.

Als Michele am selben Abend in die Hütte kam, wo ich soeben in Gesellschaft Parides und der Seinen die Ziegeneingeweide zubereitete, sagte er: «Mein Vater ist kein schlechter Mensch – und doch wäre er bereit gewesen, um einiger Bettlaken und Schmuckstücke willen einen Menschen umzubringen. Wir hingegen sind nicht einmal imstande, für eine Idee auch nur ein Huhn zu töten!»

Da erwiderte Paride langsam, während er ins Feuer starrte: «Michele, weißt du nicht, daß für die Menschen der Besitz mehr zählt als alle Ideen . . .? Sieh dir doch zum Beispiel den Pfarrer im Beichtstuhl an. Wenn du ihm beichtest, daß du gestohlen hast, wird er dir als Buße auferlegen, ein paar Gebete zum heiligen Joseph zu sprechen, und wird dich schließlich absolvieren. Gehst du aber ins Pfarrhaus und stiehlst dem Pfarrer selbst sein Silberbesteck – da sollst du sehen, welches Geschrei er macht! Und statt dich zu absolvieren, ruft er den Carabinieri-Wachtmeister und läßt dich verhaften . . . Und wenn schon ein Priester sich so benimmt, läßt sich denken, was wir tun, die wir keine Priester sind!»

Das war alles, was während der Regenzeit an Bemerkenswertem vorfiel. Im übrigen gab es die gewohnten Dinge: Geschwätz über den Krieg, das Wetter und unsere Zukunftspläne für die Zeit nach der Ankunft der Engländer. Vor allem aber schliefen wir endlos, oft zwölf und vierzehn Stunden. Bisweilen erwachten wir dann, lauschten dem Regen, der auf die Dachziegel niederrauschte und durch die Rinne abfloß, und schliefen alsbald, enganeinandergeschmiegt, auf unserem Bett aus losen Brettern wieder ein, obgleich der Sack aus Maisstroh immer wieder unter uns zu Boden zu gleiten drohte. Für die Familie Filippos aber, wie überhaupt für alle Flüchtlinge hier oben, bestand die Hauptbeschäftigung im Essen. Man kann sagen, daß sie von morgens bis abends nichts anderes taten, als zu tafeln und im Überfluß zu schwelgen. Sie erklärten, sie müßten essen, denn dies sei die einzige Art, die Trübsal zu verscheuchen; auch sei es besser, die Vorräte aufzubrauchen, denn mit den Engländern werde ja der Überfluß kommen, die Preise würden fallen und niemand mehr würde all das Zeug haben wollen. Ich aber dachte bei mir: Sich darauf zu verlassen ist gut, aber besser ist es, sich nicht darauf zu verlassen. – Auch ich war davon überzeugt, daß die Engländer kommen würden, aber das «Wann?» war die große Frage. Wenn sie aus irgendwelchen Gründen einen oder zwei Monate länger auf sich warten ließen, als wir glaubten, standen wir alle vor dem Nichts. Während also die anderen sich die Bäuche vollschlugen, führte ich in unserer Stube ein Rationierungssystem ein.

Wir aßen nur einmal am Tag, gegen sieben Uhr abends. Diese Mahlzeit bestand aus einem Teller Bohnen und ein wenig Fleisch, zumeist Ziegenfleisch, dazu gab es ein Stück Brot von stets gleicher Größe und eine Handvoll getrockneter Feigen. Manchmal machte ich Polenta, manchmal gab es statt der Bohnen Erbsen, manchmal statt Ziegenfleisch Kuhfleisch. In der Frühe hingegen schnitt ich für Rosetta und mich je eine Brotscheibe ab, und dazu aßen wir eine Zwiebel. Dann und wann ersetzten wir das Brot durch ein paar von den Rüben, mit denen man gewöhnlich die Pferde füttert, die aber in Notzeiten auch den Menschen zur Nahrung dienen müssen.

Rosetta klagte oft über Hunger, denn sie war ja jung; ich riet ihr dann zu schlafen, denn Schlafen ist fast das gleiche wie Essen: Man verbraucht wenig und sammelt Kräfte. Mit einem Wort, ich verhielt mich so wie die Bauern, die, zum Unterschied von den Flüchtlingen, vorsichtig waren und ihre Mahlzeiten mit der Goldwaage abwogen. Sie waren ja an Not gewöhnt und wußten aus Instinkt, daß sie, ob unter den Deutschen oder unter den Engländern, nie genug zu essen haben würden, weil ihnen ewig das Geld fehlte und die Ernte nie von einem Jahr zum nächsten reichte. Ich fühlte mich also in gewissem Sinne mehr als Bäuerin denn als Flüchtlingsfrau, und ich empfand unwillkürlich eine gewisse Abneigung gegen diese Flüchtlinge, vorwiegend Geschäftsleute, die ihr Geld auf Kosten ihrer Mitmenschen angehäuft hatten und nur darauf warteten, dies gleich nach der Ankunft der Engländer von neuem zu beginnen. Man wird vielleicht einwenden, daß ja auch ich eine Geschäftsfrau war; das stimmt, aber ich bin als Bäuerin auf die Welt gekommen, und jetzt, im Kontakt mit den Bauern und mit der Erde, fühlte ich mich von neuem als Bäuerin, wie zu den Zeiten, da ich als junges Mädchen meinen Heimatort verließ, um mich in Rom zu verheiraten.

Kurz und gut, wir lebten auf die beschriebene Weise etwa vierzig Tage; dann, gegen Ende Dezember, erhoben wir uns eines Morgens wie gewöhnlich und merkten, daß während der Nacht der Wind umgeschlagen hatte. Der Himmel war von einem harten, leuchtenden, tiefen Blau, im Osten noch von der Morgenröte rosafarben getönt, und die letzten Reste der Regenwolken lösten sich in eine Menge roter und grauer Wattebäuschchen auf. In der Richtung gegen Ponza sah man zum erstenmal nach so langer Zeit das Meer dunkelblau, beinahe schwärzlich schimmern. Die Ebene von Fondi war jetzt, im Winter, eher grau als grün, und über ihr lagen rauchende Morgennebel, die einen schönen, trockenen, leuchtenden Sonnentag anzukünden schienen. Von den Bergen aber kam ein kalter, schneidender, trockener Nordwind herüber und ließ die entblätterten Äste des Baumes neben unserem Hause leise erschauern.

Als ich aus dem Hause trat, war der Schlamm unter meinen Füßen hart und glitzerte da und dort, wie wenn er mit Glassplittern vermischt gewesen wäre. Es hatte während der Nacht gefroren. Dieser Wetterumschwung verlieh den Flüchtlingen neue Hoffnung. Alle eilten aus den Häusern hervor, standen in der eisigen Morgenluft, umarmten und beglückwünschten einander, denn jetzt, bei dem schönen Wetter, nahmen die Engländer bestimmt ihren Vormarsch wieder auf, und bald würde alles zu Ende sein.

Wirklich kamen die Engländer pünktlich, aber nicht so, wie die Flüchtlinge dies erwartet hatten. Gegen elf Uhr vormittags desselben ersten Schönwettertages sonnten wir uns alle auf der Steinterrasse gleich halberfrorenen Eidechsen, als wir aus der Ferne ein Dröhnen vernahmen, das rasch näher kam, immer mächtiger und majestätischer anschwoll und schließlich den ganzen Himmel zu erfüllen schien. Nach einem Augenblick der Ungewißheit wußten wir alle, was dies war; ich selber hatte jenes Dröhnen ja schon oft in Rom gehört, bei Tag wie bei Nacht.

«Die Engländer! Die Flugzeuge! Die englischen Flugzeuge kommen!»

Wirklich kam jetzt hinter einer Berggruppe im blauleuchtenden Himmel eine erste Staffel von vier Maschinen hervor. Sie waren weiß und schön, leuchteten in der Sonne und sahen dort oben am Himmel aus wie die Silberfiligrannadeln, die in Venedig erzeugt werden. Gleich darauf erschienen weitere vier, dann nochmals vier, so daß es jetzt im ganzen zwölf waren. Sie flogen schnurgerade, wie an unsichtbaren Fäden. Ihr Dröhnen erfüllte den Himmel, und obwohl dieser Lärm mich an viele böse Stunden in Rom erinnerte, geriet ich in eine Art freudiger Erregung. Mir war, als hörte ich eine gewaltige, uns Italienern freundliche Stimme, die den Faschisten und den Deutschen befahl, sich aus dem Staub zu machen.

So starrte also auch ich klopfenden Herzens und voll Hoffnung zu diesen Maschinen hinauf, die geradewegs auf Fondi zusteuerten, das mit seinen weißen Häuschen zwischen dunkelgrünen Orangenhainen in der Ebene dalag. Rings um die Flugzeuge war der Himmel jetzt mit weißen Sprengwölkchen gesprenkelt, und gleich danach wurde das trockene, hastige Feuer der deutschen Flak vernehmbar. Offenbar gab es dort unten eine Anzahl Flakgeschütze, die von allen Seiten des Tales her in den Himmel schossen.

Da mußte man die Flüchtlinge hören: «Die armen Idioten schießen, aber treffen tun sie nichts ...! Ja, schießt nur, schießt nur, es geht ja doch alles daneben!»

Wirklich schienen diese Granaten den Flugzeugen nicht das mindeste anzuhaben, denn sie setzten ihren Flug völlig unbeirrt fort. Dann, plötzlich, hörten wir einen lauten Knall und sahen eine weiße Wolke, diesmal nicht am Himmel, sondern unten auf der Erde, mitten zwischen den Häusern und Gärten von Fondi. Die Flugzeuge hatten begonnen, Bomben abzuwerfen.

Was nach der ersten Explosion geschah, werde ich nicht so bald vergessen, denn nie sah ich so viele Menschen mit solcher Schnelligkeit von Freude zu Bestürzung hinüberwechseln. Ein Bombenregen ging jetzt auf die Stadt nieder, und die weißen Explosionswolken lagen bald dicht nebeneinander. Und alle diese Leute, die gerade noch so vergnügt gewesen waren, schrien, heulten und jammerten jetzt im Chor, ganz so wie Filippos Frau und Tochter gejammert hatten, als Vincenzo den Verlust ihrer Habe gemeldet hatte. Alle liefen hin und her und schwenkten schreiend die Arme durch die Luft, als wollten sie die Flugzeuge anhalten. «Mein Haus! Mein Haus, ihr Schurken! Unsere Häuser zerstören sie, unsere Häuser, unsere Häuser!» Und mittlerweile fielen die Bomben weiter, wie reifes Obst von einem geschüttelten Baum, und die Flak schoß wütend und verursachte ein Getöse, das nicht bloß den Himmel erfüllte, sondern auch die Erde erzittern ließ.

Die Flugzeuge überquerten die ganze Ebene, machten dann über dem Strand des in der Sonne funkelnden Meeres kehrt, kamen zurück und luden neuerlich Bomben ab. Wieder begannen die Flüchtlinge hier oben, die sich in dem Glauben, der Angriff sei zu Ende, ein wenig beruhigt hatten, zu schreien und zu jammern.

Gerade als das Geschwader in seiner unerschütterlichen Sicherheit tatsächlich in die Richtung abzuziehen schien, aus der es gekommen war, schoß aus dem zweiten Flugzeug der letzten Staffel eine große rote Stichflamme hervor und flatterte gleich einer Schärpe im blauen Himmel. Die Maschine war von der Flak getroffen worden und fiel aus dem Verband aus, während die Feuerschärpe rings um das kleine weiße Ding immer größer und röter wurde.

«Bravo!» schrien jetzt die Flüchtlinge. «Das hat hingehauen! Die Deutschen sollen leben! Die geben's den Mördern ordentlich!»

Plötzlich rief Rosetta: «Sieh doch, Mutter, wie schön! Fallschirmspringer!» Wirklich sah ich, wie sich hintereinander ein paar weiße Schirme am Himmel öffneten, während die getroffene, brennende Maschine sich nach dem Meer hin entfernte; und an jedem dieser Schirme hing ein schwarzes Etwas und schwankte im Winde – ein Flieger. Sieben oder acht von ihnen kamen auf diese Weise langsam herunter. Das Flakfeuer erlosch, das getroffene Flugzeug schwankte hin und her, senkte sich immer tiefer und verschwand zuletzt hinter einem Hügel. Gleich darauf wurde ein heftiger Knall vernehmbar, auf den völlige Stille folgte. Nur aus der Ferne, wohin das Geschwader entschwunden war, hörte man noch ein leises metallisches Geräusch. Die Flüchtlinge jammerten noch immer; die silbernen Fallschirme senkten sich tiefer und tiefer; das ganze Tal von Fondi aber war in grauen Rauch gehüllt, in dem da und dort rötliche Brände bleckten.

So waren die Engländer also gekommen, doch nur, um die Häuser der Flüchtlinge zu zerstören. Auch bei dieser Gelegenheit bestätigte sich Micheles Herzenshärte in einer Weise, die ich nicht erwartet hätte. Noch am selben Abend sagte er, als in unserer Hütte die Rede auf den Bombenangriff kam: «Wißt ihr, was diese Leute aus Fondi, die jetzt um ihre Häuser klagen, damals sagten, als es in den Zeitungen von unseren sogenannten Stukas hieß, sie hätten die oder jene feindliche Stadt ‹coventriert›? Damals sagten sie, und ich habe das mit meinen eigenen Ohren gehört: ‹Na, wenn diese Städte bombardiert worden sind, so werden sie's schon verdient haben!›»

Ich fragte ihn: «Aber tun dir denn alle diese armen Teufel nicht leid, die jetzt keine Häuser mehr haben und obdachlos geworden sind wie die Zigeuner?»

«Ja», antwortete er, «sie tun mir leid, aber nicht mehr als alle die anderen, die vor ihnen ihre Häuser verloren haben. Und ich sage dir, Cesira: Wie du mir, so ich dir. Beifall haben sie geklatscht, als die Häuser der Engländer, der Franzosen, der Russen bombardiert wurden; jetzt aber sind sie an der Reihe. Ist das nicht gerecht? Du, Rosetta, die du an Gott glaubst, erkennst du darin nicht den Finger Gottes?»

Rosetta gab keine Antwort, wie gewöhnlich, wenn er von der Religion sprach, und damit fand das Gespräch sein Ende.

Gleich nach diesem ersten Bombenangriff eilten die Flüchtlinge allesamt ins Tal hinab, um nachzusehen, was aus ihren Häusern geworden war. Fast alle kamen mit der frohen Nachricht wieder, daß die meisten Häuser noch standen und daß das Unheil nicht so groß gewesen war, wie es von hier oben zunächst ausgesehen hatte. Ein paar Tote hatte es freilich gegeben: Ein alter Bettler war erschlagen worden, der in einem bereits zerstörten Hause am Stadtrand wohnte, und ein zweites Opfer war – wir wollten es zuerst kaum glauben – jener Faschist namens Scimmiozzo, der uns bei Concetta mit seinem Gewehr bedroht hatte. Scimmiozzo war genauso gestorben, wie er gelebt hatte. An jenem Morgen hatte er das schöne Wetter zu einer Expedition nach Fondi benützt und dort den Rollbalken eines Kramladens aufgebrochen. Das Haus war ihm über dem Kopf zusammengestürzt, und man fand ihn inmitten von Bändern und Knöpfen, die Hand noch um das Diebesgut geklammert.

Ich sagte zu Rosetta: «Na, solange nur Leute wie der dabei zugrunde gehen, soll mir der Krieg recht sein.»

Zu meiner Überraschung aber war ihr Gesicht von Tränen naß, und sie bat: «Sag das nicht, Mutter . . .! Auch er war ein armer Teufel!» Und am Abend bestand sie darauf, ein Gebet für die Seele dieses Scimmiozzo zu sprechen, die noch schwärzer gewesen war als das Schwarzhemd, das er trug, als ihn der Tod ereilte.

Ich habe vergessen zu erzählen, daß es um diese Zeit noch einen anderen Toten gab: Tommasino. Ich weiß genau, wie und warum er starb, denn ich befand mich bei ihm, als sich der Vorfall ereignete, der zu seinem Tode führte. Trotz des Regens, der Kälte und des Schmutzes hatte er unablässig weiter seine Handelsgeschäfte betrieben. Er kaufte von den Bauern, von den Deutschen, von den Faschisten und verkaufte seine Waren an die Flüchtlinge. Die Lebensmittel waren knapp geworden, aber er verschaffte weiterhin Salz, Tabak, Orangen und Eier. Seine Preise waren natürlich noch gestiegen, und ich weiß, daß er bei seinen Geschäften erheblich verdiente.

Er kannte, während er diese Geschäfte betrieb, keine Rücksicht auf die Gefahr, nicht weil er besonders mutig gewesen wäre, sondern weil ihm das Geld wichtiger war als seine heile Haut. Mit seinem unrasierten Bart, seinen aufgekrempelten, zerrissenen Hosen und seinen schmutzstarrenden Schuhen war er den ganzen Tag unten im Tal unterwegs. Seine Familie hatte er seit einer Weile bei Bauern untergebracht, die noch oberhalb von Paride wohnten. Wenn man ihn fragte, warum er sich nicht auch dorthin zurückziehe, antwortete er: «Ich habe doch mein Geschäft. Das will ich bis zum letzten Augenblick weiterbetreiben.» Er meinte damit den letzten Augenblick des Krieges und wußte nicht, daß er in Wahrheit bis zum letzten Augenblick seines eigenen Lebens Geschäfte machen würde.

Mit einem Wort, ich tat eines Tages acht Eier in ein Körbchen und ging mit Rosetta zu Tal, in der Absicht, die Eier bei den Deuschen, die unten in den Orangenhainen kampierten, gegen ein Kommißbrot einzutauschen. Zufällig befand sich Tommasino gerade in Sant' Eufemia auf einem Geschäftsbesuch und erbot sich, uns hinunterzubegleiten. Dies alles spielte sich am fünften schönen Tag nach jenem ersten Bombenangriff ab.

Wie gewöhnlich ging uns Tommasino auf dem Fußpfad über Steine und Löcher voran, sprach kein Wort und war tief in seine Berechnungen versunken, während wir ihm ebenso schweigsam folgten. Der Weg führte im Zickzack entlang der Flanke des linken Berghanges talabwärts, dann kam man zu einem Felsen, und von da an ging es ein Stück über einen Sattel und dann an der Bergflanke rechts weiter hinunter. Dieser Sattel war ein sonderbarer Ort. Es gab dort eine Menge nackter Felsen von seltsamer Form, die elefantengrauen Zuckerhüten glichen. Dazwischen wuchsen zahlreiche Feigenkakteen mit grünen, fleischigen Blättern, die aussahen wie aufgedunsene Gesichter und die voll von Stacheln waren. Der Weg schlängelte sich zwischen diesen Felsen und Kakteen längs eines Baches hin, dessen kristallklares Wasser über dem grünen Grund wunderhübsch anzusehen war.

Als wir auf diesem Sattel angelangt waren – Tommasino ging uns etwa dreißig Schritte voraus –, hörten wir über uns das Dröhnen eines Flugzeuggeschwaders. Wir achteten nicht weiter darauf, denn derlei war nun schon zu etwas Normalem geworden. Meistens steuerten die Flieger geradewegs die Front an, und man konnte sicher sein, daß sie nicht daran denken würden, ihre teuren Bomben auf die Steinhalden des Gebirges abzuwerfen. So beschränkte ich mich darauf, zu Rosetta zu sagen: «Schau, Flieger!» Wirklich sah man in dem leuchtenden Himmel das silberglitzernde, in drei Reihen ausgerichtete Geschwader, dem eine einzelne Maschine gleichsam als Führerin voranflog. Dann sah ich plötzlich eine Art roter Fahne aus dem ersten Flugzeug hervorkommen, und es fiel mir ein, daß Michele mir einmal gesagt hatte, dies sei das Zeichen für den Bombenabwurf. Ich hatte kaum Zeit, mich daran zu erinnern, als auch schon die Bomben fielen, das heißt, wir sahen sie gar nicht, sondern hörten unvermittelt eine sehr heftige Explosion in nächster Nähe und sahen eine Unmenge von Steinsplittern und Metallstücken, von denen jedes, wie ich später feststellte, größer war als ein kleiner Finger und ausgereicht hätte, uns zu töten.

Eine Staubwolke hüllte uns ein, deren ätzender Gestank uns husten machte. Ich sah fast nichts mehr und rief, von entsetzlicher Angst befallen, laut nach Rosetta. Endlich lichtete sich die Wolke ein wenig, der Boden rings um mich war übersät mit Stein- und Metallsplittern sowie mit abgerissenen und zerquetschten Kaktusblättern, und gleich darauf hörte ich die Stimme Rosettas rufen: «Hier bin ich, Mutter!»

Ich habe nie an Wunder geglaubt, aber in jenem Augenblick, als ich Rosetta in meine Arme schloß und an diese vielen Eisentrümmer dachte, die uns eben noch umschwirrt hatten, mußte ich mir, ehrlich gestanden, doch sagen, daß nur ein Wunder uns vom Tode errettet hatte. Ich umarmte, küßte und betastete Rosetta, denn ich konnte es kaum glauben, daß sie wirklich unversehrt geblieben war. Dann machte ich mich auf die Suche nach Tommasino, der, wie schon gesagt, etwa dreißig Schritte vor uns gewesen war. Ich sah ihn nicht, hörte aber von irgendwo zwischen dem zerstörten Kaktusgestrüpp seine klagende Stimme: «Mein Gott, heilige Muttergottes, mein Gott, heilige Muttergottes . . .»

Ich nahm an, er sei getroffen worden, und machte mir bereits Vorwürfe, weil ich über die Rettung Rosettas so glücklich gewesen war. Tommasino war mir ja nicht allzu sympathisch, aber schließlich war doch auch er ein Christenmensch und hatte uns, wenngleich aus geschäftlichem Interesse, vielfach geholfen. Ich war also darauf gefaßt, ihn irgendwo in seinem Blute liegen zu sehen und eilte auf die Stelle zu, von der seine Rufe kamen.

So gelangte ich zu einer Art Felsenhöhle, in der Tommasino kauerte wie eine Schnecke in ihrem Haus. Er hielt sich den Kopf mit den Händen und jammerte laut, doch bemerkte ich sogleich, daß er nicht einmal einen Kratzer davongetragen hatte und daß ihm bloß der Schrecken in den Gliedern saß.

«Tommasino», sagte ich daher, «es ist ja alles vorbei! Was tust du noch in diesem Loch? Gott sei Dank, keinem von uns ist etwas geschehen.»

Er aber gab keine Antwort, sondern jammerte wieder: «Mein Gott, heilige Muttergottes . . .»

Erstaunt redete ich auf ihn ein: «Komm, Tommasino, gehen wir hinunter, es wird sonst zu spät!»

Da antwortete er: «Ich gehe nicht weg von hier!»

Und ich: «Wieso? Du willst hierbleiben?»

Und er: «Hinunter geh ich nicht! Ich steige jetzt auf den Berg, so hoch wie nur möglich, und verkrieche mich in eine ganz tiefe Höhle ... Für mich ist alles zu Ende!»

«Aber Tommasino – denk doch an deine Geschäfte!»

«Zum Teufel mit den Geschäften!»

Als ich hörte, wie er die Geschäfte zum Teufel wünschte, um derentwillen er bisher allen Gefahren getrotzt hatte, begriff ich, daß es ihm ernst war und daß es keinen Sinn hatte, weiter in ihn zu dringen. Immerhin sagte ich doch: «Begleite uns wenigstens heute ins Tal hinunter. Heute kommen bestimmt keine Flieger mehr!»

Er aber antwortete: «Geht ihr nur – ich rühre mich nicht von hier fort!» Und wieder begann er, am ganzen Leib zu zittern und sich der Muttergottes zu empfehlen. Da verabschiedete ich mich von ihm und stieg den Maultierpfad weiter hinab, in der Richtung nach dem Tale.

Als wir unten angekommen waren, stießen wir am Rande der Orangenpflanzungen auf einen mit abgerissenen Ästen bedeckten deutschen Panzer und ein getarntes, das heißt in grauer, grüner und brauner Farbe bemaltes Zelt. Sechs oder sieben deutsche Soldaten waren mit Kochen beschäftigt, während einer unter einem Orangenbaum saß und Ziehharmonika spielte. Es waren alles junge Burschen mit kurzgeschnittenen Haaren und blassen, mit allerlei Narben bedeckten Gesichtern. Ehe sie hierherkamen, waren sie in Rußland gewesen, und dort war, wie sie behaupteten, der Krieg hundertmal schlimmer als in Italien. Ich kannte sie bereits, denn ich hatte den Tauschhandel Brot gegen Eier schon einmal mit ihnen betrieben.

So hob ich bereits von weitem meinen Korb mit den Eiern empor; der Ziehharmonikaspieler verstummte sogleich, ging in das Zelt und brachte ein Kastenbrot im Gewicht von einem Kilo zum Vorschein. Jetzt kamen wir aufeinander zu, ohne uns anzusehen, er hielt das Brot in der ausgestreckten Hand, als fürchtete er, ich wollte es ihm entreißen, hob die Blätter ab, mit denen ich die Eier zugedeckt hatte, und zählte sie laut auf deutsch. Nicht genug damit, ergriff er eines der Eier, führte es ans Ohr und schüttelte es, um festzustellen, ob es auch frisch war.

Da sagte ich: «Keine Angst, die Eier sind von heute. Wir haben unser Leben aufs Spiel gesetzt, um sie herunterzubringen. Darum müßtet ihr uns eigentlich zwei Brote geben, nicht bloß eines.»

Er verstand mich nicht und machte ein fragendes Gesicht. Darauf deutete ich zum Himmel empor, machte eine Bewegung, mit der ich das Fallen der Bomben andeutete, und sagte: «Bum, bum», um die Explosion zu verdeutlichen. Er begriff endlich und sagte etwas, worin das Wort «kaputt» vorkam. Das sagten die Deutschen ja immer, und Michele hat mir einmal erklärt, daß es etwas wie «Totsein» bedeutet.

Ich verstand, daß er von dem abgeschossenen Flugzeug sprach, und antwortete: «Für eines, das ihr abschießt, kommen hundert andere . . .! Wenn ich an eurer Stelle wäre, würde ich aufhören, Krieg zu führen, und würde nach Deutschland zurückkehren . . . Das wäre für alle besser, für euch und für uns.»

Er gab keine Antwort, denn er hatte wiederum nicht verstanden, nahm aber die Eier, reichte mir das Brot und machte dazu eine Handbewegung, die besagen sollte: «Komm wieder, und wir wollen dasselbe Geschäft nochmals machen.» Wir grüßten also und schlugen wieder den Pfad nach Sant' Eufemia ein.

Noch am selben Tag erschien Tommasino in dem Haus oberhalb von Sant' Eufemia, wo seine Familie untergebracht war. Am folgenden Morgen schickte er einen Bauern mit zwei Maultieren aus, um aus seinem Hause im Tal seine ganze Habe, Matratzen und Bettgestelle inbegriffen, heraufholen zu lassen. Aber auch das Haus, wo er und die Seinen jetzt lebten, schien ihm noch nicht genügend sicher; also übersiedelte er ein paar Tage danach mit Frau und Kindern in eine Höhle, deren Eingang von außen nicht zu sehen war, da Bäume und Gestrüpp sie verdeckten. Unmittelbar darüber erhob sich ein grauer, sehr hoher Felsen, dessen Zuckerhutform sogar vom Tal aus wahrnehmbar war. So hatte er jetzt zehn oder zwanzig Meter massigen Felsens über sich.

In dieser Höhle, die einst ein Räuberversteck gewesen war, lebte Tommasino jetzt mit den Seinen; und man hätte glauben sollen, daß er sich jetzt vor den Bomben sicher fühlte und keine Angst mehr hatte. Aber der Schrecken hatte ihn wie ein böses Fieber gepackt. Ungeachtet der Höhle und des Felsens, der sie beschützte, zitterte er den ganzen Tag vom Kopf bis zu den Füßen und hüllte sich fröstelnd in sein Umhängetuch. Immer wieder jammerte er: «Ich fühle mich schlecht!» und seine Stimme klang schwach und kläglich. Er aß und schlief nicht mehr und verfiel sichtlich, wie eine Kerze niederbrennt und von Tag zu Tag kürzer wird. Als ich ihn besuchte, fand ich ihn erbarmungswürdig mager und niedergeschlagen. In seine Decke gehüllt, stand er am Eingang der Höhle und zitterte. Ich erinnere mich, daß ich seinen Zustand zunächst nicht ganz ernst nahm und ihn ein wenig aufzog: «Wovor hast du denn Angst, Tommasino?» fragte ich. «Diese Höhle ist doch bombensicher. Wovor hast du Angst? Glaubst du etwa, daß die Bomben wie Schlangen in deine Höhle und bis zu deinem Bett kriechen?» Er starrte mich an, als hätte er mich nicht verstanden, und sagte nichts als: «Ich fühle mich schlecht!»

Kurz und gut, ein paar Tage später hörten wir, daß er gestorben sei. Er war vor Angst gestorben, denn er war weder verletzt noch sonstwie krank gewesen. Ich ging nicht zu seinem Begräbnis, denn das hätte mich traurig gemacht, und es gab doch auch so schon Traurigkeit genug. Seine Familie und Filippo mit seinen Angehörigen gaben ihm das letzte Geleit. Sie begruben ihn ohne Sarg, denn es gab bei uns weder Bretter noch Tischler. Also banden sie ihn zwischen zwei Baumäste; und der Totengräber, ein langer, blonder Mensch, der jetzt auf seinem schwarzen Pferd in der Gegend umherritt und Schwarzhandel betrieb, band Tommasino auf den Sattel und brachte ihn im Schritt über den Maultierpfad ins Tal hinunter nach dem Friedhof.

Wie ich später erfuhr, gelang es nicht, einen Priester aufzutreiben, weil alle Geistlichen der Gegend geflohen waren. So mußte sich der arme Teufel mit den Gebeten seiner Angehörigen begnügen. Auch wurde das Begräbnis mehrmals durch Fliegeralarm unterbrochen. Auf das Grab pflanzte man ein Kreuz, dessen beide Arme aus dem Deckel einer alten Munitionskiste gezimmert worden waren.

Man hat mir später erzählt, daß Tommasino seiner Frau zwar viel Geld hinterlassen hatte, aber keinerlei Vorräte. Er hatte das letzte Kilo Mehl und die letzten hundert Gramm Salz verkauft. So fand sich die Witwe mit dem Geld, doch ohne Lebensmittel, und mußte, um überhaupt existieren zu können, Waren für den doppelten Preis einkaufen, um den sie ihr Mann verkauft hatte. Ich glaube, daß bei Kriegsende von all dem Geld, das Tommasino ihr hinterlassen hatte, auch infolge der Inflation, so gut wie nichts übriggeblieben war.

Wollt ihr wissen, was Michele zum Tode seines Onkels sagte?

«Es tut mir leid, denn er war ein guter Mensch. Aber er ist gestorben, wie heute so viele Menschen sterben: Während er dem Geld nachlief und glaubte, es gebe nur das Geld, erblickte er plötzlich das, was hinter dem Gelde steht, und da befiel ihn das große, tödliche Entsetzen.»

Sechstes Kapitel

Das schöne Wetter brachte uns nicht nur die Bomben der Engländer, sondern noch eine andere Plage: die Razzien der Deutschen. Der Tonto hatte uns darauf vorbereitet, aber im Grunde hatte niemand so recht daran geglaubt. Jetzt aber kamen einige Bauern ins Gebirge geflohen und berichteten, die Deutschen hätten unten im Tal eine Razzia veranstaltet, alle arbeitsfähigen Männer eingefangen, auf Lastwagen verladen und irgendwohin zur Arbeit geschickt – wie die einen sagten: zu den Befestigungen an der Front, wie die anderen behaupteten: nach Deutschland. Dann kam eine weitere schlimme Nachricht: In der Nacht hatten die Deutschen ein dem unseren benachbartes Tal umzingelt, waren bis zu den Berggipfeln emporgestiegen und dann von oben heruntergekommen. Auf diese Weise hatten sie eine ganze Menge Männer wie in einem Netz gefangen und per Lastwagen fortgeschickt.

Unter unseren Flüchtlingen entstand sofort große Bestürzung, denn mindestens vier oder fünf Jungen waren beim Zusammenbruch des Faschismus von der Armee desertiert; auf diese Art von Leuten aber machten die Deutschen besonders scharf Jagd, denn sie betrachteten sie als Verräter und wollten ihnen diesen Verrat heimzahlen, indem sie sie wie Sklaven Gott weiß wo und unter welchen Bedingungen arbeiten ließen.

Am meisten Angst hatten die Eltern der betreffenden Jungen, und am allerschlimmsten war die Sorge Filippos um seinen Sohn Michele, der ihm zwar stets widersprach, auf den er aber doch ungeheuer stolz war. Es kam also zu einer Art Kriegsrat im Hause Filippos; und hierbei wurde beschlossen, daß die jungen Leute von nun an täglich früh am Morgen einzeln bis zum Gipfel des Berges emporsteigen sollten, um erst nach dem Dunkelwerden wieder herunterzukommen. Selbst wenn die Deutschen bis dorthinauf gelangten, gab es da noch verschiedene Wege, die in andere Täler und auf andere Berge führten. Auch die Deutschen waren ja schließlich Menschen und würden sicher wenig Lust verspüren, viele Kilometer zurückzulegen, nur um einen oder zwei Deserteure einzufangen.

Michele wollte sich eigentlich nicht wie die anderen aus dem Staub machen, weniger aus Tapferkeit, als weil er nie das tat, was die anderen taten. Aber seine Mutter bat und beschwor ihn so lange weinend, er möge es doch ihr zuliebe tun, wenn schon nicht um seiner selbst willen, bis er sich zuletzt umstimmen ließ.

Rosetta und ich beschlossen, ihn zu begleiten, nicht weil wir Angst gehabt hätten – den Frauen taten die Deutschen nichts –, sondern um irgend etwas zu unternehmen. Hier in Sant' Eufemia starben wir ja vor Langeweile. Auch wollten wir gerne in Micheles Gesellschaft bleiben, den wir als einzigen hier oben wirklich liebgewonnen hatten. So begann ein seltsames Leben, an das ich mich bis zu meinem Ende erinnern werde.

Es war noch Nacht, als Paride, der immer schon vor dem Morgengrauen auf war, an unsere Tür klopfte. Beim Schein unseres Öllämpchens kleideten wir uns hastig an und traten dann in die Kälte hinaus. Es war noch ganz finster, und nur da und dort begann man, in den Fenstern der Bauernhäuser Licht zu sehen. Als wir Michele fanden, sahen wir, daß er in etliche Wollwesten aller Art eingemummt war. Mit seinem kleinen Wuchs und mit dem Knotenstock, den er in der Hand hielt, sah er aus wie einer von den Zwergen, die in den Berghöhlen leben und dort irgendwelche Schätze bewachen. Wortlos folgten wir ihm bergauf.

Es ging zunächst auf einem stark vereisten Weg durch dichtes Unterholz, das uns bis an die Brust reichte. Michele richtete von Zeit zu Zeit den Strahl seiner Taschenlampe auf diesen Weg, und so fanden wir uns einigermaßen zurecht und konnten ihm schweigend folgen. Allmählich begann sich dann, indem wir aufstiegen, der Himmel über den Berggipfeln schmutziggrau zu färben, während noch immer zahlreiche Sterne darin leuchteten. Schwarz hoben sich die Bergmassen von diesem helleren und mit Sternen durchsetzten Himmel ab, bis auch sie anfingen, Farbe zu bekommen und da und dort grüne Flecken aufzuweisen. Die Sterne verdämmerten, der Himmel wurde weißlichgrau, und vor unseren Augen breitete sich das dürre, winterlich gefrorene, schweigende, schlafende Gestrüpp aus. Jetzt tauchte am Horizont ein rosiger Streifen auf, und gleichzeitig verfärbte sich der Himmel über uns ins Bläuliche, bis dann plötzlich hinter einer dieser Bergkuppen scharf und blitzend wie ein goldener Pfeil der erste Sonnenstrahl hervorbrach. Da waren mit einemmal alle Farben da: das lebhafte Rot der Beeren, das leuchtende Grün des Mooses, das Gelblichweiß des Röhrichts, das glänzende Schwarz der verwitterten Äste.

Wir waren jetzt aus der Zone des Unterholzes in einen Eichenwald gelangt, der den ganzen Berg bis zu seinem Gipfel bedeckte. Es waren große Steineichen, die in ziemlichen Abständen voneinander wuchsen und ihre Äste da- und dorthin ausstreckten, als wollten sie sich bei den Händen fassen und sich gegenseitig schützen, damit sie nicht vom Sturm in die Tiefe gerissen würden. Sie bildeten einen schütteren Wald, durch den man über den mit weißem Gestein bedeckten Abhang bis zum Gipfel emporschauen konnte, der sich scharf gegen den blauen Himmel abhob. Die Sonne hatte die Vögel in den Zweigen geweckt, und man hörte sie umherflattern und zwitschern, obwohl nichts von ihnen zu sehen war.

Michele, der uns vorausschritt, war offenbar aus irgendwelchen Gründen guter Laune, schwang seinen Knotenstock und pfiff ein Liedchen, das klang wie ein Militärmarsch. Nach einem weiteren Stück Aufstieg wurden die Steineichen spärlicher, und zuletzt lag nur mehr der Pfad vor uns, der über blendendweißes Geröll bergan führte, bis zu dem Gipfel, oder vielmehr zu dem Paß zwischen zwei Gipfeln, der unser Ziel war.

Als wir oben anlangten, fanden wir uns zu unserer Überraschung auf einem tiefgrünen, mit zartem Gras bedeckten Sattel, auf dem sich da und dort weiße, rundliche Steinbuckel erhoben. In der Mitte dieser Wiese gab es einen alten Brunnen mit gemauerter Brüstung. Die Aussicht von diesem Punkt war wirklich außerordentlich reizvoll, so daß sogar ich, die ich – vielleicht, weil ich im Gebirge aufgewachsen bin und es nur zu gut kenne – in der Regel mit landschaftlicher Schönheit wenig anzufangen weiß, offenen Mundes staunte. Auf der einen Seite schweifte der Blick über den majestätisch gestuften Berghang, der aussah wie eine ungeheure Treppe, bis zur Ebene und zu dem blauglitzernden Streifen des Meeresstrandes; auf der anderen Seite aber waren die zahllosen Berge der Ciociaria zu sehen, einige weiß von Schnee, andere nackt und grau.

Es war kalt hier oben, aber man empfand das kaum, denn die reine, klare Sonne leuchtete und wärmte; und es herrschte völlige Windstille, zumindest während der ganzen Zeit, die wir hier oben verlebten, und das waren etwa zwei Wochen.

Es galt, den ganzen Tag irgendwie zuzubringen; so breiteten wir also eine Decke auf das Gras und streckten uns darauf aus. Nach einer Weile freilich hielten wir es nicht mehr aus und erhoben uns, um ein wenig auf und ab zu gehen. Michele und Rosetta pflückten Blumen oder plauderten, das heißt, er sprach und sie hörte ihm zu; ich aber begleitete sie zumeist nicht, sondern blieb an Ort und Stelle. Ich war gerne allein, was in Rom nicht schwer gewesen war, sich jedoch in Sant' Eufemia beinahe als unmöglich erwiesen hatte, denn bei Nacht schlief ich ja mit Rosetta, und bei Tag traf man immer auf irgendeinen von den Flüchtlingen. Das Alleinsein gab mir die Illusion, als hielte das Leben an und ich könnte mich umsehen. In Wirklichkeit ging das Leben natürlich weiter, aber ich bemerkte das hier nicht so deutlich wie in Gesellschaft.

Es war sehr still dort oben. Manchmal hörte man aus einem weiter unten gelegenen Tal das Glockengebimmel einer Schafherde heraufstönen, aber das war auch das einzige Geräusch, und es störte nicht, ja es schien den Ort noch friedlicher, das Schweigen noch tiefer zu machen. Ich ging gerne dann und wann zu dem Brunnen, beugte mich über den Rand und schaute lange hinein. Er war sehr tief oder wirkte doch so, denn man erblickte kaum den fernen Wasserspiegel in dem trockenen, gemauerten Schacht. Aus den Ritzen dieses Schachtes sproß Frauenhaar mit schwarzen Stengeln und grünen, zarten, federgleichen Blättchen und spiegelte sich im dunklen Wasser des Grundes. Ich beugte mich also über den Brunnenrand, blickte lange Zeit hinunter und erinnerte mich an die Zeit, als ich ein Kind war. Da weckten Brunnen in mir Angst und zugleich eine Art Bezauberung, denn ich stellte mir vor, sie seien Eingänge zu einer unterirdischen, von Feen und Zwergen bewohnten Welt. Oft wandelte mich beinahe die Versuchung an, mich in einen solchen Brunnen hinabzustürzen und so aus meiner Welt in jene andere hinüberzugelangen.

Oder ich starrte hinab, bis meine Augen sich an die Dunkelheit gewöhnt hatten und ich deutlich mein Spiegelbild im Wasser erkennen konnte. Dann nahm ich einen Stein und ließ ihn mitten in das Gesicht fallen und sah zu, wie es sich in bebende Kreislinien auflöste.

Gerne ging ich auch zwischen den weißen, seltsamen, runden Felsblöcken umher, die aus der grünen Wiese aufragten. Dabei hatte ich wieder das Gefühl, als sei ich in meine Kindheit zurückversetzt. Beinahe hoffte ich, auf dem Boden irgend etwas Kostbares zu finden, teils weil das smaragdgrüne Gras selbst den Eindruck von etwas Seltsamem und Wertvollem machte, teils weil der Ort zu denen gehörte, an welchen, nach allem, was man mir in der Kindheit erzählt hatte, sehr wohl ein Schatz vergraben sein mochte. Aber in Wirklichkeit gab es hier nur Gras, und das war wertlos und nur als Viehfutter zu gebrauchen. Ein einziges Mal fand ich ein vierblättriges Kleeblatt, das ich Michele schenkte. Er tat es in seine Brieftasche – wohl mehr, um mir eine Freude zu machen, als weil er an seine glückbringende Kraft geglaubt hätte.

So verging die Zeit mit großer Langsamkeit. Die Sonne stieg immer höher am Himmel empor und wärmte oft so stark, daß ich mein Mieder aufknöpfte und mich im Gras ausstreckte, um mich bräunen zu lassen, ganz so, als befände ich mich am Meeresstrand. Um die Mittagszeit kamen Michele und Rosetta von ihrem Spaziergang zurück; und dann aßen wir, im Gras sitzend, ein wenig Brot und Käse. Ich habe vor und nach jenen Tagen wohlschmeckende Dinge gegessen, aber in meiner Erinnerung waren das dunkle, harte Brot, das eine Menge Spreu und Maismehl enthielt, und der Schafkäse, den man nur mit dem Hammer zerkleinern konnte, das Köstlichste, das ich jemals verspeist habe. Als Würze wirkte dabei wohl der Appetit, erzeugt durch den Anstieg und die Gebirgsluft; aber auch der Gedanke an die Gefahr, in der wir uns befanden, mochte dazu beitragen, daß uns alles so ausgezeichnet schmeckte. Jedenfalls war mir so zumute, als merkte ich zum erstenmal im Leben, was es heißt, zu essen und sich zu nähren und dabei an Kräften zuzunehmen und zu wissen, wie gut und notwendig das Essen ist.

Ich möchte hier bemerken, daß ich oben in Sant' Eufemia viele Dinge sozusagen zum erstenmal bewußt wahrnahm, und zwar waren dies seltsamerweise gerade die allereinfachsten Dinge, die man für gewöhnlich ganz gedankenlos und mechanisch verrichtet. Schlafen etwa war mir nie zuvor als ein Vergnügen erschienen, das zugleich beglückt und neu belebt. Sauberkeit war hier so schwierig, ja beinahe unmöglich zu erreichen, daß sie zu einer Art lustvollen Genusses wurde. Überhaupt galt dies von allen körperlichen Belangen, denen man in der Stadt wenig Zeit widmet und auf die man kaum achtet. Ich glaube, wenn in Sant' Eufemia ein Mann gewesen wäre, der mir gefallen und in den ich mich verliebt hätte, wäre auch die Liebe für mich zu einem neuen, stärkeren, tieferen Erlebnis geworden als je zuvor. Mit einem Wort, es war, als wäre ich zu einem Tier geworden; denn ich stelle mir vor, daß die Tiere, die ausschließlich an ihren Körper zu denken haben, das empfinden müssen, was ich damals empfand, als die Umstände mich dazu nötigten, ausschließlich meinem Körper zu leben, zu essen, zu schlafen und mich so gut wie nur möglich zu pflegen.

Langsam zog die Sonne ihre Bahn über den Himmel und sank nach dem Meer hinab. Sobald es dort im Westen anfing, dunkler zu werden, und der Himmel sich rötlich färbte, machten wir uns an den Abstieg; diesmal nicht auf dem Maultierpfad, sondern indem wir über Stock und Stein den Abhang hinunterliefen, dabei auf dem Gras rutschten und in großer Geschwindigkeit die Zonen des Gerölls und des Unterholzes durchquerten. So brauchten wir für eine Strecke, die wir am Morgen in zwei Stunden zurückgelegt hatten, auf dem Heimweg nicht länger als eine halbe. Mit Staub bedeckt, die Kleider voll von Dornen, kamen wir gerade zurecht zum Abendessen. Schnell gingen wir in die Hütte, aßen, legten uns bald darauf schlafen und waren am nächsten Morgen vor Tagesanbruch wieder auf den Beinen.

Nicht immer freilich war es dort oben so ruhig und nicht immer war das Kriegsgetümmel so weit entfernt. Ich will nicht von den Flugzeugen sprechen, die oft, einzeln und in ganzen Geschwadern, über unsere Köpfe wegbrausten, noch von den Explosionen, die schwach aus dem Tal heraufdrangen und anzeigten, daß diese gottverlassenen Deutschen noch immer die Deiche der trockengelegten Gebiete sprengten, alles unter Wasser setzten und das ganze Tal mit Malaria verseuchten. Ich meine, daß wir den Krieg an den Begegnungen merkten, die wir von Zeit zu Zeit oben auf dem Sattel hatten. Dieser einsame Paß war nämlich zur Straße für alle diejenigen geworden, die sich von Rom und sogar aus dem von den Deutschen besetzten Oberitalien über das Gebirge nach dem Süden zu den Engländern durchschlagen wollten. Es waren in der Mehrzahl versprengte Soldaten oder arme Teufel, die in ihre Heimatorte, aus denen der Krieg sie vertrieben hatte, zurückkehren wollten, oder es waren aus irgendeinem Lager entflohene Gefangene.

An eine dieser Begegnungen erinnere ich mich noch besonders deutlich. Wir aßen gerade unser Brot und unseren Käse, als plötzlich hinter den Felsen zwei mit Stöcken bewaffnete Männer zum Vorschein kamen, die ich nach ihrem Aussehen für Wilde gehalten hätte. Sie trugen Fetzen am Leibe, aber das allein hätte mir keinen sonderlichen Eindruck gemacht, denn Fetzen waren hier oben die Regel. Doch die Breite ihrer Schultern und das völlig ungewohnte Aussehen ihrer Gesichter verstörte mich dermaßen, daß ich regungslos und vor Angst erstarrt sitzen blieb.

Michele, der sich vor nichts und vor niemandem fürchtete, nicht so sehr aus Tapferkeit, als weil er allen Leuten vertraute, ging auf die Fremden zu und begann, sich durch Gesten mit ihnen zu verständigen. Da faßten auch wir beide Mut und traten näher heran. Die Gesichter der beiden Männer waren gelblich, flach, bartlos und von langen Falten auf den Wangen durchzogen. Sie hatten dichtes schwarzes Haar, kleine schräge Schlitzaugen, flache Nasen und schwarze Zahnstummel in den Mündern. Michele erklärte uns, es seien zwei russische Gefangene von mongolischer, also gewissermaßen chinesischer Rasse. Seiner Überzeugung nach waren sie aus irgendeinem deutschen Kriegsgefangenenlager entlaufen.

Ich konnte die Gesichter der beiden nicht genug betrachten und dachte dabei, daß es vielleicht unvorsichtig war, sich nicht zu verstecken oder davonzulaufen. Die Mongolen waren so stark, daß wir uns, wenn sie mich und Rosetta anfielen, nicht hätten retten können. Aber sie führten sich ganz ordentlich auf und blieben, sich durch Gesten verständlich machend, eine Stunde oder mehr bei uns und ruhten sich aus. Michele bot ihnen Brot und Käse an. Sie aßen, doch mäßig, und wenn ich sie richtig verstand, bedankten sie sich. Die armen Burschen lachten unausgesetzt, vielleicht darum, weil es ihnen nicht gelang, zu verstehen und sich verständlich zu machen; so wollten sie uns wohl mit ihrem Lachen andeuten, daß sie von guten Absichten erfüllt waren. Michele erklärte ihnen durch Gesten, welchen Weg sie zu nehmen hätten, und nach einer Weile gingen sie wieder und entfernten sich zwischen den Felsen. Von weitem sahen sie aus wie zwei große Affen, die auf den Hinterbeinen gingen und sich dabei auf Baumäste stützten.

Ein anderes Mal kam ein italienischer Arbeiter durch, der bei den Befestigungen irgendwo an der Front beschäftigt gewesen und von dort ausgerissen war, weil es nichts zu essen gab, die Leute wie Hunde behandelt und wie Sklaven zur Arbeit gezwungen wurden. Er vermochte sich kaum auf den Beinen zu halten. Es war ein gutaussehender junger Mann mit feinem, dunklem Gesicht, nur erschreckend mager. Seine Backenknochen traten hervor, die traurigen Augen lagen tief in den Höhlen, und der ganze Körper schien nur noch aus Haut und Knochen zu bestehen.

Er erzählte, seine Familie lebe in Apulien, und er hoffe, zu Fuß über die Berge zu ihr zu gelangen. Seit einer Woche war er unterwegs, seine Kleider hingen ihm in Fetzen vom Leibe, und seine Schuhe waren durchlöchert. Viel war aus ihm nicht herauszubringen, schon weil er infolge seiner Schwäche ganz leise sprach und sich auf wenige Worte beschränkte, so als wollte er jeden unnützen Atemzug sparen. So berichtete er nur, daß er gehört habe, in Rom sei es zu einem Aufstand gekommen, bei dem einige Deutsche getötet worden seien. Hierauf hätten die Deutschen eine Vergeltungsaktion gegen die Italiener unternommen, doch wußte er darüber nichts Näheres. Schließlich sagte er, indem er noch immer von den Deutschen sprach: «Das sind Teufelskerle. Sie wissen ganz genau, daß sie den Krieg bereits verloren haben, aber da sie den Krieg zu lieben scheinen und ihnen nichts fehlt, weil sie ja doch auf unsere Kosten leben, werden sie weiterkämpfen, so lange auch nur noch einer ihrer Soldaten übrig ist. Wenn der Krieg nicht bald zu Ende geht, werden sie uns alle an Hunger und Erschöpfung zugrunde gehen lassen. Entweder Schluß mit dem Krieg oder Schluß mit uns!»

Er nahm von Michele Brot, Käse und ein wenig Tabak an; und nachdem er sich kaum eine halbe Stunde bei uns auf der Paßhöhe aufgehalten hatte, setzte er mit schleppenden Schritten seinen Marsch fort. Wir waren jeden Augenblick darauf gefaßt, ihn zusammenbrechen zu sehen.

Eines Morgens nahmen wir eben ein Sonnenbad, als wir plötzlich einen Pfiff hörten. Sogleich versteckten wir uns alle drei hinter einem der weißen Felsblöcke, um zu sehen, was vorging. Man konnte ja nie wissen, woran man war, und wir lebten in ständiger Furcht vor einer Razzia der Deutschen. Nach einer Weile streckte Michele den Kopf hervor und sah in einiger Entfernung einen anderen Kopf, der hinter einem Felsen herauslugte und rasch zurückgezogen wurde. Das ging so eine ganze Weile weiter. Wir bespähten einander gegenseitig, bis wir schließlich erkannten, daß es sich um keine Deutschen handelte. Sie wieder sahen, daß wir Italiener waren, und kamen endlich zum Vorschein. Es waren zwei Süditaliener, nach ihrer Angabe ein Oberleutnant und ein Leutnant in Zivil, die, wie so viele andere, über die Berge nach Süden flüchteten, in der Absicht, durch die Front zu kommen und ihre Heimatorte und Familien zu erreichen. Einer hatte pechschwarzes Haar, war sehr hochgewachsen, dunkelhäutig, mit rundem Gesicht, kohlschwarzen Augen, weißen Zähnen und beinahe violetten Lippen. Der andere war blond, hatte ein langes Gesicht, blaue Augen und eine spitze Nase. Der Schwarze hieß Carmelo, der Blonde Luigi.

Unter allen Begegnungen, die uns auf diesem Berg zuteil wurden, war diese die vielleicht am wenigsten sympathische. Nicht, daß die beiden Männer sonderlich unsympathisch gewesen wären; in Friedenszeiten und in ihrer Heimat wäre vielleicht gar nichts gegen sie einzuwenden gewesen. Aber wie man sogleich erfahren wird, hatte der Krieg auf sie wie auf so viele Menschen eine schlechte Wirkung ausgeübt und Seiten ihres Charakters aufgedeckt, die sonst verborgen geblieben wären.

Ich will an dieser Stelle einfügen, daß der Krieg eine große Prüfung darstellt und daß man die Menschen in Kriegszeiten gesehen haben muß und nicht bloß im Frieden. Ihr wirkliches Wesen enthüllt sich nicht, so lange es die Gesetze und die Achtung vor dem Mitmenschen und vor Gott gibt, sondern erst, wenn alle diese Rücksichten aufgehört haben und jeder hemmungslos nach seiner wahren Natur handelt.

Diese zwei Offiziere hatten sich also im Zeitpunkt des Waffenstillstandes bei einem Regiment in Rom befunden, waren desertiert, hatten sich versteckt und waren dann aus Rom geflohen, in der Absicht, ihre Heimatorte zu erreichen. Etwa einen Monat lang hatten sie sich bei einem Bauern am Abhang des Monte delle Fate versteckt, und mir mißfiel die Art, wie sie von diesem Bauern, der ihnen doch schließlich Gastfreundschaft gewährt hatte, verächtlich als von einem gänzlich unwissenden Trottel sprachen, der nicht einmal lesen und schreiben konnte und dessen Haus nur eine armselige Höhle gewesen sei. Dazu bemerkte einer von ihnen lachend: «Na ja, wir mußten uns eben nach der Decke strecken, Krieg ist Krieg!» Sie erklärten dann weiter, sie seien von dem Monte delle Fate fortgegangen, weil der Bauer ihnen zu verstehen gab, er habe keine Lebensmittel mehr und könne sie nicht länger bei sich behalten. Der Schwarze freilich meinte, das sei gar nicht wahr gewesen und für entsprechendes Geld wäre bestimmt noch eine Menge von Lebensmitteln zum Vorschein gekommen; aber alle Bauern seien eben bloß auf ihren Vorteil aus. Kurz und gut, die beiden waren jetzt nach Süden unterwegs und hofften, durch die Front zu kommen.

Es war mittlerweile Essenszeit geworden, und Michele lud die Fremden, wenngleich ein wenig widerwillig, ein, unser Brot und unseren Käse mit ihnen zu teilen. Der Schwarze erwiderte, das Brot nehme er gerne an, was aber den Käse angehe, so habe er selbst einen ganzen Laib, den er beim Abschied jenem habsüchtigen Bauern heimlich entwendet habe. Mit diesen Worten zog er den Käselaib aus seinem Sack und zeigte ihn lachend vor. Diese offenherzige Erklärung berührte mich peinlich, nicht sosehr um der Sache selbst willen, die zu jener Zeit, in der alle stahlen und Raub kein Raub mehr war, nichts Ungewöhnliches darstellte, als wegen der unbekümmerten Art, in der dieser Mann sich seiner Handlungsweise rühmte. Das paßte meiner Meinung nach nicht zu dem Rang eines Oberleutnants und zu dem Aussehen des Schwarzen, der in seinem ganzen sonstigen Betragen die gute Kinderstube erkennen ließ. Ich fand es auch wenig schön, die Gastfreundschaft jenes armen Teufels damit zu vergelten, daß man ihn auch noch um seine kümmerliche Habe bestahl.

Ich sagte aber nichts; und so setzten wir uns ins Gras, aßen und hörten den Reden des Schwarzen zu, der unablässig von sich selber und von seiner wichtigen Rolle daheim als Grundbesitzer und bei der Armee als Offizier sprach. Der Blonde saß mit halbgeschlossenen Augen da und warf von Zeit zu Zeit ein Wort boshaften Widerspruchs ein, was den Schwarzen jedoch nicht hinderte, weiterhin anzugeben.

Der Schwarze etwa sagte: «Ich habe daheim ein Gut.»

Darauf der Blonde: «Na, sagen wir lieber ein paar Äcker – so groß wie Taschentücher.»

«Nein, ich meine einen wirklichen Gutsbesitz. Man braucht ein Pferd, um von einem Ende zu einem anderen zu gelangen.»

«Ach was, das kann man auch zu Fuß! Sind ja doch bloß ein paar Schritte.»

Oder das Gespräch sah so aus: «Ich begab mich mit meiner Patrouille in den Wald. Dort lagen mindestens hundert feindliche Soldaten . . .»

«Ach was, ich war doch auch mit dabei. Vier oder fünf werden's im ganzen gewesen sein!»

«Aber ich sage dir doch, es waren mindestens hundert, gezählt habe ich sie natürlich nicht, als sie plötzlich hinter den Büschen hervorkamen, denn in jenem Augenblick hatte ich anderes zu tun, aber hundert waren es mindestens, wenn nicht sogar mehr.»

«Ach was, höchstens fünf oder sechs!»

So ging das immer fort. Der Schwarze gab mächtig an, in einem äußerst sicheren, herausfordernden Ton; der Blonde aber, in seiner matten, unlustigen Art, ließ ihm nichts durchgehen. Zuletzt erzählte der Schwarze, was er an dem Tag getan hatte, an dem der Waffenstillstand bekanntgegeben wurde und die italienische Armee auseinanderlief: «Ich war in meinem Heimatort bei der Intendanz und hatte ein Heeresmagazin mit allen erdenklichen Dingen unter mir. In dem Augenblick, in dem ich wußte, daß der Krieg zu Ende war, zögerte ich keine Sekunde, ließ ein Lastauto mit Konservenbüchsen, Käselaiben und Mehlsäcken beladen und fuhr damit geradewegs zu Muttern.»

Er lachte selbstzufrieden und zeigte dabei seine sämtlichen, leuchtendweißen Zähne. Da bemerkte Michele, der bisher zugehört hatte, ohne ein Wort zu sagen, in ganz trockenem Ton: «Mit einem Wort, Sie haben gestohlen.»

«Was meinen Sie damit?»

«Ich meine damit, daß Sie einen Augenblick vorher Offizier der italienischen Armee waren und einen Augenblick nachher ein Dieb.»

«Mein Herr, ich weiß nicht, wer Sie sind und wie Sie heißen, aber ich könnte ...»

«Was könnten Sie?»

«Na ja... kurz und gut – Stehlen kann man das doch nicht nennen! Ich habe das getan, was alle taten. Wenn ich diese Vorräte nicht an mich genommen hätte, so hätte es ein anderer getan.»

«Möglich. Aber Sie haben trotzdem gestohlen.»

«Nehmen Sie sich in acht, wie Sie reden! Ich wäre sonst imstande ...»

«Was denn? Lassen Sie einmal hören, wozu Sie imstande wären!»

Da sagte der Blonde lachend zu seinem Kameraden: «Es tut mir leid, Carmelo, aber du mußt zugeben, daß dieser Herr da dich getroffen hat.»

Der Schwarze zuckte mit den Achseln und meinte, zu Michele gewendet: «Sie können mir leid tun. Mit jemandem wie Sie will ich meine Zeit nicht in Diskussionen vergeuden.»

«Da tun Sie gut daran», erwiderte Michele mit Nachdruck, «und ich will Ihnen auch sagen, warum Sie sich wie ein Dieb betragen haben und warum Sie, nicht zufrieden damit, daß Sie gestohlen haben, sich dessen jetzt auch noch rühmen ... Sie kommen sich ungeheuer schlau vor. Wenn Sie sich Ihrer Handlungsweise schämten, könnte man annehmen, Sie hätten aus Not gestohlen oder unter dem Einfluß der Massensuggestion. Aber Sie rühmen sich Ihrer Tat und beweisen damit, daß Sie gar nicht begriffen haben, worum es sich eigentlich handelt, und daß Sie dasselbe morgen wieder tun würden.»

Wütend über Micheles Ton sprang der Schwarze auf, ergriff einen Ast und schwenkte ihn drohend, indem er rief: «Schweigen Sie, sonst ...!» Michele aber kam gar nicht dazu, etwas zu unternehmen, denn der Blonde ließ wieder sein boshaftes Lachen vernehmen und bemerkte: «Nochmals getroffen, was?»

Jetzt richtete sich Carmelos Wut gegen seinen Freund. «Halt den Mund!» schrie er ihn an. «Du hast doch auch bei der Plünderung mitgetan! Oder warst du etwa nicht dabei?»

«Ja, aber ich habe dir gehorcht, ohne damit einverstanden zu sein... Du warst ja mein Vorgesetzter... Ha, ha, getroffen!»

Kurz und gut, die Mahlzeit endete unter allgemeinem Schweigen, wobei der Schwarze ein finsteres Gesicht machte und der Blonde grinste. Auch nachdem wir gegessen hatten, sagte noch eine Weile niemand etwas; aber dem Carmelo ließ die Sache mit dem Diebstahl keine Ruhe, und nach einiger Zeit wandte er sich in herausforderndem Ton an Michele: «Sie werfen sich zum Richter über andere Leute auf und nennen Menschen, die viel mehr wert sind als Sie selber, einfach Diebe. Aber darf man erfahren, wer Sie eigentlich sind? Ich kann Ihnen sagen, wer ich bin: Carmelo Alí, Offizier, Grundbesitzer, Doktor der Rechte, Inhaber einer Tapferkeitsmedaille, Ritter der Krone von Italien. Und wer sind Sie?»

Der Blonde grinste und meinte: «Du hast vergessen hinzuzufügen, daß du daheim auch der faschistische Ortsgruppenleiter warst. Warum sprichst du davon nicht?»

Gereizt antwortete Carmelo: «Es gibt keinen Faschismus mehr, nur darum habe ich das nicht erwähnt. Im übrigen weißt du, daß niemand etwas Schlechtes über meine Tätigkeit als Ortsgruppenleiter sagen kann.»

Der Blonde lachte in sich hinein und verbesserte ihn: «Abgesehen davon, daß du deine Stellung dazu benutzt hast, dir die hübschesten Bäuerinnen zuzulegen, wenn sie zu dir kamen, um einen Gefallen zu erbitten... Na ja, du bist eben ein großer Don Juan!»

Diese Beschuldigung schien auf Carmelo eher wie eine Schmeichelei zu wirken, denn er lächelte bloß, ohne zu widersprechen. Dann aber wandte er sich von neuem an Michele und fragte: «Nun, verehrter Herr, heraus mit einem Titel, mit einem Doktorhut, mit einem Orden, einer Auszeichnung! Mit etwas, kurz gesagt, aus dem zu ersehen ist, wer Sie sind und mit welchem Recht Sie andere Leute kritisieren.»

Michele sah ihn durch seine starken Brillengläser hindurch an und fragte dann: «Was macht denn das aus, wer ich bin?»

«Sind Sie wenigstens Doktor?»

«Ja, das bin ich... Aber auch, wenn ich es nicht wäre, würde das nichts an der Sache ändern.»

«Wie meinen Sie das?»

«Ich meine, daß Sie und ich Männer sind und daß wir das, was wir sind, nicht auf Grund unserer Prüfungen und Auszeichnungen sind, sondern auf Grund unserer Handlungsweise... Was Sie gesagt und getan haben, kennzeichnet Sie als einen Mann von sehr elastischen Grundsätzen, das ist alles.»

«Getroffen!» rief von neuem der Blonde lachend.

Der Schwarze tat diesmal so, als interessiere ihn die ganze Auseinandersetzung nicht länger. Er erhob sich und sagte: «Ich war ja dumm, daß ich überhaupt auf eine Diskussion mit Ihnen eingegangen bin ... Gehen wir, Luigi, sonst wird es spät. Wir haben noch einen weiten Weg vor uns ... Also danke für das Brot, und verlassen Sie sich darauf, daß ich es Ihnen mit Wucherzinsen zurückgeben werde, wenn Sie einmal in meine Heimat kommen.»

Michele antwortete ruhig: «Einverstanden, vorausgesetzt, daß es sich nicht um Brot aus dem Mehl handelt, das Sie der italienischen Armee entwendet haben.»

Carmelo war bereits einige Schritte entfernt und beschränkte sich darauf, achselzuckend zu erwidern: «Gehen Sie zum Teufel, Sie und Ihre italienische Armee!»

Wir hörten den Blonden von neuem lachen und sein «Getroffen!» rufen. Dann verschwanden die beiden hinter einem Felsen aus unserem Gesichtsfeld.

Ein anderes Mal sahen wir aus der Ferne auf einem rings um den Berggipfel führenden Fußpfad eine Menge Leute herankommen, die gleich einer Prozession im Gänsemarsch einherzogen. Es waren mindestens dreißig Personen, die über den Paß wanderten, die Männer in ihren meist schwarzen Sonntagsanzügen, die Frauen in Trachten, mit langen Röcken, Miedern und Umhängetüchern. Auf den Köpfen trugen sie Bündel und Körbe und im Arm die kleinen Kinder, während die größeren von den Männern an der Hand geführt wurden.

Diese armen Teufel waren, wie sie uns erzählten, allesamt Einwohner eines Dorfes mitten in der Frontlinie. Eines Morgens hatten die Deutschen sie aus den Betten geholt und ihnen eine halbe Stunde Zeit gelassen, ihre notwendigsten Habseligkeiten zu packen. Dann waren sie alle auf Lastwagen geladen und in ein Lager unweit von Frosinone gebracht worden. Nach einigen Tagen aber waren sie aus diesem Lager davongelaufen und wollten jetzt über Berg und Tal in ihren Heimatort zurückkehren, um dort ihr gewohntes Leben wiederaufzunehmen.

Michele fragte den Führer der Leute aus, einen schönen alten

Mann mit grauem Schnurrbart, und er sagte in aller Unschuld: «Vor allem handelt es sich um unser Vieh. Wenn wir da nicht da sind, wer kümmert sich um das Vieh? Die Deutschen vielleicht?» Michele hatte nicht den Mut, ihnen zu sagen, daß sie bei ihrer Ankunft in jenem Dorf nichts mehr finden würden – weder Häuser noch Vieh noch sonst etwas.

Nachdem sie sich ein wenig ausgeruht hatten, machten sich alle wieder auf den Weg. Ich empfand lebhafte Sympathie für diese ruhigen und ihrer Sache so sicheren armen Leute, nicht zuletzt, weil sie ein wenig uns beiden ähnelten – Rosetta und mir. Auch sie waren durch den Krieg aus ihren Häusern verjagt worden, auch sie flohen wie die Zigeuner durch das Gebirge. Ein paar Tage später aber erfuhr ich, daß die Deutschen sie wieder eingefangen und von neuem in das Lager nach Frosinone befördert hatten. Seither habe ich nie mehr etwas von ihnen gehört.

Kurzum, wir führten etwa zwei Wochen lang dieses Leben, stiegen früh am Morgen zu dem Paß hinauf und kamen erst am Abend wieder herunter. Dann wurde es klar, daß die Deutschen zumindest in diesem Teil des Gebirges auf ihre Razzia verzichtet hatten. Also blieben wir fortab unten und führten von neuem das übliche Leben. Aber ich dachte noch lange mit einer gewissen Sehnsucht an jene schönen Tage zurück, die ich auf dem Berggipfel verbracht hatte, auf du und du mit der Einsamkeit und mit der Natur. Dort gab es keine Flüchtlinge, die mir mit ihrem Gerede vom Krieg, von den Engländern, von den Deutschen und von der Hungersnot auf die Nerven fielen, dort gab es nicht die ganze Mühe mit dem Kochen spärlicher, schlechter Mahlzeiten mit nassem Holz in der finsteren Hütte. Es gab dort, mit einem Wort, nichts, was uns an unsere Lage erinnerte, abgesehen von den zwei oder drei Begegnungen, von denen ich erzählt habe. Ich hätte meinen mögen, mich mit Michele und Rosetta auf einem Ausflug zu befinden, das war alles. Und jener grüne Rasen, den die Wintersonne so stark wärmte, daß man sich im Mai wähnen konnte, mit den schneebedeckten Bergen der Ciociaria am Horizont und in der anderen Richtung dem Meer, das jenseits der Ebene von Fondi funkelte, erschien mir als ein verzauberter Ort, an dem sehr wohl, wie man mir in meiner Kindheit erzählt hatte, ein Schatz verborgen sein konnte.

Ich wußte freilich, daß es keinen solchen Schatz unter der Erde gab, doch hatte ich ihn in mir selbst gefunden und war darüber nicht weniger erstaunt, als hätte ich ihn mit meinen Händen ausgegraben. Ich meine die tiefe innere Ruhe, die völlige Abwesenheit von Angst und Beklemmung, das Vertrauen zu mir selbst und zu den Dingen, das mit dem Verstreichen der Zeit in mir immer kräftiger geworden war. Es waren das in allen diesen vielen Jahren vielleicht meine glücklichsten Tage, und seltsamerweise waren es gerade die Tage, in denen ich ärmer war denn je zuvor, mit Brot und Käse als einziger Nahrung, mit dem Gras der Wiese als Ruhestätte und nicht einmal einer Hütte, in der ich hätte Zuflucht suchen können. So ähnelte ich meinen Lebensumständen nach mehr einem Tier als einem Menschen.

Wir befanden uns jetzt in den letzten Tagen des Monats Dezember, und am Weihnachtstag kamen tatsächlich die Engländer. Nicht die Engländer der Armee am Garigliano, wohlverstanden, sondern zwei Engländer, die gleich so vielen anderen Menschen auf der Flucht durch die Berge begriffen waren und am Morgen des 25. Dezember in Sant' Eufemia auftauchten.

Das Wetter war noch immer wunderschön, kalt, klar und trokken. Und an jenem Morgen, als ich aus unserer Stube hinausblickte, sah ich eine kleine Menschenansammlung. Beim Näherkommen stellte ich fest, daß die Flüchtlinge und Bauern sich um zwei fremdartig aussehende junge Leute drängten. Der eine war blond und klein, mit blauen Augen, einer geraden, feingeschnittenen Nase, rotem Mund und einem spitz zugeschnittenen Bart; der andere war groß und mager, hatte gleichfalls blaue Augen, jedoch dunkles Haar. Der Blonde sprach ein mühsames Italienisch und erklärte uns, sie seien beide Engländer, er Marineoffizier und der andere ein einfacher Matrose. Sie waren in der Gegend von Ostia unweit Roms an Land gesetzt worden, um irgend etwas Italienisches mit Dynamit in die Luft zu sprengen. Als sie jedoch nach Durchführung ihrer Aktion wieder an die Küste zurückgekehrt waren, hatten sie das Schiff, das sie an Land gesetzt hatte, nicht mehr vorgefunden. So hatten sie gleich so vielen anderen flüchten und sich verstecken müssen. Die Regenzeit verbrachten sie in einem Bauernhaus in der Gegend von Sermoneta, jetzt aber wollten sie das schöne Wetter benützen, um durch die Front nach Neapel zu ihrem Kommando zu gelangen.

Auf diese Erklärung folgte eine Menge von Fragen und Antworten. Unsere Flüchtlinge wollten erfahren, wie der Krieg sich entwickle und wann er enden würde. Die zwei aber wußten davon nicht mehr als wir. Sie hatten ja seit Monaten in den Bergen gelebt und waren nur mit unwissenden Bauern zusammengekommen. Als die Flüchtlinge erkannten, daß die zwei Engländer nichts zu berichten hatten und Hilfe brauchten, verdrückten sie sich einer nach dem anderen und meinten, es sei gefährlich, mit diesen Engländern beisammen zu sein. So etwas konnte leicht verraten werden, und wenn die Deutschen davon erfuhren, war bestimmt der Teufel los. Mit einem Wort, die zwei Fremden in ihren zerfetzten Uniformen und mit ihren langen Bärten blieben zuletzt mutterseelenallein auf der Steinterrasse in der grell leuchtenden Sonne stehen und sahen sich ratlos um.

Auch ich hatte, ehrlich gestanden, ein wenig Angst, mit ihnen zusammen zu sein, nicht meinetwegen, sondern um Rosettas willen. Aber es war Rosetta, die mich beschämte, indem sie sagte: «Mutter, diese armen Männer sehen so schrecklich verloren aus, und heute ist doch Weihnachtstag, und sie haben nichts zu essen und möchten wahrscheinlich bei ihren Familien sein und können das nicht . . . Warum laden wir sie nicht ein, mit uns zu essen?»

Wie gesagt, sie beschämte mich, und ich dachte mir, daß Rosetta ganz recht hatte und daß ich die Flüchtlinge aus Fondi nicht verachten durfte, wie ich dies tat, wenn ich mich ganz ebenso verhielt wie sie. So machten wir den beiden begreiflich, daß sie mit uns kommen sollten und daß wir mitsammen das Weihnachtsmahl verzehren würden. Glückstrahlend nahmen sie sogleich an.

Ich hatte mich für dieses Weihnachtsmahl besonders angestrengt, vor allem wegen Rosetta, die seit ihrer Geburt diesen Tag alljährlich besser als eine Tochter wirklicher Herrschaften gefeiert hatte. Ich hatte Paride ein Huhn abgekauft und es mit Kartoffeln auf dem Herd gebraten. Als Vorgericht hatte ich aus dem wenigen Mehl, das ich besaß, gefüllte Ravioli verfertigt; außerdem gab es etliche Scheiben dünn aufgeschnittener Wurst und daneben ein paar harte Eier. Auch eine Süßspeise hatte ich zustande gebracht: In Ermangelung von Besserem hatte ich etliche Rüben ganz fein geschabt, dieses Rübenmehl dann mit richtigem Mehl, Rosinen, Pinienkernen und Zucker vermischt und daraus auf dem Feuer einen flachen, harten, aber recht wohlschmeckenden Kuchen gebakken. Es war mir auch gelungen, von einem Flüchtling eine Flasche Marsala zu erstehen. Den Tischwein hatte mir Paride gegeben. Obst schließlich gab es in Mengen. In Fondi hingen die Orangen an allen Bäumen und kosteten daher sehr wenig. Ein paar Tage zuvor hatte ich fünfzig Kilo davon gekauft, und so aßen wir den ganzen Tag Orangen.

Wohlweislich lud ich auch Michele zu unserem Essen ein und sagte ihm dies, als er eben zum Hause seines Vaters eilte. Er nahm sogleich an, wie ich weiß, hauptsächlich aus Abneigung gegen seine eigene Familie. Aber er fügte doch hinzu: «Liebe Cesira, heute hast du ein gutes Werk getan ... Wenn du diese beiden nicht eingeladen hättest, wäre alle meine Achtung vor dir geschwunden.»

Dann rief er seinen Vater, und als dieser am Fenster erschien, teilte er ihm mit, daß ich ihn eingeladen und er die Einladung angenommen hätte. Halblaut, um von den Engländern nicht gehört zu werden, beschwor Filippo seinen Sohn, nicht zu uns zu kommen. «Die zwei sind doch entflohene Feinde», erklärte er, «wenn die Deutschen davon erfahren, geht's uns schlecht!» Aber Michele zuckte bloß die Achseln, und ohne das Ende von seines Vaters Rede abzuwarten, kam er auf unser Haus zu.

Ich hatte den Weihnachtstisch mit einem schweren Leinentuch gedeckt, das ich mir von einer Bäuerin ausgeliehen hatte. Rings um die Teller hatte Rosetta selbstgepflückte grüne Zweige gelegt, deren rote Beeren ein wenig an die erinnerten, die man in Rom zu den Festtagen sehen kann. Auf einem Teller lag das Huhn, das freilich für fünf Personen etwas klein war. Andere Teller enthielten Wurst, Eier, Käse, Orangen und Kuchen. Das Brot hatte ich für diesen Tag eigens gebacken; es war noch warm, und jeder bekam ein Stück davon. Wir ließen die Tür während des Essens offen, denn wir hätten sonst kein Licht in der Stube gehabt. Draußen schien die Sonne, und der Ausblick bis zu dem lebhaft glitzernden Meer war wunderschön.

Nach den Ravioli begann Michele mit den Engländern ein Gespräch über den Krieg. Er nahm sich kein Blatt vor den Mund und redete zu ihnen wie zu seinesgleichen; sie aber schienen ein wenig erstaunt, vielleicht, weil sie nicht darauf gefaßt waren, an einem solchen Ort und von einem Mann in Fetzen derlei zu hören.

Er also erklärte ihnen, es sei ein Fehler gewesen, nicht in der unmittelbaren Nähe von Rom zu landen, sondern in Sizilien. Zu jenem Zeitpunkt hätten sie ohne weiteres ohne einen Schuß Rom und ganz Süditalien einnehmen können. Bei einem Vormarsch vom Süden hingegen, wie sie ihn jetzt versuchten, zerstörten sie ganz Italien und fügten der Bevölkerung, die sich sozusagen zwischen Hammer und Amboß befand, furchtbare Leiden zu.

Die Engländer erwiderten, sie verstünden von alldem nichts, sie seien einfach Soldaten und gehorchten. Dann fiel Michele sie mit der Frage an, warum und zu welchem Zweck sie eigentlich Krieg führten. Die Engländer antworteten, sie führten Krieg, um sich gegen die Deutschen zu verteidigen, die alle Welt, sie selber inbegriffen, unterwerfen wollten. Michele aber entgegnete, das sei nicht genug: Die Welt erwarte von ihnen, daß sie nach dem Ende des Krieges eine neue, gerechtere, freiere und glücklichere Ordnung aufrichteten, als es die alte gewesen war. Wenn es ihnen nicht gelänge, diese neue Ordnung zu schaffen, dann hätten auch sie den Krieg verloren, selbst wenn sie ihn dem Anschein nach gewonnen hätten.

Der blonde Offizier hörte Michele mißtrauisch an und gab spärliche, kurzangebundene Antworten; der Matrose hingegen schien die Ideen Micheles zu teilen, wenn er auch aus Respekt vor dem Offizier, der ja sein Vorgesetzter war, nichts davon verlauten ließ. Zuletzt schnitt der Offizier die Diskussion mit der Erklärung ab, das Wichtigste sei zunächst, den Krieg zu gewinnen; im übrigen verlasse er sich auf seine Regierung, die bestimmt bereits einen Plan für jene neue Ordnung bereit habe, von der Michele gesprochen.

Wir alle verstanden, daß er sich nicht in einer unangenehmen Auseinandersetzung kompromittieren wollte. Auch Michele verstand dies, obwohl es ihm gegen den Strich ging, und so schlug er seinerseits vor, auf das Wohl der neuen Welt zu trinken, die aus dem Krieg hervorgehen würde. Also füllten wir die Gläser mit Marsala und tranken alle auf das Wohl der Welt von Morgen. Michele war irgendwie ergriffen und hatte Tränen in den Augen. Nach diesem ersten Trinkspruch wollte er auf das Wohl aller Alliierten trinken, die Russen inbegriffen, die, wie es schien, gerade in diesen Tagen einen großen Sieg über die Deutschen davongetragen hatten. So waren wir recht glücklich und zufrieden, wie sich dies für den Weihnachtstag gehört; und für einen Augenblick hatte es den Anschein, als gebe es keine Unterschiede der Sprache und der Erziehung, als seien wir wirklich alle Brüder und als wäre an diesem Tag, an dem vor so vielen Jahrhunderten Jesus in einem Stall zur Welt gekommen war, heute unter uns etwas entstanden, was gut und neu war und die Menschen besser machen würde.

Am Ende des Mahles brachten wir einen letzten Trunk auf das Wohl der beiden Engländer aus, und dann umarmten wir einander: ich küßte Michele, Rosetta und die beiden Engländer; sie küßten uns, und alle riefen wir: «Fröhliche Weihnachten und ein glückliches neues Jahr!» Seit wir nach Sant' Eufemia heraufgekommen waren, fühlte ich mich zum erstenmal wirklich zufrieden. Nach einer Weile aber bemerkte Michele, das sei alles schön und gut, doch habe auch die Opferbereitschaft und die Nächstenliebe ihre Grenzen; also erklärte er den Engländern, wir beide könnten sie für diese eine Nacht beherbergen, dann aber sollten sie sich besser aus dem Staube machen, denn es sei wirklich gefährlich für sie wie für uns, wenn sie sich länger hier oben aufhielten. Die Deutschen könnten jederzeit etwas davon erfahren, und dann würde nichts uns vor ihrer Rache retten. Die Engländer erwiderten, sie verstünden dies durchaus, und versicherten uns, sie gedächten am folgenden Morgen auf und davon zu gehen.

Am Weihnachtstag jedoch blieben sie bis zum Abend bei uns und unterhielten sich mit Michele über alles mögliche. Ich konnte nicht umhin, zu bemerken, daß Michele bestens über ihr Land unterrichtet war, oft sogar besser als sie selbst, daß sie hingegen wenig oder nichts von Italien wußten, wo sie sich doch befanden und Krieg führten. Der Offizier zum Beispiel erzählte uns, er habe die Universität besucht, so daß er als ein gebildeter Mann angesehen werden mußte. Michele aber entdeckte bald, daß er nicht einmal wußte, wer Dante gewesen war. Nun bin ich zwar nicht gebildet und habe von dem, was Dante geschrieben hat, nie etwas gelesen, aber ich kannte doch den Namen; und Rosetta sagte mir, die geistlichen Schwestern, bei denen sie in die Schule ging, hätten ihr nicht nur erzählt, wer Dante gewesen sei, sondern ihr auch einiges von ihm zu lesen gegeben.

Michele berichtete uns leise von dieser Sache mit Dante und fügte in einem Augenblick, als die Engländer nicht hinhörten, hinzu, das erkläre viele Dinge, zum Beispiel die Bombenangriffe, die so viele Städte Italiens zerstört hätten. Die Flieger, die jene Bomben abwarfen, wußten nichts von uns und von unseren Kunstdenkmälern. Die Unwissenheit verlieh ihnen ihre Ruhe und machte sie erbarmungslos. Vielleicht, so fügte Michele hinzu, sei die Unwissenheit überhaupt die Ursache für alles Unglück, das unsere wie das der anderen, denn Grausamkeit sei nichts weiter als eine Form der Unwissenheit, und der wissende Mensch könne nichts wirklich Böses tun.

Die Engländer verbrachten die Nacht in einem Heuschober, und früh am folgenden Morgen gingen sie davon, ohne sich von uns zu verabschieden. Wir waren alle beide todmüde, denn wir waren lange aufgeblieben, woran wir nicht mehr gewöhnt waren; für gewöhnlich gingen wir ja mit den Hühnern zu Bett. So schliefen wir also den ganzen Vormittag fest. Plötzlich wurden wir durch einen heftigen Schlag gegen die Tür unserer Kammer geweckt, und eine fürchterliche Stimme rief etwas in einer uns unverständlichen Sprache.

«O Gott, Mutter, was gibt's?» rief Rosetta und klammerte sich an mich. Ich rührte mich zunächst überhaupt nicht, dann aber erfolgte ein neuerlicher Schlag und wieder irgendwelches Geschrei. Da sagte ich zu Rosetta, ich wolle nachsehen, sprang aus dem Bett und lief, so wie ich war, im Unterrock, ungekämmt und barfüßig, zur Tür und öffnete. Draußen standen zwei deutsche Soldaten, einer offenbar ein Unteroffizier, der andere ein einfacher Landser. Der Unteroffizier war der jüngere der beiden. Er hatte kurzes Haar, ein Gesicht weiß wie Papier und Augen von verwaschenem Blau, ohne Brauen, ohne Ausdruck, ohne Licht. Seine Nase war ein wenig schief und sein Mund in der entgegengesetzten Richtung verzerrt. Zwei lange, vernarbte, bleiche Wunden auf der Wange verliehen ihm ein sonderbares Aussehen, als setze sich sein Mund gegen den Hals fort. Der andere Deutsche war ein Mann mittleren Alters, dunkelhaarig, mit einer enorm hohen Stirn, traurigen, tiefliegenden dunkelblauen Augen und dem Gebiß eines Bullenbeißers. Ehrlich gesagt, ich bekam einen richtigen Schreck, vor allem wegen der Augen des Unteroffiziers, die kalt und ausdruckslos waren und deren blasses Blau mir höchst mißfiel. Es schienen nicht die Augen eines Menschen zu sein, sondern die eines Tieres.

Ich ließ mir aber von meiner Angst nichts anmerken, sondern schrie den Kerl so laut wie möglich an. «Was fällt dir ein, willst du mir die Tür einschlagen? Siehst du nicht, daß wir zwei Frauen sind und daß wir schlafen? Man wird doch noch schlafen dürfen, wie?»

Der Unteroffizier mit den hellblauen Augen machte eine Handbewegung und sagte in schlechtem Italienisch: «Gut sein, gut sein!» Dann wandte er sich nach dem Soldaten um, bedeutete ihm, zu folgen, und betrat die Stube. Rosetta, die noch im Bett lag, starrte mit hervortretenden Augen auf die Ankömmlinge und zog sich das Laken bis unter das Kinn. Die beiden stöberten überall umher, sogar unter dem Bett, und der Unteroffizier hob gar das Laken Rosettas auf, so als ob sie das, was sie suchten, in ihrem Bett hätte verborgen halten können. Dann gingen sie wieder hinaus.

Inzwischen hatte sich eine ganze Menge Flüchtlinge angesammelt, und wenn ich jetzt an die Szene zurückdenke, muß ich sagen, es war ein Gotteswunder, daß die Deutschen diese Leute nicht nach den zwei Engländern ausfragten. Denn wenn das geschehen wäre, hätte irgendeiner bestimmt aus purer Dummheit etwas ausgeplaudert, und dann wäre es uns schlecht ergangen. Im übrigen habe ich immer vermutet, daß die Deutschen nicht ganz zufällig gerade an dem Tag nach dem Auftauchen der Engländer nach Sant' Eufemia gekommen sind. Irgendeine Spitzelei oder Klatscherei dürfte es da schon gegeben haben. Aber die Deutschen wollten meiner Meinung nach keine Scherereien und beschränkten sich daher auf eine eilige Durchsuchung, ohne irgendwen zu verhören.

Die Flüchtlinge, die nicht gewohnt waren, Deutsche hier oben zu sehen, erkundigten sich nach dem Fortgang des Krieges und ob er bald zu Ende sein werde. Irgendwer hatte inzwischen Michele geholt, der etwas Deutsch verstand. Gerade in dem Augenblick, als die Soldaten schon wieder gehen wollten, wurde der widerstrebende Michele herangezerrt und beauftragt, sie zu fragen, wann der Krieg aus sein würde.

Es war Michele von weitem anzusehen, daß er nicht gern mit den Deutschen sprach. Dennoch faßte er Mut und sagte irgend etwas. Er hat dann späterhin sein Gespräch mit den Deutschen teils den Flüchtlingen, teils uns ins Italienische übersetzt, so daß ich es ungefähr wiedergeben kann.

Michele fragte also, wann der Krieg zu Ende sein werde, und der Unteroffizier antwortete, das werde bald der Fall sein, und zwar werde Deutschland siegen. Er fügte hinzu, die Deutschen hätten irgendwelche Geheimwaffen, mit deren Hilfe sie die Engländer spätestens im Frühjahr ins Meer werfen würden. Er sagte auch etwas, das den Flüchtlingen großen Eindruck machte: «Wir werden einen Angriff unternehmen und die Engländer ins Meer werfen. Inzwischen aber werden die Eisenbahnen nur für Munitionstransporte benützt werden. Die Italiener aber, die uns verraten haben, die lassen wir einfach verhungern!» Er sagte das tatsächlich und machte dazu ein so ruhiges, überzeugtes und erbarmungsloses Gesicht, als handelte es sich nicht um Italiener, also um Christenmenschen, sondern um Fliegen und Käfer. Alle Flüchtlinge verstummten bei diesen Worten, auf die sie so ganz und gar nicht gefaßt gewesen waren. Sie hatten, Gott weiß warum, geglaubt, daß alle Deutschen Sympathie für sie empfänden.

Michele, der anfing, Geschmack an der Sache zu finden, erkundigte sich, wer diese beiden Deutschen denn eigentlich seien. Der Unteroffizier erwiderte, er sei aus Berlin und habe dort in Friedenszeiten eine kleine Kartonfabrik besessen; jetzt aber sei sie zerstört worden, und so bliebe ihm, wie er sagte, nichts anderes, als so gut wie möglich Krieg zu führen. Der Soldat zögerte erst ein wenig, ehe er auf Micheles Frage antwortete. Dann wandte er seine tiefliegenden, traurigen Augen ab, machte ein bekümmertes Gesicht und erwiderte, auch er sei aus Berlin und auch ihm bliebe nichts anderes übrig, als Krieg zu führen, denn bei einem Bombenangriff seien seine Frau und seine einzige Tochter umgekommen.

So hatten beide ungefähr dasselbe gesagt, nämlich, daß sie durch die Bomben alles eingebüßt hätten und nunmehr ausschließlich an das Kriegführen dächten. Man erkannte aber deutlich, daß der Unteroffizier dieses Geschäft mit leidenschaftlichem Eifer und vielleicht auch mit Grausamkeit betrieb, während für den Soldaten mit der hohen, traurigen Stirn der Krieg anscheinend eine Form der Verzweiflung war, da ihn daheim kein Mensch mehr erwartete. Ich denke, daß dieser Soldat vielleicht kein schlechter Mensch gewesen ist. Andererseits konnte die Tatsache, daß er Frau und Kind verloren hatte, ihn vielleicht böse gemacht haben; und wenn sie uns am Ende verhaften würden, so dachte ich, wäre er womöglich imstande gewesen, Rosetta umzubringen, in Gedanken daran, daß seine ebenso alte Tochter gleichfalls umgebracht worden war...

Während ich solche Dinge dachte, fragte der Unteroffizier, der offenbar die Italiener nicht leiden konnte, warum denn hier unter den Flüchtlingen so viele junge Männer seien, die nichts täten, während doch alle Deutschen bei der Wehrmacht seien. Da antwortete Michele mit erhobener Stimme und beinahe schreiend, er und die anderen hätten für Hitler in Griechenland, in Afrika und in Albanien gekämpft und seien bereit, von neuem bis zum letzten Blutstropfen zu kämpfen; und alle hier oben könnten es gar nicht erwarten, daß der große, glorreiche Hitler möglichst rasch den Krieg gewinne und diese Hurensöhne, die Engländer und Amerikaner, ins Meer jage. Der Unteroffizier war über diese Tirade etwas verwundert. Er blickte Michele zweifelnd an, und man sah, daß er ihm nicht recht glaubte. Aber Micheles Rede war unanfechtbar, und so konnte der Deutsche nichts sagen, auch wenn er kein Wort davon glaubte. Nachdem sie noch ein wenig zwischen den Häusern umhergeschlendert waren und da und dort oberflächlich gestöbert hatten, ohne sich sonderlich dabei anzustrengen, marschierten die zwei Deutschen schließlich zu unserer allgemeinen Erleichterung wieder ab.

Was mich am meisten betroffen hatte, war die Haltung Micheles gewesen. Ich hatte ja nicht gerade erwartet, daß er die Deutschen rundheraus beschimpfen würde, aber die Unverfrorenheit, mit der er seine Lügen hervorgebracht hatte, war mir doch überraschend gekommen. Als ich ihm dies sagte, zuckte er mit der Schulter und antwortete: «Den Nazis gegenüber ist alles erlaubt, Lüge, Verrat und womöglich Mord. Wie würdest denn du dich gegenüber einer Giftschlange, einem Tiger, einem rasenden Wolf verhalten? Du würdest sicher versuchen, so ein Tier mit Gewalt oder List unschädlich zu machen. Ihm in Güte zuzureden, würdest du gar nicht erst probieren, denn du wüßtest im voraus, daß das keinen Zweck hätte. So ist es mit den Nazis. Sie haben sich außerhalb der Menschheit gestellt, gleich den wilden Tieren, und daher ist gegen sie jedes Mittel recht. Du hast, genauso wie jener gebildete englische Offizier, Dante nie gelesen. Wenn du ihn aber gelesen hättest, würdest du wissen, daß Dante sagte: ‹Gemein sein war für ihn die Höflichkeit.›»

Ich fragte nach dem Sinn dieses Satzes, worauf Michele mir erklärte, Dante wolle damit sagen, daß für Leute wie die Nazis selbst Lüge und Verrat noch zu gut seien; sie verdienten nicht einmal das. Darauf meinte ich, es gebe doch wohl auch unter den Nazis, wie überall auf der Welt, Gute und Böse. Woher wolle Michele also wissen, daß gerade jene beiden zu den Bösen gehörten? Da lachte er und erwiderte: «Hier handelt es sich nicht um Gut und Böse. Vielleicht sind sie zu ihren Frauen und Kindern gut, wie ja auch Wölfe und Schlangen zu ihren Weibchen und Jungen gut sind. Aber zu der Menschheit – und darauf kommt es schließlich an –, nämlich zu dir, zu mir, zu Rosetta, zu den Leuten hier oben, zu den Bauern, können sie nur böse sein.»

«Und warum?»

Er überlegte einen Augenblick und sagte dann: «Weil sie überzeugt sind, daß das, was wir das Böse nennen, das Gute ist. Darum tun sie das Böse, in dem Glauben, das Gute zu tun. Das heißt, sie tun ihre Pflicht.»

Ich machte ein zweifelndes Gesicht, denn mir war, als hätte ich nicht ganz verstanden. Er aber achtete nicht mehr auf mich und sprach gleichsam zu sich selber: «Ja, die Verbindung des Bösen mit dem Pflichtgefühl – das ist der Nazismus.»

Mit einem Wort, es war sonderbar, daß Michele, der so gütig war, zur gleichen Zeit so hart sein konnte. Ich erinnere mich da an eine zweite Gelegenheit, bei der wir mit Deutschen zusammentrafen, und zwar unter ganz anderen Umständen. Wir waren für gewöhnlich recht knapp mit unserem Mehl, und so mußte ich jetzt beim Brotbacken auch die grobe Spreu mitverwenden. Darum beschlossen wir eines Tages, ins Tal hinunterzusteigen und zu versuchen, ob wir nicht im Tausch gegen Eier etwas Mehl auftreiben konnten. Die Eier hatte ich von Paride gekauft, es waren ihrer sechzehn, und ich hoffte, indem ich noch etwas Geld dazuzahlte, dafür ein paar Kilo weißes Mehl zu bekommen. Wir waren nicht mehr im Tal gewesen seit jenem Bombardement, das dem armen Tommasino solchen Schrecken eingejagt hatte. Nicht zuletzt in der Erinnerung an diesen Vorfall empfand ich starkes Widerstreben gegen unser geplantes Unternehmen, doch als ich im Beisein Micheles davon sprach, machte er sich erbötig, uns zu begleiten. Ich nahm dies mit Freuden an, denn in seiner Gesellschaft fühlte ich mich sicher; er war ja der einzige in Sant' Eufemia, der mir Vertrauen und Mut einflößte. Wir legten also unsere Eier in ein Körbchen, breiteten Stroh darüber und machten uns zeitig am Morgen auf den Weg.

Es war an einem der ersten Januartage, wir befanden uns wirklich im tiefsten Winter und, wie ich unklar fühlte, auch im tiefsten Krieg, das heißt, an dem kältesten und hoffnungslosesten Punkt der verzweifelten Stimmung, die uns nun schon so lange gefangenhielt. Als ich das letzte Mal ins Tal hinuntergestiegen war – in Begleitung Tommasinos –, hatte es noch vergilbte Blätter an den Bäumen, Gras auf den Wiesen und da und dort an den Hängen ein paar späte Herbstblumen, Zyklamen und wilde Veilchen gegeben. Jetzt aber sahen wir, während wir zu Tal schritten, daß alles dürr, grau, kahl und nackt war. Die Luft war kalt und sonnenlos, der Himmel verschleiert und ohne Farben.

Wir waren ganz fröhlich losgezogen, verstummten aber sehr rasch. Der Tag war so still, wie nur gewisse Wintertage es sein können; und diese Stille vereiste auch uns und hinderte uns am Sprechen. Erst stiegen wir längs der rechten Talseite bergab bis zu dem Plateau, wo die Bombe zwischen Kaktusgestrüpp und Felsen eingeschlagen hatte; dann hielten wir uns auf der linken Seite. Etwa eine halbe Stunde lang schritten wir noch vorwärts, ohne ein Wort zu wechseln, dann gelangten wir zur Einmündung des Tales, wo sich die kleine Brücke, die Weggabelung und das Haus befanden, in dem Tommasino bis zum Tag jenes verhängnisvollen Bombardements gewohnt hatte.

Ich hatte diesen Ort als lieblich und heiter, aber auch als eher geräumig in Erinnerung und war, ehrlich gestanden, sehr überrascht, wie traurig, kahl, grau und eng er jetzt wirkte. Habt ihr schon einmal eine Frau ohne Haare gesehen? Ich ja – ein Mädchen aus meinem Dorf, das Typhus gehabt hatte, seine Haare größtenteils verlor und dann kahlrasiert worden war. Sie schien eine andere geworden zu sein, hatte sogar einen veränderten Ausdruck und ließ mit ihrem glatten, kahlen Kopf und mit ihrem von zu grellem Licht beschienenen, nicht länger von Haarsträhnen beschatteten Gesicht an ein häßliches Riesenei denken.

Ähnlich erging es mir jetzt mit jenem Ort: Ohne das dichte, grüne Laub der Platanen, die das Haus Tommasinos beschatteten, ohne das Grün, das die Steine des Bachufers verbarg, ohne die Pflanzen zu beiden Seiten der Straße, die ich damals gar nicht bemerkt hatte, die aber dagewesen sein mußten, da sie mir jetzt fehlten, hatte die ganze Landschaft jeglichen Reiz eingebüßt, gleich einer Frau, deren Haare abgeschnitten worden waren. So traurig sah das alles jetzt aus, daß sich mein Herz zusammenkrampfte; schien mir das ganze Bild doch ein wenig unserem Leben zu ähneln, das in dieser Zeit des nicht enden wollenden Krieges ebenfalls kahl und illusionslos geworden war.

Nun, wir schlugen die Hauptstraße ein, und bald darauf hatten wir die erste Begegnung dieses Tages. Ein Mann führte am Zügel zwei wohlgenährte Rappen von besonderer Schönheit. Es waren deutsche Pferde, der Mann aber trug eine mir unbekannte Uniform. Sobald wir auf seiner Höhe angelangt waren, sah er uns an, grüßte, und da wir denselben Weg hatten, begann er bald ein Gespräch in gebrochenem Italienisch, das sich eine ganze Weile fortsetzte.

Es war ein junger Mann von etwa fünfundzwanzig Jahren, von einer Schönheit, wie ich dergleichen noch selten gesehen habe. Er war von hohem Wuchs, hatte breite Schultern, schmale und elegante Hüften wie eine Frau und lange Beine in Schaftstiefeln aus gelbem Kalbsleder. Seine Haare waren goldblond, die mandelförmig geschnittenen Augen waren von grünblauer Farbe und seltsam verträumt, die Nase gerade und fein, der rote Mund ließ beim Lächeln zwei Reihen wunderschöner regelmäßiger, weißer Zähne sehen, deren Anblick ein Vergnügen war.

Dieser Mann erzählte uns, er sei kein Deutscher, sondern ein Russe, aus einer sehr fernen Gegend, deren Namen er zwar nannte, den ich aber nicht behalten habe. Ganz ruhig erklärte er, er habe die Russen zugunsten der Deutschen verraten, denn die Russen seien ihm nicht sympathisch. Die Deutschen freilich liebe er auch nicht. Zusammen mit anderen Russen, die sich ebenfalls zu den Deutschen geschlagen hätten, mache er jetzt bei diesen Dienst. Aber, so sagte er, er sei ganz sicher, daß die Deutschen den Krieg verlieren würden, denn mit ihrer Grausamkeit hätten die Nazis die ganze Welt gegen sich aufgebracht. Es sei nur mehr eine Frage von Monaten, und die Deutschen würden völlig besiegt und der Krieg zu Ende sein. Dann sei auch für ihn persönlich alles aus.

Dabei machte er eine Handbewegung, bei der es mich eiskalt überlief: Er fuhr sich nämlich mit der Hand über die Gurgel, um anzudeuten, daß die Russen ihm den Hals abschneiden würden. Das alles sagte er ganz ruhig, so als ob sein eigenes Schicksal ihm jetzt bereits gleichgültig geworden sei; und er lächelte sogar, nicht nur mit dem Mund, sondern auch mit seinen seltsamen Augen, die aussahen wie zwei Stückchen allertiefsten Meeres.

Es war leicht zu verstehen, daß er die Deutschen und die Russen und auch sich selber haßte und daß es ihm nichts ausmachte, zu sterben. Ruhig schritt er dahin und führte die beiden Pferde am Zügel. In der grauen, eisigen Landschaft gab es nur ihn und seine Tiere, und es schien unglaublich, daß dieser schöne Mensch sozusagen bereits verurteilt sein und demnächst, vielleicht noch vor Jahresende, sterben sollte.

Als wir uns an der Weggabelung von ihm trennten, sagte er noch, während er die Mähne eines der Pferde streichelte: «Diese beiden Rappen sind alles, was mir im Leben geblieben ist, und nicht einmal sie gehören mir.» Dann ging er in der Richtung nach der Stadt davon. Wir sahen ihm eine Weile nach, und ich konnte mich des Gedankens nicht erwehren, daß auch dies eine Folge des Krieges sei. Ohne den Krieg wäre dieser schöne junge Mann in seiner Heimat geblieben, hätte vielleicht geheiratet und wäre ein ordentlicher, braver Mensch geworden, wie so viele andere. Der Krieg hatte ihn dahin gebracht, seine Heimat im Stich zu lassen und zu verraten, und jetzt würde der Krieg ihn töten, und er hatte sich damit bereits abgefunden. Von allen diesen Schrecknissen war seine Resignation vielleicht das ärgste, weil sie am wenigsten natürlich und verständlich war.

Wir hielten uns auf einer Nebenstraße links und gingen zu den Orangenhainen, in der Hoffnung, unsere Eier gegen das Brot der Panzersoldaten eintauschen zu können, wie das letzte Mal. Aber wir fanden niemanden, die Panzersoldaten waren fort und hatten nichts weiter hinterlassen als den zusammengestampften Boden ohne einen Grashalm, wo sie ihre Zelte aufgeschlagen hatten, und einige zermalmte Bäume. Ich meinte, es sei wohl am besten, in derselben Richtung weiterzugehen; vielleicht hatten diese oder andere Deutsche irgendwo in der Nähe ein Lager errichtet. Wir setzten also unseren Marsch eine Viertelstunde lang schweigend fort, bis wir, nach etwa einem Kilometer, auf eine blonde Frau trafen. Sie ging ganz allein vor sich hin, doch nicht wie jemand, der einem bestimmten Ziel zustrebt, sondern wie ein Mensch, der planlos umherstreunt. Während sie langsam dahinschritt, hielt sie mit seltsamem Interesse nach irgend etwas auf den grauen, kahlen Feldern ringsum Ausschau. Von Zeit zu Zeit biß sie in ein Stück Brot.

Ich trat auf sie zu und fragte: «Sag einmal, weißt du nicht, ob auf dieser Straße Deutsche gekommen sind?»

Sie blieb unvermittelt stehen und starrte mich an. Mit ihrem Kopftuch über dem breiten, etwas massigen Gesicht und den großen Augen hatte sie das Aussehen einer hübschen, gesunden Person. Hastig antwortete sie: «Die Deutschen ... gewiß ... sie sind da ... und wie die Deutschen da sind!»

«Aber wo?» wollte ich wissen.

Sie sah mich an und schien jetzt irgendwie beängstigt. Ohne eine Antwort zu geben, wandte sie sich zum Gehen. Ich faßte sie beim Arm und wiederholte meine Frage. Darauf flüsterte sie: «Wenn ich dir's sage, wirst du dann nicht hingehen und ihnen verraten, wo ich meine Vorräte versteckt habe?»

Ich war sprachlos angesichts dieser Worte, die irgendwie zu der Situation paßten, aber doch zugleich absurd waren. «Was fällt dir denn ein?» fragte ich. «Von was für Vorräten sprichst du?»

Da schüttelte sie den Kopf und sagte: «Sie kommen und nehmen alles weg ... sie kommen und nehmen alles weg ... Aber weißt du, was ich ihnen gesagt habe, als sie das letzte Mal kamen? Ich habe nichts, habe ich gesagt, kein Mehl, keine Bohnen, kein Schmalz, nichts ... nur die Milch für mein Kind ... wenn ihr wollt, nehmt euch die auch noch ...»

Und während sie mich mit ihren hervortretenden Augen fest anstarrte, begann sie ihr Mieder aufzuknöpfen.

Ich war genauso verblüfft wie Michele und Rosetta. Sie aber starrte uns weiter an und bewegte dabei die Lippen, als spräche sie zu sich selbst. Inzwischen hatte sie ihr Mieder bis zum Gürtel geöffnet und zog mit einer Hand die Brust hervor, genauso wie die Mütter tun, wenn sie ihren Säugling stillen.

«Ich habe nichts als das», sagte sie halblaut. «Nehmt es euch ...» Sie hatte jetzt die ganze Brust aus dem Mieder hervorgezogen; sie war rund und üppig und so weiß, wie die Brust einer jungen stillenden Mutter zu sein pflegt. Plötzlich wandte sie sich um und ging trällernd davon, das Mieder noch immer geöffnet, die eine Brust daraus hervorquellend, die andere verborgen. In diesem Augenblick erschien sie mir, wie sie da mit entblößtem Busen durch den grauen, sonnenlosen, kalten Wintertag dahinschritt, als der einzige lebendige, weißleuchtende, warme Punkt in der Landschaft.

«Die ist ja verrückt», meinte Rosetta endlich. Michele bestätigte dies mit einem trockenen «Tja», und wir setzten schweigend unseren Weg fort.

Von Deutschen aber war auch weiterhin nichts zu sehen, so daß Michele schließlich vorschlug, wir sollten gewisse Bekannte von ihm aufsuchen, die sich in irgendeine Baracke unter den Orangenbäumen geflüchtet hatten. Er meinte, das seien brave Leute, die uns zumindest sagen würden, wo wir auf Deutsche stoßen und Eier gegen Mehl eintauschen könnten. So bogen wir nach einer Weile auf einen kleinen Pfad ein, der zwischen den Gärten dahinführte. Michele sagte uns, alle diese Orangenpflanzungen gehörten der Person, die wir aufsuchen wollten, nämlich einem unverheirateten Advokaten, der mit seiner alten Mutter zusammen lebte.

Nachdem wir etwa zehn Minuten gegangen waren, gelangten wir auf eine kleine Lichtung. Dort stand eine sehr bescheidene Baracke mit Ziegelwänden und einem Wellblechdach. Diese Baracke hatte zwei Fenster und eine Tür. Michele trat an eines der Fenster, blickte hinein, sagte, seine Bekannten seien daheim, und klopfte zweimal an. Nach einer kleinen Weile tat sich die Tür langsam und wie widerwillig auf, und der Advokat erschien auf der Schwelle. Er war ein korpulenter, kahlköpfiger Mann von etwa fünfzig Jahren, mit einer bleichen, elfenbeinfarben leuchtenden Stirn, schwarzem, wirrem Haar, wäßrigen Augen, einer Hakennase und einem weichen Mund über dem fetten Kinn. Er trug einen städtischen Paletot, wie man ihn am Abend trägt, ein Ding aus blauem Tuch mit schwarzem Samtkragen. Aber unter diesem eleganten Mantel hatte er ein Paar ausgefranster alter Hosen und genagelte Soldatenschuhe aus Kalbsleder an. Als er uns sah, war er, wie ich sofort bemerkte, unangenehm berührt, doch riß er sich alsbald zusammen, umarmte Michele und behandelte ihn mit einer Herzlichkeit, die einen übertriebenen Eindruck machte.

«Michelino», rief er, «das ist aber schön! Was für ein günstiger Wind führt dich her?»

Michele machte uns mit dem Advokaten bekannt, der uns etwas verlegen, ja beinahe mit Kälte begrüßte. Wir standen noch immer an der Schwelle, ohne daß er uns aufgefordert hätte, einzutreten. Da sagte Michele: «Wir kamen gerade in der Nähe vorbei und dachten, wir wollen Ihnen einen Besuch machen.»

Der Advokat fuhr gleichsam zusammen und erklärte: «Das ist sehr nett von euch... ja, wir sind gerade dabei, uns zu Tisch zu setzen – kommt doch auch und eßt mit uns!» Dann fügte er nach kurzem Zögern hinzu: «Michele, ich mache dich darauf aufmerksam... ich kenne ja deine Gefühle, die auch die meinen sind... Kurz und gut, ich habe den deutschen Oberleutnant eingeladen, der die Flakbatterie hier in der Nähe befehligt... Ich mußte das tun... ja, leider, in diesen Zeiten...»

Seufzend führte er uns in die Baracke, wo am Fenster ein runder Tisch gedeckt war. Es stellte dies den einzigen Punkt des Zimmers dar, der sauber und in Ordnung war; überall sonst herrschte ein wüstes Durcheinander von allerlei Kram, Fetzen, Büchern, Koffern und aufeinandergetürmten Kisten. Bei Tisch saß bereits die Mutter des Advokaten, eine alte, schwarzgekleidete Dame mit einem von Falten durchzogenen, ängstlichen Gesicht, die aussah wie ein erschrecktes Äffchen; und bei ihr saß der deutsche Oberleutnant, ein schlanker Blonder in enganliegender Uniform, dessen lange Beine in Reithosen und Stiefeln zu beiden Seiten des Tisches hervorragten. Er erinnerte an einen jener Hunde, deren Kopf vorwiegend aus Nase zu bestehen scheint. Die gelben Augen hatten fast keine Wimpern und Brauen; es lag in ihnen ein wachsam-feindlicher Ausdruck. Der Mund war groß und weit nach hinten gezogen. Höflich erhob sich der Deutsche bei unserem Eintritt und grüßte mit zusammengeschlagenen Hacken; er gab jedoch keinem die Hand, sondern setzte sich sogleich wieder nieder, als wolle er sagen: «Das alles tue ich nicht so sehr euretwegen, sondern weil ich ein Mensch mit Manieren bin.»

Der Advokat erklärte uns inzwischen, der Oberleutnant gehöre zur Fliegerabwehr, was wir ohnedies bereits wußten, und dieses

Mahl sei zur Bekräftigung der guten Nachbarschaft gedacht. «Wir wollen hoffen», schloß der Advokat, «daß der Krieg bald zu Ende sein wird und daß der Herr Oberleutnant uns dann in sein Haus in Deutschland wird einladen können.»

Der Deutsche sagte nichts und lächelte nicht einmal. Ich glaubte, er beherrsche unsere Sprache nicht und verstehe kein Wort. Dann aber sagte er plötzlich in gutem Italienisch zu der Mutter, die ihm mit klagender Stimme einen Wermut anbot: «Danke, ich trinke keinen Aperitif.» Ich verstand plötzlich, wie, weiß ich selber nicht, daß er nicht lachte, weil er aus irgendeinem Grund den Advokaten nicht leiden mochte.

Michele erzählte dann von unserer Begegnung mit der Irren, worauf der Advokat gleichgültig meinte: «Ach ja, Lena. Die ist immer schon verrückt gewesen. Voriges Jahr, in dem allgemeinen Durcheinander von hin- und hermarschierenden Truppen, ist sie irgendeinem Soldaten in die Hände gefallen, der sie geschwängert hat.»

«Und wo ist das Kind jetzt?»

«Das wird von der Familie aufgezogen und gut gepflegt. Die arme Närrin aber bildet sich ein, man wolle ihr das Kind wegnehmen, weil sie keine Milch habe, es zu stillen. Dabei ist das Sonderbare, daß sie es regelmäßig stillt; das heißt, zu bestimmten Stunden legt ihre Mutter ihr den Säugling in den Arm, und sie tut, was die Mutter ihr befiehlt. Dabei hat sie trotzdem die fixe Idee, sie könne das Kleine nicht sättigen.»

Der Advokat sprach von dieser armen Lena wie von etwas völlig Unwichtigem. Mir jedoch hatte jene Begegnung einen tiefen, unauslöschlichen Eindruck hinterlassen, wie wenn der entblößte Busen, den sie auf der Straße jedem Beliebigen darbot, eine Art Symbol für die Lage darstellte, in der wir uns alle in jenem Winter des Jahres 1944 befanden – arm und bloß, den Tieren gleich, die nichts anderes haben als die Milch, mit der sie ihre Jungen säugen.

Die verängstigte, zitternde Mutter des Advokaten ging unterdessen mehrmals zwischen der Küche und dem Zimmer hin und her und trug Teller um Teller mit den Händen herein, feierlich, als handle es sich um das Sakrament. Sie setzte Aufschnitt, Wurst und Schinken auf den Tisch, dazu deutsches Kastenbrot, wie wir es suchten, dann eine echte Fleischbrühe mit Einlage und zuletzt ein großes gekochtes Huhn mit Gemüse. Auch eine Flasche guten Rotwein brachte sie zum Vorschein. Man sah, daß der Advokat und seine Mutter erhebliche Anstrengungen unternommen hatten, um den jungen deutschen Offizier, der sich mit seiner Batterie in ihrer Nähe befand, freundlich zu stimmen. Der Oberleutnant aber schien ein Mann von unangenehmem Charakter, denn als erstes deutete er auf das Kastenbrot und fragte: «Darf ich mich erkundigen, Herr Advokat, wie Sie es angestellt haben, sich dieses Brot zu verschaffen?»

Der Advokat, der in seinem Mantel dasaß, als hätte er hohes Fieber, antwortete mit zögernd-scherzender Stimme: «Ach, ein Geschenk. Ein Soldat hat uns ein Geschenk gemacht und wir ihm . . .»

«Also ein Tauschgeschäft», entgegnete der andere unbarmherzig. «Das ist verboten . . . Und wer war dieser Soldat?»

«Aber, aber, Herr Oberleutnant! Man kann eine Sünde gestehen, aber nicht den Sünder nennen! Versuchen Sie doch diesen Schinken . . . Der ist nicht deutscher, sondern italienischer Herkunft.»

Der Offizier sagte nichts mehr und begann, von dem Schinken zu essen.

Plötzlich verlagerte sich seine Aufmerksamkeit von dem Advokaten auf Michele, und er fragte ihn unvermittelt nach seinem Beruf. Ohne Zögern erklärte Michele, er sei Lehrer und unterrichte.

«Was unterrichten Sie?»

«Italienische Literatur.»

Zur Verwunderung des Advokaten sagte der Deutsche hierauf: «Ich kenne Ihre Literatur. Ich habe sogar einen italienischen Roman übersetzt.»

«Welchen?»

Der Oberleutnant nannte den Namen des Verfassers und den Titel des Buches, doch erinnere ich mich weder an den einen noch an den anderen. Ich konnte sehen, daß Michele, der bisher keinerlei Interesse für den Deutschen an den Tag gelegt hatte, jetzt neugierig geworden zu sein schien. Als der Advokat merkte, daß der Oberleutnant zu Michele jetzt mit Achtung und wie von gleich zu gleich sprach, änderte auch er seine Haltung. Er schien nun erfreut, Michele an seinem Tisch zu haben, und sagte zu dem Deutschen: «Ja, unser Festa ist ein Literat – ein Literat von Rang.» Dabei schlug er Michele auf die Schulter. Der Deutsche aber schien es darauf angelegt zu haben, den Advokaten zu ignorieren, der doch der Hausherr war und ihn eingeladen hatte. So wandte er sich wieder an Michele und sagte: «Ich habe zwei Jahre in Rom gelebt und Ihre Sprache studiert... Privat beschäftige ich mich mit Philosophie.»

Der Advokat suchte sich in das Gespräch zu mischen und meinte scherzend: «Na, dann werden Sie ja verstehen, warum wir Italiener alles, was uns in letzter Zeit geschehen ist, mit Philosophie hinnehmen... Haha, jawohl, mit Philosophie...»

Aber wiederum sah der Deutsche ihn kaum an. Er vertiefte sich in ein angeregtes Gespräch mit Michele, nannte eine Menge Schriftstellernamen und Buchtitel, und man konnte bemerken, daß er auf diesem Felde wirklich gut beschlagen war. Ich stellte fest, daß Michele, ohne es zu wollen und sehr widerstrebend, etwas wie Respekt oder doch zumindest starkes Interesse diesem fremden Offizier gegenüber zu empfinden begann.

Das ging so eine Weile weiter, und dann kam das Gespräch auf den Krieg und dessen Bedeutung für einen Literaten oder Philosophen. Der Oberleutnant meinte, der Krieg sei eine wichtige Erfahrung, und sprach dann den Satz: «Die eigenartigste, im tiefsten Sinne ästhetische Sensation –» ich wiederhole hier das Wort «ästhetisch», obwohl ich es im Augenblick nicht verstand, da mir der ganze Satz wie eingebrannt im Gedächtnis geblieben ist – «erfuhr ich während des Balkanfeldzuges – und wissen Sie wann? Als ich mit dem Flammenwerfer in eine Höhle voll feindlicher Soldaten eindrang, um sie auszuräuchern.»

Wir vier, Rosetta und ich, der Advokat und dessen Mutter, waren bei diesen Worten wie versteinert. Später kam ich dann zu der Ansicht, daß es sich dabei bloß um eine Prahlerei handelte, daß das Ganze gar nicht wahr war und er dergleichen sicher nie getan hatte. Schließlich hatte er ja einige Gläser Wein getrunken, sein Gesicht war gerötet, und seine Augen glänzten. Aber im Augenblick überlief es mich doch eiskalt. Ich blickte auf die anderen. Rosetta hielt die Augen niedergeschlagen, die Mutter des Advokaten glättete mit bebenden Händen das Tischtuch, der Advokat hatte sich wie eine Schildkröte in seinen Mantel verkrochen. Nur Michele starrte den Deutschen mit aufgerissenen Augen an.

«Interessant», sagte er endlich. «Unbedingt sehr interessant ... und noch eigenartiger und ästhetischer, vermute ich, dürfte das Gefühl des Fliegers sein, der seine Bomben über einem Dorf ablädt, so daß dort, wo eben noch Häuser standen, plötzlich nur noch eine Staubwolke ist.»

Der Oberleutnant war nicht so dumm, daß er nicht den ironischen Sinn dieses Satzes verstanden hätte. Nach einer kleinen Weile erklärte er: «Der Krieg ist eine unersetzliche Erfahrung ... Apropos, wieso sind Sie eigentlich hier und nicht an der Front?»

Michele fragte mit völliger Schlichtheit zurück: «An was für einer Front?»

Sonderbarerweise erwiderte der Oberleutnant nichts und beschränkte sich darauf, Michele einen kalten Blick zuzuwerfen, ehe er sich wieder seiner Mahlzeit widmete.

Aber er fühlte sich, wie man von weitem sehen konnte, durchaus nicht wohl und war sich dessen bewußt, von feindlich oder zumindest nicht freundlich gesinnten Menschen umgeben zu sein. So ließ er plötzlich von Michele ab, der keineswegs eingeschüchtert schien, und griff von neuem den Advokaten an.

«Lieber Herr Advokat», begann er ganz unvermittelt und wies auf den Tisch, «Sie schwimmen hier im Überfluß, während die Leute ringsum hungern ... Wie haben Sie es denn fertiggebracht, sich so viele gute Dinge zu beschaffen?»

Der Advokat tauschte mit seiner Mutter einige bedeutungsvolle Blicke, wobei die der Mutter verschreckt, die des Advokaten aufmunternd waren. Dann erwiderte er: «Ich versichere Ihnen, daß wir für gewöhnlich nicht so essen ... Wir wollten heute Ihre Anwesenheit feiern.»

Der Offizier schwieg einen Augenblick und erkundigte sich dann: «Sie sind Grundbesitzer hier in diesem Tal, nicht wahr?»

«Ja, in gewissem Sinne bin ich das.»

«In gewissem Sinne? Man hat mir erzählt, das halbe Tal gehöre Ihnen.»

«Ach nein, lieber Herr Oberleutnant, das muß Ihnen ein Lügner oder ein Neider berichtet haben ... Ich besitze ein paar Gärten – darunter verstehen wir diese Orangenhaine.»

«Wie ich höre, werfen diese sogenannten Gärten sehr hohe Erträgnisse ab? Sie sind also, wenn ich recht unterrichtet bin, ein reicher Mann.»

«Ach Gott, wirklich reich bin ich durchaus nicht. Keineswegs. Ich habe zu leben.»

«Und wissen Sie, wie Ihre Bauern hier in der Gegend leben?»

Der Advokat hatte nun schon begriffen, worauf der andere hinauswollte, und antwortete würdevoll: «Gut leben sie – gerade in diesem Tal sind die Bauern besonders gut gestellt.»

Der Deutsche, der sich gerade ein Stück von dem Huhn abschnitt, sagte, ohne zu lächeln: «Wenn die hier gut leben, kann man sich denken, wie es denen geht, die schlecht leben. Ich habe gesehen, wie Ihre Bauern leben. Wie das Vieh leben sie, in Häusern, die aussehen wie Ställe, und ihre Kleider bestehen aus Fetzen. Kein Bauer in Deutschland lebt so. Wir würden uns schämen, unsere Bauern so leben zu lassen.»

Der Advokat zuckte die Schultern und schwieg, schon seiner Mutter zuliebe, die flehende Blicke nach ihm abschoß, als wolle sie ihm zurufen: «Sei still, laß dich auf keine Diskussionen ein.» Aber der Deutsche ließ nicht locker. «Nun, lieber Herr Advokat», fragte er, «was können Sie mir erwidern?»

Da sagte der Advokat: «Die Leute selber wollen so leben, das kann ich Ihnen versichern, Herr Oberleutnant. Sie kennen diese Art von Menschen nicht.»

Der Oberleutnant aber entgegnete schroff: «Nein, ihr Grundbesitzer wollt, daß eure Bauern so leben. Alles», bei diesen Worten deutete er auf seine Stirn, «hängt vom Kopfe ab. Ihr seid der Kopf Italiens, und eure Schuld ist es, wenn die Bauern wie das Vieh leben.»

Der Advokat schien ziemliche Angst zu haben und hatte Mühe, zu essen. Man sah, wie er sich anstrengen mußte, die Bissen hinunterzubringen, gleich einem Huhn, das hastig Körner in sich hineinschlingt. Seine Mutter sah ganz und gar ratlos aus, und ich bemerkte, wie sie unter dem Tisch die Hände zum Gebet faltete. Der Offizier aber sprach weiter: «Früher kannte ich nur ein paar der schönsten italienischen Städte und von diesen hauptsächlich die Kunstdenkmäler. Jetzt aber, durch den Krieg, habe ich Ihr Land gründlich von einem Ende bis zum anderen kennengelernt. Wissen

Sie nicht, verehrter Herr Advokat, daß es bei Ihnen Klassenunterschiede gibt, die eine wahre Schande sind?»

Der Advokat blieb stumm, machte aber mit den Schultern eine Bewegung, die soviel besagen sollte wie: «Was kann denn ich dafür?» Der Oberleutnant bemerkte dies und fuhr fort: «Nein, mein Lieber, das geht Sie genauso an wie alle anderen, die gleich Ihnen Advokaten, Ingenieure, Ärzte, Professoren, Intellektuelle sind. Wir Deutsche sind zum Beispiel empört über die Unterschiede, die zwischen den italienischen Offizieren und den Soldaten bestehen. Die Offiziere sind bedeckt mit Goldstreifen, tragen Uniformen aus besonders feinen Stoffen, essen besonders gut, genießen in allem und jedem eine Vorzugsbehandlung. Die Soldaten aber laufen in Fetzen herum, essen wie das Vieh und werden behandelt wie das Vieh. Was denken Sie darüber, lieber Herr Advokat?»

Diesmal erwiderte der Advokat etwas. «Ich denke», meinte er, «daß das alles wahr sein mag und daß ich nicht der erste bin, der es beklagt. Aber was kann ich allein daran ändern?»

Darauf der andere gallig: «Aber nein, mein Lieber, das dürfen Sie nicht sagen. Die Sache berührt Sie unmittelbar, und wenn Sie und Ihresgleichen wirklich wollten, daß sich die Dinge änderten, dann würden sie sich ändern. Wissen Sie, warum Italien den Krieg verloren hat und warum jetzt wir Deutschen unser kostbares Menschenmaterial an der italienischen Front vergeuden müssen? Wegen dieses Unterschiedes zwischen Soldaten und Offizieren, zwischen dem Volk und euch Herren der Oberschicht! Die italienischen Soldaten kämpfen schlecht, weil sie der Meinung sind, daß dieser Krieg euer Krieg ist und nicht der ihre. Und sie zeigen euch ihre Feindseligkeit dadurch, daß sie sich nicht schlagen. Ist das nicht so, Herr Advokat?»

Der Advokat ärgerte sich dermaßen, daß er seine Angst überwand, und sagte: «Stimmt, das Volk hat diesen Krieg nicht gewollt. Aber ich auch nicht. Dieser Krieg ist uns von der faschistischen Regierung aufgenötigt worden. Und die faschistische Regierung ist nicht meine Regierung, darauf können Sie sich verlassen.»

Der andere jedoch entgegnete mit ein wenig erhobener Stimme: «Nein, mein Lieber, das ist etwas zu bequem. Diese Regierung ist Ihre Regierung.»

«Meine Regierung? Sie wollen sich wohl über mich lustig machen, Herr Oberleutnant?»

Da mengte sich die Mutter in das Gespräch und rief: «Francesco, ich bitte dich ... um Himmels willen ...»

Der Oberleutnant beharrte: «Jawohl, Ihre Regierung. Soll ich Ihnen das beweisen?»

«Wie wollen Sie das beweisen?»

«Ich weiß alles über Sie, lieber Herr. Zum Beispiel weiß ich, daß Sie ein Antifaschist und ein Liberaler sind. Aber Sie halten es hier in diesem Tal nicht etwa mit den Bauern und Arbeitern, Sie halten es mit dem faschistischen Parteisekretär .. nicht wahr?»

Der Advokat zuckte von neuem die Schultern und erklärte: «Vor allem bin ich weder ein Antifaschist noch ein Liberaler; ich kümmere mich nicht um Politik, sondern nur um meine Angelegenheiten ... Und was den faschistischen Parteisekretär betrifft, so bin ich mit ihm in die Schule gegangen. Wir sind sogar entfernt verwandt, denn meine Schwester hat seinen Vetter geheiratet ... Gewisse Dinge könnt ihr Deutschen nicht verstehen ... Dazu kennt ihr Italien nicht gut genug.»

«Nein, mein Lieber, ihr seid alle ein Klüngel, ob Faschisten oder Antifaschisten, weil ihr alle derselben Klasse angehört. Und diese Regierung ist die Regierung von euch allen, Faschisten wie Antifaschisten, denn es ist die Regierung eurer Klasse ... Ja, das sind die Tatsachen. Alles andere ist Geschwätz.»

Obwohl es in der Baracke kalt war, standen dem Advokaten die Schweißperlen auf der Stirn.

Die Mutter, die nicht mehr wußte, was sie tun sollte, war in ihrer Verwirrung aufgestanden und sagte mit zitternder Stimme: «Jetzt mache ich euch einen guten Kaffee.» Damit verschwand sie in die Küche.

Der Offizier sprach weiter: «Ich bin nicht wie die Mehrzahl meiner Landsleute, die genauso töricht sind wie die Mehrzahl der Italiener. Diese meine Landsleute lieben Italien, weil es dort so viele schöne Bauten gibt und weil die Landschaften Italiens zu den schönsten der Welt gehören, oder weil sie Italiener treffen, die Deutsch können und die sie rühren, oder weil man sie zu einer guten Mahlzeit eingeladen hat, wie Sie mich heute eingeladen haben. Nein, zu diesen törichten, ahnungslosen Deutschen gehöre ich nicht. Ich sehe die Dinge so, wie sie sind, und sage Ihnen das ganz offen, mein Lieber!»

In diesem Augenblick bemerkte ich, ohne recht nachzudenken, vielleicht weil mir der Advokat leid tat: «Wissen Sie, warum der Advokat Sie zu diesem Essen eingeladen hat?»

«Warum?»

«Weil ihr Deutschen allen Leuten Angst einjagt. Deshalb hat er versucht, Sie freundlich zu stimmen, wie man es mit einem wilden Tier tut, indem man ihm etwas Gutes vorsetzt.»

Sonderbarerweise machte er einen Augenblick lang ein trauriges, bitteres Gesicht. Niemandem, auch keinem Deutschen, ist es angenehm zu hören, daß er Angst einflößt und daß die Leute nur aus Angst zu ihm freundlich sind. Entsetzt suchte der Advokat die Sache wieder einzurenken, indem er sagte: «Hören Sie nicht auf diese Frau, Herr Oberleutnant! Das ist eine einfache Person, die gewisse Dinge nicht versteht.»

Der Oberleutnant aber bedeutete ihm, still zu sein, und fragte mich: «Warum fürchten sich die Leute vor uns Deutschen? Sind wir nicht Menschen wie alle anderen?»

Wenig fehlte und ich hätte erwidert: «Ein Mensch ist ein Mensch und findet keine Freude daran, eine Höhle voller lebendiger Soldaten, wie Sie vorhin gesagt haben, mit dem Flammenwerfer auszuräuchern.» Zum Glück aber – denn wer weiß, was geschehen wäre, wenn ich das gesagt hätte – kam ich nicht mehr dazu. Plötzlich ertönte das Getöse von vereinzeltem Flakfeuer und das dumpfe Krachen explodierender Bomben. Zugleich erdröhnte die Luft von rasch näher kommendem Motorenlärm. Der Deutsche sprang auf und rief: «Feindliche Flieger! Ich muß zu meiner Batterie!» Die Sessel umwerfend, die ihm im Wege waren, stürmte er davon.

Als erster faßte sich der Advokat nach dem plötzlichen Abgang seines Besuchers. «Schnell, schnell, kommt!» rief er. «In den Luftschutzkeller!» Damit erhob er sich und wies uns den Weg aus der Baracke über die Lichtung zu einer Stelle, wo sich unter einem Schutzdach aus Balken und Sandsäcken eine Öffnung befand. Durch diese kletterte der Advokat eine Leiter hinunter und rief dabei: «Macht rasch, gleich werden sie über unseren Köpfen sein!»

Wirklich hörte man, wie das Motorengedröhn nun sogar die

Schüsse der Flak übertönte und zu ohrenbetäubender Heftigkeit anschwoll, als käme es direkt hinter den Bäumen am Rande der Lichtung hervor. Dann fanden wir uns in der Stille eines finsteren, unterirdischen Raumes, der offenbar eigens als Luftschutzkeller unter der Lichtung angelegt worden war.

«Gegen eine Bombe würde das natürlich nicht viel helfen», meinte der Advokat, «aber vor den Maschinengewehrkugeln sind wir hier wenigstens sicher. Wir haben einen guten Meter Erde und die Sandsäcke über uns.»

Ich weiß nicht, wie lange wir in jenem Raum im Finstern standen und kaum zu atmen wagten. Dann und wann war gedämpft das Belfern der Flak zu hören, doch weiter nichts. Schließlich öffnete der Advokat die Tür einen Spalt breit, stellte fest, daß alles vorbei war, und wir traten wieder ins Freie hinaus. Einige der Sandsäcke wiesen Einschüsse auf, der Advokat fand sogar ein fingergroßes Messinggeschoß und meinte: «Wenn das einen von uns erwischt hätte, wäre der jetzt tot!» Dann hob er den Blick zum Himmel und sagte: «Wenn diese Flieger doch noch öfter kämen! Hoffen wir, daß sie uns von diesem wüsten Kerl von Oberleutnant befreit haben!»

Seine Mutter meinte vorwurfsvoll: «Sag das nicht, Francesco! Auch er ist ein Christenmensch, und überhaupt soll man niemandem den Tod wünschen!»

«Der, ein Christenmensch?» entgegnete der Advokat. «Der Teufel soll ihn holen, und verflucht sei der Tag, an dem er hierhergekommen ist! Wenn er fort sein wird, will ich ein tausendmal besseres Essen als das heutige geben! Und ihr seid natürlich dazu eingeladen!»

Mit einem Wort, er verwünschte diesen Deutschen in einer Art, aus der man ersehen konnte, wie sehr er ihn haßte. Wir gingen dann wieder in die Baracke zurück und tranken Kaffee. Hierauf nahm uns die Mutter des Advokaten unsere Eier ab und gab uns etwas Mehl und Bohnen dafür. Schließlich verabschiedeten wir uns und gingen.

Es war nun schon spät, und ich hatte es eilig, nach Sant' Eufemia zu gelangen. Im Tale hatten wir durchweg unerfreuliche Begegnungen gehabt – erst mit dem Russen und seinen Pferden, dann mit der armen Verrückten und zuletzt mit diesem Oberleutnant.

Als wir nach Hause unterwegs waren, sagte Michele plötzlich: «Über eines habe ich mich besonders geärgert, während der Deutsche sprach.»

«Worüber?»

«Daß er recht hatte, obgleich er ein Nazi war.»

Ich meinte: «Warum nicht? Manchmal kann doch auch ein Nazi recht haben?»

Und er mit gesenktem Kopf: «Nein. Niemals!»

Ich hätte ihn gerne gefragt, wie er es sich erklärte, daß dieser Nazi, den es freute, Leute mit dem Flammenwerfer auszurotten, gleichzeitig die in Italien herrschende Ungerechtigkeit so klar erkannt hatte. Michele hatte uns doch immer erklärt, diejenigen, die Ungerechtigkeiten erkannten, seien die anständigen Menschen, die besten, die einzigen, die er nicht verachtete. Und jetzt hatte sich herausgestellt, daß dieser Deutsche, der sich einen Philosophen nannte, Gefühl für die Ungerechtigkeit besaß – und anscheinend doch zugleich Freude daran hatte, Menschen umzubringen ... Wie war das möglich? War etwa die Gerechtigkeit gar keine so gute Sache? Aber es fehlte mir der Mut, diese meine Betrachtungen Michele mitzuteilen, denn ich sah, daß er niedergeschlagen und traurig war. Wir stiegen also ziemlich schweigsam nach Sant' Eufemia hinauf und kamen dort an, als es schon seit einer Weile dunkel geworden war.

Siebentes Kapitel

An einem dieser Januartage, während weiterhin der Nordwind aus einem kristallklaren, leuchtenden Himmel wehte, hörten Rosetta und ich beim Erwachen ein weit entferntes, regelmäßiges Geräusch, das aus der Gegend des Meeres vom Rande des Himmels herzukommen schien. Es war jedesmal zuerst ein dumpfes Grollen, das klang, als hätte der Himmel einen Faustschlag erhalten, und dann folgte kurz danach ein zweites, stärkeres und helleres Geräusch, das ein Echo des ersten zu sein schien. Bumm, bumm, bumm – so ging es pausenlos weiter, und dieser dumpfdröhnende Lärm ließ durch den Gegensatz den Tag noch schöner, die Sonne noch heller, den Himmel noch blauer erscheinen.

Zwei Tage vergingen, ohne daß jenes Geräusch bei Tag oder bei Nacht jemals ausgesetzt hätte; dann erschien ein Hirtenjunge und brachte ein bedrucktes Blatt, das er irgendwo im Gestrüpp gefunden hatte. Es war eine Art Zeitung, von den Engländern gedruckt, doch in deutscher Sprache und für die Deutschen bestimmt; und da hier oben einzig Michele Deutsch verstand, wurde er herbeigeholt. Er las das Blatt und erklärte uns dann, die Engländer hätten bei Anzio in der Nähe von Rom eine große Landung vorgenommen, dort finde jetzt eine gewaltige Schlacht mit Kriegsschiffen, Kanonen und Panzern statt, die Engländer seien im Vormarsch auf Rom und befänden sich anscheinend bereits in der Gegend von Velletri.

An jenem Abend ging niemand zeitig zu Bett, wie dies für gewöhnlich der Fall war. Die Flüchtlinge umarmten und beglückwünschten einander vor Freude, und man besuchte sich wechselweise von Hütte zu Hütte, um beglückte Kommentare auszutauschen.

Die folgenden Tage brachten jedoch keinerlei neue Nachrichten. Der dumpfe Kanonendonner aus der Gegend von Terracina dauerte zwar an, aber die Deutschen dachten, wie wir sehr bald erfuhren, keineswegs an einen Rückzug. Nach einigen weiteren Tagen kamen dann genauere Berichte. Die Engländer waren wohl gelandet, aber die Deutschen hatten sofort Gott weiß wie viele Divisionen dorthin geworfen, um sie aufzuhalten, und nach schweren Kämpfen war ihnen dies auch gelungen. Jetzt hatten sich die Engländer am Strand eingegraben, und dieser Strand war sehr schmal. Dort wurden sie von den Deutschen wie auf einem Schießstand aus vielen Kanonen beschossen, kurzum, die Deutschen würden die Engländer wohl bald dazu zwingen, sich wieder auf ihre Schiffe zurückzuziehen, die für den Fall eines Mißerfolges bereits an Ort und Stelle warteten.

Nach dem Eintreffen dieser Neuigkeiten gab es in Sant' Eufemia lange Gesichter, und die Flüchtlinge erklärten wieder und wieder, die Engländer verstünden eben nichts vom Landkrieg, weil sie Seeleute seien, während die Deutschen den Landkrieg im Blut hätten. So würden die Engländer es nicht schaffen, und die Deutschen würden sicher den Krieg gewinnen.

Michele sprach überhaupt nicht mit den Flüchtlingen, weil er, wie er uns sagte, keine Lust hatte, sich zu ärgern. Uns aber versicherte er ruhig, es sei völlig unmöglich, daß die Deutschen siegten. Und als ich ihn eines Tages fragte, warum er dieser Überzeugung sei, antwortete er ganz schlicht: «Die Deutschen waren schon am ersten Tag des Krieges besiegt.»

Ich möchte hier eine kleine Geschichte erzählen, die zeigt, wie wir dort oben ohne alle verläßlichen Nachrichten waren und wie die unwissenden, analphabetischen Bauern auch das wenige, was sie in Erfahrung brachten, völlig verdrehten. Da es uns nicht gelang, genauere Berichte über die Ereignisse von Anzio zu erhalten, beschlossen Filippo und ein anderer Kaufmann, Paride zu bezahlen, damit er auf Maultierpfaden über die Berge einen gewissen Ort der Ciociaria aufsuchte, wo, wie sie wußten, der Amtsarzt ein Rundfunkgerät besaß. Paride war zwar Analphabet und konnte weder lesen noch schreiben, aber er besaß immerhin Ohren, konnte Radio hören und sich das Gehörte von dem Arzt näher erklären lassen. Filippo und sein Freund gaben Paride auch etwas Geld mit, damit er wenn möglich unterwegs Lebensmittel aufkaufe, Mehl, Bohnen, Fett und, mit einem Wort, alles, was er finden würde. So sattelte also Paride seinen Esel und machte sich eines Tages früh bei Morgengrauen auf den Weg.

Er blieb drei Tage aus und kam eines Nachmittags wieder. Kaum tauchte er mit seinem Esel auf dem Berghang auf, als ihm auch schon sämtliche Flüchtlinge entgegeneilten, allen voran Filippo und dessen Freund, die beiden Kaufleute, die Paride bezahlt hatten, damit er für sie Rundfunk höre. Als er auf unserer Felsterrasse angekommen war, erklärte Paride zunächst einmal, er habe keinerlei Lebensmittel beschaffen können, denn überall herrsche derselbe Mangel wie in Sant' Eufemia oder eher noch schlimmer. Dann ging er, gefolgt von einer Schar Neugieriger, in seine Hütte und setzte sich dort inmitten seiner Familie auf eine Bank. Michele, Filippo und andere drängten sich um ihn; viele fanden in der Hütte keinen Platz mehr, wollten aber doch hören, was Paride zu erzählen hatte, und standen daher vor dem Eingang.

Jetzt berichtete Paride, daß er Rundfunk gehört habe, daß jedoch nicht viel von der Landung berichtet worden sei. Engländer und Deutsche hielten unverändert ihre Stellungen. Aber er habe mit dem Arzt und verschiedenen anderen Leuten gesprochen, die an den vorhergegangenen Tagen Radio gehört hätten, und auf diese Weise habe er erfahren, weshalb die Landung fehlgeschlagen sei.

Filippo wollte jetzt genau wissen, warum es so gekommen sei, und Paride erwiderte schlicht, daran sei ein Frauenzimmer schuld.

Wir alle sperrten bei dieser Behauptung Mund und Augen auf; Paride aber fuhr fort und erklärte, der Admiral, der die Landung befehligte, sei ein Amerikaner, der aber in Wirklichkeit ein Deutscher sei, was bloß niemand gewußt habe. Dieser Admiral hätte eine wunderschöne Tochter, die mit dem Sohn des Oberkommandanten der amerikanischen Truppen in Europa verlobt sei. Dieser Sohn aber hätte das Verlöbnis gebrochen, den Ring und die Geschenke zurückgegeben und eine andere geheiratet. Aus Rache hierfür hätte der Admiral, der Vater der Braut, die Deutschen heimlich von der Landung verständigt. So sei es gekommen, daß die Engländer, als sie nach Anzio kamen, dort bereits die Deutschen mit ihren Kanonen vorgefunden hätten. Jetzt aber sei das Ganze aufgedeckt worden. Man habe festgestellt, daß der Admiral, der sich als Amerikaner ausgegeben hatte, in Wahrheit ein

Deutscher sei; man habe ihn verhaftet, würde ihm demnächst den Prozeß machen und ihn bestimmt erschießen.

Diese Erzählung Parides fand bei den Zuhörern geteilte Aufnahme. Die Unwissenderen und Einfacheren schüttelten die Köpfe und meinten: «Ja, so ist das! Immer steckt ein Frauenzimmer dahinter! Bei näherem Hinsehen stößt man stets auf einen Unterrock!» Viele andere aber erklärten, es sei unmöglich, daß der Rundfunk derlei Unsinn verbreitet habe. Was Michele anging, so beschränkte er sich darauf, Paride zu fragen: «Bist du sicher, daß der Rundfunk das gemeldet hat?» Darauf behauptete Paride erneut, der Arzt und andere Leute hätten die Geschichte vom Londoner Sender gehört.

«Sag einmal», meinte da Michele, «hast du das alles nicht eher von einem Moritatensänger gehört?»

«Was für ein Moritatensänger?»

«Ich meine bloß ... eine neue Version der Geschichte von Gano di Maganza ... sehr interessant ...»

Paride merkte die Ironie in Micheles Worten nicht und bekräftigte nochmals, seine Nachrichten stammten aus dem Rundfunk; ich aber fragte etwas später Michele, wer denn dieser Gano di Maganza gewesen sei. Da erklärte er mir, es handle sich um einen General, der vor etlichen Jahrhunderten den Kaiser in einer Schlacht gegen die Türken verraten hatte. Da meinte ich: «Na siehst du, solche Dinge kommen vor ... Ich will nicht behaupten, daß Paride die reine Wahrheit gesprochen hat, aber ganz unmöglich wäre es nicht.»

Michele aber lachte und sagte: «Schön wär's, wenn die Dinge heutzutage noch in dieser Weise vor sich gingen!»

Mit einem Wort, uns blieb nichts anderes übrig, als weiter zu warten, nachdem die Landung offenbar nicht gelungen war. Aber Warten und Nichtstun ist, wie das Sprichwort sagt, etwas Tödliches, und während des ganzen Monats Januar und auch noch im Februar war uns allen dort oben in Sant' Eufemia, als müßten wir langsam, aber sicher sterben. Die Tage waren unbeschreiblich eintönig, denn immer wieder ereignete sich dasselbe, was sich tags zuvor ereignet hatte. Morgen für Morgen hieß es aufstehen, Holz machen, das Feuer in der Hütte anzünden, kochen und dann die Zeit totschlagen, bis es Abend war.

Jeden Tag kamen die Flieger und warfen Bomben ab. Jeden Tag hörten wir von morgens bis abends und von abends bis morgens das Grollen der verdammten Kanonen von Anzio, die unausgesetzt schossen und offenbar nie trafen, denn wie wir wußten, kamen weder Engländer noch Deutsche dort auch nur einen Schritt vorwärts. Kurz und gut, ein Tag glich dem anderen, aber die nunmehr geweckte, ungeduldige Hoffnung ließ den nachfolgenden immer noch entnervender, schmerzhafter und endloser erscheinen als den vorausgegangenen. Die Stunden, die zu Beginn unseres Aufenthaltes in Sant' Eufemia so schnell verstrichen waren, wollten jetzt nicht einmal mehr tröpfeln, und das war zum Verzweifeln ermüdend.

Was aber am meisten dazu beitrug, die Monotonie jener Tage unerträglich werden zu lassen, war das unablässige Geschwätz all dieser Leute, das sich stets um das Essen drehte. Es war immer mehr davon die Rede, weil es immer weniger davon gab; und in diesen Reden machte sich jetzt nicht mehr bloß die Wunschphantasie von Leuten geltend, die zu schlecht, sondern die Angst derjenigen, die zu wenig essen. Allgemein gab es jetzt nur noch eine Mahlzeit am Tag, und jeder hütete sich, jemand anderen dazu einzuladen. Wie Filippo sagte: «Gute Freunde soviel ihr wollt – aber bei Tisch jeder auf seine eigene Rechnung!»

Am verhältnismäßig besten ging es noch immer denjenigen, die Geld hatten, also Rosetta und mir sowie Filippo und einem gewissen Geremia. Aber auch wir, sozusagen die Reichen, spürten nur zu gut, daß uns bald auch das Geld nichts mehr nützen würde. Denn die Bauern, die am Anfang so gierig nach diesem Geld gewesen waren, von dem sie in Friedenszeiten nie etwas gesehen hatten, fingen jetzt an, Lunte zu riechen, und entdeckten, daß das Geld weniger zählte als die Ware. Düster, mit einer Art rachsüchtiger Freude in der Stimme, sagten sie: «Jetzt ist der Augenblick für uns Bauern gekommen – jetzt befehlen wir, denn wir haben die Vorräte... Geld kann man nicht essen, wohl aber die Vorräte.»

Das waren jedoch, wie ich wußte, zum guten Teil Prahlereien, denn auch bei den Bauern sah es mit den Lebensmitteln nicht mehr sehr glänzend aus. Es waren ja arme Bergbauern, die immer Mühe haben, mit der Ernte eines Jahres bis zur nächsten auszukommen.

Wenn es April oder Mai wird, müssen auch sie stets mit Geld herausrücken und Vorräte einkaufen, die dann bis zum Juli reichen.

Was aßen wir? Einmal am Tag ein wenig Bohnen, mit einem Kaffeelöffel Schmalz und Tomatenmark zubereitet, ein Stückchen Ziegenfleisch und ein paar getrocknete Feigen. Am Morgen gab es, wie ich schon erzählt habe, Rüben oder Zwiebeln und eine dünne Scheibe Brot. Woran wir großen Mangel litten, war Salz, und das war schrecklich, denn ohne Salz ließ sich das Essen kaum hinunterbringen. Sobald man es in den Mund nahm, hätte man am liebsten erbrechen mögen, so schal und süßlich, so tot und verwest schmeckte alles. Öl hatten wir überhaupt nicht mehr, und von dem Schmalz waren in dem Topf nur noch zwei Finger hoch übrig. Von Zeit zu Zeit ereigneten sich Glücksfälle; so gelang es mir einmal, zwei Kilo Kartoffeln zu kaufen. Ein anderes Mal wieder bekam ich von irgendwelchen Hirten ein knappes Pfund Schafkäse, der hart war wie Stein, aber gut und würzig schmeckte. Solche Dinge freilich geschahen selten, und man konnte nicht damit rechnen.

Jetzt, in den frühen Märztagen, waren schon die ersten Anzeichen des Frühlings zu erkennen. Eines Morgens sahen wir, am Rande der Terrasse stehend, plötzlich durch den Nebel hindurch unter uns die ersten weißen Mandelblüten flimmern. Sie hatten sich in jener Nacht geöffnet und schienen jetzt, geisterbleich im grauen Nebel, vor Kälte zu zittern. Wir sahen darin ein gutes Zeichen: Der Frühling war angebrochen, bald würden die Straßen trocken sein und die Engländer ihren Vormarsch aufnehmen. Aber die Bauern schüttelten die Köpfe. Für sie war der Frühling gleichbedeutend mit Hunger. Sie wußten aus Erfahrung, daß ihre Vorräte nicht bis zur nächsten Ernte vorhalten würden, und suchten so sparsam wie nur möglich mit ihnen umzugehen. Also bemühten sie sich, etwas Eßbares zu finden, ohne jene Vorräte angreifen zu müssen. Paride zum Beispiel legte im Unterholz Fallen aus Rohr für die Rotkehlchen und Lerchen aus. Diese Vögel aber waren so klein, daß vier von ihnen auf einen Bissen gingen. Oder er versuchte, Füchse in Fallen zu fangen. War es ihm einmal gelungen, eines von diesen kleinen feuerroten Tieren zur Strecke zu bringen, zog er ihm das Fell ab, ließ das Fleisch einige Tage lang im Wasser weich werden und bereitete es mit einer starken, süßen Soße zu, damit man den unangenehmen Geschmack nicht so deutlich spürte.

Die wichtigste Hilfe bei unserer Ernährung aber war jetzt die Zichorie. Darunter verstand man hier oben nicht nur jene Pflanze, die man auch in Rom kennt, sondern jegliche Art von eßbarem Gewächs. Auch ich nahm immer häufiger zu dieser sogenannten Zichorie meine Zuflucht und verbrachte mit Michele und Rosetta manchen Vormittag damit, dieses Zeug zu pflücken. Wir standen zeitig am Morgen auf, nahmen Messerchen und Schüsseln mit, begaben uns auf den Abhang, bald unter-, bald oberhalb der Häuser, und ernteten Unkraut.

Man macht sich keine Vorstellung davon, wie viele Gräser eßbar sind – beinahe alle. Ein wenig verstand ich mich bereits darauf, weil ich sie schon als Kind eingesammelt hatte, aber ich hatte die Namen und Arten größtenteils wieder vergessen. Luisa, die Frau Parides, begleitete mich beim erstenmal, um mich zu unterweisen. Bald aber wurde ich ebenso geschickt wie die Bauern und kannte die verschiedenen Arten der sogenannten Zichorie nach Namen und Aussehen. Wir wanderten den Abhang auf und ab, und wir waren nicht die einzigen. Es war ein sonderbarer Anblick, alle diese Menschen zu sehen, die Schritt für Schritt mit tiefgesenkten Köpfen umherwandelten, gleich armen Seelen im Fegefeuer. Man hätte meinen mögen, alle suchten nach einem verlorenen Gegenstand; in Wirklichkeit nötigte sie der Hunger, nach etwas zu suchen, das sie keineswegs verloren hatten, aber dennoch zu finden hofften.

Dieses Einsammeln von Unkraut dauerte meist zwei oder drei Stunden und manchmal noch länger, denn für eine knappe Schüssel Gemüse benötigte man eine vollgefüllte Schürze. Auch wuchs nicht soviel davon, daß alle, die danach suchten, genügende Mengen fanden, und so mußten wir mit der Zeit immer weiter fortgehen und immer länger suchen. Bei alldem kam zuletzt sehr wenig heraus. Einmal gekocht, verwandelte sich der Inhalt von zwei oder drei Schürzen in zwei oder drei grüne Kugeln, jede von der Größe einer Orange. Nach dem Kochen tat ich das Zeug mit einer Spur Schmalz in die Pfanne, und dies mußte dazu dienen, uns wenn schon nicht zu sättigen, so doch wenigstens unsere Mägen zu betrügen.

Aber die Anstrengung dieses Einsammelns bewirkte, daß wir den ganzen restlichen Tag todmüde waren, und wenn ich mich abends neben Rosetta auf dem harten Bett mit seinem Strohsack ausstreckte und die Augen schloß, sah ich noch lange Zeit Zichorien und Zichorien vor meinem Blick umhertanzen. Vergebens suchte ich, einzuschlafen, während all dieses grüne Zeug weiter mein Gehirn beschäftigte, und erst nach einem langen Halbschlaf versank ich endgültig in ein Beet von Zichorien und entschlummerte.

Wie gesagt, das Unangenehmste in dieser Zeit war die Tatsache, daß die Flüchtlinge unter dem Druck der Hungersnot nichts anderes taten, als vom Essen zu reden. Auch ich esse gerne, und ich erkenne ohne weiteres an, daß das Essen etwas Wichtiges ist. Wer nichts ißt, kann nichts Rechtes tun, nicht einmal ernsthaft nach Essen suchen. Aber es gibt doch auch wichtigere Gesprächsthemen, wie Michele wieder und wieder erklärte. Außerdem ist es eine doppelte Qual, mit leerem Magen vom Essen zu reden: Man wird unablässig an seinen Hunger und zugleich an die Sattheit erinnert.

Es war insbesondere Filippo, der immer wieder bei solchen Eßgesprächen landete. Manchmal sah ich ihn, umgeben von seinen Freunden, mitten auf der Steinterrasse sitzen, und wenn ich näher kam, hörte ich ihn seinen Vortrag halten: «Erinnert ihr euch noch? Man telefonierte nach Neapel und bestellte Plätze in einem Restaurant. Dann nahmen wir den Wagen, vier oder fünf gute Esser, und fuhren los. Um eins setzten wir uns zu Tisch und um fünf standen wir wieder auf. Was aßen wir? Na ja, Spaghetti mit Fischsoße, Tintenfische, Krebse und Austern, gebratenen oder gekochten Fisch mit Mayonnaise, Fisch mit Erbsen, Schwertfischschnitten, Thunfisch vom Rost und die ausgezeichneten Polypen alla Luciana. Mit anderen Worten, zwei oder drei Stunden lang aßen wir nur Fisch aller Arten und in allen möglichen Zubereitungen. Wenn wir uns niedersetzten, waren wir tadellos in Ordnung; wenn wir uns erhoben, waren unsere Westen aufgeknöpft, die Gürtel gelockert; wir rülpsten, daß die Fenster klirrten, und jeder wog mindestens zwei oder drei Kilo mehr als vorher. Und dazu tranken wir pro Kopf wenigstens einen Fiasco Wein. Mein Gott, werden wir je wieder so fressen können?»

Irgendwer sagte dann: «Wenn die Engländer da sind, kommt der Überfluß wieder, Filippo.»

Während eines solchen Eßgespräches wohnte ich einem Wortwechsel zwischen Filippo und Michele bei. Filippo sagte gerade: «Wie gern hätte ich jetzt ein schönes Schwein! Das würde ich sofort schlachten und daraus schöne, fette Koteletts schneiden, fingerdicke, von denen jedes seine fünfhundert Gramm wiegt... Fünfhundert Gramm Schweinernes, das richtet einem die Seele wieder auf!»

Michele, der zufällig zugehört hatte, bemerkte plötzlich: «Das wäre ein Fall von Kannibalismus.»

«Wieso?»

«Weil dann ein Schwein das andere fräße.»

Als Filippo hörte, daß sein Sohn ihn ein Schwein nannte, lief er puterrot an und rief: «Du hast gar keinen Respekt vor deinen Eltern!»

Darauf Michele: «Nicht nur, daß ich keinen Respekt vor ihnen habe, ich schäme mich ihrer!»

Angesichts dieses schroffen, feindseligen Tons beschränkte sich Filippo darauf, zu erwidern: «Wenn du nicht einen Vater hättest, der deine Studien bezahlt, könntest du dich jetzt nicht unserer schämen – mea culpa.»

Michele schwieg ein Weilchen und sagte dann: «Du hast recht. Es war falsch von mir, dir zuzuhören. Von jetzt an werde ich mich von solchen Gesprächen fernhalten. Dann könnt ihr vom Essen reden, soviel ihr wollt.»

Versöhnlich und beinahe gerührt darüber, daß sein Sohn ihm endlich einmal recht gegeben hatte, meinte Filippo: «Wenn du willst, sprechen wir von etwas anderem... Eigentlich hast du ja recht, was müssen wir uns denn immer über das Essen unterhalten? Sprechen wir von etwas anderem.»

Da wurde Michele plötzlich aufgebracht und zischte wie eine Schlange: «Schön, und worüber reden wir? Vom Überfluß? Vom Geschäft? Davon, was wir nach der Ankunft der Engländer tun werden? Von dem, was der Pächter gestohlen hat? Wovon sprechen wir?»

Diesmal war es an Filippo, stumm zu bleiben, denn wirklich waren diese und nur noch wenige andere Themen die einzigen, über die er sprechen konnte. Michele hatte sie fast alle aufgezählt, und Filippo war außerstande, noch etwas anderes zu nennen. Michele aber entfernte sich, sobald er die letzten Worte gesprochen hatte, und Filippo machte, kaum daß sein Sohn ihn nicht mehr sehen konnte, eine Handbewegung, die besagte: «Der ist ein armer, Narr, mit dem man Mitleid haben muß!» Die anderen Flüchtlinge jedoch redeten ihm gut zu und meinten: «Dein Sohn, Filippo, weiß so viele Dinge – das Geld, das du für seine Studien aufgewendet hast, ist gut angelegt –, das ist die Hauptsache, alles übrige zählt nicht.»

Noch am selben Tag bemerkte Michele recht beschämt zu uns: «Mein Vater hat recht. Ich lasse es an Respekt ihm gegenüber fehlen. Aber es ist stärker als ich: Wenn er vom Essen redet, verliere ich den Kopf.»

Ich fragte ihn, warum ihm denn das so verhaßt sei. Er dachte einen Augenblick nach und meinte dann: «Wenn du wüßtest, daß du morgen sterben wirst, würdest du dann vom Essen reden?»

«Nein.»

«Na eben. Wir befinden uns in dieser Lage. Wir werden sterben, ob morgen oder nach vielen Jahren spielt keine Rolle. Sollen wir uns in der Erwartung des Todes mit solchen Dummheiten abgeben und darüber sprechen?»

Ich verstand nicht recht und fragte: «Wovon sollen wir also sprechen?»

Er dachte neuerdings nach und meinte dann: «In unserer gegenwärtigen Lage sollten wir zum Beispiel darüber sprechen, aus welchen Gründen wir uns hier befinden.»

«Und was sind diese Gründe?»

Er lachte und antwortete: «Die muß jeder von uns selber herausfinden.»

Da sagte ich: «Mag sein. Aber dein Vater spricht vom Essen, weil das hier fehlt und man einfach genötigt ist, daran zu denken.»

Er aber meinte abschließend: «Vielleicht ist das so. Nur spricht mein Vater immer vom Essen, auch dann, wenn genug für uns alle vorhanden ist.»

Die Lebensmittel waren wirklich äußerst knapp geworden, jeder suchte das wenige, das er noch hatte, so lange wie möglich zu bewahren, und jeder trachtete in den Gesprächen mit den anderen, den Eindruck zu erwecken, als besitze er überhaupt nichts mehr. So erklärte Filippo Tag für Tag den anderen, ärmeren Flüchtlingen: «Mein Mehl und meine Bohnen reichen nur mehr für eine Woche . . . Dann muß Gott uns weiterhelfen.» Das war nicht wahr, denn wie wir alle wußten, hatte er daheim noch einen Sack Mehl und einen kleineren Sack Bohnen. Aber aus Angst, man könne ihn berauben, lud er keinen Menschen mehr zu sich ein, sperrte sogar bei Tag die Haustür zu und ging mit dem Schlüssel in der Tasche spazieren.

Die armen Teufel von Bauern aber waren tatsächlich mit ihren Vorräten am Ende, denn das war die Jahreszeit, zu der sie sonst nach Terracina hinuntergingen und das Erforderliche einkauften, um bis zur nächsten Ernte durchzukommen. Dieses Jahr herrschte überall Hungersnot, und in Terracina war es wahrscheinlich noch schlimmer als in Sant' Eufemia. Überdies schleppten die Deutschen, wann immer sie konnten, alles Erreichbare davon, nicht etwa weil sie alle Diebe und Räuber waren, sondern weil Krieg war. Kriegführen aber heißt nicht nur Menschen töten, sondern auch stehlen.

Zum Beispiel tauchte bei uns eines Tages ein unbewaffneter deutscher Soldat auf, mit blauen Augen unter schwarzem Haar, einem runden, gutmütigen Gesicht und unruhigen, ein wenig traurigen Blicken. Er benahm sich wie ein Spaziergänger, schlenderte längere Zeit zwischen den Hütten umher und sprach mit Flüchtlingen und Bauern. Man sah, daß er keine bösen Absichten hatte, sondern daß er Mitgefühl für diese armen Leute empfand. Er erzählte, er sei in Friedenszeiten, daheim in Deutschland, ein Schmied; auch spiele er gut Ziehharmonika. Da ging einer der Flüchtlinge hin und holte seine Ziehharmonika, der Deutsche setzte sich auf einen Stein und spielte für uns, umgeben von den Kindern, die ihn mit offenem Munde anstarrten. Er spielte wirklich gut. Unter anderem gab er auch ein Lied zum besten, das, wie er sagte, zu jener Zeit von allen deutschen Soldaten gesungen wurde: *Lilli Marlen*. Es war ein trauriges, fast klagendes Lied, und während wir ihm zuhörten, mußte ich denken, daß ja doch auch diese Deutschen, die Michele nicht für Menschen halten wollte, Christen wie wir waren, Frauen und Kinder zu Hause hatten und den Krieg haßten, der sie von ihren Familien fernhielt.

Nach *Lilli Marlen* spielte er dann noch eine Menge anderer Lieder, und fast alle waren traurig und ergreifend; einige waren so kompliziert, daß man sie für Konzertmusik hätte halten mögen. Und der Soldat, der gesenkten Kopfes und ganz in seine Musik versunken dasaß, machte den Eindruck eines ernsten Mannes, der den Wert der Dinge kannte, niemanden haßte und den Krieg bestimmt nicht mitgemacht hätte, wenn ihm dies möglich gewesen wäre.

Schön, dieser sympathische Deutsche spielte also fast eine Stunde lang und ging dann, nicht ohne die Köpfe der Kinder gestreichelt und in seinem mühsamen Italienisch ein paar tröstende Worte gesagt zu haben: «Mut, bald Krieg aus!»

Der Weg ins Tal, den er einschlug, führte an der Hinterseite einer Hütte vorbei, und der Flüchtling, der dort wohnte, hatte am Zaun ein hübsches, rotkariertes Hemd zum Trocknen aufgehängt. Als der Deutsche vorüberkam, blieb er stehen, betastete das Hemd, wie um den Stoff zu prüfen, schüttelte dann den Kopf und setzte seinen Abstieg fort.

Eine halbe Stunde später aber war er wieder da, ganz außer Atem von der eiligen Rückkehr. Er ging geradewegs zu der Hütte, nahm das Hemd vom Zaun, schob es unter den Arm und lief damit wieder zu Tal.

Versteht man das? Er war fortgegangen, nachdem er uns auf der Ziehharmonika vorgespielt und die Kinder gestreichelt hatte – ein braver Mann, das erkannte man deutlich. Aber dieses Hemd hatte ihm ins Auge gestochen, und die ganze Zeit während des Abstieges hatte er unablässig daran denken müssen. Zuletzt war die Versuchung stärker geworden als das Gewissen, er war umgekehrt und hatte das Hemd genommen.

Solange er Ziehharmonika spielte, war er der Mann, der in Friedenszeiten den Beruf eines Schmiedes ausübte; als er das Hemd nahm, war er der Soldat, der weder mein noch dein kennt und nichts und niemanden respektiert. Mit einem Wort, wie ich schon sagte: Krieg heißt nicht nur töten, sondern auch stehlen; und Menschen, die in Friedenszeiten um keinen Preis der Welt töten und stehlen würden, werden im Kriege plötzlich von Diebs- oder Mörderinstinkten überwältigt, die in allen Menschen auf dem Grund ihrer Herzen schlafen. Und der Mensch gibt diesen Instinkten nach, weil er dazu ständig ermutigt wird und weil man ihm unentwegt sagt, daß dies gute Instinkte seien, denen er zu folgen habe, wenn er ein tüchtiger Soldat sein wolle. Dann denkt er zuletzt: Krieg ist Krieg, wenn einmal wieder Frieden ist, will ich wieder der Mensch werden, der ich vorher war; aber jetzt lasse ich mich gehen. –

Leider aber darf, wenigstens nach meiner Überzeugung, keiner, der im Krieg getötet und gestohlen hat, jemals hoffen, wieder ganz der zu werden, der er vorher gewesen ist. Das ist so, als ob eine Jungfrau sich entjungfern ließe und dabei dächte, sie werde später durch irgendein Wunder – das sich natürlich nie ereignet – schon wieder zur Jungfrau werden. Wer einmal daran gewöhnt ist, als Dieb und Mörder zu handeln, und sei es auch in Uniform und mit der Brust voll Medaillen, der bleibt, glaube ich, ein Dieb und Mörder sein Leben lang.

Die Bauern wußten jetzt schon, daß die Soldaten lange Finger hatten, und so war eine Art Alarmsystem eingerichtet worden. Auf dem Weg hinunter ins Tal waren etliche Jungen postiert, und sobald sich ein Deutscher blicken ließ, schrie der erste dieser Jungen aus Leibeskräften «Malaria!» Der nächste weiter oben wiederholte diesen Ruf «Malaria!» Und wenn das Signal oben in Sant' Eufemia angekommen war, gab es dort ein allgemeines Gerenne. Der eine packte den Sack mit Bohnen, der andere den mit Mehl, der dritte den Schmalztopf, der vierte die Würste, und alle beeilten sich, diese Schätze irgendwo im Gestrüpp oder in einer Höhle zu verstecken. Wenn dann der Deutsche wirklich kam, erwies er sich meistens als ein Mann, der selber nicht recht wußte, warum er sich dort hinauf verirrt hatte. Er spazierte zwischen den Häusern umher, und alle folgten ihm wie in einer Prozession, und der oder jener trieb die Komödie so weit, daß er durch Gesten andeutete, er habe Hunger. Zumeist aber erwies sich der Alarm als falsch, und wenn die Flüchtlinge nach Ablauf einer Stunde noch kein fremdes Gesicht auftauchen sahen, stießen sie einen Seufzer der Erleichterung aus und holten ihre Habe wieder aus den Verstecken.

Es wurde immer noch schwieriger mit dem Essen, und da meine Vorräte so gut wie erschöpft waren, beschloß ich, eine ernsthafte Anstrengung zur Beschaffung weiterer Lebensmittel zu unternehmen. Geld hatte ich ja, und es konnte doch sein, daß es an irgendeinem weniger ausgesetzten Ort dafür noch etwas zu kaufen gab.

Eines schönen Tages machten wir uns also zeitig in der Frühe auf den Weg, Rosetta, Michele und ich, und zwar nach einer Ortschaft in den Bergen, die Sassonero hieß und etwa vier Stunden weit entfernt war. Wir rechneten damit, dort gegen Mittag einzutreffen, unsere Einkäufe zu erledigen, wenn dies möglich war, etwas zu essen und dann zurückzukehren, so daß wir vor Einbruch der Nacht wieder in Sant' Eufemia sein würden.

Als wir loszogen, war die Sonne noch von den Bergen verdeckt, obgleich es bereits seit einer Weile hell war. Ein kalter Schneewind blies uns um Nase und Ohren, und als wir auf dem Paß ankamen, fanden wir dort wirklich Schnee vor – ein paar weiße Flekken, die bereits auf dem smaragdgrünen Gras zergingen. Die Sonne war endlich hervorgekommen, und es war daher nicht mehr so kalt. Der Blick auf die mit Schnee überzuckerten Berge der Ciociaria unter dem leuchtendblauen Himmel war so schön, daß wir einen Augenblick innehielten, um die Aussicht zu bewundern. Ich erinnere mich, daß Michele beim Betrachten dieser Berge gleichsam wider seinen Willen einen Seufzer ausstieß und rief: «Wie schön doch Italien ist!»

Ich lachte und meinte: «Michele, du sagst das so, als wäre es dir unangenehm!»

Und er: «Das stimmt, ein wenig ist es mir unangenehm, denn die Schönheit ist eine Versuchung.»

Nach dem Paß schlugen wir hinter dem Felsen einen Weg ein, der zuerst nicht mehr war als eine Spur im Gras, dann aber immer deutlicher erkennbar wurde. Er führte längs des Gebirgskammes hin, und zu beiden Seiten fiel das Gelände steil ab – auf der einen Seite bis Fondi, auf der anderen in ein verlassenes, mit Unterholz dicht bewachsenes Tal. Der Pfad hielt sich eine Weile auf dem Kamm und schlängelte sich dann zwischen Unterholz und hohen Bäumen nach jenem Tal hinunter. Dort folgten wir zunächst einem kleinen, von Gebüschen halb verdeckten Bach, der in der tiefen Stille freundlich über das Gestein dahinplätscherte. Hierauf ging es auf der gegenüberliegenden Seite der Schlucht bergan, bis wir eine andere Paßhöhe erreichten. Hinter dieser mußten wir wieder ein Stück bergab und erkletterten dann den nackten, steinigen Gipfel eines Berges, auf dem sich ein schwarzes Holzkreuz erhob. Von neuem gab es jetzt eine Gratwanderung, die zu einer seltsamen Örtlichkeit führte. Ehe wir zu dieser hinabstiegen, konnten wir sie bequem von oben betrachten. Es war ein Plateau, flach wie eine Hand, zu Füßen eines riesigen roten Felsens, der aussah wie ein Napfkuchen, und auf diesem Plateau wuchsen zwischen Steintrümmern ein paar Eichen. Es waren uralte, riesige Bäume mit grauen, kahlen, in die Luft ragenden Ästen, die aussahen wie die flatternden Haare von Hexen. Die Steintrümmer waren teils groß, teils klein, hatten aber alle die Form von Zuckerhüten und waren glatt und schwarz, als wären sie auf der Drehbank hergestellt worden. Da und dort zwischen den Eichen und den Felsen erhoben sich Hütten mit schwärzlichen, rauchenden Strohdächern, und davor waren Frauen damit beschäftigt, zu nähen und Wäsche auf die Leine zu hängen. Kinder spielten auf dem steinigen Boden, nirgends aber waren Männer zu erblicken, denn dies war eine Siedlung von Hirten, und um diese Stunde waren die Männer bei den Herden oben in den Bergen.

Als wir zu den Hütten hinabstiegen, erblickten wir unter dem großen Napfkuchenfelsen den geschwärzten Eingang einer Höhle. Eine von den Frauen sagte uns, diese Höhle sei von Flüchtlingen bewohnt. Ich fragte die Frau, ob sie Waren zu verkaufen hätte. Sie schüttelte in finsterer Verneinung den Kopf. Dann meinte sie zögernd, vielleicht könnten mir die Flüchtlinge etwas verkaufen. Dies schien mir sonderbar, denn gewöhnlich verkauften die Flüchtlinge nichts, sondern kauften bloß.

Trotzdem gingen wir auf die Höhle zu, schon um irgendwelche Informationen einzuholen; denn aus den halbwilden, mißtrauischen Frauen der Hirten war nichts Vernünftiges herauszubekommen. Je näher wir der Höhle kamen, desto mehr Knochen, große und kleine, bedeckten den Boden, vermischt mit dem Gestein. Offenbar waren das die Reste der Ziegen und Schafe, die die Flüchtlinge im Laufe der Zeit aufgegessen hatten. Außerdem aber gab es da allerlei sonstige Abfälle, wie verrostete Konservenbüchsen, Fetzen, alte Schuhe und Papier. Man kam sich vor wie auf einem jener römischen Schuttabladeplätze, auf dem aller Abfall der umliegenden Häuser landet. Da und dort gab es schwarze Brandringe mit erloschenen Holzscheiten und grauen Aschenhaufen in der Mitte.

Der Eingang der Höhle war ziemlich groß und ringsum rauchgeschwärzt und schmutzig. An in den Felsen geschlagenen Nägeln hingen Kochtöpfe, Tücher und sogar ein Viertel einer frischgeschlachteten Ziege, aus der noch das Blut zu Boden tropfte. Als wir die Höhle betraten, war ich, ehrlich gestanden, verblüfft: In ihrer ganzen Höhe und Tiefe, mit der von Rauch schwarzen Decke, sah sie aus wie ein riesiges Schlafzimmer. Bis in die letzten, kaum mehr auszunehmenden Winkel war sie angefüllt mit nebeneinander aufgereihten Betten und sonstigen Liegestätten, so daß man hätte glauben mögen, in einem Spital oder in einer Kaserne zu sein. Der Gestank aber erinnerte an ein Obdachlosenheim, und diese vielen Betten sahen auf den ersten Blick bestürzend unordentlich und schmutzig aus.

Die Bewohner der Höhle befanden sich da und dort. Einer saß auf dem Bettrand und kratzte sich den Kopf, ein anderer hatte sich der Länge nach ausgestreckt und in Decken gehüllt, ein dritter ging in dem spärlichen freien Raum auf und ab. Eine Gruppe spielte, zu zweit und dritt auf den Betten sitzend, an einem Tischchen Karten, ähnlich unseren Flüchtlingen in Sant' Eufemia im Mantel und den Hut auf dem Kopf. In einem Bett bemerkte ich eine halbnackte Frau, die einem Säugling die Brust reichte; in einem anderen lagen drei oder vier eng aneinandergekuschelte regungslose Kinder, die wahrscheinlich schliefen. Der Hintergrund der Höhle war fast völlig dunkel; man konnte dort aber doch einen großen Haufen aufeinandergetürmten Hausrats erkennen; wahrscheinlich waren das die Dinge, die die armen Flüchtlinge hatten retten können.

Nahe dem Eingang bemerkte ich etwas Ungewöhnliches – einen Altar, verfertigt aus Kisten und bedeckt mit einem schönen, gestickten Tuch. Darauf standen ein Kruzifix und zwei silberne Vasen, die in Ermangelung von Blumen ein paar Baumzweige mit Blättern enthielten. Unter dem Kruzifix aber erblickte ich an Stelle von Heiligenstatuetten oder sonstigen Kultgegenständen eine Menge von Uhren. Es mochte ihrer ein Dutzend sein, und sie waren ordentlich nebeneinander aufgereiht – durchweg Uhren alter Machart, wie man sie in den Westentaschen trägt, die meisten aus Weißmetall, einige aber offenbar aus Gold. Auf einem Schemel neben dem Altar erblickte ich den Priester. Ich hielt ihn für einen Priester, denn er hatte eine Tonsur, aber im übrigen sah er gar nicht wie ein Geistlicher aus. Er war etwa fünfzig, hatte ein dunkles, mageres, ernstes Gesicht und trug keinen schwarzen Talar, sondern war ganz in Weiß gekleidet: weißes Hemd, weiße Schärpe, weiße kurze Hosen und dazu schwarze Strümpfe und Schuhe. Mit einem Wort, er hatte aus irgendwelchen Gründen den Talar abgelegt und war in den Unterkleidern verblieben. Die Stirn gesenkt, die Hände im Schoß verschränkt, saß er da und bewegte die Lippen, als betete er. Dann hob er die Augen zu mir auf; und da ich mich inzwischen genähert hatte, um den Altar genauer in Augenschein zu nehmen, konnte ich sehen, daß die Augen dieses Mannes merkwürdig irr und zugleich blicklos waren.

Leise sagte ich zu Rosetta: «Das ist ein Irrer!» ohne mich jedoch weiter zu verwundern, denn das hatte ich mir bereits seit langem abgewöhnt. Er starrte mich eine Weile an, und langsam trat ein anderer Ausdruck in seinen Blick, wie wenn er anfinge, mich zu erkennen. Plötzlich erhob er sich, faßte mich beim Arm und sagte: «Gut, daß du endlich gekommen bist, jetzt ziehe mir die Uhren auf!»

Ich wandte mich hilfesuchend um, denn seine Hand umklammerte meinen Arm mit fürchterlicher Kraft, ein wenig in der Art, in der die Krallen der Raubvögel ihre Beute packen. Einer der Leute, die Karten spielten, hatte die Szene offenbar aus dem Augenwinkel verfolgt und rief jetzt: «Mach ihm die Freude! Zieh ihm die Uhren auf! Dem Armen ist die Kirche und das Pfarrhaus zerstört worden, und er hat nichts als seine Uhren mitnehmen können. Jetzt ist er nicht mehr bei Verstand, aber er tut niemandem etwas zuleide. Du brauchst keine Angst zu haben.»

Einigermaßen beruhigt machten Rosetta und ich uns daran, die Uhren der Reihe nach aufzuziehen, oder vielmehr wir taten nur so, als zögen wir sie auf, denn sie waren bereits aufgezogen und ganz in Ordnung. Er sah uns dabei in der typischen Priesterhaltung zu – breitbeinig dastehend, die Hände auf dem Rücken verschränkt, den Kopf ein wenig geneigt. Als wir fertig waren, sagte er mit tiefer Stimme: «Jetzt, da ihr sie aufgezogen habt, kann ich endlich die Messe lesen ... gut, daß ihr gekommen seid.»

In diesem Augenblick trat zum Glück eine andere Bewohnerin der Höhle heran, eine junge Nonne, deren Anblick mich sogleich beruhigte. Sie hatte ein bleiches Gesicht von vollendeter Ovalform, mit Augenbrauen, die in der Mitte der Stirn zusammengewachsen waren und wie ein schwarzer Strich über den leuchtenden, ruhigen

Augen lagen. Diese Augen wirkten auf mich wie zwei Sterne in einer Sommernacht. Was mir aber den stärksten Eindruck machte, war der Umstand, daß alle weißen Teile ihrer Nonnentracht sauber waren wie frischgefallener Schnee und – was an diesem Ort kaum zu glauben war – auch frischgestärkt zu sein schienen. Gott allein mochte wissen, wie sie es anstellte, sich in dieser dreckigen Höhle so tadellos sauberzuhalten.

Höflich sprach sie den Priester mit sanfter Stimme an: «Kommen Sie, Don Matteo, essen Sie mit uns ... Aber vorher sollten Sie etwas anziehen, man geht nicht in Unterhosen zu Tisch.»

Don Matteo stand in seinem weißen Zeug breitbeinig da und hörte die Nonne offenen Mundes und mit irren Augen an. Schließlich fragte er: «Und die Uhren? Wer kümmert sich um die Uhren?»

Die Schwester antwortete mit sanfter Stimme: «Die sind jetzt frisch aufgezogen und gehen wunderbar. Sehen Sie doch; Don Matteo, alle zeigen dieselbe Stunde – die Essensstunde!» Von einem Nagel nahm sie den schwarzen Talar des Priesters und war ihm beim Anziehen behilflich, freundlich und zugleich energisch wie eine Krankenschwester im Irrenhaus. Don Matteo ließ sich den verstaubten, speckigen Talar überziehen, strich sich dann mit der Hand durch das wirre Haar und folgte der Nonne, die ihn untergefaßt hielt, in den Hintergrund der Höhle, wo auf einem Dreifuß ein großer dampfender Kessel stand. Sich nach uns umwendend, sagte die Nonne: «Kommt auch ihr drei, es reicht auch für euch!»

So traten wir ebenfalls zu dem Kessel, um den sich inzwischen zahlreiche andere Flüchtlinge gruppiert hatten. Unter diesen fiel mir einer durch seine klägliche Art besonders auf: Es war ein kleiner, dicker, in Fetzen gekleideter Mann mit wirrem Haar und langem Bart. Seine Hose war gerade über der Sitzfläche geplatzt, und darunter kam ein Stück des weißen Hemdes zum Vorschein. Während er seinen Teller hinhielt, rief er weinerlich: «Mir gebt ihr immer weniger als den anderen! Schwester Teresa, warum mir weniger als den anderen?»

Schwester Teresa gab keine Antwort. Sie war damit beschäftigt, die Schüsseln zu füllen, und gab jedem ein Stück Fleisch und zwei Schöpfer Suppe. Ein anderer Flüchtling, ein Mann mittleren Alters mit schwarzem Schnurrbart und rotem Gesicht, sagte spöttisch:

«Ticò, warum erteilst du denn der Schwester kein Strafmandat? Du bist doch der Gemeindepolizist ... Bestrafe doch die Schwester, wenn sie dir weniger gibt als den anderen Leuten!»

Dann erklärte er lachend, zu Michele gewendet: «Wir sind hier gut beisammen: Der Priester ist übergeschnappt, die Carabinieri sind nach Deutschland deportiert worden, der Polizist läuft mit heraushängendem Hemd umher, und der Bürgermeister – das bin nämlich ich – hat noch mehr Hunger als die übrigen. Es gibt keinerlei Autorität mehr, und es ist ein wahres Wunder, daß wir einander nicht gegenseitig umbringen.»

Ohne die Augen von ihrem Kessel zu heben, antwortete die Nonne: «Das ist kein Wunder, sondern der Wille Gottes, der verlangt, daß die Menschen einander helfen.»

Ticò aber meinte: «Sie machen immer Scherze, Don Luigi! Wissen Sie nicht, daß ein Polizist ohne Uniform ein armer Teufel ist wie alle anderen? Geben Sie mir die Uniform, und ich werde wieder Ordnung halten können!»

Ich dachte mir, daß er im Grunde recht hatte und daß zumindest in gewissen Fällen die Uniform wirklich alles ist. Selbst die gute Nonne hätte bei aller ihrer Freundlichkeit und Frömmigkeit kaum soviel Autorität besessen, wenn sie statt ihrer Nonnentracht Fetzen am Leibe gehabt hätte wie ich und Rosetta.

Kurz und gut, wir aßen die fette Suppe, in der Ziegenfleisch gekocht worden war und die so stank, daß es uns trotz unseres Hungers schwerfiel, sie hinunterzubringen. Während des Essens hörten wir die nur zu wohlbekannten Gespräche: über die Hungersnot, die Ankunft der Engländer, die Bombenangriffe, die Razzien, den Krieg. Schließlich, als mir der Augenblick gekommen schien, wagte ich die Frage, ob uns irgendwer Lebensmittel verkaufen könne.

Wie ich befürchtet hatte, konnten sie uns nicht helfen. Vorräte hatten sie selbst keine, und gleich uns kauften sie da und dort ein wenig oder verzehrten das wenige, was sie von daheim mitgebracht hatten. Aber sie gaben uns den Rat, uns an die Hirten zu wenden, die außerhalb der Höhle in ihren Hütten wohnten. «Wir kaufen von ihnen», sagten sie, «etwas Käse oder Ziegenfleisch haben sie immer ... Versucht es doch, ob sie euch etwas verkaufen wollen.»

Da erzählte ich den Flüchtlingen, daß uns eine Hirtenfrau zu ihnen geschickt und behauptet hatte, sie selber hätten nichts zu verkaufen. Der Bürgermeister zuckte mit den Schultern und meinte: «Das sagen sie nur, weil sie mißtrauisch sind und die Preise hochhalten wollen. Aber sie haben ja die Herden und sind daher die einzigen in dieser Gegend, die etwas verkaufen können.»

Wir dankten also der Nonne und den übrigen Flüchtlingen für das Essen, gingen wieder an dem mit den Uhren des verrückten Priesters beladenen Altar vorbei und traten aus der Höhle ins Freie. Gerade in diesem Augenblick kam zwischen den Felsen und den Hütten eine kleine Herde von Schafen und Ziegen zum Vorschein. Sie wurde geführt von einem großen Mann in weißen Ledersandalen, schwarzen Hosen und schwarzem Rock, mit einer Binde um den Leib und einem schwarzen Hut auf dem Kopf. Eine von den Flüchtlingsfrauen, die am Eingang zur Höhle stand und ein Stück Brot kaute, deutete auf ihn und sagte zu uns: «Der da, dieser Evangelist, verkauft euch sicher etwas Käse, wenn ihr ihn gut genug bezahlt.»

Ich lief also hinter dem Mann her und rief: «Hast du etwas Käse zu verkaufen?»

Er gab keine Antwort, wandte sich nicht einmal um, sondern ging unbeirrt weiter. Ich rief von neuem: «Signor Evangelisti, verkaufen Sie mir Käse?»

Da sagte er: «Ich heiße nicht Evangelisti, ich heiße De Santis.»

Und ich: «Man hat mir gesagt, daß du Evangelisti heißt!»

Und er: «Nein, wir gehören dem evangelistischen Glauben an, das ist alles!»

Kurz und gut, nach einer kleinen Weile erklärte er, vielleicht könne er uns Käse verkaufen, und so folgten wir ihm in seine Hütte. Erst brachte er seine Schafe in einen Stall neben seiner eigenen Behausung, wobei er sie einzeln beim Namen rief: «Bianchina, Paciocca, Matta, Celeste . . .» und so weiter. Dann schloß er hinter der Herde zu und ging uns in seine Hütte voran. Sie ähnelte der Hütte Parides, war jedoch größer und irgendwie trostloser, kahler und kälter; aber vielleicht wurde dieser Eindruck auch nur durch die wenig freundliche Art hervorgerufen, in der wir dort aufgenommen wurden.

Rings um das übliche Feuer saßen auf den üblichen Bänken und Holzklötzen viele Frauen und Kinder. Auch wir ließen uns dort nieder, und De Santis begann sogleich, mit gefalteten Händen zu beten. Alle Anwesenden folgten seinem Beispiel, sogar die Kinder. Ich war sprachlos, denn die Bauern, zumindest in unseren Gegenden, beten selten und fast nur in der Kirche; aber ich erinnerte mich jetzt der Bemerkung des Mannes über seinen «evangelistischen» Glauben und begriff, daß diese Leute von uns verschieden waren und eine andere Religion hatten.

Michele, der neugierig zu sein schien, erkundigte sich gleich nach Beendigung des Gebetes, wieso sie denn Evangelisten seien; offenbar wußte er auch, was dieses Wort bedeutete.

De Santis antwortete, er und zwei seiner Brüder seien in Amerika gewesen, hätten dort drüben einen Pastor kennengelernt und sich von ihm zum evangelistischen Glauben bekehren lassen. Michele erkundigte sich, welchen Eindruck ihnen Amerika gemacht hätte, und De Santis antwortete: «Wir schifften uns in Neapel ein und gingen in einer kleinen Stadt am Stillen Ozean an Land. Von dort erreichten wir mit der Bahn irgendwelche Wälder, wo wir als Holzfäller arbeiteten. Nach dem, was ich von Amerika gesehen habe, scheint es mir ein Land voller Wälder zu sein.»

«Habt ihr denn nicht auch Städte gesehen?»

«Nein, nur die eine, wo wir an Land gingen, eine kleine Stadt. Wir blieben zwei Jahre in den Wäldern, dann kehrten wir auf demselben Weg nach Italien zurück.»

Michele schien überrascht und auch belustigt, denn wie er mir später erzählte, gab es in Amerika riesige Städte, während diese Menschen dort nichts gesehen hatten als Bäume und deshalb glaubten, ganz Amerika sei ein einziger Wald.

Sie unterhielten sich noch eine Weile über Amerika, dann machte ich, da es schon spät wurde, eine Bemerkung wegen des Käses. De Santis begann, in der Dunkelheit zwischen dem Stroh des Daches herumzusuchen, und brachte zuletzt zwei kleine, gelbliche Schafkäse zum Vorschein und sagte schlicht, sie kosteten soundso viel. Wir fuhren richtig zusammen, denn solche Preise hatten wir selbst in diesen Notzeiten noch nie gehört. Ich meinte: «Dein Käse ist wohl aus Gold, wie?»

Er aber erwiderte ernst: «Er ist besser als Gold. Gold läßt sich nicht essen, Käse schon.»

Michele bemerkte spöttisch: «Lehrt euch das Evangelium, solche Preise zu verlangen?»

Darauf blieb er die Antwort schuldig. Ich aber sagte: «Vor kurzem hat Schwester Teresa dort in der Höhle gesagt, es sei der Wille Gottes, daß die Menschen einander helfen. Ihr habt eine schöne Art, euren Mitmenschen zu helfen!»

Darauf hatte er die Stirn, ganz ruhig zu antworten: «Schwester Teresa gehört einer anderen Religion an. Wir sind keine Katholiken.»

«Und was glaubt ihr, was es bedeutet, evangelistisch zu sein?» mischte sich von neuem Michele ein. «Doppelt soviel zu verlangen wie die Katholiken?»

Und er, mit seinem gewohnten Ernst: «Evangelist sein, Bruder, bedeutet, die Vorschriften des Evangeliums befolgen. Wir befolgen sie.»

Mit einem Wort, er war nie um eine Antwort verlegen und blieb dabei hart wie ein Stein. Schließlich sagte er: «Wenn ihr wollt, könnte ich euch ein fettes Lamm zum heiligen Osterfest verkaufen. Ich habe solche bis zum Gewicht von sechs Kilo. Ich würde euch einen guten Preis machen.»

Ich überlegte, daß Ostern sich nähere und daß dazu ein Lamm notwendig war. Also erkundigte ich mich nach dem Preis und fuhr wieder zusammen, als er ihn nannte. Für gewöhnlich hätten wir um dasselbe Geld außer dem Lamm auch das Mutterschaf dazukaufen können.

«Wißt ihr, was ihr Evangelisten seid?» rief Michele plötzlich. «Nichts weiter als Wucherer und Ausbeuter!»

Darauf De Santis: «Halte Frieden, Bruder. Das Evangelium verlangt, daß die Menschen einander lieben.»

Zu guter Letzt sagte ich in meiner Verzweiflung, ich wolle einen Käselaib kaufen, doch müsse er mir einen niedrigeren Preis berechnen. Und was antwortete er? «Einen niedrigeren Preis? Das ist der niedrigste Preis, um den ich dir den Käse lassen kann. Aber es wird besser sein, Schwester, du stehst davon ab, denn wenn du zu meinem Preis kaufst, wirst du mir böse sein, und wenn ich dir den Käse zu deinem Preis ablasse, werde ich auf dich böse sein. Das Evangelium aber will, daß die Menschen einander lieben. Also laß es, und wir wollen einander liebhaben.»

Ich beachtete diesen Rat nicht und diskutierte noch lange mit ihm, aber er war unbeugsam, und wenn ich ihm vorhielt, er betrage sich wie ein Dieb, brachte er irgendeinen Satz aus dem Evangelium vor, wie etwa: «Laß dich nicht vom Zorn hinreißen, Schwester. Zorn ist eine schwere Sünde.» Zu guter Letzt bezahlte ich den enormen Preis und erreichte lediglich, daß er noch eine Scheibe Quark hinzufügte, die wir an Ort und Stelle mit ein wenig Brot verzehrten. Dann machten wir uns auf den Weg, und obwohl wir sehr kühl auseinandergingen, grüßte er uns doch mit einem: «Gott sei mit euch, Schwester und Bruder!» Worauf ich bei mir dachte: Der Teufel soll euch alle holen und im Höllenfeuer braten!

Unser ganzer Ausflug brachte uns also nichts weiter ein als einen Laib Schafkäse. Dazu hatten wir viele Kilometer zurückgelegt und auf den Gebirgspfaden unsere Sandalen beinahe ruiniert. Aber wie es in solchen Fällen zu gehen pflegt: Wenige Tage später wurden wir entschädigt, und zwar ohne die geringste Anstrengung zu machen, sozusagen durch eine Fügung der Vorsehung. Der Totengräber, der auf seinem schwarzen Pferd in der Gegend herumritt und überall Lebensmittel suchte, verkaufte uns billig eine gewisse Menge Bohnen. Er hatte sie irgendwelchen jugoslawischen Verbannten abgehandelt, die im Augenblick des Waffenstillstandes von der Insel Ponza in ein Tal unweit des unseren geflüchtet waren und die jetzt aus Angst vor den Deutschen weiterziehen wollten und ihre Vorräte nicht mitnehmen konnten. Der Totengräber, ein blonder, langer Bursche, brachte uns auch ein paar Neuigkeiten vom Kriege, die er von jenen Jugoslawen erfahren hatte. Er erzählte, die Deutschen hätten in einer Stadt namens Stalingrad irgendwo in Rußland eine große Niederlage erlitten, die Russen hätten dort eine ganze deutsche Armee mitsamt den Generalen gefangengenommen, und Hitler hätte entmutigt den allgemeinen Rückzug befohlen. Er sagte auch, es sei jetzt nur mehr eine Frage von Tagen, höchstens von Wochen, daß der Krieg zu Ende sein werde. Diese Nachrichten erfüllten die Flüchtlinge mit Freude, nicht aber die Bauern; denn der größte Teil der Männer von Sant' Eufemia, die beim Militär waren, befand sich in Stalingrad. Sie hatten in ihren Briefen den Namen dieser Stadt öfters genannt, und so bangten viele von den Frauen jetzt um das Leben ihrer Männer und Brüder. Sie hatten recht, denn in der Folgezeit sollte sich herausstellen, daß nicht einer von diesen Männern mit dem Leben davongekommen war.

Während des ganzen Monats März und während die Tage länger, die Berghänge grüner und die Temperaturen milder wurden, hörten wir den Kanonendonner von Anzio auf der einen und von Cassino auf der anderen Seite. Wir befanden uns gewissermaßen auf halbem Weg zwischen Anzio und Cassino und vernahmen bei Tag und bei Nacht das Grollen aus beiden Richtungen. «Bumm – bumm!» kam es aus Anzio herüber. Abschuß und Einschlag. Und «Bumm – bumm» antworteten die Kanonen von Cassino. Der Himmel schien zu einem riesigen Kalbfell geworden zu sein, von dem jene Kanonenschüsse dumpf widerhallten, als schlüge eine eiserne Faust auf die große Trommel. Es machte einen seltsamen Eindruck, an einem so strahlend schönen Tag dieses düster-drohende Geräusch zu vernehmen. Man hätte meinen mögen, der Krieg sei nun schon zu einem Teil der Natur geworden, jenes Dröhnen sei irgendwie mit dem Sonnenlicht verknüpft, und auch der Frühling kranke an Krieg gleich den Menschen. Der Kanonendonner gehörte jetzt zu unserem Leben wie die zerfetzten Kleider, die Hungersnot und Gefahr. Das eine wie das andere war dermaßen zur Regel geworden, daß das Aufhören jenes Geräusches uns überrascht hätte, wie dies ja tatsächlich einmal der Fall sein sollte. Damit will ich sagen, daß man sich an alles gewöhnt und daß nicht zuletzt in dieser Gewöhnung der Krieg besteht. Was uns wirklich umwandelt, sind nicht die außerordentlichen Ereignisse, die alle heiligen Zeiten einmal eintreten, sondern es ist die Gewöhnung. Sie bezeugt, daß wir das Geschehen hinnehmen und uns nicht mehr dagegen auflehnen.

Jetzt, in den ersten Apriltagen, war das Gebirge herrlich grün geworden, die Luft war mild, und man konnte sich den ganzen Tag im Freien aufhalten. Das Blühen der Gebirgswiesen war zwar eine Freude für die Augen, bedeutete aber, daß es mit unserem letzten Hilfsmittel, der Zichorie, zu Ende war. Diesmal konnte uns wirklich nur noch die Ankunft der Engländer retten.

Auch die Bäume standen in Blüte, die Pfirsich-, die Mandel-, die Apfel-, die Birnbäume, und allenthalben auf dem Berghang standen sie in der regungslosen Luft wie weiße und rosafarbene Wölkchen. Wir aber konnten auch diese Pracht nicht ansehen, ohne daran zu denken, daß noch etliche Monate verstreichen mußten, ehe wir uns von den Früchten würden nähren können. Traurig berührte mich auch der Anblick des grünen, noch niedrigen, samtartigen Getreides. Wieviel Zeit würde es wohl dauern, bis es, hoch und gelb, geerntet und gedroschen werden konnte, bis das Korn zur Mühle gebracht, das Mehl geknetet und zu weichen, schönen Kilobroten ausgebacken war! Ja, die Schönheit läßt sich bei vollem Magen bewundern, bei leerem aber richten sich die Gedanken auf ganz andere Dinge, und Schönheit wirkt dann wie Betrug oder, schlimmer noch, wie Hohn.

Weil gerade von unreifem Getreide die Rede ist, fällt mir ein Umstand ein, der mir damals besonders deutlich unsere Lage vor Augen führte. Wir gingen eines Nachmittags wieder nach Fondi hinab, in der Hoffnung, dort ein wenig Brot kaufen zu können. Als wir ins Tal kamen, sahen wir zu unserer maßlosen Verblüffung drei Pferde der deutschen Armee, die ruhig in einem Getreidefeld weideten. Ein Soldat ohne Aufschläge, vielleicht ein übergelaufener Russe wie der, dem wir früher einmal begegnet waren, saß auf dem Zaun, hatte einen Grashalm zwischen den Zähnen und bewachte die Tiere. Ehrlich gesagt hatte ich nie zuvor so klar begriffen, was Krieg ist und daß im Krieg das Herz kein Herz mehr ist, der Mitmensch nicht mehr existiert und alles möglich wird. Es war einer von jenen wundervollen Tagen voll Sonne und Blüten; und wir drei, Rosetta, Michele und ich, standen an dem Zaun und blickten offenen Mundes zu den schönen, wohlgenährten Pferden hinüber, die, ohne zu ahnen, was ihre Herren sie da tun ließen, das zarte Getreide auffraßen, aus dem man, wenn es reif geworden ist, Brot für die Christenmenschen macht.

Ich erinnere mich an das, was meine Eltern mir immer predigten, als ich ein Kind war: daß das Brot heilig sei und daß jede Vergeudung von Brot einer Sünde gleichkomme. Und jetzt sah ich, wie dieses Brot gutgefütterten Tieren zum Fraß gegeben wurde, während im Tal wie auf den Bergen zahllose Menschen hungerten. Michele drückte unser aller Empfindungen aus, als er schließlich sagte: «Wenn ich gläubig wäre, würde ich sagen, daß die Tage der Offenbarung Johannis angebrochen sind, an denen man die Pferde Weizen fressen sehen wird. Da ich nicht gläubig bin, beschränke ich mich darauf, zu sagen, daß die Nazis im Lande sind, was vielleicht auf dasselbe hinausläuft.»

Am selben Tag kamen wir wieder zu dem Advokaten, wo wir jenen Offizier getroffen hatten, dem es nach seiner Behauptung Freude bereitete, Höhlen mit dem Flammenwerfer auszuräuchern.

Auch diesmal trafen wir dort einen Deutschen an, einen Hauptmann. Der Advokat sagte uns gleich zu Beginn: «Der ist anders! Er ist wirklich ein kultivierter Mensch, spricht französisch, hat lange in Paris gelebt und denkt über den Krieg genauso wie wir.»

Als wir die Baracke betraten, erhob sich der Hauptmann, wie dies alle Deutschen tun, schlug die Hacken zusammen und reichte uns die Hand. Es war wirklich ein feiner Mann – ein Herr. Er hatte graue Augen, eine zarte, aristokratisch geschnittene Nase und war ein wenig kahl. Um seinen Mund lag ein etwas hochfahrender Ausdruck. Im ganzen sah er sehr gut aus. Man hätte ihn für einen Italiener halten können, wäre nicht an ihm irgend etwas Unsicheres und Steifes gewesen, das Italiener nie haben. Er sprach gut italienisch und machte uns eine Menge Komplimente über Italien, das, wie er sagte, seine zweite Heimat sei. Alljährlich sei er früher nach Capri gereist, und jetzt habe ihn der Krieg an eine Menge anderer schöner Orte geführt, die er vorher nicht gekannt habe; das sei doch wenigstens ein Gutes, das der Krieg mit sich gebracht habe. Er bot uns Zigaretten an, erkundigte sich nach Rosetta und mir, sprach zuletzt von seiner Familie und zeigte uns eine Fotografie: eine schöne Blondine mit prächtigem Haar und drei ebenfalls sehr schöne Kinder, die auch alle blond waren. Während er die Fotografie wieder zu sich steckte, meinte er: «Diese Kinder sind jetzt glücklich.»

Wir erkundigten uns, warum dies der Fall sei, und er antwortete, sie hätten sich immer einen kleinen Esel gewünscht, und er habe vor wenigen Tagen einen solchen in Fondi gekauft und nach Deutschland geschickt. In seiner Begeisterung erzählte er Einzelheiten: Er hatte genau den Esel gefunden, den er seit langem gesucht hatte, einen Esel von sardinischer Rasse, und da das junge Tier noch mit Milch genährt werden mußte, hatte er es mit einem Militärtransport nach Deutschland geschickt und einem Soldaten den Befehl erteilt, ihm seine Milch zu geben; der Transport beförderte nämlich auch eine Kuh.

Der Hauptmann lachte zufrieden und meinte, in diesem Augenblick ritten seine Kinder bestimmt bereits auf dem sardinischen Esel und seien glücklich.

Wir anderen, der Advokat mit inbegriffen, waren sprachlos: Mitten während einer Hungersnot hatte dieser Mann es ermöglicht, einen kleinen Esel nach Deutschland zu schicken und ihn mit Milch zu versorgen, die den italienischen Kindern so bitter fehlte! Wo war seine Liebe zu Italien und zu den Italienern, wenn er sich über eine so einfache Tatsache offensichtlich keine Rechenschaft ablegte? Dabei glaube ich nicht, daß er aus bewußter Rücksichtslosigkeit gehandelt hatte; es war sicher der kultivierteste Deutsche, dem ich begegnet war. Er hatte das getan, weil die Deutschen nun einmal auf eine besondere Art geschaffen sind, sicher mit einer Menge guter Eigenschaften, die aber dann immer alle auf einer Seite zu liegen scheinen, während sich auf der anderen nichts befindet – gleich gewissen Bäumen, die an der Hauswand wachsen und deren Äste nur nach der freien Seite hin entwickelt sind.

Jetzt, da wir nichts mehr zu essen hatten, suchte uns Michele auf jede Weise zu helfen, teils offen, indem er uns unter den vorwurfsvollen Augen der Familie einen Teil seiner eigenen Mahlzeiten brachte, teils heimlich, indem er seinem Vater Lebensmittel für uns stahl. Zum Beispiel zeigte ich ihm einmal, als er zu uns kam, das Brot, das wir noch übrig hatten – einen einzigen kleinen Laib, der obendrein zu zwei Dritteln aus Maismehl bestand. Da erklärte er, er wolle uns fortan mit Brot versorgen. Er gedachte es aus der Büchse zu entwenden, in der seine Mutter es aufbewahrte, und das tat er dann auch. Jeden Tag erschien er mit ein paar Scheiben weißen Brotes ohne Maismehl und Grieß; dergleichen wurde in seinem Hause noch immer gebacken, obwohl Filippo die ganze Zeit hindurch jammerte und allen, die ihn anhören wollten, erzählte, wie sehr er und die Seinen hungern müßten.

Eines Tages aber brachte Michele uns nicht nur drei oder vier Schnitten, sondern ein paar ganze Laibe. Bei ihm daheim war an diesem Morgen gebacken worden, und er glaubte, niemand würde das Fehlen der Laibe bemerken. Dies war aber doch der Fall, und Filippo erhob ein wüstes Geschrei, weil man ihn bestohlen hätte. Daß es sich um Brotlaibe handelte, verschwieg er freilich, denn sonst hätte er sich selbst widersprochen; hatte er doch stets behauptet, überhaupt kein Mehl mehr zu besitzen. Jedenfalls leitete er eine Art kriminalistischer Untersuchung ein, maß Höhe und Breite des Fensters, prüfte das Gras unter dem Fenster auf Fußspuren und wollte feststellen, ob nicht am Fensterrahmen ein Stückchen Verputz abgeschlagen worden sei. Am Ende zog er aus der Kleinheit und Lage des Fensters den Schluß, daß nur ein Kind dort eingedrungen sein konnte, daß ihm jedoch ein Erwachsener dabei geholfen haben mußte. Kurz und gut, er behauptete steif und fest, der Dieb sei sicherlich ein gewisser Mariolino gewesen, der Junge eines Flüchtlings, und dessen Vater habe ihm dabei geholfen.

Dabei hätte es sein Bewenden gehabt, wenn Filippo nicht seiner Frau und Tochter von der Sache erzählt hätte. Für die beiden Weiber wurden die Vermutungen Filippos sogleich zu unbestreitbaren Tatsachen. Zunächst grüßten sie den Flüchtling und dessen Frau nicht mehr und gingen stets wortlos an ihnen vorüber. Dann begannen sie mit Anspielungen: «War das Brot heute gut?» oder «Gebt auf Mariolino acht, daß er sich nicht den Hals bricht, wenn er in ein Fenster einsteigt.»

Schließlich erklärten sie eines Tages rundheraus: «Ihr seid eine Familie von Dieben und sonst nichts!»

Es kam zu einem höllischen Auftritt, mit einem Geschrei und Gebrüll, das bis zum Himmel drang. Die Frau des Flüchtlings, eine kleine, kränkliche Person in Fetzen und mit wirrem Haar, rief immer wieder gellend: «Geh! Geh!» was immer sie damit sagen wollte. Die Frau Filippos ihrerseits brüllte: «Diebe!» Und so ging das eine ganze Weile fort. Inmitten eines Kreises von Zuschauern schrien die beiden Weiber einander an, ohne jedoch handgreiflich zu werden. Wir aber aßen unterdessen im Finstern das Brot Filippos, nicht ohne Schuldgefühle, aber doch mit einer gewissen Befriedigung. Bei jedem Schrei der beiden Frauen bissen wir ein Stück ab, und ich kann nicht leugnen, daß dieses gestohlene Brot mir fast schmackhafter vorkam als das unsere, eben weil es gestohlen war und wir es heimlich verzehrten. Immerhin gab sich Michele seit jenem Tag größere Mühe, das Brot so beiseite zu bringen, daß seine Leute nichts davon merkten, und wirklich gab es nie wieder solche Auftritte.

Der April verging mit Blüten und schmerzendem Magen; der Mai brachte die erste Hitze, und jetzt gab es zu dem Hunger und der Verzweiflung auch noch die Plage der Fliegen und der Wespen. In unserem Haus waren so viele Fliegen, daß wir fast den ganzen Tag Jagd auf sie machen mußten. Wenn wir abends schlafen gingen, taten die Fliegen dasselbe, und zwar auf den Stricken, auf denen wir unsere Kleider aufhängten und die von Fliegen buchstäblich schwarz waren. Die Wespen wieder hatten ihre Nester unter dem Dach, flogen in ganzen Schwärmen ein und aus, und wenn man sie berührte, stachen sie. Wir schwitzten den ganzen Tag, vielleicht auch aus Schwäche; und jetzt, in der warmen Jahreszeit, bemerkten wir erst richtig, wie sehr wir durch den Hunger und die mangelnden Waschmöglichkeiten heruntergekommen waren. Wir sahen tatsächlich aus wie jene Weiber ohne Alter und Geschlecht, die an den Klostertoren betteln. Unsere wenigen Kleider waren total zerrissen und stanken. Unsere Sandalen – Schuhe hatten wir schon seit langem nicht mehr – waren in einem erbarmungswürdigen Zustand, denn Paride hatte sie mehrmals mit Stückchen von alten Autoreifen geflickt. Unsere Kammer aber, die uns während des Winters Zuflucht geboten hatte, war jetzt durch Fliegen, Wespen und die Hitze unbewohnbar geworden und schlimmer als ein Gefängnis.

Bei all ihrer Sanftmut und Geduld litt Rosetta unter unserer Lage vielleicht noch mehr als ich selbst, denn ich bin früher einmal Bäuerin gewesen, sie aber ist als Städterin geboren worden. Eines Tages sagte sie mir: «Du sprichst immer vom Essen, Mutter, aber ich würde gern noch ein Jahr länger hungern, wenn ich nur ein sauberes Kleid hätte und in einem sauberen Hause leben könnte!»

Auch das Wasser war nämlich knapp geworden, denn seit etlichen Monaten hatte es nicht mehr geregnet. So konnte Rosetta sich nicht länger jeden Morgen einen Eimer Wasser über den Kopf gießen – gerade jetzt, da dies besonders notwendig gewesen wäre.

Im Mai erfuhr ich von einem Vorfall, der eine Idee von der Verzweiflung gibt, die sich der Flüchtlinge bemächtigt hatte. Im Hause Filippos fand nämlich, wie es hieß, eine Versammlung statt, an der nur die Männer teilnahmen. Darin wurde beschlossen, daß die Flüchtlinge, die alle irgendwelche Waffen besaßen – Revolver, Jagdgewehre oder Messer –, die Bauern zwingen sollten, im Guten oder Bösen ihre Vorräte herauszugeben. Auch Michele hatte an der Beratung teilgenommen und sogleich protestiert. Wie er uns erzählte, hatte er sogar erklärt, er wolle sich im Ernstfall auf die Seite der Bauern stellen. Da hatte ihm einer von den Flüchtlingen geantwortet: «Gut, dann werden wir dich eben auch behandeln wie einen Bauern!»

Vielleicht kam dieser ganzen Sache keine allzu große Bedeutung zu, denn im Grunde waren die Flüchtlinge ja brave Leute, die kaum imstande gewesen wären, wirklich von ihren Waffen Gebrauch zu machen. Aber man kann daraus doch ersehen, an welchem Punkt diese Menschen bereits angelangt waren. Andere wieder trafen Anstalten, jetzt, da die schöne Jahreszeit angebrochen und das Erdreich ausgetrocknet war, von Sant' Eufemia wegzuziehen und nach Süden oder nach Norden zu gehen, wo es angeblich noch mehr zu essen gab. Auch davon war die Rede, zu Fuß nach Rom zu marschieren, denn, so hieß es, auf dem Land konnte man verhungern, ohne daß sich jemand um einen kümmerte, in der Stadt aber mußten die Behörden einem helfen, weil sie sich vor einer Revolution fürchteten.

Kurz und gut, unter der glühenden Maisonne geriet alles in Bewegung, fiel alles auseinander, dachte jeder nur an sich und an die eigene Haut. Viele waren jetzt bereits entschlossen, das Leben aufs Spiel zu setzen, nur um dieses endlose, unnötige Warten zu beenden.

Plötzlich, an einem Tag wie alle anderen, kam die große Nachricht: Die Engländer hatten einen ernstlichen Angriff begonnen und drangen vor. Ich kann die Freude der Flüchtlinge nicht beschreiben, die in Ermangelung von etwas Trinkbarem oder Eßbarem nichts weiter tun konnten, als einander zu umarmen und ihre Hüte in die Luft zu schleudern. Die Armen wußten nicht, daß gerade der Vormarsch der Engländer ihnen böse Tage bringen würde. In Wirklichkeit standen wir erst am Beginn unserer Schwierigkeiten.

Achtes Kapitel

Als ich ein Kind war, besaß ein Kaufmann in meinem Dorf die gesammelten Jahrgänge der illustrierten Wochenzeitung *Domenica Illustrata* aus dem Ersten Weltkrieg. Oft betrachtete ich, zusammen mit den Kindern des Kaufmannes, die schönen, farbigen Bilder, auf denen die Schlachten jenes Krieges dargestellt wurden. Vielleicht deshalb stellte ich mir eine Schlacht immer so vor, wie ich sie auf jenen Illustrationen gesehen hatte: feuernde Kanonen, Pulverdampf, Rauch und Feuer; Soldaten beim Sturmangriff, Soldaten, die fallen, andere, die vordringen.

Ehrlich gesagt, solche Bilder gefielen mir, und ich hatte die Idee, daß der Krieg vielleicht gar nicht häßlich sei, wie es immer hieß. Oder, besser gesagt, er war natürlich häßlich, aber wenn einer seine Freude daran hatte, den eigenen Mut zu beweisen und den Gefahren zu trotzen, bot ihm der Krieg dazu doch eine Gelegenheit. Ich dachte auch: Es ist ja gar nicht wahr, daß der Frieden allen Menschen gefällt. Es gibt eine Menge von Leuten, die sich im Krieg ganz wohl fühlen – wenn schon aus keinem anderen Grunde, so darum, weil sie darin ihre Blut- und Gewalttriebe austoben können. So dachte ich, solange ich noch nicht mit meinen eigenen Augen den wirklichen Krieg gesehen hatte.

Eines Tages kam Michele zu uns und erzählte, die Durchbruchsschlacht sei beinahe zu Ende. Ich war irgendwie enttäuscht, denn so weit ich auch Ausschau halten mochte, sah ich doch nirgends auch nur den Schatten eines Gefechts. Es war ein wunderschöner, heiterer Tag. Nur nahe dem Horizont schwebten ein paar rosarote Wölkchen über dem Kamm der Berge, hinter denen sich Itri, der Garigliano, mit einem Wort die Front befand. Rechts lagen grün die majestätischen Berge im goldenen Sonnenlicht. Links, jenseits der Ebene, leuchtete das frühlinghaft blauende Meer. Wo aber war die Schlacht?

Michele erwiderte mir, die Schlacht sei seit mindestens zwei Tagen in vollem Gang und entwickle sich hinter den Bergen von Itri. Ich wollte das kaum glauben, denn, wie gesagt, ich stellte mir eine Schlacht ganz anders vor. Als ich Michele das sagte, lachte er und erklärte mir, jene Schlachten, die ich auf den Titelseiten der *Domenica Illustrata* so sehr bewundert hatte, gehörten der Vergangenheit an. Jetzt erledigten die Kanonen und Flugzeuge die Soldaten bereits in weiter Entfernung von der eigentlichen Front, und eine Schlacht von heute ähnle immer mehr dem Vorgehen einer Hausfrau, die mit der Flitspritze Fliegen tötet, ohne sich dabei die Hände zu beschmutzen und ohne die Fliegen überhaupt zu berühren. Im modernen Krieg, so meinte Michele, gäbe es kaum noch Sturmangriffe und Handgemenge. Auf den Mut komme es überhaupt nicht mehr an, sondern es siege diejenige Partei, die mehr und weiter reichende Kanonen und schnellere Flugzeuge besitze. «Der Krieg ist zu einer Angelegenheit der Maschinen geworden», sagte er. «Die Soldaten sind darin wenig mehr als tüchtige Mechaniker.»

Kurz und gut, diese Schlacht, von der nichts zu sehen war, dauerte noch einen oder zwei Tage, dann, eines Morgens, machte der Kanonendonner plötzlich sozusagen einen Sprung nach vorwärts und kam nun aus solcher Nähe, daß die Wände unseres Zimmers zitterten. «Bumm, bumm, bumm!» klang es hinter den unmittelbar vor uns liegenden Bergen hervor.

Ich erhob mich eilends und stürzte ins Freie, in der Erwartung, das Handgemenge zu sehen, von dem ich vorhin gesprochen habe. Aber nichts dergleichen war zu erblicken. Der Tag war heiter und sonnig wie immer, und nur am Horizont, hinter den Bergen, die die Ebene abschlossen, stiegen zahlreiche rote Spuren in den Himmel, die aussahen wie Wunden und die sich alsbald im Blau auflösten. Es waren, wie man mir erklärte, die Artilleriegeschosse, deren Flugbahnen man infolge einer augenblicklichen besonderen Beschaffenheit der Atmosphäre mit freiem Auge ausnehmen konnte. Sie wirkten wie Rasiermesserschnitte im Himmel, aus denen sekundenlang das Blut zu quellen schien, um sogleich wieder zu verschwinden. Erst sahen wir den Schnitt, dann hörten wir den Abschuß, gleich darauf wurde über unseren Köpfen ein wütendes Fauchen und Miauen vernehmbar, und beinahe gleichzeitig war hinter dem Berg die heftige Detonation des einschlagenden Geschosses zu hören. Mit einem Wort, es wurde über uns hinweg auf etwas geschossen, das sich hinter uns befand, und das bedeutete, wie Michele mir auseinandersetzte, daß die Schlacht sich jetzt nach Norden verlagert hatte und daß das Tal von Fondi bereits befreit war. Ich wollte wissen, wo die Deutschen hingegangen seien; und er antwortete mir, sie hätten sich sicherlich fluchtartig gegen Rom hin zurückgezogen. Die Durchbruchsschlacht selbst sei beendet, und das Artilleriefeuer liege jetzt auf dem deutschen Rückzug. Kurzum – keine Handgemenge, keine Sturmangriffe mit aufgepflanztem Bajonett, Toten und Verwundeten.

Während dieser Nacht aber war der Himmel in der Gegend von Itri rötlich erhellt, wie von einem gewaltigen Brand; und die Rasiermesserschnitte der Flugbahnen erinnerten in dem schwarzen, bestirnten Himmel an ein Feuerwerk, nur daß die Lichtkaskaden fehlten, die sonst dergleichen Schauspiele zu krönen pflegen. Auch das Geräusch der Explosionen war anders, düsterer, dumpfer, drohender und gar nicht fröhlich.

Wir starrten längere Zeit nach diesem seltsamen Feuerwerk hinüber, dann gingen wir todmüde zu Bett und schliefen so gut wir konnten, obwohl es sehr warm war und Rosetta immer wieder zu sprechen anfing. Am folgenden Morgen wurden wir durch einen heftigen Krach in nächster Nähe geweckt. Als wir aus dem Bett sprangen, mußten wir feststellen, daß unsere Siedlung unter Beschuß lag.

Da begriff ich zum erstenmal, daß Kanonen etwas noch Schlimmeres sind als die Flieger. Die sieht man doch wenigstens kommen, und man kann Deckung suchen. Die Kanonen aber bleiben unsichtbar unter dem Horizont. Während man sie nicht sieht, suchen sie einen gewissermaßen, und man weiß nie, wo man sich verstecken soll, weil sie einem überallhin nachfolgen wie ein ausgestreckter Zeigefinger.

Der Einschlag, von dem ich sprach, war in unserer allernächsten Nähe erfolgt, nicht weit von dem Hause Filippos entfernt. Michele kam angelaufen und meinte höchst vergnügt, jetzt sei es nur mehr eine Frage von Stunden. Ich aber antwortete, das Sterben könne eine Frage von Sekunden sein. Er zuckte die Schultern und meinte, wir müßten uns jetzt wohl für unsterblich halten.

Gleichsam als Antwort erfolgte eine fürchterliche Explosion unmittelbar über unseren Köpfen. Mauern und Fußboden erbebten, von der Decke regneten Kalkstücke und Staub auf uns herunter, und die Luft wurde so undurchsichtig, daß wir zunächst glaubten, das Geschoß habe wirklich unser Haus getroffen. Wir stürzten hinaus und sahen, daß es in geringer Entfernung eingeschlagen hatte; in der Terrasse hatte sich ein großes Loch voll frischer Erde und zerfetzten Grases gebildet.

Ich will nicht sagen, daß Michele nun auch Angst bekam, aber er begriff doch, wie recht ich gehabt hatte, zu sagen, daß zum Sterben wenige Sekunden genügen. So rief er also, wir sollten mit ihm kommen, es handle sich darum, einen toten Winkel aufzusuchen. Wir liefen hinter ihm her bis zur anderen Seite der Schlucht, wo unter einem Felsvorsprung eine Strohhütte für das Vieh stand.

«Hier ist ein toter Winkel», sagte Michele, stolz auf seine Kenntnis der Kriegskunst, «hier können wir uns ins Gras setzen, ohne daß uns die Geschosse etwas anhaben können.»

Schöner toter Winkel! Michele hatte kaum zu sprechen aufgehört, als eine ungemein heftige Explosion erfolgte und wir alle in eine Wolke von Pulverdampf eingehüllt wurden. Durch diese Wolke hindurch aber sahen wir, wie die Hütte sich nach der Seite neigte und dann, schief wie ein Kartenhaus, stehenblieb.

Diesmal sprach Michele nicht mehr von seinem toten Winkel. Wir hatten uns zu Boden geworfen, und als wir uns jetzt wieder erhoben, rief er, ohne auch nur das Erdreich von seinen Kleidern abzustäuben: «Mir nach, in die Höhle! Aber bewegt euch nicht aufrecht, sondern gebückt wie ich!»

Die Höhle, von der er sprach, befand sich gleich hinter der Hütte. Sie war klein, hatte einen niedrigen Eingang und diente den Bauern als Hühnerstall. Gebückt schlichen wir hinter Michele her und krochen dann in diese Höhle, zwischen die gackernden Hühner, die sich erschreckt vor uns in die entfernteste Ecke flüchteten.

Es war hier so niedrig, daß man nicht aufrecht stehen konnte. Also lagen wir mehr als eine Stunde lang nebeneinander in dem Hühnerdreck, der allenthalben den Boden bedeckte. Die Hühner aber faßten rasch wieder Mut, spazierten auf uns herum und pickten in unseren Haaren. Die Explosionen draußen folgten einander in dichter Folge, und ich konnte mich nicht enthalten, zu Michele zu bemerken: «Es ist nur ein Glück, daß wir hier in einem toten Winkel liegen!»

Zuletzt wurden die Einschläge aber doch immer seltener und hörten dann ganz auf. Nach dem Kanonendonner zu urteilen, war das Feuer weiter vorgelegt worden und lag jetzt auf einer Ortschaft jenseits von Sant' Eufemia. Michele meinte, die Schüsse, die bei uns eingeschlagen hatten, seien wohl nicht der englischen, sondern der deutschen Artillerie zuzuschreiben gewesen, die mit Mörsern indirekt geschossen habe. Jetzt aber konnten wir beruhigt ins Freie gehen, denn die Deutschen schossen überhaupt nicht mehr, und die Engländer schossen nicht auf uns. Also krochen wir wieder aus der Höhle hervor und begaben uns nach Hause.

Es war inzwischen ein Uhr geworden, und wir beschlossen, etwas Brot und Käse zu essen. Als wir eben damit beschäftigt waren, lief der Sohn Parides herbei und verkündete außer Atem, die Deutschen seien angekommen. Zuerst verstanden wir ihn gar nicht, denn logischerweise meinten wir, nach all der Schießerei müßten jetzt die Engländer kommen. Ich widersprach sogar und sagte zu dem Jungen, er habe wohl falsch verstanden. «Du meinst die Engländer!»

«Nein, die Deutschen», erwiderte er.

«Aber die Deutschen sind doch geflohen.»

«Und ich sage dir, daß sie gekommen sind.»

Jetzt erschien Paride und erklärte uns das Rätsel. Es war wirklich eine Gruppe flüchtender Deutscher eingetroffen. Niemand verstand richtig, was sie eigentlich wollten.

Ich sagte zu Michele: «Was kümmern uns die Deutschen? Wir erwarten die Engländer und nicht die Deutschen ... Lassen wir die Deutschen in ihrer eigenen Suppe kochen!»

Michele aber hörte leider nicht auf mich. Seine Augen hatten bei der Erzählung Parides zu leuchten begonnen, und man hätte meinen mögen, daß diese Deutschen ihn gerade darum, weil er sie haßte, irgendwie anzogen. Der Gedanke, sie jetzt besiegt und auf der Flucht zu finden, nachdem er sie so oft hochmütig und siegesgewiß gesehen hatte, versetzte ihn sichtlich in freudige Erregung. Also sagte er zu Paride: «Sehen wir uns diese Deutschen an», und ging. Rosetta und ich folgten ihm.

Wir fanden die Deutschen im Schatten einer Strohtriste. Es waren ihrer fünf, und in meinem ganzen Leben habe ich nie so mitgenommene und erschöpfte Menschen gesehen. Sie lagen da und dort auf dem Stroh, Beine und Arme weit ausgestreckt, wie Tote. Drei schliefen oder hatten zumindest die Augen geschlossen, ein anderer lag da und blickte in den Himmel, der fünfte hatte ein Strohbündel als eine Art Kissen unter dem Kopf und starrte vor sich hin. Mir fiel besonders dieser letzte auf. Er schien fast ein Albino, mit einer rosafarbenen, durchscheinenden Haut, nahezu weißen Wimpern um die blauen Augen und ganz hellblondem, äußerst feinem, glattem Kopfhaar. Seine Wangen waren grau von Staub, und auf ihnen waren Spuren zu sehen, wie wenn Tränen darüber weggelaufen und darauf getrocknet wären. Die Nasenlöcher waren schwarz von Erde oder anderem Schmutz, die Augen rot umrandet und mit zwei schwärzlichen Narben darunter, die wie Krallenspuren aussahen.

Man weiß, daß die Deutschen immer ihre Uniformen in Ordnung, gewaschen und gebügelt halten, als kämen sie gerade aus dem Mottenschrank. Die Uniformen dieser fünf aber waren zerdrückt und aufgeknöpft und hatten sogar die Farbe gewechselt, als hätte ein heftiger Strahl von Staub oder Ruß sie getroffen. Eine Menge von Flüchtlingen und Bauern umstand diese Deutschen in einigem Abstand und sah sie schweigend an, als handle es sich um ein ganz unglaubliches Schauspiel. Die Deutschen waren stumm und rührten sich nicht.

Michele trat jetzt auf sie zu und fragte, woher sie kämen. Er sprach deutsch, der Albino aber erwiderte leise, ohne sich zu bewegen: «Sie können Italienisch sprechen ... ich verstehe Italienisch.» Dabei hielt er sich steif, als wäre sein Hals an die Strohunterlage genagelt. Michele wiederholte seine Frage auf italienisch, und der andere antwortete, sie kämen von der Front. Michele wollte wissen, was dort geschehen sei. Der Albino erklärte, immer noch in der Haltung eines Gelähmten und indem er langsam ein Wort an das andere fügte, sie seien Artilleristen und hätten zwei Tage und Nächte hindurch unter einem fürchterlichen Fliegerbombardement gelegen. Nicht nur die Geschütze, sondern das gesamte Erdreich unter ihnen sei in die Luft geflogen, und schließlich hätten sie, nach dem Tode der Mehrzahl ihrer Kameraden, die Flucht ergreifen müssen.

«Die Front», so schloß er, «verläuft nicht mehr längs des Garigliano, sondern weiter nördlich, und wir müssen dorthin. Im Norden sind andere Berge, dort werden wir weiter Widerstand leisten.»

Obwohl sie also derart zugerichtet waren, daß man sie für Tote hätte halten können, sprachen diese Deutschen noch immer von Kriegführen und Widerstand!

Michele erkundigte sich, wer die Front durchbrochen hätte, die Engländer oder die Amerikaner. Das war eine unvorsichtige Frage, denn der Albino grinste bösartig und sagte: «Was kümmert Sie das? Seien Sie damit zufrieden, mein Lieber, daß demnächst Ihre Freunde hier sein werden. Das ist alles.» Michele aber tat, als merkte er nichts von dem sarkastischen und drohenden Ton des anderen und fragte, was er für die Deutschen tun könne. Der Albino entgegnete: «Gebt uns etwas zu essen!»

Nun sah es damit bei uns wirklich schlecht aus, und mit Ausnahme Filippos hätten wir alle, Bauern wie Flüchtlinge, Mühe gehabt, zusammen auch nur einen Laib Brot aufzutreiben. Wir blickten einander also bestürzt an, und ich drückte unser aller Gedanken aus, indem ich rief: «Zu essen? Wer hat denn was zu essen? Wenn uns nicht raschestens die Engländer etwas bringen, sterben wir hier allesamt Hungers. Wartet auch ihr auf die Engländer, und ihr werdet zu essen bekommen!»

Ich sah, wie Michele eine Geste der Mißbilligung machte, als wollte er sagen: «Dumme Gans!» Da begriff ich, daß ich einen Fehler begangen hatte. Der Deutsche starrte mich an, als wollte er sich mein Gesicht gut einprägen. Dann sagte er langsam: «Ein ausgezeichneter Rat: auf die Engländer warten.» Er verharrte noch ein Weilchen in seiner Ruhelage, hob dann mit Mühe seinen Arm und griff unter seine Jacke.

«Ich habe gesagt, wir wollen etwas zu essen!» Damit brachte er eine riesige, schwarze Pistole zum Vorschein und zielte auf uns, ohne seine Stellung im übrigen zu verändern.

Ich bekam schreckliche Angst, vielleicht nicht so sehr wegen der Pistole, als weil der Albino den Blick eines in die Enge getriebenen wilden Tieres hatte, das drohend die Zähne zeigt. Michele hingegen ließ sich nicht aus der Fassung bringen und sagte schlicht zu Rosetta: «Lauf zu meinem Vater und verlang von ihm etwas

Brot für eine Gruppe Deutscher, die es braucht.» Er sagte dies auf besondere Art, als wollte er Rosetta andeuten, daß sie seinem Vater die Gefährlichkeit der Lage genügend klarmachen solle. Sogleich lief Rosetta zum Hause Filippos.

In Erwartung des Brotes standen wir alle im Kreise rings um die Strohtriste. Der Albino begann nach einem Augenblick von neuem: «Wir brauchen nicht bloß Brot – wir brauchen auch jemanden, der mit uns kommt und uns den Weg nach Norden zu unserer Armee zeigt.»

Michele sagte: «Da ist der Weg.» Damit deutete er nach dem Maultierpfad, der den Berg hinabführte. «Das sehe ich auch», entgegnete der Albino. «Aber wir kennen diese Berge nicht. Wir brauchen einen Führer. Zum Beispiel dieses Mädchen.»

«Welches Mädchen?»

«Diese junge Person, die das Brot holen gegangen ist.»

Bei diesen Worten überlief es mich eiskalt. Wenn diese Deutschen jetzt mitten im Krieg meine Rosetta wegschleppten, mochte Gott allein wissen, was ihr widerfuhr und wann ich sie wiedersah. Michele aber antwortete sogleich, ohne die Ruhe zu verlieren: «Dieses Mädchen ist nicht von hier und kennt sich hier weniger aus als ihr.»

«Dann kommen eben Sie, werter Herr», sagte der Albino. «Sie sind doch von hier, nicht wahr?»

Am liebsten hätte ich Michele zugerufen: «Sag ihm, daß du hier fremd bist!» Aber ich kam nicht mehr dazu. Michele, zu ehrlich, um zu lügen, hatte bereits geantwortet: «Aus dieser Gegend bin ich allerdings. Aber ich habe immer in der Stadt gelebt.»

Da lachte der Albino böse und meinte: «Wenn man Sie hört, kennt sich niemand in den Bergen aus. Sie kommen mit. Sie werden sehen, daß Sie sich hier ausgezeichnet zurechtfinden werden.»

Michele gab keine Antwort und zog nur die Brauen über seinen Brillengläsern zusammen. Jetzt kam Rosetta mit zwei kleinen Brotlaiben angelaufen und legte sie vor dem Deutschen aufs Stroh, so wie man wilde Tiere, vor denen man Angst hat, füttern würde. Der Deutsche bemerkte dies und sagte, Erbitterung in der Stimme: «Gib mir die Brote in die Hand! Wir sind keine tollen Hunde, die beißen!» Rosetta hob die Brote auf und reichte sie ihm. Der Deutsche steckte die Pistole ein und richtete sich in sitzende Stellung auf.

Auch die übrigen Soldaten taten jetzt dasselbe. Offenbar hatten sie gar nicht geschlafen, sondern das Gespräch mit geschlossenen Augen verfolgt. Der Albino zog ein Messer aus der Tasche und schnitt das Brot in fünf gleiche Teile, die er unter seine Kameraden verteilte. Sie aßen sehr langsam, und wir standen im Kreise herum und schwiegen. Als sie zu Ende gegessen hatten, was lange dauerte, weil sie sozusagen jede Krume einzeln verschlangen, reichte ihnen eine Bäuerin wortlos ein Kupfergefäß mit Wasser, und die Deutschen tranken gierig große Mengen davon. Offenbar waren sie halb tot vor Hunger und Durst. Dann zog der Albino von neuem seine Pistole.

«Es ist Zeit, daß wir aufbrechen», sagte er. «Sonst wird es zu spät.» Diese Worte waren an seine Kameraden gerichtet, die sich langsam erhoben. Dann wandte er sich an Michele: «Sie kommen mit und zeigen den Weg!»

Wir waren alle tief bestürzt, denn wir hatten geglaubt, der Albino hätte seine Worte von vorhin nicht ernst gemeint. Jetzt aber erkannten wir, daß wir uns geirrt hatten. Auch Filippo war unterdessen herbeigeeilt und hatte der Mahlzeit der Deutschen schweigend zugesehen. Als er sah, wie der Albino die Pistole auf Michele richtete, stöhnte er laut auf, und mit einem Mut, den niemand ihm zugetraut hätte, warf er sich zwischen die Pistole und Michele.

«Das ist mein Sohn!» rief er. «Verstanden? Das ist mein Sohn!»

Der Albino sagte nichts, machte nur mit der Pistole eine Bewegung, als wolle er eine Fliege verscheuchen. Das hieß, Filippo solle beiseite treten. Filippo aber schrie: «Mein Sohn kennt die Berge nicht! Er liest, schreibt, studiert, wie soll er denn die Berge kennen?»

Der Albino aber entgegnete: «Er kommt mit und Schluß!» Auch er war jetzt aufgestanden und rückte sein Koppel zurecht, ohne die Pistole zu senken.

Filippo starrte ihn an, als hätte er nicht begriffen. Ich sah, wie er schluckte und sich die Lippen leckte. Er schien zu ersticken, und ich mußte in diesem Augenblick, weiß Gott warum, an seinen Lieblingsausspruch denken: «Hier ist keiner dumm!» Der Arme! Jetzt war er weder dumm noch schlau. Er war ein Vater, sonst nichts. Und wirklich rief er, nachdem er einen Augenblick lang wie vom Blitz getroffen dagestanden hatte: «Nehmt mich! Nehmt mich an Stelle meines Sohnes! Ich kenne die Berge! Ehe ich Kaufmann wurde, war ich Wanderhändler! Ich bin in allen diesen Bergen herumgekommen. Ich führe euch bis zu eurem Kommando! Ich kenne die bequemsten, geheimsten Wege! Ich führe euch gut, das schwöre ich euch!»

Und an seine Frau gewendet, erklärte er: «Ich gehe mit ihnen. Macht euch keine Sorgen. Morgen abend bin ich wieder zurück.» Dann schnallte er seinen Gürtel enger, verzog das Gesicht zu einem Lächeln, das mir in diesem Augenblick das Herz zerriß, trat auf den Deutschen zu, legte ihm die Hand auf den Arm und sagte mit erzwungener Heiterkeit: «Na, dann gehen wir. Es ist ziemlich weit bis dorthin.»

Der Deutsche aber wollte davon nichts wissen. Ruhig sagte er: «Sie sind zu alt. Ihr Sohn kommt mit uns!» Mit dem Pistolenlauf schob er Filippo beiseite, trat auf Michele zu und bedeutete ihm, stets mit der Waffe in der Hand, voranzugehen: «Vorwärts!»

Irgendwer rief: «Michele, lauf davon!»

Da hättet ihr diesen Deutschen sehen sollen! Erschöpft wie er war, fuhr er doch blitzschnell herum und schoß in die Richtung, aus der der Ruf gekommen war. Zum Glück ging der Schuß hoch in die Luft, aber der Deutsche hatte damit doch seinen Zweck erreicht und die Flüchtlinge soweit eingeschüchtert, daß niemand es wagte, Michele zur Hilfe zu kommen. Alles lief auseinander, wenn sich auch sogleich in größerer Entfernung von neuem ein Kreis bildete. Dann sahen wir schweigend zu, wie der Deutsche sich in Bewegung setzte und dabei mit dem Pistolenlauf Michele vor sich her stieß.

So gingen sie, und ich habe die Szene noch so deutlich vor mir, als trüge sie sich jetzt eben zu: Der Deutsche mit der Pistole in der Hand, Michele vor ihm. Ich erinnere mich noch, daß sein eines Hosenbein länger war als das andere. Es reichte ihm fast bis unter den Absatz, während das zweite das Fußgelenk sehen ließ. Sie gingen langsam, und Michele hoffte vielleicht, wir würden uns gegen die Deutschen wenden und ihm die Möglichkeit der Flucht geben. Die Art, wie er die Füße schleppte, machte den Eindruck, als zöge er eine schwere Kette hinter sich her.

Die Prozession, bestehend aus den vier Deutschen, dem Albino und Michele, bewegte sich unter uns vorbei über den Pfad, der ins

Tal führte, um langsam im Unterholz zu verschwinden. Filippo, der gleich den anderen bei dem Schuß davongelaufen war und dann in einiger Entfernung haltgemacht hatte, brüllte auf, als der Albino mit Michele um die Ecke bog, und wollte hinterdreinlaufen. Einige Bauern und Flüchtlinge hielten ihn mit Gewalt zurück, während er seinen Sohn beim Namen rief und dabei weinte, daß ihm die Tränen in Strömen über die Wangen liefen.

Auch Micheles Mutter und Schwester waren jetzt herbeigeeilt, verstanden nicht, was geschehen war, und fragten die Leute rechts und links. Kaum aber hatten sie begriffen, da fingen auch sie an, zu heulen und Micheles Namen zu rufen. Die Schwester schluchzte unablässig: «Gerade jetzt! Da alles fast zu Ende ist! Gerade jetzt!»

Wir wußten nicht, was wir sagen sollten, denn bei einem wirklichen Schmerz mit wirklicher Ursache vermögen die Worte nichts; man mußte die Ursache des Schmerzes beseitigen, und dazu waren wir nicht imstande. Zuletzt gewann Filippo seine Fassung wieder, schlang den Arm um die Schulter seiner Frau und sagte: «Du wirst sehen... er kommt wieder... bestimmt kommt er wieder... er zeigt ihnen den Weg und kommt zurück.»

Die Tochter weinte zwar, stimmte aber in die Worte ihres Vaters ein: «Du wirst sehen, Mutter, ehe es Abend wird, ist er wieder zurück.» Die Mutter aber sagte das, was Mütter in solchen Fällen meist sagen und was leider nur zu oft zutrifft, weil der Mutterinstinkt bekanntlich stärker ist als jede Überlegung: «Nein, nein, ich weiß, daß er nicht wiederkommen wird! Ich fühle, ich werde ihn nie mehr wiedersehen!»

Ich muß hier gestehen, daß mir in dem allgemeinen Durcheinander der Kanonenschüsse, der deutschen Niederlage, des Zusammenbruchs der Front und des Endes unserer Bergverbannung der Vorfall mit Michele nicht den Eindruck machte, den er uns eigentlich hätte machen müssen. Wir glaubten, oder vielmehr wir wollten glauben, daß Michele bestimmt zurückkommen würde. Dadurch hatten wir eine Rechtfertigung vor uns selbst, an dem Schmerz der Festas nicht so Anteil zu nehmen, wie dies unsere Pflicht gewesen wäre. Unsere Gedanken und unsere Herzen waren in diesem Augenblick anderswo. Die so lange ersehnte und erwartete Befreiung nahm uns beide völlig in Anspruch, und wir legten uns keine Rechenschaft darüber ab, daß das Verschwinden Micheles, der doch für uns wie ein Vater oder ein Bruder gewesen war, wichtiger war als selbst die Befreiung und daß dieses Unglück uns diesen Tag schmerzlich und bitter hätte erscheinen lassen müssen. Aber so ist das Leben: Der Egoismus, der in der Zeit der Gefahr gechwiegen hatte, machte sich sogleich wieder bemerkbar, als die Gefahr nicht mehr bestand. Ich selbst konnte mich nach dem Verschwinden Micheles auf dem Weg zu unserer Behausung des Gedankens nicht erwehren, welches Glück es doch gewesen sei, daß die Deutschen nicht Rosetta, sondern Michele mitgenommen hatten. Micheles Verschwinden, so sagte ich mir, betraf doch in erster Linie seine Familie; wir aber waren im Begriff, uns vielleicht für immer von den Festas zu trennen. Wir würden sie nie wiedersehen, würden nach Rom zurückkehren, dort unser gewohntes Leben wiederaufnehmen und uns nur gelegentlich an unseren Aufenthalt in den Bergen erinnern. «Denkst du noch an Michele?» würde dann Rosetta zu mir oder ich zu Rosetta sagen. «Was wohl aus ihm geworden sein mag? Und erinnerst du dich an Filippo, an dessen Frau und Tochter? Was mögen sie alle wohl treiben?»

Trotz der Hitze schliefen wir diese Nacht eng aneinandergeschmiegt, denn noch immer schossen die Kanonen, und die Granaten schlugen in nicht allzu weiter Ferne ein. Wir wollten, wenn wir schon getroffen wurden, wenigstens zusammen sterben. Auch war es mit dem Schlafen nicht weit her. Kaum waren wir eingeschlummert, als uns jedesmal ein heftiger Krach wieder auffahren ließ. Manchmal erwachten wir auch ohne besonderen Grund, einfach aus Aufregung und Nervosität. Rosetta machte sich um Michele Sorgen, und jetzt verstehe ich, daß sie, zum Unterschied von mir, schon damals das Gefühl hatte, als sei sein Verschwinden keineswegs so leicht zu nehmen, wie ich glaubte. Dann und wann hörte ich im Dunkeln ihre fragende Stimme: «Mutter, was geschieht jetzt mit Michele?» Oder: «Mutter, glaubst du wirklich, daß Michele zurückkommen wird?»

Auf der einen Seite wußte ich, daß sie eigentlich allen Grund hatte, besorgt zu sein, auf der anderen ärgerte ich mich beinahe, denn, wie gesagt, ich fühlte, daß unser Aufenthalt in Sant' Eufemia zu Ende ging, und mir schien, als dürften wir jetzt nur mehr an uns selbst denken. Also gab ich ihr bald diese, bald jene Antwort und suchte sie stets zu beruhigen; zuletzt aber verlor ich die Geduld und sagte: «Jetzt schlafe endlich! Du kannst ja doch nichts für Michele tun, ob du schläfst oder nicht. Im übrigen bin ich sicher, daß man ihm nichts Böses zugefügt hat. Bestimmt ist er jetzt schon unterwegs hierher.» Im Halbschlaf murmelte sie: «Armer Michele!» Und nach diesen Worten schlief sie tatsächlich ein.

Als ich am folgenden Morgen erwachte, fand ich Rosetta nicht mehr neben mir im Bett. Eilends trat ich aus dem Haus; es war bereits spät, die Sonne stand hoch am Himmel, der Kanonendonner hatte aufgehört, und in der ganzen Gegend herrschte lebhafte Bewegung. Die Flüchtlinge waren in vollem Aufbruch, liefen dahin und dorthin, verabschiedeten sich von den Bauern, packten ihren Kram und zogen im Gänsemarsch über den Pfad dem Tal von Fondi zu. Plötzlich erfaßte mich rasende Angst, Rosetta könnte aus einem mir unbekannten Grund ebenfalls verschwunden sein wie Michele. Also lief ich überall umher und rief sie beim Namen. Niemand kümmerte sich um mich oder hörte auf mich, und mit einemmal wurde mir klar, daß sich das, was ich von Michele gedacht hatte, jetzt gegen mich selbst wendete: Rosetta war nicht da; jeder aber kümmerte sich einzig um seine eigenen Angelegenheiten; niemand wollte auch nur anhören, was mich bekümmerte. Zum Glück trat, eben als ich mich der völligen Verzweiflung überlassen wollte, Luisa, die Frau Parides, aus der Hütte und sagte: «Was rufst du denn nach Rosetta? Sie ist hier bei uns und ißt Polenta!»

Ich atmete auf, betrat etwas beschämt die Hütte und setzte mich mit den anderen zu Tisch, auf dem die Suppenschüssel mit der Polenta stand. Wie gewöhnlich sprach niemand ein Wort, und so blieb auch ich stumm. Die Bauern waren völlig von der heiligen Handlung des Essens in Anspruch genommen, ungeachtet der vielen Dinge, die geschehen waren und noch geschehen sollten. Plötzlich sagte Paride, so als drückte er die Gedanken aller aus, ohne jedes Bedauern in der Stimme, wie wenn er vom Wetter oder von etwas Ähnlichem spräche: «So geht ihr also wieder in die Stadt zurück und spielt dort die feinen Damen! Und wir bleiben hier und arbeiten weiter.» Er wischte sich den Mund ab, nahm einen Schluck Wasser und ging dann hinaus wie immer, ohne zu grüßen. Ich erklärte seiner Familie, wir wollten unsere Sachen packen und würden dann wiederkommen und uns verabschieden. Damit verließ auch ich mit Rosetta die Hütte.

Ich hatte jetzt nur den einen großen, ungeduldigen, freudigen Wunsch, so schnell wie möglich aufzubrechen. Dennoch sagte ich: «Wir müssen zu den Festas gehen und uns erkundigen, was aus Michele geworden ist.» Ich sagte es widerstrebend, denn vielleicht war Michele noch nicht zurückgekehrt, und in diesem Falle befürchtete ich, die Trauer der Festas würde unsere Freude stören. Rosetta aber antwortete ganz ruhig: «Die Festas sind nicht mehr hier. Sie sind heute morgen bei Anbruch der Dämmerung ins Tal hinuntergestiegen. Michele ist nicht wiedergekommen. Sie hoffen, ihn in der Stadt zu finden.»

Bei diesen Worten fiel mir ein Stein vom Herzen, was nicht minder egoistisch war als mein Widerstreben von vorhin: «Na», sagte ich, «dann bleibt uns nichts anderes, als unser Bündel zu schnüren und so bald wie möglich aufzubrechen.» Rosetta aber meinte: «Ich bin schon zeitig aufgestanden, während du noch schliefst, und habe die Festas aufgesucht. Die Armen waren völlig verzweifelt. Für sie ist dieser schöne Tag ein schrecklicher Tag, weil Michele nicht zurückgekehrt ist.»

Ich schwieg, schämte mich und dachte, daß Rosetta doch um so viel besser sei als ich. Sie war eigens ganz früh aufgestanden und zu den Festas gegangen, ohne Angst, daß deren Schmerz ihre Freude trüben könnte. Dann umarmte ich sie und gestand ihr: «Mein Goldkind, du hast das getan, wozu ich nicht den Mut gehabt hatte! Ich bin so glücklich darüber, daß unsere Qual zu Ende ist, daß ich fast Angst hatte, die Festas aufzusuchen.»

«Ach», erwiderte sie, «mich hat das keinerlei Überwindung gekostet. Ich hab's getan, weil ich Michele liebhabe. Überwindung hätte es mich gekostet, nicht hinzugehen. Die ganze Nacht konnte ich kein Auge schließen, weil ich unablässig an den Armen denken mußte. Und leider hat seine Mutter recht behalten: Er ist nicht wiedergekommen.»

Es war hohe Zeit für uns, aufzubrechen. In unserer Kammer angelangt, zogen wir die beiden Fiberkoffer hervor, die wir aus Rom mitgebracht hatten, und taten die armseligen Fetzen hinein, die wir noch besaßen: ein paar Unterröcke, die Wolljacken, die wir aus der fetten Bauernwolle gestrickt hatten, etliche Strümpfe und Taschentücher. Auch die restlichen Vorräte packte ich ein, nämlich den Schafkäse, den ich von dem Evangelisten gekauft hatte, ein

Kilo oder etwas mehr Bohnen und ein kleines dunkles Brot, das letzte, das mit Spreu und Maismehl gemacht war. Ich überlegte einen Augenblick, ob ich auch die zwei oder drei Teller und Gläser mitnehmen sollte, die ich den Bauern abgekauft hatte, beschloß dann aber, sie zurückzulassen, und stellte sie fein säuberlich auf das Fensterbrett.

Nachdem wir die Koffer geschlossen hatten, setzten wir uns einen Augenblick lang auf das Bett und sahen uns in dem Raum um, der so traurig und leer aussah wie jede Behausung, die man für immer verläßt. Ich war jetzt nicht mehr so ungeduldig und freudig gestimmt, empfand eher eine Art ängstlicher Beklemmung. An diesen schmutzigen Wänden, an diesem Lehmfußboden, so dachte ich, klebten die bittersten und schrecklichsten Tage meines Lebens; und obgleich ich mich danach sehnte, von hier fortzukommen, litt ich doch zugleich unter dem Gedanken. Ich hatte die neun Monate, die ich in diesem Raum zugebracht hatte, Tag um Tag, Stunde um Stunde, Minute um Minute mit aller Intensität der Hoffnung und der Verzweiflung, der Angst und des Mutes, des Lebenswillens und der Todessehnsucht durchlebt. Vor allem aber hatte ich auf eines gewartet: auf die Befreiung, die nicht nur schön, sondern auch gerecht war und die nicht nur mich, sondern auch die anderen betraf. Jetzt begriff ich: Wer etwas dieser Art erwartet, lebt mit größerer Kraft und Wahrheit, als ein Mensch, der auf nichts wartet. Und indem ich von meinem kleinen Fall aufs Große überging, dachte ich, dasselbe ließe sich von allen denen sagen, die wahrhaftig wichtige Dinge erwarten – die Wiederkehr Christi oder den Triumph der Gerechtigkeit für die Armen. Und es ist die Wahrheit, wenn ich sage, daß ich beim Verlassen dieser Kammer das Gefühl hatte, als träte ich aus einer Kirche oder doch aus einem fast geheiligten Ort, denn dort drin hatte ich viel gelitten – und nicht nur für mich, sondern auch für die anderen gewartet und gehofft.

Wir hatten die Koffer auf unsere Köpfe gesetzt und gingen nun zur Hütte Parides, um uns zu verabschieden. Plötzlich liefen die Leute auf der Felsenterrasse nach allen Richtungen davon. Was diese Panik verursachte, war diesmal nicht der Kanonendonner, der jetzt nur noch von weitem vernehmbar war wie das Grollen eines abziehenden Gewitters, sondern ein regelmäßiges, heftiges Knattern, das vom Gipfel des Berges herzukommen schien. Einer der Flüchtenden blieb einen Augenblick lang stehen und rief uns zu: «Maschinengewehre! Die Deutschen schießen mit Maschinengewehren auf die Amerikaner!» Und schon rannte er weiter.

Alle hatten jetzt in Höhlen und Löchern Deckung gesucht, nur wir beide standen mitten auf der Terrasse, während das Knattern immer heftiger wurde. Einen Augenblick lang dachte auch ich daran, irgendwo Zuflucht zu suchen, dann aber befiel mich ein heftiger Widerwille dagegen, gerade jetzt, da wir nach Fondi hinabsteigen sollten, noch einmal mit diesem Leben der ewigen Angst zu beginnen, das wir nun neun Monate hindurch geführt hatten. Wütend sagte ich daher zu Rosetta: «Maschinengewehre! Weißt du, was ich dir sage? Die kümmern mich einen feuchten Dreck! Ich gehe trotzdem hinunter!»

Rosetta erhob keinen Einwand, denn auch sie war vor Überdruß und Müdigkeit plötzlich mutig geworden. Also verzichteten wir darauf, uns von den Bauern zu verabschieden, die uns so lange Zeit beherbergt hatten und die sich jetzt Gott weiß wo versteckt hielten. Ohne uns um die Maschinengewehre zu kümmern, schlugen wir ohne Eile den Pfad nach dem Tal ein.

Stufe um Stufe stiegen wir abwärts, und je tiefer wir kamen, desto klarer erkannten wir, daß wir recht daran getan hatten, uns nicht um das Maschinengewehrfeuer zu kümmern, denn dieses wurde bald nahezu völlig unhörbar. Uns umgab jetzt ein normaler, schöner Maitag; die Sonne schien heiß, die Hecken dufteten nach Rosen und Staub, die Bienen summten – man hätte glauben mögen, nirgends gäbe es Krieg.

Aber es gab den Krieg, und wir sollten sehr bald seinen Anzeichen begegnen. Zuerst stießen wir auf zwei Soldaten, die ich für Amerikaner hielt, da sie mir völlig unbekannte Uniformen trugen. Es waren zwei kleingewachsene, dunkelhaarige Menschen, die plötzlich aus dem Unterholz auftauchten. Einer sagte: «Hello» oder etwas Ähnliches, und der andere fügte ein paar englische Worte hinzu, die ich nicht verstand. Sie gingen an uns vorüber, verließen dann den Fußpfad und kletterten durch das Unterholz nach oben, gebückt, das Gewehr in der Hand und den Blick in die Richtung nach dem Berggipfel gewendet, von wo noch leise das Schießen zu hören war.

Es waren dies die ersten Amerikaner, die wir zu sehen bekamen, und es war ein reiner Zufall, daß wir ihnen begegneten. Wenn ich jetzt daran zurückdenke, ist der ganze Krieg eine Aufeinanderfolge von Zufällen. Alles geschieht ohne zureichenden Grund; man macht einen Schritt nach links und wird totgeschossen, und wenn man statt dessen nach rechts geht, bleibt man am Leben. Ich sagte zu Rosetta: «Hast du gesehen? Das waren Amerikaner!»

Und Rosetta erwiderte: «Ich habe immer geglaubt, die Amerikaner seien groß und blond. Die aber waren klein und schwarz.»

Im Augenblick wußte ich nicht, was ich darauf antworten sollte. Erst später erfuhr ich dann, daß es in der amerikanischen Armee Leute jeglicher Rasse und Abstammung gibt. Neger und Weiße, Blonde und Schwarze, Große und Kleine. Die beiden, denen wir eben begegnet waren, gehörten, wie sich später herausstellen sollte, zur Gruppe der Italo-Amerikaner, von denen es gerade unter den Truppen in dieser Gegend sehr viele gab.

Wir setzten unseren Abstieg fort und kamen nach einer Weile zu einem Sanitätsposten im Schatten eines Johannisbaumes, etwas abseits vom Wege. Es gab dort ein Feldbett, ein Medizinschränkchen und ein paar Soldaten, und gerade, als wir dort ankamen, brachten zwei andere Soldaten einen verwundeten Kameraden auf einer Tragbahre heran. Wir sahen, daß die beiden Träger sich vorsichtig bewegten und daß der Verwundete mit geschlossenen Augen gleich einem Toten auf der Bahre lag. Er war aber nicht tot, denn die Kameraden sprachen zu ihm, redeten ihm wohl gut zu, machten ihm Mut, und er nickte ein klein wenig, zum Zeichen, daß er verstanden hatte. Dennoch hatte die ganze Szene auf diesem sonnenbeschienenen Abhang, inmitten des blühenden Gestrüpps, das die beiden Bahrenträger bis zum Gürtel verdeckte, etwas so Unwirkliches, daß man denken mußte, diese Soldaten seien gar keine Soldaten, der Sanitätsposten sei kein Sanitätsposten, und das alles habe überhaupt keinen Sinn und Zweck, sei vielmehr unerklärlich und absurd.

Ich sagte zu Rosetta: «Den hat eine Maschinengewehrkugel getroffen! Das hätte uns auch zustoßen können!» Aber das sagte ich wohl nur, um mich selbst davon zu überzeugen, daß es diese Maschinengewehre wirklich gab und daß eine ernstliche Gefahr bestand. So richtig überzeugt war ich trotzdem von alldem nicht.

Steinstufe nach Steinstufe gelangten wir endlich ins Tal, zu der

Wegkreuzung am Fluß, wo das Haus des armen Tommasino stand. Als ich diesen Ort das letzte Mal gesehen hatte, war dort alles ausgestorben gewesen, wie überall, wo sich die Deutschen befanden; sie wußten stets auf irgendeine Weise eine Art Wüste rings um sich zu verbreiten, und wo sie hinkamen, flohen die Menschen und versteckten sich. Jetzt aber wimmelte es hier von allerlei Volk, Bauern und Städtern, die zu Fuß, mit beladenen Eseln und Maultieren, gleich uns aus den Bergen hergekommen waren, um nach Hause zurückzukehren. Wir schlossen uns der Menge an; alle waren fröhlich und plauderten miteinander, als seien sie alte Bekannte. Überall konnte man dasselbe hören: «Der Krieg ist aus! Die Engländer sind da, und der Überfluß ist da!» Es war, als erinnerte sich schon jetzt kein Mensch mehr an die Leiden der letzten neun Monate.

An einer Wegkreuzung, wo eine Straße ins Gebirge die Hauptstraße überquert, trafen wir auf die erste Kolonne von Amerikanern. Sie gingen im Gänsemarsch, und diesmal sah ich gleich, daß es Amerikaner waren, denn sie hatten eine von den Deutschen wie von den Italienern verschiedene Art. Sie marschierten auf ihre besondere Weise, schlenkernd, locker, anscheinend mißlaunig, und jeder trug seinen Helm auf eine andere Weise, der eine schief auf dem Kopf, der andere tief in die Augen gezogen, ein dritter ganz im Nacken. Viele waren in Hemdsärmeln, und alle kauten Gummi. Es schien, als führten sie ungern, wenngleich ohne Angst, Krieg, gleich Leuten, die nicht für den Krieg geschaffen sind, sondern die nur dann Soldaten spielen, wenn man sie an den Haaren herbeischleppt. Sie sahen uns überhaupt nicht an, und man merkte, daß sie seit ihrer Landung in Italien bereits ungezählte Male Bergstraßen voll von armen, mit Bündeln beladenen Teufeln gleich uns gesehen hatten und gegen diesen Anblick bereits völlig abgestumpft waren. Eine ganze Weile marschierten sie an uns vorbei, den Bergen entgegen, und immer war ihr Schritt gleichmäßig und langsam. Zuletzt kamen noch drei oder vier Mann, die besonders müde und unlustig aussahen, und dann setzten wir wieder unseren Weg auf der Hauptstraße fort.

Diese Straße führte nach Monte San Biagio, einem Ort, der am Abhang des Berges im Norden der Ebene von Fondi liegt. Ein wenig weiter mündete unsere Straße in die große Nationalstraße, die Via Appia, ein. Dort angelangt, blieben wir mit offenen Mündern stehen und bestaunten den Anblick der im Vormarsch begriffenen amerikanischen Armee.

Die Straße war überfüllt, aber nicht mit Menschen, sondern mit Maschinen jeglicher Art, alle grün gestrichen und versehen mit dem weißen, fünfzackigen Stern, dem Sinnbild Amerikas, das so verschieden ist von dem italienischen Stern. Wenn dieser, wie man sagt, Glück bringt, so erweckt jener den Eindruck der Macht und verleiht denen Stärke, die ihm folgen. Ich habe Maschinen gesagt und nicht Autos, denn wirklich gab es auf dieser mit Fahrzeugen bis zum letzten Fleck angefüllten Straße die verschiedenartigsten Maschinen; kleine offene Autos, ganz aus Eisen, in denen Soldaten mit Gewehren zwischen den Beinen saßen; riesige Panzer auf Raupen, deren Türme und Geschützrohre die Äste der Platanen über der Straße streiften; kleine und große, offene und geschlossene Lastwagen; kleinere Panzer, beinahe Spielzeuge, die doch ebenfalls ihre nach oben gerichteten Geschützrohre sehen ließen; schließlich riesige, gepanzerte Waggons, in deren Kabinen Schalttafeln voll mit Knöpfen, Hebeln und Drähten zu sehen waren.

Dieser Strom großer und kleiner Fahrzeuge, jedes mit dem bis zur Bewußtlosigkeit wiederkehrenden weißen Stern, bewegte sich ganz langsam, nahezu im Schritt, hielt immer wieder an und schob sich dann von neuem vorwärts, ganz so wie die Autos auf dem Corso in Rom zur Zeit des stärksten Verkehrs. Und überall waren Soldaten zu sehen, auf den Panzern hockend, in den Autos und Lastwagen sitzend oder stehend, immer mit demselben Ausdruck von Gleichgültigkeit und Langeweile, immer Gummi kauend, der und jener in die Lektüre irgendeiner kleinen, mit vielen Bildern versehenen Zeitung vertieft.

Zwischen dem einen und dem anderen Auto kam bisweilen ein in Leder gekleideter Motorradfahrer zum Vorschein, und diese Männer schienen es als einzige eilig zu haben. Sie sahen aus wie Schäferhunde rings um eine enorme, langsame, faule Herde, wie sie da längs der Straße hin- und herbrausten.

Als ich die Prozession von Maschinen sah, so dicht aufgeschlossen, daß kaum ein Geldstück zwischen ihnen zu Boden fallen konnte, wunderte ich mich insgeheim, daß die Deutschen die Gelegenheit nicht benutzten, um mit ihren Fliegern hier ein Gemetzel anzurichten. Klarer denn je zuvor wurde mir jetzt, daß die Deutschen den Krieg verloren hatten und keinen Schaden mehr anrichten konnten, weil sie ihrer Krallen und Zähne beraubt waren – nämlich der Kanonen und Flugzeuge. Und zugleich verstand ich auch, was der moderne Krieg ist: nicht das Handgemenge, das ich auf den Illustrationen aus dem Ersten Weltkrieg so bewundert hatte, sondern ein indirekter Kampf aus großer Ferne. Erst machten Flieger und Kanonen mit ihren Bomben und Granaten reinen Tisch, dann erst rückte das Gros der Truppen vor, die nur selten mit dem Feind in Berührung kamen, sondern bequem, das Gewehr zwischen den Knien, im Auto fuhren, Gummi kauten und illustrierte Zeitungen lasen. Später hat mir irgendwer erzählt, daß diese Truppen an gewissen Orten schwere Verluste erlitten hatten – aber nie im unmittelbaren Gefecht mit anderen Truppen, sondern immer nur durch Artilleriebeschuß, der sie aufhalten sollte.

Es konnte keine Rede davon sein, diese Straße zu überqueren oder auf ihr gegen den Strom zu gehen. Das wäre genauso unmöglich gewesen wie das Durchschwimmen eines reißenden Flusses an der tiefsten Stelle. Wir kehrten also zusammen mit vielen anderen um, und als wir eine Nebenstraße erreicht hatten, wandten wir uns der Stadt zu. Dort kamen wir in zehn Minuten an, aber sogleich erkannten wir, daß es besser war, sich da nicht aufzuhalten. Die Häuser lagen zumeist in Trümmern, und wo es keine Trümmerhaufen gab, gab es große Pfützen fauligen Wassers. Auf den wenigen noch freigebliebenen Straßen und Plätzen wimmelte ein buntes Durcheinander von amerikanischen Soldaten, Flüchtlingen und Bauern. Das Ganze sah aus wie ein Jahrmarkt, nur daß es hier nichts zu kaufen und zu verkaufen gab, außer der Hoffnung auf bessere Tage. Doch die diese Hoffnung zu verkaufen hatten – nämlich die Amerikaner –, schienen gleichgültig und fern, während diejenigen, die gerne gekauft hätten – die Bauern und Flüchtlinge –, offenbar nicht wußten, wie sie dies anstellen sollten.

Sie trieben sich zwischen den Amerikanern umher, befragten sie auf italienisch; die Soldaten verstanden sie nicht und antworteten auf englisch; und schließlich entfernten sich Flüchtlinge und Bauern enttäuscht, um es gleich darauf mit demselben Ergebnis von neuem zu versuchen.

Vor einem Haus, das stehengeblieben war, sah ich ein Getümmel und näherte mich. Auf dem Balkon des Obergeschosses standen ein paar Amerikaner und warfen Bonbons und Zigaretten in die Menge hinab. Die Leute stürzten sich darauf und prügelten sich im Staub, daß es eine wahre Schande war. Man sah ganz gut, daß es ihnen im Grunde gar nicht auf diese Bonbons und Zigaretten ankam; wenn sie sich derart aufführten, so deshalb, weil sie spürten, daß die Amerikaner dies von ihnen erwarteten. Mit einem Wort, es hatte sich binnen weniger Stunden bereits jene Atmosphäre herausgebildet, die ich in der Folgezeit in Rom während der ganzen Periode der alliierten Besetzung beobachten konnte: Die Italiener bettelten, um den Amerikanern ein Vergnügen zu machen; und die Amerikaner schenkten, um den Italienern ein Vergnügen zu machen; keiner der beiden Teile aber wurde sich darüber klar, daß er dem anderen in Wirklichkeit gar keine Freude bereitete. Ich denke, Dinge dieser Art werden von niemandem gewollt; sie stellen sich ganz von selbst ein, in einer Art stillschweigender Übereinkunft. Die Amerikaner waren eben die Sieger und die Italiener die Besiegten. Das genügte.

Ich trat an ein Militärauto heran, das inmitten der Menge stand. Darin saßen zwei Soldaten, ein Rothaariger mit Sommersprossen und blauen Augen und ein Dunkelhaariger mit gelbem Gesicht, spitzer Nase und feinem Mund. «Sagt mir doch», begann ich, «wie ich es anstellen soll, nach Rom zu kommen.»

Der Rote achtete gar nicht auf mich, kaute Gummi und las weiter in seiner Zeitung; der Dunkle aber kramte in seinen Taschen und brachte daraus ein Paket Zigaretten zum Vorschein. Ich sagte: «Keine Zigaretten, wir rauchen nicht. Sagt uns bloß, ob es ein Mittel gibt, um nach Rom zu gelangen.»

«Rom?» brummte schließlich der Dunkle. «Nix Rom!»

«Warum?»

«In Rom Deutsche!»

Wieder kramte er in den Taschen und zog diesmal die üblichen Bonbons heraus. Ich aber lehnte auch diese ab und erklärte: «Wenn du uns etwas geben willst, gib uns Brot. Was fangen wir mit Bonbons an? Willst du uns den Mund süß machen? Das wird dir nicht gelingen. Der bittere Geschmack wird nicht so rasch vergehen.»

Er verstand mich nicht, holte unter seinem Sitz einen Fotoapparat hervor und deutete mit einer Handbewegung an, daß er uns fotografieren wolle. Da verlor ich die Geduld und schrie ihn an:

«Wie? Du willst uns fotografieren, abgerissen und schmutzig, wie wir sind? Wir sehen ja aus wie zwei Wilde! Danke schön, steck deinen Apparat nur gleich wieder weg!» Als er sich noch immer nicht davon abbringen ließ, nahm ich ihm den Apparat aus der Hand und legte ihn auf den Sitz, wie um damit zu sagen: «Jetzt ist's aber genug!»

Diesmal verstand er und wandte sich zu seinem Kameraden, dem er auf englisch etwas sagte. Der andere antwortete widerwillig, ohne die Augen von seiner Zeitung zu erheben. Dann bedeutete uns der Dunkle, wir sollten einsteigen. Wir taten dies, und jetzt schien der Rothaarige plötzlich zu erwachen, er faßte das Lenkrad und setzte den Wagen in Bewegung. In Windeseile fuhren wir zwischen der auseinanderstiebenden Menge davon, bald über Schutthügel, bald durch Pfützen. Man sah, daß dieses Militärauto dafür gebaut war, jedes erdenkliche Hindernis zu nehmen.

Der Dunkelhaarige studierte inzwischen die Beine Rosettas, die gleich mir die typischen Bergbauernsandalen trug. Zuletzt fragte er: «Schuhe?» beugte sich hinab und betastete die Sandalen und, ihren Riemen aufwärts folgend, Rosettas Waden. Da schlug ich ihm auf die Hand und rief: «He, Hände weg! Was ist denn an unseren Sandalen so Besonderes? Auf jeden Fall aber laß gefälligst meine Tochter in Ruhe!» Er tat auch diesmal, als hätte er nicht verstanden, griff nach seinem Fotoapparat und fragte: «Fotografie?»

Ich erwiderte: «Wir tragen zwar Sandalen, aber fotografieren sollst du sie nicht. Sonst erzählst du deinen Leuten daheim am Ende noch, daß wir Italienerinnen alle Sandalen tragen und keine Schuhe kennen. In Amerika habt ihr die Rothäute, aber was würdest du sagen, wenn wir sie fotografierten und dann behaupteten, daß ihr Amerikaner alle mit Federn auf dem Kopf umhergeht wie Hühner? Ich stamme aus der Ciociaria und bin stolz darauf, aber für dich bin ich eine Italienerin, eine Römerin oder was du sonst willst, und da hast du mich nicht mit deiner Fotografiererei zu belästigen.»

Zuletzt begriff er, daß da nichts zu machen war, und legte den Apparat weg. Inzwischen war das Auto über Schuttberge und durch Seen schmutzigen Wassers quer durch die Stadt bis zu dem Hauptplatz gelangt.

Dort trieb sich eine gewaltige Menschenmenge herum, und es

sah wieder aus wie auf einem Jahrmarkt. Besonderes Gedränge gab es vor einem Haus, das offenbar der Sitz der Gemeindeverwaltung war und das nur ein paar Einschüsse abbekommen hatte, im übrigen aber ziemlich unversehrt geblieben war. Der Rothaarige, der bis dahin kein Wort gesprochen und uns kaum angesehen hatte, bedeutete uns, auszusteigen. Wir gehorchten, der Dunkelhaarige stieg ebenfalls aus, hieß uns warten und verschwand mitten in der Menschenmenge. Er kam sehr bald in Begleitung eines anderen jungen Mannes in amerikanischer Uniform wieder, der wie ein Italiener aussah, schwarzes Haar, funkelnde Augen und weiße, regelmäßige Zähne hatte. Dieser sagte sogleich: «Ich kann Italienisch», und legte in einer Sprache los, die er für Italienisch hielt, die aber höchstens neapolitanischer Dialekt aus dem Hafenviertel war. Immerhin war er zu verstehen und verstand selbst, so daß ich ihm erklären konnte: «Wir beide sind aus Rom und möchten dorthin zurück. Du mußt uns erklären, wie wir es anstellen sollen, nach Rom zu kommen!»

Da lachte er, daß seine schneeweißen Zähne hell glitzerten, und sagte: «Da müßtest du schon eine Uniform anziehen, auf einen Panzer steigen und in der Schlacht vor Rom mitkämpfen, die gerade jetzt im Gange ist.»

Enttäuscht fragte ich: «Ja, habt ihr denn Rom noch nicht eingenommen?»

Und er: «Nein, noch sind die Deutschen dort. Aber auch wenn wir Rom schon eingenommen hätten, könntest du nicht hin, ehe wir nicht entsprechende Befehle erhalten haben. Ohne Befehle darf niemand nach Rom.»

Vor Ärger rief ich: «Soll das eure Befreiung sein? Verhungern und kein Dach über dem Kopf haben, schlimmer als vorher?» Er zuckte mit den Schultern und meinte dann, es handle sich um höhere Rücksichten auf die Kriegführung; was aber das Verhungern betreffe, so sei Vorsorge getroffen, damit in den von den Amerikanern besetzten Gebieten niemand verhungere. Zum Beweis dafür wolle er uns sogleich etwas zu essen geben. Noch immer lächelnd, daß seine Zähne funkelten, hieß er uns, ihm zu folgen, und so betraten wir hinter ihm das Gemeindehaus. Dort war die Hölle los: Eine schreiende Menschenmenge drängte sich gestikulierend in einem leeren, weißen Zimmer, an dessen entferntem Ende sich eine sehr lange Bank befand. Hinter dieser standen einige Leute aus Fondi mit weißen Armbinden, und auf der Bank selbst lagen Berge von Konservenbüchsen.

Der Offizier führte uns bis dorthin und gab Anweisung, daß wir eine Anzahl dieser Schachteln erhalten sollten. Ich erinnere mich, es waren sechs oder sieben Büchsen mit Fleisch und Gemüse, zwei Fischkonserven von mindestens einem Kilo. Wir verstauten das alles in unserem Koffer und bahnten uns mit den Ellbogen einen Weg ins Freie. Die zwei Soldaten mit ihrem Auto waren bereits verschwunden. Der Offizier salutierte lächelnd und entfernte sich.

Wir gingen ziellos in der Menge umher, wie alle anderen. Jetzt, mit den Büchsen im Koffer, fühlte ich mich erheblich ruhiger, denn Essen ist nun einmal die erste Voraussetzung für alles. Es machte mir Spaß, mir das befreite Fondi ein wenig anzusehen; und bald bemerkte ich einige Dinge, die mich erkennen ließen, daß die Lage nicht so war, wie wir es uns in Sant' Eufemia vorgestellt hatten, als wir auf die Ankunft der Alliierten warteten.

Den berühmten Überfluß, von dem alle gesprochen hatten, gab es nicht. Die Amerikaner waren zwar freigebig mit Bonbons und Zigaretten, von denen sie offenbar wirklich große Vorräte besaßen; mit allem übrigen waren sie aber sichtlich zurückhaltend. Auch gefiel mir, ehrlich gesagt, das ganze Verhalten dieser Amerikaner nicht sonderlich. Sie waren freundlich, gewiß, und daher auf jeden Fall erfreulicher als die Deutschen, die sich, was Freundlichkeit betraf, nicht gerade ausgezeichnet hatten. Aber das Betragen der Amerikaner uns gegenüber hatte etwas Gleichgültiges, Distanziertes; sie behandelten uns wie eine Schar kleiner Kinder, die die Großen stören und die man daher mit Bonbons im Zaum halten muß. Manchmal waren sie im übrigen nicht einmal freundlich, und um davon eine Vorstellung zu geben, will ich einen Vorfall erzählen, bei dem ich zugegen war.

Um die Stadt Fondi zu betreten, brauchte man einen Passierschein, oder man mußte zumindest bei den Arbeiten beschäftigt sein, die von den Italienern und Amerikanern in Angriff genommen worden waren, um die Schäden der Bombenangriffe zu beseitigen. Rosetta und ich befanden uns zufällig an dem Punkt der Hauptstraße, wo zwei amerikanische Soldaten und ein Unteroffizier die Dokumente kontrollierten. Da kamen zwei Italiener, ihrem ganzen Gehabe nach Herren, obgleich sie alle beide zerrissene Anzüge trugen. Einer von ihnen, ein weißhaariger Alter, sagte zu dem Unteroffizier: «Wir sind Ingenieure, und das alliierte Kommando hat uns aufgefordert, uns heute bei diesen Arbeiten einzufinden.»

Der Unteroffizier, ein Mensch mit einem Gesicht, das aussah wie eine geballte Faust, sagte: «Wo ist Ihr Passierschein?»

Die beiden Herren sahen einander an. Dann sagte der Alte: «Passierscheine haben wir nicht. Man hat uns gesagt, wir sollten kommen . . .»

Da brüllte der Unteroffizier grob: «Jetzt kommt ihr? Heute früh um sieben hättet ihr hier sein müssen, zusammen mit den Arbeitern!»

«Man hat uns das erst jetzt gesagt», erklärte der Jüngere, ein Mann von etwa vierzig Jahren, mager und distinguiert, aber sichtlich nervös, mit einem Tic, der ihm von Zeit zu Zeit den Kopf zur Seite riß.

«Alles erlogen! Lügner seid ihr!»

«Wie sprechen Sie denn mit uns?» protestierte der Jüngere. «Dieser Herr und ich, wir sind zwei Ingenieure . . .»

Da schnitt ihm der Unteroffizier das Wort ab, indem er rief: «Halts Maul, Scheißkerl, sonst hau ich dir ein paar in die Fresse!»

Der jüngere Ingenieur war, wie schon gesagt, offenbar mit den Nerven nicht in Ordnung, und die Worte des Unteroffiziers übten auf ihn eine Wirkung aus, als hätte er wirklich ein paar Ohrfeigen erhalten. Er wurde weiß wie ein Tuch, und ich glaubte, er werde dem Unteroffizier an die Gurgel springen. Zum Glück legte sich der Alte ins Mittel, und nach einigem Parlamentieren wurden die beiden zuletzt doch durchgelassen.

Zwischenfälle dieser Art sah ich mehrere an diesem Tag. Und eines muß ich sagen: sie wurden fast immer veranlaßt durch Italo-Amerikaner. Die richtigen Amerikaner englischer Abkunft, die großen, blonden, mageren, benahmen sich anders, zwar distanziert, aber wohlerzogen und höflich. Mit den Italo-Amerikanern jedoch wußte man nie, woran man eigentlich war. Sei es, daß sie sich uns Italienern zu ähnlich fühlten und uns schlecht behandelten, um sich selbst von ihrer Andersartigkeit und Überlegenheit zu überzeugen; sei es, daß sie eine Art Haß gegen Italien empfanden, das Land, aus dem sie einst mittellos nach Amerika entflohen waren; sei es schließlich, daß sie, die drüben geringgeachtet wurden, hier einmal im Leben etwas vorstellen wollten – jedenfalls waren sie die Unfreundlichsten oder, wenn man will, die am wenigsten Freundlichen. Und jedesmal, wenn ich in Zukunft etwas von den Amerikanern zu erbitten hatte, betete ich vorher zu Gott, ich möge an einen Amerikaner irgendeiner anderen Rasse geraten, und wäre es auch ein Neger, nur nicht an einen Italo-Amerikaner. Zu allem Überdruß erklärten sie alle, italienisch zu sprechen, während sie fast ausnahmslos in irgendwelchen süditalienischen Dialekten redeten, also Kalabresisch, Sizilianisch oder Neapolitanisch, so daß man seine liebe Mühe hatte, sie überhaupt zu verstehen. Wenn man sie näher kennenlernte, entdeckte man oft, daß sie im Grunde ganz brave Leute waren; die erste Begegnung mit ihnen aber war jedesmal unerfreulich.

Kurz und gut, wir schlenderten noch eine Weile zwischen den Trümmern umher, inmitten einer Menge von Italienern und Amerikanern, dann gingen wir die Hauptstraße entlang und kamen in einen Stadtteil, wo noch etliche Häuser standen, weil die Bombenangriffe vorwiegend das Zentrum getroffen hatten. Dort, wo die Berge wie ein Sporn in die Ebene vorstoßen und wo die Straße eine Kurve macht, entdeckten wir plötzlich ein kleines Haus, dessen Tür offenstand.

«Wir wollen sehen», sagte ich zu Rosetta, «ob wir für diese Nacht hier Unterkunft finden können.» Wir stiegen drei Stufen empor und befanden uns in einem völlig leeren Raum. Die Wände waren wohl einmal weiß gestrichen gewesen, jetzt aber sahen sie ärger aus als die eines Stalls. Zwischen den Rußflecken und abgebröckelten Stellen befanden sich etliche Kohlezeichnungen von nackten Frauen, Frauenköpfen und anderen Dingen, die ich hier nicht nennen will – die üblichen Schweinereien, wie Soldaten sie an die Wände malen. In einer Ecke ließ ein Aschenhaufen auf dem Fußboden erkennen, daß hier Feuer gemacht worden war. Die beiden Fenster hatten keine Scheiben, und nur eines davon wies Fensterladen auf. Aus den geschwärzten Überresten der Feuerstelle konnte ich erkennen, daß offenbar die anderen Laden verheizt worden waren.

Trotzdem sagte ich zu Rosetta, daß wir ganz gut ein paar Nächte hier verbringen könnten. Vom Fenster aus hatte ich eine nicht allzuweit entfernte Strohtriste gesehen. Von dort konnten wir uns eine genügende Menge Stroh holen und uns schlecht und recht ein Lager richten. Bettücher und Decken hatten wir zwar nicht, aber es war jetzt warm, und wir konnten ja bekleidet schlafen.

Gesagt, getan; wir säuberten, so gut es gehen wollte, das Zimmer, entfernten den allerärgsten Schmutz, gingen dann auf das Feld hinaus und schleppten genügend Stroh herbei, um uns ein Lager zu bereiten. Dann sagte ich zu Rosetta: «Sonderbar, daß noch niemand vor uns auf den Gedanken gekommen ist, dieses Haus zu bewohnen.» Die Erklärung hierfür entdeckten wir sehr bald, als wir auf der Straße am Berghang spazierengingen. Gar nicht weit von unserem Haus entfernt stand nämlich eine Baumgruppe, und dort hatten, wie wir alsbald herausfanden, die Amerikaner drei Kanonen aufgestellt, die größten, die ich während des ganzen Krieges jemals gesehen habe. Ihre in den Himmel gerichteten Rohre waren am Hinterende dick wie Baumstämme, gegen oben immer mehr verjüngt, grün angestrichen und so lang, daß die Mündungen zwischen dem Blätterwerk der großen Platanen verschwanden. Montiert waren diese Dinger auf Raupenfahrzeugen, und es gab da eine Unmenge von Rädern, Knöpfen und Hebeln, woraus man ersehen konnte, wie schwierig es sein mußte, mit alldem umzugehen. Rings um die Geschütze war eine Menge von Last- und Panzerwagen aufgestellt, und nach der Aussage von Bauern, die dort standen und schauten, enthielten diese Wagen die Geschosse, die, nach der Größe der Kanonen zu urteilen, ebenfalls riesig sein mußten. Die Bedienungsmannschaft war ringsum verteilt, die einen lagen im Gras, andere saßen auf den Kanonen, alle aber trugen bloß Hemden und Hosen, alle waren jung und machten einen sorglosen Eindruck, ganz als befänden sie sich hier auf einer Landpartie und nicht im Krieg. Der eine kaute Gummi, der andere rauchte, ein dritter las irgendeine Zeitung.

Einer der Bauern erklärte uns, die Soldaten hätten sie gewarnt, daß es gefährlich sei, sich in den Häusern in der Nähe dieser Kanonen aufzuhalten. Es konnte nämlich geschehen, daß die Deutschen zurückschossen und die Kanonen trafen. Dann war es möglich, daß die Munition in die Luft flog, was für alle Menschen im Umkreis von hundert Metern den Tod bedeuten mußte.

Jetzt verstand ich, warum bei der großen Wohnungsnot in Fondi unser Haus leerstand, und ich sagte: «Da sind wir ja vom Regen in die Traufe gekommen! Ich habe keine Lust, mit allen diesen jungen Leuten in die Luft zu fliegen!»

Aber die Sonne schien so hell, die Soldaten in Hemdsärmeln auf der Wiese machten einen so phlegmatischen Eindruck, die Luft war so lind, das Gras so grün, daß es mir unmöglich war, an eine ernsthafte Gefahr zu glauben. Darum fügte ich meinen früheren Worten hinzu: «Ach was, sind wir bisher nicht gestorben, werden wir diesmal auch nicht sterben. Bleiben wir ruhig in dem Häuschen.»

Rosetta, die immer tat, was ich für gut befand, meinte, ihr sei es gleich. Die Muttergottes, die uns bisher beschützt hatte, würde das auch weiterhin tun. So setzten wir unseren Spaziergang ruhigen Gemüts fort.

Es war wirklich, als wäre Sonntag und Jahrmarkt und alle Leute wollten das schöne Fest in heiligem Frieden genießen. Die Straße war angefüllt mit Bauern und Soldaten, alle rauchten Zigaretten und aßen amerikanische Bonbons und freuten sich an der Sonne und an der Freiheit, als wäre beides eines und dasselbe, als hätte die Sonne ohne die Freiheit keinerlei Kraft und Wärme besessen, als hätte es andererseits auch keine Freiheit geben können, solange der Winter die Sonne hinter den Wolken versteckt hielt. Alles wirkte, mit einem Wort, völlig naturgemäß, als sei das, was bisher geschehen war, naturwidrig gewesen und die Natur habe sich nun endlich wieder durchgesetzt.

Wir sprachen mit einigen Leuten, und alle erklärten, die Amerikaner hätten Lebensmittel verteilt, und schon sei die Rede davon, Fondi wieder aufzubauen, schöner als früher, denn jetzt seien die bösen Zeiten vorüber, und man brauche nichts mehr zu befürchten. Rosetta aber quälte mich mit Fragen nach Michele, denn ihr war dieser Stachel in der Seele verblieben. Ich erkundigte mich bei mehreren Personen nach seinem Schicksal, doch keiner konnte mir Auskunft darüber geben. Jetzt, da die Deutschen fort waren, wollte niemand mehr an traurige Dinge denken, ganz so, wie ich bei unserem Weggang von Sant' Eufemia Angst gehabt hatte, zu Filippo zu gehen, dem einzigen unter uns allen, der sich nicht freuen konnte. Die Leute sagten: «Filippo? Der organisiert bereits den

Schwarzmarkt.» Von seinem Sohn jedoch wußte niemand etwas. Alle sprachen von ihm als dem «Studenten», und soviel ich verstehen konnte, hielten sie ihn für einen verstiegenen Nichtstuer.

Wir aßen an diesem Tag eine von den amerikanischen Büchsen mit Fleisch und Gemüse leer und dazu ein wenig Brot, das uns ein Bauer gab. Da es heiß war und wir nichts zu tun hatten und müde waren, gingen wir hierauf in das Häuschen, schlossen die Tür und warfen uns aufs Stroh, um zu schlafen. Am späten Nachmittag wurden wir durch eine heftige Explosion geweckt. Die Wände zitterten, als wären sie aus Papier und nicht aus Ziegeln. Erst war ich mir über die Herkunft dieses Getöses im unklaren, als aber nach fünf Minuten wieder eine solche Explosion erfolgte, begriff ich: die amerikanischen Kanonen, fünfzig Schritt von uns entfernt, hatten zu feuern begonnen. Obzwar wir bereits ein paar Stunden geschlafen hatten, waren wir noch sehr müde, weshalb wir eng aneinandergeschmiegt auf dem Stroh liegenblieben, halb betäubt und außerstande, auch nur ein Wort zu sprechen. Die Kanonen schossen den ganzen Nachmittag hindurch weiter, ich aber war nach dem ersten Schrecken wieder eingeschlafen. So heftig die Explosionen auch waren – ich hörte sie nur wie durch den Halbschlaf hindurch, und sie vermengten sich irgendwie mit meinen Gedanken, die wiederum dem Rhythmus der Schüsse folgten. Es war ein gleichmäßiger Rhythmus, und mein Gehirn paßte sich ihm bald an, so daß ich durch den Krach kaum mehr gestört wurde.

Jedesmal gab es zuerst eine äußerst heftige, tiefe, rauhe, ohrenzerreißende Detonation, die so klang, als erbräche sich die Erde. Die Mauern zitterten, und von der Decke rieselte der Kalk auf uns herab. Dann kam eine kurze Stille, hierauf wieder ein Krach, daß die Wände bebten und der Kalk niederfiel. Rosetta sagte nichts und klammerte sich an mich; ich aber dachte nach, wenn sich auch eine tiefe Schläfrigkeit meiner bemächtigt hatte. Ehrlich gesagt, jeder dieser Schüsse erfüllte mich mit Freude, und diese Freude nahm immer noch weiter zu. Dieses Geschützfeuer kam mir vor wie ein Naturereignis, ähnlich dem Donner oder einer Lawine. Die regelmäßig wiederkehrenden Explosionen, so dachte ich, verscheuchten den Winter und die Leiden und Gefahren des Krieges, die Hungersnot und alles andere Übel, das Deutsche und Faschisten so lange Zeit auf uns herabbeschworen hatten. Jeder Schuß löste in mir eine Freudenwelle aus, die mir durch den ganzen Körper ging, und in den Pausen dazwischen befürchtete ich jedesmal, es sei nun zu Ende damit.

Mit geschlossenen Augen glaubte ich, einen riesigen Saal vor mir zu sehen, wie er sooft in den Zeitungen abgebildet gewesen war – einen Saal mit vielen schönen Säulen und Bildern an den Wänden. Er war angefüllt mit Faschisten in schwarzen und Nazis in braunen Hemden, alle in Achtungstellung erstarrt. Und hinter einem riesigen Tisch stand Mussolini mit seinem breiten Gesicht, den bösen Augen und den Wulstlippen, die Brust bedeckt mit Medaillen und auf dem Kopf einen weißen Federhut. Neben ihm stand der andere Hundsfott und Hurensohn, sein Freund Hitler, mit seinem Pechbringergesicht, mit dem Schnurrbärtchen gleich einer Zahnbürste, den toten Fischaugen und der Haarlocke in der Stirn, wie sie bei uns nur die unverschämten Vorstadtlümmel tragen. Ich sah diesen Saal, wie ich ihn immer abgebildet gesehen hatte; ich konnte jede Einzelheit erkennen, als wäre ich selbst zugegen: die zwei hinter dem Tisch stehend, zu beiden Seiten des Tisches Faschisten und Nazis, rechts die Faschisten im Schwarzhemd, mit dem weißen Totenkopf auf der schwarzen Mütze, links die Nazis, so wie ich sie in Rom gesehen hatte, mit braunem Hemd, roter Armbinde und ihrem schwarzen Kreuz, das wie ein scheußliches krabbelndes Insekt aussah, mit fetten Gesichtern im Schatten der Kappenschirme, die Bäuche in Reithosen. Ich schaute und schaute und genoß den Anblick aller dieser Hundsfötte und Hurensöhne; dann plötzlich wanderten meine Gedanken zu einer dieser Kanonen dort draußen vor dem Haus unter den Platanen, und ich sah einen amerikanischen Soldaten vor mir. Er stand nicht steif in Achtungstellung da, er trug kein Hakenkreuz, kein schwarzes oder braunes Hemd, keinen Totenkopf an der Mütze, keinen Dolch im Gürtel, keine gewichsten Reitstiefel, keine von den sonstigen Albernheiten, mit denen Faschisten und Nazis sich herausputzten. Er war ganz einfach gekleidet, und da es heiß war, hatte er die Hemdsärmel aufgekrempelt. Und dieser junge gummikauende Bursche nahm nun ein riesiges Geschoß in die Arme, schob es in die Geschützkammer, machte sich dann an den Hebeln und Rädern zu schaffen, und plötzlich feuerte die Kanone und vollführte einen gewaltigen Satz nach rückwärts. Jetzt drang in meinen Traum der Krach der wirklichen Kanone ein, die wirklich schoß, und der Traum war kein Traum mehr, sondern Wirklichkeit. Und ich folgte mit meinen Gedanken dem Geschoß, das pfeifend und miauend die Luft durchschnitt, und ich sah es in jenen Saal fallen und Faschisten und Nazis, Hitler und Mussolini mitsamt ihren Totenköpfen, Federbüschen, Hakenkreuzen, Dolchen und Stiefeln in die Luft jagen. Das verursachte mir eine tiefe Genugtuung. Ich wußte genau, daß dies keine gute Freude war, weil sie aus dem Haß kam, aber das Gefühl war stärker als mein Wille. Offenbar hatte ich die ganze Zeit hindurch Faschisten und Nazis gehaßt, ohne es selbst so richtig zu wissen, und war darum so glücklich über diese feuernde Kanone neben mir.

Ich habe später oft von der «Befreiung» sprechen hören und habe verstanden, daß es diese Befreiung wirklich gegeben hat, denn an jenem Nachmittag empfand ich sie wie eine körperliche Tatsache – so wie man sich beglückt fühlt, wenn man losgebunden worden ist, nachdem man lange gefesselt war; wie man sich beglückt fühlt, wenn man eingesperrt gewesen ist und sich die Tür öffnet. Jene Kanone, die auf die Nazis und Faschisten schoß, mochte durchaus den anderen Kanonen gleichen, mit denen die Nazis auf die Amerikaner schossen; aber für mich verkörperte sie die Befreiung, etwas, das nun denen Angst machte, die so lange allen Angst eingejagt hatten, etwas, das die vernichtete, die so viele Menschen und Städte vernichtet hatten. Die Kanone schoß auf die Nazis und die Faschisten, und jeder ihrer Schüsse traf und demolierte das Gefängnis aus Lüge und Haß, das sie in all den Jahren errichtet hatten; und dieses Gefängnis, groß wie der Himmel, stürzte an allen Enden und Ecken ein, und alle konnten wieder atmen, sogar sie selbst, die Faschisten und die Nazis, die bald nicht mehr Faschisten und Nazis würden sein müssen, sondern zu Menschen werden konnten, wie alle anderen.

Ja, an jenem Abend empfand ich die Befreiung auf diese Weise, und wenn sie später auch manche andere, nicht immer schöne, oft sogar recht häßliche Bedeutungen annehmen sollte, werde ich mich doch zeitlebens an jenen Abend erinnern und daran, daß ich mich damals wirklich befreit fühlte. Es war das erste Mal in meinem Leben, daß ich Freude an der Zerstörung empfand, und zwar mit derselben Intensität, mit der man das Kommen des Frühlings, der Blumen und des schönen Wetters genießt.

So verbrachte ich jenen Nachmittag in einer Art von Halbschlaf, und das fürchterliche Schlummerlied der Kanone klang meinen Ohren lieblicher als alles, was mir meine Mutter einst vorgesungen hatte, um mich in Schlaf zu wiegen. Das Haus erbebte bei jeder Explosion, der Verputz fiel mir in Stücken auf Kopf und Leib, das Stroh stach, und der Fußboden unter dem Stroh war hart; und doch gehörten jene Stunden zu den schönsten meines Lebens – das kann ich heute mit vollem Bewußtsein sagen. Wenn ich dann und wann die Augen öffnete und nach dem unverglasten Fenster hinüberblickte, sah ich das grüne Laub einer Platane im Maisonnenlicht. Später nahm dieses Licht allmählich ab, das Laub wurde dunkler, die Kanone schoß noch immer, ich schmiegte mich eng an Rosetta und fühlte mich glücklich. So müde und betäubt war ich, daß ich trotz des Kanonendonners eine gute Stunde lang fest schlief. Als ich dann erwachte und feststellte, daß das Artilleriefeuer noch nicht aufgehört hatte, fühlte ich mich von neuem glücklich. Erst bei Einbruch der Dämmerung verstummten die Geschütze, und eine Stille trat ein, die aus allen normalen Geräuschen des Lebens bestand; eine Kirchenglocke läutete, von der Straße klangen die Stimmen vorübergehender Menschen herein, ein Hund bellte, ein Rind brüllte. Eine halbe Stunde lang blieben wir noch eng umschlungen liegen, dann erhoben wir uns und traten hinaus. Es war mittlerweile Nacht geworden, der Himmel war voller Sterne, und die milde, regungslose Luft duftete nach gemähtem Gras. Aber von der nahegelegenen Via Appia drang unablässig das Rasseln von Motoren und Eisen herüber: Der Vormarsch dauerte an.

Wir aßen noch eine Konserve mit etwas Brot, warfen uns wieder ins Stroh und schliefen, es mochten vier, fünf oder mehr Stunden gewesen sein. Ich weiß nur, daß ich plötzlich entsetzt auffuhr. Das ganze Zimmer war erfüllt von einem äußerst grellen, grünen Licht. Alles war mit Grün übergossen, die Wände, die Decke, das Gesicht Rosettas, die Tür, der Fußboden. Dieses Licht schien unablässig an Stärke zuzunehmen, gleich gewissen körperlichen Schmerzen, die sich immer mehr steigern, während man dauernd meint, noch ärger könnten sie gar nicht werden. Dann plötzlich erlosch das Licht, und in der Finsternis ertönte das verdammte Geheul der

Alarmsirenen, das ich seit Rom nicht mehr gehört hatte. Da begriff ich, daß es sich um einen Luftangriff handelte.

Sofort rief ich Rosetta zu: «Schnell, hinaus aus dem Haus!» Im selben Augenblick hörte ich auch schon die Bomben, die in nächster Nähe einschlugen, und zwischen ihren Explosionen das wütende Brummen der Flugzeuge und das trockene Geknatter der Flak.

Ich ergriff Rosetta bei der Hand und stürzte mit ihr ins Freie. Die Nacht war von einem roten Licht taghell erleuchtet, das den Himmel überstrahlte. Dann gab es einen fürchterlichen Krach; eine Bombe war hinter dem Haus explodiert, und der Luftdruck preßte mir den Rock so eng an die Beine, daß ich einen Augenblick lang glaubte, getroffen und bereits tot zu sein. In Wirklichkeit aber rannte ich, Rosetta an der Hand mit mir ziehend, über ein Weizenfeld. Dann spürte ich, wie ich stolperte und plötzlich bis an die Knie im Wasser stand. Ich war in einen Graben geraten, und das kalte Wasser, das mir jetzt bereits bis an den Bauch reichte, übte eine beruhigende Wirkung auf mich aus. Ich blieb also stehen und preßte Rosetta an mich, während rings um uns das rote Licht tanzte. In seinem Schein waren die zerstörten Häuser von Fondi wie bei Tag zu sehen, und überall ringsum ertönte die Luft von nahen und fernen Explosionen. Der Himmel war bedeckt mit weißen Wölkchen, die von der Flak herrührten; und in all diesem höllischen Durcheinander rasselten und dröhnten rauh und wütend die Motoren der niedrig fliegenden Flugzeuge, die ihre Bomben abluden. Zuletzt gab es noch einen besonders heftigen Krach, der so klang, als sei der ganze Himmel ein einziges Zimmer, dessen Tür jemand beim Weggehen zugeschmettert hatte. Der rote Lichtschein erlosch fast völlig; nur in einer Ecke, wo offenbar ein Brand entstanden war, gloste es noch weiter. Der Lärm der Flugzeuge wurde schwächer und erstarb in der Ferne, die Flak feuerte noch ein paarmal und dann geschah nichts mehr.

Kaum war die Nacht wieder schwarz und still geworden, da sagte ich zu Rosetta: «Wir gehen besser nicht in das Haus zurück. Wer weiß, ob diese Hurensöhne nicht wieder mit ihren Bomben anfangen und uns diesmal wirklich erschlagen. Bleiben wir hier, da fällt uns wenigstens kein Haus auf den Kopf!»

Wir stiegen also aus dem Wassergraben und legten uns daneben in das Getreidefeld. Wir schliefen nicht richtig, sondern dösten nur ein wenig, und diesmal fühlte ich mich nicht so glücklich wie in dem Haus, während die Kanone feuerte. Die Nacht war voll von Geräuschen, von ferne hörte man Rufen, Schreien, das Rasseln von Motoren, das Trampeln marschierender Füße und noch eine Menge anderer sonderbarer Laute. Diese Unruhe brachte mich auf den Gedanken, daß es bei diesem Bombenangriff wohl eine Menge Tote und Verwundete gegeben habe und daß die Amerikaner jetzt sicher damit beschäftigt seien, diese Toten und Verwundeten zu bergen.

Wir schliefen endlich ein, und als ich erwachte, lag das fahle Licht der Dämmerung über der Gegend, und wir sahen, daß wir inmitten von Getreide lagen. Unmittelbar neben meinem Gesicht ragten die hohen, gelben Halme empor und zwischen ihnen ein paar schöne, rote Mohnblüten; der Himmel über mir war weiß und kalt, da und dort leuchtete darin noch ein hellgoldener Stern. Ich sah Rosetta an, die neben mir schlief. Ihr Gesicht war mit schwärzlichem Schmutz verkrustet, ebenso ihre und meine Beine und Röcke bis zum Bauch. Dennoch fühlte ich mich ausgeruht, denn alles in allem hatte ich doch, wenngleich mit Unterbrechungen, vom frühen Nachmittag des vorangegangenen Tages bis jetzt geschlafen.

«Wollen wir gehen?» fragte ich, doch Rosetta murmelte etwas, das ich nicht verstand, wälzte sich herum, legte ihr Gesicht in meinen Schoß und schlang die Arme um meine Hüften. Also streckte auch ich mich wieder aus, obwohl ich nicht mehr schläfrig war, und wartete so inmitten des Getreides mit geschlossenen Augen darauf, daß sie erwachte.

Dies geschah endlich, als die Sonne bereits hoch am Himmel stand. Kaum aber hatten wir uns mit einiger Mühe aufgerichtet, um über die Halme hinweg nach dem Haus hinüberzublicken, da entdeckten wir, daß dieses Haus, soviel wir auch Ausschau halten mochten, nicht mehr zu sehen war. Schließlich bemerkte ich einen Trümmerhaufen am Rande des Feldes, dort, wo das Haus gewesen sein mußte. «Siehst du», rief ich, «wenn wir in dem Haus geblieben wären, wären wir jetzt tot!»

Mit ruhiger Stimme erwiderte Rosetta, ohne sich zu bewegen: «Vielleicht wäre das besser gewesen, Mutter!» Ich schaute sie an und sah, daß sie ein seltsam verzweifeltes Gesicht machte. In plötzlichem Entschluß sagte ich: «Noch heute gehen wir fort von hier!»

Sie fragte: «Und wie?» Ich erklärte: «Wir müssen und werden fortgehen!»

Wir besichtigten die Überreste des Häuschens und stellten fest, daß die Bombe unmittelbar daneben eingeschlagen und alles auf die Straße geschleudert hatte, die in ihrer ganzen Breite mit Trümmern bedeckt war. Der Bombentrichter war angefüllt mit schwarzer, frischer Erde und abgerissenem Gras, und auf seinem Grunde hatte sich bereits ein Tümpel gelblichen Wassers gebildet.

So hatten wir jetzt kein Dach mehr über dem Kopf, und was noch schlimmer war, unsere Koffer, mit dem wenigen, was wir noch besaßen, waren unter den Trümmern begraben. Ich war völlig verzweifelt, wußte nicht, was wir anfangen sollten, setzte mich auf die Trümmer und starrte vor mich hin. Die Straße war wie am Vortag voll von Soldaten und Zivilisten, jeder aber ging seines Weges, ohne sich nach uns oder nach den Trümmern umzusehen. Derlei Dinge waren nun schon ein so normaler Anblick geworden, daß niemand mehr darauf achtete.

Dann blieb ein Bauer stehen und begrüßte uns. Es war ein Mann aus Fondi, den ich kennengelernt hatte, als ich von Sant' Eufemia herabkam und Vorräte einkaufte. Er sagte, die Deutschen hätten in der vergangenen Nacht mit ihren Bomben etwa fünfzig Todesopfer verursacht, dreißig Soldaten und etwa zwanzig Italiener. Er berichtete auch von einer Flüchtlingsfamilie, die gleich uns beiden ein Jahr in den Bergen verbracht hatte, im Augenblick des alliierten Einmarsches heruntergezogen war und sich in einem Haus unweit des unseren einquartiert hatte. Eine Bombe hatte dieses Haus getroffen und alle getötet, den Mann, die Frau und vier Kinder.

Rosetta und ich hörten uns das alles an, ohne ein Wort zu sagen. Zu anderen Zeiten hätten wir ausgerufen: «Wie? Warum? Die armen Teufel! So ein Unglück!» Jetzt aber fühlte ich mich nicht danach, irgend etwas zu äußern. Unser eigenes Unglück hatte uns unempfindlich für das Unglück der anderen gemacht. Das ist, wie ich später oft gedacht habe, ohne Zweifel eine der übelsten Folgen des Krieges, daß er uns gefühllos macht, unsere Herzen verhärtet, unsere Nächstenliebe tötet.

Wir verbrachten den restlichen Vormittag auf den Trümmern sitzend, unfähig, an irgend etwas zu denken. Wir waren dermaßen von Schrecken und Kummer betäubt, daß wir nicht einmal die Kraft aufbrachten, den paar Soldaten und Bauern zu antworten, die uns im Vorbeigehen ansprachen. Ich erinnere mich an einen amerikanischen Soldaten, der stehenblieb, als er Rosetta regungslos auf den Steinen sitzen sah, und mit ihr sprechen wollte. Sie gab keine Antwort und starrte ihn bloß an. Er versuchte es zuerst mit Englisch, dann mit Italienisch; zuletzt zog er eine Zigarette aus der Tasche, schob sie ihr zwischen die Lippen und ging. Und Rosetta blieb sitzen, das Gesicht mit getrocknetem Schmutz bedeckt und mit der Zigarette im Mund, die ihr von den Lippen hing. Der Anblick wäre komisch gewesen, hätte er nicht soviel Traurigkeit ausgestrahlt.

Als es Mittag geworden war, riß ich mich mit Gewalt zusammen und beschloß, irgend etwas zu unternehmen, um wenigstens zu einer Mahlzeit zu kommen; denn essen mußten wir ja doch. So sagte ich zu Rosetta, wir wollten wieder nach Fondi gehen und den amerikanischen Offizier suchen, der neapolitanisch sprach und offenbar Sympathie für uns empfand. Langsam und unlustig gingen wir in die Stadt zurück. Dort war zwischen den Trümmern und Wasserlachen das übliche Jahrmarktstreiben im Gange, mit den Lastwagen, den Panzerautos und den amerikanischen Polizisten, die sich an den Straßenkreuzungen angestrengt bemühten, Ordnung in die träge Masse der Umherstreunenden zu bringen. Auf dem Hauptplatz begab ich mich zum Gemeindehaus, wo wieder, wie am Tag zuvor, eine aufgeregte Menschenmenge auf die Lebensmittelverteilung wartete. Diesmal aber gab es dort etwas mehr Ordnung. Die Polizisten hatten die Leute in drei Schlangen eingeteilt, von denen jede vor einem hinter der Bank mit Konserven aufgepflanzten Amerikaner endete. Neben den Amerikanern standen Italiener mit weißer Armbinde, Gemeindeangestellte, die bei der Verteilung behilflich waren. Auch den amerikanischen Offizier, den wir suchten, sah ich hinter einer dieser Bänke, und ich sagte zu Rosetta, wir wollten uns in die Schlange einreihen, die bei ihm endete; so würden wir mit ihm sprechen können. Nachdem wir eine ganze Weile gewartet hatten, kamen wir an die Reihe: Der Offizier erkannte uns, lächelte mit sämtlichen glänzenden Zähnen und fragte: «Wie geht's? Seid ihr noch nicht nach Rom gefahren?»

Ich deutete auf meine und Rosettas Kleider und sagte: «Sieh her, wie wir zugerichtet sind!»

Er sah uns an, begriff sofort und fragte: «Das Bombardement von heute nacht?»

«Ja, und wir haben nichts mehr. Die Bomben haben das Haus zerstört, in dem wir wohnten, und unsere Koffer sind unter den Trümmern geblieben, zusammen mit den Büchsen, die du uns gegeben hast.»

Jetzt lächelte er nicht mehr. Besonders der Anblick Rosettas, mit ihrem sanften, ganz mit Schmutz verkrusteten Gesicht war danach angetan, einem das Lächeln zu vertreiben. «Lebensmittel kann ich euch geben, so wie gestern», sagte er. «Auch ein paar Kleidungsstücke. Aber mehr kann ich leider nicht für euch tun.»

«Laß uns nach Rom zurückkehren», sagte ich. «Dort haben wir eine Wohnung, Kleider und alles übrige.»

Er aber antwortete wie am Vortag: «Wir selbst sind noch nicht in Rom – wie wollt ihr da hingelangen?»

Ich verstummte. Da nahm er einige Büchsen von dem Haufen, gab sie uns und sagte dann einem von den Italienern mit der Armbinde, er möge uns anderswohin führen, wo Kleidungsstücke verteilt wurden. Eben als wir gehen wollten, sagte ich plötzlich – warum weiß ich selbst nicht: «Meine Eltern leben in einem Dorf nahe bei Vallecorsa, oder zumindest waren sie dort. Laß uns doch wenigstens in meine Heimat fahren. Ich kenne dort alle Leute, und auch wenn meine Eltern fortgegangen sein sollten, werde ich bestimmt Unterkunft finden.»

Er sah mich an und erwiderte freundlich, doch bestimmt: «Ihr könnt nicht mit Transportmitteln der Armee reisen. Das ist verboten. Nur die Italiener, die für die amerikanische Armee arbeiten, dürfen unsere Autos benützen, und auch das nur für Dienstfahrten. Es tut mir leid, aber ich kann da nichts für euch tun.» Damit wandte er sich zwei anderen Frauen zu, die hinter uns standen, und ich begriff, daß er uns nichts mehr zu sagen hatte. So folgte ich dem Italiener mit der Armbinde hinaus.

Als wir auf der Straße angelangt waren, sagte der Italiener, der meine Rede von vorhin angehört hatte: «Erst gestern haben wir den Fall gehabt, daß zwei Flüchtlinge, Mann und Frau, mit einem Wagen der Armee in ihren Heimatort befördert worden sind. Sie konnten freilich nachweisen, daß sie während des Winters einen englischen Gefangenen beherbergt haben. Als Belohnung dafür hat man eine Ausnahme von der Regel gemacht und sie heimbefördert. Wenn ihr zwei etwas Ähnliches getan hättet, wäre es wohl nicht schwer für euch, nach Vallecorsa zu gelangen.»

Rosetta, die bisher nichts gesagt hatte, rief plötzlich: «Mutter, erinnerst du dich an die zwei Engländer? Wir könnten sagen, daß wir sie beherbergt haben!»

Nun wollte es aber der Zufall, daß einer dieser beiden Engländer mir vor dem Weggehen einen Zettel übergeben hatte, auf dem etwas in englischer Sprache und die Unterschrift der beiden stand. Diesen Zettel hatte ich zu meinem Geld in die Tasche unter meinem Rock gesteckt. Von dem Geld war nicht mehr viel übriggeblieben, aber der Zettel mußte noch immer da sein. Ich hatte die Sache völlig vergessen, doch bei den Worten Rosettas kramte ich eilends in der Tasche und fand den Zettel wirklich. Die beiden Engländer hatten mich gebeten, ihn gleich nach der Ankunft ihrer Truppen einem Offizier zu übergeben.

Voll Freude rief ich: «Wir sind gerettet!» und erklärte dem Italiener die Geschichte mit den Engländern, und daß wir beide ihnen als einzige am Weihnachtstag Gastfreundschaft gewährt hatten, weil alle anderen Flüchtlinge Angst gehabt hatten, dies zu tun. Am Tag nach ihrem Weggang waren dann die Deutschen erschienen und hatten eine vergebliche Suche veranstaltet. Der Italiener sagte: «Kommt jetzt mit mir und nehmt euch die paar Kleidungsstücke. Dann gehen wir aufs Kommando, und ihr sollt sehen, daß ihr alles erreicht, was ihr euch wünscht.»

Wir gingen in ein anderes Haus, wo die Verteilung der Kleidungsstücke vor sich ging, und dort gab man uns je ein Paar niedrige Männerschuhe mit Gummisohlen, grüne Halbstrümpfe und je einen Rock und eine Bluse in derselben Farbe. Es war die Art Bekleidung, die die Frauen ihrer Armee trugen, und wir waren froh, sie anziehen zu können, denn unsere eigenen Kleider waren jetzt nur mehr Fetzen und obendrein völlig verdreckt. Auch ein Stück Seife bekamen wir, und so konnten wir uns Gesicht und Hände waschen. Als wir uns dann auch noch gekämmt hatten, sahen wir wieder ganz präsentabel aus, und der Italiener meinte: «Schön, jetzt wirkt ihr wie zwei zivilisierte Menschen. Vorher saht ihr aus wie die Wilden. Kommt mit mir aufs Kommando.»

Das Kommando befand sich in einem anderen Hause. Wir gingen

über eine Treppe hinauf, und überall standen Militärpolizisten, die fragten, wohin wir wollten, und uns verhörten und kontrollierten. Inmitten eines Durcheinanders von Militärpersonen und Zivilisten gelangten wir ins oberste Stockwerk. Dort sprach der Italiener mit einem Soldaten, der vor einer Tür Wache hielt, kam dann zu uns zurück und sagte: «Man interessiert sich sehr für die Sache und wird euch gleich empfangen. Setzt euch einstweilen auf dieses Kanapee und wartet.»

Wir brauchten nur kurze Zeit zu warten. Kaum fünf Minuten waren verstrichen, als der Soldat hineinging, wiederkam, uns rief und uns in das Zimmer einließ.

Dieser Raum war gänzlich leer, bis auf einen Schreibtisch, hinter dem ein uniformierter, fröhlicher blonder Mann mittleren Alters mit rötlichem Schnurrbart, blauen Augen und dickem Bauch saß. Ich kannte mich mit den Rangabzeichen der Alliierten nicht aus, später aber erfuhr ich, daß er ein Major war. Vor dem Schreibtisch standen zwei Stühle, und der Major, der sich bei unserem Eintritt höflich erhoben hatte, forderte uns auf, Platz zu nehmen, um sich hierauf ebenfalls wieder niederzulassen. «Rauchen Sie?» fragte er in gutem Italienisch und bot uns ein Paket Zigaretten an. Ich lehnte ab, worauf er sogleich begann: «Wie ich gehört habe, besitzt ihr einen Brief für mich.»

«Da ist er», sagte ich und reichte ihm den Zettel. Er las ihn zwei- oder dreimal aufmerksam durch, blickte mich dann mit ernstem Gesicht durchdringend an und sagte: «Dieser Zettel ist sehr wichtig, und ihr bringt uns wertvolle Informationen. Seit langem hatten wir keine Nachricht von diesen beiden Leuten, und wir sind euch sehr dankbar für das, was ihr für sie getan habt. Erzählt mir jetzt ein wenig, wie sahen die zwei aus?»

Ich beschrieb sie, so gut ich konnte: «Einer war blond und klein und hatte einen Spitzbart. Der andere war groß und mager und hatte blaue Augen.»

«Wie waren sie angezogen?»

«Sie trugen Windjacken aus schwarzem Wachstuch, wenn ich mich recht erinnere, und dazu lange Hosen.»

«Hatten sie Kopfbedeckungen?»

«Ja, eine Art Militärmützen.»

«Waren sie bewaffnet?»

«Ja, mit Pistolen. Die zeigten sie mir.»

«Und was hatten sie vor, als sie von euch weggingen?»

«Sie wollten über die Berge und durch die Front nach Neapel. Den ganzen Winter hatten sie bei einem Bauern unterhalb des Monte delle Fate verbracht, und jetzt hofften sie, bis zur Front und darüber hinaus zu gelangen. Aber ich glaube nicht, daß es ihnen gelungen ist, denn soviel ich gehört habe, war es wegen der deutschen Patrouillen und des Maschinengewehr- und Artilleriefeuers unmöglich, durch die Front zu kommen.»

«Tatsächlich sind sie nicht durchgekommen», erwiderte er, «denn in Neapel sind sie niemals aufgetaucht. Wann waren sie bei euch?»

Ich nannte ihm das Datum, und nach einem Augenblick fragte er weiter: «Wie lange habt ihr sie beherbergt?»

«Nur einen Tag und eine Nacht, denn sie hatten es eilig, weiterzukommen, und befürchteten auch, verraten zu werden. Wirklich kamen die Deutschen, kaum daß sie fort waren. Sie verbrachten den Weihnachtstag bei uns, wir aßen zusammen ein Huhn und tranken ein wenig Wein.»

Er lächelte: «Der Wein und das Huhn, das ihr mit ihnen geteilt habt, stellt nur eine Kleinigkeit dar im Vergleich zu dem Dank, den wir euch schulden. Sagt mir jetzt, was ich für euch tun kann.»

Da erzählte ich ihm alles: Daß wir nichts zu essen hatten, daß wir nicht in Fondi bleiben wollten, schon darum, weil unsere ganze restliche Habe bei dem Bombenangriff vernichtet worden war, daß wir in das Dorf bei Vallecorsa wollten, wo meine Eltern lebten und wo wir in meinem eigenen Haus würden wohnen können. Er hörte mich ernsthaft an und sagte dann: «Was ihr von mir wollt, ist eigentlich verboten. Aber es war auch verboten, unter den Deutschen englische Kriegsgefangene zu beherbergen, nicht wahr?» Er lächelte und ich lächelte. Nach einem Augenblick fuhr er fort: «Wir wollen es so machen: Ich werde erklären, daß ihr mit einem unserer Offiziere fahren wollt, um im Gebirge Erkundigungen nach den zwei vermißten Militärpersonen anzustellen. Wir werden übrigens auf jeden Fall solche Nachforschungen unternehmen, wenn auch nicht in eurem Dorf, wo die beiden unmöglich durchgekommen sein können. Folglich wird der Offizier euch nach Vallecorsa bringen und dann seine Untersuchung in Angriff nehmen.»

Ich sagte ihm, wie sehr wir ihm dankbar seien, doch er antwortete: «Es ist an uns, euch zu danken. Und jetzt gebt mir eure Namen an.»

Ich sagte ihm, wie wir hießen, und er schrieb alles sorgfältig auf. Dann erhob er sich, um uns zu verabschieden, und trieb die Höflichkeit so weit, daß er uns selbst zur Tür begleitete und uns dem Wachsoldaten übergab, dem er etwas auf englisch sagte. Sogleich wurde auch dieser Soldat ungemein höflich und forderte uns auf, ihm zu folgen.

Wir gingen mit ihm einen weißen, langen Korridor entlang und in ein ebenfalls leeres, doch sauberes Zimmer mit zwei Militärpritschen. Dort sollten wir, wie er uns erklärte, diese Nacht schlafen, und am folgenden Tag würden wir dann gemäß den Anordnungen des Majors anderswohin gebracht werden. Damit schloß er die Tür hinter sich, und wir ließen uns mit einem befriedigten Seufzer auf die Pritschen nieder.

Jetzt fühlten wir uns ganz anders als zuvor. Wir hatten saubere Kleider auf dem Leib, hatten uns gewaschen, besaßen Lebensmittelkonserven, hatten zwei Pritschen zum Schlafen, ein Dach über dem Kopf und, was wichtiger war als alles andere, die Hoffnung auf eine bessere Zukunft. Wir waren, mit einem Wort, völlig verändert, und das hatten wir dem Major und seinen freundlichen Worten zu verdanken.

Oft habe ich gedacht, daß ein Mensch behandelt werden muß wie ein Mensch und nicht wie ein Stück Vieh; einen Menschen als Menschen behandeln heißt aber, dafür zu sorgen, daß er sauber sein und in einem sauberen Raum leben kann. Und es heißt, ihm Sympathie und Achtung bezeigen und ihm vor allem anderen Hoffnung für die Zukunft machen. Wenn das nicht geschieht, wird der Mensch, der ja zu allem fähig ist, zum Vieh, und dann benimmt er sich auch wie Vieh, und es hilft nichts mehr, ihm zuzureden, er möge sich wie ein Mensch benehmen. Denn man hat ja gewollt, daß er ein Stück Vieh sei und kein Mensch.

Kurz und gut, wir umarmten einander, ich küßte Rosetta und sagte zu ihr: «Du wirst sehen, jetzt kommt alles in Ordnung! Wir verbringen ein paar Tage auf dem Dorf, essen gut und ruhen uns aus, und dann gehen wir nach Rom zurück, und alles wird wieder sein, wie es früher war.»

Die arme Rosetta erwiderte: «Ja, Mutter», ganz wie ein Lämmchen, das zur Schlachtbank geführt wird und nichts davon weiß und noch die Hand dessen leckt, der es dem Messer entgegenschleppt. Leider gehörte diese Hand mir, und ich hatte keine Ahnung, daß ich selber, wie man in der Folge hören wird, Rosetta zur Schlachtbank bringen sollte.

An diesem Tag aßen wir eine Konserve und lagen dann bis zum Abend im Halbschlaf auf unseren Pritschen. Wir hatten keine Lust, in den Straßen von Fondi umherzugehen; das war zu traurig, mit diesem ganzen Jahrmarkt von Lumpenvolk und Soldaten und mit den vielen Trümmern, die auf Schritt und Tritt an den Krieg erinnerten. Auch waren wir noch immer übermüdet. Wir hatten ja die letzte Nacht unter freiem Himmel zugebracht, und die vielen Aufregungen und Schrecknisse hatten uns furchtbar mitgenommen. Wir schliefen also, wachten von Zeit zu Zeit auf und schliefen sogleich wieder ein.

Meine Pritsche befand sich am Fenster, das keinen Laden hatte und in dem der blaue Himmel stand. Jedesmal, wenn ich erwachte, bemerkte ich, daß das Licht, gemäß dem Sonnenlauf, eine andere Richtung und Intensität angenommen hatte. Ich fühlte mich auch heute glücklich wie am Vortag, aber diesmal freute ich mich vor allem über Rosetta, die auf der Pritsche neben mir schlief – heil und unversehrt nach so vielen Ängsten und Gefahren. Ich dachte mir, daß ich es nun doch geschafft hätte, mich selber und mein Kind durch alle Stürme des Krieges hindurchzuretten. Rosetta war gesund, ich war gesund, es war uns nichts wirklich Ernsthaftes zugestoßen, bald würden wir wieder in Rom sein, unsere Wohnung beziehen, unseren Laden eröffnen, und alles würde von neuem beginnen wie früher. Noch besser als früher sogar, denn Rosettas Verlobter, der sich sicherlich auch gerettet hatte, würde aus Jugoslawien zurückkommen, und er und Rosetta würden heiraten.

In meinem Halbschlaf malte ich mir mit besonderem Genuß die Hochzeit Rosettas aus. Ich sah sie aus der sonnenüberfluteten Kirchentür treten, ganz weiß gekleidet, mit einem Kranz von Orangenblüten im Haar, am Arm ihres Gatten, und hinterdrein die Schar der lächelnden, vergnügten Verwandten und Freunde. Dann genügte es mir nicht mehr, sie in der Kirchentür zu sehen, ich machte einen Sprung zurück in die Kirche und wollte sie vor dem Altar knien sehen, mit dem Geistlichen, der seine Ansprache über die Pflichten des heiligen Ehestandes hielt. Aber bald genügte mir auch das nicht mehr, und ich machte wieder einen Sprung, diesmal nach vorwärts: Rosetta hatte ihr erstes Kind bekommen! Wir saßen bei Tisch, ich, sie, ihr Mann, und plötzlich weinte das Kind im Nebenzimmer, und Rosetta ging und holte es und knöpfte ihre Bluse auf und legte das Kind an die Brust, das sich mit dem Mund und den beiden Händchen an sie festklammerte, und sie beugte sich über das Kind und führte den Löffel mit der Suppe an die Lippen. So waren wir jetzt nicht mehr drei bei Tisch, sondern vier, Rosettas Mann, Rosetta, das Kleine und ich. Während ich dieses Bild vor mir sah, sagte ich mir, daß ich jetzt Großmutter geworden sei, und der Gedanke mißfiel mir nicht, denn ich hatte keinen Wunsch nach Liebe mehr, sondern ich wollte nun eine alte Frau werden und noch viele Jahre als Großmutter neben Rosetta und deren Kindern leben.

Während ich solche Dinge träumte, sah ich dann und wann Rosetta auf der Pritsche neben mir liegen, und ich war froh darüber, denn ihre lebende Gegenwart bewies mir, daß es sich nicht um bloße Träume handelte. Nein, das alles würde sich verwirklichen, sobald wir wieder in Rom waren und uns in unserem alten Leben von neuem eingerichtet hatten.

Als es Abend wurde, richtete ich mich auf und blickte mich um. Rosetta schlief noch. Sie hatte Rock und Mieder abgelegt, und ich sah im Halbdunkel ihre bloßen Arme schimmern, die weißen, vollen Arme eines jungen, gesunden Mädchens. Der Unterrock hatte sich bis über die Schenkel geschoben, und auch diese Schenkel waren weiß und voll wie die Schultern und Arme. Ich fragte sie, ob sie etwas essen wolle; nach einem Augenblick schüttelte sie ein wenig den Kopf zum Zeichen der Verneinung. Dann fragte ich, ob sie Lust hätte, aufzustehen und ein wenig in die Straßen von Fondi hinunterzugehen. Erneutes Kopfschütteln. Da ließ ich mich wieder zurücksinken und schlief richtiggehend ein. Wir waren ja völlig erschöpft von den vielen Aufregungen, und dieser zähe Schlaf kam ein wenig dem Aufziehen einer seit langem stehenden Uhr gleich: Man dreht und dreht und kommt nie zu Ende damit, denn die Uhr ist völlig abgelaufen.

Neuntes Kapitel

Bei Morgengrauen wurden wir dadurch geweckt, daß jemand heftig an die Tür pochte, als wolle er sie einschlagen. Es war der Soldat, der uns am Tag zuvor an die Hand gegangen war, und als wir öffneten, sagte er uns, das Auto, das uns nach Vallecorsa bringen solle, stehe bereits vor dem Haustor, und wir müßten uns beeilen. Hastig zogen wir uns an, und dabei stellte ich fest, daß ich mich kräftig fühlte wie schon lange nicht; diese Stunden des Schlafes hatten mir ein Gefühl verschafft, als sei ich neu geboren. An der Energie, mit der Rosetta sich wusch und ankleidete, merkte ich, daß auch sie gut ausgeruht war. Eine Mutter spürt so etwas sofort. Ich erinnerte mich, wie Rosetta am Tag zuvor ausgesehen hatte, fast verblödet von Schlaf und Erschöpfung, das Gesicht verklebt mit getrocknetem Schmutz, die Augen abwesend und traurig; und es bereitete mir eine wahre Freude, sie jetzt zu sehen, wie sie sich aufs Bett setzte, die Arme in die Luft streckte und dabei mit der geschwellten, schönen, weißen Brust beinahe das Unterkleid sprengte. Dann ging sie zu dem Becken in der Ecke, goß aus dem Krug kaltes Wasser ein und wusch sich energisch Gesicht, Hals, Arme und Schultern. Mit geschlossenen Augen ertastete sie hierauf das Handtuch und rieb sich damit, bis sie ganz rot geworden war. Mitten im Zimmer stehend, zog sie dann den Rock über den Kopf. Das alles waren ganz normale Bewegungen, die ich bei ihr schon unzählige Male gesehen hatte, aber heute spürte man aus ihnen die Jugendkraft eines schönen Baumes, der in der Sonne steht und dessen Blätter bei jedem Hauch des Frühlingswindes erbeben.

Kurz und gut, wir kleideten uns an und eilten über die noch menschenleere Treppe hinunter. Vor dem Tor stand ein offener Wagen von der Art, wie das alliierte Heer sie benützte, mit harten Eisensitzen. Am Lenkrad saß ein englischer Offizier, blond, mit rotem Gesicht und einem verlegenen, vielleicht auch gelangweilten Ausdruck. Er wies uns die hinteren Sitze an und sagte in schlechtem Italienisch, er habe den Auftrag, uns nach Vallecorsa zu bringen. Er machte keinen sehr freundlichen Eindruck, doch das konnte mehr auf seine Verlegenheit zurückgehen als auf eine ausgesprochene Antipathie. In dem Auto lagen zwei große Pappschachteln, überquellend von Konservenbüchsen; diese Schachteln, erklärte der Offizier, schicke uns der Major mit seinen Komplimenten und den besten Wünschen für die Reise, und er bitte um Entschuldigung, wenn er infolge seiner vielen Arbeit nicht selber gekommen sei, sich zu verabschieden.

Während unsere Vorbereitungen zur Abfahrt andauerten, umdrängten zahlreiche Flüchtlinge das Auto, die wohl die Nacht im Freien zugebracht hatten, und starrten uns schweigend, aber mit sichtlichem Neid an. Ich begriff, daß sie uns beneideten, weil wir eine Möglichkeit gefunden hatten, von Fondi fortzukommen, aber auch, weil wir alle diese Büchsen hatten; und ich gestehe, daß ich mich eines Gefühls des Stolzes nicht erwehren konnte, in das sich freilich eine Art von schlechtem Gewissen mischte. Noch ahnte ich nicht, wie wenig ich in Wirklichkeit zu beneiden war.

Der Offizier ließ den Motor an, und das Auto fuhr rasch über Trümmerschutt und durch Lachen in der Richtung auf die Berge davon. Wir schlugen eine Nebenstraße ein und begannen bald, in einem engen, tiefeingeschnittenen Tal längs eines Baches an Höhe zu gewinnen. Wir schwiegen, und der Offizier schwieg; wir, weil wir es im Grunde satt waren, uns mit Gesten und verworrenen Lauten verständlich zu machen wie Taubstumme, er aus Schüchternheit oder auch darum, weil es ihn ärgerte, für uns den Fahrer abgeben zu sollen. Was hätten wir ihm schon viel zu sagen gehabt? Daß wir froh waren, Fondi zu verlassen? Daß es ein schöner Tag war, mit blauem, wolkenlosem Himmel und einer Sonne, die die ganze Gegend in blühendem Grün leuchten ließ? Daß wir in das Dorf wollten, wo ich geboren war? Daß wir dort sozusagen zu Hause sein würden? Alles das konnte ihn nicht interessieren, und er konnte uns mit Recht antworten, das ginge ihn nichts an, er habe lediglich seinen Befehl auszuführen und uns an einen bestimmten Ort zu bringen, weshalb wir besser schweigen und ihn nicht beim Fahren stören sollen. Und doch, obwohl ich mir dies alles sagte, empfand ich die ganze Zeit über ein seltsames Bedürfnis, mit diesem Offizier zu sprechen, zu erfahren, wer er war, wo seine Familie lebte, was sein Beruf in Friedenszeiten war, ob er eine Verlobte hatte und so fort. Jetzt begreife ich, daß ich damals, nach dem Ende der Gefahr, wieder die normalen Gefühle normaler Zeiten zu empfinden begann, das heißt, daß ich wieder anfing, mich für andere Menschen und Dinge zu interessieren und nicht bloß für mein und Rosettas unmittelbares Wohlergehen. Mit einem Wort, ich lebte wieder; und Leben heißt, aus Sympathie, aus Laune, aus einem Impuls oder einfach zum Spaß allerlei eigentlich sinnlose Dinge tun.

Dieser Offizier erregte meine Neugier, wie einen nach langer Krankheit alles zur Neugier reizt, was einem unter die Augen kommt, und sei es auch das Unwichtigste. Ich sah ihn an und stellte fest, daß er wunderschönes goldblondes Haar hatte, das ihm in leuchtenden Locken bis in den Nacken wuchs. Ich war geradezu versucht, die Hand auszustrecken und dieses goldene Haar zu streicheln, nicht, weil der Mann mir gefiel oder mich in irgendwelcher Weise anzog, sondern nur, weil ich von neuem Geschmack am Leben gefunden hatte und weil dieses Haar tatsächlich lebendig war. In der Tat empfand ich ein ähnliches Gefühl auch für die Bäume mit ihrem jungen Laub, auf die wir zufuhren, für die saubergeschnittenen Mauersteine, die längs der Straße die Böschung bildeten, für den blauen Himmel, für die helle Maisonne. Alles gefiel mir, und ich fühlte mich von allem angezogen, als hätte ich lange Zeit gefastet und jetzt erst wieder die Lust am Essen zurückgewonnen.

Die Nebenstraße führte einige Zeit an dem Bach entlang und mündete zuletzt in die Hauptstraße ein, während der Bach sich in einen hellen, breiten Fluß ergoß. Jetzt waren die Berge nicht mehr so grün, sondern eher felsig und kahl. Von Schritt zu Schritt wurde die Landschaft unwirtlicher, strenger, wüstenhafter. Es war die Landschaft, in der ich als Kind aufgewachsen war. Von Schritt zu Schritt erkannte ich sie deutlicher, so daß der fast erschreckende Eindruck ihrer Wildheit und Einsamkeit durch das Gefühl der Vertrautheit gemildert wurde. Es war wirklich eine Räubergegend, die selbst durch die Maisonne nicht liebenswürdiger und anziehender wurde. Überall sah man Abhänge mit Steinen und Felsen, zwischen denen da und dort spärliches Gras wuchs. Die Straße, die sich schwarz, sauber und glänzend zwischen all diesem Gestein hindurchwand, sah aus wie eine Schlange, die eben aus dem Winterschlaf erwacht war. Nirgends war ein Haus, eine Hütte oder auch nur eine Baracke zu erblicken, nirgends sah man einen Menschen, ein Tier. Ich wußte, daß dieses Tal sich in seiner schweigenden Nacktheit und Verlassenheit noch viele Kilometer hinzog und daß es in der ganzen Gegend nur ein einziges Dorf gab, mein Heimatdorf, das auch nicht mehr war als eine größere Häusergruppe längs der Straße, mit einem Platz und einer Kirche. Schweigend fuhren wir eine ganze Weile dahin, bis plötzlich hinter einer Kurve in einiger Entfernung mein Dorf auftauchte. Alles war genauso geblieben, wie ich es in Erinnerung hatte; zu beiden Seiten der Straße begann die Ortschaft mit zwei Häusern, die ich gut kannte. Es waren alte Häuser, gebaut aus dem Gestein dieser Berge, ungetüncht, dunkel und bescheiden, mit moosig überwachsenen, grünlichen Dachziegeln. Plötzlich schämte ich mich irgendwie vor diesem englischen Offizier, der uns offenbar so widerwillig fuhr, und einem plötzlichen Impuls folgend, klopfte ich ihm auf die Schulter und erklärte, wir seien nun angekommen und wollten aussteigen. Er hielt sogleich an, und während ich es bereits bedauerte, dies veranlaßt zu haben, forderte ich Rosetta auf, mit mir auszusteigen. Wir kletterten also aus dem Auto, der Offizier half uns, die beiden großen Schachteln mit Lebensmitteln herauszuheben, wir setzten sie uns auf die Köpfe, dann sagte der Offizier plötzlich beinahe liebevoll auf italienisch: «Viel Glück!», lächelte dazu, wendete blitzschnell und schoß davon wie eine Rakete. Ein paar Sekunden später war er bereits um die Kurve verschwunden, und wir standen allein da.

Erst jetzt fiel mir das tiefe Schweigen und die völlige Einsamkeit ringsum auf. Niemand war zu sehen, nichts war zu hören, bis auf das sanfte, leise Geräusch des Frühlingswindes, der das Tal durchwehte. Als ich dann die beiden Häuser am Eingang des Ortes näher ansah, bemerkte ich etwas, das mir entgangen war. Sie hatten verschlossene Fensterladen und vor den Türen im Erdgeschoß kreuzweise aufgenagelte Balken. Da dämmerte mir, daß wohl der ganze Ort verlassen war, und zum ersten Male begriff ich, daß es vielleicht ein Fehler von mir gewesen war, aus Fondi fortzugehen. Gewiß, dort bestand die Gefahr der Bombenangriffe, aber dafür gab es eine Menge Leute, und man war nicht allein.

Mein Herz schnürte sich plötzlich zusammen, doch um mir Mut zu machen, sagte ich zu Rosetta: «Vielleicht ist hier niemand, vielleicht sind alle aus dem Ort geflohen. In diesem Fall wollen wir uns nicht aufhalten, sondern gleich nach Vallecorsa gehen, das nur wenige Kilometer von hier entfernt ist. Oder wir lassen uns von irgendeinem Lastwagen mitnehmen. Diese Straße ist ja sehr befahren, und es kommen immer Autos vorüber.»

Fast im selben Augenblick kam, um meine Worte zu bestätigen, eine lange Kolonne von Militärfahrzeugen heran. Dieser Anblick beruhigte uns. Es waren Alliierte, also Freunde, und wir konnten uns in jeder Schwierigkeit an sie wenden, wie wir dies in Fondi getan hatten. Wir beide standen am Straßenrand und sahen die Kolonne an uns vorüberfahren. Zuerst kam ein kleines, offenes Auto, in dem drei Offiziere saßen. An der Motorhaube war eine Fahne befestigt. Es war eine blauweißrote Fahne, die französische, wie ich später erfuhr, und die Offiziere waren französische Offiziere, mit Käppis in Topfform und mit harten Schildern auf den Köpfen. Dahinter kamen zahlreiche, einander völlig gleichende Lastwagen voller Truppen; doch es waren keine Soldaten, wie wir sie bisher gesehen hatten, sondern Männer mit dunklen Gesichtern und fremdartigen Zügen, soweit man sie unter den roten Tüchern ausnehmen konnte, in die ihre Köpfe gehüllt waren. Im übrigen trugen sie weiße Gewänder und dunkelfarbige Mäntel darüber.

Später habe ich die Herkunft dieser Soldaten erfahren. Es waren Marokkaner; und Marokko ist, so sagte man mir, ein fernes Land in Afrika, und ohne den Krieg wären diese Marokkaner nie und nimmer nach Italien gekommen.

Die Kolonne war nicht allzulang; sie war nach wenigen Minuten vorbei, und den Beschluß bildete wieder eines von den kleinen Autos. Dann wurde es auf der Straße von neuem einsam und still. Ich sagte zu Rosetta: «Das sind bestimmt Alliierte, nur weiß ich nicht, von welcher Rasse. Wer hat solche Menschen schon jemals gesehen?» Dann setzte ich mich nach dem Innern des Dorfes in Bewegung.

Ehe man es richtig betrat, kam man an einem Felsen vorbei, der bis an die Straße heranreichte. Unter diesem Felsen befand sich eine Grotte, in der eine Quelle entsprang. Ich sagte zu Rosetta, während ich mit meiner Schachtel auf dem Kopf drauflosmarschierte:

«Das ist eine Grotte mit einer Quelle drin. Gehen wir hinein, ich bin durstig und möchte trinken.» So sagte ich, in Wirklichkeit aber wollte ich einen Blick in diese Grotte werfen, weil ich als Kind und als junges Mädchen mehrmals im Tag mit dem Eimer auf dem Kopf dorthin gegangen war, Wasser zu holen. Dabei plauderte ich in der Regel ein paar Minuten mit den Frauen, die aus demselben Grund dorthin kamen, und manchmal traf ich auch Leute aus anderen Ortschaften, die Fässer auf ihre Esel gebunden hatten, denn das Wasser dieser Quelle war berühmt, und sie war auch die einzige in der ganzen Gegend, die während des Sommers nie versiegte, sondern immer eiskaltes Wasser in reichlicher Menge lieferte.

Ich liebte diese Grotte, die mir in meiner Kindheit als ein seltsamer, geheimnisvoller, beängstigender und zugleich anziehender Ort erschienen war. Oft beugte ich mich mit dem ganzen Oberkörper über den Rand des Brunnens und spiegelte mich in dem schwarzen Wasser. Es machte mir Vergnügen, mein umgekehrtes, farbiges Konterfei zu sehen, und ich freute mich an dem Anblick des schönen Frauenhaars mit seinen kleinen, grünen Blättern und den kohlschwarzen Stengelchen. Samtiges Moos mit roten Blüten und voll silbriger Wassertröpfchen bedeckte die Felsen. Ganz besonders aber zog es mich zu dieser Grotte, weil irgendwer im Dorfe mir ein Märchen erzählt hatte, in dem es hieß, daß man nur in dieses Wasser zu springen und immer tiefer hinunterzuschwimmen brauchte, um plötzlich in eine unterirdische Welt zu gelangen, viel schöner als die Oberwelt, mit Höhlen voller Schätze und mit einer Unmenge von Zwergen und schönen Feen. Dieses Märchen hatte mir seinerzeit großen Eindruck gemacht, und auch später, als ich schon ein junges Mädchen war und nicht mehr daran glaubte, konnte ich mich niemals dieser Grotte nähern, ohne daran zu denken und eine Art Zweifel zu empfinden, ob ich nicht, wenn ich nur wirklich wollte, diesen Sprung doch vollführen und in jene Wunderwelt gelangen könnte.

Wir betraten also die Grotte, ich setzte meine Schachtel ab, stieg die paar Stufen zum Brunnenrand empor und beugte mich unter die Stalaktiten, die genau wie früher grünlich schimmerten und von denen das Wasser herabträufelte. Auch Rosetta beugte sich vor, und einen Augenblick lang sah ich im schwarzen, regungslosen

Wasser unsere beiden Gesichter und seufzte bei dem Gedanken an die vielen Dinge, die sich ereignet hatten, seit ich als halbes Kind mich zuletzt hier gespiegelt hatte. Noch immer sah man unter dem dichten Frauenhaar am Grunde des Schachtes den leichten Wirbel, den der Zustrom der Quelle hervorrief, und ich mußte daran denken, daß diese Quelle sanft und ruhig weiter Wasser spenden würde, wenn ich selbst und auch Rosetta längst nicht mehr auf der Welt sein und sich kaum mehr jemand an diesen schrecklichen Krieg erinnern würde. Ich war kein Kind mehr – ich hatte nun selbst eine erwachsene Tochter, und die Quelle strömte noch immer wie eh und je. Ich beugte mich vor, und ich glaube, eine Träne fiel aus meinem Auge ins Wasser. Rosetta, die neben mir ebenfalls aus der Quelle trank, bemerkte davon nichts. Wir wischten uns den Mund ab, setzten von neuem unsere Schachteln auf die Köpfe und gingen in das Dorf.

Wie ich mir gedacht hatte, war das Dorf verlassen. Es war nicht bombardiert noch sonst in irgendeiner Weise verwüstet worden, aber es war völlig menschenleer. Alle Häuser – ärmliche Häuser aus unverputzten Steinen – waren intakt, doch mit verrammelten Fenstern und Türen. Wir schritten eine Weile zwischen diesen zwei Reihen toter Häuser dahin, in einer ängstlichen Stimmung, wie wenn man über einen Friedhof geht und dabei an die vielen Menschen unter den Grabsteinen denkt. Wir kamen am Hause meiner Eltern vorüber. Es war gleichfalls fest verschlossen, so daß ich darauf verzichtete, anzuklopfen, und sogar den Schritt beschleunigte, ohne Rosetta überhaupt etwas zu sagen. Schließlich gelangten wir zu einem ansteigenden Platz, an dessen oberem Ende die Kirche stand – eine kleine Landkirche aus alten, geschwärzten Steinen, ohne allen Schmuck. Der Platz sah genauso aus, wie ich ihn in Erinnerung hatte, mit ein paar unregelmäßig angepflanzten Bäumen, die dichtes, helles Laub trugen. Ein wenig abseits gab es einen Brunnen aus demselben schwärzlichen Stein wie die Kirche, mit einem verrosteten Eisengitter ringsum. Ich bemerkte, daß die Tür der Kirche unter dem kleinen, von zwei Säulen getragenen Vordach offenstand, und sagte zu Rosetta: «Weißt du, was wir jetzt tun? Die Kirche ist offen, setzen wir uns eine Weile hinein, um uns auszuruhen. Dann wollen wir zu Fuß nach Vallecorsa gehen.» Rosetta antwortete nichts und folgte mir nach.

Kaum daß wir eingetreten waren, bemerkte ich an verschiedenen Anzeichen, daß die Kirche, wenn auch nicht gerade verwüstet, so doch zweifellos von Soldaten bewohnt worden war; sie war zugerichtet wie ein Stall. Der Raum war lang und schmal, weiß getüncht und überdacht mit dicken schwarzen Balken. Im Hintergrund stand der Altar, über dem sich ein Bild befand, das die Muttergottes mit dem Jesuskind darstellte. Jetzt war der Altar völlig kahl, ohne alles Altargerät. Das Bild war noch vorhanden, hing aber schief, so als hätte es ein Erdbeben gegeben. Was die Bänke anging, so waren von der doppelten Reihe bis zum Altar nur noch zwei einzelne Bänke übriggeblieben, die obendrein längs statt quer standen. Zwischen diesen beiden Bänken lag auf dem Boden ein grauer Aschenhaufen mit ein paar schwarzen Resten verkohlten Holzes. Das große Fenster über dem Eingang, das die Kirche erhellte, war früher farbig verglast gewesen. Jetzt waren von dieser Verglasung nur mehr ein paar Splitter übrig, und die Kirche lag daher in allzu hellem Licht. Ich trat an die beiden verbliebenen Bänke heran, rückte eine von ihnen zurecht, so daß man von ihr aus den Altar sehen konnte, legte meine Pappschachtel darauf und sagte zu Rosetta: «Siehst du, so ist der Krieg. Nicht einmal eine Kirche wird mehr respektiert.» Damit setzte ich mich, und Rosetta ließ sich neben mir nieder.

Ich befand mich in einer sonderbaren Gemütsverfassung, wie jemand, der sich an geheiligtem Ort aufhält und doch keine Lust hat, zu beten. Ich sah zu dem schiefhängenden Madonnenbild auf und dachte mir, wenn ich beten wolle, müsse ich erst das Bild wieder zurechtrücken. Vielleicht aber wäre es mir dennoch nicht gelungen, in die richtige fromme Stimmung zu kommen. Ich war wie eingefroren, fühlte nichts und fürchtete mich. Ich hatte gehofft, den Ort wiederzufinden, wo ich geboren worden, die Menschen, zwischen denen ich aufgewachsen war, womöglich meine Eltern; statt dessen hatte ich nichts anderes angetroffen als eine leere Schale. Alle waren fortgezogen – vielleicht auch die Muttergottes, deren Bild entweiht worden war. Mein Blick fiel auf die neben mir sitzende Rosetta, und ich sah, daß sie mit gefalteten Händen und gesenktem Kopf betete und dabei leise die Lippen bewegte. Da sagte ich leise: «Du tust gut daran, zu beten... bete auch für mich... ich selbst kann es nicht...»

In diesem Augenblick hörte ich vom Eingang her Schritte und

Stimmen, fuhr herum und sah etwas Weißes an der Tür, das blitzschnell wieder verschwand. Immerhin glaubte ich einen von den seltsamen Soldaten wiederzuerkennen, die vorhin auf den Lastautos an uns vorbeigefahren waren. Von sonderbarer Unruhe ergriffen, erhob ich mich und sagte zu Rosetta: «Gehen wir – es ist besser, wenn wir gehen.» Sie stand auf und bekreuzigte sich. Ich war ihr beim Aufsetzen ihrer Schachtel behilflich, nahm die meine auf den Kopf, und dann gingen wir auf die Tür zu.

Ich stieß den nunmehr geschlossenen Türflügel auf und fand mich einem dieser Soldaten gegenüber. Er sah aus wie ein Türke, hatte das dunkle Gesicht in eine Art roter Kapuze gehüllt; seine schwarzen Augen funkelten; bekleidet war er mit einem dunklen Mantel und darunter mit einem weißen Tuch. Er stieß mich mit der Hand vor die Brust und sagte etwas Unverständliches. Hinter ihm sah ich noch andere, ähnliche Gestalten auftauchen. Er packte mich beim Arm und zerrte mich in die Kirche zurück, wohin auch die übrigen nachdrängten.

«He, was tut ihr denn?» rief ich. «Wir sind Flüchtlinge!» Dabei ließ ich die Schachtel auf meinem Kopf fahren; sie fiel zu Boden, und die Konservenbüchsen rollten über die Steinplatten. Ich wehrte mich, so gut ich konnte, gegen den Kerl, der mich jetzt um die Hüfte gefaßt hatte und sein dunkles, erhitztes Gesicht dem meinen näherte. Dann hörte ich einen gellenden Schrei. Es war Rosettas Stimme. Ich versuchte aus Leibeskräften, mich loszureißen und ihr zu Hilfe zu eilen, aber der Mensch hielt mich fest; und obwohl ich die Hand gegen sein Kinn stemmte, drängte er mich mit Riesenkräften immer mehr in einen halbdunklen Winkel zur Rechten des Kircheneingangs. Da schrie auch ich, noch heftiger als Rosetta, und ich glaube, in meinem Schrei lag meine ganze Verzweiflung, nicht nur über das, was mir jetzt widerfuhr, sondern auch über alles, was mir geschehen war, seit ich Rom verlassen hatte.

Er hatte mich jetzt bei den Haaren gepackt, als wollte er mir den Kopf vom Leibe reißen, und drängte mich immer weiter zurück, bis ich schließlich stolperte und mit ihm zusammen zu Boden fiel. Jetzt war er über mir, ich wehrte mich mit Händen und Füßen, er aber hielt meinen Kopf an den Haaren mit einer Hand fest und schob mir mit der anderen den Rock in die Höhe. Plötzlich spürte ich diese Hand zwischen meinen Beinen, und gleich darauf schrie ich erneut auf, diesmal vor körperlichem Schmerz, denn er tat mir weh. Ich fühlte, daß meine Kräfte erlahmten. Ich konnte kaum atmen, er aber ließ nicht ab, mich zu quälen. Da fiel mir blitzhaft ein, daß die Männer an einer gewissen Stelle sehr empfindlich sind, führte die Hand an den Leib und begegnete der seinen. Er glaubte wohl Gott weiß was, lockerte seinen Griff und grinste mich mit einem schrecklichen Lächeln seines Mundes voll schwärzlich verfaulter Zähne an. Ich aber erfaßte seine Hoden und preßte sie mit aller Kraft, über die ich verfügte. Da brüllte er auf, packte von neuem meinen Kopf an den Haaren und schlug mich so heftig gegen den Fußboden, daß ich fast keinen Schmerz spürte, sondern sofort bewußtlos wurde.

Als ich wieder zu mir kam, fand ich mich in einem Winkel der halbdunklen Kirche liegen. Die Soldaten waren fort, und es herrschte völlige Stille. Der Kopf schmerzte mir an der Stelle, wo ich aufgeschlagen war. Sonst tat mir nichts weh; und ich begriff, daß der fürchterliche Kerl seine Absicht nicht hatte ausführen können, weil ich ihm höllisch weh getan und er mich in seiner Wut betäubt hatte; und man weiß ja, daß es sehr schwer ist, mit einer ohnmächtigen Frau etwas anzufangen. Offenbar hatten ihn auch, wie ich mir später rekonstruierte, seine Kameraden herbeigerufen, die Rosetta festhielten. Da hatte er von mir abgelassen, und er hatte sich, ebenso wie die anderen, über Rosetta hergemacht. Rosetta aber war leider nicht ohnmächtig geworden und hatte alles, was ihr widerfuhr, mit wachen Sinnen erlebt.

Nachdem ich eine Weile dagelegen hatte, versuchte ich, mich zu erheben, und spürte sogleich einen heftigen Stich im Nacken. Dennoch nahm ich alle Kraft zusammen, richtete mich auf und sah mich um. Zuerst erblickte ich nichts anderes als über den Boden ausgestreute Konservenbüchsen; dann hob ich die Augen auf und sah Rosetta. Sie hatten sie bis vor den Altar geschleift oder sie selbst war dorthin geflohen. Da lag sie nun, die Röcke über den Kopf geschlagen, bis zu den Hüften nackt. An der Innenseite der Beine waren Blutflecken zu sehen. Ich dachte, sie sei tot.

Ich näherte mich und rief sie leise beim Namen, fast ohne Hoffnung, eine Antwort zu erhalten. Tatsächlich blieb sie stumm und rührte sich nicht. Überzeugt davon, daß sie wirklich tot sei, beugte ich mich über sie und zog ihr den Rock vom Gesicht. Da sah ich, daß sie mich mit aufgerissenen Augen anstarrte, mit einem Blick, wie ich ihn noch nie gesehen hatte. Es war der Blick eines in die Falle geratenen Tieres, das wehrlos auf den Todesstoß des Jägers wartet.

Da setzte ich mich neben sie zu Füßen des Altars, umfing ihre Hüfte, zog sie an mich und sagte: «Mein Goldkind!» Weiter brachte ich nichts hervor, denn ich hatte zu weinen begonnen, und die Tränen liefen mir übers Gesicht und in den Mund, und ich spürte ihre Bitterkeit – alle Bitterkeit meines ganzen Lebens. Unterdessen bemühte ich mich, Rosetta wieder in Ordnung zu bringen, und so zog ich vor allem mein Taschentuch hervor, wischte ihr das noch frische Blut von den Schenkeln und vom Bauch, zog den Unterrock über das Kleid herab und knöpfte, noch immer heftig weinend, über ihren Brüsten, die diese Barbaren entblößt hatten, das Mieder zu. Schließlich nahm ich einen Taschenkamm, den mir die Engländer gegeben hatten, und kämmte ihr lange und sorgfältig das wirre Haar. Sie ließ alles mit sich geschehen, hielt still und sprach kein Wort. Ich weinte jetzt nicht mehr und war darüber betroffen, daß ich außerstande war, zu heulen und zu schreien.

«Glaubst du, daß du gehen kannst?» fragte ich Rosetta, und sie bejahte mit leiser Stimme. Da half ich ihr, sich zu erheben; sie wankte, war sehr blaß, schritt aber zuletzt doch an meinem Arm auf den Ausgang zu. Auf halbem Wege aber meinte ich: «Wir müssen doch diese Büchsen einsammeln und in die Schachteln packen. Hier können wir sie nicht liegenlassen. Kannst du das mit mir tun?» Wieder bejahte sie, und so taten wir die Konservenbüchsen in die beiden Pappschachteln. Ich setzte die eine auf den Kopf, Rosetta die andere; so verließen wir die Kirche.

Mein Hinterkopf schmerzte unsäglich, und als wir ins Freie traten, wurde es mir schwarz vor den Augen. Aber ich faßte mich sogleich wieder, als ich an das dachte, was Rosetta in diesem Augenblick empfinden mochte. Langsam stiegen wir die glitschigen Stufen der Kirchentreppe hinab, während die Sonne, die hoch am Himmel stand, ihr schönes, helles Licht über die schwärzlichen Steine legte. Von den Marokkanern war auch nicht ein einziger zu sehen. Nach dem, was sie getan hatten, waren sie wohl, Gott sei's gedankt, fortgegangen, vielleicht, um dasselbe in einem anderen Ort der Gegend anzustellen.

Wir gingen durch das ganze Dorf, immer zwischen zwei Reihen

eng beisammenstehender, schweigender Häuser, dann schlugen wir die Hauptstraße ein. Der Frühlingswind blies uns sanft um die Ohren und schien mir zuzuflüstern, ich möge das alles nicht so tragisch nehmen, das Leben gehe dennoch unverändert weiter wie eh und je. Wortlos legten wir sehr langsam etwa einen Kilometer zurück, dann aber wurde der Schmerz in meinem Nacken immer heftiger, und ich spürte, daß auch Rosetta am Ende ihrer Kräfte war. Also sagte ich: «Bei dem ersten Haus, auf das wir stoßen, machen wir halt, bleiben bis morgen früh und ruhen uns aus.» Sie gab keine Antwort. So begann jenes beharrliche Schweigen, das mit ihrer Vergewaltigung über sie gekommen war und das noch lange Zeit andauern sollte.

Nach weiteren hundert Schritten kam uns ein offenes Auto entgegen, in dem zwei Offiziere saßen. Es waren französische Offiziere, wie ich an ihren topfförmigen Käppis erkannte. Da stellte ich mich mitten auf die Straße, machte mit dem Arm Zeichen und hielt das Auto an. Sogleich rief ich den beiden wütend zu: «Wißt ihr, was uns diese Türken angetan haben, die ihr befehligt? Wißt ihr, was sie zu tun den Mut hatten – an geweihtem Ort, im Angesicht der Muttergottes? Sagt einmal: wißt ihr, was sie getan haben?»

Die Franzosen verstanden mich nicht und sahen uns erstaunt an. Der eine war dunkelhaarig, mit schwarzem Schnurrbart und einem rotwangigen, vor Gesundheit blühenden Gesicht; der andere war blaß, blond und blauäugig. Ich aber schrie: «Meine Tochter hier – die haben sie zugrunde gerichtet! Ja, für immer haben sie sie zugrunde gerichtet, meine Tochter, die ein Engel war und die jetzt besser tot wäre! Wißt ihr, was sie uns angetan haben?» Da hob der Dunkelhaarige eine Hand, als wollte er sagen: «Genug!» und sagte auf italienisch, doch mit französischem Akzent: «Friede, Friede!» Ich brüllte: «Ja, Friede! Schöner Friede, dieser euer Friede, ihr Hurensöhne!» Der Blonde sagte irgend etwas zu dem Schwarzen, was wohl bedeutete, daß ich verrückt sei. Dabei griff er sich an die Stirn und lächelte. Da verlor ich völlig die Beherrschung und schrie: «Nein, ich bin nicht verrückt! Seht her!»

Damit warf ich die Schachtel mit den Büchsen zu Boden, lief zu Rosetta, die ein wenig zurückgeblieben war und mit ihrer Schachtel auf dem Kopf regungslos dastand.

Während sie mich nicht einmal anblickte, riß ich ihren Rock in die Höhe, so daß die weißen, geraden Beine sichtbar wurden. Ich wußte, daß ich sie von dem Blut gereinigt hatte, aber als ich sie jetzt entblößte, sah ich, daß es wieder zu strömen begonnen hatte. Die Innenseite ihrer Schenkel war bis zu den Knien befleckt von hellrotem Blut, das in der Sonne leuchtete.

«Da, seht her und behauptet noch, daß ich verrückt sei!» schrie ich, durch den Anblick dieses Blutes um alle Fassung gebracht. Im selben Augenblick hörte ich das Auto rasch an mir vorüberfahren, und als ich aufschaute, verschwand es bereits in der Kurve.

Rosetta stand noch immer regungslos wie eine Statue da, die Schachtel auf dem Kopf, den einen Arm erhoben, die Beine geschlossen. Ich hatte plötzlich Angst, sie habe durch den Schrecken den Verstand verloren, zog ihren Rock wieder herab und sagte: «Aber warum sagst du denn nichts, mein Kind? Was hast du? Sprich zu deiner Mutter!»

Da erwiderte sie mit ruhiger Stimme: «Es ist nichts, Mutter. Das ist etwas ganz Natürliches und hört bereits auf.» Mir wurde leichter ums Herz, denn ich hatte wirklich befürchtet, sie habe den Verstand verloren. So fragte ich etwas erleichtert: «Kannst du noch ein wenig gehen?» Sie antwortete: «Ja, Mutter», und so schritten wir mit unseren Schachteln auf den Köpfen weiter die Landstraße entlang.

Wir legten noch etwa einen Kilometer zurück, mein Hinterkopf schmerzte mich immer mehr, und von Zeit zu Zeit hatte ich richtige Ohnmachtsanwandlungen, so daß alles vor meinen Augen schwarz wurde. Schließlich sahen wir nach einer Wegbiegung einen Hügel, der dem Gebirge vorgelagert und ganz mit Unterholz bedeckt war. Auf der Höhe dieses rundlichen Hügels stand eine Hütte von der Art derer, die in Sant' Eufemia von den Bauern für das Vieh errichtet wurden. Da sagte ich zu Rosetta: «Ich kann nicht mehr weiter, und auch du mußt sehr müde sein. Jetzt gehen wir zu dieser Hütte. Wenn sie bewohnt ist, werden die Leute uns für die Nacht bestimmt Unterkunft gewähren. Wenn aber niemand dort ist, um so besser. Dann bleiben wir heute und morgen, und sobald wir uns wieder besser fühlen, ziehen wir weiter.»

Sie gab wie gewöhnlich keine Antwort, das aber beunruhigte mich jetzt nicht mehr so, denn ich wußte, daß sie nicht verrückt war, sondern nur durcheinander, was sich ja nach dem Vorgefallenen verstehen ließ. Allerdings spürte ich bereits, daß sie nicht mehr dieselbe war wie vorher, und zwar nicht nur körperlich, sondern auch seelisch. Und ich hatte, obzwar ich doch ihre Mutter war, nicht mehr den Mut, sie nach ihren Gedanken zu fragen, und spürte, daß die einzige Art, in der ich ihr meine ganze Liebe bezeigen konnte, darin bestand, sie in Ruhe zu lassen.

Wir schlugen einen Fußpfad ein, der durch das Unterholz zu der Hütte hinaufführte; und schließlich kamen wir nach einem längeren Anstieg wirklich dort an. Wie ich mir dies gedacht hatte, handelte es sich offenbar um eine Hirtenhütte mit mörtellos zusammengefügten Steinmauern, einem beinahe bis zum Boden reichenden Strohdach und einer Holztür. Wir stellten unsere Schachteln ab und bemühten uns, die Tür zu öffnen. Aber es war da eine Eisenstange mit einem mächtigen Vorhängeschloß angebracht, die Tür selbst bestand aus festen Brettern, und es war nicht daran zu denken, sie mit Gewalt aufzusprengen; das hätte nicht einmal ein Mann fertigbekommen. Während wir noch an der Tür rüttelten, hörten wir ein leises Meckern, aber nicht kräftig und böse, wie Ziegen zu meckern pflegen, wenn sie sich im Finstern befinden und ans Licht wollen, sondern ganz schwach und klagend.

Da sagte ich zu Rosetta: «Die haben die Tiere da drin eingeschlossen und sind davongelaufen ... Wir müssen ein Mittel finden, sie herauszulassen!»

Mit diesen Worten ging ich auf die Seite der Hütte und begann, das Stroh vom Dach zu reißen. Das war nicht leicht, denn dieses Stroh war von Regen und Rauch fest zusammengebacken, und außerdem war jedes Strohbündel mit Weinranken an die Unterlage festgebunden. Trotzdem gelang es mir mit der Zeit, indem ich da und dort riß und zerrte und die Ranken lockerte, ein paar dieser Bündel herauszureißen und so in der Höhe des oberen Mauerrandes ein ausreichend großes Loch zu schaffen. Kaum hatte ich es ein wenig erweitert, da erschien auch schon der schwarzweiße Kopf einer Ziege darin. Das Tier hatte innen die Vorderfüße auf die Mauer gesetzt, sah mich mit seinen goldfarbenen Augen an und meckerte schwach.

«Vorwärts, meine Gute», sagte ich zu der Ziege, «spring!»

Aber ich sah sogleich, daß sie dazu nicht die Kraft hatte. Also blieb mir nichts anderes übrig, als das offenbar von langem Fasten geschwächte Tier herauszuziehen. Ich erweiterte das Loch noch ein wenig, packte dann die Ziege beim Hals, zerrte kräftig, und mit einer gewaltigen Anstrengung sprang sie jetzt wirklich ins Freie. Gleich darauf tauchte eine weitere Ziege in der Öffnung auf und wollte befreit werden, und nach ihr eine dritte und vierte. Schließlich kam kein Ziegenkopf mehr zum Vorschein, aber ich hörte noch immer schwache Klagelaute aus dem Innern der Hütte dringen. Da vergrößerte ich die Öffnung noch weiter und sprang selbst in das Innere. Sogleich erblickte ich ein paar Zicklein, die unmittelbar unter dem Loch standen, aber zu schwach waren, bis dorthinauf zu springen.

In einer Ecke befand sich etwas wie ein unförmiger Haufen, und als ich mich näherte, sah ich, daß dort eine weiße Ziege regungslos auf der Erde lag. Ein Zicklein lag mit angezogenen Beinchen halb unter ihr und reckte den Hals, um an den Brustwarzen der Mutter zu saugen. Ich dachte zuerst, die Ziege hätte sich niedergelegt, um ihr Junges zu säugen, dann aber, als ich näher herankam, sah ich, daß sie tot war. Ich erkannte das an der Haltung des hintenübergesunkenen Kopfes mit dem halboffenen Maul, aber auch an den Fliegen, die ihr auf der Schnauze saßen. Die Ziege war verhungert, aber ihre Zicklein lebten noch, weil sie bis zuletzt Muttermilch gehabt hatten.

Ich ergriff eines der Zicklein und setzte es außerhalb der Hütte auf die Erde. Die vier Ziegen, die ich bereits befreit hatte, fraßen schon in wilder Gier, vom Hunger wie geblendet, das Blätterwerk des Unterholzes. Jetzt kamen der Reihe nach die Zicklein dazu, und bald war von der ganzen Gesellschaft nichts mehr zu sehen, da sie sich äsend ins Gehölz entfernt hatte. Ihr Meckern aber war zu hören, immer heller und immer kräftiger, als würde ihnen mit jedem Bissen etwas mehr von ihren Stimmen wiedergegeben. Mir war geradezu, als wollten diese armen Tiere mich auf diese Weise wissen lassen, daß es ihnen nun schon besser ging und daß sie mir für ihre Rettung vor dem Hungertod dankten.

Zuletzt schleppte ich mit großer Mühe den Kadaver der toten Ziege heraus und möglichst weit in den Wald hinein, damit sein Gestank uns nicht störe. Dann nahm ich all das Stroh, das ich aus dem Dach gerissen hatte, breitete es in einem Winkel der Hütte auf den Boden und bereitete so eine Art schattiger Ruhestatt. Zu Rosetta sagte ich: «Ich möchte etwas auf diesem Stroh schlafen. Komm doch auch.»

Sie antwortete: «Ich will mich hier draußen in die Sonne legen.» Ich sagte nichts und streckte mich auf dem Stroh aus. Durch das Loch im Dach sah ich den tiefblauen Himmel. Ein Sonnenstrahl fiel in die Hütte und beleuchtete den allenthalben mit Ziegendreck übersäten Boden. Dieser Ziegendreck bestand aus schwarzen, glänzenden, wie Lorbeerbeeren aussehenden Kügelchen, die eigentlich ganz sauber wirkten. Auch der Stallgeruch, der in der Hütte herrschte, war keineswegs unangenehm.

Ich fühlte mich, als wären mir alle Knochen im Leibe zerbrochen worden, und bemerkte, daß es mir infolge meiner Müdigkeit unmöglich war, über das, was Rosetta widerfahren war, so richtig Schmerz zu empfinden. Das alles stand in meiner Erinnerung wie etwas Unbegreifliches und Absurdes. Dann und wann sah ich wieder ihre schönen, weißen Beine vor mir, wie sie mit angespannten Muskeln regungslos mitten auf der Straße stand und wie ihr das in der Sonne leuchtende rote Blut bis an die Knie hinablief. Je mehr ich über dieses Bild nachgrübelte, desto weniger verstand ich es. Schließlich schlief ich ein.

Nach kaum einer halben Stunde aber fuhr ich wieder auf und rief laut und beinahe angstvoll nach Rosetta. Keine Antwort. In dem tiefen Schweigen waren nicht einmal mehr die Ziegen zu hören, die sich Gott weiß wohin verlaufen hatten. Ich rief nochmals, erhob mich dann beunruhigt und sprang durch das Loch hinaus. Rosetta war nicht da. Ich ging um die Hütte herum, sah unsere beiden Schachteln an der Mauer lehnen, aber von Rosetta war keine Spur zu sehen.

Heftige Angst überkam mich. Ich dachte, sie sei aus Scham und Verzweiflung davongelaufen oder habe sich gar unten auf der Straße vor ein Auto geworfen, um ein Ende zu machen. Atemlos und mit laut pochendem Herzen rief ich, vor der Hüttentür stehend, nach Rosetta. Keine Antwort kam, vielleicht auch darum, weil ich vor Aufregung nicht laut genug schreien konnte. Da ließ ich die Hütte im Stich und begann aufs Geratewohl im Unterholz zu suchen.

Ich folgte dem Fußpfad, der sich bald zu einem hellen, staubigen Streifen verbreiterte, bald nichts weiter war als eine kaum wahrnehmbare Spur zwischen hohen Büschen. Plötzlich gelangte ich zu einem Felsen, der sich gerade über der Straße erhob. Dort stand ein Baum, und der Felsen war wie eine Art Hochsitz, von dem aus man ein gutes Stück der Straße überblicken konnte. Sie schlängelte sich durch das enge Tal, und etwas tiefer rieselte, in einige Arme geteilt, der Wildbach zwischen Felsblöcken und Grasbüscheln dahin.

Als ich mich nun auf diesem Felsen niederließ und Ausschau hielt, sah ich unten, weit entfernt, Rosetta und verstand gleich, warum sie mich nicht gehört hatte. Sie befand sich weit unterhalb der Straße, mitten im Flußbett und bewegte sich dort ohne Hast vorwärts, indem sie von einem Stein zum anderen sprang, ohne sich die Füße naß zu machen. Aus der Art ihres Ganges konnte ich ersehen, daß sie nicht in der Absicht, sich ein Leid anzutun, dort hinabgestiegen war. An einer Stelle, wo der Fluß sich verengte und tiefer wurde, kniete sie nieder, beugte sich über die Wasserfläche und trank. Dann erhob sie sich wieder, sah sich kurz um und hob dann ihren Rock auf, so daß ihre Beine entblößt wurden. Obwohl ich so weit entfernt war, glaubte ich, die dunklen Streifen geronnenen Blutes zu erkennen, die sich über ihre Schenkel bis zum Knie hinabzogen. Sie spreizte die Beine weit auseinander, und dann sah ich, wie sie mit den Händen Wasser schöpfte und sich damit wusch. Dabei hielt sie den Kopf zur Seite geneigt und oblag ihrer Tätigkeit ohne Eile, ja wie mir schien ganz sachlich, unbekümmert darum, daß sie ihre intimen Körperteile der Sonne darbot.

Alle meine angstvollen Vermutungen wurden dadurch hinfällig. Rosetta war nur von der Hütte weg- und zum Fluß hinuntergegangen, um sich zu waschen. Ehrlich gesagt, ich empfand bei dieser Feststellung etwas wie eine Enttäuschung. Natürlich, ich hatte nicht etwa gehofft, sie würde Selbstmord begehen – im Gegenteil, ich hatte das befürchtet. Daß ich sie aber jetzt mit etwas so völlig anderem beschäftigt sah, erfüllte mich irgendwie mit Angst für die Zukunft. Beinahe schien mir, als hätte sie sich bereits in das neue Schicksal gefügt, das für sie in der Kirche begonnen hatte, als jene Barbaren ihr die Jungfräulichkeit raubten; und es schien mir auch, als sei ihr beharrliches Schweigen eher ein Ausdruck der Resignation als der Verzweiflung. In der Folge, als sich dann dieser Eindruck immer mehr bestätigte, habe ich mir gedacht, daß meine arme Rosetta in jenen wenigen Augenblicken des Schreckens plötzlich zur Frau geworden war, nicht nur körperlich, sondern auch seelisch – das heißt zu einer harten, erfahrenen, verbitterten Frau, ohne Illusionen und ohne Hoffnungen.

Ich sah ihr lange von meinem Felsen aus zu, wie sie sich immer mit derselben tierhaften Schamlosigkeit, so gut es ging, abtrocknete, näher kam und zur Straße hinaufkletterte. Als sie die Straße überquerte, kehrte ich selbst zur Hütte zurück, denn ich wollte sie nicht merken lassen, daß ich sie beobachtet hatte. Wirklich kam sie ein paar Minuten später an, mit einem Gesicht, das weniger friedlich und ruhig wirkte, als vielmehr gänzlich ausdruckslos. Ich tat, als hätte ich Hunger, und fragte: «Wollen wir nicht etwas essen? Ich habe Appetit.»

Mit farbloser, gleichgültiger Stimme erwiderte sie: «Wenn du willst», und so setzten wir uns beide vor der Hütte auf ein paar Steine. Ich öffnete einige von den Konservenbüchsen und war wieder auf dunkel-schmerzliche Weise überrascht, zu sehen, daß sie mit gutem Appetit, ja gierig zugriff. Auch diesmal hatte ich gewiß nicht etwa gehofft, sie werde nichts essen, ganz im Gegenteil, aber es erstaunte mich doch, daß sie mit solcher Gier über das Essen herfiel, von dem ich geglaubt hatte, es werde ihr widerstehen. Ich wußte nicht, was ich sagen sollte, und schaute ihr erstaunt zu, wie sie mit den Fingern in die geöffneten Konservenbüchsen griff, die Fleischstücke herauszog, zum Mund führte und gewissermaßen wütend kaute, wobei sie mit aufgerissenen Augen vor sich hinstarrte.

«Mein Goldkind», sagte ich endlich, «du solltest nicht mehr an das denken, was in der Kirche geschehen ist. Nie wieder sollst du daran denken . . .» Da fiel sie mir in die Rede und erklärte trokken: «Wenn du nicht willst, daß ich daran denke, dann fang nicht an, davon zu sprechen.» Ich war peinlich betroffen, denn dieser Ton war völlig neu an ihr: gereizt und zugleich gefühllos.

Wir verbrachten vier Tage und vier Nächte dort oben, schliefen bei Nacht in der Hütte, in die wir durchs Dach eingestiegen waren, standen mit der Sonne auf, aßen von den Büchsen des englischen Majors, tranken von dem Wasser des Baches und sprachen nur das

Notwendigste miteinander. Tagsüber gingen wir ziel- und zwecklos im Unterholz umher. Manchmal schliefen wir auch am Nachmittag, im Schatten eines Baumes. Die Ziegen kamen, nachdem sie den ganzen Tag geäst hatten, ganz von selber wieder zur Hütte; wir halfen ihnen, hineinzuspringen, und dann schliefen sie mit uns, in einer Ecke eng aneinandergeschmiegt, zusammen mit den Zicklein, die bald bei der, bald bei jener Ziege ihre Milch bezogen und die eigene Mutter wohl bereits vergessen hatten.

Rosetta war immer gleich apathisch, teilnahmslos und fern. Da sie es mir verboten hatte, sprach ich nicht mehr mit ihr von dem, was in der Kirche geschehen war. Seit damals habe ich überhaupt nie mehr mit ihr davon gesprochen; und der Schmerz, den ich über das Vorgefallene empfand, ist wie ein Dorn in mir verblieben und wird mich wohl niemals mehr verlassen. Ich bin, wieso weiß ich selber nicht, fest davon überzeugt, daß Rosetta während jener vier Tage ihren Charakter änderte, sei es, indem sie auf ihre Art über das Geschehene nachdachte, sei es, daß sie sich, ohne es selbst zu wollen und zu bemerken, sozusagen in eine andere Person verwandelte.

Ich muß sagen, daß mich dieser radikale Wandel, wie von Weiß zu Schwarz, zuerst tief überraschte, daß ich aber später, wenn ich alles überlegte, erkennen mußte: bei ihrem Charakter konnte es gar nicht anders sein. Ich habe schon erzählt, daß Rosetta von Natur aus zu einer sonderbaren Vollkommenheit neigte, einer Ausschließlichkeit, die zur Folge hatte, daß sie alles, was sie war, ganz war, ohne Halbheiten und Widersprüche. So hatte ich früher beinahe gemeint, eine Art von Heiliger zur Tochter zu haben.

Diese fast heiligmäßige Vollkommenheit aber, beruhend auf Unerfahrenheit und Lebensfremdheit, war durch das, was in der Kirche geschehen war, zu Tode getroffen worden und hatte sich alsbald in eine entgegengesetzte Ausschließlichkeit verwandelt, ohne die Halbheiten, die Mäßigung und die Vorsicht, die dem normalen, unvollkommenen, aber erfahrenen Menschen eignen. Bisher war sie ganz Gläubigkeit, Güte, Reinheit und Sanftmut gewesen; nun mußte ich darauf gefaßt sein, daß sie jetzt in der entgegengesetzten Richtung bis zum Äußersten schreiten werde, mit derselben Freiheit von jedem Zweifel, ohne jedes Zögern, mit derselben Unerfahrenheit und Absolutheit.

Und oftmals während meiner Betrachtungen zu diesem schmerzlichen Thema habe ich mir gesagt, daß die Reinheit nicht etwas ist, das man von Geburt an sozusagen als Geschenk der Natur empfangen kann; wer sie von Geburt an erhalten hat, verliert sie früher oder später wieder – um so sicherer, je mehr er sich auf ihren Besitz verlassen hat. Mit einem Wort, es ist wohl besser, unvollkommen geboren zu sein und allmählich, wenn schon nicht vollkommen, so doch vollkommener zu werden, als bereits vollkommen in diese Welt zu treten und dann unter der Einwirkung der Erfahrung und des Lebens diese erste, vergängliche Vollkommenheit wieder aufgeben zu müssen.

Zehntes Kapitel

Die Konserven des englischen Majors nahmen zusehends ab, zumal Rosetta von einem Wolfshunger befallen schien; so beschloß ich, so rasch wie möglich diese Hütte zu verlassen. Ich hatte nicht den Mut, Vallecorsa oder irgendeine andere Ortschaft der Gegend aufzusuchen, denn ich befürchtete, wieder auf Marokkaner zu stoßen, die, soviel ich zu begreifen glaubte, überall in der ganzen Ciociaria verteilt waren. Schließlich sagte ich zu Rosetta: «Am besten wird es sein, wir gehen nach Fondi zurück. Dort finden wir sicher irgendeine Möglichkeit, Rom zu erreichen, falls die Alliierten inzwischen dort angekommen sind. Besser Bombenangriffe als Marokkaner.»

Rosetta hörte mich an, schwieg ein wenig und sagte dann etwas, das mich bedrückte: «Nein, besser die Marokkaner als die Bomben», meinte sie nämlich. «Zumindest für mich. Was können mir die Marokkaner noch Schlimmeres antun, als sie mir schon angetan haben? Sterben aber will ich nicht.»

Wir diskutierten noch eine Weile, schließlich aber überzeugte sie sich davon, daß es zweckmäßig sei, nach Fondi zu gehen. Da die alliierten Heere im Vormarsch nach Norden begriffen waren, hatten die Bombenangriffe auf Fondi wohl mittlerweile aufgehört. So verließen wir also eines Morgens die Hütte und gingen auf die Straße hinunter.

Wir hatten Glück, denn nachdem wir einige Militärfahrzeuge vorbeigelassen hatten, die, wie wir jetzt wußten, keine Zivilisten mitnehmen durften, tauchte plötzlich ein leerer Lastwagen auf, der in fröhlichem Zickzack auf der verlassenen Landstraße daherkam. Ich stellte mich in die Mitte der Straße und winkte mit den Armen. Sogleich hielt der Wagen an, und ich sah, daß an seinem Lenkrad ein blonder, blauäugiger, junger Mensch saß, bekleidet mit einem roten Pullover. Er blieb also stehen, und ich rief ihm zu: «Wir sind zwei Flüchtlinge, kannst du uns nach Fondi mitnehmen?»

Da stieß er einen Pfiff aus und antwortete: «Du hast Glück, ich fahre tatsächlich nach Fondi. Aber wo ist denn die zweite?»

«Kommt schon», sagte ich und machte Rosetta ein Zeichen, der ich aus Angst vor einem neuerlichen schlimmen Abenteuer aufgetragen hatte, sich in geringer Entfernung hinter einem Busch versteckt zu halten. Sie trat jetzt hervor und kam, die einzige noch übrige Schachtel auf dem Kopf balancierend, auf der besonnten Straßenseite auf uns zu.

Ich konnte jetzt den jungen Mann genauer betrachten und stellte fest, daß er nicht sehr sympathisch aussah, denn in seinen himmelblauen Augen und um seinen allzu roten Mund lag ein gewalttätiger und gemeiner Ausdruck. Mein ungutes Gefühl verstärkte sich, als Rosetta herantrat; denn ich bemerkte, daß er ihr nicht ins Gesicht blickte, sondern zuerst auf den Busen, der jetzt, da sie den Arm zu der Schachtel erhoben hielt, unter dem dünnen Stoff ihres Mieders deutlich hervortrat. Mit einem frechen Lachen rief er Rosetta zu: «Deine Mutter hat gesagt, daß du ein Flüchtling bist. Aber davon, daß du ein hübsches Mädchen bist, hat sie nichts gesagt!» Dann stieg er ab und half ihr beim Einsteigen. Sie saß jetzt auf seiner einen Seite, während er mir den Platz auf der anderen anwies.

Ich wunderte mich darüber, daß ich nicht gegen seine wenig respektvollen Worte protestiert hatte, während ich noch einige Tage früher scharf darauf geantwortet und vielleicht sogar auf das Mitgenommenwerden verzichtet hätte. Also hatte auch ich mich verändert – zumindest in bezug auf Rosetta. Inzwischen hatte der junge Mensch den Motor wieder angelassen, und der Wagen fuhr los.

Eine Weile sagte keiner von uns etwas, dann aber begann, wie das in solchen Fällen immer geschieht, ein Austausch von Informationen. Ich erzählte wenig von uns, er aber war offenbar eine Plaudertasche und sprach unablässig von sich selbst. Er war aus der Gegend, war im Augenblick des Waffenstillstandes beim Militär gewesen und beizeiten desertiert. Nachdem er sich eine Weile versteckt gehalten hatte, war er von den Deutschen erwischt worden, doch hatte ein deutscher Hauptmann an ihm Gefallen gefunden und ihn nicht zu den Befestigungen geschickt, sondern in die Küche. Dort hatte er die ganze Zeit für die Deutschen gearbeitet und nie im Leben so gut und so viel gegessen. Zuletzt erzählte er, wie er in der allgemeinen Lebensmittelnot infolge der reichlichen Vorräte, über die er verfügte, von den Frauen alles habe erlangen können. «So viele hübsche Mädchen kamen zu mir und wollten was zu essen. Ich gab's ihnen, aber natürlich unter gewissen Bedingungen. Ihr werdet es nicht glauben, aber ich habe nie eine getroffen, die sich geweigert hätte. Tja, der Hunger ist eine gewaltige Sache, der bringt auch den Stolzesten Vernunft bei.»

Um das Gespräch auf ein anderes Thema zu bringen, fragte ich ihn, was er jetzt tue. Er antwortete, er habe sich mit ein paar Freunden zusammengetan und befördere mit diesem Lastwagen die Flüchtlinge dahin und dorthin in ihre Heimatorte, natürlich gegen gute Bezahlung. «Von euch beiden verlange ich nichts», bemerkte er an diesem Punkt und warf Rosetta einen schrägen Blick zu. Seine Stimme war laut und rauh. Eine Menge blonder Löckchen fielen auf den enormen Nacken, so daß er etwas von einem Ziegenbock hatte – auch in der Art, wie er Rosetta oder vielmehr ihren Busen anstarrte, so oft ihm dies nur möglich war. Er nannte auch seinen Namen: Clorindo. Dann erkundigte er sich, wie Rosetta heiße; und nachdem sie es ihm gesagt hatte, meinte er: «Schade, wirklich schade, daß die Hungersnot zu Ende ist. Aber du wirst sehen, wir einigen uns auch so. Hast du gerne Seidenstrümpfe? Würde dir ein Stück Wollstoff für ein Kleid gefallen? Oder ein Paar Schuhe aus Ziegenleder?»

Zu meiner Verblüffung sagte Rosetta nach einem Augenblick der Überlegung: «Wem würde das nicht gefallen?» Er lachte und rief: «Wir werden uns einigen, wir werden uns bestimmt einigen.»

Ich bebte vor Entrüstung und konnte mich nicht enthalten, auszurufen: «Gib acht, was du sprichst, was glaubst du denn, mit wem du es zu tun hast?» Er warf mir von der Seite einen Blick zu und meinte: «Huu, bist du aber bissig! Mit wem ich es zu tun habe? Mit zwei armen Flüchtlingsfrauen, die Hilfe dringend nötig haben.»

Mit einem Wort, er war ein zwar lustiger, aber gemeiner, brutaler und im Grunde völlig unmoralischer Mensch. Nachdem wir plaudernd die Paßhöhe erreicht hatten, von der die Straße in der Richtung nach dem Meer abfällt, fuhr er seinen Wagen wie ein Verrückter mit abgestelltem Motor durch die Kurven bergab und sang dabei aus voller Kehle freche Lieder. Das war verständlich, denn wir fuhren durch einen prächtigen Tag, und zugleich lag in der Luft etwas von der wiedererlangten Freiheit nach langen Monaten der Sklaverei. Und ich kann es nicht leugnen: Irgendwie ließ auch er uns durch sein zügelloses Verhalten spüren, daß diese Freiheit jetzt wirklich da war; nur war seine Freiheit die Freiheit eines Taugenichts, der nichts und niemanden mehr respektieren will; während unsere Freiheit, meine und die Rosettas, nichts weiter war als die Freiheit, nach Rom zurückzukehren und das Leben von früher wieder zu beginnen.

Einmal, als der Wagen in einer Kurve stark schleuderte, wurde ich an ihn gedrängt und sah dabei, daß er nur die eine Hand am Lenkrad hatte, mit der anderen aber die Hand Rosettas auf dem Sitz drückte. Und wiederum wunderte ich mich darüber, daß Rosetta dies zuließ; aber ich wunderte mich auch über mich selbst, daß ich das zwar bemerkte, aber nicht protestierte, wie ich es ohne Zweifel noch ein paar Tage früher getan hätte. Das also war ihre Freiheit dachte ich, und ich wurde mir darüber klar, daß ich nichts mehr tun konnte. Wie die Muttergottes kein Wunder getan hatte, um die Missetat der Marokkaner zu Füßen des Altars zu verhindern, konnte ich, die ich um soviel machtloser war als die Muttergottes, nicht verhindern, daß dieser Mensch Rosettas Hand drückte.

Unterdessen rasten wir bergab und gelangten nach einer Weile auf die Hauptstraße, die ich so gut kannte, mit dem Gebirge auf der einen Seite und den Orangenhainen auf der anderen. Ich entsann mich, wie ich sie das letzte Mal gesehen hatte: wimmelnd von Soldaten, Flüchtlingen, Autos und Panzerwagen. Da befiel mich etwas wie Beklemmung über die Stille und Leere, die das Jahrmarktstreiben von damals abgelöst hatte. Ohne die Sonne und das Grün der Bäume über den blühenden Hecken hätte man glauben mögen, wir seien noch im Winter, in der schlimmsten Zeit der deutschen Besetzung, als der Schrecken die Leute veranlaßte, sich wie Kaninchen in ihre Höhlen zu verkriechen.

Beinahe niemand kam vorüber, nur dann und wann ein Bauer, der seinen Esel vorwärts trieb. Weder nah noch fern war irgendein Geräusch zu hören. Mit großer Geschwindigkeit legten wir die restliche Straße zurück und gelangten nach Fondi. Auch dort herrschte Leere und Stille, und dazu kam noch die Trostlosigkeit der zerstörten Häuser, der Trümmerhaufen, der Pfützen fauligen Wassers. Die wenigen Leute, die sich auf der mit Trümmern und Kalk übersäten Straße bewegten, sahen ganz genauso jämmerlich und verhungert aus wie einen Monat zuvor unter den Deutschen.

Ich sagte das zu Clorindo, und er erwiderte fröhlich: «Da hat es immer geheißen, die Engländer würden den Überfluß bringen. Ja, stimmt schon, aber nur für die ersten paar Tage, während sie auf ihrem Vormarsch haltmachen. In diesen Tagen verteilen sie Bonbons, Zigaretten, Mehl und Kleider. Dann gehen sie wieder, und aus ist es mit dem Überfluß, und den Leuten geht es ebenso schlecht wie vorher – ja, sogar noch schlechter, denn jetzt haben sie keine Hoffnung mehr, nicht einmal die auf die Ankunft der Engländer.»

Da begriff ich, daß er ganz recht hatte. Es war wirklich so: Die Alliierten blieben mit ihren Truppen einen Augenblick in den Orten stehen, die sie von den Deutschen erobert hatten, und für ein oder zwei Tage brachten sie ein wenig Leben in diese mißhandelten Dörfer und Städte. Dann zogen sie weiter, und alles wurde wieder so wie vorher.

Ich sagte zu Clorindo: «Was sollen wir jetzt tun? In dieser Trostlosigkeit können wir nicht bleiben. Wir haben überhaupt nichts mehr. Wir müssen nach Rom zurück.»

Während er den Wagen zwischen den Trümmern hindurchsteuerte, antwortete er: «Rom ist noch nicht befreit. Einstweilen müßt ihr hierbleiben.»

«Und was sollen wir hier anfangen?» wollte ich wissen. Da erwiderte er in zurückhaltendem Ton: «Um euch zwei werde ich mich schon kümmern.» Sein Ton schien mir etwas sonderbar, aber im Augenblick sagte ich nichts. Mittlerweile hatten wir Fondi durchquert, und Clorindo schlug nun eine Nebenstraße zwischen Orangenhainen ein.

«Hier in diesen Gärten lebt eine Familie, die ich kenne», sagte er leichthin, «dort könnt ihr bleiben, bis Rom befreit ist. Sobald es möglich sein wird, will ich euch dann selbst mit meinem Wagen nach Rom bringen.»

Wieder gab ich keine Antwort; er hielt den Wagen an, stieg aus und erklärte uns, wir müßten das Haus seiner Freunde zu Fuß aufsuchen. Wir schritten also auf einem Fußweg in die Orangenhaine hinein. Jetzt kam mir die Örtlichkeit bekannt vor. Natürlich, es gab überall solche Orangenhaine und Fußpfade, aber an gewissen Anzeichen ersah ich, daß ich hier schon einmal gewesen war. Wir gingen noch etwa zehn Minuten lang und kamen dann plötzlich auf eine Lichtung. Jetzt begriff ich: Vor mir stand das rosafarbene Haus Concettas, der Frau, bei der wir unsere erste Zeit in Fondi verbracht hatten. Sogleich erklärte ich: «Hier will ich nicht bleiben!»

«Warum nicht?»

«Weil wir hier schon vor Monaten gewesen sind und ausreißen mußten! Das ist eine Familie von Verbrechern, und diese Concetta wollte, daß Rosetta bei den Faschisten die Hure machen soll!»

Da brach er in lautes Gelächter aus: «Das ist längst vorbei! Heute gibt es keine Faschisten mehr, und die Söhne Concettas sind keine Verbrecher, sondern meine Kompagnons. Du kannst ganz beruhigt sein, sie werden dich mit Samthandschuhen behandeln.»

Ich wollte neuerdings protestieren und erklären, im Hause Concettas wolle ich auf keinen Fall wohnen, aber ich fand keine Zeit mehr dazu. Denn schon lief Concetta aus dem Hause auf uns zu, freudig, begeistert, exaltiert wie eh und je: «Willkommen, willkommen! Sieht man euch auch einmal wieder? Na, ihr beide, ihr seid damals davongelaufen, ohne euch zu verabschieden und ohne zu bezahlen, was ihr mir schuldig wart. Aber ihr habt gut daran getan, in die Berge zu fliehen, wißt ihr, denn bald darauf mußten sich auch meine Söhne aus dem Staub machen, weil diese verdammten Deutschen doch immer Razzien vornahmen. Richtig habt ihr gehandelt; ihr hattet mehr Verstand als wir, die wir hiergeblieben sind und Gott weiß was durchgemacht haben. Willkommen, willkommen, es freut mich wirklich, euch bei so guter Gesundheit wiederzusehen. Tja, die Gesundheit ist alles. Kommt, kommt, Vincenzo und die Jungens werden sich furchtbar freuen, euch wiederzusehen. Und außerdem kommt ihr ja mit Clorindo – das ist so gut, als kämt ihr mit einem meiner eigenen Söhne. Clorindo gehört jetzt sozusagen zur Familie. Kommt herein, kommt herein! Willkommen!»

Mit einem Wort, es war dieselbe Concetta wie immer, und mein Herz krampfte sich zusammen bei dem Gedanken, daß wir genau an demselben Punkt angelangt waren wie ein Jahr zuvor, nur daß wir jetzt um vieles schlechter dran waren als damals. Wir waren aus Concettas Haus entflohen, um jener Gefahr zu entgehen, der wir dann in meinem Heimatdorf rettungslos in die Arme liefen. Ich sagte jedoch nichts und ließ mich von der widerwärtigen Person umarmen und küssen; und Rosetta, die jetzt apathisch und gleichgültig geworden war wie eine Stoffpuppe, verhielt sich ebenso.

Jetzt kam auch Vincenzo aus dem Haus, er glich noch mehr einem häßlichen Vogel denn je, er war angsterregend mager, die Nase schien noch schnabelartiger als früher, die Brauen noch stärker, die Augen noch funkelnder. Und während er meine Hände ergriff und irgend etwas Unverständliches murmelte, hatte Concetta die Unverfrorenheit, zu sagen: «Vincenzo hat uns erzählt, daß ihr bei den Festas gewesen seid. Er hat euch in Sant' Eufemia gesehen. Tja, auch für die Festas ist das ein schlimmer Winter gewesen. Erst wir, die wir der Versuchung all der schönen eingemauerten Dinge nicht widerstehen konnten, und dann die Sache mit ihrem Sohn Michele! Die Armen! Das, was wir uns genommen hatten, haben wir ihnen zurückgegeben, natürlich mit Ausnahme der Dinge, die schon verkauft waren – denn wir sind ehrliche Leute, und das Eigentum der anderen ist uns heilig. Aber wer gibt ihnen den Sohn wieder? Arme Teufel!»

Ehrlich gesagt, bei diesen unverschämten und herzlosen Worten fühlte ich richtig, wie ich zu Eis wurde und mir alles Blut aus dem Gesicht wich. Mit schwacher Stimme fragte ich: «Ist mit Michele etwas geschehen?»

Und sie, begeistert, als hätte sie uns eine höchst erfreuliche Nachricht mitzuteilen: «Was, wißt ihr das denn nicht? Die Deutschen haben ihn umgebracht!»

Mir war, als müßte ich ohnmächtig zusammenfallen. Zum erstenmal erkannte ich klar, daß ich Michele geliebt hatte wie meinen eigenen Sohn. Ich ließ mich auf einen Stuhl sinken, der vor der Tür stand, und bedeckte mein Gesicht mit den Händen. Concetta erzählte inzwischen eifrig weiter: «Ja, die fünf Deutschen haben ihn auf ihrer Flucht umgebracht. Sie hatten ihn mitgenommen, damit er ihnen den Weg zeige. Schließlich kamen sie an einen abgelegenen Ort, wo eine Bauernfamilie lebte. Michele kannte den richtigen Weg nicht mehr, und die Deutschen fragten die Bauern, wohin die Feinde gegangen seien. Sie verstanden darunter die Engländer, die ja für sie die Feinde waren. Die Bauern aber, die armen Teufel, waren überzeugt wie wir alle, daß die Feinde die Deutschen seien, und so erklärten sie, die Feinde seien in der Richtung gegen Frosinone geflohen. Als die Deutschen hörten, daß sie als die Feinde bezeichnet wurden, gerieten sie in Wut – natürlich, denn niemand hört sich gerne Feind nennen. So richteten sie ihre Waffen gegen die Bauern, es gab ein großes Durcheinander, Michele warf sich dazwischen, rief: ‹Nicht schießen, sie können ja nichts dafür!› und wurde mit den anderen getötet. Eine ganze Familie ausgerottet, tja, das ist der Krieg! Und mitten unter ihnen Michele, mit einer Menge Kugeln in der Brust, weil der Arme dazwischengefahren war! Wir haben die ganze Geschichte von einem Mädchen erfahren, das sich hinter einem Heuhaufen versteckt und alles mit angesehen hatte. Aber wieso wißt ihr das denn nicht? Ganz Fondi spricht doch davon. Tja, Krieg ist Krieg.»

So war Michele also tot! Ich saß da, das Gesicht in den Händen, und spürte, daß ich weinte, denn meine Finger waren naß. Während ich anfing zu schluchzen, war mir, als weinte ich über alle mitsammen, über Michele vor allem und über Rosetta, für die es vielleicht besser gewesen wäre, sie hätte das Schicksal Micheles geteilt. Aber auch über mich selber weinte ich, denn jetzt, nach einem Jahr des Hoffens, hatte ich so gut wie keine Hoffnung mehr.

Ich hörte Concetta sagen: «Weine nur, weine nur, das tut dir gut! Auch ich habe geweint, als meine Söhne in die Berge flüchten mußten, und dann fühlte ich mich erleichtert. Weine nur, das bedeutet, daß du ein gutes Herz hast, und du tust auch gut daran, zu weinen, weil der arme Michele wirklich ein Heiliger gewesen ist. Wenn er nicht gestorben wäre, hätte man ihn bestimmt zum Minister gemacht, gelehrt, wie er war. Wer hat nicht etwas verloren in diesem Krieg? Weine nur, weine, das tut dir gut.»

Während ich in mich hineinschluchzte, hörte ich, daß rings um mich allerlei Gespräche im Gange waren, und als ich schließlich den Kopf hob, sah ich Concetta, Vincenzo und Clorindo, die etwas abseits über Mehlpreise diskutierten. Rosetta stand auf der anderen Seite und wartete, bis ich zu weinen aufgehört hatte. Ich sah sie an und entsetzte mich von neuem über ihr teilnahmsloses und gleichgültiges Gesicht mit den tränenlosen Augen, so als hätte sie nichts gehört oder der Name Michele hätte ihr nichts gesagt. Offenbar, so dachte ich, empfand sie jetzt überhaupt nichts mehr, wie man durch Schwielen unempfindlich wird und schließlich sogar die Hand auf glühende Kohlen legen kann, ohne Schmerz zu spüren. Und als ich sie so apathisch dastehen sah, überkam mich neuerlich der

Schmerz über den Tod Micheles, denn ich war der Meinung, er habe Rosetta liebgehabt und hätte sie als einziger wieder zu einem normalen Gemütszustand zurückführen können. Gerade er aber lebte nicht mehr!

Wenn ich die Wahrheit sagen soll, so schmerzte mich in jenem Augenblick das Verhalten Rosettas bei der Unglücksnachricht eigentlich noch mehr als die Nachricht selbst. Concetta hatte recht: Krieg war Krieg – und jetzt verhielten auch wir uns, als ob der Krieg und nicht der Friede der normale menschliche Zustand wäre.

Schließlich stand ich auf, und Clorindo meinte: «Wir wollen jetzt sehen, wie ihr unterkommen könnt.» Sogleich schritt Concetta uns voraus zu dem wohlbekannten Heuschuppen. Diesmal jedoch befand sich dort kein Heu, wohl aber gab es drei Betten mit Matratzen und Decken. Concetta sagte: «Das sind die Betten dieser armen Leute, denen das Hotel in Fondi gehört. Dort ist alles ausgeräumt worden, das Hotel ist völlig leer, sogar die Nachttöpfe hat man gestohlen. Wir haben unterdessen mit diesen Betten während des Winters etwas Geld verdient. Den Flüchtlingen, die kamen und gingen, haben wir Nachtquartier gewährt und dafür entsprechend bezahlen lassen. Die Besitzer sind nicht da, es heißt, sie seien in Rom oder auch in Neapel. Wenn sie wiederkommen, werden wir ihnen natürlich die Betten zurückgeben, denn wir sind ehrliche Leute; inzwischen aber verdienen wir ein wenig Geld damit. Krieg ist Krieg.»

An diesem Punkte sagte Clorindo: «Von diesen beiden verlangst du aber kein Geld!»

Und Concetta begeistert: «Aber natürlich nicht! Wer spricht denn von Geld? Wir sind doch allesamt eine Familie!»

Clorindo fügte hinzu: «Du gibst ihnen auch zu essen. Wir verrechnen das dann.»

Und sie: «Zu essen, natürlich! Einfache Kost allerdings, Landkost! Damit müssen sie sich abfinden. Einfache Landkost.»

Kurz und gut, nach einer Weile gingen sie, ich schloß die Tür der Hütte und setzte mich neben Rosetta im Dunkeln auf eines der Betten.

Wir schwiegen eine Zeit, dann aber fuhr ich sie plötzlich an: «Was hast du nur? Ich möchte wissen, was du hast! Tut es dir denn nicht leid, daß Michele tot ist? Tut dir das gar nicht leid? Du hattest ihn doch gern!»

Ich konnte ihr nicht ins Gesicht sehen, da sie den Kopf gesenkt hielt und es in der Hüttel dunkel war. Aber ich hörte ihre Antwort: «Ja, es tut mir leid.»

«Und das sagst du so . . .»

«Wie soll ich es denn sagen?»

«Mein Gott, was ist denn los mit dir? Nicht eine einzige Träne hast du um den armen Michele vergossen, der bei der Verteidigung armer Leute gestorben ist, wirklich wie ein Heiliger!»

Sie gab keine Antwort. Da packte ich sie am Arm und rüttelte sie. «Was hast du denn?» rief ich immer wieder. «Ich will endlich wissen, was du hast!»

Sie machte sich ohne Hast los und sagte langsam und klar: «Mutter, laß mich in Ruhe!»

Diesmal sagte ich nichts mehr und starrte ein Weilchen regungslos mit aufgerissenen Augen vor mich hin. Rosetta war inzwischen aufgestanden, zum anderen Bett gegangen und streckte sich darauf aus, wobei sie mir den Rücken zukehrte. Schließlich schlief ich ein.

Als ich erwachte, war es bereits Abend, und Rosetta befand sich nicht mehr neben mir. Einige Zeit blieb ich regungslos liegen, unfähig, mich zu bewegen oder irgend etwas zu tun – nicht so sehr aus Müdigkeit als aus Willenlosigkeit. Dann hörte ich durch die Wand, wie Concetta draußen mit irgendwem sprach. Da nahm ich alle Kraft zusammen, stand auf und trat hinaus.

Concetta war dabei, vor der Haustür den Tisch zu decken. Ihr Mann war ebenfalls da, nicht aber Rosetta und Clorindo. Ich trat näher und fragte: «Wo ist Rosetta, habt ihr sie gesehen?»

«Ich glaubte, du wüßtest das», erwiderte Concetta. «Sie ist mit Clorindo fortgefahren.»

«Was soll das heißen?»

Und sie: «Ja, Clorindo ist mit dem Auto weggefahren, um ein paar Flüchtlinge nach Lenola zu bringen. Da hat er auch Rosetta mitgenommen, damit er die Rückfahrt nicht allein machen muß. Ich denke, sie werden morgen nachmittag zurück sein.»

Ich war aufs schmerzlichste betroffen. Nie hätte Rosetta früher etwas Ähnliches getan: fortzufahren, ohne mit mir darüber zu sprechen, und obendrein noch mit einem Mann wie Clorindo! Beinahe ungläubig fragte ich: «Hat sie denn keine Nachricht für mich zurückgelassen?»

«Nichts, sie hat nur gesagt, ich soll dich verständigen. Sie wollte dich nicht wecken, das gute Kind. Und dann, man weiß ja, die jungen Leute! Clorindo gefällt ihr, und sie möchte ein wenig mit ihm allein sein. Wir Mütter stören in einem gewissen Alter unsere Kinder bloß. Und Clorindo ist ein so gutaussehender Junge. Er und Rosetta sind ein hübsches Paar.»

Da entfuhr es mir: «Wenn gewisse Dinge nicht geschehen wären, würde Rosetta diesen Clorindo überhaupt nicht ansehen.»

Kaum hatte ich das gesagt, da bereute ich meine Äußerung bereits, aber nun war es schon zu spät, denn diese Hexe ließ mich nicht mehr in Frieden.

«Was ist denn geschehen?» fragte sie. «Es kam mir ja auch etwas sonderbar vor, daß Rosetta so einfach mit Clorindo weggefahren ist, aber ich achtete nicht weiter darauf – man weiß ja, die jungen Leute . . . Aber erzähle mir doch, was geschehen ist!»

Teils aus Wut über Rosettas Verhalten, teils aus dem Bedürfnis, mit irgendwem, und sei es auch mit Concetta, über unser Unglück zu sprechen, beherrschte ich mich nicht länger und erzählte ihr alles: von der Kirche, von den Marokkanern, von dem, was sie Rosetta und mir angetan hatten. Concetta teilte die Suppe aus und sagte dabei immer wieder: «Armes Kind, arme Rosetta, wie leid mir das tut, wie leid mir das tut!»

Dann setzte sie sich, und als ich mit meiner Erzählung zu Ende war, meinte sie: «Tja, der Krieg . . . Diese Marokkaner sind schließlich und endlich auch junge Männer . . . Als sie deine junge, hübsche Tochter sahen, konnten sie der Versuchung nicht widerstehen. Man weiß ja . . .»

Plötzlich sprang ich, das Messer in der Hand, wie eine Furie auf und schrie: «Du weißt nicht, was das alles für Rosetta bedeutet hat! Du bist eine Hure und die Tochter einer Hure und möchtest, daß alle Frauen Huren sein sollen wie du! Aber hüte dich, noch weiter von Rosetta in dieser Art zu sprechen, sonst bringe ich dich um, so wahr mir Gott helfe!»

Als sie mich dermaßen wütend sah, machte sie einen Satz nach rückwärts und rief mit gefalteten Händen: «Jesus Maria, warum regst du dich so auf? Was habe ich denn gesagt? Daß Krieg Krieg ist und daß junge Leute junge Leute sind! Und daß die Marokkaner auch junge Männer sind! Aber beruhige dich, jetzt wird Clorindo sich um Rosetta kümmern, und so lange er sich um sie kümmert, wird ihr nichts fehlen. Du wirst sehen! Er arbeitet auf dem Schwarzmarkt und hat Lebensmittel und Stoffe, Strümpfe und Schuhe. Du kannst wirklich beruhigt sein, bei ihm hat Rosetta nicht das mindeste zu befürchten.»

Kurzum, ich begriff, daß es bei dieser Frau um jedes Wort schade war, legte das Messer beiseite und aß wortlos noch ein wenig von der Suppe. Aber an diesem Abend schien sich alle Nahrung in Gift zu verwandeln, und ich konnte die ganze Zeit hindurch an nichts anderes denken als an Rosetta, wie sie früher gewesen und wie sie jetzt geworden war. Sie war mit Clorindo weggefahren wie eine beliebige Hure, die sich dem erstbesten Mann hingibt, sie hatte mich nicht einmal von ihrer Absicht verständigt und wollte vielleicht überhaupt nicht mehr bei mir bleiben ...

Die Mahlzeit endete in tiefem Schweigen, dann zog ich mich in die Baracke zurück, warf mich aufs Bett, konnte diesmal aber nicht schlafen, sondern lag mit weitgeöffneten Augen da, lauschte in die Nacht hinaus und zitterte vor Zorn.

Rosetta kam am folgenden Tag nicht wieder, und ich verbrachte die Zeit damit, daß ich in den Orangenhainen umherging und immer wieder auf der Straße nach ihr Ausschau hielt. Ich aß mit Vincenzo und seiner Frau, die mich, stets auf dieselbe exaltierte und dumme Art, zu trösten suchte. Wieder und wieder versicherte sie mir, Rosetta habe es mit Clorindo ausgezeichnet getroffen und werde von jetzt an keinerlei Mangel mehr leiden. Ich erwiderte nichts, denn ich wußte ja, daß das sinnlos war; auch hatte ich es bereits aufgegeben, mich über Concetta zu ärgern. Nach dem Abendessen ging ich in meine Baracke und schlief endlich ein.

Gegen Mitternacht hörte ich, wie die Tür leise aufging, und als ich die Augen öffnete, sah ich, daß Rosetta auf den Zehenspitzen hereinkam. Im Finstern ging sie zu dem Schränkchen zwischen unseren Betten und entzündete nach einer Weile die dort stehende Kerze. Ich schloß die Augen halb und stellte mich schlafend. Sie stand jetzt neben meinem Bett, und im Schein der Kerze konnte ich sehen, daß sie völlig neu bekleidet war, wie Concetta dies vorhergesehen hatte. Sie trug ein zweiteiliges Kleid aus leichtem rotem

Stoff, hatte eine weiße Bluse, schwarze, glänzende Schuhe mit hohem Absatz und Strümpfe an. Zuerst legte sie die Jacke ab, musterte sie lange und legte sie vorsichtig über die Stuhllehne am Fußende des Bettes. Jetzt stand sie in einem schwarzen Unterkleid da, einem von denen, die hier und dort durch Löcher die weiße Haut durchblicken lassen. Dann setzte sie sich, zog ihre Schuhe aus, betrachtete sie beim Schein der Kerze und stellte sie ordentlich unter das Bett. Nach den Schuhen legte sie auch das Unterkleid ab; und während sie damit beschäftigt war, aus diesem herauszuschlüpfen, was ihr offenbar erhebliche Mühe bereitete, sah ich, daß sie auch einen schwarzen Strumpfbandgürtel mit einer Anzahl von Gummibändern um die Hüfte trug. Nie zuvor hatte sie einen Strumpfbandgürtel besessen, weder einen schwarzen noch einen in irgendeiner anderen Farbe. Für gewöhnlich hatte sie die Strümpfe mit Gummibändern etwas oberhalb der Knie befestigt. Dieser Strumpfbandgürtel veränderte sie völlig, ihr Körper war nicht mehr derselbe, sondern sah nun ganz anders aus. Zuvor war er gesund, jung, kräftig und sauber gewesen – der Leib eines unschuldigen Mädchens. Jetzt hatte er durch diesen eng anliegenden, schwarzen Gürtel etwas Herausforderndes, Lasterhaftes bekommen. Die Schenkel schienen zu weiß, die Gesäßbacken zu üppig, der Bauch zu stark hervortretend. Mit einem Wort, es war nicht mehr der Körper meiner Tochter Rosetta; es war der Körper der Rosetta, die die Geliebte Clorindos geworden war.

Ich hob den Blick zu ihrem Gesicht und sah, daß auch dieses sich verändert hatte. Das Kerzenlicht beschien sie, und sie ließ mich plötzlich durch ihren gierigen, kalten und vorsichtigen Ausdruck an eine Prostituierte denken, die nach vielen auf dem Straßenpflaster und in den Absteigequartieren verbrachten Stunden spät nachts heimkehrt und ihren Tagesverdienst errechnet. Jetzt konnte ich mich nicht länger beherrschen und sagte mit lauter Stimme: «Rosetta!»

Sie sah mich an und fragte langsam, fast unwillig: «Ja, Mutter?»

Ich sagte: «Wo bist du denn gewesen? Ich habe mir drei Tage lang Sorgen um dich gemacht. Warum hast du mich nicht verständigt? Wo warst du?»

Sie blickte mich an und erwiderte: «Ich habe Clorindo begleitet, und jetzt bin ich wieder da.»

Ich hatte mich inzwischen im Bett aufgerichtet und sagte: «Rosetta, was ist denn los mit dir? Ich erkenne dich nicht wieder, Rosetta!»

Sie entgegnete leise: «Und doch bin ich immer dieselbe. Warum sollte ich nicht dieselbe sein?»

«Aber, mein Kind», meinte ich, «wer ist eigentlich dieser Clorindo? Was hast du mit ihm?»

Sie gab keine Antwort, sondern saß mit niedergeschlagenem Blick da. Aber an ihrer Stelle antwortete ihr bis auf den Gürtel und den Büstenhalter entblößter Körper, der so ganz anders aussah als vorher. Da verlor ich die Geduld, sprang auf, packte sie bei den Schultern und schrie sie an: «Willst du mich zur Verzweiflung treiben mit deinem ewigen Schweigen? Ich weiß schon, warum du mir nicht antworten willst, glaubst du vielleicht, ich wüßte das nicht? Du willst nicht antworten, weil du dich aufgeführt hast wie eine Hure und weil du jetzt die Hure Clorindos bist! Und du kümmerst dich den Teufel um deine Mutter und möchtest weiter das Leben einer Hure führen!»

Sie sagte kein Wort, während ich sie an den Schultern rüttelte. Da verlor ich vollends den Kopf und schrie: «Aber das nimm wenigstens ab!»

Damit suchte ich ihr den Strumpfbandgürtel vom Leibe zu reißen.

Auch diesmal regte sie sich nicht, stand ohne Protest gesenkten Kopfes da und schmiegte sich beinahe an mich; ich aber zerrte an dem Strumpfbandgürtel, der sich nicht lösen wollte, warf Rosetta dann aufs Bett und schlug ihr so lange mit aller Kraft auf den Hintern, bis ich selber keuchend auf mein Bett sank.

«Merkst du denn nicht, was aus dir geworden ist?» schrie ich. «Wieso merkst du das nicht?»

Ich dachte, nun würde sie heftig protestieren. Aber sie schien sich hauptsächlich für ihre Strümpfe zu interessieren, die ich bei dem Versuch, ihr den Gürtel wegzunehmen, teilweise zerrissen hatte. Einer dieser Strümpfe wies eine Laufmasche vom Oberschenkel bis unter das Knie auf, und nach einiger Zeit machte Rosetta sich den Finger feucht, bückte sich und suchte das Weiterlaufen der Masche zu verhindern. Dann sagte sie endlich: «Warum schläfst du nicht, Mutter? Du weißt doch, daß es sehr spät ist!»

Ihr Ton war sonderbar ruhig, und plötzlich begriff ich, daß da nichts mehr zu machen war. Ich warf mich auf mein Bett und wendete ihr den Rücken zu. Noch hörte ich, wie sie sich hin und her bewegte, und konnte ihren Schatten an der Wand sehen; aber ich kehrte mich ihr nicht wieder zu. Schließlich blies sie die Kerze aus, es wurde finster, und ich hörte, wie ihr Bett knarrte, während sie darin die beste Schlaflage suchte.

Jetzt hätte ich eine Menge Dinge sagen wollen, die ich vor Wut über ihr verändertes Aussehen nicht hatte hervorbringen können, solange das Licht schien und ich Rosetta erblickte. Ich hätte ihr sagen wollen, daß ich sie verstand; daß ich verstand, warum sie, nach dem, was mit den Marokkanern geschehen war, nicht mehr dieselbe war und warum sie jetzt mit einem Mann zusammen sein, sich als Frau fühlen und so die Erinnerungen an das ihr Zugefügte löschen wollte. Ich begriff sogar, daß sie nach dem, was unter den Augen der Muttergottes geschehen war, ohne daß die Muttergottes es verhindert hatte, sich um nichts mehr kümmerte, nicht einmal um die Religion. Alles das hätte ich ihr sagen wollen und sie in die Arme nehmen, küssen, streicheln und mit ihr weinen; zugleich aber fühlte ich, daß ich jetzt nicht mehr imstande war, mit ihr zu sprechen und aufrichtig zu sein, weil sie eine andere geworden war und damit auch aus mir eine andere gemacht hatte, so daß zwischen uns nichts mehr so sein konnte wie früher. Kurzum, nachdem ich noch ein paarmal nahe daran gewesen war, aufzustehen, zu ihr hinzugehen und sie in die Arme zu schließen, ließ ich es zuletzt doch bleiben und schlief ein.

Am nächsten und an den folgenden Tagen blieb alles unverändert. Rosetta sprach nahezu nichts mit mir, aber nicht wie jemand, der gekränkt ist, sondern wie jemand, der nichts zu sagen hat. Clorindo war stets in ihrer Nähe und schämte sich nicht, unter meinen Augen ihre Hüfte zu umfassen oder ihr Gesicht zu streicheln. Rosetta ließ sich das in einer Art geschmeichelter, beinahe dankbarer Unterwürfigkeit gefallen; und Concetta rief immer wieder mit gefalteten Händen, daß die beiden doch ein so hübsches Paar seien. Und ich empfand eine Verzweiflung, die nicht zu beschreiben war, konnte aber weder etwas tun noch etwas sagen.

Einmal versuchte ich, Rosetta an ihren Verlobten in Jugoslawien zu erinnern. Was aber antwortete sie mir darauf? «Ach, der wird schon irgendeine Jugoslawin gefunden haben. Ich kann ja nicht das ganze Leben lang auf ihn warten!»

Im übrigen war sie wenig in dem rosafarbenen Haus. Clorindo fuhr alle Augenblicke mit ihr in seinem Lastwagen fort, der sozusagen zu ihrer Wohnung geworden war. Und man mußte nur sehen, wie sie ihm gehorchte und hinterdreinlief! Es genügte, daß Clorindo auf der Lichtung erschien und sie rief, damit sie sofort alles stehen- und liegenließ und herbeieilte. Und oft rief er sie nicht einmal beim Namen, sondern mit einem Pfiff, wie man einem Hund pfeift; und ihr gefiel es offenbar, sich wie ein Hund behandeln zu lassen.

Es gehörte nicht viel dazu, zu erraten, daß er sie mit dem an sich fesselte, was sie vorher niemals erlebt hatte, was ihr neu war und auf das sie ebensowenig verzichten konnte wie der Trinker auf den Wein oder der Raucher auf die Zigaretten. Ja, sie hatte jetzt Geschmack an dem gefunden, was die Marokkaner sie mit Gewalt gelehrt hatten; und das war vielleicht das Traurigste an ihrer Verwandlung, das ich am wenigsten begreifen konnte: Ihre Revolte gegen das, was ihr zugestoßen war, drückte sich darin aus, daß sie eben dies suchte, statt es zu fliehen und sich ihm zu verweigern.

Sie und Clorindo fuhren mit dem Lastwagen nach Fondi und in die Umgebung von Fondi, manchmal stießen sie sogar bis Frosinone, Terracina oder gar bis Neapel vor, und in solchen Fällen blieb sie über Nacht aus. Wenn sie zurückkehrte, schien sie noch anhänglicher an Clorindo und in meinen Augen, die alles beobachteten, noch hurenhafter. Natürlich war nicht mehr die Rede davon, nach Rom zu gehen, wo im übrigen die Alliierten noch immer nicht einmarschiert waren. Clorindo gab uns inzwischen zu verstehen, auch die Eroberung Roms durch die Alliierten müsse noch nicht bedeuten, daß wir sogleich dorthin aufbrechen könnten. Rom würde noch längere Zeit nicht betretbar sein, würde zum militärischen Sperrgebiet erklärt werden; und man werde Gott weiß was für Passierscheine benötigen, um hineinzugelangen. Und wer weiß, wieviel Zeit erforderlich war, diese Passierscheine zu beschaffen!

Mit einem Wort, die Zukunft, die mir im Augenblick der Befreiung so klar und leuchtend erschienen war, verdunkelte sich jetzt für mich immer mehr, teils durch Rosettas Verhalten, teils wegen der Anwesenheit Clorindos. Ich selbst wußte nicht mehr recht, ob ich wirklich noch nach Rom zurückkehren und das alte Leben wieder aufnehmen wollte, das ja doch nicht das Leben von vorher sein würde, da wir ja nicht mehr die Menschen von vorher waren.

Diese Tage, die ich in dem rosafarbenen Haus zwischen den Orangenhainen verbrachte, gehörten zu den schlimmsten jener ganzen Zeit, denn ich wußte, daß Rosetta Clorindos Geliebte war, und ich brauchte das nicht erst zu erraten, sondern ich konnte es sozusagen mit eigenen Augen sehen! Manchmal etwa lagen wir bereits in unseren Betten, als von der Lichtung her der gewohnte Pfiff ertönte. Rosetta stand sofort auf, und wenn ich erbost fragte: «Wohin gehst du denn zu dieser Stunde?» gab sie mir überhaupt keine Antwort, kleidete sich in aller Eile an und lief davon. Und die ganze Zeit über hatte sie jenes angespannte, gierige und abwesende Gesicht, das ich zum erstenmal an ihr gesehen hatte, als sie aus Lenola zurückkam.

Eines Nachts fand ich Clorindo sogar in der Baracke, oder zumindest bin ich beinahe sicher, daß er dort war, denn ich wurde durch das Knarren von Rosettas Bett aufgeweckt und hörte etwas wie ein Flüstern. Ich richtete mich in sitzende Haltung auf, horchte angespannt in das Dunkel und fragte schließlich Rosetta, ob sie schlafe. Mit verdrossener Stimme antwortete sie: «Natürlich, was soll ich denn sonst tun? Ich habe geschlafen, aber jetzt hast du mich aufgeweckt.»

Ich streckte mich wieder aus, war aber ganz und gar nicht überzeugt. Die beiden warteten wohl regungslos und stumm, bis sie bestimmt glaubten, daß ich wieder eingeschlafen sei; dann, als es zu dämmern begann, schlich Clorindo auf allen vieren davon. Ich wollte diesmal nicht die Kerze anzünden, denn im Grunde war es mir lieber, die zwei nicht im Bett zu sehen. Als er sich davonstahl, schlief ich zwar nicht, stellte mich aber schlafend, schloß die Augen und erriet, was geschah, nur an dem leichten Quietschen der sich öffnenden und schließenden Tür.

Meistens aber spielten sich ihre Liebesszenen Gott weiß wo ab. Sie fuhren mit dem Wagen nach dem Abendessen davon und kamen erst zu später Nachtstunde wieder. Dies ereignete sich beinahe jeden Tag. Ihr Liebe war eine rein körperliche Angelegenheit, bei der es jedoch keine Sättigung zu geben schien. Tatsächlich hatte er tiefe Ringe unter den Augen und schien sogar abzumagern; Rosetta aber wurde sichtlich jeden Tag weiblicher, mit jenem gewissen Etwas von träger Befriedigtheit, das eine Frau an sich hat, die oft und gern mit einem Mann ins Bett geht, der ihr gefällt und dem sie gefällt.

Zuletzt, nach einem Monat dieses Lebens, begann ich bei dem Gedanken Trost zu finden, daß Clorindo schließlich und endlich ein gutaussehender Junge war und mit seinem Wagen und dem Schwarzmarkt recht gut Geld verdiente. Wenn er also Rosetta heiratete, war sozusagen alles in Ordnung. Der Gedanke gefiel mir nicht sonderlich, weil Clorindo mir nicht sympathisch war, aber ich war bereit, wie man sagt, gute Miene zum bösen Spiel zu machen. Schließlich war nicht ich es, die Clorindo heiraten sollte, sondern Rosetta, und wenn er ihr gefiel, konnte ich daran nichts ändern.

Ich dachte mir also, sie würden heiraten und in Frosinone leben, wo er seine Familie hatte. Dann würden sie Kinder bekommen, und vielleicht würde Rosetta sogar glücklich sein. Diese Aussicht tröstete mich ein wenig, aber ich war trotzdem weiter unruhig, denn weder Clorindo noch Rosetta sprachen je von Heirat. Also nahm ich eines Abends im Dunkeln meinen Mut zusammen und sagte zu Rosetta: «Na, ich will nicht wissen, was ihr treibt, wenn ihr beisammen seid, aber ich möchte doch wenigstens wissen, ob er ernsthafte Absichten hat, wie ich hoffe, und wann ihr zu heiraten gedenkt.»

Sie saß auf dem Bett mir gegenüber und zog sich soeben die Schuhe aus. Jetzt stand sie auf, sah mich an und sagte dann ganz schlicht: «Aber Mutter, Clorindo ist doch schon verheiratet. Er hat in Frosinone eine Frau und zwei Kinder.»

Ehrlich gesagt, bei dieser Antwort stieg mir das Blut zu Kopfe. Schließlich und endlich bin ich aus der Ciociaria, und wir sind eine heißblütige Rasse, die Messerstiche austeilt wie nichts. Ohne also überhaupt zu wissen, was ich tat, sprang ich aus dem Bett, stürzte mich auf Rosetta, packte sie beim Hals, warf sie auf die Matratze zurück und ohrfeigte sie noch und noch. Sie versuchte, sich mit erhobenem Arm zu schützen, während ich brüllte: «Ich bring dich um! Du willst eine Hure sein, aber ich bring dich vorher um!»

Sie suchte meine Schläge abzuwehren, so gut sie konnte, reagierte aber sonst in gar keiner Weise; schließlich versagte mir der Atem, und ich ließ von ihr ab. Sie rührte sich nicht, lag mit dem Gesicht im Kopfkissen da, und es gelang mir nicht, zu erkennen, ob sie weinte oder wie sie sich eigentlich verhielt. Keuchend saß ich auf meinem Bett und starrte sie an, und was ich empfand, war schwarze Verzweiflung. Ich wußte wieder: Es hätte nichts genützt, auch wenn ich sie halbtot geschlagen hätte, denn ich war völlig ohnmächtig, hatte keinerlei Einfluß auf sie, und sie war mir für immer entglitten.

Schließlich sagte ich voll Wut: «Jetzt will ich mit diesem Schweinekerl von Clorindo sprechen! Ich möchte wirklich hören, was er mir antworten wird!»

Bei diesen meinen Worten richtete sie sich auf, und ich sah, daß ihre Augen tränenlos und ihre Gesichtszüge wie immer teilnahmslos und apathisch waren. Sie sagte ruhig: «Mit Clorindo kannst du nicht mehr sprechen, denn er ist zu seiner Familie zurückgekehrt. Er hat hier in Fondi nichts mehr zu tun und ist darum wieder nach Frosinone gegangen. Wir haben uns heute abend verabschiedet, und auch ich werde ihn nicht mehr sehen. Sein Schwiegervater hat ihm nämlich angedroht, er werde seine Tochter wieder zu sich nehmen. Da Clorindos Frau das Geld hat, ist ihm nichts übriggeblieben als zu gehorchen.»

Mir stockte von neuem der Atem, denn darauf war ich nicht gefaßt gewesen. Vor allem aber hätte ich nie gedacht, daß sie mir ihre Trennung von Clorindo in so gleichgültigem Ton mitteilen würde, als ginge sie das weiter nichts an. Schließlich war er doch der erste Mann in ihrem Leben gewesen, und irgendwie hatte ich beinahe gehofft, daß die beiden sich wirklich liebten. Statt dessen war von alldem nicht die Rede, und sie waren so beisammen gewesen, wie ein Mann mit einer Hure zusammen ist, die er bezahlt und die ihn dann nicht mehr interessiert.

Mit einem Wort, ich mußte mir von neuem vorsagen, daß Rosetta eine völlig andere geworden war; trotzdem begriff ich, die ich so gewohnt war, sie als die Rosetta von früher anzusehen, noch immer nicht, bis zu welchem Punkte sie sich verändert hatte.

«Du hast ihm also die Hure abgegeben», sagte ich verstört, «und er hat dich jetzt vor die Tür gesetzt und ist gegangen. Und das erzählst du mir so ganz einfach?»

Sie erwiderte: «Wie sollte ich dir's denn erzählen?»

Ich vollführte eine wütende Bewegung, und sie machte eine Geste der Angst, als fürchtete sie, ich wollte sie von neuem schlagen.

Auch das war mir schmerzlich, denn eine Mutter will geliebt und nicht gefürchtet werden. So sagte ich: «Keine Angst, ich werde dich nicht mehr anrühren! Aber es zerreißt mir das Herz, dich in diesem Zustand zu sehen.»

Sie gab keine Antwort und begann wieder, sich zu entkleiden. Da rief ich plötzlich mit lauter, verzweifelter Stimme: «Und wer bringt uns jetzt nach Rom? Clorindo hat gesagt, er werde das tun, sobald Rom befreit sei. Jetzt ist Rom befreit, aber Clorindo ist nicht mehr da! Wer bringt uns also nach Rom? Ich will morgen nach Rom, und wenn ich zu Fuß gehen muß!»

Sie antwortete ruhig: «Nach Rom wird man noch für einige Tage nicht können. Aber auf jeden Fall wird uns demnächst einer der Söhne Concettas hinbringen. Sie werden morgen zurück sein, denn sie haben Clorindo nach Frosinone begleitet. Ihr gemeinsames Unternehmen hat sich aufgelöst, und sie haben das Lastauto Clorindos übernommen. Sei beruhigt, wir werden nach Rom zurückkommen.»

Auch diese Nachricht bereitete mir keine Freude. Die Söhne Concettas hatten sich bisher nie blicken lassen, da sie in Schwarzmarktgeschäften in Neapel tätig waren; jedenfalls war mir der Gedanke, mit ihnen zusammen die Reise nach Rom zu machen, höchst unangenehm. Ich sagte: «Dir ist jetzt schon alles egal, wie?»

Da sah sie mich an und fragte: «Warum quälst du mich so, Mutter?»

In ihrer Stimme lag beinahe ein Widerhall der alten Zärtlichkeit, und ich meinte gerührt: «Mein Kind, ich habe den Eindruck, daß du eine andere geworden bist und für niemanden mehr etwas empfindest, nicht einmal für mich.»

Und sie: «Ich mag mich verändert haben, das leugne ich gar nicht. Aber für dich bleibe ich immer, was ich war.»

So gab sie also zu, daß sie sich gewandelt hatte, und zugleich beruhigte sie mich, indem sie mir zu verstehen gab, daß sie mich so liebhatte wie in vergangenen Zeiten. Ich wußte selbst nicht, ob ich darin einen Trost erblicken sollte oder nicht. So schwieg ich, und die Diskussion hatte damit ein Ende.

Wie Rosetta mir angekündigt hatte, kam am nächsten Tag der Lastwagen aus Frosinone mit Rosario, einen der Söhne Concettas, zurück; der andere war nach Neapel weitergefahren. Von den beiden, die mir, wie gesagt, alle beide unsympathisch waren, mißfiel mir Rosario ganz besonders. Er war mittelgroß, untersetzt, massig, hatte ein brutales, viereckiges, dunkles Gesicht mit niedriger Stirn, kurzer Nase und hervortretenden Kiefern. So war er genau das, was man in Rom einen Dorfrüpel nennt, der sich obendrein weder durch Intelligenz noch durch Herzensgüte auszeichnete.

Am Tag seiner Ankunft wurde er, der sonst nie etwas sagte, bei Tisch beinahe gesprächig. Er sagte zu Rosetta: «Ich soll dich von Clorindo grüßen. Er sagt, er wird dich in Rom besuchen, sobald du dort bist.»

Ganz trocken erwiderte Rosetta, ohne die Augen zu erheben: «Sag ihm, er soll nicht kommen. Ich will ihn nicht mehr sehen.»

Da begriff ich zum erstenmal, daß Rosettas ganze Gleichgültigkeit nur vorgetäuscht war und daß sie an Clorindo gehangen hatte und vielleicht noch an ihm hing. Aber seltsamerweise ärgerte mich der Gedanke, daß sie um eines so verachtungswürdigen Menschen willen litt, noch mehr als meine bisherige Vorstellung, er sei ihr gleichgültig gewesen.

Rosario fragte: «Warum? Was hast du denn gegen ihn? Magst du ihn nicht mehr?»

Ich kochte innerlich, als ich sah, wie respektlos und unfreundlich Rosario zu Rosetta sprach, als hätte er es mit einer kleinen Hure zu tun, die nicht das Recht hatte, zu protestieren und sich zu entrüsten. Noch mehr aber kochte ich bei Rosettas Antwort: «Clorindo hat mir etwas angetan, das er nicht hätte tun dürfen. Er hat mir nicht gesagt, daß er verheiratet ist – erst gestern, beim Abschied. Solange es ihm bequem war, hat er mir das verheimlicht; sobald es ihm nützte, hat er es gesagt.»

Es war nun schon unser Schicksal geworden, daß ich weder Rosetta verstand noch das, was sich rings um sie abspielte. Daher war ich von neuem auf das schmerzlichste betroffen: Sie hatte also erst im letzten Augenblick erfahren, daß er Frau und Kinder hatte – und davon sprach sie jetzt in einem Ton, als handle es sich um einen belanglosen dummen Streich, ganz wie eine Hure ohne Stolz und Würde, die weiß, daß sie bei dem geliebten Mann nichts zählt.

Während ich noch sprachlos dasaß, sagte Rosario grinsend: «Warum hätte er dir das sagen sollen? Schließlich und endlich wolltet ihr doch nicht heiraten, wie?»

Rosetta senkte den Kopf über ihren Teller und schwieg. Aber diese Hexe Concetta mischte sich jetzt ins Gespräch und erklärte: «Das sind alles Dinge von gestern! Mit dem Krieg hat sich alles geändert. Die jungen Männer machen den Mädchen den Hof, ohne ihnen zu erzählen, daß sie schon verheiratet sind, und die Mädchen treiben sich mit den Burschen herum, ohne zu verlangen, daß sie geheiratet werden. Dinge von gestern! Alles hat sich geändert! Was macht das aus, ob einer verheiratet ist oder nicht, ob er Frau und Kinder hat oder nicht? Dinge von gestern. Wichtig ist nur, daß man einander liebhat. Und Clorindo hat doch Rosetta sicher liebgehabt. Man braucht ja nur zu sehen, wie er sie angezogen hat. Vorher lief sie herum wie eine Zigeunerin, und jetzt sieht sie aus wie eine richtige Dame.»

Mit diesen Worten sagte Concetta, die immer bereit war, Verbrecher zu verteidigen, weil sie selber eine Verbrecherin war, trotzdem vielleicht sogar die Wahrheit: Der Krieg hatte wirklich alles verändert, und ich hatte den Beweis dafür vor Augen, in Gestalt meiner Tochter, die aus einem Engel an Reinheit zu einer gefühl- und gedankenlosen Hure geworden war. Alles das wußte ich; und doch tat mir, was ich jetzt sah und hörte, maßlos weh, und so fuhr ich meinerseits wutschnaubend auf Concetta los: «Ein Dreck hat sich geändert! Ihr seid es, die nur auf den Krieg gewartet haben – du und deine Söhne und dieser Schurke Clorindo und diese Mörder von Marokkanern! Ihr alle habt nur darauf gewartet, euch auszutoben und endlich zu tun, was ihr in normalen Zeiten nie gewagt hättet! Aber ich sage dir: Alles das hat keine Dauer! Eines Tages wird die Welt wieder in Ordnung kommen, und dann wird es dir, deinen Söhnen und Clorindo schlecht ergehen, hundeschlecht, und ihr werdet draufkommen, daß es noch eine Moral, eine Religion und ein Gesetz gibt und daß die anständigen Menschen mehr gelten als die Verbrecher!»

Bei diesen meinen Worten ließ sich plötzlich Vincenzo vernehmen. Ausgerechnet er, der Halbtrottel, der die Habe seines Herrn gestohlen hatte, nickte jetzt und sagte: «Goldene Worte!»

Concetta aber zuckte mit den Schultern und meinte: «Warum regst du dich denn so auf? Leben und leben lassen! Leben lassen und leben!»

Rosario aber lachte ganz einfach und rief: «Du bist eine Frau aus der Vorkriegszeit, Cesira – und wir, mein Bruder und ich, Rosetta, meine Mutter und Clorindo, wir sind Nachkriegsmenschen! Sieh zum Beispiel mich an: Ich bin soeben in Neapel gewesen, mit einer Ladung amerikanischer Konservenbüchsen und Militärwesten. Das alles habe ich sofort verkauft. Ich habe neue Ware aufgeladen, die ich in der Ciociaria an den Mann bringen kann – und hier ist das Ergebnis!» Damit zog er ein Bündel Banknoten hervor und hielt es mir unter die Nase. «An einem einzigen Tag habe ich mehr verdient als mein Vater in den letzten fünf Jahren! Alles hat sich geändert, wir leben nicht mehr in der Zeit, als der Großvater die Großmutter nahm – das mußt du endlich einsehen. Und warum regst du dich so über Rosetta auf? Auch sie hat begriffen, daß Vorkrieg und Nachkrieg zwei verschiedene Welten sind, und hat sich danach eingerichtet. Sie hat zu leben gelernt. Dir hat die Liebe vielleicht niemals Spaß gemacht, oder man hat dir erzählt, daß ohne den Segen des Priesters die Liebe keine Liebe sei. Rosetta aber weiß, daß die Liebe immer die Liebe ist, mit und ohne Priester. Stimmt's, Rosetta? Das weißt du jetzt doch? Sag doch deiner Mutter, daß du's weißt!»

Ich schäumte, aber Rosetta hörte Rosario ganz ruhig zu und schien an seiner Art zu sprechen, Gefallen zu finden. Er redete, als sie nicht gleich antwortete, sofort weiter: «Zum Beispiel waren wir unlängst in Neapel, Rosetta, Clorindo, mein Bruder und ich – als Freunde, ohne Eifersucht und ohne Komplikationen. Und obwohl Rosetta bei uns war und uns allen gefiel, sind Clorindo, mein Bruder und ich doch gute Freunde geblieben wie vorher. Und wir haben uns alle vier glänzend unterhalten. Stimmt's, Rosetta, daß wir uns glänzend unterhalten haben?»

Ich zitterte am ganzen Leib, denn ich hatte jetzt begriffen, daß Rosetta nicht nur die Geliebte Clorindos, sondern der ganzen Gesellschaft gewesen war – und vielleicht hatte sie sich außer mit Clorindo und Rosario auch mit dessen Bruder und mit Gott weiß wem noch eingelassen! Mit irgendeinem von diesen neapolitanischen Schurken zum Beispiel, die von den Frauen leben und sie untereinander tauschen, als ob sie eine Ware wären! Was war Rosetta noch anders als ein armseliges Ding, mit dem die Männer tun konnten, was sie wollten? Von dem Augenblick an, in dem sie von den Marokkanern vergewaltigt wurde, war ihre Willenskraft

Geld zu verdienen . . .

... ist nicht eine von den schwersten Künsten. Man braucht dazu weder ein außergewöhnliches Temperament noch eine überdurchschnittliche Begabung (außer der Begabung, Geld zu verdienen). Viel schwerer ist's, Geld nicht auszugeben. Aber gerade damit erwirbt man sich den beständigsten Wohlstand. Denn: Reich wird man weniger von dem Geld, das man verdient, als von dem, das man nicht ausgibt.

gebrochen, und zugleich war ihr etwas, das sie bis dahin nicht gekannt hatte, gleich einem Feuer ins Fleisch gefahren; und das brannte sie jetzt unablässig und ließ sie wünschen, alle Männer, denen sie begegnete, möchten mit ihr tun, was die Marokkaner mit ihr getan hatten.

Rosario erhob sich jetzt, da die Mahlzeit beendet war, lockerte seinen Gürtel und sagte: «Na, ich mache jetzt eine kleine Spazierfahrt mit dem Wagen. Willst du mitkommen, Rosetta?»

Ich sah, wie Rosetta nickte, die Serviette auf den Tisch legte und sich anschickte, aufzustehen. Auf ihrem Gesicht lag dabei derselbe gierige, lüsterne und abwesende Ausdruck, den ich beim Schein der Kerze an ihr gesehen hatte in jener Nacht, in der sie zum erstenmal mit Clorindo zurückgekommen war.

Irgend etwas nötigte mich zu sagen: «Nein, du gehst nicht! Du bleibst hier!»

Alles schwieg, und Rosario sah mich mit gespieltem Erstaunen an, als wollte er sagen: Was ist denn los? Steht die Welt auf dem Kopf?

Dann wandte er sich an Rosetta und befahl: «Los, gehen wir, mach rasch!»

Ich sagte nochmals, nicht mehr im Befehlston, sondern bittend: «Rosetta, geh nicht!»

Sie aber hatte sich bereits erhoben und sagte: «Wir sehen uns später, Mutter!» Und ohne sich umzuwenden, eilte sie Rosario nach, der sich bereits, seiner Sache völlig sicher, auf den Weg gemacht hatte, schob ihren Arm unter den seinen und verschwand mit ihm unter den Orangen.

Sie gehorchte also jetzt Rosario genauso, wie sie vorher Clorindo gehorcht hatte. Er führte sie jetzt auf irgendeine Wiese, und ich war machtlos!

Concetta aber rief: «Tja, eine Mutter hat natürlich das Recht, ihrer Tochter alles mögliche zu verbieten – wie denn nicht? Aber auch die Tochter hat das Recht, mit dem Mann zu gehen, der ihr gefällt – wie denn nicht? Und die Mütter sind nie mit den Männern einverstanden, die den Töchtern gefallen, aber die Jugend hat eben ihre Rechte, und uns Müttern bleibt nichts anderes übrig, als zu verstehen und zu verzeihen – zu verstehen und zu verzeihen.»

Ich sagte nichts und saß mit gesenktem Kopf da, während die Mücken um das Acetylenlicht schwirrten, sich darin verbrannten und tot herabfielen. Und ich dachte, daß meine arme Rosetta diesen Mücken glich: Die Flamme des Krieges hatte sie verbrannt, und sie war tot – zumindest für mich.

In dieser Nacht kam Rosetta sehr spät heim, und ich hörte sie nicht einmal. Aber vor dem Einschlafen hatte ich lange an sie gedacht, an alles, was ihr widerfahren und was sie geworden war; dann jedoch war mir Michele in den Sinn gekommen, und für den Rest meiner Nachtwache hatte nur er mich beschäftigt. Ich hatte noch nicht den Mut gehabt, die Festas aufzusuchen und ihnen zu sagen, wie tief mich der Tod ihres Sohnes betrübte, der für mich fast wie der Tod meines eigenen Sohnes war. Die ganze Zeit hindurch hatte ich den Gedanken an dieses schreckliche Ende Micheles wie einen Dorn im Herzen getragen. Ich dachte: Das ist der Krieg! Im Krieg gehen die Besten zugrunde, weil sie die Menschenfreundlichsten, die Mutigsten und die Anständigsten sind! Da wird der eine umgebracht, wie der arme Michele, und wieder andere werden fürs Leben verstümmelt, wie meine arme Rosetta! Die Schlechtesten aber, die keinen Mut, keinen Glauben, keine Religion, keinen Stolz haben, die rauben und morden und nur an sich selber und ihren Vorteil denken – die retten sich und gedeihen und werden noch unverfrorener und schurkischer, als sie es zuvor gewesen sind!

Michele, so dachte ich weiter, hätte mir, wenn er noch am Leben wäre, vielleicht einen guten Rat gegeben – und vielleicht wäre ich dann nicht aus Fondi in mein Dorf gefahren, wir wären den Marokkanern nicht begegnet, und Rosetta wäre immer noch der Engel an Reinheit und Güte, der sie zuvor gewesen ist. Welch ein Jammer, daß Michele tot war, der für uns die Rolle eines Vaters, eines Gatten, eines Bruders und eines Sohnes gespielt hatte! Wenn er auch die Güte selbst gewesen war, hatte er doch bisweilen hart und unnachsichtig sein können, sofern es sich um Verbrecher von der Art eines Rosario oder Clorindo handelte. Und er besaß eine Kraft, die mir mangelte, weil er nicht nur gut, sondern auch gelehrt war, furchtbar viele Dinge wußte und das Leben von einer hohen Warte aus sah, nicht aus der platten Alltäglichkeit heraus wie ich, die ich bis dahin immer nur für meinen Laden und mein Heim gelebt hatte, ohne sonst von irgend etwas die mindeste Ahnung zu haben.

Plötzlich überkam mich eine unsägliche Erregung und Verzweiflung. Ich sagte mir, daß ich nicht länger in einer Welt leben wollte, in der die guten Männer und anständigen Frauen nichts mehr galten und die Schurken sich als die Herren aufführten. Für mich, so sagte ich mir, hatte das Leben keinen Sinn mehr, und zusammen mit Rosetta, die so war, wie sie war, konnte ich auch in Rom, in meiner Wohnung und in meinem Laden, nie mehr die sein, die ich gewesen war, und das Leben würde mich nicht mehr freuen.

Also faßte ich den Entschluß, zu sterben. Ich sprang aus dem Bett, entzündete mit bebenden Händen die Kerze und holte aus dem hintersten Winkel des Raumes eine Leine, die dort an einem Nagel hing und auf der Concetta ihre Wäsche zum Trocknen aufzuhängen pflegte. Dort stand auch ein Stuhl aus geflochtenem Stroh, und ich stieg darauf, den Strick in der Hand, entschlossen, diesen an einem Nagel oder einem Dachbalken festzubinden, den Kopf in die Schlinge zu stecken und dann den Stuhl unter mir wegzustoßen.

Aber gerade, als ich auf der Suche nach einem geeigneten Punkt zum Befestigen des Strickes nach oben blickte, öffnete sich leise die Tür hinter mir. Ich wandte mich um und sah Michele auf der Schwelle stehen. Er sah genauso aus wie das letzte Mal, da ich ihn gesehen hatte – als man ihn wegführte; und es fiel mir auf, daß so wie damals eines seiner Hosenbeine ihm bis über den Schuhabsatz reichte, das andere, kürzere, aber seinen Knöchel sehen ließ. Er trug eine Brille wie immer, und um mich besser sehen zu können, blickte er über die Ränder der Gläser hinweg, wie er das zu seinen Lebzeiten immer getan hatte. Als er sah, daß ich mit einem Strick in der Hand auf dem Stuhl stand, machte er eine Bewegung, die soviel bedeutete wie: Nein, tu das nicht! Nein, das darfst du nicht tun!

Da fragte ich: «Und warum darf ich das nicht tun?»

Er öffnete den Mund und sagte etwas, das ich nicht hörte. Dann fuhr er fort zu sprechen, und ich bemühte mich, ihn zu hören, aber es gelang mir nicht. Es war ganz so, wie wenn man einen Menschen sieht, der hinter einer Glasscheibe die Lippen bewegt, ohne daß ein Laut herüberdringt.

«Sprich doch lauter!» rief ich. «Ich kann dich nicht verstehen!»

Im selben Augenblick fuhr ich schweißgebadet in meinem Bett auf. Da begriff ich, daß das Ganze nur ein Traum gewesen war – mein Selbstmordversuch ebenso wie das Eingreifen Micheles und seine unhörbare Rede. Was mir blieb, war ein schmerzliches, bitteres, heftiges Bedauern, daß ich das, was er zu mir gesprochen, nicht hatte hören können. Eine ganze Weile wälzte ich mich auf meinem Lager hin und her und fragte mich, was es wohl gewesen sein konnte. Bestimmt hatte er mir erklärt, warum ich mich nicht töten solle und warum es der Mühe wert war, weiterzuleben.

Ja, er hatte mir bestimmt mit wenigen Worten den Sinn des Lebens erklärt, der uns Lebenden entgeht, der aber den Toten leuchtend klar sein mag. Mein Unglück war es, daß ich seine Worte nicht hatte verstehen können, obwohl der ganze Traum doch tatsächlich eine Art von Wunder gewesen war. Die Wunder sind ja darum Wunder, weil dabei alles geschehen kann, auch das Unglaublichste und Seltsamste. Ein solches Wunder hatte sich ereignet, aber nur zur Hälfte: Michele war mir erschienen und hatte mich daran gehindert, mir das Leben zu nehmen; aber ich hatte nicht gehört, warum ich es nicht tun soll, und das war bestimmt meine eigene Schuld, denn ich war dieser Erkenntnis wohl nicht würdig gewesen.

So mußte ich wohl weiterleben, aber nie würde ich erfahren, warum dieses Leben dem Tode vorzuziehen sei.

Elftes Kapitel

So kam also der große Tag unserer Rückkehr nach Rom – doch wie anders war dies alles nun, als ich es mir während der neun Monate in Sant' Eufemia erträumt hatte! Damals hatte ich mir eine fröhliche Rückkehr auf irgendeinem militärischen Fahrzeug vorgestellt, zusammen mit ein paar blonden Jungen, Engländern oder Amerikanern, die ich mir vergnügt, sympathisch und lustig dachte. Und Michele sollte auch mit dabeisein, endlich auch er einmal fröhlich und zufrieden! Wie oft hatte ich mich in einem solchen Lastauto sitzen und nach der Kuppel von Sankt Peter Ausschau halten gesehen – nach dem ersten Bauwerk Roms, das man am Horizont auftauchen sieht. Mein Herz, so glaubte ich, würde voll Hoffnung sein und mein Kopf würde schwirren von Projekten für Rosetta, ihre Heirat, das Geschäft und die Wohnung. Ich kann sagen, daß ich mir während dieser neun Monate jede Einzelheit unserer Rückkehr, ja jede Einzelheit jeder Einzelheit genau ausgemalt hatte: die Ankunft daheim, mit Giovanni, der uns, die erloschene Zigarre im Mundwinkel, ruhig und lächelnd empfing, mit den Nachbarn, die rings um uns zusammenliefen und die wir alle umarmten; und dann hörte ich uns lächelnd erklären: «Na, wir haben's geschafft! Später wollen wir euch erzählen, was wir erlebt haben.»

Alles das und vieles andere hatte ich mir ausgedacht, und ich weiß noch, wie oft ich mich während solcher Phantasien dabei ertappt hatte, daß ich in vorweggenommener Freude strahlend lächelte. Nie im Leben wäre ich auf die Idee verfallen, das alles könnte sich auch ganz anders abspielen als so, wie es mir vorschwebte. Mit einem Wort, ich hatte nicht berücksichtigt, daß, wie Concetta sich ausdrückte, Krieg Krieg ist und daß er auch nach seinem Ende noch lange weiterwirkt. Das sterbende Raubtier richtete mit seinen Tatzenhieben immer noch Unheil an.

Uns hatte der Krieg bereits seinen Tatzenhieb versetzt, unmittelbar ehe er das Feld räumte. Die Marokkaner hatten Rosetta zugrunde gerichtet, die Deutschen hatten Michele getötet, und wir mußten mit dem Lastwagen des Schurken Rosario nach Rom fahren. Ich war keineswegs so froh, wie ich mir das immer ausgemalt hatte, sondern traurig, enttäuscht und verzweifelt.

Es war ein Junimorgen, an dem die Hitze und Helligkeit des Sommers bereits den Himmel glühen und die staubige Erde dürsten ließ. Rosetta und ich zogen uns in der Baracke an, denn der Lastwagen Rosarios erwartete uns auf der Hauptstraße. Rosetta hatte einen Teil der Nacht draußen verbracht, ich hatte sie heimlich hereinschleichen sehen und war wiederum von dem Gefühl meiner Ohnmacht überwältigt worden. Mein Herz ging über von Worten, die ich gerne gesagt hätte, aber mein Mund brachte keines davon hervor. Schließlich, als Rosetta sich vor dem Waschbecken in der Ecke wusch, sagte ich: «Ich möchte doch wissen, wo du heute nacht gewesen bist!»

Ich war auf ein neuerliches Stillschweigen gefaßt, bestenfalls auf eine kurzangebundene Antwort; aber Gott weiß warum verlief die Sache diesmal anders. Rosetta trocknete sich ab, wandte sich um und sagte mit klarer, fester Stimme: «Ich habe mit Rosario geschlafen. Und frage mich nicht mehr, was ich tue, wohin ich gehe und mit wem ich beisammen bin, denn jetzt weißt du: Ich schlafe wo und mit wem ich kann. Und auch das will ich dir sagen: Ich brauche die Liebe und kann und will nicht auf sie verzichten.»

«Aber mit Rosario!» rief ich. «Mein Kind, ist dir klar, wer Rosario ist?»

Sie erwiderte: «Er oder ein anderer, das ist mir gleich. Ich sage dir: Die Liebe ist das einzige, was mir Freude macht und was ich tun kann. Und das wird so bleiben. Darum frage mich nicht mehr, denn ich werde dir immer nur dieselbe Antwort geben können.»

Noch nie hatte sie so klar gesprochen, ja es war eigentlich das erste Mal, daß sie zu mir überhaupt von solchen Dingen sprach, und ich begriff, daß ich, solange diese Geistesverfassung bei ihr andauerte, nichts anderes tun konnte, als was sie von mir verlangte: keine Fragen stellen und schweigen. Und so hielt ich es fortan. Wortlos kleidete ich mich auf meiner Seite des Bettes an, während sie auf der ihren dasselbe tat.

Wir traten schließlich aus der Baracke heraus und fanden Rosario, der mit seiner Mutter bei Tisch saß und einen Zwiebelsalat mit Brot verzehrte. Concetta kam sogleich auf mich zu und führte ihre üblichen, aufgeregten, konfusen Reden, die mir schon auf die Nerven gegangen waren, als ich sie kennenlernte.

«So geht ihr also fort, zurück nach Rom, ihr Glücklichen! Euch geht es gut, und uns laßt ihr hier in dieser Wüste, uns arme Teufel vom Lande! Hier laßt ihr uns zurück, wo es nichts mehr gibt, wo alle hungern, wo die Häuser zerstört sind und die Leute in Fetzen herumlaufen wie die Zigeuner! Ja, ihr spielt jetzt wieder in Rom die Damen, in Rom, wo der Überfluß herrscht und wo die Engländer euch das, was sie uns drei Tage lang gegeben haben, das ganze Jahr hindurch geben! Aber ich freue mich, denn ich habe euch gern, und es ist immer schön, wenn es denen, die man gern hat, gut geht.»

Um diesem Gerede ein Ende zu bereiten, sagte ich: «Ja, es geht uns wirklich gut! Und besonderes Glück haben wir gehabt, daß wir auf eine Familie wie die eure gestoßen sind!»

Sie merkte die Ironie nicht, sondern rief ganz ernsthaft: «Ja, das kann man wohl sagen, daß wir eine gute Familie sind! Ihr habt es gut gehabt bei uns, wir haben euch wie Schwestern und Töchter behandelt, haben euch zu essen und zu trinken gegeben und Betten obendrein, und ihr habt getan und gelassen, was euch gefiel. Tja, Familien wie die unsere finden sich selten!»

«Zum Glück», hätte ich beinahe geantwortet, aber ich hielt mich zurück, denn ich hatte es eilig, von hier wegzukommen, wenn auch mit diesem widerwärtigen Rosario. Ich wollte nicht fünf Minuten länger auf dieser Lichtung sitzen, mit den dichten Orangenbäumen ringsum, von denen man eingeschlossen war wie in einem Gefängnis. Also verabschiedeten wir uns von dem Halbtrottel Vincenzo, der sagte: «Wie? Ihr geht schon? Ihr seid doch eben erst angekommen! Warum bleibt ihr nicht wenigstens bis Mitte August?»

Concetta umarmte uns und klatschte uns ein paar von ihren Küssen auf die Wangen, die wie ihre Reden nur dazu dienten, uns hinters Licht zu führen. Schließlich schlugen wir den Fußpfad ein und wandten dem verfluchten rosafarbenen Haus für immer den Rücken. Auf der Hauptstraße stand der Lastwagen. Wir stiegen ein, Rosetta neben Rosario und ich neben Rosetta.

Rosario ließ den Motor an, schaltete, rief: «Abfahrt nach Rom!» und der Wagen rollte rasch über die Provinzstraße davon, in der Richtung nach der Staatsstraße. Der Morgen war inzwischen vorgeschritten, und am Himmel stand eine brennende, jugendlich-kraftvolle Junisonne. Die Straße war weiß von Staub, die sie begleitende Hecke desgleichen; und wenn der Wagen seine Fahrt verlangsamte, hörte man aus dem Laub der wenigen Bäume am Straßenrand das Zirpen der Grillen, die sich dort verborgen hielten.

Als ich dieses Grillengezirp hörte, den weißen Staub auf der Straße und die Lerchen sah, die sich vom Himmel herabstürzten, um in den Maultieräpfeln zu picken und sich alsbald wieder in die leuchtende Luft emporzuschwingen, traten mir plötzlich die Tränen in die Augen. Ja, das war das Land, mein geliebtes Land, wo ich aufgewachsen war und wohin ich mich in der Notzeit geflüchtet hatte, wie man sich zu einer sehr alten Mutter flüchtet, die unendlich viel erlebt hat und dennoch gütig geblieben ist und alles verzeiht.

Aber das Land hatte mich verraten und alles war schlecht ausgegangen . . . und jetzt war ich eine andere geworden; das Land aber war noch immer dasselbe wie eh und je, mit der Sonne, die alles erwärmte, bis auf mein vereistes Herz, und mit den Grillen, deren Zirpen so schön anzuhören ist, wenn man jung ist und das Leben liebt, und das mir jetzt beinahe widerwärtig geworden war, samt dem trockenen, warmen Staubgeruch, der die Sinne berauscht, solange sie sehnsüchtig und unerfüllt sind, und der mich jetzt erstickte wie eine auf Mund und Nase gepreßte Hand.

Das Land hatte mich verraten, und ich kehrte ohne Hoffnung, ja verzweifelt nach Rom zurück. Ganz leise weinte ich vor mich hin und versuchte, den Kopf abzuwenden, damit Rosario und Rosetta meine Tränen nicht sahen. Aber Rosetta bemerkte es doch und fragte mich plötzlich: «Warum weinst du, Mutter?» Ihre Stimme war dabei so sanft, daß ich beinahe hoffte, sie sei durch ein Wunder wieder zu meiner Rosetta von früher geworden. Aber als ich antworten wollte, sah ich, während ich mich umwandte, daß sie ihre Hand auf dem Schenkel Rosarios liegen hatte, oben an der Leistengegend, und plötzlich fiel mir auf, daß die beiden seit einer Weile ganz still waren und sich nicht bewegten, und ich begriff, was dieses Schweigen und diese Unbeweglichkeit zu bedeuten hatten. Die Zärtlichkeit in Rosettas Stimme war nicht Unschuld gewesen, sondern der Ausdruck dessen, was die beiden miteinander taten, schamlos, während er den Wagen lenkte, mitten am Vormittag, gleich Tieren, die zu jeder Zeit und an jedem Ort ihre Lüste befriedigen.

Da sagte ich: «Ich weine aus Scham. Darum weine ich!»

Bei diesen Worten machte Rosetta eine Bewegung, als wollte sie ihre Hand fortziehen, das Schwein Rosario aber bekam sie zu fassen und legte sie von neuem auf seinen Schenkel. Sie leistete ein wenig Widerstand, oder wenigstens kam es mir so vor; dann ließ er ihre Hand fahren, sie zog sie aber nicht zurück, und ich begriff von neuem, daß der Zwang, solche Dinge zu tun, unter dem sie stand, stärker war als meine Scham und als die ihre, falls sie überhaupt noch Scham empfinden konnte.

Wir fuhren inzwischen über die Via Appia, an den Platanen entlang, die zu beiden Seiten die Straße säumten und ihr frisches, dichtes Blätterwerk über unseren Köpfen vereinigten. Es war, als führen wir durch einen grünen Tunnel. Die Sonne malte da und dort Lichtflecken auf die Straße, und der dunkle Asphalt sah aus wie etwas Lebendiges, wie der Rücken eines warmen, von Blut durchpulsten Tieres. Ich hielt den Kopf nach der Straße gewendet, um nicht sehen zu müssen, was Rosario und Rosetta trieben; und um mich von meinen traurigen Gedanken abzulenken, begann ich die Gegend zu betrachten. Da war die Überschwemmung, welche die Deutschen verursacht hatten, als sie die Dämme sprengten. Blaue Wasserflächen, die der Wind kräuselte und aus denen da und dort Baumkronen und Ruinen hervorragten, breiteten sich dort aus, wo einmal bebaute Äcker und Bauernhäuser gewesen waren.

Nachdem wir an San Biagio vorübergekommen waren, verlief die Straße längs des Meeres. Es war ruhig, nur ein leichter, frischer Wind strich darüber hin und trieb die blauen Wellen vor sich her; jede Welle hatte ein glitzerndes Auge, und die Wasserfläche schien unter der Sonne zu lächeln.

Jetzt kamen wir nach Terracina. Hier sah es noch ärger aus als in Fondi: alles war verwüstet, die Häuser durchlöchert von Maschinengewehr- und Granateinschlägen, die Fenster schwarz oder – schlimmer noch – blau, dann nämlich, wenn von dem ganzen

Haus nur die Vorderfront übriggeblieben war. Und allenthalben Berge von staubigen Trümmern und mit gelblichem Wasser angefüllte Löcher. In ganz Terracina gab es keinen Menschen, oder zumindest schien es mir so, weder auf dem Hauptplatz noch auf den langen, geraden Straßen zwischen Ruinen, die zum Meer hinunterführten.

Ich stellte mir vor, daß sich in Terracina dasselbe abgespielt haben mochte wie in Fondi: am ersten Tag großer Jahrmarkt, eine Menge von Soldaten, Bauern und Flüchtlingen, Lebensmittel- und Kleiderverteilung, Jubel und Lärm, mit einem Wort: Leben. Dann war die Armee weiter gegen Rom vorgerückt, und plötzlich war das Leben wieder entschwunden und nichts übriggeblieben als eine schweigende Ruinenwüste.

Hinter Terracina rasten wir geradewegs die Straße nach Cisterna entlang. Auf der einen Seite hatten wir den mit dichtem Grün verhangenen Entwässerungskanal, auf der anderen eine stellenweise überschwemmte Ebene, die sich bis zu den Füßen der blauen Berge am Horizont ausbreitete. Dann und wann sah man im Straßengraben die Überreste eines Militärautos, die Räder in der Luft, verrostet und kaum mehr erkennbar, als wäre der Krieg schon vor Jahren hier durchgezogen.

Da und dort erblickte man in einem Weizenfeld das gegen den Himmel gerichtete dünne Rohr eines Panzergeschützes, und beim Näherkommen entdeckte man dann mitten zwischen den hohen Ähren den Panzer selbst, unbeweglich wie ein tödlich getroffenes und liegengelassenes Tier.

Rosario lenkte mit einer Hand den schnell dahinfahrenden Wagen, während er mit der anderen die Hand Rosettas in ihrem Schoß drückte. Ich konnte diesen Anblick nicht mehr ertragen. Plötzlich fiel mir aus irgendwelchen Gründen ein, daß Rosetta gut singen konnte und eine hübsche, wohlklingende Stimme besaß. Zu Hause, wenn sie ihre Arbeit machte, pflegte sie oft zu singen, und ich hörte ihr vom Nebenzimmer aus mit Vergnügen zu; ihre Stimme war damals ruhig, rein und heiter gewesen, und sie schien nie müde zu werden – was ja auch ganz ihrem damaligen Charakter entsprach. Daran erinnerte ich mich jetzt, auf der Straße zwischen Terracina und Cisterna, und in mir erwachte der Wunsch, wenigstens für einen Augenblick die Illusion der Rosetta von einst wiederzuerwecken. «Rosetta», sagte ich also, «warum singst du nicht etwas? Das kannst du doch so gut! Sing uns ein schönes Lied, sonst schlafen wir auf dieser schnurgeraden, sonnigen Straße noch ein!»

«Was soll ich denn singen?» fragte sie, ich nannte aufs Geratewohl ein Lied, das vor ein paar Jahren in Mode gewesen war, und sie setzte sogleich damit ein, wobei sie regungslos dasaß und noch immer die Hand Rosarios in ihrem Schoß hielt. Doch ich erkannte bald, daß es nicht mehr dieselbe Stimme war; sie schien weniger sicher, weniger melodiös und verfehlte bisweilen den Ton. Rosetta selbst schien dies zu merken, denn plötzlich brach sie ab und sagte: «Ich fürchte, Mutter, ich kann nicht mehr singen. Ich habe auch gar keine Freude mehr daran.»

Ich hätte ihr am liebsten geantwortet: Das kommt daher, weil du diese Männerhand im Schoß hältst – und weil du nicht mehr du selbst bist. Darum fehlt dir das Gefühl von einst, das dich singen ließ wie ein Vogel. Aber ich hatte nicht den Mut, meine Gedanken auszusprechen.

Rosario sagte: «Na, wenn ihr wollt, singe ich!» Und er legte mit seiner rauhen Stimme los und sang ein schamloses, freches Lied. Ich litt nun doppelt – weil Rosetta nicht mehr singen konnte und also auch in diesem Punkte eine andere geworden war und weil er es war, der sang. Inzwischen raste das Lastauto wie toll dahin, und bald waren wir in Cisterna.

Auch hier, wie in Terracina, sah alles trostlos aus. Ich erinnere mich ganz besonders an den Brunnen auf dem Platz, umgeben von einem Halbkreis zertrümmerter Häuser. Die Brunnenschale war angefüllt mit Schutt, die Statue auf dem Piedestal in ihrer Mitte hatte an Stelle des Kopfes einen schwarzen, verbogenen Eisenhaken, und an dem verbliebenen Arm fehlte die Hand. Man hatte den Eindruck eines lebendigen Wesens, gerade weil der Kopf und ein Arm fehlten.

In den Straßen war keine Seele zu erblicken. Die Leute befanden sich entweder noch in den Bergen, oder sie versteckten sich in den Ruinen. Hinter Cisterna führte die Straße durch eine Art Wald aus Korkeichen, und man sah eine ganze Weile lang kein Haus und keinen Menschen, sondern nur den grünen Rasen und die verkrüppelten roten Baumstämme, die wie gehäutet aussahen.

Das Wetter war jetzt nicht mehr so schön wie vorher. Vom Meer her hatte sich ein Fächer aus grauen Wolken vorgeschoben, der sich immer weiter ausbreitete und bald den ganzen Himmel bedeckte. Der Griff dieses Fächers lag über dem Meer, die Stäbe aber, gebildet aus dichten grauen Wolken, spannten sich weit über das Land hin.

Die Sonne schien nicht mehr, und die ganze Gegend mit diesen verkrüppelten roten Korkeichen, die aussahen, als litten sie darunter, verkrüppelt und rot zu sein, war in ein gleichförmiges, gedämpftes Licht getaucht. Völlige Einsamkeit umgab uns, und obgleich der Motorenlärm keinen Augenblick aussetzte, spürte man doch eine große Stille, ohne Vogelgesang und ohne Grillengezirp.

Rosetta war in einen Halbschlummer versunken, Rosario rauchte im Fahren, und ich verfolgte mit meinen Blicken bald die weißen Kilometersteine, bald suchte ich hinten, in dem Korkeichenwald, irgend etwas zu entdecken. Dann machte die Straße eine Kurve, und ich, die ich gerade hinter mich geblickt hatte, wurde beinahe gegen die Windschutzscheibe geschleudert. Ein umgelegter Telegrafenmast blockierte die Straße in ihrer ganzen Breite. Drei Männer kamen aus dem Dickicht zum Vorschein und winkten uns, zu halten. Rosetta erwachte und fragte: «Was gibt es denn?» Aber niemand antwortete ihr, denn ich begriff nicht, worum es sich handelte, während Rosario bereits aus dem Wagen gesprungen war und entschlossen auf die drei Männer zuging.

An diese drei erinnere ich mich genau; ich könnte sie noch heute unter Tausenden wiedererkennen. Sie trugen zerfetzte Anzüge, wie alle Leute in jenen Tagen, einer war klein, blond, breitschultrig und in braunen Samt gekleidet; der zweite war groß, mittleren Alters, zaundürr und hatte ein gespanntes hageres Gesicht und graumeliertes Haar; der dritte war ein Junge von gewöhnlichem Typ, schwarzhaarig, mit breitem Gesicht und nicht allzusehr von Rosario verschieden.

Dieser hatte beim Aussteigen plötzlich eine Bewegung gemacht, die mir aufgefallen war: Er hatte blitzschnell ein Päckchen aus der Tasche gezogen und im Armaturenbrett verschwinden lassen. Ich begriff, daß dieses Päckchen Geld enthielt, und in diesem Augenblick wurde mir klar, daß die drei Männer Räuber waren. Alles Weitere ereignete sich blitzschnell, während Rosetta und ich gelähmt vor Verblüffung durch die schmutzige, mit Insekten, Staub und Regenspuren bedeckte Windschutzscheibe zusahen. Durch diese Scheibe also, die dem bereits gedämpften Licht des trüben Tages eine besonders schwermütige, unbestimmte Note verlieh, sahen wir, wie Rosario auf die drei losging und wie sie ihrerseits eine drohende Haltung einnahmen. Ich sah Rosario von hinten, den Blonden aber von vorne. Er hatte einen roten, etwas verzerrten Mund, mit einer Art Muttermal am Mundwinkel. Dieser Blonde also redete, und Rosario antwortete. Nach kurzem Wortwechsel packte er Rosario plötzlich unterhalb der Kehle beim Rockkragen, Rosario schüttelte sich, riß sich los und griff, wie ich deutlich sehen konnte, mit der Hand in die hintere Hosentasche. Sofort krachte ein Schuß, dem zwei weitere folgten. Ich glaubte, Rosario hätte geschossen, aber er wandte sich um, wie wenn er zu dem Wagen zurückkehren wollte. Dabei hielt er den Kopf auf sonderbare Weise gesenkt, und plötzlich brach er in die Knie. So verharrte er einen Augenblick, die Hände auf den Boden gestützt, als dächte er nach, dann sank er seitwärts um. Ohne sich um ihn zu kümmern, kamen die drei auf den Wagen zu.

Der Blonde, der noch immer den Revolver in der Hand hielt, schwang sich aufs Trittbrett, blickte in die Kabine und rief keuchend: «Heraus mit euch beiden! Sofort heraus!» Dabei fuchtelte er mit dem Revolver, weniger um uns zu bedrohen, als um seinem Befehl Nachdruck zu verleihen. Die anderen beiden räumten unterdessen den Mast von der Straße.

Ich begriff, daß uns nichts anderes übrigblieb, als zu gehorchen, sagte zu Rosetta: «Komm, steigen wir aus!» und wollte den Schlag öffnen. Plötzlich aber beugte sich der Blonde, der schon beinahe in der Kabine saß, weit hinaus und starrte auf die Straße, während die zwei anderen ihm durch Winksignale verständlich zu machen suchten, daß etwas Neues im Anzug war. Der Blonde stieß einen Fluch aus, sprang ab und lief zu seinen Kameraden. Gleich darauf sah ich sie alle drei durch das Wäldchen laufen und im Zickzack hinter den Stämmen verschwinden.

Im Augenblick war nichts weiter zu sehen als der beiseite geschobene Telegrafenmast und Rosarios regungsloser Körper mitten auf der Straße. Eben als ich zu Rosetta sagte: «Was tun wir jetzt?» fuhr neben uns ein kleines offenes Auto heran, in dem zwei englische Offiziere und ein Soldat als Fahrer saßen. Das Auto bremste, denn die Leiche Rosarios versperrte die Straße, wenn auch nicht so vollständig, daß man sie nicht unschwer hätte umfahren können.

Die Offiziere blickten auf die Leiche und auf uns, dann sah ich, wie einer von ihnen dem Fahrer mit einer Geste bedeutete: «Ach was, tot ist tot – fahren wir weiter!» Das Auto zwängte sich haarscharf an Rosario vorbei, beschleunigte sein Tempo und war gleich darauf um die nächste Biegung verschwunden.

Plötzlich fiel mir, weiß Gott warum, das Geld ein, das Rosario im Armaturenbrett versteckt hatte. Ich streckte die Hand aus, ergriff das Päckchen und schob es in meinen Busen. Rosetta beobachtete mich dabei und warf mir einen Blick zu, der mir beinahe vorwurfsvoll schien. Plötzlich ertönte das laute Quietschen von Bremsen, und ein Lastwagen hielt neben dem unseren.

Diesmal war es ein Italiener, ein kleiner Mann mit großem, kahlem Kopf, blassem, schweißbedecktem Gesicht, runden Augen und Koteletten, die ihm über die halben Wangen reichten. Er hatte einen erschrockenen, unzufriedenen, aber nicht bösartigen Gesichtsausdruck, wie einer, der notgedrungen eine mutige Handlung begeht und dabei innerlich sein Los verflucht, das ihn zwingt, gegen seinen Willen tapfer zu sein.

Hastig fragte er: «Was ist denn geschehen?» wobei er seinen Führersitz nicht verließ und die Hand am Schalthebel behielt.

Ich sagte: «Wir sind überfallen worden, und diesen jungen Menschen haben sie dabei erschossen. Es waren Räuber, aber sie sind davongelaufen. Und wir sind zwei Flüchtlinge . . .»

Er fiel mir ins Wort: «Wohin sind sie gelaufen?»

Ich deutete in die Richtung des Wäldchens, er blickte erschrocken dorthin und sagte dann: «Um Gottes willen, schnell! Steigt in meinen Wagen, wenn ihr nach Rom wollt, aber macht rasch, um Gottes willen!»

Ich wußte, daß er weiterfahren würde, wenn wir auch nur einen Augenblick zögerten, also beeilte ich mich, auszusteigen, und zog Rosetta an der Hand hinter mir her. Er aber rief mit verängstigter Stimme: «Schiebt die Leiche beiseite, wie komme ich sonst vorbei?»

Tatsächlich sah ich, daß sein Lastwagen, der viel breiter war als das Auto der Engländer, nicht genügend Raum hatte, um zwischen der Leiche Rosarios und dem Straßengraben durchzukommen.

«Schnell, schnell, um Himmels willen!» rief der Mann von neuem mit seiner klagenden Stimme. Ich riß mich zusammen, sagte zu Rosetta: «Hilf mir!» und ging geradewegs auf die Leiche Rosarios zu.

Er lag auf der Seite und hatte einen Arm über den Kopf erhoben, als wollte er sich an irgend etwas festhalten, das er nicht mehr hatte erlangen können. Ich beugte mich nieder und ergriff eines seiner Beine, Rosetta tat dasselbe mit dem anderen Bein, und mit großer Mühe zerrten wir den unendlich schweren Körper zur Seite, auf den Straßengraben zu, wobei der Kopf, die Schultern und die langen Arme auf dem Boden nachschleppten.

Rosetta ließ als erste das Bein fahren, und ich tat darauf dasselbe. Dann aber beugte ich mich rasch über den Toten, beinahe voll Angst, ich könnte an ihm noch irgendein Lebenszeichen entdecken. Ich trug ja sein Päckchen mit dem Geld im Busen und hätte es gern behalten, denn in unserer Lage konnten wir es nur zu gut gebrauchen; also wollte ich mich vergewissern, ob er auch wirklich tot war. Daran konnte nun allerdings kein Zweifel mehr bestehen, denn seine geöffneten Augen starrten regungslos in den Himmel.

Ich will es ehrlich gestehen: In jenem Augenblick betrug ich mich wie ein habgieriger, herzloser und feiger Mensch, genauso wie sich Concetta gemäß ihrer Formel «Krieg ist Krieg» betragen hätte. Ich hatte dem Toten sein Geld gestohlen und fürchtete jetzt, eben wegen dieses Geldes, daß er vielleicht doch noch nicht tot sein könnte. Als ich aber einmal in dieser Beziehung beruhigt war, wollte ich meine schlechte Handlungsweise durch einen Glaubensakt wettmachen, der mich nichts kostete. Während der Mann auf dem Lastwagen mir ungeduldig zurief: «Der ist bestimmt tot! Da ist nichts mehr zu wollen!» machte ich über Rosarios Brust das Zeichen des Kreuzes, dort, wo auf seiner schwarzen Jacke ein großer, dunkler Fleck zu sehen war. Dabei fühlte ich, wie meine Finger den Stoff der blutigen Jacke berührten, und während ich mit Rosetta zu dem Lastauto lief, blickte ich verstohlen meine Hand an. Ich sah, daß der Ballen von frischem Blut gerötet war, und empfand bei dieser Feststellung etwas wie Reue, ja Abscheu vor mir selbst, daß ich jenes verlogene Kreuzeszeichen über der Leiche eines Mannes gemacht hatte, der eben erst von mir bestohlen worden war. Ich hoffte, daß Rosetta nichts davon bemerkt hätte, aber als ich meine Hand am Rock abwischte, sah ich, wie sie mich anblickte, und wußte, daß sie mich beobachtet hatte. Inzwischen waren wir beide eingestiegen, und der Wagen fuhr los.

Der Mann saß über das Lenkrad gebeugt, umklammerte es mit beiden Händen und schien sich daran festzuhalten. Die Augen traten ihm aus den Höhlen, sein Gesicht war kreidebleich und hatte einen tief verängstigten Ausdruck. Meine Hauptsorge war das Paket mit den Banknoten, das ich im Busen trug, und Rosetta starrte mit einer regungslosen, apathischen Miene vor sich hin, in der man unmöglich irgendeine Empfindung entdecken konnte.

Ich dachte mir jetzt, wie wir doch alle drei, jeder aus seinen besonderen Beweggründen, Rosario mit äußerster Rücksichtslosigkeit behandelt hatten – diesen Rosario, den wir da wie einen toten Hund auf der Straße liegenließen. Der Lastwagenfahrer hatte viel zuviel Angst gehabt, um auch nur abzusteigen und nachzusehen, ob Rosario wirklich tot sei; mir war es hauptsächlich deshalb darauf angekommen, mich seines Todes zu vergewissern, weil ich sein Geld an mich genommen hatte; Rosetta aber hatte sich darauf beschränkt, ihn an einem Bein zum Straßengraben zu zerren, als handelte es sich um den Kadaver irgendeines verendeten Tieres.

Es gab kein Mitleid, keine Rührung, keine menschliche Sympathie mehr. Ein Mensch starb, und die anderen kümmerten sich den Teufel darum. Kurzum, es war Krieg, wie Concetta sagte, und ich fürchtete sehr, daß der Krieg noch lange Zeit verderblich in unseren Seelen weiterwirken würde.

Rosettas Fall war wohl der schlimmste von allen dreien. Noch vor einer halben Stunde hatte sie mit Rosario ihre Liebesspiele getrieben; und jetzt saß sie, trockenen Auges, regungslos und gleichgültig neben mir, ohne einen Schatten von Gefühl in ihrem Gesicht.

Das alles dachte ich und sagte mir, daß dieses Leben absurd und widersinnig, daß das Wichtige nicht länger wichtig, das Unwichtige hingegen unerwartet wichtig geworden war.

Dann plötzlich ereignete sich etwas Sonderbares, das ich ganz und gar nicht vorhergesehen hatte. Rosetta, die, wie gesagt, bisher nicht die geringste Empfindung an den Tag gelegt hatte, begann plötzlich zu singen! Erst zögernd und mit fast gedrosselter

Stimme, dann immer klarer und kräftiger, sang sie das Lied, das zu singen ich sie vorher gebeten hatte und bei dem sie schon in der ersten Strophe verstummt war. Es war ein Schlager, den Rosetta früher bei ihren Hausarbeiten oft geträllert hatte. Es war nichts Besonderes, es war sogar etwas ziemlich Dummes und Sentimentales, und zuerst machte es mir einen sonderbaren Eindruck, daß sie so etwas gerade jetzt, nach dem Tode Rosarios, singen wollte. Ich hielt dies zunächst für einen erneuten Beweis ihrer Gefühllosigkeit und Gleichgültigkeit.

Dann aber fiel mir ein, daß sie zuvor erklärt hatte, sie könne nicht singen, weil sie keine Freude mehr daran habe, und ich erinnerte mich auch an meine daran anknüpfenden pessimistischen Gedanken. Und mit einemmal sagte ich mir: Vielleicht will sie mir durch ihren Gesang zu verstehen geben, daß sie in Wirklichkeit gar keine andere geworden, sondern im Grunde immer noch die Rosetta von einst geblieben ist – gut, sanft und unschuldig wie ein Engel!

Und wirklich sah ich, während ich dies dachte, daß in ihren Augen Tränen standen, und diese Tränen begannen jetzt zu strömen und liefen ihr über die Wangen hinab. Da schien es mir mit einemmal sicher, daß sie gar nicht so sehr verändert war, wie ich befürchtet hatte. Sie weinte um Rosario, der erbarmungslos umgebracht worden war, dann aber um sich selbst und auch um uns alle, die der Krieg in den Abgrund gerissen hatte. Das aber bedeutete, daß nicht nur sie sich im Grunde nicht geändert hatte, sondern auch ich nicht, die ich zur Diebin geworden war, noch irgendwer sonst, dem der Krieg mitgespielt hatte wie uns.

Da fühlte ich mich mit einemmal getröstet, und aus diesem Trostgefühl erwachte in mir der Entschluß: «Sobald wir in Rom sein werden, will ich dieses Geld an Rosarios Mutter schicken.» Ohne ein Wort schob ich meinen Arm unter den Rosettas und drückte ihre Hand in der meinen.

Sie sang mehrmals jenes Lied, während der Wagen auf Velletri zueilte. Dann, als ihre Tränen versiegten, hörte sie auf zu singen. Der Lastwagenfahrer, der nicht schlecht, sondern nur verschreckt war, hatte wohl etwas gemerkt, denn mit einemmal fragte er: «War dieser junge Mensch, den sie da erschossen haben, eigentlich ein Freund oder ein Verwandter von euch?»

Ich beeilte mich zu antworten: «Nein, ein entfernter Bekannter. Ein Schwarzhändler, der sich bereit erklärt hatte, uns nach Rom zu bringen.»

Er aber bekam es unvermittelt von neuem mit der Angst zu tun und sagte hastig: «Erzähl mir nichts, ich will nichts davon wissen! Ich weiß von nichts und habe nichts gesehen. In Rom trennen wir uns, und ich werde tun, als hätten wir uns nie kennengelernt.»

Ich meinte: «Du hast mich ja gefragt.»

Und er: «Ja, du hast recht, aber wir wollen das Ganze lieber vergessen!»

Endlich erschien ganz hinten, am Rande der weiten, grünen Ebene, ein langer Streifen von unbestimmter Farbe zwischen Weiß und Gelb. Das waren die Vororte von Rom. Und hinter diesem Streifen, ihn überragend, grau gegen den Hintergrund des grauen Himmels, weit in der Ferne und doch erkennbar, die Kuppel von Sankt Peter.

Gott allein weiß, wie sehr ich das ganze Jahr hindurch gehofft hatte, diese teure Kuppel wieder dort am Horizont zu erblicken – so klein und gleichzeitig so groß, daß man sie fast für eine Bodenerhebung, einen Hügel, einen Berg hätte halten können, so fest und sicher und dabei doch kaum mehr als ein Schatten, so beruhigend und so tausendfach vertraut!

Diese Kuppel war für mich nicht nur Rom, sondern mein Leben in jener Stadt, die Heiterkeit der Tage, die man in Frieden mit sich selbst und mit den anderen verlebt. Fern am Rand des Horizontes sagte mir diese Kuppel, daß ich nun vertrauensvoll heimkehren durfte. Nach all den Veränderungen und all den Tragödien würde das alte Leben wieder seinen Lauf nehmen. Zugleich aber sagte mir die Kuppel, daß ich diese neue Zuversicht meiner Rosetta zu verdanken hatte, ihrem Gesang und ihren Tränen. Ohne diesen Schmerz Rosettas wären nicht zwei schuldlose Frauen nach Rom zurückgekehrt, von wo sie vor einem Jahr fortgezogen waren, sondern eine Diebin und eine Prostituierte, die im Krieg und durch den Krieg dazu geworden waren.

Der Schmerz. Ich dachte an Michele, der in diesem so heiß ersehnten Augenblick der Rückkehr nicht mit uns war und nie wieder mit uns sein würde. Und ich entsann mich jenes Abends, an dem er uns in der Hütte von Sant' Eufemia die Stelle des Evangeliums von der Auferstehung des Lazarus vorgelesen, sich über die verständnislosen Bauern geärgert und ausgerufen hatte, wir alle seien tot und in der Erwartung der Auferstehung, gleich Lazarus.

Damals hatte ich mit jenen Worten Micheles nichts Rechtes anzufangen gewußt; jetzt aber verstand ich, daß er recht gehabt hatte und daß für eine Weile auch wir beide, Rosetta und ich, tot gewesen waren – gestorben für die Liebe, die man dem Nächsten schuldet und sich selbst.

Aber der Schmerz hatte uns im letzten Augenblick gerettet, und so galt jene Stelle von Lazarus in gewissem Sinne auch für uns. Dank dem Schmerz waren wir zuletzt aus dem Krieg auferstanden, der uns in seinem Grab der Gleichgültigkeit und Bösartigkeit gefangengehalten hatte; und wir konnten nun von neuem unser Leben leben, das vielleicht ein armseliges Leben war, aber doch das einzige, das wir leben mußten – wie Michele zweifellos gesagt hätte, wäre er bei uns gewesen.

97/21

102/20

93/32

B 1/XII — '79